BELAS ADORMECIDAS

STEPHEN KING

E

OWEN KING

BELAS ADORMECIDAS

TRADUÇÃO

Regiane Winarski

Grafia atualizada segundo o Acordo Ortográfico da Língua Portuguesa de 1990, que entrou em vigor no Brasil em 2009.

Título original
Sleeping Beauties

Capa
Jim Tierney

Ilustração de capa
Federico Bebber

Preparação
Isis Pinto

Revisão
Thaís Totino Richter
Carmen T. S. Costa

Dados Internacionais de Catalogação na Publicação (CIP)
(Câmara Brasileira do Livro, SP, Brasil)

King, Stephen
Belas adormecidas/ Stephen King; tradução Regiane Winarski. – 1ª ed. – Rio de Janeiro: Suma, 2017.

Título original: Sleeping Beauties.
ISBN 978-85-5651-051-8

1. Ficção de suspense 2. Ficção norte-americana I. Título.

17-07366 CDD-813

Índice para catálogo sistemático:
1. Ficção de suspense: Literatura norte-americana 813

[2017]

EDITORA SCHWARCZ S.A.
Praça Floriano, 19, sala 3001 – Cinelândia
20031-050 – Rio de Janeiro – RJ
Telefone: (21) 3993-7510
www.companhiadasletras.com.br
www.blogdacompanhia.com.br
facebook.com/editorasuma
instagram.com/sumadeletras_br
twitter.com/Suma_BR

À memória de Sandra Bland

PERSONAGENS

CIDADE DE DOOLING, SEDE DO CONDADO DE DOOLING

- Truman "Trume" Mayweather, 26, fabricante de metanfetamina
- Tiffany Jones, 28, prima de Truman
- Linny Mars, 40, polícia de Dooling, atendente
- Xerife Lila Norcross, 45, do departamento de polícia de Dooling
- Jared Norcross, 16, aluno do segundo ano da Dooling High School, filho de Lila e Clint
- Anton Dubcek, 26, dono e funcionário da Anton, o Cara da Piscina Ltda.
- Magda Dubcek, 56, mãe de Anton
- Frank Geary, 38, agente do Controle de Animais, cidade de Dooling
- Elaine Geary, 35, voluntária no Goodwill e esposa de Frank
- Nana Geary, 12, aluna de sexto ano na Dooling Middle School
- Velha Essie, 60, uma mulher sem-teto
- Terry Coombs, 45, do departamento de polícia de Dooling
- Rita Coombs, 42, esposa de Terry
- Roger Elway, 28, do departamento de polícia de Dooling
- Jessica Elway, 28, esposa de Roger
- Platinum Elway, 7 meses, filha de Roger e Jessica
- Reed Barrows, 31, do departamento de polícia de Dooling
- Leanne Barrows, 32, esposa de Reed
- Gary Barrows, 2, filho de Reed e Leanne
- Vern Rangle, 48, do departamento de polícia de Dooling
- Elmore Pearl, 38, do departamento de polícia de Dooling
- Rupe Wittstock, 26, do departamento de polícia de Dooling
- Will Wittstock, 27, do departamento de polícia de Dooling

- Dan "Treater" Treat, 27, do departamento de polícia de Dooling
- Jack Albertson, 61, do departamento de polícia de Dooling (aposentado)
- Mick Napolitano, 58, do departamento de polícia de Dooling (aposentado)
- Nate McGee, 60, do departamento de polícia de Dooling (aposentado)
- Carson "Country Strong" Struthers, 32, ex-boxeador Luvas de Ouro
- Treinador JT Wittstock, 64, treinador dos Warriors, time de futebol americano da Dooling High School
- Dr. Garth Flickinger, 52, cirurgião plástico
- Fritz Meshaum, 37, mecânico
- Barry Holden, 47, defensor público
- Oscar Silver, 83, juiz
- Mary Pak, 17, aluna de segundo ano da Dooling High School
- Eric Blass, 17, aluno de segundo ano da Dooling High School
- Curt McLeod, 17, aluno de segundo ano da Dooling High School
- Kent Daley, 17, aluno de segundo ano da Dooling High School
- Willy Burke, 75, voluntário
- Dorothy Harper, 80, aposentada
- Margaret O'Donnell, 72, irmã de Gail, aposentada
- Gail Collins, 68, irmã de Margaret, secretária de consultório de dentista
- Sra. Ransom, 77, confeiteira
- Molly Ransom, 10, neta da sra. Ransom
- Johnny Lee Kronsky, 41, detetive particular
- Jaime Howland, 44, professor de história
- Eve Black, aparenta 30 anos de idade, forasteira

A PRISÃO

- Janice Coates, 57, diretora, Instituto Penal para Mulheres de Dooling
- Lawrence "Lore" Hicks, 50, vice-diretor, Instituto Penal para Mulheres de Dooling
- Rand Quigley, 30, guarda, Instituto Penal para Mulheres de Dooling
- Vanessa Lampley, 42, guarda, Instituto Penal para Mulheres de Dooling e campeã de queda de braço de 2010 e 2011 de Ohio Valley, faixa etária 35-45

- Millie Olson, 29, guarda, Instituto Penal para Mulheres de Dooling
- Don Peters, 35, guarda, Instituto Penal para Mulheres de Dooling
- Tig Murphy, 45, guarda, Instituto Penal para Mulheres de Dooling
- Billy Wettermore, 23, guarda, Instituto Penal para Mulheres de Dooling
- Scott Hughes, 19, guarda, Instituto Penal para Mulheres de Dooling
- Blanche McIntyre, 65, secretária, Instituto Penal para Mulheres de Dooling
- Dr. Clinton Norcross, 48, psiquiatra sênior, Instituto Penal para Mulheres de Dooling, e marido de Lila
- Jeanette Sorley, 36, detenta nº 4582511-1, Instituto Penal para Mulheres de Dooling
- Ree Dempster, 24, detenta nº 4602597-2, Instituto Penal para Mulheres de Dooling
- Kitty McDavid, 29, detenta nº 4603241-2, Instituto Penal para Mulheres de Dooling
- Angel Fitzroy, 27, detenta nº 4601959-3, Instituto Penal para Mulheres de Dooling
- Maura Dunbarton, 64, detenta nº 4028200-1, Instituto Penal para Mulheres de Dooling
- Kayleigh Rawlings, 40, detenta nº 4521131-2, Instituto Penal para Mulheres de Dooling
- Nell Seeger, 37, detenta nº 4609198-1, Instituto Penal para Mulheres de Dooling
- Celia Frode, 30, detenta nº 4633978-2, Instituto Penal para Mulheres de Dooling
- Claudia "Silicone" Stephenson, 38, Instituto Penal para Mulheres de Dooling

OUTROS

- Lowell "Little Low" Griner, 35, criminoso
- Maynard Griner, 35, criminoso
- Michaela Morgan, Coates de nascimento, 26, repórter nacional, NewsAmerica

- Compadre Brightleaf (Scott David Winstead Jr.), 60, pastor presidente, Bright Ones
- Raposa comum, entre 4 e 6 anos de idade

It makes no difference if you're rich or poor
Or if you're smart or dumb.
A woman's place in this old world
Is under some man's thumb,
And if you're born a woman
You're born to be hurt.
You're born to be stepped on,
Lied to,
Cheated on,
And treated like dirt.

Sandy Posey, "Born a Woman"
Letra de Martha Sharp

Eu digo que você não pode não querer saber de um quadrado de luz.

Reese Marie Dempster, detenta 4602597-2
Instituto Penal para Mulheres de Dooling

Ela foi avisada. Explicaram tudo. Mas, mesmo assim, ela persistiu.

Senador Addison "Mitch" McConnell,
falando sobre a senadora Elizabeth Warren

BELAS ADORMECIDAS

A mariposa faz Evie rir. Pousa no antebraço exposto, e ela passa o indicador de leve pelas ondas marrons e cinzentas que colorem as asas.

— Oi, lindinha — diz ela para a mariposa. O inseto levanta voo. Subindo, subindo, subindo segue a mariposa, e é engolida por um raio de sol emaranhado nas folhas verdes e brilhantes seis metros acima de onde Evie está, entre as raízes no chão.

Uma comprida cabeça de cobre sai pelo buraco negro no centro do tronco e desliza entre placas da casca. Evie não confia na cobra, obviamente. Já teve problemas com ela antes.

Sua mariposa e dez mil outras surgem da copa da árvore em uma nuvem crepitante e parda. O enxame rola pelo céu na direção da floresta debilitada de replantio de pinheiros do outro lado da campina. Ela se levanta e vai atrás. Seus pés esmagam os caules, e a grama na altura da cintura arranha a pele nua. Quando atravessa para o bosque triste, na maior parte, árvores derrubadas, Evie detecta os primeiros odores químicos (amônia, benzeno, petróleo, tantos outros, dez mil cortes em um único pedaço de pele) e abandona a esperança que não tinha percebido que tinha.

Teias caem de suas pegadas e cintilam na luz da manhã.

PARTE UM
O VELHO TRIÂNGULO

In the women's prison
there are seventy women
and I wish it was with them
that I did dwell.
Then that auld triangle could go jingle-jangle
all along the banks of the Royal Canal.

Brendan Behan

1

1

Ree perguntou a Jeanette se ela já tinha visto o quadrado de luz da janela. Jeanette disse que não. Ree estava no beliche de cima, Jeanette, no de baixo. As duas estavam esperando que as celas fossem destrancadas para o café da manhã. Era mais um dia.

Parecia que a colega de cela de Jeanette tinha feito um estudo do quadrado. Ree explicou que ele começava na parede em frente à janela, deslizava para baixo, para baixo, para baixo, depois percorria a superfície da mesa e finalmente chegava ao chão. Como Jeanette podia ver agora, estava bem no meio do piso, totalmente iluminado.

— Ree — disse Jeanette. — Eu não quero saber de um quadrado de luz.

— Eu digo que você *não pode* não querer saber de um quadrado de luz! — Ree fez aquele barulho grasnado que era como manifestava que estava achando graça.

Jeanette disse:

— Beleza. Sei lá que porra você tá falando. — E sua colega de cela só grasnou mais.

Ree era legal, mas parecia uma criança pela forma como o silêncio a deixava nervosa. Estava presa por fraude com cartão de crédito, falsificação e posse de drogas com intenção de venda. Ela não era boa em nenhuma dessas coisas, o que a fez ir parar lá.

Jeanette estava presa por homicídio culposo; em uma noite de inverno em 2005, ela enfiou uma chave de fenda na virilha do marido, Damian, e como ele estava doidão, apenas ficou sentado na poltrona e sangrou até morrer. Ela também estava doidona, claro.

— Eu estava olhando o relógio — disse Ree. — Cronometrei. Vinte e dois minutos para a luz ir da janela até aquele lugar no chão.

— Você devia chamar o *Guinness* — disse Jeanette.

— Ontem à noite, eu sonhei que estava comendo bolo de chocolate com Michelle Obama, e ela estava puta da vida: "Isso engorda, Ree!". Mas ela também estava comendo o bolo. — Ree grasnou. — Que nada. Não sonhei isso, não. Inventei. Na verdade, eu sonhei com uma professora que eu tive. Ela ficava me dizendo que eu não estava na sala certa, e eu ficava dizendo para ela que estava na sala certa, e ela dizia que tudo bem e dava um pouco de aula, depois me dizia que eu não estava na sala certa, e eu dizia que não, eu estava na sala certa, e começava tudo de novo. Foi muito irritante. Com o que você sonhou, Jeanette?

— Ah... — Jeanette tentou lembrar, mas não conseguiu. Sua nova medicação parecia ter deixado o sono mais pesado. Antes, às vezes ela tinha pesadelos com Damian. Ele aparecia do jeito que ficou na manhã seguinte, quando estava morto, a pele riscada de azul, como tinta molhada.

Jeanette perguntou ao dr. Norcross se ele achava que os sonhos tinham a ver com culpa. O médico estreitou os olhos para ela com aquela cara de "você está falando sério?" que a deixava louca, mas com que acabou se acostumando, e depois perguntou se ela era de opinião que coelhos tinham orelhas grandes. Ah, tá. Entendido. De qualquer modo, Jeanette não sentia falta daqueles sonhos.

— Desculpa, Ree. Não me lembro de nada. Se sonhei alguma coisa, esqueci.

Em algum lugar no corredor do segundo andar da Ala B, sapatos estavam estalando no cimento: era um guarda fazendo uma verificação de última hora antes de as portas se abrirem.

Jeanette fechou os olhos. Inventou um sonho. Nele, a prisão era uma ruína. Trepadeiras verdejantes subiam pelas paredes antigas das celas e balançavam na brisa da primavera. O teto tinha sumido parcialmente, corroído pelo tempo, de forma que só uma parte restava. Dois lagartos pequenos corriam por uma pilha de entulho enferrujado. Borboletas voavam no ar. Aromas intensos de terra e folhas temperavam o que sobrava da cela. Bobby estava impressionado, de pé ao lado dela em um buraco na parede, olhando para dentro. Sua mãe era arqueóloga. Ela tinha descoberto aquele lugar.

— Você acha que dá pra uma pessoa que tem ficha criminal participar de um game show?

A visão desabou. Jeanette gemeu. Foi bom enquanto durou. A vida era melhor com os comprimidos. Havia um lugar calmo e tranquilo que ela conseguia encontrar. Ela tinha que ser justa com o doutor; era melhor viver pela química. Jeanette reabriu os olhos.

Ree estava olhando para ela. Não havia muito que pudesse ser dito a favor da prisão, mas uma garota como Ree talvez estivesse mais segura lá dentro. No mundo lá fora, ela ia acabar andando no meio do trânsito. Ou vendendo drogas para um policial da narcóticos que estava na cara que era um policial da narcóticos. Que foi exatamente o que ela fez.

— O que foi? — perguntou Ree.

— Nada. Eu estava no paraíso, só isso, e sua boca grande acabou com tudo.

— O quê?

— Deixa pra lá. Escuta, acho que devia ter um game show em que só pudesse jogar quem *tivesse* ficha criminal. A gente podia chamar de *Suas mentiras valem prêmios*.

— Adorei isso! Como seria?

Jeanette se sentou, bocejou e deu de ombros.

— Eu vou ter que pensar. Sabe como é, inventar as regras.

A casa delas estava como sempre tinha sido e como sempre seria, por toda eternidade, amém. Uma cela com dez passos de comprimento, com quatro passos entre o beliche e a porta. As paredes eram de cimento liso da cor de aveia. As fotos e os cartões-postais com cantos curvados estavam presos (ainda que ninguém se desse ao trabalho de olhar) com bolinhas de massa adesiva verde no único espaço aprovado para isso. Havia uma pequena mesa de metal encostada em uma parede e uma estante baixa de metal encostada na parede em frente. À esquerda da porta, ficava a privada de aço onde elas tinham que se agachar, cada uma olhando para um lado para tentar criar uma pobre ilusão de privacidade. A porta da cela, com a janela com vidraça dupla na altura do olho, dava vista para o curto corredor que percorria a Ala B. Cada centímetro e objeto dentro da cela era carregado dos odores penetrantes da prisão: suor, mofo, Lysol.

Contra a vontade, Jeanette finalmente reparou no quadrado de sol entre as camas. Estava quase na porta, mas não iria mais longe, iria? A não ser que um carcereiro enfiasse uma chave na porta ou que abrissem a cela da Guarita, o tal quadrado ficaria preso ali dentro tanto quanto elas.

— E quem seria o apresentador? — perguntou Ree. — Todo game show precisa de um apresentador. E que tipo de prêmios seriam? Os prêmios têm que ser bons. Detalhes! Nós temos que pensar nos detalhes, Jeanette.

Ree estava com a cabeça apoiada, enrolando um dedo nos cachos pequenos e descoloridos enquanto olhava para Jeanette. Perto do alto da testa de Ree havia uma cicatriz que parecia uma marca de grelha, três linhas paralelas fundas. Apesar de Jeanette não saber o que tinha provocado a cicatriz, podia adivinhar *quem* a tinha feito: um homem. Talvez o pai dela, talvez o irmão, talvez um namorado, talvez um cara que ela nunca tinha visto antes e nunca mais veria. Dentre as detentas do Instituto Penal de Dooling havia, para dizer com delicadeza, poucas histórias de vencedoras de prêmios, mas muitas histórias com homens maus.

O que se podia fazer? Podia sentir pena de si mesma. Podia se odiar ou podia odiar todo mundo. Podia ficar doidona cheirando produtos de limpeza. Podia fazer o que quisesse (dentre as suas opções reconhecidamente limitadas), mas a situação não mudaria. Sua próxima rodada girando a grande e brilhante Roda da Fortuna não aconteceria antes da próxima audiência de condicional. Jeanette queria fazer o melhor possível para a dela. Tinha o filho em quem pensar.

Houve um baque ressoante quando o guarda na Guarita abriu sessenta e duas trancas. Eram seis e meia da manhã e todo mundo tinha que sair da cela para a contagem de cabeças.

— Não sei, Ree. Você pensa — disse Jeanette — e eu penso, e depois trocamos ideias. — Ela tirou as pernas de cima da cama e se levantou.

2

A alguns quilômetros da prisão, no deque da casa dos Norcross, Anton, o cara da piscina, estava tirando insetos mortos da água. A piscina tinha sido o presente de aniversário de dez anos de casamento do dr. Clinton Norcross para a esposa, Lila. Olhar para Anton sempre fazia Clint questionar se tinha sido inteligente dar aquele presente. Aquela manhã era uma dessas vezes.

Anton estava sem camisa, e por dois bons motivos. Primeiro, o dia seria quente. Segundo, seu abdome era de pedra. Ele era sarado, Anton o cara da piscina; parecia um garanhão de capa de romance. Se você disparasse balas no abdome de Anton, era melhor fazer de um certo ângulo, porque ricocheteariam. O que ele comia? Montanhas de proteína pura? Qual era o treino dele? Limpar os estábulos de Aúgias?

Anton levantou o olhar e sorriu debaixo das lentes reluzentes dos óculos Wayfarer. Com a mão livre, acenou para Clint, que estava olhando da janela do segundo andar, do banheiro da suíte.

— Jesus Cristo, cara — disse Clint baixinho para si mesmo. Ele retribuiu o aceno. — Tenha piedade.

Clint se afastou da janela. No espelho da porta fechada do banheiro, apareceu um homem branco e velho de quarenta e oito anos, graduado em Cornell, medicina na NYU, com pneuzinhos modestos por causa do Grande Mocha da Starbucks. A barba grisalha era menos no estilo lenhador viril e mais no estilo lobo do mar pobre e perneta.

Que a idade e o corpo flácido fossem surpresa pareceu irônico a Clint. Ele nunca tivera muita paciência com vaidade masculina, principalmente na meia-idade, e a experiência profissional acumulada diminuiu ainda mais essa paciência. Na verdade, o que Clint via como o grande ponto de virada na sua carreira médica tinha acontecido dezoito anos antes, em 1999, quando um potencial paciente chamado Paul Montpelier procurou o jovem doutor com uma "crise de ambição sexual".

Ele perguntou a Montpelier:

— Quando diz "ambição sexual", o que você quer dizer? — Pessoas ambiciosas procuravam promoções. Não dava para ninguém se tornar vice-presidente de Sexo. Era um eufemismo peculiar.

— Eu quero dizer... — Montpelier pareceu pesar várias descrições. Ele limpou a garganta e declarou: — Eu ainda quero fazer. Eu ainda quero ir atrás.

Clint disse:

— Isso não parece uma ambição incomum. Parece normal.

Recém-saído da residência psiquiátrica e ainda nada flácido, aquele era o segundo dia de Clint no consultório, e Montpelier era seu segundo paciente.

(Sua primeira paciente tinha sido uma adolescente com ansiedade por causa do vestibular. Porém, rapidamente surgiu a informação de que a garota havia se saído muito bem nas provas. Clint observou que aquilo era excelente, e não houve necessidade de tratamento e nem de segunda consulta. *Curada!*, ele escreveu na parte de baixo do bloco amarelo no qual tomava notas.)

Sentado na poltrona de courino em frente a Clint, Paul Montpelier estava vestido naquele dia com um colete branco e uma calça de pregas. Estava encolhido com um tornozelo cruzado sobre o joelho, a mão apoiada no sapato social enquanto falava. Clint o viu estacionar um carro esporte vermelho-bala no estacionamento em frente ao prédio baixo. Trabalhando no alto da cadeia alimentar da indústria de carvão ele conseguiu dinheiro para comprar um carro assim, mas o rosto comprido e abatido lembrava a Clint os Irmãos Metralha, que azucrinavam o tio Patinhas nos quadrinhos antigos.

— Minha esposa diz... bem, não com todas as palavras, mas você sabe como é, o significado está claro. O, hã, *subtexto*. Ela quer que eu pare. Que deixe minha ambição sexual de lado. — Ele levantou o queixo.

Clint acompanhou o olhar dele. Havia um ventilador girando no teto. Se Montpelier colocasse a ambição sexual lá em cima, seria cortada.

— Vamos voltar um pouco, Paul. Como o assunto surgiu entre você e sua esposa? Onde isso começou?

— Eu tive um caso. Esse foi o incidente que levou a isso. E Rhoda, minha esposa, me botou pra fora de casa! Eu expliquei que o problema não tinha sido ela, foi que... eu tinha uma necessidade, sabe? Os homens têm necessidades que nem sempre as mulheres entendem. — Montpelier girou o pescoço. Deu um chiado frustrado. — Eu não quero me divorciar! Tem uma parte de mim que sente que é ela quem tem que se conformar com isso. Comigo.

Havia manchas roxas e fundas embaixo dos olhos de Montpelier e um corte abaixo do nariz de quando ele tinha feito a barba, possivelmente com um barbeador ruim que teve que comprar porque esqueceu o bom quando a esposa o botou para fora. A tristeza e o desespero do homem eram reais, e Clint conseguia imaginar a náusea gerada por aquela mudança repentina, morando com uma mala em um hotel, comendo omeletes aguadas sozinho em uma lanchonete. Era dor autêntica. Não era depressão clínica, mas era importante e merecedora de respeito e cuidado, apesar de ele provavelmente ter sido o causador da própria situação.

Montpelier se inclinou por cima da barriga, que crescia.

— Vamos ser sinceros. Eu tenho quase cinquenta anos, dr. Norcross. Meus melhores dias sexuais já passaram. Eu dei todos esses para ela. *Entreguei* para ela. Eu troquei fraldas. Fui a todos os jogos e competições e juntei a poupança para a faculdade. Marquei todos os quadradinhos no questionário sobre casamento. Por que não podemos chegar a uma espécie de acordo? Por que tem que ser tão terrível e divergente?

Clint não respondeu, só esperou.

— Semana passada, eu estava na casa da Miranda. É a mulher com quem estou dormindo. Nós transamos na cozinha. Transamos no quarto dela. Quase conseguimos uma terceira vez no chuveiro. Eu fiquei feliz pra caramba! Endorfinas! E aí, fui para casa, nós tivemos um bom jantar em família e jogamos Scrabble, e todo mundo estava se sentindo ótimo também! Onde está o problema? É um problema *fabricado*, é isso que eu acho. Por que eu não posso ter certa liberdade aqui? É pedir demais? É tão ultrajante?

Por alguns segundos, ninguém falou. Montpelier observou Clint. Boas frases nadavam e corriam pela cabeça de Clint como girinos. Seriam fáceis de pegar, mas ele se segurou.

Atrás do paciente, encostada na parede, havia a gravura emoldurada de Hockney que Lila tinha dado para Clint para "dar calor ao consultório". Ele planejava pendurar mais tarde, naquele mesmo dia. Ao lado da gravura estavam as caixas parcialmente desembaladas de textos médicos.

Alguém precisa ajudar esse homem, o jovem médico se viu pensando, e isso deveria acontecer naquela salinha bonita e tranquila com aquela gravura de Hockney na parede. Porém, essa pessoa que ia ajudá-lo deveria ser o dr. Clinton R. Norcross?

Afinal, ele tinha se esforçado muito para ser médico, e não houve poupança para a faculdade para ajudar. Ele tinha crescido em circunstâncias diferentes e pagado pelos estudos, às vezes com mais do que dinheiro. Para se formar, havia feito coisas sobre as quais nunca contou para a esposa e nunca contaria. Foi para isso que tinha feito essas coisas? Para tratar o sexualmente ambicioso Paul Montpelier?

Uma careta suave de pedido de desculpas surgiu no rosto de Montpelier.

— Ah, cara. Droga. Eu não estou fazendo isso direito, estou?

— Você está indo muito bem — disse Clint, e pelos trinta minutos seguintes, deixou as dúvidas de lado.

Eles avaliaram a situação; observaram de todos os ângulos; discutiram a diferença entre desejo e necessidade; falaram sobre a sra. Montpelier e suas preferências triviais (na opinião de Montpelier) na cama; eles até fizeram um desvio surpreendentemente cândido para visitar a primeira experiência sexual adolescente de Paul Montpelier, quando ele se masturbou usando a boca do crocodilo de pelúcia do irmãozinho.

Clint, de acordo com sua obrigação profissional, perguntou a Montpelier se ele já tinha pensado em se automutilar. (Não.) Questionou o que Montpelier sentiria se os papéis estivessem invertidos. (Ele insistiu que diria para ela fazer o que precisasse fazer.) Onde Montpelier se via em cinco anos? (Foi nessa hora que o homem com o colete branco começou a chorar.)

No final da consulta, Montpelier disse que já estava ansioso pela próxima, e assim que ele foi embora, Clint ligou para a secretária. Ele instruiu que passassem todas as suas ligações para um psiquiatra em Maylock, a cidade mais próxima. A secretária perguntou por quanto tempo.

— Até nevar no inferno — disse Clint.

Da janela, ele viu Montpelier dar ré no carro vermelho e sair do estacionamento, para nunca mais ser visto.

Em seguida, ligou para Lila.

— Oi, dr. Norcross. — O sentimento que a voz dela causava nele era o que as pessoas queriam dizer, ou ao menos deveriam, quando diziam que o coração cantava. Ela perguntou como estava sendo o segundo dia dele.

— O homem menos perceptivo dos Estados Unidos veio me fazer uma visita — disse ele.

— Ah? Meu pai foi aí? Aposto que a gravura de Hockney deixou ele confuso.

Ela era rápida, sua esposa, tão rápida quanto calorosa, e tão durona quanto rápida. Lila o amava, mas nunca parava de provocar. Clint achava que precisava daquilo. A maioria dos homens deveria precisar.

— Ha-ha — disse Clint. — Mas escute: aquela vaga que você mencionou na prisão. Onde você ouviu sobre isso?

Houve um ou dois segundos de silêncio enquanto sua esposa pensava nas implicações da questão. Ela respondeu com uma pergunta:

— Clint, tem alguma coisa que você precisa me contar?

Clint não tinha nem considerado que ela poderia ficar decepcionada com a decisão dele de largar o atendimento particular por um trabalho para o governo. Tinha certeza de que ela não ficaria.

Graças a Deus por Lila.

3

Para passar o barbeador elétrico nos pelos grisalhos embaixo do nariz, Clint tinha que retorcer o rosto a ponto de parecer o Quasímodo. Um pelo branco como neve se projetava de dentro da narina esquerda. Anton podia erguer halteres o quanto quisesse, mas os pelos brancos nas narinas aguardavam todos os homens, assim como os que saíam das orelhas. Clint conseguiu cortar aquele.

Ele nunca havia tido um corpo como o de Anton, nem no último ano do ensino médio, quando o tribunal lhe concedeu independência, e ele morava sozinho e corria. Clint era mais esguio, mais magro, sem barriga, mas reto, como seu filho Jared. Em sua lembrança, Paul Montpelier era mais rechonchudo do que a versão de si mesmo que Clint viu naquela manhã, mas se parecia mais com um do que com o outro. Onde ele estava agora, Paul Montpelier? A crise tinha sido resolvida? Provavelmente. O tempo cura todas as feridas. Claro, como uma pessoa espirituosa já tinha observado, também causa feridas novas.

Clint não tinha mais do que a vontade normal (ou seja, saudável, consciente e baseada em fantasias) de transar fora do casamento. Sua situação não era, diferentemente da de Paul Montpelier, nenhum tipo de crise. Era a vida normal como ele a entendia: uma segunda olhada na rua para uma garota bonita; um olhar instintivo para uma mulher de saia curta saindo de um carro; uma onda de desejo quase subconsciente por uma das modelos que enfeitavam o programa *The Price Is Right*. Era uma coisa meio triste, ele achava, triste e talvez um pouco cômica, a forma como a idade nos arrastava para cada vez mais longe do corpo de que se mais gostava e deixava os velhos instintos (não ambições, graças a Deus) para trás, como o cheiro de comida bem depois que o jantar foi consumido. E ele estava julgando todos os homens por si mesmo? Não. Ele era um integrante da tribo, só isso. As mulheres eram os verdadeiros enigmas.

Clint sorriu para si mesmo no espelho. Estava barbeado. Estava vivo. Tinha mais ou menos a mesma idade que Paul Montpelier tinha em 1999.

Para o espelho, ele disse:

— Ei, Anton. Vai se foder. — A bravata era falsa, mas pelo menos ele se esforçou.

Atrás da porta do banheiro, ouviu uma tranca estalar no quarto, uma gaveta ser aberta e um baque, quando Lila colocou o cinturão com coldre na gaveta, fechou e trancou de novo. Ele ouviu o suspiro e o bocejo dela.

Para o caso de ela já ter adormecido, ele se vestiu sem falar nada, e em vez de se sentar na cama para calçar os sapatos, Clint os pegou para levar para o andar de baixo.

Lila pigarreou.

— Tudo bem. Ainda estou acordada.

Clint não sabia se isso era totalmente verdade; Lila tinha conseguido abrir o botão de cima da calça do uniforme antes de cair na cama, mas não tinha nem entrado embaixo das cobertas.

— Você deve estar exausta. Vou sair logo. Todo mundo bem em Mountain?

Na noite anterior, ela havia mandado uma mensagem dizendo que tinha havido um acidente em Mountain Rest Road. **Não espere acordado.** Apesar de não ser inédito, também não era comum. Ele e Jared grelharam bifes e tomaram algumas cervejas Anchor Steams no deque.

— Um trailer se soltou. Da Pet sei lá o quê. Aquela rede de lojas. Virou de lado e bloqueou a rua toda. Tinha areia de gato e ração de cachorro para todo lado. Acabamos tendo que tirar tudo com uma escavadeira.

— Parece um show de horrores. — Ele se inclinou e deu um beijo na bochecha dela. — Ei. Quer começar a correr comigo? — A ideia tinha acabado de ocorrer a ele, e ficou animado na mesma hora. Não dava para impedir o corpo de decair e engordar, mas dava para lutar contra isso.

Lila abriu o olho direito, verde-claro na escuridão do quarto, com as cortinas fechadas.

— Não esta manhã.

— Claro que não — disse Clint.

Ele ficou parado acima dela, achando que Lila ia retribuir o beijo, mas ela só desejou que ele tivesse um bom dia, que mandasse Jared tirar o lixo. O olho se fechou. Um brilho verde… e sumiu.

4

O cheiro no barracão estava quase forte demais para suportar.

A pele de Evie ficou arrepiada, e ela teve que lutar para não vomitar. O fedor era uma mistura de produtos químicos queimados, fumaça de folha velha e comida estragada.

Uma das mariposas estava no cabelo dela, aninhada e batendo as asas em segurança no couro cabeludo. Ela respirou da forma mais superficial que conseguiu e olhou ao redor.

O barracão pré-fabricado tinha sido montado para fabricar drogas. No centro do espaço, havia um fogão a gás preso por tubos amarelados a dois botijões brancos. Na bancada junto à parede, havia bandejas, jarras de água, um pacote aberto de sacos Ziploc, tubos de ensaio, pedaços de rolha, incontáveis fósforos usados, um cachimbo de dose única com fornilho queimado e uma pia utilitária ligada a uma mangueira que passava por baixo da rede que Evie puxou para entrar. Havia garrafas vazias e latas amassadas no chão. Havia uma cadeira dobrável que parecia bamba e com logo de Dale Earnhardt Jr. nas costas. Enrolada no canto, uma camisa quadriculada cinza.

Evie sacudiu a camisa para deixá-la menos dura e tirar ao menos um pouco da sujeira, e a vestiu. A parte de trás caía abaixo da bunda e das coxas. Até recentemente, aquela peça tinha pertencido a alguém nojento. Uma mancha impressionante com o formato da Califórnia descendo pela área do peito declarava que aquela pessoa nojenta era desastrada e gostava de maionese.

Ela se agachou ao lado dos botijões e soltou os tubos amarelados. Em seguida, girou as válvulas dos tanques de propano menos de um centímetro cada.

De volta ao lado de fora do barracão, tendo fechado a porta depois de passar, Evie parou para respirar ar puro.

Uns noventa metros descendo pelo barranco da floresta, havia um trailer com uma área de cascalho na frente e uma picape e dois carros estacionados. Três coelhos eviscerados, um ainda pingando, estavam pendurados em um varal junto com algumas calcinhas desbotadas e uma jaqueta jeans. Nuvens de fumaça saíam da chaminé do trailer.

Olhando para trás, pelo caminho que tinha tomado pela floresta aberta e pelo campo, a Árvore não estava mais visível. Ela, porém, não estava sozinha; mariposas cobriam o telhado do barracão, tremendo e esvoaçando.

Evie desceu o barranco. Galhos secos machucavam seus pés, e uma pedra cortou seu calcanhar. Ela não diminuiu o passo. Suas feridas cicatrizavam rápido. Perto do varal, ela parou para ouvir. Escutou um homem rindo, uma televisão ligada e dez mil minhocas no terreno ao redor, afofando o solo.

O coelho que ainda estava sangrando revirou os olhos embaçados para ela. Ela perguntou o que havia ali.

— Três homens, uma mulher — disse o coelho.

Uma única mosca voou dos lábios pretos destruídos do animal, zumbiu em volta e entrou na cavidade da orelha inerte. Evie ouviu a mosca se movendo lá dentro. Não culpava a mosca, ela estava fazendo o que uma mosca tinha sido feita para fazer, mas lamentou pelo coelho, que não merecia um destino tão sujo. Embora amasse todos os animais, Evie gostava muito dos menores, os que rastejavam por campinas e saltavam pela vegetação, os de asas frágeis e que se deslocavam com rapidez.

Ela colocou a mão em concha atrás da cabeça do coelho moribundo e levou delicadamente a boca preta e suja à dela.

— Obrigada — sussurrou Evie, e deixou tudo ficar silencioso.

5

Um benefício de viver no canto deles dos Apalaches era que dava para pagar uma casa decente com dois salários do governo. A casa dos Norcross era contemporânea, com três quartos, em um condomínio de casas similares. Eram casas bonitas, espaçosas sem serem grotescas, tinham gramados adequados para jogar bola e vistas que, nas estações verdes, eram vívidas, cheias de colinas e folhas. O que era um pouco deprimente no condomínio era que, mesmo com preços reduzidos, quase metade das casas bem atrativas estava vazia. A casa de demonstração no topo da colina era a exceção: aquela era mantida limpa, brilhante e mobiliada. Lila dizia que era questão de tempo até que um viciado em metanfetamina invadisse uma das casas e tentasse montar uma fábrica. Clint disse para ela não se preocupar, que ele conhecia a xerife. Na verdade, eles tinham um relacionamento meio estável.

("Ela gosta de coroas?", respondeu Lila, piscando e se encostando no quadril dele.)

O andar de cima da casa dos Norcross abrigava a suíte principal, o quarto de Jared e um terceiro quarto, que os dois adultos usavam como escritório. No primeiro andar, a cozinha era ampla e aberta, separada da sala por uma bancada. No lado direito da sala, por trás de uma porta dupla fechada, havia a sala de jantar, pouco usada.

Clint tomou café e leu o *New York Times* no iPad na bancada da cozinha. Um terremoto na Coreia do Norte tinha provocado uma quantidade enorme de mortes. O governo norte-coreano insistia que o dano havia sido menor devido à "arquitetura superior", mas havia filmagens de celular de corpos sujos de poeira e detritos. Uma plataforma de petróleo tinha pegado fogo no Golfo de Áden, provavelmente resultado de sabotagem, mas ninguém estava assumindo a responsabilidade. Todos os países da região haviam feito o equivalente diplomático a um bando de garotos que quebram uma janela jogando beisebol e correm para casa sem nem olhar para trás. No deserto do Novo México, o FBI estava no quadragésimo quarto dia de impasse com a milícia liderada por Compadre Brightleaf (nascido Scott David Winstead Jr.). Esse grupinho feliz se recusava a pagar impostos, a aceitar a legalidade da Constituição e a entregar seu estoque de armas automáticas. Quando as pessoas descobriam que Clint era psiquiatra, costumavam pedir que ele diagnosticasse as doenças mentais de políticos, celebridades e outras pessoas famosas. Ele costumava protestar, mas naquela situação se sentiu à vontade para fazer um diagnóstico à distância: Compadre Brightleaf estava sofrendo de algum tipo de transtorno dissociativo.

No pé da primeira página, havia a foto de uma jovem de rosto abatido de pé na frente de um barracão nos Apalaches com um bebê nos braços. "Câncer na Região do Carvão, A-13". Isso fez Clint se lembrar do vazamento químico em um rio local cinco anos antes, o que provocou a interrupção do suprimento de água por uma semana. Supostamente, tudo estava bem agora, mas Clint e sua família preferiam beber água mineral só por garantia. O sol aqueceu seu rosto. Ele olhou para os olmos gêmeos no quintal, depois para o deque da piscina. Os olmos o faziam pensar em irmãos, em irmãs, em maridos e esposas. Ele tinha certeza de que, embaixo da terra, as raízes estavam profundamente entrelaçadas. Montanhas verde-escuras se amontoavam ao longe. Havia nuvens parecendo derreter na caldeira do céu azul-claro. Pássaros voavam e cantavam. Não era uma pena como um bom ambiente de interior era desperdiçado com gente? Essa foi outra coisa que uma pessoa velha e espirituosa disse para ele certa vez.

Clint gostava de pensar que não era desperdício no caso dele. Nunca esperou ter uma vista daquelas. Se perguntava o quanto teria que ficar decrépito e sentimental para que fizesse sentido a sorte que algumas pessoas tinham e o azar que pesava em outros.

— Oi, pai. Bom dia. Como está o mundo? Alguma coisa boa acontecendo?

Clint se virou da janela e viu Jared entrar na cozinha fechando a mochila.

— Espere… — Ele virou algumas páginas eletrônicas. Não queria mandar o filho para a escola com um vazamento de petróleo, uma milícia ou câncer. Ah, a coisa certa. — Físicos estão teorizando que o universo pode existir para sempre.

Jared remexeu no armário de lanches, encontrou uma barra de cereal e enfiou no bolso.

— E você acha isso bom? Pode me explicar o que quer dizer?

Clint pensou por um segundo, até perceber que o filho estava implicando com ele.

— Eu sei que você está implicando comigo. — Ele olhou para Jared e usou o dedo do meio para coçar a pálpebra.

— Não precisa ficar tímido por causa disso, pai. Você tem privilégio de pai e filho. Tudo fica entre nós. — Jared se serviu de café. Ele tomava puro, como Clint tomava quando seu estômago era jovem.

A cafeteira ficava perto da pia, onde a janela se abria para o deque. Jared tomou um gole e apreciou a vista.

— Uau. Tem certeza de que é uma boa deixar mamãe aqui sozinha com Anton?

— Por favor, vai embora — disse Clint. — Vai para a escola e aprenda alguma coisa.

O filho estava maior do que ele. Era tocante, melancólico, irritante, desorientador, maravilhoso, incrível, alarmante. "Au-au" foi a primeira palavra de Jared, enunciada quase sem querer. "Au-au! Au-au!" Ele era um garoto adorável, perguntador e bem-intencionado, e se transformou em um jovem adorável, ainda perguntador e bem-intencionado. Clint tinha orgulho de como o lar seguro que eles ofereceram a Jared tinha permitido que ele se tornasse cada vez mais ele mesmo. Não foi assim na vida do pai.

Clint vinha considerando a ideia de dar camisinhas para o garoto, mas não queria falar com Lila sobre o assunto e não queria encorajar nada. Não queria estar pensando nisso. Jared insistia que ele e Mary eram só amigos, e talvez o garoto até acreditasse nisso. No entanto, Clint via como ele olhava para a garota, e era do jeito que se olha para alguém que se quer que seja uma amiga muito, muito próxima.

— O aperto da Liga Infantil — disse Jared, e esticou as mãos. — Você ainda sabe?

Clint sabia: punhos batendo, polegares roçando e se entrelaçando, mãos torcidas, uma escorregada pelas palmas e palmas duas vezes acima da cabeça. Embora houvesse muito tempo, eles fizeram com perfeição, e os dois riram. Aquilo deu um brilho à manhã.

Jared já estava longe quando Clint lembrou que tinha que mandar o filho tirar o lixo.

Outra coisa que faz parte do envelhecimento: se esquece o que quer lembrar e se lembra o que quer esquecer. Ele poderia ser a pessoa velha e espirituosa que disse isso. Devia mandar bordar em uma almofada.

6

Depois de estar na lista de bom comportamento por sessenta dias, Jeanette Sorley ganhou privilégios na sala comunitária três manhãs por semana, entre as oito as nove horas. Na realidade, isso queria dizer entre as oito e as oito e cinquenta e cinco, porque o turno de seis horas na carpintaria começava às nove. Lá, ela passaria o tempo inspirando verniz através de uma máscara de algodão fina e montando pernas de cadeira. Por isso, ganhava três dólares por hora. O dinheiro ia para uma conta e seria pago em cheque quando ela saísse (as detentas chamavam as contas de trabalho de Estacionamento Gratuito, como no Banco Imobiliário antigo). As cadeiras eram vendidas na loja da prisão, do outro lado da Route 17. Algumas custavam sessenta dólares, a maioria oitenta, e a prisão vendia muitas. Jeanette não sabia para onde o dinheiro ia e nem ligava para isso, mas ligava para ter privilégios na sala comunitária. Tinha uma TV de tela grande, jogos de tabuleiro e revistas. Também tinha uma máquina de lanches e uma máquina de refrigerantes que só funcionavam com moedas de vinte e cinco centavos, e as detentas *não tinham* moedas de vinte e cinco centavos, que eram consideradas contrabando — Ardil 22! —, mas pelo menos dava para olhar. (Além do mais, a sala comunitária se tornava, em alguns horários da semana, a sala de visitas, e visitantes veteranos, como Bobby, filho de Jeanette, sabiam que deviam levar muitas moedas de vinte e cinco centavos.)

Naquela manhã, ela estava sentada ao lado de Angel Fitzroy, vendo as notícias da manhã na WTRF, o canal 87 de Wheeling. As notícias eram as de sempre: um carro que passou atirando, um incêndio em um transformador, uma mulher presa por agredir outra mulher no Monster Truck Jam, a legislação estadual criando polêmica porque uma nova prisão masculina tinha sido construída no topo destruído de uma montanha e parecia ter problemas estruturais. Na parte nacional, o impasse com Compadre Brightleaf prosseguia. Do outro lado do planeta, estimava-se milhares de mortos em um terremoto na Coreia do Norte, e médicos na Austrália estavam relatando um surto de doença do sono que parecia afetar apenas as mulheres.

— O nome disso é metanfetamina — disse Angel Fitzroy. Ela estava mordiscando um Twix que encontrou na bandeja da máquina de lanches, fazendo-o render.

— Qual delas? As mulheres dormindo, a garota no Monster Truck Jam ou o cara que parece de um reality show?

— Todos esses podiam ser isso, mas eu estava pensando na mulher no Jam. Eu já fui em um desses, e quase todo mundo menos as crianças estava fumado ou cheirado. Quer um pedaço? — Ela colocou os restos do Twix na palma da mão curvada (para o caso de a guarda Lampley estar monitorando por uma das câmeras da sala comunitária) e ofereceu para Jeanette. — Não está tão velho quanto alguns outros que tem lá dentro.

— Eu passo — disse Jeanette.

— Às vezes eu vejo uma coisa que me faz querer estar morta — disse Angel com determinação. — Ou querer que todo mundo esteja. Olha aquilo. — Ela apontou para um pôster novo entre a máquina de lanches e a de refrigerantes. Mostrava uma duna de areia com pegadas seguindo para longe, parecendo ir até o infinito. Embaixo da foto estava a mensagem: O DESAFIO É CHEGAR LÁ.

— O cara chegou lá, mas aonde ele foi? *Que lugar* é aquele? — Angel queria saber.

— O Iraque? — perguntou Jeanette. — Ele deve estar no próximo oásis.

— Não, ele morreu de insolação. Está caído em um lugar onde não dá para ver, com os olhos esbugalhados e a pele preta como uma cartola. — Ela não sorriu. Angel era usuária de metanfetamina e do interiorzão, do tipo que mastigava casca de árvore e tinha sido batizada ao luar. Ela foi presa por agressão, mas Jeanette achava que Angel marcaria pontos em quase todas as categorias criminais. O rosto era todo ossos e ângulos, parecia duro o bastante para quebrar asfalto. Ela passou uma boa quantidade de tempo na Ala C durante sua estada na Dooling. Na Ala C, você só saía duas horas por dia. A Ala C era território das meninas más.

— Acho que não se fica preto nem morrendo de insolação no Iraque — disse Jeanette. Podia ser um erro discordar (ainda que com humor) de Angel, que tinha o que o dr. Norcross chamava de "problemas de raiva", mas naquela manhã Jeanette estava com vontade de viver perigosamente.

— O que quero dizer é que aquilo ali é um balde de merda — disse Angel. — O desafio é sobreviver ao dia de hoje, como você deve saber bem.

— Quem você acha que pendurou? O dr. Norcross?

Angel riu com deboche.

— Norcross tem mais bom senso. Não, isso é coisa da diretora Coates. *Jaaaanice.* A queridinha adora coisas motivacionais. Já viu o que tem na sala dela?

Jeanette tinha visto; era velho, mas não era bom. Mostrava um gatinho pendurado em um galho de árvore. Aguente aí, gatinho, realmente. A maioria das gatinhas daquele lugar já tinha caído dos galhos. Algumas já estavam fora da árvore.

O noticiário de TV estava mostrando a foto de um condenado que tinha fugido.

— Ah, cara — disse Angel. — Esse aí contraria a máxima de que negro é lindo, não é?

Jeanette não comentou. O fato era que ela gostava de homens com olhar cruel. Estava tratando disso com o dr. Norcross, mas por enquanto continuava sentindo essa atração por sujeitos que pareciam capazes de decidir a qualquer momento acertar um batedor de ovos nas suas costas nuas no meio do banho.

— McDavid está em uma das celas especiais de Norcross na Ala A — disse Angel.

— Onde você ouviu isso?

Kitty McDavid era uma das pessoas favoritas de Jeanette, inteligente e espirituosa. Havia um boato de que Kitty andava com uma galera pesada do lado de fora, mas não havia maldade real nela, exceto por aquela direcionada a si mesma. Ela foi uma praticante dedicada de cutting em um momento da vida; as cicatrizes cobriam os seios, as laterais, a parte mais alta das coxas. Tinha tendência a períodos de depressão, apesar de os medicamentos de Norcross parecerem estar ajudando com isso.

— Se você quer todas as notícias, tem que chegar aqui cedo. Eu ouvi dela.

Angel apontou para Maura Dunbarton, uma prisioneira idosa que trabalhava como monitora de outras prisioneiras e tinha recebido a sentença de prisão perpétua. Maura estava agora tirando revistas do carrinho e colocando nas mesas, com cuidado e acuidade infinitos. O cabelo branco se projetava em volta da cabeça como uma coroa fina. As pernas estavam envoltas em meias de alta compressão da cor de algodão doce.

— Maura! — chamou Jeanette… mas em voz baixa. Era proibido gritar na sala comunitária, menos as crianças nos dias de visitas e as detentas nas festas mensais. — Corre aqui, amiga.

Maura empurrou o carrinho lentamente na direção delas.

— Tenho uma *Seventeen* — disse ela. — Alguma das duas está interessada?

— Eu não estava interessada nem quando tinha dezessete anos — disse Jeanette. — O que aconteceu com Kitty?

— Passou metade da noite gritando — disse Maura. — Estou surpresa de você não ter ouvido. Tiraram ela da cela, deram uma injeção e colocaram na A. Está dormindo agora.

— Gritando o quê? — perguntou Angel. — Ou só gritando?

— Gritando que a Rainha Negra está chegando — disse Maura. — Diz que vai chegar hoje.

— Aretha vem dar show aqui? — perguntou Angel. — É a única rainha negra que eu conheço.

Maura não prestou atenção. Estava olhando para a loura de olhos azuis na capa da revista.

— Vocês têm certeza de que não querem essa *Seventeen*? Tem uns vestidos de festa bem bonitos.

Angel disse:

— Eu não uso vestidos assim se não estiver com minha tiara. — E riu.

— O dr. Norcross viu Kitty?

— Ele ainda não chegou — disse Maura. — Eu já tive um vestido de festa. Era bem bonito, azul e bufante. Meu marido abriu um buraco nele com o ferro. Foi sem querer. Ele estava tentando ajudar, mas ninguém ensinou a ele como se passa a ferro. A maioria dos homens nunca aprende. E agora ele não vai aprender, com certeza.

Nenhuma das duas respondeu. O que Maura Dunbarton tinha feito com o marido e os dois filhos era famoso. Havia acontecido trinta anos antes, mas alguns crimes eram inesquecíveis.

7

Três ou quatro anos antes (ou talvez cinco ou seis; os detalhes lhe fugiram e as referências estavam confusas), em um estacionamento atrás de um Kmart na Carolina do Norte, um homem disse para Tiffany Jones que ela estava atrás de problema. Ainda que a década anterior tivesse sido nebulosa, aquele momento tinha ficado com ela. Gaivotas berravam e catavam lixo atrás da plataforma de carga e descarga do Kmart. Um chuvisco cobria a janela de vidro do Jeep em que ela estava sentada, que pertencia ao cara que disse que ela estava atrás de problema. O cara era segurança de shopping. Ela tinha acabado de fazer um boquete nele.

O que aconteceu foi que ele a pegou furtando um desodorante. O acordo a que eles chegaram foi bem direto e nada surpreendente: ela fez sexo oral nele, ele a deixou ir embora. Ele era um filho da puta obeso. Foi uma operação e tanto conseguir acesso ao pau dele enquanto lidava com a barriga, as coxas e o volante do carro. Porém, Tiffany já tinha feito muitas coisas, e aquilo era muito pequeno em comparação e nem chegaria à lista principal, exceto pelo que ele disse.

— Deve ser um saco pra você, hein? — Uma careta solidária se abriu no rosto suado enquanto ele se contorcia no assento, tentando puxar a calça vermelha de plástico que devia ser a única coisa que ele conseguia comprar daquele tamanhão todo. — Você sabe que vai se meter em confusão quando se vê em uma situação assim, em que tem que cooperar com um cara como eu.

Até aquele ponto, Tiffany tinha suposto que abusadores, gente como seu primo Truman, deviam viver em negação. Se não era assim, como eles podiam viver? Como era possível uma pessoa machucar e degradar outra se estivesse totalmente ciente do que estava fazendo? Bom, acontece que era possível, e homens como o segurança porco faziam exatamente isso. Foi um choque essa percepção, que explicou abruptamente tanto da vida de merda dela. Tiffany achava que nunca tinha superado isso.

Três ou quatro mariposas voavam dentro da cúpula do lustre acima da bancada. A lâmpada estava queimada. Não importava; havia luz matinal suficiente no trailer. As mariposas se chocavam no vidro e batiam as asas, e suas pequenas sombras se cruzavam. Como elas haviam entrado lá? Aliás, como ela havia chegado *ali*? Por um tempo, depois de momentos difíceis no final da adolescência, Tiffany conseguiu construir uma vida. Ela foi garçonete em um bistrô em 2006 e ganhava boas gorjetas. Tinha um apartamento de dois aposentos em Charlottesville e plantava samambaias na varanda. Estava indo bem para alguém que abandonou o ensino médio. Nos fins de semana, ela gostava de alugar um cavalo baio chamado Moline que tinha boa personalidade e trote gostoso para ir cavalgar em Shenandoah. Agora, ela estava em um trailer na Merda Leste, Apalaches, e não estava mais apenas atrás de problema; já estava metida em um. Pelo menos, esse problema vinha enrolado em algodão. Não machucava do jeito que se esperava que um problema machucasse, o que talvez fosse o pior, porque estava tão mergulhada, enrolada até a ponta de si mesma que nem conseguia…

Tiffany ouviu um baque e de repente estava no chão. O quadril latejou no local onde bateu na beirada da bancada.

Com o cigarro pendurado no lábio, Truman olhou para ela.

— Terra para puta do crack. — Ele estava de botas de caubói e cueca boxer e mais nada. A pele do tronco estava esticada como filme de PVC sobre as costelas. — Terra para puta do crack — repetiu Truman, e bateu palmas na frente da cara dela como se ela fosse um cachorro desobediente. — Não está ouvindo? Estão batendo na porta.

Tru era tão babaca que a parte de Tiffany que ainda estava viva, a parte que a fazia sentir de vez em quando vontade de pentear o cabelo ou ligar para aquela Elaine da clínica de planejamento familiar que queria que ela aceitasse assinar um termo de programa de desintoxicação, às vezes olhava para ele com surpresa científica. Tru era um padrão de babaca. Tiffany perguntava a si mesma: "Fulano de tal é mais babaca do que Truman?". Poucos se comparavam; na verdade, até o momento, a resposta fora sim só para Donald Trump e para canibais. O recorde de maldade de Truman era extenso. Quando menino, ele enfiou o dedo no cu e meteu na narina de meninos menores. Mais tarde, roubou da mãe e penhorou joias e antiguidades dela. Viciou Tiffany em metanfetamina na tarde que passou para vê-la no lindo apartamento de Charlottesville. A ideia dele de pegadinha era cutucar a pele nua do seu ombro com um cigarro aceso quando os outros estavam dormindo. Truman era um estuprador, mas nunca tinha sido preso por isso. Alguns babacas tinham sorte. O rosto dele era coberto por uma barba ruivo-dourada irregular, e os olhos tinham pupilas enormes, mas o garoto arrogante que nunca se desculpava estava lá, no queixo projetado.

— Puta do crack, vem.

— O quê? — Tiffany conseguiu perguntar.

— Eu mandei você atender a porta! Jesus Cristo! — Truman fingiu um soco, e ela cobriu a cabeça com as mãos. Piscou as lágrimas.

— Foda-se — disse ela, sem muito entusiasmo. Esperava que o dr. Flickinger não tivesse ouvido. Ele estava no banheiro. Tiffany gostava do doutor. Ele era uma viagem. Sempre a chamava de madame e piscava para deixar claro que não era deboche.

— Você é uma puta do crack banguela e surda — anunciou Truman, ignorando o fato de que ele mesmo precisava urgentemente de tratamento nos dentes.

O amigo de Truman saiu do quarto do trailer, se sentou à mesa dobrável e disse:

— Puta do crack telefone minha casa. — Ele riu da própria piada e fez uma dancinha com os cotovelos. Tiffany não se lembrava do nome dele, mas esperava que a mãe dele morresse de orgulho do filho que tinha um cocô do *South Park* tatuado no pomo de adão.

Uma batida na porta. Dessa vez, Tiffany percebeu, uma batida dupla e firme.

— Deixa pra lá! Ninguém quer incomodar você, Tiff! Pode ficar com essa bunda burra no chão. — Truman abriu a porta.

Havia uma mulher usando uma das camisas quadriculadas dele, com um pedaço de perna morena visível embaixo.

— O que foi? — perguntou Truman. — O que você quer?

A voz que respondeu era baixa.

— Oi, homem.

De onde estava, em frente à mesa, o amigo de Truman gritou:

— Você é a moça da Avon, por acaso?

— Escuta, querida — disse Truman. — Você está convidada a entrar, mas acho que vou precisar que devolva a camisa.

Isso fez o amigo de Truman rir.

— Isso é incrível! É seu aniversário, por acaso, Tru?

Tiffany ouviu o barulho da descarga vindo do banheiro. O dr. Flickinger tinha terminado o que estava fazendo.

A mulher na porta esticou a mão e segurou o pescoço de Truman. Ele fez um barulho chiado; o cigarro caiu da boca. Ele levantou a mão e enfiou os dedos no pulso da visitante. Tiffany viu a pele da mão da mulher ficar branca com a pressão, mas ela não soltou.

Pontos vermelhos apareceram nas bochechas de Truman. O sangue escorreu dos cortes que suas unhas estavam fazendo no pulso da mulher, mas ela não soltou. O barulho chiado ficou baixo. A mão livre de Truman encontrou o cabo da faca Bowie enfiada no cinto e a puxou.

A mulher entrou na sala, com a outra mão segurando o antebraço da mão que estava com a faca no meio do golpe. Ela o fez recuar e o pressionou na parede dos fundos do trailer. Foi tudo tão rápido que Tiffany não conseguiu registrar completamente o rosto da estranha, só o cabelo embaraçado até os ombros, que era tão escuro que parecia ter um tom esverdeado.

— Opa, opa, opa — disse o amigo de Truman, procurando a pistola atrás de um rolo de toalhas de papel e se levantando da cadeira.

Nas bochechas de Truman, os pontos vermelhos se expandiram e viraram nuvens roxas. Ele estava fazendo o barulho de tênis de borracha em piso de madeira, sua careta virando uma boca triste de palhaço. Seus olhos se reviraram. Tiffany viu os batimentos pulsando na pele esticada à esquerda do esterno. A força da mulher era impressionante.

— Opa — disse o amigo de Truman de novo, quando a mulher bateu com a cabeça em Truman. O nariz de Tru se quebrou com um estalo de bombinha.

Um filete de sangue jorrou no teto, algumas gotas acertaram a cúpula do lustre. As mariposas estavam enlouquecidas, se debatendo dentro do lustre, fazendo um som como o de um cubo de gelo sendo sacudido em um copo.

Quando Tiffany desceu o olhar, viu a mulher virando o corpo de Truman na direção da mesa. O amigo de Truman se levantou e apontou a arma. O barulho de uma bola de boliche de pedra soou no trailer. Uma peça de quebra-cabeça de forma irregular apareceu na testa de Truman. Um lenço velho caiu no olho dele, pele com um pedaço de sobrancelha junto, solto e pendurado. O sangue se espalhou sobre a boca flácida de Truman e escorreu pelo queixo. O pedaço de pele com a sobrancelha estava caído sobre a bochecha. Tiffany pensou nas esponjas que pareciam um esfregão que limpavam as janelas no lava-jato.

Um segundo tiro abriu um buraco no ombro de Truman. O sangue jorrou no rosto de Tiffany, e a mulher jogou o corpo de Truman em cima do amigo. A mesa desabou com o peso dos corpos. Tiffany não ouvia os próprios gritos.

O tempo deu um salto.

Tiffany se viu no canto do armário, com uma capa de chuva puxada até o queixo. Uma série de baques abafados e rítmicos fez o trailer balançar de um lado para outro na base. Tiffany foi jogada em uma lembrança da cozinha do bistrô de Charlottesville tantos anos antes, vendo o chef usando um martelo de bater carne. Os baques eram assim, só que bem mais pesados.

Houve um estalo de metal e plástico se partindo, e os baques pararam. O trailer parou de se mexer.

Uma batida sacudiu a porta do armário.

— Você está bem? — Era a mulher.

— Vá embora! — gritou Tiffany.

— O do banheiro fugiu pela janela. Acho que você não precisa se preocupar com ele.

— O que você fez? — perguntou Tiffany, chorando. Ela estava coberta com o sangue de Truman e não queria morrer.

A mulher não respondeu na hora. Não que precisasse. Tiffany viu o que ela havia feito, ou viu o suficiente. E ouviu o suficiente.

— Você deveria descansar agora — disse a mulher. — Só descanse.

Alguns segundos depois, Tiffany pensou ter ouvido em meio aos ecos deixados pelos tiros o som da porta externa se fechando.

Ela se encolheu embaixo da capa de chuva e gemeu o nome de Truman.

Ele ensinou a ela como fumar drogas: "Vá devagar", disse ele. "Você vai se sentir melhor." Que mentiroso. Que filho da puta ele foi, que monstro. Por que ela estava chorando por ele? Não conseguia evitar. Queria conseguir, mas não tinha como.

8

A moça da Avon que não era uma moça da Avon andou para longe do trailer, para o laboratório de metanfetamina. O cheiro de propano foi ficando mais forte a cada passo, até o ar estar rançoso. Suas pegadas apareceram atrás dela; brancas, pequenas e delicadas, formas que vinham do nada e pareciam feitas de penugem de asclepias. A barra da camisa emprestada tremia em volta das longas coxas.

Em frente ao barracão, ela pegou um pedaço de papel preso em um arbusto. No alto, em grandes letras azuis, anunciava TUDO EM LIQUIDAÇÃO TODOS OS DIAS! Embaixo disso havia fotos de geladeiras grandes e pequenas, máquinas de lavar roupa, máquinas de lavar louça, fornos de micro-ondas, aspiradores variados, aspiradores Dirt Devil, compactadores de lixo, processadores de comida, e mais. Uma imagem mostrava uma jovem magra de calça jeans sorrindo com sabedoria para a filha, que era loura como a mãe. A linda garotinha segurava um bebê de plástico nos braços e sorria para ele. Também havia uma televisão grande mostrando homens jogando futebol americano, homens jogando beisebol, homens em carros de corrida e churrasqueiras portáteis ao lado das quais havia homens com garfos gigantes e pinças gigantes. Apesar de não dizer abertamente, a mensagem daquela propaganda era clara: as mulheres trabalham e arrumam enquanto os homens assam a caça.

Evie enrolou o folheto de propaganda e começou a estalar os dedos sob a ponta mais distante do canudo formado. Uma fagulha pulou a cada estalo. No terceiro, o papel pegou fogo. Evie também podia assar. Ela segurou o rolo para cima, examinou a chama e jogou no barracão. Saiu andando em um passo rápido, atravessando a floresta na direção da Route 43, conhecida entre os moradores como Ball's Hill Road.

— Dia agitado — disse ela para as mariposas que a envolviam mais uma vez. — Dia bem agitado.

Quando o barracão explodiu, ela não se virou, e nem sequer se encolheu quando um pedaço de aço corrugado voou por cima de sua cabeça.

2

1

A sala da xerife do condado de Dooling estava lerda no sol da manhã. As três celas estavam vazias, as portas com grades abertas, o piso recém-lavado e com cheiro de desinfetante. A única sala de entrevistas também estava vazia, assim como a de Lila Norcross. Linny Mars, a atendente, estava com o local só para si. Atrás da mesa havia um pôster de um presidiário fortão de cara feia usando macacão laranja e levantando peso. ELES NUNCA TIRAM UM DIA DE FOLGA, dizia o pôster, E VOCÊ TAMBÉM NÃO DEVERIA TIRAR!

Linny tinha o hábito de ignorar esse conselho bem-intencionado. Ela não praticava exercícios desde o breve interesse que teve por dança aeróbica na ACM, mas tinha orgulho de sua aparência. Agora, estava absorta em um artigo da *Marie Claire* sobre o jeito certo de passar delineador. Para conseguir uma linha estável, era preciso apertar o mindinho na bochecha. Isso oferecia mais controle e protegia de tremores repentinos. O artigo sugeria começar no meio e seguir para o lado externo do olho, depois começar do lado perto do nariz e completar o visual. Uma linha fina para o dia; uma linha mais grossa e mais dramática para aquela noite importante com o cara que você queria…

O telefone tocou. Não a linha regular, mas a que tinha a faixa vermelha no fone. Linny colocou a *Marie Claire* na mesa (lembrando a si mesma de passar no Rite Aid e comprar delineador L'Oréal Opaque) e atendeu o telefone. Trabalhava no atendimento havia cinco anos, e naquela hora da manhã era capaz de ser um gato preso em uma árvore, um cachorro perdido, um acidente de cozinha ou, e ela esperava que não, um incidente de engasgo com um bebê envolvido. As merdas relacionadas a armas quase sempre aconteciam depois que o sol se punha, e normalmente envolviam o Squeaky Wheel.

— Nove-um-um, qual é sua emergência?

— A moça da Avon matou Tru! — gritou uma mulher. — Ela matou o Tru e o amigo do Tru! Não sei o nome dele, mas ela fez a porra da cabeça dele passar pela porra da parede! Se eu olhar pra isso de novo, vou ficar cega!

— Senhora, as ligações para o 911 são gravadas — disse Linny —, e nós não gostamos de trote.

— Eu não estou passando trote! Quem está passando trote? Uma vagabunda entrou aqui e matou o Tru! Tru e o outro cara! Tem sangue pra todo lado!

Linny teve noventa por cento de certeza de que era trote ou maluquice quando a voz arrastada falou na moça da Avon; agora, ela tinha oitenta por cento de certeza de que era verdade. A mulher estava balbuciando quase a ponto de não ser compreendida, e o sotaque sulista era denso e difícil. Se Linny não fosse de Mink Crossing, no condado de Kanawha, talvez tivesse achado que a moça estava falando outra língua.

— Qual é seu nome, senhora?

— Tiffany Jones, mas não é comigo! Eles estão mortos e não sei por que ela me deixou viva, mas e se ela voltar?

Linny se inclinou para a frente e observou a folha de trabalho do dia: quem estava na casa e quem estava fazendo patrulha. O departamento da xerife só tinha nove carros, e dois estavam quase sempre parados. O condado de Dooling era o menor do estado, mas não o mais pobre; essa honra dúbia pertencia ao vizinho, o condado de McDowell, que ficava no meio do nada.

— Não estou vendo seu número na minha tela.

— Claro que não. É um dos celulares de Tru. Ele faz alguma coisa nos aparelhos. Ele… — Houve uma pausa, um estalo, e a voz de Tiffany Jones recuou e ficou aguda. — Ah, meu Cristo, o laboratório explodiu! Por que ela fez isso? Ah, meu Cristo, ah, meu Cristo, ah…

Linny começou a perguntar do que ela estava falando, mas ouviu um estrondo grave. Não foi particularmente alto, não sacudiu as janelas, mas foi um estrondo, sim. Como se um jato de Langley, na Virginia, tivesse rompido a barreira do som.

Qual é a velocidade do som?, ela se perguntou. *A gente não aprende essa fórmula na aula de física?* Mas a física do ensino médio foi muito tempo antes. Quase em outra vida.

— Tiffany? Tiffany Jones? Você ainda está aí?

— Mande alguém aqui antes que a floresta pegue fogo! — Tiffany gritou isso tão alto que Linny segurou o telefone longe do ouvido. — É só seguir a porra do nariz! Ver a fumaça! Já está aumentando! Em Ball's Hill, depois do Ferry e do depósito de madeira!

— Essa mulher, a que você chamou de moça da Avon...

Tiffany começou a rir em meio ao choro.

— Ah, a polícia vai saber se der de cara com ela. Ela é a mulher coberta com o sangue de Truman Mayweather.

— Você pode me dar seu endere...

— O trailer não tem endereço! Tru não recebe correspondência! Cala essa boca e manda alguém aqui!

Com isso, Tiffany desligou.

Linny atravessou o escritório vazio e saiu no sol matinal. Um grupo de pessoas estava reunido nas calçadas da Main Street, protegendo os olhos e observando o leste. Naquela direção, talvez a cinco quilômetros, uma fumaça preta subia ao céu. Direta e reta, não espiralando, e graças a Deus por isso. E, sim, era perto do Depósito de Madeira Adams, um lugar que ela conhecia bem, primeiro pelas idas de picape até lá com o pai e depois de idas de picape até lá com o marido. Os homens tinham umas fascinações estranhas. Depósitos de madeira pareciam ser uma delas, provavelmente em uma posição à frente de picapes com pneus enormes, mas bem atrás de exibições de armas.

— O que nós temos? — perguntou Drew T. Barry, da Drew T. Barry Indenizações, em frente à loja do outro lado da rua.

Linny praticamente via os algarismos em coluna das indenizações rolando pelo fundo dos olhos de Drew T. Barry. Ela entrou sem responder, primeiro para ligar para o corpo de bombeiros (onde os telefones já deveriam estar tocando, ela achava), depois para Terry Coombs e Roger Elway, da Unidade Quatro, depois para a chefe, que deveria estar dormindo, depois de ter ligado na noite anterior para avisar que estava doente.

2

Porém, Lila Norcross não estava dormindo.

Ela tinha lido em um artigo de revista, provavelmente quando estava esperando uma limpeza nos dentes ou uma consulta no oftalmologista, que uma pessoa comum levava de quinze minutos a meia hora para adormecer. No entanto, havia uma ressalva, da qual Lila nem precisava ser informada: era preciso estar com a mente calma, e ela não estava nesse estado. Primeiro, ainda estava vestida, apesar de ter aberto o zíper da calça e desabotoado a camisa marrom do uniforme. Também tinha tirado o cinto. Ela se sentia culpada. Não estava acostumada a mentir para o marido sobre coisas pequenas e nunca tinha mentido sobre uma coisa grande até aquela manhã.

Acidente na Mountain Rest Road, escreveu ela na mensagem de texto. *Nem tente ligar, temos que limpar a bagunça.* De manhã, ela até acrescentou um pouco de verossimilhança, que agora a cutucava como um espinho: *Tem areia de gato em toda a estrada! Precisamos de uma escavadeira!* Uma coisa dessas sairia no jornal local, não é? Só que Clint não tinha o costume de ler, então talvez não tivesse problema. Porém, as pessoas falariam sobre um acontecimento engraçado desses, e quando ninguém falasse nada, ele se perguntaria...

— Ele quer ser pego — disse ela para Clint quando eles estavam vendo um documentário da HBO, chamado *The Jinx*, sobre um assassino em série rico e excêntrico chamado Robert Durst. Isso foi no começo do segundo de seis episódios. — Ele nunca teria aceitado conversar com esse pessoal do documentário se não quisesse. — E realmente, Robert Durst estava na cadeia. A pergunta era: *ela* queria ser pega?

Se não, por que havia mandado a mensagem? Na hora ela disse para si mesma que foi porque se ele ligasse e ouvisse o ruído de fundo do ginásio da Coughlin High School, o público comemorando, o chiado de tênis no piso de madeira, o soar do alarme, ele acabaria perguntando onde ela estava e o que estava fazendo lá. Mas ela poderia ter deixado a ligação cair na caixa postal, não poderia? E respondido mais tarde?

Eu não pensei nisso, ela disse para si mesma. *Estava nervosa e chateada.*

Verdadeiro ou falso? Naquela manhã, ela estava pendendo para a segunda opção. Que ela teceu uma teia emaranhada de propósito. Que queria forçar Clint a forçá-la a confessar, e que fosse ele quem puxasse o fio que desfaria tudo.

Ocorreu a ela, com pesar, que, com todos os anos que tinha na execução da lei, era seu marido, o psiquiatra, que seria o melhor criminoso. Clint sabia guardar um segredo, não sabia?

Lila sentia como se tivesse descoberto que havia um novo andar em casa. Sem querer, ela apertou um ponto gasto na parede, e uma escada se revelou. Lá dentro da passagem secreta, havia um gancho, e pendurada nesse gancho havia uma jaqueta de Clint. O choque foi ruim, a dor foi pior, mas nenhum dos dois se comparava à vergonha: como era possível não perceber? E quando se torna ciente, quando acorda para a realidade da vida, como pode viver mais um segundo sem gritar? Se a descoberta de que seu marido, um homem com quem falou todos os dias ao longo de mais de quinze anos, o pai do seu filho, tem uma filha que ele nunca mencionou... se isso não merece um grito, um berro de fúria e dor de deixar a garganta em carne viva, o que merece? Mas ela só desejou a ele um bom dia e se deitou.

O cansaço finalmente começou a tomar conta dela e a encobrir sua consternação. Ela estava finalmente afundando, e isso era bom. Tudo ficaria mais simples depois de cinco ou seis horas de sono; ela se sentiria mais calma; conseguiria falar com ele; e talvez Clint pudesse ajudá-la a entender. Esse era o trabalho dele, não era? Dar sentido às confusões da vida. Bom, ela tinha uma confusão para ele! Areia de gato por toda a estrada. Merda de gato na passagem secreta, areia de gato *e* merda de gato na quadra de basquete, onde uma garota chamada Sheila virava o ombro, fazendo a defesa recuar, dava um passo e ia na direção da cesta.

Uma lágrima escorreu pela bochecha de Lila e ela expirou, quase conseguindo fugir para o sono.

Uma coisa fez cócegas em seu rosto. Parecia um fio de cabelo ou talvez um fiapo solto da fronha. Ela afastou o incômodo, resvalou um pouco mais para o sono verdadeiro e estava quase lá quando o telefone no cinto de utilidades jogado sobre a cômoda de cedro no pé da cama a despertou.

Ela abriu os olhos e se sentou. O fio de cabelo ou de linha ou o que fosse roçou em sua bochecha. Ela o afastou com a mão. *Clint, se for você...*

Lila foi até o telefone e olhou para a tela. Não era Clint. A palavra era BASE. O relógio dizia 7:57. Lila apertou no botão de ATENDER.

— Xerife? Lila? Está acordada?

— Não, Linny, isso é só um sonho.

— Acho que a gente pode estar com um problemão.

Linny era lacônica e profissional. Lila a parabenizava por isso, mas o sotaque tinha voltado à voz, o que significava que ela estava séria e preocupada. Lila arregalou bem os olhos, como se isso fosse fazê-la despertar mais rápido.

— Uma pessoa ligou para relatar múltiplos homicídios perto do Depósito de Madeira Adams. Ela pode estar enganada quanto a isso ou ter mentido ou até estar tendo uma alucinação, mas houve uma explosão e tanto. Você não ouviu?

— Não. Me diga exatamente o que sabe.

— Posso pôr a gravação da ligação...

— Só me conte.

Linny contou: mulher doidona, histérica, diz que tem dois mortos, moça da Avon foi a culpada, explosão, fumaça visível.

— E você mandou...

— A Unidade Quatro. Terry e Roger. De acordo com o último contato, eles estão a pouco mais de um quilômetro de lá.

— Certo. Ótimo.

— Você...

— A caminho.

3

Ela estava na metade do caminho até a viatura estacionada na porta de casa quando percebeu que Anton Dubcek estava olhando para ela. Sem camisa, o peitoral brilhando, a calça cobrindo (um pouco) os ossos dos quadris, o cara da piscina parecia estar se candidatando para a posição de garoto de maio em um calendário Chippendales. Ele estava no meio-fio, perto da van, pegando algum equipamento de limpeza da piscina. Tinha "Anton, o Cara da Piscina" escrito na lateral em fonte Florentina.

— O que você está olhando?

— A glória matinal — disse Anton, oferecendo um sorriso radiante que deveria encantar todas as garçonetes de bar nos Três Condados.

Ela olhou para baixo e viu que não tinha nem enfiado a blusa na calça e nem abotoado. O sutiã branco simples exibia bem menos do que os sutiãs dos dois biquínis que ela tinha (e de forma bem menos glamourosa), mas havia alguma coisa entre homens e lingerie; eles viam uma garota de sutiã e parecia que tinham ganhado cinquenta pratas em uma raspadinha. Porra, Madonna tinha feito carreira só com isso no passado. Provavelmente antes de Anton nascer, ela percebeu.

— Essa cantada funciona, Anton? — Abotoando a camisa e botando para dentro da calça. — Alguma vez funcionou?

O sorriso se alargou.

— Você ficaria surpresa.

Ah, dentes tão brancos. Ela não ficaria surpresa.

— A porta dos fundos está aberta, se você quiser pegar uma coca. Tranque quando for embora, tá?

— Pode deixar. — Ele bateu uma continência parcial.

— E nada de cerveja. Está cedo demais até para você.

— É sempre cinco horas em algum lug…

— Me poupe da letra de música country, Anton. A noite foi longa, e se eu não conseguir dormir nem um pouco, o dia também vai ser.

— Entendido. Mas, ei, xerife, tenho más notícias: tenho quase certeza de que tem grafiose no olmo lá atrás. Quer que eu deixe o telefone do meu amigo jardineiro? Não é uma boa deixar isso…

— Tudo bem, obrigada.

Lila não ligava para as árvores, não naquela manhã, apesar de ter que apreciar a acuidade dos momentos ruins: suas mentiras, as omissões de Clint, a exaustão, o incêndio, cadáveres e agora árvores infestadas, tudo antes das nove da manhã. A única coisa que faltava era Jared quebrar um braço ou alguma coisa assim, e Lila não teria escolha além de ir a St. Luke implorar para o padre Lafferty ouvir sua confissão.

Ela deu ré pela entrada, seguiu para o leste pela Tremaine Street, fez uma paradinha que teria merecido uma multa se ela não fosse a xerife, viu a fumaça subindo pela Route 17 e acendeu as luzes superiores. Guardaria a sirene para os últimos três quarteirões que constituíam o centro de Dooling. Só para dar uma emoção a todo mundo.

4

No sinal de trânsito em frente à escola de ensino médio, Frank Geary bateu com os dedos no volante. Ele estava indo para a casa do juiz Silver. O velho juiz o chamou pelo celular; pela voz, ele mal estava se controlando. Seu gato, Cocoa, tinha sido atropelado.

Uma sem-teto conhecida, enrolada em tantas camadas de roupa que não dava para ver seus pés, atravessou na frente da picape dele, empurrando um carrinho de compras. Estava falando sozinha com uma expressão alegre e divertida. Talvez uma das personalidades dela estivesse planejando uma festa surpresa para uma das outras. Ele às vezes achava que seria legal ser maluco, não maluco como Elaine parecia achar que ele era, mas maluco de verdade, do tipo que fala sozinho e empurra um carrinho de compras cheio de sacos de lixo e a metade de cima de um manequim masculino.

Que motivo as pessoas malucas tinham para se preocupar? Motivos malucos, provavelmente, embora, em sua fantasia de loucura, Frank gostasse de imaginar que era mais simples. *Sirvo o leite e o cereal na cabeça ou tudo dentro da caixa de correspondência?* Se você fosse doido, talvez essa fosse uma decisão estressante. Para Frank, havia o estresse dos cortes anuais futuros no Orçamento Municipal de Dooling, que podiam deixá-lo sem trabalho, e havia o estresse de tentar se manter no controle nos fins de semana quando via a filha, e havia o estresse de saber que Elaine esperava que ele não conseguisse se controlar. Sua própria esposa torcendo contra ele, que tal isso como estresse? O leite e o cereal na cabeça ou na caixa de correspondência, por comparação, ele achava que poderia resolver sem problema. Cereal na cabeça, leite na caixa de correspondência. Pronto. Problema resolvido.

A luz ficou verde, e Frank virou à esquerda na Malloy.

5

Do outro lado da rua, a mulher sem-teto, Velha Essie para os voluntários do abrigo e Essie Wilcox um dia, no passado, empurrou o carrinho de compras pela área de grama em volta do estacionamento da escola. Depois de chegar ao asfalto, ela o empurrou na direção das quadras esportivas e da floresta que havia depois, onde morava nos meses quentes.

— Andem logo, crianças! — Essie falou para a frente, como se com o conteúdo barulhento do carrinho, na verdade falando com a família invisível de quatro meninas idênticas, que andavam atrás dela em fila, como patinhos. — Precisamos chegar em casa para jantar, senão podemos acabar *sendo* o jantar! No caldeirão de uma bruxa!

Essie riu, mas as meninas começaram a chorar e reclamar.

— Ah, suas menininhas bobas! — disse ela. — Eu só estava brincando!

Essie chegou à extremidade do estacionamento e empurrou o carrinho pelo campo de futebol americano. Atrás dela, as garotas estavam mais animadas. Elas sabiam que a Mãe jamais deixaria nada acontecer com elas. Eram meninas boazinhas.

6

Evie estava entre dois estrados de tábuas de pinheiro recém-cortadas no lado esquerdo do Depósito de Madeira Adams quando a Unidade Quatro passou. Estava protegida dos xeretas de pé em frente ao prédio principal, mas não da estrada. Porém, os policiais nem prestaram atenção nela, apesar de ainda estar usando apenas a camisa de Truman Mayweather no corpo e o sangue de Truman Mayweather no rosto e nos braços. Os policiais só tinham olhos para a fumaça subindo na extremidade de uma floresta muito seca.

Terry Coombs se inclinou para a frente e apontou.

— Está vendo aquela pedra grande com TIFFANY JONES ESCROTA pintado com tinta spray?

— Estou.

— Você vai ver uma estrada de terra logo depois. Entre nela.

— Tem certeza? — perguntou Roger Elway. — A fumaça parece estar um quilômetro e meio mais para a frente, pelo menos.

— Acredite em mim. Já estive aqui antes, quando Tru Mayweather se considerava um cafetão de trailer em tempo integral e cultivador de maconha em meio período. Acho que ele subiu na vida.

A Unidade Quatro derrapou na terra, mas os pneus se firmaram. Roger seguia a sessenta e cinco por hora, o carro do condado às vezes batendo com o fundo no chão, apesar da suspensão. A grama alta na faixa do meio roçava no chassi. Agora, eles sentiam o cheiro de fumaça.

Terry pegou o microfone.

— Unidade Quatro para a Base, Base, aqui é a Quatro.

— Quatro, aqui é a Base — respondeu Linny.

— Vamos chegar ao local em três minutos se Roger não nos enfiar na vala. — Roger levantou a mão do volante por tempo suficiente para mostrar o dedo do meio para o parceiro. — Qual é o status do Corpo de Bombeiros?

— Seguindo com os quatro carros e a ambulância. Alguns dos voluntários também. Devem estar logo atrás de vocês. Cuidado com a moça da Avon.

— Moça da Avon, pode deixar. Quatro desligando.

Terry guardou o microfone no suporte na hora em que o carro quicou e os deixou momentaneamente no ar. Roger fez o veículo parar de repente. A estrada à frente estava coberta de pedaços de telhado corrugado, latas de propano explodidas, recipientes de plástico e papel picado, alguns fumegado. Ele viu um disco preto e branco que parecia um botão de fogão.

A parede de um barracão estava encostada em uma árvore morta e em chamas como uma tocha havaiana. Dois pinheiros próximos do que era a parte de trás do barracão também estavam pegando fogo. Os arbustos nas laterais da estrada também.

Roger abriu o porta-malas, pegou o extintor e começou a espalhar espuma branca na vegetação baixa. Terry pegou o cobertor corta-fogo e começou a apagar as chamas nos detritos na estrada. O Corpo de Bombeiros chegaria logo; o trabalho deles era de contenção.

Roger se aproximou segurando o extintor.

— Está vazio, e você não está fazendo porra nenhuma. Vamos sair daqui antes que a gente fique encurralado, o que você acha?

— Acho uma excelente ideia. Vamos ver o que anda rolando em *chez* Mayweather.

A testa de Roger estava coberta de suor, que cintilava nos esparsos fios que cobriam o aeroporto de mosquito amarelo-pálido. Ele estreitou os olhos.

— Che o quê?

Terry gostava do parceiro, mas não ia querer Roger na equipe do Boliche Cultural das quartas-feiras no Squeaky Wheel.

— Deixa pra lá. Dirija.

Roger entrou atrás do volante. Terry foi para o lado do passageiro. Um carro de bombeiros de Dooling apareceu na curva quarenta metros atrás, roçando as laterais nos troncos de árvores que ladeavam a estrada. Terry acenou para eles e destravou a arma embaixo do painel. Era melhor prevenir do que remediar.

Eles chegaram em uma clareira onde um trailer pintado de um turquesa horroroso de pedrinhas de aquário estava apoiado em macacos. Os degraus de entrada eram blocos de concreto. Uma F-150 enferrujada estava com dois pneus furados. Tinha uma mulher na porta traseira, com o cabelo castanho sujo escondendo o rosto. Estava de calça jeans e camiseta regata. Boa parte da pele exposta era decorada com tatuagens. Terry leu a palavra AMOR no antebraço direito. Os pés estavam descalços e imundos. Ela estava magra a ponto de estar esquelética.

— Terry... — Roger inspirou e fez um barulho de limpar a garganta que era quase o de vômito. — Ali.

O que Terry viu o fez pensar em um jogo de feira do qual ele havia participado quando garoto. Um homem enfiava a cabeça por um recorte em papelão do Popeye, e por dez centavos você podia jogar três sacos plásticos de água colorida nele. Só que não era água colorida embaixo da cabeça enfiada pela parede do trailer.

Um cansaço imenso tomou conta de Terry. Seu corpo todo pareceu ganhar peso, como se suas entranhas tivessem virado concreto. Ele já tinha sentido isso antes, mais na cena de acidentes feios de carro, e sabia que o sentimento era transitório, mas, enquanto durava, era infernal. Havia aquele momento em que se olhava para uma criança ainda presa na cadeirinha do carro, mas com o corpinho aberto como um saco de lavanderia, ou quando se olhava para uma cabeça atravessando uma parede de trailer, a pele repuxada nas bochechas pela passagem cataclísmica, e se perguntava por que diabos o mundo tinha sido criado. As coisas boas eram poucas, e todo o resto era horrível.

A mulher sentada atrás do trailer levantou a cabeça. Seu rosto estava pálido, os olhos envoltos em círculos escuros. Ela esticou os braços para eles, mas os baixou imediatamente para as coxas, como se estivessem pesados, pesados demais. Terry já a tinha visto antes; ela era uma das garotas de Tru Mayweather antes de ele se meter com metanfetamina. Talvez ainda estivesse ali por ter sido promovida a quase namorada, se era que dava para chamar isso de promoção.

Ele saiu da viatura. Ela se levantou do para-choque traseiro e teria caído de joelhos se Terry não a tivesse segurado pela cintura. A pele debaixo das mãos dele estava fria, e ele conseguia sentir cada costela. De perto assim, ele viu que algumas das tatuagens dela eram na verdade hematomas. Ela se agarrou nele e começou a chorar.

— Calma — disse Terry. — Calma, agora. Você está bem. O que quer que tenha acontecido aqui, acabou.

Em outras circunstâncias, ele teria considerado a única sobrevivente a principal suspeita e todo aquele papo de moça da Avon como baboseira, mas o saco de ossos em seus braços nunca teria conseguido enfiar a cabeça daquele cara pela parede do trailer. Terry não sabia há quanto tempo Tiffany ficava doidona com as drogas de Truman, mas, na condição atual dela, ele achava que só assoar o nariz já seria um esforço danado.

Roger se aproximou e parecia estranhamente alegre.

— Você que fez a ligação, moça?

— Foi...

Roger pegou o bloquinho.

— Seu nome?

— Esta é Tiffany Jones — disse Terry. — É isso mesmo, não é, Tiff?

— É, eu já vi você antes, moço. Quando fui tirar Tru da cadeia naquela vez. Eu lembro. Você foi legal.

— E aquele cara? Quem é ele? — Roger apontou para a cabeça com o caderno, um gesto casual, como se estivesse indicando um marco na paisagem local, e não um ser humano destruído. A casualidade dele foi impressionante, e Terry sentiu inveja. Se pudesse aprender a se ajustar a esse tipo de coisa com a facilidade de Roger, ele achava que seria um homem mais feliz e talvez um policial melhor.

— Não sei — disse Tiffany. — Ele era um amigo de Tru. Veio do Arkansas na semana passada, ele disse. Talvez tenha sido duas semanas atrás.

Na estrada, os bombeiros estavam gritando e a água estava jorrando, provavelmente de um carro-pipa; não havia encanamento da cidade ali.

Terry viu um arco-íris momentâneo no ar, flutuando na frente da fumaça que agora estava ficando branca.

Terry segurou Tiffany delicadamente pelos pulsos finos como varetas e observou os olhos vermelhos.

— E a mulher que fez isso? Você disse para a atendente que foi uma mulher.

— O amigo de Tru chamou ela de moça da Avon, mas ela não era nada disso. — Certa emoção atravessou o choque de Tiffany. Ela se empertigou e olhou ao redor, com medo. — Ela foi embora, né? Espero que sim.

— Como ela era?

Tiffany balançou a cabeça.

— Não lembro. Mas ela roubou a camisa do Tru. Acho que estava pelada embaixo.

Ela fechou os olhos e reabriu lentamente. Terry reconheceu os sinais. Primeiro, o trauma de um evento violento inesperado, depois a ligação histérica para o 911, agora o choque pós-acontecimento. Isso acrescentado às drogas que ela tinha usado e ao tempo pelo qual vinha usando. Os olhos subindo e descendo. Até onde ele sabia, Truman Mayweather, Tiffany e o amigo de Truman Mayweather do Arkansas estavam doidões havia três dias.

— Tiff? Quero que você se sente na viatura enquanto meu parceiro e eu damos uma olhada por aí. Pode se sentar aqui atrás. Descanse.

— Hora da sonequinha, garota — disse Roger, sorrindo, e por um momento Terry sentiu uma vontade irresistível de dar um chute naquela bunda caipira.

Em vez de fazer isso, ele abriu a porta de trás da viatura para ela, e isso despertou outra lembrança: a limusine que ele alugou para ir ao baile com Mary Jean Stukey. Ela de vestido rosa tomara que caia com mangas bufantes, com a flor que ele levou para ela no pulso, ele de smoking alugado. Foi na era dourada, antes de ele ter visto o cadáver de olhos brancos de uma garota bonita com a cratera de um tiro no peito, ou um homem que se enforcou no celeiro, ou uma prostituta viciada em metanfetamina de olhos fundos que parecia ter menos de seis meses de vida.

Estou velho demais para esse trabalho, Terry pensou. *Eu deveria me aposentar.*

Ele tinha quarenta e cinco anos.

7

Apesar de Lila nunca ter atirado em ninguém, ela puxou a arma em cinco ocasiões e disparou para o alto em uma (e, *nossa*, a papelada que teve preencher só por ter feito isso). Como Terry e Roger, e todos do grupinho de cavaleiros de azul, ela limpou sujeira humana de muitos incidentes em estradas pequenas (normalmente com o cheiro de álcool ainda no ar). Desviou de objetos voadores, acabou com brigas familiares que viraram agressão física, administrou reanimação cardiopulmonar e fez talas para membros quebrados. Ela e seu pessoal encontraram duas crianças perdidas na floresta, e em várias ocasiões vomitaram nela. Teve muitas experiências ao longo dos catorze anos trabalhando com a lei, mas nunca tinha encontrado uma mulher suja de sangue usando só uma camisa de flanela andando na divisória da estrada principal do condado de Dooling. Isso era novidade.

Ela chegou a Ball's Hill a cento e trinta quilômetros por hora, e a mulher estava a menos de trinta metros da viatura. Não fez esforço para desviar para a direita e nem para a esquerda, mas nem naquele momento por um triz Lila viu expressão de medo paralisado no rosto dela, só observação calma. E outra coisa: ela era linda.

Lila não conseguiria ter parado a tempo nem se tivesse dormido a noite toda, não a cento e trinta. Ela desviou para a direita e passou a centímetros da mulher na estrada, mas não totalmente; ouviu um som de baque, e de repente o retrovisor esquerdo estava refletindo Lila, em vez de a estrada atrás.

Enquanto isso, ela tinha a Unidade Um para se preocupar, um projétil agora, que ela mal podia controlar. Bateu em uma caixa de correspondência e a jogou longe, e a haste girou como um bastão antes de cair no chão. Espirrou terra atrás de si, e ela sentiu o carro pesado querendo derrapar para a vala. Frear não a salvaria, então ela meteu o pé no acelerador para aumentar a velocidade, a viatura foi batendo na lateral direita, e o cascalho batendo no chassi. Ela estava muito inclinada. Se a vala a capturasse, ela viraria, e as chances de ver Jared se formar no ensino médio encolheriam drasticamente.

Lila virou o volante para a esquerda. Primeiro, o carro deslizou, mas acabou se firmando e voltou para a estrada. Com asfalto debaixo das rodas novamente, ela apertou o freio com força, a frente do carro abaixou e a desaceleração a empurrou com tanta força contra o cinto de segurança que ela sentiu os olhos saltarem.

Ela parou no final de uma longa marca dupla de borracha queimada. Seu coração estava disparado. Pontos pretos dançavam na frente dos olhos. Ela se obrigou a respirar para não desmaiar e olhou pelo retrovisor.

A mulher não tinha corrido para a floresta nem estava disparada pela Ball's Hill, onde havia uma bifurcação para outra estrada na direção de Ball Creek Ferry. Estava ali parada, olhando para trás. Aquele olhar, somado à bunda exposta aparecendo um pouco debaixo da parte de trás da camisa, era estranhamente paquerador. Ela parecia uma pinup em um calendário de Alberto Vargas.

Respirando rápido, sentindo na boca o gosto metálico de adrenalina, Lila deu ré para a entrada de terra de um pequeno rancho. Tinha uma mulher na varanda com um bebê nos braços. Lila abriu a janela e disse:

— Vá para dentro, moça. Agora.

Sem esperar para ver se a moça obedeceria, Lila passou a marcha e voltou pela Ball's Hill na direção de onde a mulher estava, tomando o cuidado de desviar da caixa de correspondência derrubada. Ela conseguia ouvir o para-choque da frente amassado raspando em um dos pneus.

O rádio ganhou vida. Era Terry Coombs.

— Unidade Um, aqui é a Quatro. Está aí, Lila? Responda. Temos dois fabricantes de metanfetamina mortos depois do depósito de madeira.

Ela pegou o microfone.

— Agora não, Ter. — E o largou no banco. Ela parou na frente da mulher, abriu a tira do coldre e, ao sair da Unidade Um, pegou a arma de serviço pela sexta vez na carreira em nome da lei. Ao olhar para as pernas longas e bronzeadas e para os seios empinados, ela relembrou o que havia acontecido na porta de casa. Podia ter sido só quinze minutos antes? *O que você está olhando?*, perguntou ela. Anton respondeu: *A glória matinal.*

Se aquela mulher parada no meio da estrada de Dooling Town não era a glória matinal, Lila não sabia o que seria.

— Mãos para o alto. Levante as duas, agora.

A moça da Avon, também conhecida como Glória Matinal, levantou as mãos.

— Você sabe o quanto chegou perto de morrer?

Evie sorriu. Seu rosto inteiro se iluminou.

— Não muito — disse ela. — Você manteve o controle o tempo todo, Lila.

8

O homem idoso falou com um leve tremor.

— Eu não quis tocar nela.

A gata, castanha e malhada, estava na grama. O juiz Oscar Silver estava no chão ao lado dela, sujando os joelhos da calça cáqui. Deitada de lado, a gata quase parecia normal, exceto pela pata frontal direita, que estava pendurada em uma forma grotesca de V. De perto, também dava para ver o sangue em seus olhos, em volta das pupilas. A respiração estava rasa e ela estava, de acordo com o instinto contraintuitivo dos felinos feridos, ronronando.

Frank se agachou ao lado da gata, empurrou os óculos escuros para a cabeça e estreitou os olhos no sol da manhã.

— Sinto muito, juiz.

Silver não estava chorando naquele momento, mas tinha chorado. Frank odiou ver isso, mas não ficou surpreso: as pessoas amavam seus animais, muitas vezes com um grau de abertura que não conseguiam se permitir expressar por outras pessoas.

Como um psiquiatra chamaria isso? Substituição? Bom, amar era difícil. Frank só sabia que as pessoas com quem você devia ter cuidado no mundo eram as incapazes de amar um cachorro ou um gato. E que tinha que se cuidar, claro. Manter as coisas sob controle. Ficar calmo.

— Obrigado por vir tão rápido — disse o juiz Silver.

— É meu trabalho — disse Frank, embora não fosse exatamente.

Como único oficial de controle animal em tempo integral no condado, seu departamento eram mais gambás e cachorros de rua do que gatos moribundos, mas ele considerava Oscar Silver um amigo, ou algo parecido com isso. Antes de os rins do juiz o fazerem parar de beber, Frank tomou mais do que umas poucas cervejas com ele no Squeaky Wheel, e foi Oscar Silver quem lhe deu o nome de um advogado de divórcio e sugeriu que ele marcasse um horário. Silver também sugeriu "algum tipo de terapia" quando

Frank admitiu que às vezes levantava a voz para a esposa e a filha (tomando o cuidado de não mencionar a vez que ele deu um soco na parede da cozinha).

Frank não procurou nem o advogado e nem o terapeuta. Quanto ao primeiro, ele ainda acreditava que conseguiria acertar as coisas com Elaine. Quanto ao segundo, ele achava que conseguia se controlar bem se as pessoas (Elaine, por exemplo, mas também Nana, sua filha) se dessem conta de que ele só queria o bem delas.

— Ela está comigo desde filhote — disse o juiz Silver. — Eu a encontrei atrás da garagem. Foi pouco depois que minha esposa Olivia faleceu. Sei que é ridículo, mas pareceu... uma mensagem. — Ele passou o indicador pelo espaço entre as orelhas da gata, fazendo carinho. Apesar de a gata continuar a ronronar, ela não esticou o pescoço para o dedo e nem reagiu. Os olhos injetados de sangue ficaram virados para a grama verde.

— Talvez tenha sido — disse Frank.

— Meu neto foi quem escolheu o nome de Cocoa. — Ele balançou a cabeça e retorceu os lábios. — Foi um Mercedes maldito. Eu vi. Eu estava saindo para pegar o jornal. Devia estar a quase cem. Em um bairro residencial! Qual é o motivo para fazer isso?

— Não tem motivo. De que cor era o Mercedes? — Frank estava pensando em uma coisa que Nana tinha comentado com ele meses antes. Um sujeito na rota de entrega de jornais dela que morava em uma das casas grandes no alto da Briar e que tinha um carro caro. Um Mercedes verde, ele achou que ela tivesse dito. E agora:

— Verde — disse o juiz Silver. — Era verde.

Um gorgolejar se misturou ao ronronar do gato. O sobe e desce na barriga tinha acelerado. Ela estava com muita dor.

Frank colocou a mão no ombro de Silver e apertou.

— Eu deveria fazer isso logo.

O juiz pigarreou, mas não devia se sentir seguro para falar. Ele só assentiu.

Frank abriu a bolsa de couro que continha a seringa e dois frascos.

— O primeiro vai fazer com que ela relaxe. — Ele enfiou a agulha pela tampa do frasco e encheu a seringa. — O segundo vai fazer com que ela durma.

9

Houve uma época, bem antes dos acontecimentos relatados aqui, em que os Três Condados (McDowell, Bridger e Dooling) se mobilizaram para que o extinto Reformatório Juvenil Ash Mountain fosse convertido em uma muito necessária prisão feminina. O estado pagou pela terra e pelos prédios, e a obra ganhou o nome do condado, Dooling, que ofereceu mais dinheiro para a reforma da instituição. As portas foram abertas em 1969 e os funcionários eram residentes dos Três Condados que precisavam muito de emprego. Na época, foi declarado "de última geração" e "um marco em prisão feminina". Parecia mais uma escola de ensino médio de subúrbio do que uma prisão, isso ignorando o arame farpado em cima dos hectares de cerca em volta do local.

Quase meio século depois, continuava parecendo uma escola de ensino médio, mas que estava passando por dificuldades e tinha uma base tributária cada vez menor. Os prédios começaram a desmoronar. A tinta (à base de chumbo, diziam) estava descascando. O encanamento tinha vazamentos. A estrutura de aquecimento era antiquada, e, no meio do inverno, só mantinha a ala administrativa com temperaturas acima de dezoito graus. No verão, as alas das detentas fritavam. A iluminação era fraca, a fiação velha era um desastre esperando para acontecer, e o equipamento de monitoramento vital de detentas morria pelo menos uma vez por mês.

Havia, porém, um pátio de exercícios excelente com pista de corrida, quadra de basquete no ginásio, shuffleboard, um campo de softball pequeno e uma horta adjacente à ala administrativa. Era lá, perto das ervilhas e do milho, que a diretora Janice Coates estava sentada em uma caixa de leite de plástico azul, com a bolsa bege de tricô no chão ao lado dos sapatos, para fumar um Pall Mall sem filtro, quando viu Clint Norcross se aproximar.

Ele mostrou a identificação (o que era desnecessário, porque todo mundo o conhecia, mas era o protocolo), e o portão principal ganhou vida e se abriu. Ele entrou no espaço morto que vinha em seguida e ficou esperando o portão externo se fechar. Quando a guarda de plantão, que naquela manhã era Millie Olson, viu o verde no painel, que indicava que o portão principal estava trancado, ela abriu o interno. Clint guiou o Prius ao lado da cerca até o estacionamento dos funcionários, que também tinha portão. Uma placa avisava: CUIDE DA SEGURANÇA! SEMPRE TRANQUE O CARRO!

Dois minutos depois, ele estava ao lado da diretora, com um ombro encostado no muro velho e o rosto virado para o sol matinal. O que aconteceu em seguida foi como as interações em uma igreja fundamentalista.

— Bom dia, dr. Norcross.

— Bom dia, diretora Coates.

— Pronto para outro dia no mundo maravilhoso da prisão?

— A verdadeira pergunta é: o mundo maravilhoso da prisão está pronto para mim? Isso é o quanto estou pronto. E você, Janice?

Ela deu de ombros de leve e soprou fumaça.

— Mesma coisa.

Ele indicou o cigarro.

— Achei que você tinha parado.

— Parei. Gostei tanto de parar que paro uma vez por semana. Às vezes, duas.

— Tudo tranquilo?

— Hoje, sim. Tivemos um surto ontem à noite.

— Não me diga, vou adivinhar. Angel Fitzroy.

— Não. Kitty McDavid.

Clint ergueu as sobrancelhas.

— Isso eu não esperava. Me conte.

— De acordo com a colega de cela dela, Claudia Stephenson, a que as outras moças chamam de…

— Claudia Silicone — disse Clint. — Ela morre de orgulho dos implantes. Claudia fez alguma coisa?

Nada contra Claudia, mas Clint esperava que fosse isso. Médicos eram humanos, tinham suas favoritas, e Kitty McDavid era uma das dele. Kitty estava mal quando chegou, tinha hábito de automutilação, picos de humor, ansiedade. Eles progrediram muito desde então. Os antidepressivos fizeram muita diferença e, Clint gostava de acreditar, as sessões de terapia que eles faziam também ajudavam um pouco. Como ele, Kitty era um produto do sistema de orfanatos dos Apalaches. Em um dos primeiros encontros deles, ela perguntou com amargura se ele tinha ideia dentro daquele cabeção suburbano de como era não ter lar nem família.

Clint não hesitou.

— Não sei como foi para você, Kitty, mas fez com que eu me sentisse um animal. Como se estivesse sempre caçando ou sendo caçado.

Ela arregalou os olhos para ele.

— Você...?

— Sim, eu — disse ele. Querendo dizer *eu também*.

Atualmente, Kitty estava quase sempre na lista de bom comportamento, e, melhor ainda, havia feito um acordo com a promotoria para testemunhar no caso dos irmãos Griner, um grande flagrante de drogas que a xerife de Dooling, Lila Norcross, tinha dado naquele inverno. Se Lowell e Maynard Griner fossem presos, a condicional era uma possibilidade real para Kitty. Se ela conseguisse, Clint achava que podia se sair bem. Ela entendia agora que, embora dependesse dela encontrar um lugar no mundo, também seria necessário ter apoio constante, tanto médico quanto da comunidade, para cumprir essa responsabilidade. Ele achava que Kitty era forte o bastante para pedir esse apoio, para lutar por ele, e estava ficando mais forte a cada dia.

A visão de Janice Coates era menos confiante. Ela achava que, ao lidar com presidiários, era melhor não ter esperanças demais. Talvez fosse por isso que ela era a diretora, a chefe, e ele era só o psiquiatra residente naquele hotel de pedra.

— Stephenson diz que McDavid acordou ela — disse Janice. — Primeiro estava falando dormindo, depois começou a gritar e berrar. Alguma coisa sobre um Anjo Negro que estava chegando. Ou talvez a Rainha Negra. Está no relatório. *Com teias de aranha no cabelo e morte na ponta dos dedos.* Parece coisa boa para um programa de TV, não parece? Do canal Syfy. — A diretora riu sem sorrir. — Tenho certeza de que você se divertiria com isso, Clint.

— Parece mais coisa de filme — disse Clint. — Talvez um que ela tenha visto na infância.

Coates revirou os olhos.

— Está vendo? Citando Ronald Reagan, "lá vem você de novo".

— O quê? Você não acredita em trauma de infância?

— Eu acredito em uma prisão boa e tranquila, só isso. Ela foi levada para a Ala A. Terra dos Malucos.

— Politicamente incorreto, diretora Coates. O termo mais adequado é Central dos Pirados. Tiveram que prender ela na cadeira de contenção? —

Apesar de ser necessário às vezes, Clint odiava a cadeira de contenção, que parecia um assento de carro esportivo convertido em dispositivo de tortura.

— Não, deram um Remédio Amarelo, e ela sossegou. Não sei qual e não ligo, mas vai estar no relatório, se você quiser olhar.

Havia três níveis de medicação em Dooling: vermelho, que só podia ser dado por funcionários médicos; amarelo, que podia ser dado por policiais; e verde, que as detentas que não fossem da Ala C e que não estivessem na lista de mau comportamento podiam ter nas celas.

— Certo — disse Clint.

— Agora, sua garota McDavid está dormindo…

— Ela não é *minha* garota…

— E essa foi sua atualização matinal. — Janice bocejou, apagou o cigarro no muro de tijolos e enfiou embaixo da caixa de leite, como se tirar de vista fosse fazê-lo desaparecer.

— Estou atrapalhando, Janice?

— Não é você. É que eu jantei comida mexicana ontem. Tive que ficar levantando para ir ao banheiro. O que dizem é verdade, o que sai é estranhamente parecido com o que entrou.

— Informação demais, diretora.

— Você é médico, consegue aguentar. Vai dar uma olhada em McDavid?

— Agora de manhã, sem dúvida.

— Quer saber minha teoria? Tudo bem, aqui vai: ela foi molestada quando bebê por alguma mulher que se intitulava Rainha Negra. O que você acha?

— Pode ser — disse Clint, sem morder a isca.

— *Pode ser.* — Ela balançou a cabeça. — Por que investigar a infância delas, Clint, se elas ainda são crianças? Essencialmente, esse é o motivo de a maioria estar aqui: comportamento infantil em primeiro grau.

Isso fez Clint pensar em Jeanette Sorley, que encerrou anos de abuso marital cada vez maior enfiando uma chave de fenda no marido e o vendo morrer de hemorragia. Se ela não tivesse feito isso, Damian Sorley acabaria matando-a. Clint não tinha dúvida. Ele não via isso como comportamento infantil, mas como autopreservação. Porém, se dissesse isso para a diretora Coates, ela se recusaria a ouvir. Ela era bastante antiquada. Era melhor simplificar o diálogo.

— E assim, diretora Coates, nós começamos mais um dia na vida da prisão feminina perto do Royal Canal.

Ela pegou a bolsa, se levantou e limpou o traseiro da calça do uniforme.

— Não tem canal, mas tem sempre a Ball's Ferry no fim da estrada, então, é... Que o dia comece.

Eles entraram juntos naquele primeiro dia da doença do sono, prendendo as identificações nas camisas.

10

Magda Dubcek, mãe daquele belo e jovem limpador de piscina da cidade conhecido como Anton, o Cara da Piscina (ele tinha empresa, e os cheques eram feitos para Anton, o Cara da Piscina Ltda.), entrou na sala do duplex em que morava com o filho. Estava com a bengala em uma das mãos e uma bebidinha matinal na outra. Afundou na poltrona com um peido e um soluço e ligou a televisão.

Normalmente, naquela hora do dia, ela colocava na segunda hora de *Good Day Wheeling*, mas naquela manhã ela botou no NewsAmerica. Havia uma história que a interessava, o que era bom, e ela conhecia uma das correspondentes na cobertura, o que era melhor. Era Michaela Coates, chamada Michaela Morgan agora, mas para Magda eternamente pequena Mickey, de quem ela tinha sido babá tantos anos antes. Naquela época, Jan Coates era apenas uma guarda na prisão feminina na ponta sul da cidade, uma mãe viúva tentando segurar as pontas. Agora, ela era a diretora, chefe da porra toda, e a filha Mickey era uma repórter nacionalmente conhecida que trabalhava em Washington, famosa pelas perguntas duras e pelas saias curtas. As mulheres Coates realmente se tornaram importantes. Magda tinha orgulho delas, e se sentia uma pontada de melancolia porque Mickey nunca ligava e nem escrevia, ou porque Janice nunca dava uma passada para jogar conversa fora, bem, elas tinham trabalhos a fazer. Magda não tinha a pretensão de entender as pressões sob as quais elas viviam.

O âncora daquela manhã era George Alderson. Com os óculos e os ombros caídos e o cabelo ralo, ele não se parecia com os tipos galã que costumavam se sentar atrás das mesas grandes e ler as notícias. Parecia um atendente de necrotério. Ele também tinha uma voz infeliz para uma pessoa da TV. Meio anasalada. Bem, Magda achava que devia haver um motivo para o NewsAmerica ser o número três, atrás da FOX e da CNN. Estava ansiosa pelo dia que Michaela mudasse para uma das duas. Quando isso acontecesse, Magda não teria mais que aguentar Alderson.

— Nesta hora, nós continuamos seguindo uma história que começou na Austrália — disse Alderson. A expressão no rosto dele tentava juntar preocupação com ceticismo, mas parecia mesmo que ele estava com dor de barriga.

Você deveria se aposentar e ir ficar careca no conforto do seu lar, pensou Magda, e fez um brinde com a primeira cuba-libre do dia. *Vá encerar essa cabeça, George, e abra caminho para minha Michaela.*

— Os médicos de Oahu, Havaí, estão relatando que o surto do que algumas pessoas estão chamando de Doença Asiática do Desmaio e outros estão chamando de Gripe Australiana do Desmaio continua a se espalhar. Ninguém parece saber qual a verdadeira origem, mas, até o momento, as únicas vítimas foram mulheres. Agora, estamos sabendo que houve casos na nossa terra, primeiro na Califórnia, depois no Colorado, e agora nas Carolinas. Michaela Morgan tem mais informações.

— Mickey! — gritou Magda, brindando mais uma vez com a televisão (e derramando um pouco da bebida na manga do cardigã). A voz de Magda tinha só um leve toque de sotaque tcheco naquela manhã, mas quando Anton chegasse em casa às cinco da tarde, ela pareceria ter acabado de sair do barco em vez de ter morado nos Três Condados por quase quarenta anos. — A pequena Mickey Coates! Eu corria atrás de você pelada pela sala da sua mãe, nós duas rindo até sentir dor na barriga! Eu trocava suas fraldas de cocô, sua levada, e olhe só você agora!

Michaela Morgan, nascida Coates, com uma blusa sem mangas e uma das saias curtas de sempre, estava na frente de um complexo de prédios espalhados e pintados de vermelho-celeiro. Magda achava que as saias curtas ficavam muito bem em Mickey. Até políticos de grande porte podiam ficar hipnotizados por um vislumbre de coxa, e naquele estado, a verdade às vezes saía pelas bocas mentirosas. Nem sempre, claro, mas às vezes. Com relação ao nariz novo de Michaela, Magda estava dividida. Sentia falta da batatinha arrebitada que a garota tinha quando era criança, e, de certa forma, com o nariz novo e fino, Mickey não estava mais tão parecida com a Mickey. Por outro lado, estava linda! Não dava para tirar os olhos dela.

— Estou aqui no Lar Loving Hands, em Georgetown, onde os primeiros casos do que alguns estão chamando de Gripe Australiana do Desmaio foram identificados no começo da manhã. Há quase cem pacientes morando aqui, a maioria idosos, e mais da metade são mulheres. A administração se recusa a confirmar ou a negar o surto, mas conversei com um atendente minutos atrás, e o que ele disse, embora brevemente, foi inquietante. Ele falou com a condição de que sua identidade fosse mantida no anonimato. Eis seu depoimento.

A entrevista gravada era mesmo curta, só um trechinho. Exibia Michaela conversando com um homem de uniforme branco de hospital, com o rosto borrado e a voz eletronicamente alterada, de forma que ele parecia um chefe alienígena sinistro em um filme de ficção científica.

— O que está acontecendo lá dentro? — perguntou Michaela. — Você pode nos contar?

— A maioria das mulheres está dormindo e não acorda de jeito nenhum — disse o atendente com a voz de chefe alienígena. — Como no Havaí.

— Mas os homens...?

— Os homens estão ótimos. Acordados, tomando café da manhã.

— No Havaí houve relatos de... *crescimentos* no rosto das mulheres adormecidas. É o que está acontecendo aqui?

— Eu... acho que não devo falar sobre isso.

— Por favor — disse Michaela, piscando os olhinhos. — As pessoas estão preocupadas.

— Isso aí! — disse Magda, saudando a televisão com a bebida e derramando mais um pouco no cardigã. — Seja sexy! Quando ficam a fim de meter a mão na massa, dá pra arrancar qualquer coisa deles!

— Não crescimentos no sentido de tumores — disse a voz de chefe alienígena. — Parece mais que tem algodão grudado nelas. Agora eu tenho que ir.

— Só mais uma pergunta...

— Eu tenho que ir. Mas... está crescendo. Esse tal de algodão. É... meio nojento.

A imagem voltou para a filmagem ao vivo.

— Informações inquietantes de alguém lá de dentro... se forem verdadeiras. Voltamos com você, George.

Agora que já tinha visto Michaela, Magda desligou a televisão. Torcia para que a história não fosse verdade. Devia ser outro alarme falso, como o bug do milênio e o tal do SARS, mas, mesmo assim, a ideia de uma coisa que não só fazia as mulheres dormirem, mas também fazia crescer uma coisa nelas... como Mickey falou, era inquietante. Ela ficaria feliz quando Anton chegasse em casa. Era solitário ter só a TV como companhia, não que ela fosse de reclamar. Magda não ia preocupar o filho trabalhador, não, não. Tinha emprestado a ele o dinheiro para abrir o negócio, mas foi ele quem tinha feito tudo acontecer.

Porém, agora, por enquanto, talvez mais uma bebida, só uma pequenininha, e depois uma soneca.

3

1

Depois que Lila algemou a mulher, ela a envolveu no cobertor isotérmico que tinha no porta-malas da viatura e a ajudou a se sentar no banco de trás. Ao mesmo tempo, leu os direitos dela. A mulher, agora silenciosa, com o sorriso brilhante reduzido a um sorriso sonhador, aceitou o aperto de Lila no braço e se permitiu ser guiada de boa vontade até o banco de trás da viatura. A prisão tinha sido executada e a suspeita estava contida em menos de cinco minutos; a poeira que os pneus da viatura levantaram ainda estava baixando quando Lila voltou para o lado do motorista.

— Em inglês, chamam os observadores de mariposas de *moth*-ers, que se escreve como "mães", mas a pronúncia é diferente.

Lila estava dando meia-volta na viatura e direcionando-a para a cidade quando a prisioneira compartilhou essa informação. Ela trocou um olhar com a mulher pelo retrovisor. A voz dela era suave, mas não particularmente feminina. Havia um tom de devaneio na fala dela. Não ficou claro para Lila se a mulher estava se dirigindo a ela ou falando sozinha.

Drogas, pensou Lila. Pó de anjo era uma boa aposta. Cetamina também.

— Você sabe meu nome — disse Lila —, então de onde eu conheço você?

Havia três possibilidades: o comitê de pais e mestres (improvável, mas não impossível), o jornal ou Lila a havia prendido em algum momento nos últimos catorze anos e não lembrava. A porta número três parecia ser a melhor aposta.

— Todo mundo me conhece — disse Evie. — Sou um tipo de referência. — As algemas tilintaram quando ela levantou um ombro para coçar o queixo. — Mais ou menos. Eu, eu mesma e euzinha. Pai, filho e Santa Eva.

Erva, hortaliça usada como tempero. Eva, parte da palavra trevas, escuro, que é quando vamos dormir. Certo? *Moth-er*, entendeu? Parece *mother*, mãe.

Os civis não faziam ideia de quanta besteira se tinha que ouvir quando se era policial. O público adorava parabenizar os policiais pela coragem, mas ninguém dava crédito pela força necessária diariamente para aguentar esse tipo de baboseira. Embora a coragem fosse uma característica excelente em um policial, uma resistência interna a besteiras era, na opinião de Lila, mais importante.

Na verdade, esse foi o motivo da dificuldade para preencher a vaga mais recente de auxiliar de xerife em tempo integral. Sem dúvida foi o motivo para ela ter ignorado a candidatura do cara do controle de animais, Frank Geary, e ter contratado um jovem veterinário chamado Dan Treater, apesar de Treater não ter quase experiência nenhuma no trabalho com a lei. Por mais inteligente e eloquente que Geary fosse, seu arquivo era grande demais; ele já tinha gerado papelada demais, passado muitas multas. A mensagem nas entrelinhas era de confrontação: ele não era o tipo de cara que deixava coisa pequena para lá. Isso não era bom.

Não que a equipe dela como um todo fosse algum tipo de esquadrão de alto nível na luta contra o crime. E daí? Não era nada de mais, bem-vindos à vida real. Pegava as melhores pessoas que podia e tentava ajudá-las no dia a dia. Roger Elway e Terry Coombs, por exemplo. Roger devia ter levado porradas demais do treinador Wittstock quando era *lineman* do time de futebol americano da Dooling High School, nos anos oitenta. Terry era mais inteligente, mas podia ficar desanimado e mal-humorado se as coisas não acontecessem como ele queria, e ele bebia demais em festas. Por outro lado, os dois homens tinham pavios bem compridos, o que significava que ela podia confiar neles. Quase sempre.

Lila tinha uma crença não enunciada de que a maternidade era o melhor ensaio possível para um futuro policial. (Não enunciada especialmente para Clint, que se divertiria absurdamente com isso; ela conseguia imaginar como ele inclinaria a cabeça e torceria a boca daquele jeito meio chato dele e diria "Que interessante" ou "Pode ser".) As mães tinham talento natural para aplicar a lei, pois as crianças pequenas, assim como os criminosos, muitas vezes eram beligerantes e destrutivas.

Se conseguisse sobreviver a esses primeiros anos sem perder a calma e sem surtar, talvez conseguisse lidar com crimes adultos. A chave era não reagir, permanecer adulto... E ela estava pensando sobre a mulher nua coberta de sangue que tinha alguma coisa a ver com as mortes violentas de duas pessoas ou estava pensando em como lidar com alguém mais próximo, bem mais próximo, o sujeito que apoiava a cabeça no travesseiro ao lado do dela? (Quando o relógio marcou 00:00, o sinal do ginásio tocou, e os garotos e garotas comemoraram. A pontuação final: Bridger County Girls 42 – Fayette Girls 34.) Como Clint diria, "Hã, que interessante. Quer me contar mais um pouco?".

— Tem tantas liquidações boas agora — disse Evie. — Lavadoras e secadoras. Grelhas. Bebês que comem comida de plástico e fazem cocô. Você pode economizar na loja toda.

— Entendo — disse Lila, como se o que a mulher dizia fizesse sentido. — Qual é o seu nome?

— Evie.

Lila se virou.

— E sobrenome? Que tal?

As maçãs do rosto da mulher eram fortes e retas. Os olhos castanho-claros brilhavam. A pele tinha o que Lila chamava de tom mediterrâneo, e aquele cabelo escuro, uau. Uma mancha de sangue tinha secado na testa dela.

— Eu preciso ter um? — perguntou Evie.

No que dizia respeito a Lila, isso já disse tudo: sua nova conhecida estava catastroficamente doidona.

Ela se virou para a frente, apertou o acelerador e pegou o microfone.

— Base, aqui é a Unidade Um. Estou com uma mulher que encontrei andando para o norte a partir da área do depósito de madeira em Ball's Hill. Ela está muito suja de sangue, e vamos precisar do kit para colher algumas amostras. Ela também precisa de um traje de proteção. E chame uma ambulância para nos encontrar. Ela usou alguma coisa.

— Entendido — disse Linny. — Terry disse que o trailer está uma confusão.

— Entendido. — Evie riu com alegria. — Uma confusão. Leve mais toalhas. Mas não as boas, ha-ha-ha. Entendido.

— Um, desligando. — Lila colocou o microfone no lugar. Olhou para Evie pelo espelho. — Você deveria ficar quieta, moça. Estou prendendo você por suspeita de assassinato. É coisa séria.

Elas estavam se aproximando do limite da cidade. Lila parou o veículo na placa de PARE do cruzamento da Ball's Hill com a West Lavin. A West Lavin era a rua que seguia até a prisão. Do outro lado da rua havia um sinal visível que avisava para ninguém pegar caroneiros.

— Você está ferida, moça?

— Ainda não — disse Evie. — Mas, ei! Triplo-duplo. Tudo ótimo.

Alguma coisa piscou na mente de Lila, o equivalente mental a um ponto brilhante na areia, logo levado por uma onda cheia de espuma.

Ela olhou pelo retrovisor de novo. Evie tinha fechado os olhos e se encostado. O barato estaria passando?

— Moça, você vai vomitar?

— É melhor beijar seu homem antes de ir dormir. É melhor se despedir enquanto ainda tem a chance.

— Clar… — começou Lila, mas a mulher deu um pulo para a frente e enfiou a cabeça na grade divisória.

Lila se encolheu por instinto, pois o impacto da cabeça de Evie fez a barreira sacudir e vibrar.

— Pare com isso! — gritou ela um segundo antes de Evie bater de novo na grade. Lila teve o vislumbre de um sorriso no rosto dela, de sangue fresco nos dentes, e ela bateu na grade uma terceira vez.

Com a mão na porta, Lila estava prestes a sair e andar até a parte de trás, usar o taser na mulher para a segurança dela mesma, para fazê-la parar, mas o terceiro golpe foi o último. Evie se encolheu no assento, ofegando com felicidade, uma corredora que tinha acabado de atravessar a linha de chegada. Havia sangue em volta da boca e do nariz e um corte na testa dela.

— Triplo-duplo! Isso aí! — gritou Evie. — Triplo-duplo! Dia agitado!

Lila pegou o microfone e falou com Linny: mudança de planos. O defensor público precisava se encontrar com elas na delegacia o mais rápido possível. E o juiz Silver também, se o coroa pudesse ser persuadido a ir até lá fazer um favor para elas.

2

Mergulhada até a barriga em um amontoado de samambaias, uma raposa viu Essie tirar as coisas do carrinho.

O animal não pensou nela como Essie, claro, não tinha nome para ela. Era só mais um humano. A raposa a estava observando havia muito tempo, luas e sóis, e reconhecia com clareza a cabana improvisada de folhas de plástico e lona, como uma toca de raposa. A raposa também entendia que os quatro pedaços de vidro verde que ela arrumava em semicírculo e chamava de "As Meninas" eram muito importantes para ela. Em alguns momentos, quando Essie não estava presente, a raposa os farejava (*nada de vida aqui*) e remexia nos pertences dela, que eram insignificantes exceto por algumas latas de sopa descartadas, que a raposa lambeu todas.

A raposa acreditava que Essie não representava ameaça, mas ela era uma raposa velha, e ninguém se tornava uma raposa velha sendo confiante demais. Só era possível ser uma raposa velha sendo cuidadosa e oportunista, acasalando o máximo de vezes possível enquanto ao mesmo tempo evitava complicações, nunca atravessando estradas durante o dia e cavando fundo em barro macio.

Naquela manhã, sua prudência pareceu desnecessária. O comportamento de Essie estava totalmente dentro do habitual. Depois que tirou as bolsas e outros itens misteriosos do carrinho, ela informou aos fragmentos de vidro que a mãe precisava descansar.

— Nada de aprontar, meninas — disse Essie, e entrou no abrigo para se deitar na pilha de mantas que usava como colchão. Apesar de a cabana cobrir seu corpo, a cabeça ficava para fora, na luz.

Enquanto Essie adormecia, a raposa mostrou os dentes silenciosamente para a metade superior de manequim masculino que ela tinha colocado nas folhas ao lado da cabana, mas o manequim não fez nada. Devia estar morto como a grama verde. A raposa mordeu a pata e esperou.

Em pouco tempo, a respiração da mulher adquiriu um ritmo de sono, cada inspiração seguida de um leve assobio de expiração. A raposa se esticou lentamente da região de samambaias e deu alguns passos na direção da barraca, querendo ter certeza absoluta sobre a intenção ou falta de intenção do manequim. Mostrou os dentes mais amplamente. O manequim não se moveu. Sim, definitivamente morto.

Ela deu uma corridinha para mais perto da barraca e parou. Uma coisa estava aparecendo acima da cabeça da mulher adormecida, uns fios brancos, como teias, subindo das bochechas, se desenrolando lentamente e se acomodando na pele, cobrindo-a. Novos fios saíram dos fios já posicionados, e rapidamente cobriram o rosto dela, formando uma máscara que em pouco tempo cobriria toda a cabeça. Mariposas voavam em círculos na escuridão da barraca.

A raposa recuou alguns passos, farejando. Não estava gostando da coisa branca; a coisa branca estava viva, e era uma criatura diferente das que ela conhecia. Mesmo de longe, o cheiro da coisa branca era forte e incomodamente misturado: havia sangue e tecido no aroma, e inteligência e fome, e um elemento das profundezas da Terra, da Toca da Raposa das Tocas das Raposas. E o que dormia naquela grande cama? Não uma raposa, ela tinha certeza.

As fungadas viraram ganidos, e ela se virou e começou a trotar para o oeste. Um som de movimento, outra pessoa chegando, se espalhou pela floresta atrás dela, e o trotar da raposa virou uma corrida.

3

Depois de ajudar Oscar Silver a enterrar a gata Cocoa, enrolada em uma toalha de banho felpuda e puída, Frank dirigiu os dois quarteirões até a casa que ficava no número 51 da Smith Lane, cuja hipoteca ele pagava, mas na qual, desde que ele e Elaine se separaram, só ela e a filha de onze anos, Nana, residiam.

Elaine tinha sido assistente social até dois orçamentos estaduais atrás, mas agora trabalhava meio período no Goodwill e era voluntária em dois bancos de alimentos e na clínica de planejamento familiar de Maylock. O lado bom disso era que eles não precisavam arrumar dinheiro para uma creche. Quando as aulas terminavam, ninguém se importava de Nana ficar no Goodwill com a mãe. O lado ruim era que eles iam perder a casa.

Isso incomodava Frank mais do que Elaine. Na verdade, não parecia incomodá-la nem um pouco. Apesar das negações dela, ele desconfiava que Elaine planejasse usar a venda como desculpa para sair do local, talvez se mudar para a Pensilvânia, onde sua irmã morava. Se isso acontecesse, os fins de semana intercalados de Frank virariam um fim de semana a cada dois meses, no máximo.

Exceto pelos dias de visita, ele se esforçava para evitar o local. Mesmo então, se pudesse combinar de Elaine levar Nana até ele, era o que preferia. As lembranças que acompanhavam a casa, a sensação de injustiça e fracasso, o buraco consertado na parede da cozinha, tudo estava recente demais. Frank sentia como se tivesse sido levado a perder tudo que tinha na vida, e a melhor parte dessa vida fora passada no número 51 da Smith Lane, a casa simples com o pato na caixa de correspondência pintado pela filha.

No entanto, a questão do Mercedes verde fazia com que fosse essencial dar uma parada ali.

Quando ele encostou no meio-fio, viu Nana desenhando com giz na entrada. Era uma atividade normalmente associada a uma criança bem mais nova, mas sua filha tinha talento para ilustrações. No ano anterior, ela havia ganhado o segundo prêmio em um concurso de elaboração de marcadores de livro organizado pela biblioteca. O de Nana tinha um monte de livros voando como pássaros por uma nuvem. Frank emoldurou o desenho e pendurou no escritório. Olhava para ele o tempo todo. Era uma coisa linda imaginar livros voando dentro da cabeça da sua filhinha.

Ela estava sentada de pernas cruzadas no sol, com o traseiro apoiado em uma câmara de ar e o arco-íris de materiais espalhados em volta dela, como um leque. Junto com a habilidade de desenhar, ou talvez por causa dela, Nana tinha o dom de ficar confortável em qualquer posição. Era uma criança lenta e sonhadora, mais parecida com Frank do que com a mãe vibrante, que nunca enrolava com nada, que era sempre direta.

Ele se inclinou e abriu a porta da picape.

— Ei, Olhinhos Brilhantes. Vem aqui.

Ela estreitou os olhos para ele.

— Papai?

— Até onde eu sei, sim — disse ele, se esforçando para manter a boca sorrindo. — Vem aqui, vem?

— Agora? — Ela já estava olhando para o desenho.

— É. Agora. — Frank respirou fundo.

Ele só tinha começado a ficar "daquele jeito", como Elaine dizia, quando estava saindo da casa do juiz. Com isso, El queria dizer perdendo a calma.

Coisa que raramente acontecia, independentemente do que ela pensasse. E naquele dia? No começo, estava ótimo, mas depois de cinco passos pelo gramado de Oscar Silver parecia ter disparado um gatilho invisível. Às vezes, isso acontecia. Como quando Elaine ficou no pé dele por ter gritado na reunião da Associação de Pais e Mestres e ele deu o soco que abriu o buraco na parede, e Nana subiu correndo e chorando, sem entender que, às vezes, era preciso dar um soco em uma *coisa* para não dar um soco em uma *pessoa*. Ou aquela história com Fritz Meshaum, quando ele perdeu um pouco o controle, era verdade, mas Meshaum mereceu. Qualquer um que fizesse uma coisa daquelas com um animal merecia.

Aquele gato podia ter sido a minha filha, era o que ele estava pensando quando atravessou o gramado. E aí, *bum!* Como se o tempo fosse um cadarço que, entre ele andar no gramado e entrar na picape, tivesse se desamarrado. Porque de repente ele estava na picape, estava indo para a casa na Smith e não conseguia se lembrar de ter entrado na picape. Suas mãos estavam suadas no volante e as bochechas estavam quentes, e ele ainda estava pensando que o gato podia ser sua filha, só que não era um pensamento. Era mais uma mensagem urgente piscando em uma tela de LED:

erro erro erro
minha filha minha filha minha filha

Nana colocou com cuidado um pedaço de giz roxo no lugar, entre o laranja e o verde. Levantou-se da câmara de ar e ficou de pé por alguns segundos, limpando o traseiro do short amarelo florido e esfregando os dedos sujos de giz com contemplação.

— Querida — disse Frank, lutando para não gritar. Porque, olha, ela estava bem ali, na porta de casa, onde um babaca bêbado em um carro caro podia passar por cima dela!

minha filha minha filha minha filha

Nana deu um passo, parou, observou os dedos de novo, aparentemente com insatisfação.

— Nana! — gritou Frank, ainda torto e inclinado sobre o painel. Ele bateu no banco do passageiro. Bateu com força. — Venha aqui!

A garota ergueu a cabeça, com a expressão assustada, como se tivesse sido despertada do sono por um trovão. Ela se adiantou, e, quando chegou na porta aberta, Frank segurou a frente da camiseta dela e a puxou para perto.

— Ei! Você está alargando minha camiseta — disse Nana.

— Isso não importa — disse Frank. — Sua camiseta não importa aqui. Vou dizer o que importa, então me escute. Quem dirige o Mercedes verde? De que casa é?

— O quê? — Nana apertou a mão dele na camiseta dela. — Do que você está falando? Você vai estragar minha camiseta!

— Você não me ouviu? Esqueça a porra da camiseta!

As palavras saíram e ele as odiou, mas também ficou satisfeito de ver os olhos dela saltarem da camiseta para ele. Ele finalmente tinha a atenção dela. Nana piscou e inspirou.

— Certo, agora que sua cabeça não está mais nas nuvens, vamos falar sobre isso. Você me contou sobre um cara da sua rota de entrega de jornais que dirigia um Mercedes verde. Qual é o nome dele? Em que casa ele mora?

— Não consigo me lembrar do nome dele. Me desculpa, papai. — Nana mordeu o lábio inferior. — Mas é a casa ao lado da que tem a bandeira grande. Tem um muro. Na Briar. No alto da colina.

— Tudo bem. — Frank soltou a camiseta.

Nana não se mexeu.

— Você parou de ficar com raiva?

— Querida, eu não estava com raiva. — E, como ela não disse nada: — Tudo bem, eu estava. Um pouco. Mas não de você.

Ela não olhou para ele, só ficou esfregando os malditos dedos. Ele a amava, ela era a coisa mais importante da sua vida, mas às vezes era difícil de acreditar que ela tinha todos os parafusos no lugar.

— Obrigado. — Parte do calor estava sumindo do rosto dele, parte do suor estava esfriando na pele. — Obrigado, Olhos Brilhantes.

— De nada — disse Nana. A garota recuou um passinho, o som das solas dos tênis dela no chão era impossivelmente alto ao ouvido de Frank.

Ele se ajeitou no assento.

— Mais uma coisa. Me faça um favor e fique fora da entrada de casa. Ao menos pelo resto da manhã, até eu conseguir resolver umas coisas. Tem um homem dirigindo por aí como maluco. Desenhe dentro de casa no papel, tá?

Ela estava mordendo o lábio inferior.

— Tudo bem, pai.

— Você não vai chorar, vai?

— Não, papai.

— Isso aí, essa é minha garota. Vejo você no fim de semana, tá?

Ele percebeu que seus lábios estavam incrivelmente secos. Perguntou-se o que deveria ter feito, e uma voz dentro dele respondeu: "Ora, caramba, o que mais você *poderia* ter feito? Talvez pudesse, sei lá, isso pode parecer loucura, Frank, mas, olha, talvez você pudesse *não ter surtado pra caralho?*". A voz parecia uma versão divertida da voz de Frank, a voz de um homem recostado em uma cadeira de praia usando óculos de sol tomando chá gelado no jardim de casa.

— Tudo bem. — O aceno que ela deu foi robótico.

Atrás dela, na calçada, Nana tinha desenhado uma árvore elaborada, a copa se abrindo para um lado da entrada, o tronco retorcido atravessado. Havia musgo pendurado nos galhos e flores contornavam a base. As raízes desciam para o contorno de um lago subterrâneo.

— Gostei do que você fez aí — disse ele, e sorriu.

— Obrigada, papai — disse Nana.

— Eu só não quero que você se machuque. — O sorriso no rosto dele parecia pregado à força.

Sua filha fungou e deu outro aceno robótico. Ele sabia que ela estava engolindo as lágrimas.

— Ei, Nana... — começou ele, mas as palavras que queria se dispersaram quando a voz interior se manifestou de novo, dizendo que já tinha sido demais para ela. Para ele deixar tudo como estava.

— Tchau, papai.

Ela esticou a mão e fechou a porta da picape com delicadeza. Girou e correu pela entrada de casa, espalhando os gizes, pisando na árvore, manchando os verdes e pretos da copa. A cabeça abaixada. Os ombros tremendo.

Crianças, ele disse para si mesmo, *nem sempre conseguem apreciar quando você está tentando fazer a coisa certa.*

4

Havia três arquivos da noite na mesa de Clint.

O primeiro era previsível, mas preocupante: um dos policiais da equipe da noite anterior especulava se Angel Fitzroy estava armando alguma coisa. No apagar das luzes, Angel tentou puxar o guarda para uma discussão sobre semântica. As autoridades em Dooling deviam ser estritamente chamadas de "guarda". Sinônimos como "vigilante", "mão branca", e mais ainda (claro!) xingamentos como "babaca" ou "filho da puta" eram inaceitáveis. Angel perguntou ao guarda Wettermore se ele entendia inglês. *Claro* que eles eram vigilantes, disse Angel. Podiam ser guardas também, tudo bem, mas não podiam não ser vigilantes, porque eles vigiavam. Eles não estavam vigiando as prisioneiras? Se confeitasse um bolo, não era confeiteiro? Se cavasse um buraco, não era um cavador?

Avisei à detenta que ela tinha chegado ao fim de uma discussão razoável e que podia esperar consequências se não parasse imediatamente, escreveu Wettermore. *A detenta cedeu e entrou na cela, mas ainda perguntou: como podemos esperar que as prisioneiras sigam as regras se as palavras nas regras não fazem sentido? O tom da detenta foi ameaçador.*

Angel Fitzroy era uma das poucas mulheres na prisão que Clint via como genuinamente perigosa. Baseado em suas interações com ela, acreditava que ela pudesse ser sociopata. Ele nunca havia vislumbrado empatia na mulher, e a ficha dela estava lotada de infrações: drogas, brigas, comportamento ameaçador.

— Como você acha que teria se sentido se o homem que você atacou tivesse morrido por causa dos ferimentos, Angel? — perguntou ele uma vez durante uma sessão de terapia em grupo.

— Ah — disse Angel, afundada na cadeira, percorrendo os olhos pelas paredes da sala dele. — Eu teria me sentido mal, eu acho. — Em seguida, estalou os lábios, grudando o olhar na gravura de Hockney. — Olhem aquele quadro, meninas. Vocês não gostariam de ir lá?

Embora a condenação por agressão dela fosse ruim (um homem em um posto de gasolina disse alguma coisa para Angel de que ela não gostou e ela arrancou um limpador de para-brisa do carro dele e lhe deu uma surra), havia indícios de que ela já tinha se safado de coisa bem pior.

Um detetive de Charleston foi até Dooling para solicitar a ajuda de Clint com um caso relacionado a Fitzroy. O que o detetive queria era informação sobre a morte de um antigo senhorio de Angel. Isso tinha acontecido dois anos antes de ela ter sido presa. Angel foi a única suspeita, mas não havia nada, além de proximidade, que a ligasse ao crime, além de não haver motivo aparente. A questão era (como o próprio Clint sabia) que Angel tinha histórico de não precisar de muito motivo. Vinte centavos faltando no troco podiam ser o bastante para ela surtar. O detetive de Charleston foi quase exultante na descrição do cadáver do senhorio: "Parecia que o sujeito tinha caído da escada e quebrado o pescoço, mas o legista disse que alguém havia mexido nos genitais dele antes da morte. As bolas estavam... não lembro como o legista disse exatamente, se disse fraturadas ou outra coisa. Mas, em termos leigos, o que ele disse foi que 'estavam basicamente esmagadas'".

Clint não tinha o hábito de entregar as pacientes e disse isso para o detetive, mas mencionou a pergunta para Angel mais tarde.

Com expressão de espanto vidrado, ela respondeu:

— Dá pra fraturar bolas?

Ele tomou uma nota mental de ir dar uma olhada em Angel mais tarde e fazer uma avaliação sismológica.

O segundo arquivo era sobre uma detenta que trabalhava como zeladora, que tinha alegado haver uma infestação de mariposas na cozinha da prisão. Uma verificação do guarda Murphy não encontrou mariposas. *A detenta se ofereceu voluntariamente para um exame de urina e estava livre do uso de drogas e álcool.*

Esse parecia ser um caso de detenta se esforçando para deixar um guarda maluco e um guarda se esforçando para retribuir o favor. Clint não tinha interesse em dar sequência ao ciclo. Ele guardou o arquivo.

Kitty McDavid foi o último incidente.

O guarda Wettermore tinha anotado algumas das coisas que ela falou: *O Anjo Negro veio das raízes e dos galhos. Os dedos dela são morte e o cabelo está cheio de teias e o sonho é o reino dela.* Depois da administração de uma dose de Haldol, ela foi levada para a Ala A.

Clint saiu do escritório e passou pela ala administrativa na direção da seção leste da prisão, onde ficavam as alas de celas. A prisão tinha mais ou menos o formato de um "t" minúsculo, com a linha central comprida de corredores, conhecida como Broadway, paralela à Route 17/West Lavin Road lá fora. Os escritórios da administração, o centro de comunicações, a sala dos policiais, o lounge dos funcionários e as salas de aula ficavam no lado oeste da Broadway. O outro corredor, a Rua Principal, era perpendicular à West Lavin. A Rua Principal ia da porta da frente da prisão direto pela sala de artesanato, a sala utilitária, a lavanderia e o ginásio. Do outro lado da Rua Principal, a Broadway continuava para o leste, passando pela biblioteca, pelo refeitório, pela sala de visitas, pela enfermaria e pela admissão antes de chegar nas três alas de celas.

Uma porta de segurança separava as celas da Broadway. Clint parou ali e apertou o botão que notificava à guarita que ele queria entrar. Soou uma campainha, e as trancas da porta de segurança se abriram com um estalo. Clint entrou.

Essas alas, A, B e C, eram posicionadas em forma de pinça. No centro da pinça, ficava a guarita, um abrigo envolto em vidro à prova de bala. Continha os monitores e a central de comunicação dos policiais.

Apesar de boa parte da população da prisão se misturar no pátio e em outras partes, as alas eram organizadas de acordo com o perigo teórico apresentado por cada detenta. Havia sessenta e quatro celas na prisão; doze na Ala A, doze na Ala C e quarenta na Ala B. A e C ficavam apenas no térreo; a B tinha um segundo andar de celas.

A Ala A era médica, embora algumas detentas consideradas "tranquilas" também ficassem lá, na extremidade do corredor. Detentas não necessariamente tranquilas, mas "adaptadas", como Kitty McDavid, ficavam na Ala B. A Ala C era para as problemáticas.

A C era a menos populosa, com metade das doze celas vazias no momento. Quando havia um colapso ou uma questão disciplinar severa, era procedimento oficial retirar a detenta da cela e colocá-la em uma das "celas olho" na Ala C. As detentas chamavam de celas da punheta, porque as câmeras no teto permitiam que os policiais vissem o que a detenta estava fazendo o tempo todo. A insinuação era que os policiais homens se divertiam as observando. Porém, as câmeras eram essenciais. Se uma detenta tentasse se ferir ou se matar, era preciso poder ver para impedir.

A guarda na guarita naquele dia era a capitã Vanessa Lampley. Ela se inclinou da frente do painel para abrir a porta para ele. Clint se sentou ao lado dela e perguntou se ela podia pôr a unidade 12 no monitor, para ele dar uma olhada em McDavid.

— *Vamos ao videoteipe!* — gritou ele, animado.

Lampley virou o olhar para ele.

— *Vamos ao videoteipe!* Você sabe, é o que Warner Wolf sempre diz.

Ela deu de ombros e abriu a Unidade 12 para inspeção visual.

— O apresentador esportivo, sabe?

Vanessa deu de ombros de novo.

— Desculpe. Acho que não é da minha época.

Clint achou isso bizarro, Warner Wolf era uma lenda, mas deixou o assunto de lado para poder observar a tela. Kitty estava em posição fetal, com o rosto escondido nos braços.

— Viu alguma coisa fora do comum?

Lampley fez que não com a cabeça. Ela tinha chegado às sete, e McDavid ficou dormindo o tempo todo.

Isso não surpreendeu Clint. Haldol era uma substância poderosa. Porém, ele estava preocupado com Kitty, mãe de dois filhos que tinha sido condenada por falsificar receitas médicas. Em um mundo ideal, Kitty nunca teria sido colocada em uma instituição penal. Ela era uma viciada em drogas bipolar que tinha estudado até o ensino fundamental.

A surpresa era como a bipolaridade dela havia se manifestado naquela ocasião. No passado, ela tinha se retraído. A explosão de delírio violento da noite anterior era inédita em sua história. Clint tinha confiança de que o tratamento com lítio que ele tinha receitado para ela estava funcionando. Durante metade de um ano, Kitty ficou equilibrada, de modo geral animada, sem altos ou baixos proeminentes. E tomou a decisão de testemunhar pela acusação no caso dos irmãos Griner, o que era não só corajoso, mas tinha forte potencial para ajudar a causa dela. Havia motivo para acreditar que ela poderia receber liberdade condicional pouco tempo depois do julgamento. Os dois começaram a conversar sobre o ambiente das casas de ressocialização, o que Kitty faria na primeira vez que percebesse que alguém tinha drogas, como ela se reapresentaria para os filhos. Será que as coisas tinham começado a parecer boas demais para ela?

Lampley devia ter notado a preocupação dele.

— Ela vai ficar bem, doutor. Foi evento único, é o que eu acho. A lua cheia, provavelmente. Está tudo estranho, sabe.

A veterana corpulenta era pragmática, mas cuidadosa, exatamente o que se queria em uma chefe de segurança. Também não atrapalhava o fato de Van Lampley ser competitiva na queda de braço e de ter certo renome por isso. Os bíceps dela forçavam as mangas cinza do uniforme.

— Ah, sim — disse Clint, se lembrando do acidente na estrada que Lila tinha mencionado. Ela tinha ido a festas de aniversário de Van duas vezes; a guarda morava na parte de trás da montanha. — Você deve ter tido que fazer o caminho mais longo para o trabalho. Lila me contou sobre o caminhão que virou. Teve que tirar tudo de escavadeira, ela disse.

— Hã — disse Van. — Não vi nada disso. Deve ter sido limpo antes de eu sair de casa. Eu estava falando de West e Ryckman. — Jodi West e Claire Ryckman eram as assistentes médicas contratadas. Como Clint, trabalhavam em horário regular. — Elas não apareceram. Não temos ninguém no departamento médico. Coates está puta. Ela vai...

— Você não viu nada na Mountain? — Lila tinha dito que estava na Mountain Rest Road? Clint tinha certeza, ou quase, pelo menos.

Van balançou a cabeça.

— Mas não seria a primeira vez. — Ela sorriu, exibindo os dentes amarelos e grandes. — Teve um caminhão que virou lá no outono. Foi um desastre. Era do PetSmart, sabe? Tinha areia de gato e comida de cachorro para todo lado.

5

O trailer que pertencia ao falecido Truman Mayweather não estava com cara boa na última vez que Terry Coombs tinha ido lá (para dar um jeito na altercação doméstica envolvendo uma das muitas "irmãs" de Truman, que foi embora do local pouco tempo depois), mas naquela manhã parecia o fim do mundo. Mayweather estava caído embaixo da mesa de jantar com parte da massa encefálica no peito nu. A mobília (a maioria comprada em vendas de beira de estrada, na Dollar Discount ou na Chapter 11, supunha Terry) estava espalhada para todo lado. A televisão estava de cabeça para baixo no box cheio de ferrugem do banheiro. Na pia, uma torradeira fazia amizade com um tênis Converse remendado com fita adesiva. Tinha sangue nas paredes todas. Além disso, claro, tinha um corpo inclinado para a frente com a cabeça saindo pela lateral do trailer e o cofrinho aparecendo acima da calça jeans sem cinto. Uma carteira no chão do trailer continha a identidade do sr. Jacob Pyle, de Little Rock, Arkansas.

Quanta força é preciso usar para enfiar a cabeça de um homem pela parede assim?, Terry se perguntou. As paredes do trailer eram finas, era verdade, mas mesmo assim.

Ele fotografou tudo e fez uma panorâmica com um dos iPads do departamento. Ficou lá dentro por tempo suficiente para enviar as evidências fotográficas para Linny Mars, na delegacia. Ela imprimiria uma série de imagens para Lila e abriria dois arquivos, um digital e um físico. Para Lila, Terry mandou uma mensagem curta.

Sei que está cansada, mas é melhor você vir aqui.

Bem baixo, mas chegando mais perto, veio o som da única ambulância totalmente equipada de St. Theresa, não um *UÓ-UÓ-UÓ* intenso, mas um arrogante *uí-uí-uí*.

Roger Elway estava colocando uma fita amarela de CENA DO CRIME, NÃO ULTRAPASSE, com um cigarro pendurado no canto da boca. Terry o chamou dos degraus do trailer.

— Se Lila descobrir que você anda fumando em uma cena do crime, ela vai te matar.

Roger tirou o cigarro da boca, examinou-o como se nunca tivesse visto uma coisa daquelas, apagou na sola do sapato e guardou a guimba no bolso da camisa.

— E onde está Lila? O assistente do promotor está a caminho e vai querer falar com ela.

A ambulância parou, as portas foram abertas e Dick Bartlett e Andy Emerson, os dois paramédicos com quem Terry já tinha trabalhado, saíram rápido, já botando as luvas. Um carregava uma maca, o outro, um aparelho portátil que eles chamavam de Bolsa Socorro.

Terry grunhiu.

— Só o assistente do filho da puta, é? Dois mortos, mas não temos direito ao chefão.

Roger deu de ombros. Bartlett e Emerson, enquanto isso, após a agitação inicial, pararam ao lado do trailer, onde a cabeça saía pela parede.

Emerson disse:

— Acho que esse cavalheiro não vai se beneficiar muito dos nossos serviços.

Bartlett estava apontando um dedo enluvado de borracha para o local onde o pescoço aparecia.

— Acho que ele tem Soretinho tatuado no pescoço.

— O cocô falante de *South Park*? Sério? — Emerson foi olhar. — Ah, é. Tem mesmo.

— *Oooo-lá!* — cantarolou Bartlett.

— Ei — disse Terry. — Isso é ótimo, rapazes. Vocês deviam botar seus procedimentos no YouTube um dia. Agora, temos outro cadáver lá dentro, e tem uma mulher na nossa viatura que precisa de atendimento.

Roger disse:

— Tem certeza de que quer acordar ela? — Ele balançou a cabeça na direção da Unidade Quatro. Um pedaço de cabelo sujo e sem vida estava grudado na janela do banco de trás. — A garota está acabada. Só Deus sabe o que andou usando.

Bartlett e Emerson atravessaram o pátio até a viatura e Bartlett bateu na janela.

— Senhora? Moça? — Nada. Ele bateu com mais força. — Vamos lá, hora de acordar. — Nada ainda. Ele tentou a maçaneta, e olhou para Terry e Roger quando não abriu. — Preciso que vocês destranquem.

— Ah — disse Roger. — É mesmo. — Ele apertou o botão de destrancar no chaveiro eletrônico. Os faróis da Unidade Quatro piscaram. Dick Bartlett abriu a porta de trás, e Tiffany Jones caiu como uma pilha de roupa suja. Bartlett a segurou a tempo de impedir que a parte superior do corpo batesse no cascalho com grama.

Emerson se adiantou para ajudar. Roger ficou parado, parecendo um pouco enojado.

— Se ela bateu as botas, Lila vai ficar furiosa. É a única testem...

— Cadê a cara dela? — perguntou Emerson. Seu tom era de choque. — Onde está a porra da *cara* dela?

Isso fez Terry se mexer. Ele foi até o carro na hora em que os dois paramédicos colocaram Tiffany no chão. Terry segurou o cabelo, ele não sabia muito bem por quê, mas soltou rapidamente quando uma coisa oleosa escorregou entre os dedos. Ele limpou a mão na camisa. O cabelo dela estava cheio de uma coisa branca e membranosa. O rosto também estava coberto, as feições pouco visíveis, como se vistas através do tipo de véu que algumas mulheres mais idosas ainda usavam nos chapéus quando iam à igreja ali na terra do obrigado, Jesus.

— Que coisa é essa? — Terry ainda estava esfregando a mão. A substância era nojenta, escorregadia, provocava um formigamento. — Teias de aranha?

Roger estava espiando por cima do ombro dele, com os olhos arregalados com uma mistura de fascinação e repulsa.

— Está saindo do nariz dela, Ter! E dos olhos! Que porra é essa?

O paramédico Bartlett tirou um pouco da gosma do maxilar de Tiffany e limpou na camisa, mas, antes disso, Terry viu que parecia estar derretendo assim que saiu do rosto dela. Ele olhou para a própria mão. A pele estava seca e limpa. Não tinha nada na camisa também, embora houvesse um momento antes.

Emerson estava com o dedo na lateral do pescoço de Tiffany.

— Tem pulsação. Firme e forte. E ela está respirando bem. Consigo ver esse troço inflando e murchando. Vamos pegar o aparelho de pressão.

Bartlett tirou o aparelho de pressão laranja da bolsa, hesitou e pegou luvas descartáveis. Deu um par para Emerson e pegou outro para si. Terry observou tudo, desejando não ter tocado na coisa grudenta na pele de Tiffany. E se fosse venenosa?

Eles mediram a pressão arterial, que Emerson disse estar normal. Os paramédicos ficaram em dúvida se deveriam tirar a substância dos olhos de Tiffany e verificar as pupilas e, apesar de não saberem na hora, tomaram a melhor decisão da vida deles quando resolveram não fazer isso.

Enquanto eles conversavam, Terry viu uma coisa de que não gostou: a boca coberta de teia de Tiffany abrindo e fechando lentamente, como se ela estivesse mastigando ar. A língua dela estava branca. Tinha filamentos saindo dela, oscilando como plâncton.

Bartlett se levantou.

— Temos que levar ela para o St. Theresa logo, a não ser que isso seja um problema para vocês. Digam se for, porque ela parece estável... — Ele olhou para Emerson, que assentiu.

— Olhe os olhos dela — disse Roger. — Totalmente brancos. Que nojo.

— Podem levar — disse Terry. — Não podemos interrogar ela mesmo.

— Os dois falecidos — disse Bartlett. — Tem essa coisa crescendo neles?

— Não — disse Terry, e apontou para a cabeça. — Naquele ali vocês mesmos podem ver. Nem em Truman, o cara lá dentro.

— Tem na pia? — perguntou Bartlett. — Na privada? No chuveiro? Estou falando dos locais úmidos.

— A TV está no chuveiro — disse Terry, o que não era resposta. Na verdade, não tinha nada a ver, mas foi a única coisa em que ele conseguiu pensar para dizer. Outra coisa nada a ver: o Squeak já estava aberto? Estava cedo, mas era permitido tomar uma ou duas cervejas em uma manhã daquelas, havia uma licença especial para cadáveres nojentos e merda sinistra na cara das pessoas. Ele ficava olhando para Tiffany Jones, que estava sendo lentamente enterrada viva em uma névoa branca diáfana de... alguma coisa. Ele se obrigou a responder: — Só nela.

Roger Elway então disse o que todos estavam pensando:

— Pessoal, e se isso for contagioso?

Ninguém respondeu.

Terry captou um movimento com o canto do olho e se virou para olhar para o trailer. Primeiro, ele achou que o bando levantando voo do teto era de borboletas, mas borboletas eram coloridas, e aquelas eram marrons e cinza. Não eram borboletas, e sim mariposas. Centenas delas.

6

Doze anos antes, em um dia de mormaço no final do verão, fizeram uma chamada para o Controle de Animais sobre um guaxinim debaixo do piso do celeiro convertido que a igreja episcopal local usava como "centro pastoral". A preocupação era a possibilidade de raiva. Frank foi direto para lá. Colocou a máscara e as luvas até os cotovelos, entrou embaixo do celeiro e acendeu uma lanterna apontada para o animal. O bicho saiu correndo, do jeito como um guaxinim saudável deveria fazer. Teria sido só isso (guaxinins com raiva eram coisa séria, guaxinins invasores nem tanto), mas a mulher bonita de vinte e poucos anos que mostrou o buraco embaixo do celeiro ofereceu um copo de Kool-Aid azul da venda de doces que estava acontecendo no estacionamento. Estava bem ruim, aguado e com pouco açúcar, mas Frank tomou três dólares da bebida só para ficar na grama amarelada da igreja conversando com a mulher, que tinha uma gargalhada alta maravilhosa e um jeito de parar com as mãos nos quadris que o fez formigar.

— E então, você vai cumprir seu dever, sr. Geary? — Elaine finalmente perguntou, do jeito de sempre, cortando abruptamente a conversa de amenidades e indo direto ao ponto. — Eu ficaria feliz de aceitar sair com você se der um jeito naquela criatura que fica matando coisas embaixo do piso da igreja. Essa é minha proposta. Sua boca ficou azul.

Ele voltou depois do trabalho e pregou um pedaço de compensado em cima do buraco debaixo do celeiro (*desculpa, guaxinim, mas um homem tem que fazer o que for necessário*) e levou sua futura esposa ao cinema.

Doze anos antes.

E o que aconteceu? Era ele, ou o casamento simplesmente tinha prazo de validade?

Por muito tempo, Frank achou que eles estavam bem. Tinham uma filha, a casa, saúde. Nem tudo era maravilhoso, claro. O dinheiro era um assunto delicado. Nana não era a melhor das alunas. Às vezes, Frank ficava... bem... as coisas o cansavam, e quando ele ficava cansado, certa *irritação* aparecia. Mas todo mundo tinha defeitos, e ao longo de doze anos, era normal ter um vazamento aqui e outro ali. Só que sua esposa não via assim. Oito meses antes, ela tinha dito para ele exatamente o que achava.

Ela compartilhou sua opinião sobre o famoso soco na parede da cozinha. Pouco antes do famoso soco na parede da cozinha, ela disse que tinha dado oitocentos dólares para a igreja, parte de uma campanha para alimentar crianças passando fome em alguma parte muito fodida da África. Frank não era insensível; ele entendia o sofrimento, mas não se dava dinheiro que não se tinha para dar. Não se arriscava a situação da própria filha para ajudar os filhos de outra pessoa. Por mais loucura que fosse, um pagamento inteiro de hipoteca voando por cima do oceano, não foi isso que gerou o famoso soco na parede da cozinha. O motivo disso foi o que ela disse em seguida e a expressão na cara de Elaine quando ela falou, ao mesmo tempo insolente e distante: *a decisão era minha porque o dinheiro era meu.* Como se os votos de casamento não significassem nada para ela onze anos depois, como se pudesse fazer qualquer coisa que quisesse sem consultá-lo. Assim, ele deu o soco na parede (não *nela*, na *parede*), e Nana subiu correndo e chorando e Elaine fez a declaração dela:

— Você vai acabar surtando, amor. Qualquer dia desses não vai ser a parede.

Nada que Frank dissesse ou fizesse mudou a opinião dela. Teria que ser separação ou divórcio, e Frank escolheu a primeira opção. E a previsão de Elaine estava errada. Ele não surtou. Nunca surtaria. Era forte. Era um protetor.

O que deixava uma pergunta bem importante: o que ela estava tentando provar? Que benefício ela estava tendo ao fazê-lo passar por aquilo? Era uma questão não resolvida da infância? Era simples sadismo?

O que quer que fosse, era irreal. E sem sentido. Como homem afro-americano nos Três Condados (ou qualquer condado dos Estados Unidos), não se chegava aos trinta e oito anos de idade sem ver mais do que sua cota justa de absurdo; o racismo era a epítome do absurdo, afinal. Ele se lembrou de uma filha de mineiro no primeiro ou segundo ano, os dentes da frente projetados como uma mão segurando cartas de baralho, o cabelo em marias-chiquinhas tão curtas que pareciam cotocos de dedos. Ela encostou o dedo no pulso dele e comentou: "Você é da cor de coisa podre, Frank. Que nem fica embaixo das unhas do meu pai".

A expressão da garota foi um pouco divertida e um pouco impressionada, além de catastroficamente idiota. Mesmo quando criança, Frank reconhecia o buraco negro da burrice incurável. Ele ficou impressionado e perplexo. Mais tarde, quando viu a mesma expressão em outros rostos, ele passou a ficar assustado e com raiva, mas naquele momento só ficou impressionado. Uma burrice assim tinha campo gravitacional próprio. *Atraía.*

Só que Elaine não era burra. Ela estava longe disso.

Elaine sabia o que era ser seguida em uma loja de departamentos por um garoto branco que nem supletivo tinha, brincando que era o Batman e ia pegá-la roubando um pote de amendoins. Elaine tinha sido xingada por manifestantes em frente à clínica de controle de natalidade, mandada ao inferno por gente que nem sabia o nome dela.

Então, o que ela queria? Por que infligir essa dor nele?

Uma possibilidade irritante: ela estava certa de estar preocupada.

Quando foi atrás do Mercedes verde, Frank ficou vendo Nana se afastando dele, chutando os gizes arrumadinhos e estragando o desenho.

Frank sabia que não era perfeito, mas também sabia que era basicamente bom. Ele ajudava pessoas, ajudava animais; amava a filha e faria qualquer coisa para protegê-la; e nunca tinha encostado uma mão abusiva na esposa. Se tinha cometido erros? O famoso soco na parede da cozinha era um deles? Frank admitia que sim. Ele declararia em um tribunal. Porém, nunca tinha machucado ninguém que não merecesse ser machucado, e ia só falar com o cara do Mercedes, certo?

Frank entrou com a picape por um portão chique de ferro e estacionou atrás do Mercedes verde. O para-choque do lado esquerdo estava sujo, mas o direito estava brilhando de tão limpo. Dava para ver onde o filho da puta tinha limpado.

Ele andou pelo caminho inclinado que ligava a entrada de carros até a porta da grande casa branca. Um jardim com sassafrás ladeava o caminho, e as copas criavam um corredor. Pássaros gorjeavam nos galhos acima. No final do caminho, no pé da escada, havia uma árvore lilás jovem em um vaso de pedra, quase toda florida. Frank resistiu à vontade de arrancá-la. Subiu na varanda. Na frente da porta sólida de carvalho, havia uma aldrava de metal com a forma de um caduceu.

Ele disse para si mesmo para dar meia-volta e seguir para casa, mas segurou a aldrava e bateu sem parar na placa na porta.

7

Demorou um tempo para Garth Flickinger se levantar do sofá.

— Já vai, já vai — disse ele, sem necessidade; a porta era grossa demais e a voz dele estava rouca. Ele tinha fumado sem parar depois que voltou de sua visita ao trailer do prazer de Truman Mayweather.

Se alguém perguntasse a ele sobre as drogas, Garth faria questão de responder que era usuário ocasional e recreativo, mas aquela manhã tinha sido uma exceção. Emergência, na verdade. Não era todos os dias que você estava mijando no trailer do seu traficante e a Terceira Guerra Mundial começava do outro lado da porta fina do banheiro. Alguma coisa tinha acontecido, ruídos, tiros, gritos, e, em um momento de idiotice incompreensível, Garth abriu a porta para ver o que era. O que viu seria difícil de esquecer. Talvez impossível. Na extremidade do trailer havia uma mulher de cabelo preto, nua da cintura para baixo. Ela tinha levantado o amigo do Arkansas de Truman pelo cabelo e pela cintura da calça e estava batendo com a cara dele na parede. *Tum! Tum! Tum!*

Imagine uma enorme arma de cerco batendo no portão de um castelo. A cabeça do homem estava banhada de sangue e os braços balançavam como os de uma boneca de pano nas laterais do corpo.

Enquanto isso, Truman estava caído no chão com um buraco de bala na testa. E a mulher estranha? A expressão dela era apavorantemente plácida. Era como se ela estivesse cuidando da vida sem nenhuma preocupação em particular, só que ela estava mesmo era usando a cabeça de um homem como aríete. Garth fechou a porta delicadamente, pulou no tampo da privada e saiu pela janela. Em seguida, correu até o carro e voltou para casa na velocidade da luz.

A experiência abalou um pouco seus nervos, e isso não era um acontecimento comum. Garth Flickinger, cirurgião plástico com certificação pelo conselho, membro com boa reputação da Sociedade Americana de Cirurgiões Plásticos, costumava ser um sujeito bem tranquilo.

Ele estava se sentindo melhor agora, a metanfetamina que ele tinha fumado ajudou; mas as batidas na porta não eram bem-vindas.

Garth contornou o sofá e atravessou a sala, pisando em um mar de caixas de delivery no caminho.

Na TV de tela plana, uma repórter muito sexy estava falando muito sério sobre um bando de velhas em coma em um lar para idosos em Washington. A seriedade só a deixava mais sexy. Ela tinha seios pequenos, mas o corpo implorava por seios médios.

— Por que só mulheres? — a mulher na tela se questionou em voz alta. — Primeiro achamos que só as muito idosas e as muito jovens eram vulneráveis, mas agora parece que mulheres de todas as faixas etárias...

Garth encostou a testa na porta e bateu com a mão nela.

— Pare! Chega!

— Abra!

A voz era grave e estava puta da vida. Ele reuniu forças e levantou a cabeça para espiar pelo olho mágico. Um homem afro-americano estava do lado de fora, trinta e poucos anos, ombros largos, um rosto com estrutura óssea excelente. O uniforme bege do homem fez a pulsação de Garth se acelerar por um momento (polícia!), mas ele reparou que a identificação dizia CONTROLE ANIMAL.

Ah, você pega cachorros… era um sujeito bem bonito que pegava cachorros, era verdade, mas era isso mesmo que ele fazia. *Não tem caninos fugitivos aqui, senhor, então não tem problema.*

Ou tinha? Era bom ter certeza absoluta. Ele poderia ser amigo da harpia seminua do trailer? Melhor ser amigo do que inimigo dela, Garth achava, mas bem melhor evitá-la completamente.

— Ela mandou você? — perguntou Garth. — Eu não vi nada. Diga isso para ela, tá?

— Não sei do que você está falando! Eu vim por vontade própria! Agora, abra! — gritou o homem de novo.

— Por quê? — perguntou Garth, acrescentando por garantia: — De jeito nenhum.

— Senhor! Eu só quero conversar. — O homem tinha feito um esforço para baixar a voz, mas Garth conseguia vê-lo retorcendo a boca, lutando contra a necessidade (sim, necessidade) de continuar gritando.

— Agora não — disse Garth.

— Atropelaram um gato. A pessoa estava dirigindo um Mercedes verde. Você tem um Mercedes verde.

— Que pena. — Falando do gato, não do Mercedes. Garth gostava de gatos. Também gostava da camisa dos Flamin' Groovies, que estava enrolada no chão perto da escada. Garth a tinha usado para limpar o sangue do para-choque do carro. Estava difícil para todo mundo. — Mas não sei nada sobre isso e estou tendo uma manhã difícil, então você vai ter que ir embora. Sinto muito.

Um baque, e a porta balançou na moldura. Garth recuou. O cara tinha dado um chute nela.

Pelo olho mágico, Garth viu que os tendões no pescoço do homem estavam repuxados.

— Minha filha mora colina abaixo, seu escroto! E se tivesse sido ela? E se você tivesse atropelado a minha filha, em vez do gato?

— Eu vou chamar a polícia — disse Garth. Ele esperava parecer mais convincente para o cara do que parecia para si mesmo.

Foi para a sala, afundou no sofá e pegou o cachimbo. O saco de drogas estava na mesa de centro. Vidros começaram a ser quebrados lá fora. Houve um ruído metálico. O Señor apanhador de cachorros estava danificando seu Mercedes? Garth não ligava, não naquele dia. (Tinha seguro mesmo.) Aquela pobre drogada. O nome dela era Tiffany, e ela estava tão destruída e era tão doce. Estaria morta? As pessoas que atacaram o trailer (ele supôs que a mulher estranha fosse de uma gangue) a mataram? Ele disse para si mesmo que Tiff, por mais doce que fosse, não era problema dele. Era melhor não se fixar no que não podia ser mudado.

O saco era de plástico azul, e as pedras pareciam ser azuis até retirá-las de dentro. Devia ser uma homenagem meia-boca de Tru Mayweather a *Breaking Bad*. Não haveria mais homenagens de Truman Mayweather, meia-bocas ou não, depois daquela manhã. Garth pegou um cristal e colocou no cachimbo. O que fosse que o Senhor Apanhador de Cachorros estivesse fazendo com o Mercedes tinha feito o alarme disparar: *bip, bip, bip*.

A televisão mostrou imagens de um quarto claro de hospital. Duas formas femininas estavam embaixo de lençóis. Casulos finos cobriam a cabeça das mulheres. Parecia que elas estavam usando colmeias que começavam nos queixos. Garth acendeu o cachimbo, inspirou, prendeu o ar.

Bip, bip, bip.

Garth tinha uma filha, Cathy. Ela tinha oito anos e sofria de hidrocefalia. Morava em uma clínica muito boa perto do litoral da Carolina do Norte, perto o bastante para sentir a maresia na brisa. Ele pagava por tudo, coisa que podia fazer. Era melhor para a garota se a mãe cuidasse dos detalhes. Pobre Cathy. O que ele tinha pensado sobre a drogada? Ah, certo: era melhor não se fixar no que não podia ser mudado. Era mais fácil falar do que fazer. Pobre Garth. Pobres velhinhas com as cabeças enfiadas em colmeias. Pobre gato.

A bela repórter estava de pé em uma calçada na frente de uma multidão que só aumentava. Sinceramente, ela era linda com aqueles peitinhos. O tamanho maior era só uma ideia. Ela tinha feito plástica no nariz? Uau, se sim (e Garth não tinha certeza, ele precisaria ver de perto), tinha sido excelente, estava muito natural com um arrebitadinho na ponta.

— O CDC emitiu uma declaração — anunciou ela. — Não tentem remover a substância em circunstância nenhuma.

— Pode me chamar de maluco — disse Garth —, mas isso só me dá vontade de remover.

Cansado das notícias, cansado do cara do controle de animais, cansado do alarme do carro (se bem que ele achava que o desligaria depois que o cara do Controle de Animais decidisse levar sua raiva para outro lugar), cansado de se fixar no que não podia ser mudado, Garth ficou trocando de canais até encontrar um comercial sobre ter abdome de tanquinho em apenas seis dias. Ele tentou anotar o número de telefone, mas a única caneta que encontrou não funcionou na pele da palma da mão dele.

4

1

A população total dos condados de McDowell, Bridger e Dooling chegava a aproximadamente setenta e duas mil almas, cinquenta e cinco por cento de homens e quarenta e cinco de mulheres. Eram cinco mil pessoas a menos do que no último censo dos EUA, tornando oficialmente os Três Condados uma "área de emigração". Havia dois hospitais, um no condado de McDowell ("Tem uma lojinha ótima!", dizia a única postagem na seção de comentários do site do McDowell Hospital) e um bem maior no condado de Dooling, onde a maior população, trinta e duas mil pessoas, residia. Havia um total de dez clínicas nos três condados e mais de vinte das chamadas "clínicas da dor" no bosque de pinheiros, onde várias drogas opioides podiam ser obtidas com receitas médicas escritas na hora. Em uma época, antes de as minas se esgotarem, os Três Condados eram conhecidos como a República dos Homens sem Dedos. Agora, tinha se tornado a República dos Homens Desempregados, mas havia um lado bom: a maioria daqueles com menos de cinquenta anos tinha todos os dedos, e fazia dez anos que ninguém morria em um desmoronamento de mina.

Na manhã em que Evie Ninguém (registrada assim por Lila Norcross porque a prisioneira não deu nenhum sobrenome) visitou o trailer de Truman Mayweather, a maioria das catorze mil e poucas mulheres no condado de Dooling acordou como sempre e iniciou o dia. Muitas viram notícias na televisão sobre o contágio que foi primeiro chamado de Doença Australiana do Sono, depois de Gripe Feminina do Sono e depois de Gripe Aurora, em homenagem à princesa da versão de Walt Disney do conto de fadas *A bela adormecida*. Poucas das mulheres dos Três Condados que viram as notícias ficaram com medo; a Austrália, o Havaí e Los Angeles eram lugares distantes, afinal, e apesar de a reportagem de Michaela Morgan feita no lar de pessoas idosas em Georgetown ser um pouco alarmante e de Washington ser geograficamente próximo, a menos de um dia de carro, lá ainda era uma cidade, e para a maioria das pessoas nos Três Condados, isso a colocava em uma categoria diferente. Além do mais, poucas pessoas da área viam o News-America, preferiam o *Good Day Wheeling* ou Ellen DeGeneres.

O primeiro sinal de que alguma coisa podia estar errada ali no fim do mundo aconteceu pouco depois das oito da manhã. Chegou às portas do St. Theresa representado por Yvette Quinn, que estacionou o Jeep Cherokee velho torto no meio-fio e entrou correndo no PS com as gêmeas bebês nos braços. Um rosto pequenininho envolto em um casulo estava apoiado em cada seio. Ela estava gritando como um carro de bombeiro, o que fez os médicos e enfermeiras irem correndo.

— Alguém ajude meus bebês! Elas não querem acordar! Não acordam por nada!

Tiffany Jones, bem mais velha, mas envolta na mesma substância, chegou logo depois, e até as três da tarde, o pronto-socorro estava cheio. E elas continuaram chegando: pais e mães carregando filhas, garotas carregando irmãzinhas, tios carregando sobrinhas, maridos carregando esposas. Não passou *Judge Judy*, nem *Dr. Phil*, nem game shows na televisão da sala de espera naquela tarde. Só noticiários, e tudo era sobre a misteriosa doença do sono, que afetava só quem tinha cromossomos XX.

O exato minuto, meio minuto ou segundo em que a homo sapiens fêmea deixava de acordar e começava a formar a cobertura nunca foi determinado de forma conclusiva. Porém, com base nos dados cumulativos, os cientistas conseguiram reduzir a janela a um ponto entre 7h37 e 7h57 da manhã no horário da costa leste.

— Só podemos esperar que acordem — disse George Alderson no News-America. — E, até o momento, nenhuma acordou. Aqui está Michaela Morgan com mais informações.

2

Quando Lila Norcross chegou ao prédio quadrado de tijolos aparentes que abrigava a delegacia do Condado de Dooling de um lado e a Secretaria de Assuntos Municipais do outro, todo mundo tinha muito trabalho a fazer. O policial Reed Barrows estava esperando na calçada, pronto para cuidar da prisioneira de Lila.

— Seja boazinha, Evie — disse ela, abrindo a porta. — Eu volto daqui a pouco.

— Seja boazinha, Lila — disse Evie. — Eu vou estar bem aqui. — Ela riu.

O sangue do nariz estava secando nas bochechas; mais sangue, de um corte na testa, tinha deixado o cabelo duro na frente, formando o que parecia uma cauda de pavão.

Quando Lila saiu do carro e abriu caminho para Reed entrar, Evie acrescentou, rindo ainda mais:

— Triplo-duplo.

— A perícia está a caminho do trailer — disse Reed. — Também o assistente do promotor e a Unidade Seis.

— Ótimo — disse Lila, e andou na direção da porta da delegacia.

Triplo-duplo, pensou ela. Ah, ela lembrou: era fazer pelo menos dez pontos, dez passes e dez rebotes. E foi o que a garota fez no jogo de basquete da noite anterior, o que Lila tinha ido ver.

"A garota" era como Lila a chamava. O nome dela era Sheila. Não era culpa da garota. Não era culpa de *Sheila*. O nome dela era o primeiro passo para... o quê? Ela não sabia. Simplesmente não sabia.

E Clint. O que *Clint* queria? Ela sabia que não deveria se importar, considerando as circunstâncias, mas se importava. Ele era um verdadeiro mistério para ela. Uma imagem familiar lhe ocorreu: seu marido sentado à bancada da cozinha, olhando para os olmos no quintal, passando o polegar pelos nós dos dedos, fazendo uma leve careta. Havia muito tempo que ela tinha parado de perguntar se ele estava bem. "Só estou pensando", ele sempre dizia, "só estou pensando". Mas sobre o quê? E sobre quem? Eram perguntas óbvias, não eram?

Lila não conseguia acreditar no quanto estava cansada, no quanto se sentia fraca, como se tivesse babado no uniforme e nos sapatos nos poucos passos entre a viatura e a entrada. De repente, parecia que tudo estava aberto a questionamento. Se Clint não era Clint, quem era ela? Quem era quem?

Ela precisava se concentrar. Dois homens estavam mortos, e a mulher que provavelmente os havia matado estava na traseira da viatura de Lila, mais alta do que uma pipa. Lila podia ficar cansada e fraca, mas não naquele momento.

Oscar Silver e Barry Holden estavam no escritório.

— Cavalheiros — disse ela.

— Xerife — disseram eles quase ao mesmo tempo.

O juiz Silver era mais velho do que Deus e tinha mãos trêmulas, mas não tinha falha nenhuma no cérebro. Barry Holden sustentava a si mesmo e à sua tribo de dependentes femininas (uma esposa e quatro filhas) escrevendo testamentos e contratos e negociando acordos de seguro (principalmente com o notório dragão Drew T. Barry, da Drew T. Barry Indenizações). Holden também era um dos seis advogados dos Três Condados que trabalhava como defensor público em sistema de rotação. Ele era um bom sujeito, e Lila não demorou para explicar o que queria. Ele era agradável, mas precisava de pagamento. Disse que um dólar estava bom.

— Linny, você tem um dólar? — perguntou Lila à atendente. — Pode ser estranho querer contratar representação para uma mulher que prendi com duas acusações de assassinato.

Linny deu um dólar para Barry. Ele guardou no bolso, se virou para o juiz Silver e falou em sua melhor voz de tribunal:

— Tendo sido contratado por Linnette Mars em nome da prisioneira que a xerife Norcross acabou de prender, peço e peticiono que... qual é o nome dela, Lila?

— Evie, sem sobrenome ainda. Chamei de Evie Ninguém.

— Que Evie Ninguém fique sob os cuidados do dr. Clinton Norcross para avaliação psiquiátrica, sendo que tal avaliação deva acontecer no Instituto Penal para Mulheres de Dooling.

— Assim está determinado — disse o juiz Silver.

— Hã, e o promotor público? — perguntou Linny, da mesa dela. — Janker não tem que dar opinião?

— Janker concorda de forma ausente — respondeu o juiz Silver. — Como já salvei aquele incompetente no meu tribunal em mais de uma ocasião, posso dizer isso com total confiança. Ordeno que Evie Ninguém seja transportada para o Instituto Penal imediatamente e fique lá por um período de... que tal quarenta e oito horas, Lila?

— Melhor noventa e seis — disse Barry Holden, aparentemente sentindo que devia fazer alguma coisa pela cliente.

— Por mim, noventa e seis está bom, juiz — disse Lila. — Eu só quero que ela fique em um lugar onde não vá se machucar mais enquanto eu procuro respostas.

Linny se manifestou. Na opinião de Lila, ela estava ficando um saco.

— Clint e a diretora Coates vão aceitar uma visitante?

— Eu cuido disso — disse Lila, e pensou de novo na nova prisioneira. Evie Ninguém, a assassina misteriosa que sabia o nome de Lila e que falava de triplos-duplos. Obviamente, coincidência, mas nem um pouco bem-vinda e em um momento péssimo. — É melhor ela ser trazida para cá para tirarmos as digitais. Além disso, Linny e eu temos que levá-la para uma das celas e vesti-la com um uniforme. A camisa que ela está usando tem que ser usada como prova, e é a única coisa que ela está vestindo. Não posso levá-la para a prisão pelada, posso?

— Não, como advogado dela, eu não poderia aprovar isso — disse Barry.

3

— E aí, Jeanette? Como estão as coisas?

Jeanette pensou na pergunta de Clint.

— Hum, vamos ver. Ree disse que teve um sonho ontem em que comeu um bolo com Michelle Obama.

Os dois, psiquiatra da prisão e detenta-paciente, estavam percorrendo círculos lentos no pátio de exercícios. Estava vazio àquela hora da manhã, quando a maioria das detentas estava ocupada em seus empregos (carpintaria, fabricação de móveis, manutenção, lavanderia, limpeza) ou tendo aulas de supletivo no que era conhecido no Instituto Penal de Dooling como Escola de Burros, ou apenas deitadas em suas celas matando tempo.

Um passe para o pátio estava preso na blusa bege de Jeanette, assinado pelo próprio Clint. Isso o tornava responsável por ela. E não tinha problema.

Ela era uma de suas detentas-pacientes favoritas (um de seus *bichinhos de estimação*, a diretora Janice Coates teria dito de forma irritante) e a menos problemática. Na opinião dele, Jeanette tinha que estar lá fora, não em outra instituição, mas lá fora mesmo, livre. Não era uma opinião que ele daria para Jeanette, porque que bem faria a ela? Eles estavam nos Apalaches. Nos Apalaches não se obtinha condicional por assassinato, sem importar se era de segundo grau. A crença dele na ausência de culpa de Jeanette na morte de Damian Sorley era o tipo de coisa que ele não podia expressar para ninguém além da esposa, e talvez nem para ela. Ultimamente, Lila andava meio estranha. Meio preocupada. Naquela mesma manhã, por exemplo, apesar de provavelmente ser porque ela precisava dormir. E tinha aquela coisa que Vanessa Lampley tinha dito sobre o caminhão de artigos de animais virado na Mountain Rest Road no ano anterior. Qual era a probabilidade de haver dois acidentes idênticos e bizarros com meses de intervalo?

— Ei, dr. N., você está aí? Eu falei que Ree…

— Teve um sonho em que comia com Michelle Obama, entendi.

— Foi o que ela disse *primeiro*. Mas ela inventou isso. Ela teve um sonho em que um professor dizia que ela estava na sala de aula errada. Um sonho de ansiedade, você não acha?

— Pode ser. — Era um dos dez ou mais posicionamentos básicos que ele deixava pronto para usar ao responder perguntas dos pacientes.

— Ei, doutor, você acha que Tom Brady poderia vir aqui? Fazer uma palestra, dar uns autógrafos?

— Pode ser.

— Sabe, ele poderia autografar algumas daquelas bolas de futebol americano de brinquedo.

— Claro.

Jeanette parou.

— O que eu acabei de falar?

Clint pensou e riu.

— Me pegou.

— Onde você está hoje, doutor? Você está fazendo aquela coisa que você faz. Peço desculpas por invadir sua privacidade, mas está tudo bem em casa?

Com um terrível susto interior, Clint percebeu que não sabia mais se podia responder que sim, e a pergunta inesperada de Jeanette, a percepção dela, foi perturbadora. Lila tinha mentido para ele. Não houve acidente na Mountain Rest Road, não na noite anterior. Ele teve certeza de repente.

— Está tudo certo em casa. Que coisa é essa que eu faço?

Ela franziu o rosto e levantou o punho, passando o polegar de um lado para o outro dos nós dos dedos.

— Quando você faz isso, sei que você está por aí colhendo margaridas ou alguma coisa assim. Parece até que está relembrando uma briga em que se meteu.

— Ah — disse Clint. Isso foi próximo demais da verdade para ele ficar à vontade. — É um velho hábito. Mas vamos falar de você, Jeanette.

— Meu assunto favorito.

A resposta pareceu boa, mas Clint sabia a verdade. Se deixasse Jeanette liderar a conversa, eles passariam a hora inteira no sol falando de Ree Dempster, Michelle Obama, Tom Brady e qualquer outra pessoa que pudesse associar. Quando o assunto era livre associação, Jeanette era campeã.

— Certo. Com que *você* sonhou ontem? Se vamos falar de sonhos, vamos falar dos seus, não dos de Ree.

— Não consigo lembrar. Ree perguntou e falei a mesma coisa para ela. Acho que é por causa do remédio novo que você me receitou.

— Então você sonhou com alguma coisa.

— Sonhei... provavelmente... — Jeanette estava olhando para a horta, e não para ele.

— Pode ter sido com Damian? Você sonhava muito com ele.

— Claro, sobre como ele estava. Todo azul. Mas não tenho o sonho do homem azul faz tempo. Ei, você se lembra daquele filme, *A profecia*? Sobre o filho do diabo? O nome do garoto também era Damien.

— Você tem um filho...

— E daí? — Ela estava olhando para ele com certa desconfiança.

— Bom, algumas pessoas poderiam dizer que seu marido era o diabo na sua vida, o que tornaria Bobby...

— O filho do diabo! *A profecia dois!* — Ela deu uma gargalhada e apontou um dedo para ele. — Ah, isso é muito engraçado! Bobby é a criança mais fofa do mundo, puxou o lado da minha mãe da família. Ele vem de Ohio com minha irmã para me ver a cada dois meses. Você sabe disso. — Ela riu mais, um som não muito comum naquele terreno cercado e rigorosamente monitorado, mas muito doce. — Sabe o que estou pensando?

— Não — disse Clint. — Sou um psiquiatra, não leitor de mentes.

— Estou pensando que pode ser um caso clássico de *transferência*. — Ela balançou os dois primeiros dedos de cada mão no ar para fazer o sinal de aspas em volta da palavra. — No sentido de que você está preocupado de o *seu* filho ser o filho do diabo.

Foi a vez de Clint rir. A ideia de Jared ser qualquer coisa do diabo, o Jared que espantava mosquitos do braço em vez de matá-los, era surreal. Ele se preocupava com o filho, sim, mas não de ele ir parar atrás de grades e arame farpado, como Jeanette, Ree Dempster, Kitty McDavid e a bomba-relógio conhecida como Angel Fitzroy. Porra, o garoto nem tinha coragem de convidar Mary Park para ir ao Baile de Primavera com ele.

— Jared é ótimo, e tenho certeza de que seu Bobby também é. Como a medicação está indo em relação aos seus… como é que você chama?

— Meus borrões. É quando não consigo ver as pessoas direito ou ouvir direito. Está bem melhor desde que comecei os comprimidos novos.

— Você não está falando por falar? Porque você tem que ser sincera comigo, Jeanette. Sabe o que eu sempre digo?

— *SVP*, a sinceridade vale a pena. E estou sendo sincera com você. Está melhor, mas às vezes ainda fico para baixo, quando começo a ficar à deriva e os borrões voltam.

— Alguma exceção? Alguém que apareça com clareza mesmo quando você está deprimida? E que talvez possa arrancar você disso?

— Arrancar! Gostei disso. É, Bobby consegue. Ele tinha cinco anos quando vim para cá. Doze agora. Ele toca teclado em um grupo, dá para acreditar? E canta!

— Você deve sentir muito orgulho.

— Sinto mesmo! O seu deve ter a mesma idade, né?

Clint, que sabia quando uma das moças estava tentando desviar a conversa, fez um ruído descompromissado em vez de dizer que Jared tinha quase idade para votar, por mais estranho que parecesse.

Ela cutucou o ombro dele.

— Não se esqueça de dar camisinhas para ele.

Do posto da guarda coberto por um guarda-sol perto do muro norte, uma voz amplificada gritou:

— PRISIONEIRA! NADA DE CONTATO FÍSICO!

Clint acenou para o guarda (era difícil de identificar por causa do megafone, mas ele achava que a pessoa na cadeira dobrável era o babaca do Don Peters) para demonstrar que estava tudo bem e disse para Jeanette:

— Agora vou ter que discutir isso com o *meu* terapeuta.

Ela riu, satisfeita.

Passou pela cabeça de Clint, e não pela primeira vez, que, se as circunstâncias fossem diferentes, ele talvez quisesse Jeanette Sorley como amiga.

— Ei, Jeanette. Sabe quem é Warner Wolf?

— *Vamos ao videoteipe!* — disse ela na mesma hora, uma imitação perfeita. — Por que a pergunta?

Era uma boa pergunta. *Por que* ele tinha perguntado? O que um velho apresentador de eventos esportivos tinha a ver com as coisas? E por que importaria se sua referência de cultura pop (assim como seu físico) era um pouco antiquada?

Outra pergunta, melhor: Por que Lila havia mentido para ele?

— Ah — disse Clint —, alguém mencionou esse cara. Achei engraçado.

— É, meu pai adorava ele — disse Jeanette.

— Seu pai.

Um trecho de "Hey Jude" tocou no celular dele. Ele olhou para a tela e viu a imagem da esposa. Lila, que deveria estar na terra dos sonhos; Lila, que podia ou não se lembrar de Warner Wolf; Lila, que tinha mentido.

— Eu preciso atender — disse ele para Jeanette —, mas vou ser rápido. Pode andar até a horta, arrancar umas ervas daninhas e tentar lembrar o que sonhou ontem à noite.

— Privacidade, entendi — disse ela, e andou na direção da horta.

Clint acenou para o muro norte de novo, indicando ao guarda que a movimentação de Jeanette era autorizada, e apertou o botão verde.

— Oi, Lila, como estão as coisas? — disse ele, ciente, quando a frase saiu pela boca, de que era assim que ele começava a maioria das reuniões com pacientes.

— Ah, normais — disse ela. — Explosão de laboratório de metanfetamina, homicídio duplo, assassina presa. Eu a peguei andando pela Ball's Hill sozinha.

— Isso é piada, né?

— Infelizmente, não.

— Puta merda, você está bem?

— Funcionando à base de adrenalina pura, mas bem. Só que estou precisando de ajuda.

Ela contou os detalhes para ele. Clint ouviu sem fazer perguntas. Jeanette estava andando por uma fileira de ervilhas, arrancando ervas daninhas e cantando alguma coisa alegre sobre ir para o norte se afogar no rio Harlem. No lado norte do pátio da prisão, Vanessa Lampley se aproximou da cadeira dobrável de Don Peters, falou com ele e se sentou enquanto Don andava na direção da ala administrativa, com a cabeça baixa como a de um garoto que foi chamado à sala do diretor. E, se alguém merecia ter a atenção chamada, esse alguém era aquele saco de banha e água.

— Clint? Ainda está aí?

— Bem aqui. Só estou pensando.

— Só está pensando — repetiu Lila. — Em quê?

— No processo. — O jeito como ela o pressionou pegou Clint de surpresa. Quase pareceu que ela estava debochando dele. — Em teoria, é possível, mas eu teria que verificar com Janice...

— Faça isso, por favor. Posso estar aí em vinte minutos. Se Janice precisar ser convencida, eu a convenço. Preciso de ajuda com isso, Clint.

— Calma, eu vou ajudar. O medo de que ela faça mal a si mesma é uma preocupação válida. — Jeanette tinha terminado uma fileira e estava voltando na direção dele pela seguinte. — Só estou dizendo que, normalmente, você a levaria para St. Theresa primeiro, para ela ser avaliada. Parece que ela bateu a cara com força.

— A cara dela não é minha preocupação imediata. Ela quase arrancou a cabeça de um homem e enfiou a de outro cara pela parede de um trailer. Você acha mesmo que eu deveria botá-la em uma sala de exames com um residente de vinte e cinco anos?

Ele queria perguntar de novo se ela estava bem, mas com o humor que ela estava no momento, ela ficaria louca, pois uma pessoa cansada e sobrecarregada faz exatamente isso, ataca a pessoa que considera confiável. Às vezes, até muitas vezes, Clint se ressentia de ser a pessoa considerada confiável.

— Talvez não.

Agora ele ouvia barulhos da rua. Lila tinha saído do prédio.

— Não é só que ela seja perigosa e não é só que esteja louca. Parece que... Jared diria: "Meu instinto de aranha está formigando".

— Talvez quando ele tinha sete anos.

— Eu nunca a vi na vida, posso jurar isso sobre uma pilha de Bíblias, mas ela me conhece. Me chamou pelo nome.

— Se você estiver com a camisa do uniforme, e suponho que esteja, seu nome está bordado no bolso.

— Certo, mas ali diz NORCROSS. Ela me chamou de Lila. Eu tenho que desligar. Só me avise se, quando eu chegar aí com ela, as portas estarão abertas para mim.

— Vão estar.

— Obrigada. — Ele a ouviu pigarrear. — Obrigada, querido.

— De nada, mas você precisa fazer uma coisa por mim. Não a traga sozinha. Você está exausta.

— Reed Barrows vai dirigir. Eu vou acompanhando.

— Que bom. Eu te amo.

Clint ouviu o som de uma porta de carro se abrindo, provavelmente a da viatura de Lila.

— Eu também te amo — disse ela, e desligou.

Houve hesitação ali? Não dava tempo de pensar nisso agora, de ficar remoendo até virar uma coisa que provavelmente não era, e era melhor assim.

— Jeanette! — E, quando ela se virou para ele: — Vou ter que interromper nossa sessão. Aconteceu uma coisa.

4

A merda era arqui-inimiga de Coates. Não que a maioria das pessoas gostasse, mas elas aguentavam merdas, acabavam se entendendo com merdas e ainda distribuíam sua cota. A diretora Janice Tabitha Coates não produzia merda. Não era da natureza dela, e seria contraproducente. A prisão era uma fábrica de merda, podia muito bem se chamar Instituição de Fabricação de Merda para Mulheres de Dooling, e era trabalho dela fazer com que a produção nunca saísse do controle. Ondas de memorandos cheios de merda chegavam do estado exigindo que ela simultaneamente diminuísse os custos e melhorasse os serviços. Um fluxo regular de merda chegava dos tribunais (detentas e advogados de defesa e de acusação brigando por causa de apelações), e Coates sempre parecia ser arrastada para o meio de tudo. O departamento de saúde adorava aparecer para fazer inspeções de merda. Os engenheiros que iam consertar a grade elétrica da prisão sempre prometiam que seria a última vez, mas as promessas eram de merda. A grade sempre desmontava.

E as merdas não paravam quando Coates estava em casa. Mesmo quando ela estava dormindo, só aumentavam, como uma montanha de neve em uma tempestade, uma montanha marrom feita de bosta. Como Kitty McDavid surtando e as duas médicas assistentes escolhendo a mesma manhã para sumir. Aquela pilha fedorenta estava esperando por ela assim que ela entrou pela porta.

Norcross era um bom psiquiatra, mas produzia sua cota de excremento também, pedindo tratamentos especiais e dispensas para as pacientes. O fracasso crônico dele em reconhecer que a grande maioria das pacientes, as detentas de Dooling, eram gênios na criação de merda, mulheres que passaram a vida alimentando desculpas de merda, era quase tocante, só que era Coates quem tinha que segurar a pá.

E, bem, por baixo da merda, algumas mulheres tinham motivos reais. Janice Coates não era burra e não era sem coração. Muitas das mulheres de Dooling eram, acima de tudo, azaradas. Coates sabia disso. Infâncias ruins, maridos horríveis, situações impossíveis, doenças mentais medicadas com drogas e álcool. Elas eram vítimas da merda assim como disseminadoras dela. No entanto, não era trabalho da diretora resolver nada disso. A pena não podia comprometer seu dever. Elas estavam ali, e ela tinha que cuidar de todas.

E isso queria dizer que ela tinha que lidar com Don Peters, que estava na frente dela agora, o artista supremo da merda, terminando sua última história de merda: o trabalhador honesto acusado injustamente.

Quando deu os toques finais, ela disse:

— Não me venha com essa baboseira sobre o sindicato, Peters. Mais uma reclamação e você está fora. Uma detenta disse que você botou a mão no peito dela, outra disse que você apertou a bunda, e uma terceira disse que você ofereceu meio maço de Newports por uma chupada. Se o sindicato quiser comprar a sua briga, a escolha é deles, mas acho que não vão fazer isso.

O guarda baixo e atarracado estava sentado no sofá com as pernas bem abertas (como se o material dele fosse algo que ela quisesse ver) e os braços cruzados. Ele soprou a franja estilo Buster Brown, que caía sobre os olhos.

— Eu nunca toquei em ninguém, diretora.

— Não há vergonha nenhuma em pedir demissão.

— Não vou me demitir e não tenho vergonha de nada que fiz! — As bochechas normalmente pálidas ficaram vermelhas. As narinas estavam se dilatando e encolhendo com a respiração indignada.

— Deve ser bom. Eu tenho uma lista de coisas de que tenho vergonha. Assinar a autorização da sua contratação está perto do topo. Você é como uma meleca que não consigo soltar do dedo.

Os lábios de Don se retorceram de um jeito ardiloso.

— Sei que você está tentando me deixar com raiva, diretora. Não vai funcionar.

Ele não era burro, e esse era o problema. Era o motivo de ninguém tê-lo pegado no flagra até aquele momento. Peters era astuto o bastante para agir quando não tinha ninguém por perto.

— Parece que não. — Coates, sentada na beirada da mesa, puxou a bolsa para o colo. — Mas não se pode culpar uma garota por tentar.

— Você sabe que elas mentem. Elas são criminosas.

— Assédio sexual também é crime. Você acabou de ter seu último aviso. — Coates remexeu na bolsa em busca do protetor labial. — A propósito, só meio maço? O que é isso, Don. — Ela tirou lenços de papel, o isqueiro, o frasco de comprimidos, o iPhone, a carteira, e finalmente encontrou o que estava procurando. A tampa tinha caído, e o protetor estava com fiapos grudados. Janice usou mesmo assim.

Peters estava em silêncio. Ela olhou para ele. Ele era violento, abusivo e incrivelmente sortudo por nenhum outro oficial ter se oferecido como testemunha dos abusos. Porém, ela o pegaria. Tinha tempo. O tempo era, na verdade, uma outra palavra para prisão.

— O quê? Está querendo também? — Ela ofereceu o protetor labial. — Não? Então volte ao trabalho.

A porta tremeu na moldura quando ele a bateu, e ela o ouviu pisando forte na área da recepção, como um adolescente fazendo pirraça. Satisfeita porque a sessão disciplinar tinha sido como ela esperava, Coates voltou à questão do protetor labial sujo e começou a procurar a tampa na bolsa.

Seu celular vibrou. Coates colocou a bolsa no chão e foi até o sofá vazio. Pensou no quanto detestava a pessoa cuja bunda havia ocupado o assento pela última vez e se sentou à esquerda da almofada afundada no meio.

— Oi, mãe. — Por trás da voz de Michaela havia o som de outras vozes, algumas gritando, e sirenes.

Coates deixou de lado o impulso inicial de censurar a filha por ter ficado três semanas sem ligar.

— O que foi, querida?

— Espere.

Os sons ficaram abafados enquanto Janice esperava. Seu relacionamento com a filha tinha altos e baixos. A decisão de Michaela de abandonar a faculdade de direito e estudar jornalismo televisivo (uma fábrica de merdas tão grande quanto o sistema carcerário e provavelmente tão cheio de criminosos quanto ele) foi um momento ruim, e a plástica de nariz em seguida as levou para bem abaixo do nível do mar por um tempo. Porém, havia uma persistência em Michaela que Coates passou gradualmente a respeitar. Talvez elas não fossem tão diferentes quanto parecia. A maluca da Magda Dubcek, a mulher que trabalhou de babá para Janice quando Michaela era pequena, disse uma vez: "Ela é igual a você, Janice! Não aceita um não! Se você disser que ela pode comer só um biscoito, vai virar uma missão pessoal dela conseguir comer três. Ela sorri e paparica você até você não conseguir dizer não".

Dois anos antes, Michaela apresentava notícias sensacionalistas no noticiário local. Agora, estava no NewsAmerica, onde sua ascensão tinha sido rápida.

— Pronto — disse Michaela, voltando ao telefone. — Eu tive que vir para um lugar tranquilo. Estamos em frente ao Centro de Controle de Doenças. Você está vendo as notícias?

— A CNN, claro. — Janice adorava implicar e nunca perdia a chance de fazer isso.

Dessa vez, Michaela a ignorou.

— Você está sabendo da Gripe Aurora? A doença do sono?

— Ouvi alguma coisa no rádio. Mulheres idosas que não conseguem acordar no Havaí e na Austrália...

— É real, mãe, e acontece com qualquer mulher. Idosa, bebê, jovem, de meia-idade. Qualquer mulher que durma. Por isso: *não durma*.

— Como é? — Tinha alguma coisa que não fazia sentido ali. Eram onze da manhã. Por que ela dormiria? Michaela estava dizendo que ela nunca mais podia dormir? Se era isso, não ia dar certo. Era a mesma coisa que pedir para ela nunca mais fazer xixi. — Isso não faz sentido.

— Ligue a TV, mãe. Ou o rádio. Ou a internet.

A impossibilidade pairou entre elas na linha. Janice não sabia mais o que dizer além de "Tá". Sua filha podia estar enganada, mas não mentiria para ela. Merda ou não, Michaela acreditava que era verdade.

— A cientista com quem acabei de falar, ela é do FBI e é minha amiga, eu confio nela, ela está por dentro. Ela diz que estão estimando que oitenta e cinco por cento das mulheres da costa oeste já foram afetadas. Não diga isso para ninguém, vai ser um pandemônio assim que cair na internet.

— O que você quer dizer com *afetadas*?

— Eu quero dizer que elas não estão acordando. Estão formando uns... uns casulos. Membranas, coberturas. Os casulos parecem ser em parte cerume, cera de ouvido, em parte sebo que é a substância oleosa na lateral do nariz, uma parte muco, e... outra coisa que ninguém entende, mas é uma proteína sem DNA. Se regenera com a mesma rapidez que sai, mas não tente tirar. Houve... reações. Tá? *Não tente tirar essa coisa.* — Nessa última questão, que não fazia mais sentido do que o resto, Michaela pareceu incomumente severa. — *Mãe?*

— Sim, Michaela. Eu ainda estou aqui.

Sua filha parecia empolgada agora... apaixonada.

— Começou a acontecer entre sete e oito horas daqui, entre quatro e cinco do horário da costa oeste, e é por isso que as mulheres de lá foram tão afetadas. Nós ainda temos o dia inteiro. Estamos de tanque cheio.

— Tanque cheio... de horas despertas?

— Bingo. — Michaela respirou fundo. — Sei como isso pode parecer loucura, mas não estou brincando. Você tem que ficar acordada. E vai ter que tomar umas decisões difíceis. Precisa pensar no que vai fazer com sua prisão.

— Com a minha prisão?

— Suas detentas vão começar a adormecer.

— Ah — disse Janice. Ela entendeu de repente. Mais ou menos.

— Tenho que ir, mãe. Tenho uma reportagem ao vivo e o produtor está ficando maluco. Ligo quando eu puder.

Coates ficou no sofá. Seu olhar encontrou a fotografia no porta-retratos na mesa. Mostrava o falecido Archibald Coates sorrindo com roupa de hospital, segurando a filha recém-nascida na dobra do braço. Morreu de insuficiência coronária na idade terrivelmente injusta de trinta anos. Archie já estava morto quase pela mesma quantidade de tempo que tinha vivido. Na foto, havia restos de membrana branca na testa de Michaela, como uns fios de teia. A diretora desejou ter dito para a filha que a amava, mas o arrependimento só a segurou por alguns segundos. Havia trabalho a ser feito. Ela precisou de alguns minutos para entender o problema, mas a resposta, o que fazer com as mulheres da prisão, não parecia a Janice ser de múltipla escolha. Pelo tempo que pudesse, ela precisava continuar fazendo o que sempre fizera: manter a ordem e ficar à frente das merdas.

Ela disse à secretária, Blanche McIntyre, para ligar para a casa das médicas assistentes. Depois disso, Blanche tinha que ligar para Lawrence Hicks, o vice-diretor, e informar a ele que o tempo de recuperação da cirurgia do siso estava sendo reduzido; sua presença era exigida imediatamente. Finalmente, ela precisava que Blanche notificasse cada policial de plantão: devido à situação nacional, todo mundo ia dobrar o turno. A diretora tinha sérias dúvidas se poderia ou não contar com os profissionais do próximo turno. Em uma emergência, as pessoas ficavam relutantes de deixar os entes queridos.

— O quê? — perguntou Blanche. — *Situação nacional?* Aconteceu alguma coisa com o presidente? E você quer que todo mundo dobre? Ninguém vai gostar disso.

— Não ligo para o que gostam. Veja as notícias, Blanche.

— Não entendo. O que está acontecendo?

— Se minha filha estiver certa, você vai saber quando ouvir.

Em seguida, Coates foi à sala de Norcross. Eles iam olhar Kitty McDavid juntos.

5

Jared Norcross e Mary Pak estavam sentados nas arquibancadas durante a aula de educação física no terceiro tempo, as raquetes de tênis deixadas de lado por um tempo. Eles e um grupo de alunos idiotas do primeiro ano na parte mais baixa estavam vendo dois formandos jogando na quadra central, grunhindo como Monica Seles a cada jogada. O magrelo era Curt McLeod. O ruivo musculoso era Eric Blass.

Meu nêmesis, Jared pensou.

— Acho que não é boa ideia — disse ele.

Mary olhou para ele com as sobrancelhas erguidas. Ela era alta e (na opinião de Jared) com proporções perfeitas. O cabelo era preto, os olhos eram cinzentos, as pernas longas e bronzeadas, os tênis de cano baixo imaculadamente brancos. Imaculada era, na verdade, a melhor palavra para ela. Na opinião de Jared.

— O que não seria boa ideia?

Como se você não soubesse, pensou Jared.

— Você ir ver o Arcade Fire com Eric.

— Hum. — Ela pareceu pensar sobre o assunto. — Que sorte que não é você que vai com ele, então.

— Ei, lembra o passeio ao Kruger Street Toy e ao Train Museum? No quinto ano?

Mary sorriu e passou a mão pelo cabelo comprido, as unhas pintadas de um azul aveludado.

— Como eu poderia esquecer? Nós quase não entramos porque Billy Mears escreveu uma coisa horrível no braço. A sra. Colby o fez ficar no ônibus com o motorista, o que gaguejava.

Eric jogou a bola para o alto, ficou na ponta dos pés e deu um saque matador que raspou na rede. Em vez de tentar devolver a bola, Curt se encolheu. Eric levantou os braços como Rocky no alto da escada do Philadelphia Museum of Art. Mary aplaudiu. Eric se virou para ela e se curvou.

Jared disse:

— Foi A SRA. COLBY É UM SACO que tinha no braço dele, e não foi Billy quem escreveu. Foi Eric. Billy estava dormindo na hora e ficou de boca calada porque ficar no ônibus era melhor do que levar uma surra de Eric depois.

— E daí?

— Eric faz bullying.

— Fazia bullying — disse Mary. — O quinto ano tem muito tempo.

— Pau que nasce torto nunca se endireita. — Jared ouviu o tom pedante que o pai às vezes usava e teria voltado atrás se pudesse.

Os olhos cinzentos de Mary se voltaram para ele, avaliadores.

— O que isso quer dizer?

Pare, Jared disse para si mesmo, *só dê de ombros e diga* sei lá *e esqueça*. Ele costumava dar bons conselhos a si mesmo, mas sua boca normalmente o ignorava. Foi o que tinha acontecido naquele momento.

— Quer dizer que as pessoas não mudam.

— Às vezes, mudam. Meu pai bebia demais, mas parou. Vai a reuniões do AA agora.

— Tá, algumas pessoas mudam. Estou feliz de seu pai ser uma dessas pessoas.

— Ainda bem que está. — Os olhos cinzentos ainda estavam grudados nele.

— Mas a maioria das pessoas não. Pense bem. Os atletas do quinto ano, como Eric, ainda são atletas. Você era uma menina inteligente na época e ainda é agora. Os garotos que se metiam em confusão no quinto ano ainda entram em confusão no segundo e no terceiro do ensino médio. Você já viu Eric e Billy juntos? Não? Caso encerrado.

Dessa vez, Curt conseguiu devolver o serviço de Eric, mas foi uma jogada fraca, e Eric estava na rede, quase pendurado. A devolução, na qual aconteceu um toque claro na rede, acertou Curt na cintura do short.

— Pare, cara! — gritou Curt. — Pode ser que eu queira ter filhos um dia.

— Péssima ideia — disse Eric. — Agora vá buscar, é minha bola da sorte. Pegue, Rover.

Enquanto Curt corria com desânimo até a cerca de arame onde a bola foi parar, Eric se virou para Mary e se curvou de novo. Ela deu um sorriso de cem watts. Ficou na cara dela quando ela se virou para Jared, mas a potência diminuiu consideravelmente.

— Eu amo você por tentar me proteger, Jared, mas eu sou uma garota crescida. É um show, não um compromisso para a vida.

— Só...

— Só o quê? — O sorriso tinha sumido.

Tome cuidado com ele, Jared queria dizer. *Porque escrever no braço de Billy foi uma coisa pequena. Uma coisa de ensino fundamental. No ensino médio, aconteceram incidentes feios de vestiário sobre os quais não quero falar. Em parte porque nunca impedi nenhum. Só olhei.*

Mais bons conselhos, e antes que sua boca traidora pudesse ignorar, Mary se virou na cadeira e olhou para a escola. Algum movimento devia ter chamado a atenção dela, e agora Jared também via: uma nuvem marrom se erguendo do telhado do ginásio. Era grande o bastante para assustar os corvos que estavam pousados nos carvalhos em volta do estacionamento dos professores.

Poeira, Jared pensou, mas em vez de se dissipar, a nuvem se inclinou para o lado e foi para o norte. Era comportamento de voo em bando, mas aquilo não eram aves. Eram pequenos demais até para pardais.

— Uma eclipse de mariposas! — exclamou Mary. — Uau! Quem podia imaginar?

— É assim que se chama um bando delas? Eclipse?

— É! Quem podia imaginar que elas voavam em bando? E as mariposas deixam o período diurno para as borboletas. Costumam voar à noite. Ao menos normalmente.

— Como você sabe de tudo isso?

— Eu fiz meu projeto de ciências do oitavo ano sobre mariposas. Meu pai me convenceu a fazer sobre isso porque eu sentia medo de mariposas. Alguém me disse quando eu era pequena que se o pó da asa de uma mariposa caísse nos olhos, a pessoa ficaria cega. Meu pai disse que era lenda e que se eu fizesse um projeto de ciências sobre mariposas talvez conseguisse fazer as pazes com elas. Disse que as borboletas são as rainhas da beleza do mundo dos insetos, sempre acabam indo ao baile, e as pobres mariposas são as que ficam para trás, como a Cinderela. Ele ainda bebia na época, mas foi uma história divertida mesmo assim.

Aqueles olhos cinzentos nele, desafiando-o a discordar.

— Claro, legal — disse Jared. — E você fez?

— Fiz o quê?

— As pazes com elas.

— Não exatamente, mas aprendi um monte de coisas interessantes. As borboletas fecham as asas nas costas quando estão descansando. As mariposas usam as delas para proteger a barriga. As mariposas têm frênulos, dispositivos que acoplam as asas, mas as borboletas, não. As borboletas fazem pupas, que são duras. As mariposas fazem casulos, que são macios e sedosos.

— Ei! — Era Kent Daley, passando de bicicleta pelo campo de softball vindo do mato que tinha atrás. Estava de mochila, e a raquete de tênis estava pendurada no ombro. — Norcross! Pak! Vocês viram aqueles pássaros todos levantarem voo?

— Eram mariposas — disse Jared. — As que têm frênulos.

— Hã?

— Deixa pra lá. O que você está fazendo? Ainda tem aula, sabia?

— Tive que tirar o lixo para a minha mãe.

— Deve ter sido muito lixo — disse Mary. — Já estamos no terceiro tempo.

Kent deu um sorrisinho para ela. Viu Eric e Curt na quadra central e deixou a bicicleta na grama.

— Vá se sentar, Curt, deixe um homem assumir seu lugar. Você não conseguiria receber o serviço de Eric nem que a vida do seu cachorro dependesse disso.

Curt cedeu seu lado da quadra para Kent, um bon-vivant que não parecia sentir necessidade nenhuma de passar na secretaria para explicar o atraso. Eric sacou, e Jared ficou satisfeito quando o recém-chegado Kent devolveu a bola com tudo.

— Os astecas acreditavam que as mariposas pretas eram presságios ruins — disse Mary. Ela tinha perdido o interesse na partida de tênis que acontecia lá embaixo. — Tem pessoas na roça que ainda acreditam que uma mariposa branca em casa significa que alguém vai morrer.

— Você é maripocialista, Mary.

Mary fez um som de trombone triste.

— Espere, você nunca foi à roça na vida. Só inventou isso para ser assustadora. Bom trabalho, aliás.

— Não, eu não inventei! Eu li em um livro!

Ela deu um soco leve no ombro dele. Doeu um pouco, mas Jared fingiu que não.

— Aquelas eram marrons — disse Jared. — O que as marrons significam?

— Ah, isso é interessante — disse Mary. — De acordo com os índios Blackfeet, as mariposas marrons trazem sono e sonhos.

6

Jared se sentou em um banco na extremidade do vestiário para se vestir. Os alunos do primeiro ano já tinham ido embora, com medo de levarem uma surra de toalha molhada, coisa pela qual Eric e os amigos eram famosos. Ou talvez a palavra certa fosse infames. *Você diz frênulo, eu digo freio*, pensou Jared, calçando os tênis. *Vamos cancelar a coisa toda.*

No chuveiro, Eric, Curt e Kent gritavam, jogavam água e berravam as inteligências de sempre: foda-se, vou comer sua mãe, já comi, veado, chupa meu saco, sua irmã é vadia, dá pra todo mundo, essas coisas. Era cansativo, e ainda tinha tanto ensino médio pela frente até ele escapar.

A água foi desligada. Eric e os outros dois pisaram de pés molhados na área do vestiário que consideravam sua reserva particular (só formandos, por favor), o que significava que Jared só precisava sofrer por um breve vislumbre das bundas antes de eles desaparecerem na esquina. Por ele, tudo bem. Ele cheirou as meias, fez uma careta, enfiou na bolsa e a fechou.

— Eu vi a Velha Essie quando estava vindo para cá — disse Kent.

— A sem-teto? Que empurra o carrinho de compras? — perguntou Curt.

— É. Quase a atropelei e caí naquele buraco onde ela mora.

— Alguém tinha que tirar ela de lá — disse Curt.

— Ela deve ter tomado uma garrafa de Two Buck Chuck ontem — disse Kent. — Estava apagada. E deve ter rolado em alguma coisa. Tinha uma gosma que parecia uma teia na cara dela. Nojento. Dava para ver se mexendo quando ela respirava. Aí eu dei um grito, sabe? "Ei, Essie, e aí, garota? E aí, vaca desdentada?" Nada, cara. Nem se mexeu.

Curt disse:

— Eu queria que tivesse uma poção mágica que fizesse as garotas dormirem pra gente trepar com elas sem ter que ficar agradando antes.

— Tem — disse Eric. — Se chama Boa Noite, Cinderela.

Enquanto eles gargalhavam, Jared pensou: *Aquele é o cara que vai levar Mary para ver o Arcade Fire. Aquele cara ali.*

— Além disso tudo — disse Kent —, ela tem um monte de coisas esquisitas naquela ravina onde ela dorme, inclusive a parte de cima de um manequim de loja de departamento. Eu trepo com quase qualquer coisa, cara, mas uma puta sem-teto bêbada e coberta de teias de aranha? Esse é meu limite, e esse limite é bem definido.

— O meu limite está pontilhado agora. — Tinha um tom melancólico na voz de Curt. — A situação está desesperadora. Eu comeria um zumbi de *The Walking Dead*.

— Você já comeu — disse Eric. — Harriet Davenport.

Mais gargalhadas primatas. *Por que estou ouvindo isso?*, Jared se perguntou, e passou pela cabeça dele de novo: *Mary vai a um show com um desses idiotas. Ela não tem ideia de como Eric é de verdade, e depois da nossa conversa na arquibancada, não sei se acreditaria em mim se eu contasse.*

— Você não comeria aquela mulher — disse Kent. — Mas é engraçado. A gente tem que passar lá depois da aula. Pra dar uma olhada.

— Esquece esse negócio de depois da aula — disse Eric. — Vamos embora depois do sexto tempo.

Houve um som estalado quando eles bateram as mãos, selando o acordo. Jared pegou a bolsa e saiu.

Só no almoço foi que Frankie Johnson se sentou ao lado de Jared e disse que a doença estranha do sono entre as mulheres que só estava acontecendo na Austrália e no Havaí tinha aparecido em Washington, Richmond e até Martinsburg, que não ficava tão longe. Jared pensou brevemente no que Kent tinha dito sobre a Velha Essie, teias na cara, e decidiu que não podia ser. Não ali. Nada interessante assim acontecia em Dooling.

— Estão chamando de Aurora — disse Frankie. — Ei, isso é salada de frango? Está boa? Quer trocar?

5

1

A Unidade 12 da Ala A era vazia exceto por um catre, a privada de aço e as câmeras nos cantos do teto. Não tinha quadrado pintado na parede para fotos, não tinha mesa. Coates arrastou uma cadeira de plástico para se sentar enquanto Clint examinava Kitty McDavid, que estava no catre.

— E então? — perguntou Coates.

— Ela está viva. Os sinais vitais estão fortes.

Clint se levantou da posição agachada. Ele tirou as luvas cirúrgicas e as colocou com cuidado em um saco plástico. Do bolso do paletó, ele tirou um bloco pequeno e uma caneta e começou a fazer anotações.

— Não sei o que é essa coisa. É pegajoso como seiva e também é firme, mas está claro que é permeável, porque ela está respirando através disso. Tem um cheiro… de terra, eu acho. E tem um pouco de cera. Se eu tivesse que falar alguma coisa, diria que é algum tipo de fungo, mas não está se comportando como nenhum fungo que eu já tenha visto ou do qual tenha ouvido falar. — Até tentar discutir a situação fez Clint sentir como se estivesse tentando subir em uma montanha feita de moedas. — Um biólogo poderia tirar uma amostra e colocar no microscópio…

— Me disseram que é má ideia tirar esse negócio.

Clint clicou na ponta da caneta e a guardou junto com o bloco no paletó.

— Bom, eu não sou biólogo mesmo. E como ela parece à vontade…

A substância que cresceu na cara de Kitty era branca e fina, grudada na pele. Fazia Clint pensar em uma mortalha. Ele conseguia ver que os olhos dela estavam fechados e que estavam se movendo no sono REM. A ideia de que ela estivesse sonhando embaixo daquela coisa o incomodava, apesar de ele não saber bem por quê.

Filetes do material fino se desenrolavam das mãos inertes e dos pulsos, voando como se soprados por uma brisa, prendendo na área da cintura do uniforme de McDavid, formando ligações. Pelo jeito como a coisa estava se espalhando, Clint avaliou que acabaria criando uma cobertura de corpo inteiro.

— Parece um lencinho de fada. — A diretora estava com os braços cruzados. Não parecia aborrecida, só pensativa.

— Lencinho de fada?

— Aranhas de jardim que fazem. Dá para ver de manhã, quando ainda tem orvalho.

— Ah. Entendi. Eu vejo no quintal às vezes.

Eles ficaram em silêncio por um momento, observando filetes do material delicado. Embaixo da cobertura, as pálpebras de Kitty tremeram e se moveram. Que tipo de viagem ela estava tendo ali? Estava sonhando com drogas? Kitty disse uma vez que gostava da perspectiva mais ainda do que do barato, da doce expectativa. Estaria sonhando que estava se cortando? Estaria sonhando com Lowell Griner, o traficante que prometeu matá-la se ela falasse sobre a operação dele? Ou o cérebro dela estava inativo, bloqueado pelo vírus (se fosse um vírus), do qual as teias eram a manifestação mais evidente? Os olhos em movimento eram o equivalente neural de um cabo de força cortado soltando fagulhas?

— Isso é apavorante pra caralho — disse Janice. — E não uso nenhuma dessas palavras à toa.

Clint estava feliz de Lila estar a caminho. Independentemente do que estava acontecendo entre os dois, ele queria ver a cara dela.

— Eu deveria ligar para o meu filho — disse Clint, mais para si mesmo.

Rand Quigley, o guarda do andar, colocou a cabeça na porta. Lançou um olhar rápido e inquieto para a mulher incapacitada com o rosto coberto antes de andar até a diretora e pigarrear.

— A xerife vai chegar em vinte ou trinta minutos com a prisioneira. — Ele parou por um momento. — Blanche falou comigo, diretora. Vou ficar aqui enquanto você precisar de mim.

— Bom homem — disse ela.

Na caminhada até lá, Clint contou a Coates sobre o que Lila soube da mulher e da cena do crime e que a estava levando para lá. A diretora, bem mais preocupada com o que Michaela tinha dito, ficou estranhamente indiferente à quebra de protocolo. Clint ficou aliviado com isso, mas só por alguns segundos, porque aí ela contou tudo o que sabia sobre a Aurora.

Antes que Clint pudesse perguntar se ela estava brincando, ela mostrou o iPhone, que estava na página principal do *New York Times*: EPIDEMIA, gritava a manchete em letras enormes. O artigo dizia que as mulheres estavam formando coberturas durante o sono, que não estavam acordando, que estava havendo tumultos em zonas da costa oeste e incêndios em Los Angeles e San Francisco. Nada sobre coisas ruins acontecendo se a gaze fosse removida, Clint reparou. Talvez por ser só boato. Talvez por ser verdade e a imprensa estar tentando não causar pânico em larga escala. Àquela altura, quem tinha como saber?

— Pode ligar para o seu filho em alguns minutos, mas, Clint, isso é uma coisa enorme. Temos seis policiais trabalhando e você, eu, Blanche na administração e Dunphy da manutenção. E temos cento e catorze detentas com mais uma a caminho. A maioria dos policiais são como Quigley, reconhece que tem um dever, e espero que segurem a onda por um tempo. E agradeço a Deus por isso, porque não sei quando podemos esperar reforços e nem que reforços vão ser. Você entende?

Clint entendia.

— Tudo bem. Para começar, doutor, o que fazemos com Kitty?

— Avisamos o Centro de Controle e Prevenção de Doenças, pedimos que mandem uns rapazes com roupa protetora buscá-la para ser examinada, mas... — Clint abriu as mãos com uma expressão de que isso não adiantaria de nada. — Se a coisa está tão espalhada quanto você falou, e o noticiário certamente parece concordar que está, nós não vamos conseguir fazer nada até haver ajuda disponível, certo?

Coates ainda estava de braços cruzados. Clint se perguntou se ela estava se apertando para não demonstrar os tremores. A ideia o fez se sentir ao mesmo tempo melhor e pior.

— E se não pudermos contar com St. Theresa e nem com mais ninguém para tirá-la das nossas mãos? Todos devem estar muito ocupados.

— Nós deveríamos ligar, mas essa é só minha expectativa — disse Clint. — Vamos trancá-la e deixá-la em quarentena. Não queremos que mais ninguém chegue perto dela e toque nela, mesmo de luvas. Van pode monitorá-la da Guarita. Se alguma coisa mudar, se ela parecer agitada, se acordar, nós viremos correndo.

— Parece um bom plano. — Ela balançou a mão no ar, onde havia uma mariposa voando. — Inseto idiota. Como essas coisas entram aqui? Que droga. Próximo assunto: e o resto das mulheres? Como as tratamos?

— O que você quer dizer? — Clint tentou bater na mariposa com a mão, mas errou. O inseto voou em círculos até a luz fluorescente no teto.

— Se elas dormirem… — A diretora indicou McDavid.

Clint tocou na própria testa, esperando encontrá-la ardendo em febre. Uma questão de múltipla escolha absurda ocorreu a ele.

Como se mantém as detentas de uma prisão acordadas? Escolha a melhor resposta:

A) Colocando Metallica para tocar no sistema de alto-falantes da prisão em loop infinito.

B) Dando a cada prisioneira uma faca e dizendo para se cortarem quando começarem a sentir sono.

C) Dando um saco de Dexedrina para cada prisioneira.

D) Todas as anteriores.

E) Não dá.

— Existe medicação para deixar as pessoas acordadas, mas, Janice, eu diria que uma grande maioria das mulheres é viciada em drogas. A ideia de encher os organismos delas do que é basicamente uma anfetamina não me parece seguro e nem saudável. Mesmo que fosse algo como Provigil, eu não poderia escrever uma receita pedindo cem comprimidos. Acho que o farmacêutico do Rite Aide me olharia torto, sabe? O que quero dizer é que não vejo *nenhuma* forma de ajudá-las. Só podemos manter as coisas o mais normais possível e tentar sufocar qualquer pânico, torcer para algum tipo de explicação ou descoberta enquanto isso, e…

Clint hesitou por um momento antes de elaborar o eufemismo que parecia a única forma de expressar a situação, ainda que totalmente errado.

— Deixar a natureza seguir seu rumo. — Embora fosse uma forma da natureza com a qual ele não estava nada familiarizado.

Ela suspirou.

— É o que eu acho também.

Eles foram para o corredor, e a diretora mandou Quigley espalhar a notícia: ninguém podia tocar na substância que estava crescendo em McDavid.

2

As detentas que trabalhavam na carpintaria comiam no barracão, e não no refeitório, e em dias bonitos todas podiam almoçar do lado de fora, na sombra do prédio. Aquele dia estava bonito, e Jeanette Sorley ficou agradecida. Ela tinha começado a sentir uma dor de cabeça no jardim, quando o dr. Norcross estava ao telefone, e agora estava ficando mais forte, como uma barra de aço penetrando pela têmpora esquerda dela. O fedor do verniz não estava ajudando. O ar fresco do lado de fora talvez afastasse a dor.

Dez minutos para o meio-dia, duas Red Tops, monitoras, chegaram com uma mesa de rodinhas com sanduíches, limonada e potinhos de pudim de chocolate. Ao meio-dia, a campainha tocou. Jeanette deu uma girada final na perna de cadeira que estava terminando e desligou o torno. Seis outras detentas fizeram o mesmo. O nível de barulho despencou. Agora, o único som no aposento, já quente sem nem ser junho ainda, era o assobio agudo e regular do aspirador, que Ree Dempster estava usando para limpar a serragem entre a última fileira de máquinas e a parede.

— Desligue isso, detenta! — gritou Tig Murphy. Havia dezoito policiais em tempo integral trabalhando em Dooling. Murphy era recém-contratado. Como a maioria dos recém-contratados, ele gritava muito porque ainda era muito inseguro. — Hora do almoço! Você não ouviu a campainha?

Ree levou um susto.

— Guarda, só tem mais um pouco...

— Desligue, eu disse. Desligue!

— Sim, guarda.

Ree desligou o aspirador, e o silêncio provocou em Jeanette um arrepio de alívio. Suas mãos estavam doendo dentro das luvas de trabalho, sua cabeça estava doendo por causa do fedor do verniz. Ela só queria voltar para a velha e boa B-7, onde ela tinha aspirina (uma medicação verde aprovada, mas com permissão de apenas doze por mês). Talvez ela pudesse dormir até o jantar da Ala B, às seis.

— Façam fila e levantem as mãos — cantarolou o guarda Murphy. — Façam fila e levantem as mãos, quero ver as ferramentas, moças.

Elas fizeram fila. Ree estava na frente de Jeanette e sussurrou:

— O guarda Murphy é meio gordo, não é?

— Deve andar comendo bolo com Michelle Obama — sussurrou Jeanette, e Ree riu.

Elas levantaram as ferramentas: lixas, chaves de fenda, furadeiras, cinzéis. Jeanette se perguntou se detentos homens teriam acesso a armas tão potencialmente perigosas. Principalmente as chaves de fenda. Dava para matar com uma chave de fenda, como ela bem sabia. E era isso que a dor de cabeça dela parecia: uma chave de fenda. Entrando. Encontrando a carne macia e a tirando do lugar.

— Vamos comer *al fresco* hoje, moças? — Alguém tinha mencionado que o guarda Murphy tinha sido professor de ensino médio até perder o emprego, quando o corpo de professores foi reduzido. — Isso quer dizer...

— Lá fora — murmurou Jeanette. — Quer dizer comer lá fora.

Murphy apontou para ela.

— Temos uma gênio entre nós. — Mas ele estava sorrindo um pouco, e não pareceu cruel.

As ferramentas foram verificadas, recolhidas e colocadas em um baú de aço, que foi trancado. A equipe dos móveis foi até a mesa, pegou sanduíches e copos de bebida e esperou que Murphy fizesse a contagem.

— Moças, a vida ao ar livre as aguarda. Alguém pegue um de presunto e queijo para mim.

— Pode deixar, lindinho — murmurou Angel Fitzroy, baixinho. Murphy olhou com intensidade para ela, e Angel respondeu com um olhar inocente. Jeanette sentiu um pouco de pena dele, mas a pena não compra comida, como a mãe dela dizia. Ela dava três meses a Murphy. No máximo.

As mulheres saíram do barracão, se sentaram na grama e se encostaram na parede do prédio.

— O que você pegou? — perguntou Ree.

Jeanette olhou dentro do sanduíche.

— Frango.

— O meu é de atum. Quer trocar?

Jeanette não ligava para o que comia e não estava com fome, então trocou. Ela se obrigou a comer, torcendo para que isso fizesse sua cabeça melhorar. Bebeu a limonada, que estava amarga, mas quando Ree levou um copinho de pudim, Jeanette fez que não. Chocolate era gatilho para enxaqueca, e se sua dor de cabeça virasse uma, ela teria que ir para a enfermaria tomar Zomig, o que só conseguiria se o dr. N. ainda estivesse lá. Um boato de que as médicas assistentes não tinham ido trabalhar tinha se espalhado.

Um caminho de cimento seguia na direção da prisão, e alguém o tinha decorado com uma amarelinha que estava se apagando. Algumas mulheres se levantaram, procuraram pedras e começaram a brincar, cantarolando rimas que deviam ter aprendido quando crianças. Jeanette achava engraçado o que ficava na cabeça de uma pessoa.

Ela engoliu o último pedaço de sanduíche com o último gole de limonada amarga, se encostou e fechou os olhos. A cabeça estava melhorando? Talvez. De qualquer modo, elas tinham mais quinze minutos, pelo menos. Ela poderia cochilar um pouco...

Foi nessa hora que o guarda Peters saiu do barracão de carpintaria como um palhaço dentro de uma caixa surpresa. Ou um troll escondido embaixo de uma pedra. Ele olhou para as mulheres pulando amarelinha e para as mulheres sentadas na lateral do prédio. Seu olhar pousou em Jeanette.

— Sorley. Venha aqui. Tenho um trabalho para você.

Peters filho da puta. Ele agarrava peitinhos e bundinhas, e sempre conseguia fazer isso em um dos múltiplos pontos cegos onde as câmeras não chegavam. Ele conhecia todos. E, se você dissesse alguma coisa, podia acabar tendo o peito espremido, em vez de só acariciado.

— Estou no intervalo de almoço, guarda — disse ela da forma mais agradável que conseguiu.

— Me parece que você terminou. Agora levanta essa bunda e vem.

Murphy pareceu não saber o que fazer, mas uma regra de trabalhar em uma prisão feminina foi enfiada na cabeça dele: policiais homens não podiam ficar sozinhos com uma detenta.

— Tem que ter alguém junto, Don.

As bochechas de Peters foram tomadas de cor. Ele não estava com humor para perturbação do Professor, não depois da combinação de golpes que foi a bronca de Coates e a ligação que ele tinha acabado de receber de Blanche McIntyre dizendo que ele "tinha" que fazer turno duplo por causa da "situação nacional". Don olhou no celular: a "situação nacional" foi que um bando de velhas em um asilo estava com fungo. Coates estava maluca.

— Não quero nenhuma das amigas dela — disse Don. — Só quero ela.

Ele vai deixar passar, pensou Jeanette. *Neste lugar, ele é um bebê*. Porém, Murphy a surpreendeu.

— Tem que ter alguém junto — repetiu ele. Talvez o guarda Murphy conseguisse sobreviver, afinal.

Peters pensou. As mulheres sentadas com as costas no barracão estavam olhando para ele, e o jogo de amarelinha tinha parado. Elas eram detentas, mas também eram testemunhas.

— *U-huu*. — Angel deu um aceno de rainha. — *Ei, u-hu*. Você me conhece, guarda Peters. Fico sempre feliz em ajudar.

Ocorreu a Don de forma alarmante (e absurda) que Fitzroy sabia o que ele tinha em mente. Claro que ela não sabia, só estava tentando ser irritante, como em todos os outros minutos do dia. Apesar de às vezes ele achar que gostaria de cinco minutos sozinho com aquela maluca, ele não queria ficar de costas para ela nem por um segundo.

Não, nada de Fitzroy, não para isso.

Ele apontou para Ree.

— Você, Dumpster. — Algumas mulheres riram.

— *Dempster* — disse Ree, e com dignidade verdadeira.

— Dempster, Dumpster, Demônia, estou cagando. Vocês duas, venham. Não me façam chamar de novo, não com o dia que estou tendo. — Ele olhou para Murphy, o espertinho. — Até mais tarde, Professor.

Isso provocou mais risadinhas, do tipo que puxa-saco. Murphy era novo e estava fora do seu ambiente, e ninguém queria estar na lista negra do guarda Peters. Elas não eram totalmente burras, Don pensou, as mulheres daquele lugar.

3

O guarda Peters guiou Jeanette e Ree por um quarto do comprimento da Broadway e parou em frente à sala comunitária/sala de visitas, que estava vazia com todo mundo almoçando. Jeanette estava começando a ter uma sensação muito ruim. Quando Peters abriu a porta, ela não se mexeu.

— O que você quer que a gente faça?

— Você é cega, detenta?

Não, ela não era cega. Viu o balde e o esfregão e, em uma das mesas, outro balde de plástico. Esse estava cheio de panos e produtos de limpeza, em vez de copinhos de pudim.

— Agora é hora do nosso almoço. — Ree estava tentando parecer indignada, mas o tremor na voz atrapalhou. — Além do mais, nós *já temos* trabalho.

Peters se inclinou na direção dela, os lábios repuxados exibindo os dentes pontudos, e Ree se encolheu para perto de Jeanette.

— Pode botar na sua lista e dar para o capelão mais tarde, tá? Agora, entre aí, e se não quiser entrar na lista de mau comportamento, não discuta. Estou tendo um dia de merda, estou com um humor péssimo, e se você não quiser ter uma prova disso, é melhor obedecer.

Em seguida, movendo-se para a direita para bloquear a linha de visão da câmera mais próxima, ele segurou Ree pela parte de trás da roupa e enfiou os dedos pela alça de elástico do sutiã esportivo. Ele a empurrou para a sala comunitária. Ree tropeçou e se segurou na máquina de guloseimas para não cair.

— Tudo bem, tudo bem!

— Tudo bem o quê?

— Tudo bem, guarda Peters.

— Você não devia nos empurrar — disse Jeanette. — Não é certo.

Don Peters revirou os olhos.

— Guarde suas palavras para alguém que se importe. O dia de visitas é amanhã, e este lugar está parecendo um chiqueiro.

Para Jeanette, não parecia. Para ela, estava ótimo. Não que importasse. Se o homem de uniforme dizia que parecia um chiqueiro, parecia um chiqueiro. Essa era a natureza do instituto penal do pequeno condado de Dooling, e provavelmente de todo o mundo.

— Vocês vão limpar de cima a baixo e de um lado a outro, e vou cuidar para que façam o trabalho direito.

Ele apontou para o balde de produtos de limpeza.

— Aquilo é seu, Dumpster. A senhorita Isso Não É Certo fica com o esfregão, e quero esse piso tão limpo que eu possa jantar nele.

Eu queria ver você comendo do chão, pensou Jeanette, mas foi até o balde com rodinhas. Ela não queria entrar na lista de mau comportamento. Se isso acontecesse, era provável que ela não estivesse naquela sala quando a irmã chegasse com seu filho para visitá-la no fim de semana seguinte. Era um trajeto longo de ônibus, e ela amava tanto Bobby por nunca reclamar disso. Porém, sua dor de cabeça estava piorando, e tudo que ela queria nesse mundo era sua aspirina e um cochilo.

Ree examinou os produtos de limpeza e selecionou um spray e um pano.

— Quer cheirar Pledge, Dumpster? Borrifar no nariz e ficar doidona?

— Não — disse Ree.

— Você quer ficar doidona, não quer?

— Não.

— Não o quê?

— Não, guarda Peters.

Ree começou a polir a mesa. Jeanette encheu o balde com água da pia no canto, molhou o esfregão, torceu e começou a limpar o chão. Pela cerca de arame da frente da prisão, ela via a West Lavin, onde carros cheios de pessoas livres iam de um lado para outro, para o trabalho, para casa, almoçar no Denny's ou para algum outro lugar.

— Venha aqui, Sorley — disse Peters. Ele estava entre a máquina de guloseimas e a de refrigerante, um ponto cego da câmera onde as detentas às vezes trocavam comprimidos, cigarros e beijos.

Ela balançou a cabeça e continuou limpando. Marcas compridas e úmidas se formavam no linóleo e secavam rapidamente.

— Venha aqui se quiser ver seu menino na próxima vez que ele vier.

Eu deveria dizer não, pensou ela. *Deveria dizer para me deixar em paz, senão vou denunciar. Só que ele já se safa disso há muito tempo, não é?* Todo mundo sabia sobre Peters. Coates devia saber também, mas apesar de toda a falação sobre ter tolerância zero com abuso sexual, aquilo continuava acontecendo.

Jeanette andou até a pequena alcova entre as máquinas e parou na frente dele, com a cabeça baixa e o esfregão na mão.

— Ali. Encostada na parede. Pode deixar o esfregão.

— Eu não quero, guarda. — Sua dor de cabeça estava pior agora, latejando e latejando. A B-7 ficava um pouco mais à frente no corredor, com a aspirina na prateleira.

— Entre aqui ou você vai para a lista de mau comportamento e vai perder sua visita. Depois, vou fazer questão de arrumar outro motivo para o mau comportamento e, puf, adeus tempo livre.

E minha chance de condicional ano que vem, pensou Jeanette. Nada de tempo livre, nada de condicional, de volta ao começo, caso encerrado.

Ela passou por Peters, e ele projetou os quadris para cima dela, para que sentisse o pau duro. Jeanette ficou parada encostada na parede. Peters se aproximou. Ela sentiu o cheiro do suor dele, da loção pós-barba e do tônico de cabelo. Era mais alta e, por cima do ombro dele, conseguia ver a colega. Ree tinha parado de polir a mesa. Seus olhos estavam tomados de medo, consternação e o que podia ser raiva. Ela estava segurando a lata de Pledge e erguendo lentamente. Jeanette balançou a cabeça para ela. Peters não viu; estava ocupado abrindo o zíper.

Ree baixou a lata e voltou a polir a mesa que não precisava mais ser polida, nunca precisou.

— Agora pegue meu pau — disse Peters. — Preciso de alívio. Sabe o que eu queria? Queria que você fosse Coatsie. Eu queria que fosse a bunda velha e achatada dela nessa parede. Se fosse ela, não seria à força.

Ele ofegou quando ela o segurou. Era meio ridículo, na verdade. Ele não tinha mais do que oito centímetros, nada que ele fosse querer que outros homens vissem a não ser que fosse inevitável, mas estava bem duro. E ela sabia o que fazer. A maioria das mulheres sabia. Os homens tinham uma arma. Você a descarregava. Eles seguiam a vida.

— Calma, Jesus! — sibilou ele. O hálito dele estava podre de uma carne temperada, talvez um Slim Jim ou um palito de pepperoni. — Espere, me dê sua mão. — Ela deu, e ele cuspiu na palma dela. — *Agora* continue. E mexa um pouco nas bolas.

Jeanette fez o que ele mandou e, enquanto fazia, manteve o olhar na janela atrás dos ombros dele. Era uma técnica que ela começou a aprender aos onze anos, quando o padrasto a tocava, e aperfeiçoou com o falecido marido. Se encontrasse alguma coisa em que se concentrar, um ponto focal, quase dava para esquecer o corpo e fingir que estava agindo sozinho enquanto você visitava aquilo que de repente estava achando tão fascinante.

Um carro de xerife do condado parou lá fora, e Jeanette o viu primeiro esperar no espaço morto e entrar no pátio depois que o portão interno se abriu. A diretora Coates, o dr. Norcross e a guarda Lampley foram até lá. O bafo do guarda Peters ofegando na orelha dela estava distante. Dois policiais saíram do carro, uma mulher atrás do volante e um homem do banco do passageiro. Os dois estavam armados, o que sugeria que a prisioneira era mau elemento, provavelmente a caminho da Ala C. A policial abriu a porta de trás, e outra mulher saiu. Não pareceu perigosa aos olhos de Jeanette. Parecia bonita, apesar dos hematomas no rosto. O cabelo era um fluxo escuro descendo pelas costas, e ela tinha curvas suficientes até para fazer o uniforme largo do condado que estava usando parecer bonito. Tinha alguma coisa voando em volta da cabeça dela. Um mosquito grande? Uma mariposa? Jeanette tentou ver, mas não conseguia ter certeza. Os ofegos de Peters estavam agudos.

O policial segurou a mulher de cabelo escuro pelo ombro e a fez andar na direção da Admissão, onde Norcross e Coates se encontraram com ela. Depois de entrar, o processo começaria. A mulher afastou o inseto que voava em torno dela e, ao fazer isso, sua boca grande se abriu e ela inclinou a cabeça para o céu, e Jeanette a viu rir, viu os dentes brilhantes e retos.

Peters começou a arremeter na direção dela, e a ejaculação dele se espalhou por sua mão.

Ele deu um passo para trás. Suas bochechas estavam vermelhas. Havia um sorriso no rostinho gordo quando ele fechou o zíper.

— Limpe isso atrás da máquina de Coca, Sorley, depois termine de limpar a porra do chão.

Jeanette limpou a mão suja de sêmen e empurrou o balde até a pia para poder lavar a mão. Quando voltou, Peters estava sentado a uma das mesas tomando uma coca.

— Você está bem? — sussurrou Ree.

— Estou — sussurrou Jeanette. E ficaria, assim que tomasse aspirina para a dor de cabeça. Os últimos quatro minutos nem tinham acontecido.

Ela ficou olhando a mulher sair da viatura, só isso. Não precisaria pensar naqueles quatro minutos nunca mais. Só precisava ver Bobby na próxima visita.

Pss-pss, fez a lata de cera de polir.

Três ou quatro segundos de silêncio abençoado se passaram até Ree falar de novo.

— Você viu a novata?

— Vi.

— Ela era mesmo bonita ou foi coisa da minha cabeça?

— Ela era bonita.

— Os policiais puxaram as armas, você viu?

— Vi.

Jeanette olhou para Peters, que tinha ligado a televisão e agora estava vendo uma notícia. A imagem mostrava uma pessoa caída atrás do volante de um carro. Era difícil saber se era homem ou mulher, porque ele ou ela parecia envolto em gaze. Na parte de baixo da tela, as palavras NOTÍCIA URGENTE piscavam em vermelho, mas isso não queria dizer nada; chamavam de notícia urgente até se Kim Kardashian peidasse. Jeanette piscou para afastar as lágrimas que surgiram de repente em seus olhos.

— O que você acha que ela fez?

Ela pigarreou e engoliu as lágrimas.

— Não faço ideia.

— Tem certeza de que você está bem?

Antes que Jeanette pudesse responder, Peters falou, sem virar a cabeça.

— Vocês duas, parem de fofocar, senão vão receber mau comportamento.

E como Ree não conseguia parar de falar, não era da natureza dela, Jeanette foi limpando o chão até o outro lado da sala.

Na TV, Michaela Morgan disse:

— O presidente ainda não quis declarar Estado de Emergência, mas fontes seguras perto da crise dizem que...

Jeanette se desligou. O peixe novo tinha levantado as mãos algemadas para as mariposas. Como ela riu quando todas pousaram, um som tão livre.

Você vai perder sua gargalhada aqui, irmã, pensou Jeanette.

Nós todas perdemos.

4

Anton Dubcek voltou para casa para almoçar. Isso era costumeiro, e embora fosse só meio-dia e meia, seria um almoço tardio pelos padrões de Anton, pois ele estava trabalhando muito desde as seis da manhã. O que as pessoas não entendiam sobre a manutenção de piscinas era que não era um negócio para os fracos. Tinha que ter motivação. Se quisesse se sair bem nas piscinas, não podia dormir no ponto e ficar sonhando com comida e boquete. Para ficar à frente dos concorrentes, tinha que ficar à frente do sol. Naquela hora do dia, ele já tinha aspirado e ajustado os níveis e limpado os filtros de sete piscinas diferentes, e substituído a borracha de vedação de duas bombas. Podia deixar os outros quatro compromissos na agenda para o meio e o fim da tarde.

No intervalo: almoço, um cochilo curto, um treino curto e talvez uma breve visita a Jessica Elway, a casada entediada com quem ele estava trepando no momento. O fato de o marido dela ser policial tornava tudo mais doce. Os policiais ficavam o dia todo no carro comendo donuts e se divertiam agredindo negros. Anton controlava as águas e ganhava dinheiro.

Anton deixou as chaves na tigela ao lado da porta e foi direto para a geladeira pegar o shake. Ele mexeu no leite de soja, no saco de couve, no pote de frutas silvestres... nada de shake.

— Mãe! Mãe! — gritou ele. — Onde está meu shake?

Não houve resposta, mas ele ouviu a televisão ligada na sala. Anton enfiou a cabeça pela porta. As evidências à mostra, a televisão ligada e o copo vazio, sugeriam que Magda tinha ido tirar uma soneca. Por mais que amasse a mãe, Anton sabia que ela bebia demais. Isso a deixava relapsa, o que o irritava. Desde que seu pai morreu, era Anton que pagava a hipoteca. A limpeza e a comida eram o lado dela do acordo. Se não tomasse seus shakes, Anton não podia dominar as piscinas do jeito que precisava, nem chegar ao máximo no treino, nem meter em uma bundinha arrebitada com o vigor que as moças desejavam.

— Mãe! Isso é sacanagem! Você tem que fazer a sua parte! — A voz dele ecoou pela casa. Magda estava tão bêbada que nem se mexeu.

Do armário embaixo da gaveta de talheres, ele tirou o liquidificador, fazendo o máximo de barulho possível ao colocá-lo na bancada e juntar a jarra, a lâmina e a base. Anton colocou uma boa quantidade de verduras, umas frutas vermelhas, um punhado de nozes, uma colherada de manteiga de amendoim orgânica e um copo de *Mister Ripper Protein Powder*™. Enquanto executava essa tarefa, ele se viu pensando na xerife Lila Norcross. Ela era atraente para uma mulher mais velha, muito em forma (uma mamãe delícia, do tipo que não comia donuts), e ele gostava do jeito como ela reagia quando ele dava corda. Será que o queria? Ou será que queria cometer atos de brutalidade policial com ele? Ou, e essa era a possibilidade realmente intrigante, ela o queria *e* queria cometer atos de brutalidade policial com ele? A situação merecia monitoramento. Anton colocou o liquidificador na velocidade mais alta e viu a mistura ficar pronta. Quando estava lisa e da cor de ervilhas, ele desligou o aparelho, tirou a jarra e foi para a sala.

E, na tela, logo quem: sua velha amiga de brincadeiras, Mickey Coates!

Ele gostava de Mickey, embora vê-la induzisse sentimentos de melancolia nada característicos no presidente, CEO, diretor financeiro e único funcionário da Anton, o Cara da Piscina Ltda. Ela se lembraria dele? Sua mãe tinha sido babá dela, então eles passaram muito tempo juntos nos primeiros anos de vida. Anton se lembrava de Mickey explorando seu quarto, olhando suas gavetas, mexendo nos gibis, fazendo uma pergunta depois da outra: *Quem te deu isso? Por que esse G. I. Joe é seu favorito? Por que você não tem calendário? Seu pai é eletricista, né? Será que ele vai ensinar você a mexer em fios? Você quer?* Eles deviam ter oito anos, e parecia que ela estava planejando escrever a biografia dele, mas era legal. Era bom, na verdade. O interesse dela fazia Anton se sentir especial; antes disso, antes dela, ele nunca tinha desejado o interesse de outra pessoa, era feliz só por ser um garoto. Claro que Mickey acabou indo cedo para uma escola particular, e do ensino fundamental em diante eles quase não se falaram.

Provavelmente, como adulta, ela devia gostar do tipo que carregava pastas e usava abotoaduras, que lia o *Wall Street Journal*, que entendia o tipo de valor que uma ópera tem, que via shows no PBS, esse tipo de cara. Anton balançou a cabeça. *Quem perde é ela*, disse para si mesmo.

— Eu quero avisar que as imagens que vocês vão ver são perturbadoras e ainda não confirmamos a autenticidade.

Mickey estava falando do banco de trás de uma van de televisão com a porta aberta. Ao lado dela havia uma mulher com fone de ouvido e microfone mexendo em um laptop. A sombra azul nos olhos de Mickey estava visivelmente úmida. Devia estar quente na van. O rosto dela parecia diferente. Anton tomou um gole grande do shake e a observou. Os seios pareciam pequenos, tamanho P. Talvez M, mas provavelmente P. Não tinha nada de errado nisso. Mais do que o que cabia na mão era desperdício, de acordo com a filosofia dele.

— No entanto — continuou ela —, por causa de tudo acerca da Aurora e dos boatos de reações adversas de adormecidas que foram acordadas, nós decidimos transmitir, porque parece confirmar que esses relatos são precisos. Eis parte de uma filmagem feita no site de streaming mantido pelos declarados Bright Ones, do quartel-general deles nos arredores de Hatch, Novo México. Como vocês sabem, esse grupo de milícia está em conflito com as autoridades federais por causa de direitos à água...

Era bom ver Mickey, mas as notícias deixavam Anton entediado. Ele pegou o controle e mudou para o Cartoon Network, onde um cavalo animado e seu cavaleiro galopavam pela floresta escura, perseguidos por sombras. Quando colocou o controle de volta na mesinha lateral, reparou na garrafa vazia de gim no chão.

— Que droga, mãe. — Anton tomou outro gole de shake e atravessou a sala. Ele precisava ter certeza de que ela estava dormindo de lado, para o caso de vômito repentino; ela não ia morrer como uma estrela do rock enquanto ele estivesse de olho.

Na bancada da cozinha, o celular dele tocou. Era uma mensagem de Jessica Elway. Agora que ela finalmente tinha botado o bebê para dormir, queria fumar um baseado, tirar as roupas e evitar a TV e a internet, ambas bizarras demais naquele dia. Anton estava interessado em se juntar a ela? O pobre marido dela estava preso em uma cena do crime.

5

Frank Geary achou que o cara na filmagem do Novo México parecia um refugiado idoso da Nação Woodstock, alguém que deveria estar cantando o Fish Cheer em vez de liderando um culto bizarro.

Compadre Brightleaf era como ele dizia se chamar. Que tal esse nome? Ele tinha cabelo grisalho encaracolado cheio, barba grisalha encaracolada e usava um poncho com estampa de triângulos laranja que ia até os joelhos. Frank acompanhou a história dos Bright Ones conforme foi se desenvolvendo durante a primavera e chegou à conclusão de que, por baixo da fachada pseudorreligiosa e semipolítica, eles eram só mais um grupo de sonegadores de impostos fraudulentos.

Bright Ones, ou "Os Brilhantes", eles se intitulavam, e que ironia da porra era isso. Eram uns trinta, homens e mulheres e umas poucas crianças, que se declararam uma nação independente. Além de se recusarem a pagar impostos, a mandarem os filhos para a escola e a abrirem mão das armas automáticas (das quais eles aparentemente precisavam para proteger o sítio da palha seca rolando), eles desviaram ilegalmente o único riacho da localidade para o terreno que possuíam. O FBI e o ATF estavam estacionados em frente à cerca deles havia meses, tentando negociar uma rendição, mas nada tinha mudado.

A ideologia dos Bright Ones enojava Frank. Era egoísmo disfarçado de espiritualidade. Dava para fazer uma linha reta dos Bright Ones até o corte orçamentário infinito que ameaçava transformar o emprego de Frank em um de meio período ou até mesmo trabalho voluntário. A civilização exigia uma contribuição... ou um sacrifício, se quisesse chamar assim. Do contrário, acabaria com cachorros selvagens vagando pelas ruas e ocupando os assentos de poder em Washington. Ele desejava (sem muita convicção, admitia) que não houvesse crianças no local, para o governo poder passar por cima e se livrar daquela gente como a escória que eles eram.

Frank estava à sua mesa no pequeno escritório. Com gaiolas de animais de vários tamanhos e prateleiras de equipamentos para todos os lados, não era muito espaço, mas ele não se importava. Não tinha problema.

Ele bebeu de uma garrafa de suco de manga e olhou para a TV enquanto segurava um saco de gelo na lateral da mão que usou para bater na porta de Garth Flickinger. A luz do celular estava piscando: Elaine. Ele não sabia como queria lidar com aquilo, então deixou que caísse na caixa postal. Ele tinha forçado a barra com Nana, via isso agora. Potencialmente, poderia haver rebote.

Agora havia um Mercedes verde destruído na entrada de um médico rico. As digitais de Frank estavam em toda a pedra pintada que ele usou para quebrar a janela do Mercedes e amassar a lataria, assim como no vaso da lilás que, no pico da fúria, ele enfiou no banco de trás do filho da puta descuidado. Era exatamente o tipo de evidência incontestável (vandalismo criminoso) de que um juiz de tribunal de família (que sempre favorecia a mãe) precisaria para determinar que ele só pudesse ver a filha por uma hora, e com supervisão, uma vez por mês. A acusação de vandalismo criminoso também acabaria com o emprego dele. O que era óbvio, em retrospecto, era que o Frank Mau tinha interferido. O Frank Mau tinha dado uma festa, na verdade.

Porém, o Frank Mau não era totalmente ruim, nem totalmente errado, porque, olha só: o Mercedes verde de Garth Flickinger não ia atropelar mais nenhum gato no futuro próximo. No momento, sua filha podia desenhar em segurança na entrada de casa de novo. Talvez o Frank Bom tivesse resolvido tudo de forma melhor, mas talvez não. O Frank Bom era meio fraco.

— Eu não vou, *nós* não vamos ficar parados enquanto o *dito* governo dos Estados Unidos espalha esse boato.

Na tela, Compadre Brightleaf fazia seu pronunciamento detrás de uma mesa comprida e retangular. Na mesa estava uma mulher de camisola azul-clara. O rosto estava coberto de substância branca que parecia aquela teia de aranha de mentira que vendiam na farmácia no Halloween. O peito dela subia e descia.

— Que merda é essa? — perguntou Frank ao vira-lata de rua que o estava visitando.

O vira-lata levantou o focinho e voltou a dormir. Era um clichê, mas para ter companhia em todas as horas, nada era melhor do que um cachorro. Nada era melhor do que um cachorro, ponto. Os cachorros não tinham noção de nada; só aproveitavam o momento ao máximo. Aproveitavam você ao máximo. Frank sempre tinha um quando era criança. Elaine era alérgica, ou era o que alegava. Mais uma coisa de que ele abriu mão por ela, algo bem maior do que ela era capaz de entender.

Frank fez carinho entre as orelhas do vira-lata.

— Nós já vimos os agentes deles mexendo no nosso suprimento de água. Sabemos que eles usaram produtos químicos para afetar a parte mais vulnerável e mais valorizada da nossa Família, as mulheres dos Bright, para plantar o caos, o medo e a dúvida. Eles envenenaram nossas irmãs durante a noite. Isso inclui minha esposa, minha amada Susannah. O veneno agiu nela e nas nossas outras lindas mulheres enquanto elas dormiam. — A voz de Compadre Brightleaf tinha uma rouquidão de tabaco que era estranhamente aconchegante. Remetia a homens idosos reunidos em torno de uma mesa para o café da manhã, bem-humorados e aposentados.

Junto ao alto sacerdote da evasão de impostos estavam dois homens mais jovens, também com barbas, ainda que menos suntuosas, e também usando ponchos. Todos usavam cinturões com coldre, fazendo com que parecessem figurantes em um faroeste antigo de Sergio Leone. Na parede atrás deles tinha um Cristo na cruz. A imagem do vídeo era limpa, marcada só por uma linha ocasional interferindo na imagem.

— *Enquanto elas dormiam!* Vocês veem a covardia do atual Rei das Mentiras? Vocês veem ele na Casa Branca? Veem os muitos colegas mentirosos no papel verde inútil que eles querem nos fazer acreditar que vale alguma coisa? Ah, meus vizinhos. Vizinhos, vizinhos. Tão ardilosos e cruéis e com tantas caras.

Todos os dentes dele apareceram abruptamente no meio da barba enorme.

— *Mas nós não vamos sucumbir ao diabo!*

Ora essa, pensou Frank. *Se Elaine acha que tem um problema comigo, devia dar uma olhada no Jerry Garcia ali. Esse cara tem o miolo mais mole que um pudim.*

— Os truques baratos dos descendentes de Pilatos não são páreo para o Senhor a quem servimos!

— Louvado seja — murmurou um dos milicianos.

— Isso mesmo! Louvado seja. Sim, senhor. — O sr. Brightleaf bateu palmas. — Vamos tirar essa coisa da minha mulher.

Um dos homens entregou a ele uma tesoura de poda. Compadre se inclinou e começou a cortar cuidadosamente a teia que cobria o rosto da esposa. Frank se inclinou para a frente.

Sentia que um momento "ah, não" se aproximava.

6

Assim que entrou no quarto e viu Magda debaixo da coberta, envolta no que parecia uma espécie de máscara de fiapos de marshmallow, Anton caiu de joelhos ao lado dela, colocou a jarra com o shake na mesa de cabeceira e, ao ver a tesoura (ela devia estar aparando as sobrancelhas usando a câmera do iPhone de novo), começou a cortar na mesma hora.

Alguém tinha feito aquilo com ela? Ou ela mesma? Era algum tipo de acidente bizarro? Reação alérgica? Um tratamento maluco de beleza que tinha dado errado? Era confuso, era assustador, e Anton não queria perder a mãe.

Quando a teia foi cortada, ele jogou a tesourinha de unha de lado e enfiou os dedos na abertura da substância. Era grudenta, mas a coisa se soltou, esticando-se e se soltando das bochechas de Magda em espirais brancas e flexíveis. O rosto cansado cheio de rugas em volta dos olhos, o rosto querido que por um momento Anton teve certeza de que estaria derretido por baixo da cobertura branca esquisita (parecia os lencinhos de fada que ele via brilhando na grama ao amanhecer, nos jardins das primeiras piscinas do dia), apareceu ileso. A pele estava meio corada e quente, mas Magda não parecia diferente de antes.

Um ruído baixo começou a soar de dentro da garganta dela, quase um ronco. As pálpebras estavam se movendo, tremendo com o movimento dos olhos por baixo da pele. Os lábios se abriram e fecharam. Um pouco de cuspe escorreu pelo canto da boca.

— Mãe? Mãe? Acorda, por favor, por mim!

Parecia que ia acordar, porque os olhos se abriram. Havia sangue cobrindo as pupilas, espalhado sobre a esclera. Ela piscou várias vezes. Seu olhar se deslocou pelo quarto.

Anton passou um braço por baixo dos ombros da mãe e a pôs sentada na cama. O ruído vindo da garganta dela ficou mais alto; não um ronco agora, mais um rosnado.

— Mãe? Preciso chamar uma ambulância? Você quer uma ambulância? Quer que eu pegue um copo de água? — As perguntas saíram de uma vez, mas Anton estava aliviado. Ela continuou olhando em volta, parecendo começar a entender onde estava.

Seu olhar parou na mesa de cabeceira: um abajur imitação da Tiffany, a jarra de shake pela metade, uma Bíblia, o iPhone. O ruído estava mais alto. Parecia que ela estava preparando um berro ou um grito. Seria possível que ela não o reconhecesse?

— É minha bebida, mãe — disse Anton quando ela esticou a mão e pegou a jarra com o shake. — Não graças a você, ha-ha. Você se esqueceu de fazer, patetinha.

Ela o golpeou com a jarra, acertando a lateral da cabeça. O contato fez um estalo seco de plástico no osso. Anton caiu para trás, sentindo dor, umidade e perplexidade. Ele caiu de joelhos. A visão se concentrou em um respingo verde no tapete bege no chão. Vermelho pingando no verde. *Que confusão*, ele pensou, bem na hora em que a mãe bateu nele com a jarra de novo, dessa vez acertando a parte de trás do crânio. Houve um estalo mais alto do impacto: o plástico grosso da jarra do liquidificador rachando. O rosto de Anton bateu no respingo de shake no tapete bege áspero. Ele inspirou sangue, shake e fibra de tapete e esticou a mão para se afastar, mas cada parte dele, cada músculo maravilhoso, estava pesado e inerte. Um leão estava rugindo atrás dele, e se queria ajudar a mãe a fugir do animal, precisava se levantar e encontrar a parte de trás da cabeça.

Anton tentou gritar para Magda correr, mas o que saiu foi um gorgolejo, e sua boca estava cheia de tapete.

Um peso caiu em sua coluna e, quando essa nova dor foi acrescentada à dor anterior, Anton torceu para que mãe o tivesse escutado, para que ainda pudesse escapar.

7

Um cachorro de rua começou a latir em uma das gaiolas, e dois outros se juntaram a ele. O vira-lata sem nome aos pés dele, tão parecido com o que Fritz Meshaum tinha atropelado, choramingou. Estava sentado agora. Frank passou a mão pela coluna dele, distraído, para acalmá-lo. Os olhos ficaram grudados na tela. Um dos jovens que ajudava Compadre Brightleaf, não o que entregou a tesoura de poda, o outro, segurou o ombro dele.

— Pai? Acho que você não devia fazer isso.

Brightleaf afastou a mão com um movimento do ombro.

— Deus diz venha para a luz! Susannah, Comadre Brightleaf, Deus diz venha para a luz! Venha para a luz!

— Venha para a luz! — ecoou o homem que havia entregado a tesoura, e o filho de Brightleaf se juntou com relutância ao apelo. — Venha para a luz! Comadre Brightleaf, venha para a luz!

Compadre Brightleaf enfiou as mãos no casulo cortado que cobria o rosto da esposa e bradou:

— *Deus diz venha para a luz!*

Ele puxou. Houve um som de rasgo que lembrou a Frank uma tira de velcro se soltando. O rosto da sra. Susannah Brightleaf apareceu. Os olhos estavam fechados, mas as bochechas estavam coradas, e os fiapos nas beiradas do corte flutuavam com a respiração dela. O sr. Brightleaf se inclinou para perto, como se fosse beijá-la.

— Não faça isso — disse Frank, e apesar de o som da TV não estar alto e de ele ter falado em um mero sussurro, todos os cachorros engaiolados (seis naquela tarde) estavam latindo. O vira-lata fez um som baixo e preocupado. — Amigo, não faça isso.

— *Comadre Brightleaf, acorde!*

Ela acordou mesmo. E como. Os olhos se arregalaram de repente. Ela deu um pulo para a frente e foi para cima do nariz do marido. Compadre Brightleaf gritou alguma coisa que foi encoberta por um apito, mas Frank achou que pudesse ser *filha da puta*. O sangue jorrou. Comadre Brightleaf caiu para trás na mesa com um pedaço razoável do nariz do marido nos dentes. Havia sangue respingado na parte superior da camisola.

Frank recuou. A parte de trás da cabeça bateu no arquivo que havia atrás da mesa dele. Um pensamento, irrelevante, mas muito claro, surgiu em sua mente: a rede de notícias botou um apito para encobrir o *filha da puta*, mas permitiu que os Estados Unidos vissem uma mulher arrancar um pedaço grande do nariz do marido. Tinha alguma coisa muito errada nessas prioridades.

Havia uma cacofonia na sala onde a amputação do nariz tinha acontecido. Houve gritos atrás da câmera, que caiu para o lado e passou a só mostrar o piso de madeira no qual gotas de sangue se acumulavam. Em seguida, a imagem voltou para Michaela Morgan, com expressão séria.

— Mais uma vez, pedimos desculpas pela natureza perturbadora das imagens, e quero repetir que não confirmamos a autenticidade, mas tivemos notícias de que os Bright Ones abriram seus portões e o cerco acabou. Isso *parece* confirmar que o que vocês acabaram de ver realmente aconteceu. —

Ela balançou a cabeça como se para limpá-la, ouviu alguma coisa no ponto eletrônico e disse: — Vamos repetir essa filmagem novamente a cada hora, não por sensacionalismo...

Ah, tá, pensou Frank. *Até parece.*

— ... mas como serviço de utilidade pública. Se isso está acontecendo, as pessoas precisam saber de uma coisa: se você tem uma pessoa querida ou uma amiga nesses casulos, *não tente removê-los*. Voltamos a George Alderson, no estúdio. Eu soube que ele está com um convidado especial que talvez possa trazer um pouco de luz para essa terrível...

Frank usou o controle remoto para desligar a TV. E isso agora? Que porra era essa?

No pequeno abrigo de Frank, cachorros que ainda seriam enviados para o Abrigo de Animais Harvest Hills continuaram a latir loucamente para a mariposa que voava e dançava no corredor estreito entre as gaiolas.

Frank fez carinho no vira-lata aos seus pés.

— Está tudo bem — disse ele. — Tudo está bem. — O cachorro sossegou. Sem ter noção de nada, acreditou nele.

8

Magda Dubcek montou no cadáver do filho. Ela deu cabo nele enfiando um pedaço sujo de verde da jarra do liquidificador na lateral do pescoço e, para garantir, enfiou outro estilhaço na abertura da orelha por todo o canal auditivo até afundar no cérebro. O sangue continuou jorrando do ferimento no pescoço, encharcando o tapete verde com uma poça cada vez maior.

Lágrimas começaram a escorrer pelas bochechas dela. Magda, de uma distância estranha, ficou vagamente cientes delas. *Por que essa mulher está chorando?*, ela perguntou a si mesma, sem saber direito quem estava chorando e onde. Pensando melhor, onde estava ela? Não estava assistindo televisão e decidiu descansar?

Ela não estava no quarto.

— Olá? — perguntou ela à escuridão que a cercava. Havia outros na escuridão, muitos outros, ela achava que os sentia, mas não conseguia ver. Talvez ali? Lá? Em algum lugar. Magda sondou à frente.

Precisava encontrar essas pessoas. Não podia ficar sozinha lá. Se havia outras, talvez pudessem ajudá-la a voltar para casa, para o filho, para Anton.

Seu corpo se levantou de cima do cadáver, os joelhos idosos estalando. Ela cambaleou até a cama e se deitou. Fechou os olhos. Novos filamentos brancos começaram a sair das bochechas, oscilando e caindo delicadamente na pele.

Ela dormiu.

Procurou os outros naquele outro lugar.

6

1

Era uma tarde quente, que parecia mais verão do que primavera, e em toda Dooling telefones estavam começando a tocar, quando algumas pessoas que estavam acompanhando as notícias ligaram para amigos e parentes que não estavam. Outros esperaram, com a certeza de que a coisa toda seria uma tempestade em copo d'água, como o Bug do Milênio, ou mesmo uma farsa, como os boatos na internet de que Johnny Depp tinha morrido. Por isso, muitas mulheres que preferiam música à televisão colocaram os bebês e filhos pequenos para cochilar à tarde, como sempre, e quando a agitação deles passou, foram se deitar também.

Para dormir e sonhar com mundos diferentes.

As filhas meninas se juntaram a elas nesses sonhos.

Os filhos meninos, não. O sonho não era para eles.

Quando os garotinhos famintos acordassem uma ou duas horas depois e encontrassem as mães ainda dormindo, os rostos amados envoltos em uma substância branca grudenta, eles gritariam e enfiariam as unhas até rasgar os casulos... e isso *despertaria* as mulheres adormecidas.

A sra. Leanne Barrows, da 17 Eldridge Street, por exemplo, esposa do policial Reed Barrows. Era hábito dela se deitar para cochilar com o filho Gary, de dois anos, por volta de onze horas todos os dias. Era o que ela devia ter feito na quinta-feira da Aurora.

Alguns minutos depois das duas horas, o sr. Alfred Freeman, vizinho dos Barrow no número 19 da mesma rua, um viúvo aposentado, estava borrifando repelente de cervos nas hostas perto do meio-fio. A porta do número 17 da Eldridge se abriu, e o sr. Freeman viu a sra. Barrows cambalear pela porta da frente carregando Gary embaixo do braço como um objeto. O garoto, só de fralda, estava chorando e balançando os braços. Uma máscara branca opaca cobria boa parte do rosto da mãe, exceto por uma parte pendendo em um canto da boca até o queixo. Podia-se presumir que foi esse corte que despertou a mãe do garoto e ganhou a atenção nada agradável dela.

O sr. Freeman não soube o que dizer quando a sra. Barrows foi na direção dele, a menos de dez metros do outro lado da divisão dos terrenos. Durante boa parte daquela manhã, ele tinha cuidado do jardim; não havia visto nem ouvido as notícias. O rosto da vizinha (ou a ausência dele) o chocou ao ponto de deixá-lo mudo. Por algum motivo, com a aproximação dela, ele tirou o chapéu-panamá e o encostou no peito, como se o hino nacional estivesse prestes a ser tocado.

Leanne Barrows largou a criança aos berros nas plantas aos pés de Alfred Freeman, deu meia-volta e voltou pelo gramado pelo mesmo caminho que tinha feito, oscilando como se embriagada. Filetes brancos, como pedaços de lenços de papel, estavam pendurados na ponta dos dedos. Ela entrou em casa e fechou a porta.

Esse fenômeno se mostrou um dos mais curiosos e mais analisados da Aurora, o chamado "Instinto Materno" ou "Reflexo de Cuidador". Embora relatos de interação violenta entre adormecidas e outros adultos chegassem aos milhões e as interações não relatadas chegassem a milhões mais, poucas, talvez nenhuma ocorrência de agressão entre uma adormecida e um filho pré-adolescente ou menor foi confirmada. As adormecidas entregavam os bebês e crianças pequenas do sexo masculino para a pessoa mais próxima que conseguiam encontrar ou simplesmente os colocavam porta afora. Depois, voltavam para o local do sono.

— Leanne? — chamou Freeman.

Gary rolou no chão, chorando e chutando as folhas com os pezinhos gordinhos.

— Mamã! Mamã!

Alfred Freeman olhou para o garoto, para a hosta que ele tinha podado, e se perguntou: *Levo de volta?*

Ele não era muito fã de crianças; teve dois filhos, e o sentimento foi mútuo. Não tinha o que fazer com Gary Barrows, um terrorista mirim horrendo cujas habilidades sociais pareciam não ir além de balançar rifles de brinquedo e gritar sobre *Star Wars*.

O rosto de Leanne, coberto com a gosma branca, fazia com que ela parecesse não ser humana. Freeman decidiu que ficaria com o garoto até o marido policial de Leanne poder ser chamado para assumir a responsabilidade.

Foi uma escolha salvadora. Os que desafiaram o "Instinto Materno" se arrependeram. O que quer que fizesse as mães Aurora entregar pacificamente os filhos homens não era receptível a perguntas. Dezenas de milhares aprenderam isso com prejuízo próprio, e depois não aprenderam mais nada.

— Desculpe, Gary — disse Freeman. — Mas acho que você vai ter que ficar um pouco com o velho tio Alf. — Ele levantou a criança inconsolável pelas axilas e a levou para casa. — Seria demais pedir para você se comportar?

2

Clint ficou com Evie durante boa parte do processo de admissão. Lila, não. Ele a queria junto, queria enfatizar que ela não podia dormir, apesar de ter dito isso assim que ela saiu do carro no estacionamento da prisão. Ele já tinha dito mais de seis vezes, e sabia que sua preocupação estava testando a paciência de Lila. Clint também queria perguntar onde ela tinha estado na noite anterior, mas isso teria que esperar. Considerando os acontecimentos lá e no mundo, ele não tinha certeza se isso importava. Porém, ficava voltando à questão, como um cachorro lambendo uma pata machucada.

O vice-diretor Lawrence "Lore" Hicks chegou pouco depois que Evie foi levada para o confinamento. A diretora Coates deixou Hicks cuidando da papelada da recém-chegada enquanto usava o telefone em busca de orientação do Bureau of Corrections e fazendo ligações para todos os funcionários de folga.

No fim das contas, não houve muito a fazer. Evie ficou sentada com as mãos acorrentadas à mesa da sala de entrevistas, ainda usando (por enquanto) o uniforme que Lila e Linny Mars deram a ela. Embora o rosto estivesse machucado das colisões repetidas na grade da viatura de Lila, os olhos e o humor estavam incongruentemente alegres. Às perguntas sobre endereço atual, parentes e histórico médico, ela só respondeu com silêncio. Quando perguntaram o sobrenome, ela disse:

— Andei pensando nisso. Vamos dizer Black. Black está bom. Não tenho nada contra Ninguém, nem contra ninguém, mas Black parece melhor para tempos sombrios. Podem me chamar de Evie Black.

— Então não é seu nome real? — Recém-saído do dentista, Hicks falava com uma boca ainda mole de Novocaína.

— Você nem conseguiria pronunciar meu nome verdadeiro. *Nomes.*

— Diga mesmo assim — insistiu Hicks. — Só um.

Evie o observou com os olhos alegres.

— Quantos anos você tem? — perguntou Hicks.

Com isso, a expressão alegre da mulher virou o que pareceu a Clint uma de tristeza.

— Não tenho idade — disse ela, mas deu uma piscadela para o vice-diretor, como se pedindo desculpas por uma coisa tão bombástica.

Clint se manifestou. Haveria tempo para uma entrevista completa mais tarde, e apesar de tudo que estava acontecendo, ele mal podia esperar.

— Evie, você entende por que está aqui?

— Para conhecer Deus, amar Deus e servir a Deus — respondeu Evie. Em seguida, levantou as mãos algemadas o máximo que a corrente permitia, fez o sinal da cruz de forma exagerada e riu. Ela não quis dizer mais nada.

Clint foi para sua sala, onde Lila disse que o esperaria.

Ele a encontrou falando com o microfone de ombro. Ela o colocou no lugar e assentiu para Clint.

— Eu tenho que ir. Obrigada por receber ela.

— Vou acompanhar você até lá fora.

— Não quer ficar com a sua paciente? — Lila já estava andando pelo corredor até a porta principal interna e levantando o rosto, para que os monitores da guarda Millie Olson pudessem ver que ela era uma cidadã, uma agente da lei, na verdade, e não uma detenta.

Clint disse:

— A revista e a verificação de piolhos é restrita a mulheres. Quando ela estiver vestida, eu volto.

Mas você sabe disso, pensou ele. *Está cansada demais para lembrar ou só não quer falar comigo?*

A porta foi aberta com um zumbido, e eles entraram na saleta entre a prisão e o saguão, um espaço tão apertado que sempre despertava em Clint uma leve claustrofobia. Mais um zumbido e eles voltaram para a terra de homens e mulheres livres, com Lila na frente.

Clint a alcançou antes que ela pudesse sair.

— Essa Aurora...

— Me diga de novo que tenho que ficar acordada e acho que vou gritar. — Ela estava tentando falar com bom humor, mas Clint sabia quando ela estava se esforçando para manter a calma. Era impossível não ver as linhas tensas em volta da boca e as bolsas embaixo dos olhos dela. Lila tinha escolhido um momento absurdamente sem sorte para trabalhar em um turno da noite. Se é que sorte tinha alguma coisa a ver com isso.

Ele a seguiu até o carro, onde Reed Barrows estava encostado com os braços cruzados no peito.

— Você não é só minha esposa, Lila. Quando a questão é a aplicação da lei no condado de Dooling, você é a poderosa chefona. — Ele esticou a mão com um pedaço de papel dobrado. — Leve isso e mande fazer antes de qualquer outra coisa.

Lila abriu o pedaço de papel. Era uma receita médica.

— O que é Provigil?

Ele passou um braço pelo ombro dela e a puxou para perto, para que Reed não ouvisse a conversa.

— É para apneia do sono.

— Eu não tenho isso.

— Não, mas vai manter você acordada. Não estou falando besteira, Lila. Eu preciso de você *acordada*, e esta cidade precisa de você acordada.

Ela enrijeceu embaixo do braço dele.

— Tudo bem.

— Faça logo, antes que haja um aumento na procura.

— Sim, senhor. — As ordens dele, por mais bem-intencionadas que fossem, a irritavam. — Só decifre minha lunática. Se conseguir. — Ela deu um sorriso. — Eu sempre posso procurar no armário de provas. Temos montanhas de comprimidinhos brancos.

Isso não tinha ocorrido a ele.

— É algo para se ter em mente.

Ela se afastou.

— Eu estava brincando, Clint.

— Não estou dizendo para você mexer em nada proibido. Só estou dizendo para... — Ele levantou as palmas das mãos. — ... para não se esquecer disso. Nós não sabemos onde isso vai dar.

Ela olhou para ele, hesitante, e abriu a porta do passageiro da viatura.

— Se você falar com Jared antes de mim, diga que vou tentar ir para casa jantar, mas as chances são poucas, quase nulas.

Lila entrou no carro e, antes de fechar a janela para aproveitar totalmente o ar-condicionado, Clint quase fez a pergunta, apesar da presença de Reed Barrows e apesar da crise repentina e impossível que o noticiário insistia que *era* possível. Era uma pergunta que ele achava que os homens perguntavam havia milhares de anos: *Onde você estava ontem à noite?* No entanto, só disse outra coisa, e se sentiu momentaneamente inteligente.

— Ei, querida, se lembra de Mountain Rest? Talvez ainda esteja bloqueada. Não vá pelo atalho. — Lila nem reagiu, só disse "aham, tudo bem", balançou a mão em uma despedida e Reed virou a viatura para o portão duplo entre a prisão e a estrada. Clint, não tão inteligente assim, só ficou olhando ela se afastar.

Ele voltou a tempo de ver Evie "você nem conseguiria pronunciar meu nome verdadeiro" Black posar para a foto da identificação de detenta. Depois, Don Peters encheu os braços dela com lençóis.

— Você tem cara de drogada, querida. Não vomite no lençol.

Hicks fez cara feia para ele, mas manteve a boca mole de Novocaína fechada. Clint, que já tinha aguentado o suficiente do guarda Peters por uma vida inteira, não.

— Pare com essa merda.

Peters virou a cabeça.

— Você não me diz...

— Eu posso escrever um relatório de incidente, se você quiser — disse Clint. — Reação inadequada. Sem provocação. Escolha sua.

Peters olhou para ele com raiva, mas só perguntou:

— Como você é o encarregado desta aqui, qual é a acusação dela?

— A-10.

— Venha, detenta — disse Peters. — Você vai para uma cela acolchoada. Sorte sua.

Clint os viu se afastarem. Evie segurando os lençóis, Peters logo atrás. Ele ficou olhando para ver se Peters tocaria nela, mas claro que ele não tocou. Sabia que Clint estava de olho.

3

Lila já tinha ficado cansada daquele jeito, mas não conseguia lembrar quando. O que conseguia lembrar (da aula de saúde no ensino médio, pelo amor de Deus) eram as consequências adversas de ficar acordada por muito tempo: reflexos lentos, avaliação prejudicada, perda de atenção, irritabilidade. Sem mencionar problemas de memória curta, como conseguir relembrar fatos da aula de saúde da escola, mas não o que tinha que fazer naquele momento, naquele dia, naquele minuto.

Ela entrou no estacionamento do Olympia Diner (ORA, ORA, EXPERIMENTE NOSSA TORTA DE AMORA, dizia o cartaz no cavalete ao lado da porta), desligou o motor, saiu e respirou fundo e lentamente, enchendo os pulmões e o fluxo sanguíneo com oxigênio. Ajudou um pouco. Ela se curvou na janela, pegou o microfone do painel e pensou melhor; não era uma ligação que quisesse fazer por rádio. Recolocou o microfone no lugar e pegou o celular no compartimento do cinto. Digitou um dos números que deixava armazenado como atalho de ligação rápida.

— Linny, como você está?

— Bem. Dormi sete horas ontem, mais ou menos, um pouco mais do que o habitual. Estou bem por isso, mas estou preocupada com você.

— Eu estou bem, não se preocupe... — Ela foi interrompida por um bocejo enorme. Tornou meio ridículo o que ela estava dizendo, mas perseverou. — Eu também estou bem.

— É sério? Há quanto tempo você está acordada?

— Não sei. Talvez dezoito, dezenove horas. — Para diminuir a preocupação de Linny, ela acrescentou: — Eu cochilei um pouco ontem à noite, não se preocupe. — Não paravam de sair mentiras por sua boca. Havia um conto de fadas que avisava sobre isso, que uma mentirinha levava a outras e você acabava virando um papagaio ou algo assim, mas o cérebro exausto de Lila não conseguia lembrar. — Não se preocupe comigo agora. O que houve com Tiffany, aquela do trailer? Os paramédicos levaram ela para o hospital?

— Levaram. E que bom que chegaram lá com ela relativamente cedo. — Linny baixou a voz. — St. Theresa está um manicômio.

— Onde estão Roger e Terry agora?

A resposta de Linny a essa pergunta foi constrangida.

— Bem... Eles esperaram o assistente do promotor por um tempo, mas ele não apareceu, e eles queriam dar uma olhada nas esposas...

— Então eles saíram da cena do crime? — Lila ficou furiosa por um momento, mas sua raiva já tinha se dissipado quando a incredulidade foi expressada. O motivo de o assistente do promotor não ter aparecido devia ser o mesmo que fez Roger e Terry saírem de lá: para dar uma olhada na esposa. Não era só St. Theresa que estava um manicômio. Todo lugar estava assim.

— Eu sei, Lila, eu sei, mas Roger tem uma filha bebê, você sabe... — *Se for mesmo dele*, pensou Lila. Jessica Elway gostava de pular de cama em cama, era o que diziam por aí. — ... e Terry também estava entrando em pânico, e os dois ligaram para casa e ninguém atendeu. Eu falei que você ficaria puta da vida.

— Tudo bem, chame os dois de volta. Quero que eles vão para as três farmácias da cidade e digam para os farmacêuticos...

Pinóquio. Esse era o conto de fadas sobre mentir, e ele não virava um papagaio, o nariz crescia até estar comprido como o vibrador da Mulher-Maravilha.

— Lila? Ainda está aí?

Controle-se, mulher.

— Diga para os farmacêuticos serem criteriosos com todas as anfetaminas que tiverem. Adderall, Dexedrina... e sei que tem pelo menos uma metanfetamina que é usada como medicação, mas não consigo me lembrar do nome.

— Metanfetamina que é remédio? Não acredito!

— É. O farmacêutico vai saber. Diga para serem *criteriosos*. Vão chover receitas. Mande dar o menor número de comprimidos possível para cada pessoa até entendermos o que está acontecendo aqui. Entendeu?

— Entendi.

— Mais uma coisa, Linny, e isso só entre nós. Olhe no armário de provas. Veja o que *nós* temos de substância aceleradora, e isso inclui a cocaína e Black Beauties do flagra dos irmãos Griner.

— Caramba, tem certeza? Tem quase duzentos e cinquenta gramas de pó boliviano! Lowell e Maynard vão a julgamento. Não quero atrapalhar isso, estamos atrás deles desde *sempre*!

— Eu não tenho certeza nenhuma, mas Clint botou a ideia na minha cabeça, e agora não consigo tirar. Só dê uma olhada no que tem, tá? Ninguém vai começar a enrolar cédulas e cheirar.

Não naquela tarde, pelo menos.

— Tá. — Linny parecia impressionada.

— Quem está naquele trailer onde o laboratório explodiu?

— Só um minuto, vou dar uma olhada na Gertrude. — Linny chamava o computador dela de Gertrude por motivos que Lila não fazia questão de entender. — A unidade de perícia e o corpo de bombeiros já foram embora. Estou surpresa de terem saído do local tão rápido.

Lila não estava. Aquele pessoal também devia ter esposas e filhas.

— Hum… pode ser que uns caras do AAH ainda estejam lá, apagando os últimos focos de incêndio. Não tenho certeza de quais, só tem aqui uma anotação dizendo que eles saíram de Maylock às onze e trinta e três. Willy Burke deve ser um deles. Você conhece Willy, ele não perde nada.

AAH, uma sigla que acabava parecendo um suspiro, era a equipe do Adopt-A-Highway dos Três Condados, a maioria aposentados com picapes que cuidavam das rodovias. Eles também eram o mais próximo que os Três Condados tinham de um corpo de bombeiros voluntário e costumavam ser úteis durante os incêndios da época da seca.

— Está certo, obrigada.

— Você vai para lá? — Linny falou com certa reprovação, e Lila não estava cansada o bastante para deixar passar a mensagem por trás da pergunta: *Com tudo isso acontecendo?*

— Linny, se eu tivesse uma varinha mágica de despertar, acredite, eu usaria.

— Tudo bem, xerife. — Mensagem por trás disso: *Não precisa arrancar minha cabeça.*

— Desculpa. É que eu tenho que fazer o que *puder* fazer. Presumivelmente alguém, um bando de alguéns, está trabalhando para resolver essa coisa de doença do sono no Centro de Controle e Prevenção de Doenças em Atlanta. Aqui em Dooling, eu tenho um assassinato duplo, e preciso trabalhar nisso.

Por que estou explicando isso tudo para minha atendente? Porque estou cansada, é por isso. E porque é uma maneira de esquecer a forma como meu marido estava me olhando na prisão. E porque é uma distração da possibilidade (fato, na verdade, Lila, não possibilidade, mas um fato, e o nome desse fato é Sheila) de que o marido com quem você está tão preocupada seja uma pessoa que você não conhece tão bem assim.

Aurora, estavam chamando a doença. *Se eu adormecer*, pensou Lila, *vai ser o fim? Vou morrer? Pode ser, como Clint diria. Pode ser, porra.*

A conversa tranquila que eles sempre tinham, a facilidade de colaboração em projetos, refeições e responsabilidades parentais, o prazer confortável que tiravam dos corpos um do outro, essas experiências repetidas, o âmago da vida diária dos dois juntos, estava desmoronando.

Ela visualizou o marido sorrindo e isso embrulhou seu estômago. Era o mesmo sorriso de Jared, e também de Sheila.

Lila se lembrou de como Clint tinha abandonado o atendimento particular sem nenhuma discussão. Todo o trabalho deles planejando o consultório, o cuidado que eles colocaram na hora de escolher não só a localização, mas também a cidade, selecionando Dooling porque era o maior centro populacional da área que eles conseguiram encontrar que não tinha psiquiatra de atendimento geral. Porém, o segundo paciente de Clint o irritou, então ele decidiu na hora que precisava fazer uma mudança. E Lila deixou rolar. O esforço desperdiçado a incomodava, a resultante queda da perspectiva financeira representou muitos novos cálculos e, considerando tudo isso, ela preferia morar mais perto de uma cidade grande a ficar nos Três Condados rurais, mas ela queria que Clint fosse feliz. E foi aceitando. Lila não queria piscina. Só foi aceitando. Um dia, Clint decidiu que eles iam passar a beber água mineral e encheu metade da geladeira de garrafas. Ela foi aceitando. Tinha a receita de Provigil que ele decidiu que ela precisava tomar. Ela provavelmente aceitaria. Talvez estar dormindo fosse seu estado natural. Talvez fosse por isso que ela podia aceitar a Aurora, porque, para ela, não era tão diferente assim. Podia ser. Quem saberia?

Evie tinha estado lá na noite anterior? Seria possível? Vendo o jogo da União Atlética Amadora (AAU) no ginásio da Coughlin High, onde a garota alta e loura fez bandeja atrás de bandeja, penetrando na defesa de Fayete como uma lâmina afiada? Isso explicaria aquele papo de triplo-duplo, não explicaria?

Beije seu homem antes de ir dormir.

É, deve ter sido assim que você começou a perder a cabeça.

— Linny, eu tenho que desligar.

Ela encerrou a ligação sem esperar uma resposta e guardou o celular.

Porém, se lembrou de Jared e tirou o celular do cinto. Mas o que dizer para ele, e por quê? Ele tinha internet no celular; todos tinham. Agora, Jere já deveria saber mais sobre o que estava acontecendo do que ela mesma. Seu filho; pelo menos ela tinha um filho, e não uma filha. Era algo a agradecer naquele dia. O sr. e a sra. Pak deviam estar enlouquecendo. Ela mandou uma mensagem para Jere ir direto para casa depois da aula, disse que o amava e deixou por isso mesmo.

Lila virou o rosto para o céu e respirou fundo mais vezes. Depois de quase uma década e meia limpando os resultados de mau comportamento, em boa parte relacionado a drogas, Lila Norcross tinha confiança suficiente em seu status e em sua posição para saber que, embora fosse fazer o trabalho da melhor forma possível, dificilmente obteria justiça para dois traficantes de metanfetamina que, de uma forma ou de outra, deviam estar destinados a se eletrocutar na grande Lâmpada da Vida. E ela tinha conhecimento político suficiente para saber que ninguém ia pedir uma resolução rápida, não com aquela Aurora indutora de pânico acontecendo. No entanto, o trailer perto do Depósito de Madeira Adams foi onde Evie Ninguém fez sua estreia no condado de Dooling, e Lila tinha envolvimento pessoal com Evie Maluca. Ela não tinha aparecido do nada. Tinha deixado um carro por lá? Possivelmente com documentos no porta-luvas? O trailer ficava a menos de oito quilômetros; não havia motivo para não ir dar uma olhada. Só que tinha outra coisa que precisava ser feita primeiro.

Ela foi até o Olympia. O local estava quase vazio e as duas garçonetes estavam sentadas em um compartimento do canto, fofocando. Uma delas viu Lila e começou a se levantar, mas ela acenou para que a moça ficasse no lugar. Gus Vereen, o dono, estava sentado em um banco ao lado da registradora, lendo um livro de Dean Koontz. Atrás dele havia uma televisão pequena sem som. Embaixo da tela havia um rodapé em movimento que dizia CRISE AURORA AUMENTA.

— Eu li esse — disse Lila, dando uma batidinha no livro dele. — O cachorro se comunica usando peças de Palavras Cruzadas.

— Agora você tirou a graça toda — disse Gus. O sotaque dele era denso como molho grosso.

— Desculpa. Mas você vai gostar mesmo assim. É uma boa história. Agora que já falamos de crítica literária, café para viagem. Preto. Bem grande.

Ele foi até a cafeteira e encheu um copo grande para viagem. Era preto mesmo; provavelmente mais forte do que Charles Atlas e tão amargo quanto a avó irlandesa falecida de Lila. Tudo bem por ela. Gus colocou um suporte de papelão em volta do copo para ela conseguir segurar mesmo com o calor, encaixou uma tampa de plástico e entregou para ela. Porém, quando ela levou a mão à carteira, ele balançou a cabeça.

— Por conta da casa, xerife.

— Por conta nada. — Era uma regra inviolável, resumida pela placa na mesa dela que dizia NADA DE POLICIAIS GORDOS ROUBANDO MAÇÃS. Porque quando se começava a aceitar coisas de graça, não parava nunca... e sempre havia uma compensação.

Ela colocou uma nota de cinco na bancada. Gus empurrou de volta.

— Não é pelo distintivo, xerife. O café de graça é pra todas as mulheres hoje. — Ele olhou para as garçonetes. — Não é?

— É — disse uma delas, aproximando-se de Lila. Ela enfiou a mão no bolso da saia. — E coloque isso no café, xerife Norcross. Não vai ajudar nada no gosto, mas vai dar uma energia danada.

Era um pacotinho de Pó para Dor de Cabeça Goody's. Apesar de Lila nunca ter usado, ela sabia que o Goody's era um produto dos Três Condados, assim como Rebel Yell e *hash browns* cobertas de queijo. Quando se abria o envelope e derramava o que tinha dentro, era bem parecido com os sacos de cocaína que eles encontraram no barracão dos irmãos Griner, enrolados em plástico e guardados em um pneu velho de trator; era por isso que eles e muitos outros traficantes usavam Goody's para adulterar o produto. Era mais barato do que Pedia-Lax.

— Trinta e dois miligramas de cafeína — disse a outra garçonete. — Já tomei dois hoje. Não vou dormir enquanto aqueles gênios não resolverem essa merda da Aurora. Não mesmo.

4

Um dos grandes benefícios de ser o único agente de controle animal do condado de Dooling, talvez o único benefício, era não ter chefe mandando nele. Tecnicamente, Frank Geary respondia ao prefeito e ao conselho municipal, mas eles quase nunca iam até o cantinho dele na parte de trás do prédio comum, que também abrigava a Sociedade Histórica, o Departamento de Recreação e o Escritório do Assessor, o que não era problema nenhum para ele.

Ele passou e acalmou os cachorros (não havia nada como alguns petiscos para isso), cuidou para que tivessem água e verificou se Maisie Wettermore, a voluntária do ensino médio, estava marcada para ir lá às seis dar comida e levar para passear de novo. Sim, ela estava no quadro de avisos. Frank deixou um bilhete falando de várias medicações, trancou a porta e saiu. Só mais tarde ocorreu a ele que Maisie talvez tivesse coisas mais importantes em mente do que alguns animais de rua.

Era na filha que ele estava pensando. De novo. Ele havia feito mal a ela de manhã. Não gostava de admitir nem para si mesmo, mas tinha feito.

Nana. Alguma coisa sobre ela começou a incomodá-lo. Não a Aurora exatamente, mas alguma coisa relacionada à Aurora. O que era?

Vou retornar a ligação de El, pensou ele. *Vou fazer isso assim que chegar em casa.*

Só que a primeira coisa que ele fez quando chegou à casinha de quatro cômodos que estava alugando na Ellis Street foi olhar a geladeira. Não tinha muita coisa lá dentro: dois potinhos de iogurte, uma salada mofada, um vidro de molho barbecue Sweet Baby Ray e um pacote de Miner's Daughter Oatmeal Stout, uma cerveja calórica que ele achava que devia ser saudável. Afinal, tinha aveia, não tinha? Quando ele pegou uma, seu telefone tocou. Ele viu a foto de Elaine na telinha e teve um momento de clareza que preferia não ter tido: ele temia a Fúria de Elaine (um pouco), e sua filha temia a Fúria do Papai (só um pouco… esperava ele). Essas coisas eram base para um relacionamento familiar?

Eu sou o mocinho aqui, ele lembrou a si mesmo, e atendeu a ligação.

— Oi, El! Desculpe por não ter retornado antes, mas tive uns problemas. Foi bem triste. Tive que sacrificar a gata do juiz Silver e depois…

Elaine não ia se deixar distrair pela história da gata do juiz Silver; ela queria ir direto ao assunto. E, como sempre, aumentou o volume da voz até dez logo de cara.

— Você assustou Nana pra cacete! Muito obrigada por isso!

— Calma, tá? Eu só falei para ela desenhar dentro de casa. Por causa do Mercedes verde.

— Eu não faço ideia do que você está falando, Frank.

— Lembra quando ela começou a entregar jornais e disse que teve que desviar para o gramado dos Nedelhaft porque um cara dirigindo um carro verde grande com uma estrela na frente subiu na calçada? Você me disse pra deixar pra lá, e eu fiz isso, deixei pra lá.

As palavras estavam saindo cada vez mais rápido, e logo ele as estaria *cuspindo*, se não se controlasse. O que Elaine não entendia era que, às vezes, ele tinha que gritar para ser ouvido. Com ela, pelo menos.

— O carro que atropelou o gato do juiz Silver também era um carro verde e grande com uma estrela na frente. Um Mercedes. Eu tinha certeza de que sabia de quem era quando Nana passou aquele sufoco…

— Frank, ela desviou para a calçada meio quarteirão antes!

— Pode ser, ou pode ser que tenha sido mais perto e ela que não quis nos assustar. Não quis que tirássemos ela da entrega do jornal logo depois de ter conseguido o trabalho. Só escuta, tá? Eu deixei pra lá. Já tinha visto aquele Mercedes no bairro várias vezes, mas deixei pra lá. — Quantas vezes ele já tinha dito isso? Ele estava segurando a lata de cerveja com tanta força que a amassou, e, se não parasse, a acabaria arrebentando. — Mas não desta vez. Não depois que ele atropelou Cocoa.

— Quem é…

— Cocoa! Cocoa, a gata do juiz Silver! Podia ser a minha filha, Elaine! A *nossa* filha! Em resumo, aquele Mercedes pertence a Garth Flickinger, do alto da colina.

— O médico? — Elaine parecia estar prestando atenção. Finalmente.

— Ele mesmo. E quando falei com ele, adivinha? Ele estava *doidão*, Elaine. Tenho quase certeza. Ele mal conseguia formar frases.

— Em vez de denunciar ele para a polícia, *você foi à casa dele*? Como foi à escola de Nana naquela vez e gritou com a professora quando todas as crianças, *inclusive* a sua filha, podiam ouvir você tagarelando como um maluco?

Vá em frente, fique remoendo isso, pensou Frank, apertando a lata com mais força. *Você sempre faz isso. Isso ou o famoso soco na parede, ou a vez que eu falei para o seu pai que ele era cheio de merda. Pode remoer, pode insistir, os Sucessos de Elaine Geary Maluca. Quando eu estiver no caixão, você vai estar contando para alguém sobre a vez que gritei com a professora de Nana quando ela zombou do projeto de ciências e fez minha filha chorar na sala. E quando se exaurir, você pode relembrar a vez que gritei com a sra. Fenton por borrifar matador de ervas daninhas no lugar onde minha filha respirava quando andava de triciclo. Tudo bem. Pode me fazer passar pelo vilão, se for isso que te deixa feliz. Mas agora, vou manter a voz calma e controlada. Porque não posso me dar ao luxo de deixar você me pressionar desta vez, Elaine. Alguém tem que cuidar da nossa filha, e está bem claro que você não é adequada para o serviço.*

— Foi meu dever como pai. — Isso soava pomposo? Frank não ligava. — Eu não tenho interesse em vê-lo preso com uma acusação menor de atropelamento de felino e fuga, mas *tenho* interesse em fazer com que ele não atropele Nana. Se dar um susto nele tiver esse resultado...

— Me diga que não foi bancando o Charles Bronson.

— Não, eu fui muito sensato com ele. — Isso estava pelo menos perto da verdade. Foi com o carro que ele não foi sensato. Mas ele tinha certeza absoluta de que Flickinger tinha seguro.

— Frank — disse ela.

— O quê?

— Eu nem sei por onde começar. Talvez com a pergunta que você não fez quando viu Nana desenhando na porta de casa.

— O quê? Que pergunta?

— "Por que você não está na escola, querida?" Esta pergunta.

Não estava na escola. Talvez fosse isso que o estivesse incomodando.

— Estava tão ensolarado de manhã, eu... parecia verão, sabe? Eu esqueci que estamos em maio.

— Sua cabeça está concentrada nas coisas erradas, Frank. Você está tão preocupado com a segurança da sua filha, mas não consegue lembrar que ainda estamos no ano letivo. Pense nisso. Você não prestou atenção ao dever de casa que ela faz na sua casa? Sabe aqueles cadernos nos quais ela escreve, os livros que ela lê? Com Deus e Seu único filho Jesus como testemunha...

Ele tolerava muita coisa e estava disposto a admitir que talvez merecesse uma boa parte, mas Frank impunha o limite quando chegava nessa merda de Jesus como minha testemunha. O único filho de Deus não foi quem tirou o guaxinim de debaixo da igreja episcopal tantos anos antes e prendeu uma tábua sobre o buraco, e também não comprava as roupas de Nana e nem a comida. Sem falar de Elaine. Frank fazia essas coisas, e não havia mágica nisso.

— Vá direto ao ponto, Elaine.

— Você não sabe o que está acontecendo com ninguém além de si mesmo. O assunto é sempre o que está irritando Frank hoje. É sempre quem não entende que Frank só sabe fazer as coisas certo. Porque essas são suas posições automáticas.

Eu aguento. Eu aguento eu aguento eu aguento, mas, ah, Deus, Elaine, que vaca louca você sabe ser quando quer.

— Ela estava doente?

— Ah, *agora* você está em alerta vermelho.

— Estava? Está? Ela parecia bem.

— Ela está bem. Eu deixei que ficasse em casa porque ela ficou menstruada. Pela *primeira* vez.

Frank ficou abalado.

— Ela estava chateada e com um pouco de medo, apesar de eu já ter explicado tudo que ia acontecer no ano passado. Estava com vergonha também, porque o lençol ficou um pouco sujo de sangue. Para uma primeira vez, o volume foi grande.

— Ela não pode estar... — Por um momento, a palavra entalou na garganta dele. Ele teve que tossir como se fosse um pedaço de comida que desceu errado. — Ela não pode estar *menstruando*! Ela tem *onze* anos, caramba!

— E você achou que ela continuaria sendo sua princesinha com asas de fada e botinhas cintilantes para sempre?

— Não, mas... onze anos?

— *Eu* fiquei com onze anos. E essa não é a questão, Frank. A questão é a seguinte. Sua filha estava com cólica, confusa e desanimada. Estava desenhando na porta de casa porque é uma coisa que sempre deixa ela alegre, e aí o pai aparece, todo nervoso, gritando...

— *Eu não estava gritando!* — Foi nessa hora que a lata de cerveja finalmente cedeu. Escorreu espuma pela mão fechada até o chão.

— ... gritando e puxando a blusa dela, a favorita...

Ele ficou perplexo de sentir o ardor de lágrimas. Já tinha chorado várias vezes desde a separação, mas nunca enquanto falava com Elaine. No fundo, ele tinha medo de ela se agarrar a qualquer fraqueza que ele demonstrasse, transformá-la em pé de cabra, abrir seu peito e comer seu coração. Seu sensível coração.

— Eu temi por ela. Você não entende? Flickinger é um bêbado ou drogado, ou as duas coisas, tem um carro grande e matou a gata do juiz Silver. Eu temi por ela. Tinha que agir. *Tinha.*

— Você se comporta como se fosse a única pessoa que teme por uma criança, mas não é. *Eu* temo por ela, e você é a principal coisa que me dá medo.

Ele ficou em silêncio. O que ela tinha acabado de dizer era monstruoso demais para compreender.

— Se você continuar assim, vamos voltar ao tribunal e vamos reavaliar seus fins de semana e seus privilégios de visita.

Privilégios, pensou Frank. *Privilégios!* Ele sentiu vontade de gritar. Era isso que ele recebia por dizer o que sentia.

— Como ela está agora?

— Bem, eu acho. Comeu boa parte do almoço e disse que ia tirar uma soneca.

Frank chegou a cambalear e largou a lata amassada de cerveja no chão. Era *isso* que o estava incomodando, não a questão do que Nana estava fazendo em casa em vez de estar na escola. Ele *sabia* qual era a reação dela quando estava chateada: ela dormia. E ele a tinha chateado.

— Elaine... você não viu nada na televisão?

— O quê? — Ela não entendeu a virada repentina na conversa. — Eu vi dois episódios de *Daily Show* no TiVo…

— As notícias, El, as *notícias*! Está em todos os canais!

— De que você está falando? Você ficou maluc…

— Acorda ela! — gritou Frank. — Se ela ainda não tiver adormecido, faz ela levantar! Agora!

— Isso não faz sentid…

Mas, pra ele, fazia sentido. Queria que não fizesse.

— *Não faça perguntas, acorda ela! Agora!*

Frank desligou e correu para a porta.

5

Jared estava escondido quando Eric, Curt e Kent se aproximaram pelas árvores, vindo da direção da escola, fazendo bastante barulho, rindo e brincando.

— Isso deve ser mentira. — Esse era Kent, pensou ele, e havia menos entusiasmo na voz dele do que mais cedo, quando Jared o tinha ouvido no vestiário.

O boato sobre a Aurora tinha se espalhado. Garotas choravam nos corredores. Alguns caras também. Jared viu um dos professores de matemática, o corpulento de barba que usava camisas justas e cuidava da equipe de debate, dizendo para algumas alunas chorosas do primeiro ano que elas precisavam se controlar e que tudo ia ficar bem. A sra. Leighton, que dava aula de Educação Cívica, se aproximou e enfiou o dedo na camisa dele, bem entre dois dos botões chiques.

— É fácil você falar! — gritou ela. — Você não sabe nada sobre isso! Não está acontecendo com os *homens*!

Era estranho. Era mais do que estranho. Dava a Jared a sensação estática que acompanhava uma grande tempestade, as nuvens roxas horríveis crescendo e piscando com relâmpagos internos. O mundo não parecia estranho nessa hora; o mundo não parecia nem mesmo o mundo, mas outro lugar para o qual tinha sido transportado.

Era um alívio ter outra coisa em que se concentrar. Pelo menos por um tempo. Ele estava em uma missão solo. Poderia se chamar Operação Exposição dos Babacas.

Seu pai tinha dito a ele que terapia de choque (ECT era como chamavam agora) era na verdade um tratamento eficiente para algumas pessoas mentalmente doentes, que podia produzir um efeito paliativo no cérebro. Se Mary perguntasse a Jared o que ele achava que ia conseguir com aquilo, ele diria que era como ECT. Quando a escola toda visse e ouvisse Eric e seus patetas destruindo a moradia da pobre Velha Essie e falando absurdos sobre os peitos dela (Jared tinha certeza de que eles fariam isso), poderiam levar um "choque" e se tornar pessoas melhores. Mais ainda, certas pessoas podiam também levar um "choque" e tomar mais cuidado com quem escolhiam para encontros amorosos.

Enquanto isso, os trolls tinham quase chegado ao Ponto Zero.

— Se for mentira, é a mentira suprema de todos os tempos. Está no Twitter, no Facebook, no Instagram, em toda parte. As mulheres estão indo dormir e aí cresce uma merda igual de lagarta. E foi você quem disse que viu na velha. — Esse era Curt McLeod, sem dúvida, como o babaca ridículo que era.

Eric foi o primeiro a aparecer na tela do celular de Jared, pulando por cima de umas pedras soltas na extremidade da área da Velha Essie.

— Essie? Amor? Querida? Você está aí? Kent quer entrar no seu casulo pra aquecer você.

O local que Jared tinha escolhido para a tocaia era uma área de samambaias a menos de dez metros da cabana. Olhando de fora, parecia densa, mas tinha uma área vazia só de terra no meio. Havia alguns fios de pelo laranja e branco no chão, onde algum animal tinha acampado. Provavelmente, uma raposa. Jared estava com o braço esticado, o iPhone na mão. A câmera estava direcionada por uma abertura nas folhas e tinha como centro a Velha Essie deitada na abertura da cabana. Como Kent tinha dito, havia uma coisa na cara dela; e se eram teias antes, estava sólido agora, uma máscara branca, idêntica às que todo mundo já tinha visto no celular, no noticiário ou em sites.

Essa era a parte que o deixava inquieto: a sem-teto deitada lá indefesa, doente com a tal da Aurora. Se Jared desse a Lila a explicação de ECT, ele se perguntava o que ela diria de ele ficar filmando em vez de impedir que algo acontecesse. Era aí que a estrutura da lógica dele começava a falhar. Sua mãe o tinha ensinado a se defender e defender os outros, principalmente garotas.

Eric se agachou na abertura da cabana ao lado do rosto coberto da Velha Essie. Ele tinha uma vareta na mão.

— Kent?

— O quê? — Kent estava parado alguns passos distante. Estava coçando na região da gola da camisa e parecia ansioso.

Eric tocou com a vareta na máscara de Essie e recuou. Filetes do material esbranquiçado ficaram pendurados no galho.

— *Kent!*

— Eu falei o quê! — A voz do outro garoto estava com um tom mais agudo. Quase um grito.

Eric balançou a cabeça para o amigo, como se estivesse surpreso, surpreso e decepcionado.

— Quanta porra você jogou na cara dela!

A gargalhada enlouquecida de Curt fez Jared se encolher, e a vegetação tremeu um pouco ao redor dele, mas ninguém estava prestando atenção.

— Vai se foder, Eric! — Kent foi até o tronco de manequim de Essie e o chutou na vegetação morta ao redor.

A exibição de irritação não distraiu Eric.

— Mas você tinha que deixar secar? Que coisa baixa deixar seu gozo na cara de uma gata linda assim.

Curt andou até Eric para dar uma olhada. Inclinou a cabeça para um lado e para o outro, lambendo os lábios de um jeito distraído enquanto avaliava Essie, olhando para ela como se estivesse se decidindo entre uma caixa de Junior Mints e um pacote de Sour Patch Kids no balcão de uma loja.

Um tremor desagradável surgiu no estômago de Jared. Se eles fizessem algum mal a ela, ele teria que tentar impedir. Porém, não tinha *como* impedir, porque eles eram três e Jared era só um, e a questão ali não era fazer o certo e nem fazer ECT de redes sociais, nem fazer as pessoas pensarem. A questão ali era Mary e provar para ela que ele era melhor do que Eric. E, considerando as circunstâncias, era verdade? Se ele fosse tão melhor que aqueles caras, não estaria naquela situação. Já teria feito alguma coisa para fazê-los parar.

— Te dou cinquenta pratas pra meter nela — disse Curt. Ele se virou para Kent. — Pra qualquer um dos dois. Dinheiro vivo.

— Nem ligo — disse Kent. No momento de irritação, ele seguiu o tronco de manequim até onde o tinha chutado e agora estava pulando em cima, quebrando a cavidade peitoral produzindo pequenos estalos de plástico se partindo.

— Nem por um milhão. — Eric, ainda agachado perto da abertura da cabana, apontou a vareta para o amigo. — Mas, por cem pratas, eu faço um buraco aqui — ele baixou o pedaço de galho até a orelha direita de Essie — e mijo dentro.

Jared via o peito de Essie subir e descer.

— Sério? Cem? — Estava claro que Curt ficou tentado, mas cem dólares era uma quantidade grande de dinheiro.

— Que nada. Estou só de sacanagem. — Eric piscou para o amigo. — Eu não faria você pagar por isso. Faço de graça. — Ele se inclinou por cima de Essie e cutucou com a ponta do galho para abrir um buraco na teia até a orelha dela.

Jared precisava fazer alguma coisa. Não podia ficar olhando e gravando e deixar que eles fizessem aquilo com ela. *Então por que você não se mexe?*, perguntou a si mesmo enquanto o iPhone, apertado com força na mão úmida, dava um pulo — *ops!* — e caía com um estalo na vegetação.

6

Mesmo com Frank pisando fundo no acelerador, a pequena picape do Controle de Animais não ia a mais de oitenta quilômetros por hora. Não por causa de um dispositivo de controle no motor; a picape só era velha e já tinha até zerado o contador de quilometragem uma vez. Frank já tinha pedido uma nova ao conselho municipal em várias ocasiões, e a resposta sempre foi a mesma: "Vamos avaliar".

Dirigindo curvado por cima do volante, Frank imaginou bater em vários daqueles políticos de cidade pequena até virarem polpa. E o que ele diria quando implorassem para ele parar? "Vou avaliar."

Ele via mulheres em toda parte. Nenhuma estava sozinha. Elas estavam amontoadas em grupos de três ou quatro, conversando, se abraçando, algumas chorando. Nenhuma olhou para Frank Geary, mesmo quando ele não parou em placas de pare e furou sinais vermelhos. É assim que Flickinger deve dirigir quando está doidão, pensou ele. *Cuidado, Geary, senão você vai atropelar o gato de alguém. Ou o filho de alguém.*

Mas Nana. *Nana!*

Seu celular tocou. Ele apertou o botão verde sem olhar. Era Elaine, e ela estava chorando.

— Ela está dormindo e não acorda e tem uma *gosma* na cara dela! Uma gosma branca, parece uma teia!

Ele passou por três mulheres se abraçando em uma esquina. Elas pareciam convidadas de um programa sobre terapia.

— Ela está respirando?

— Está... sim, eu vejo a coisa se mexendo... estufando e murchando... ah, Frank, acho que está na *boca* e na *língua* dela! Vou pegar minha tesourinha de unha e cortar!

Uma imagem surgiu na mente dele, tão brilhante e real que por um momento a rua à frente desapareceu: Comadre Susannah Brightleaf atacando o nariz do marido.

— Não, El, não faça isso.

— Por quê?

Ver *The Daily Show* em vez do noticiário quando o maior acontecimento da história estava em andamento... Podia haver burrice maior? Mas essa era a velha Elaine Nutting, de Clarksburg, West Virginia. Era Elaine até os ossos. Toda cheia de pronunciamentos críticos, mas sem informação.

— Porque isso acorda elas, e quando elas acordam, ficam loucas. Não, não loucas. Raivosas.

— Você não está me dizendo... Nana nunca...

Se ela ainda for Nana, pensou Frank. Compadre Brightleaf não encontrou a mulher doce e dócil com que estava acostumado.

— Elaine... querida... ligue a televisão e veja por si mesma.

— *O que a gente vai fazer?*

Agora você me pergunta, pensou ele. *Agora que você está encurralada, é "Ah, Frank, o que a gente vai fazer?"*. Ele sentiu uma satisfação amarga e consternadora.

Sua rua. Finalmente. Graças a Deus. A casa estava perto. Ficaria tudo bem. Ele *faria* ficar tudo bem.

— Nós vamos levar ela pro hospital — disse ele. — Agora já devem saber o que está acontecendo.

Era melhor que soubessem. Era melhor mesmo. Porque era Nana agora. Era sua garotinha.

7

1

Enquanto Ree Dempster roía a unha até sangrar decidindo se entregava o guarda Don Peters, um voo de Heathrow para o JFK, um 767 a três horas no sudoeste de Londres em velocidade de cruzeiro sobre o Atlântico, mandou uma mensagem por rádio para o controle de tráfego aéreo para relatar um tipo de surto e pedir conselho sobre a melhor forma de agir.

— Temos três passageiras, uma delas uma garota nova, e elas parecem ter desenvolvido uma... não sabemos bem. O médico a bordo diz que pode ser um fungo ou um tipo de crescimento. Elas estão dormindo, ou ao menos parecem estar dormindo, e o médico diz que os sinais vitais estão normais, mas há preocupação de as vias aéreas estarem... ahn, bloqueadas, então acho que ele vai...

A natureza exata da interrupção que ocorreu em seguida não ficou clara. Houve uma agitação, estalos metálicos e gritos, berros.

— Elas não podem entrar aqui! Tirem elas daqui! — Em seguida, o rugido do que parecia um animal. A cacofonia continuou por quase quatro minutos, até o rastreamento por radar do 767 ser interrompido, presumivelmente no momento do impacto com a água.

2

O dr. Clinton Norcross andou pela Broadway a caminho da entrevista com Evie Black, segurando um bloco na mão esquerda e apertando o botão da caneta com a direita. Seu corpo estava no Instituto Penal de Dooling, mas a mente estava vagando pelo escuro na Mountain Rest Road, preocupada com qual era a mentira de Lila. E talvez quem.

A alguns metros, em uma cela da Ala B no andar de cima, Nell Seeger, detenta nº 4609198-1 do Instituto Penal de Dooling por porte com intenção de distribuição de drogas de classe B, se sentou no beliche de cima para desligar a televisão.

A pequena TV, de tela plana e com a grossura de um laptop fechado, estava apoiada no contorno do pé da cama. Estava exibindo notícias. A colega de cela de Nell e amante de tempos em tempos, Celia Frode, nem na metade de cumprir a pena de um a dois anos (porte de drogas de classe D, segunda ocorrência), estava olhando da cadeira em frente à única mesa de aço da cela. Ela disse:

— Graças a Deus. Não aguento mais essa loucura. O que você vai fazer?

Nell se deitou e rolou para o lado, olhando para o quadrado pintado na parede onde as fotos escolares de seus três filhos estavam coladas.

— Não é nada pessoal, querida, mas vou descansar. Estou cansada demais.

— Ah. — Celia entendeu na mesma hora. — Bom. Tudo bem. Sonhe com os anjos, Nell.

— É o que espero — disse Nell. — Eu te amo. Pode ficar com o que quiser meu.

— Eu também te amo, Nell. — Celia colocou a mão no ombro dela. Nell deu um tapinha nela e se encolheu. Celia se sentou à mesinha para esperar.

Quando Nell estava roncando baixinho, Celia se levantou e olhou para ela. Havia fios se enrolando no rosto de sua companheira de cela, estremecendo, caindo e se abrindo em mais fios, ondulando como algas em uma maré leve. Os olhos de Nell estavam se movendo embaixo das pálpebras. Ela estava sonhando com as duas juntas do lado de fora, sentadas em uma toalha de piquenique em algum lugar, talvez na praia? Não, provavelmente não. Nell deveria estar sonhando com os filhos. Ela não era a parceira mais carinhosa que Celia já tinha tido, não era muito de conversar, mas tinha um bom coração, amava os filhos e sempre escrevia para eles.

A vida seria muito solitária sem ela.

Que merda, pensou Celia, e decidiu tirar um cochilo também.

3

Cinquenta quilômetros a leste do Instituto Penal de Dooling e na mesma hora em que Nell estava adormecendo, dois irmãos se sentaram algemados em um banco no Tribunal do Condado de Coughlin. Lowell Griner estava pensando sobre o pai e sobre suicídio, o que podia ser preferível a trinta anos preso. Maynard Griner estava sonhando com um pedaço de churrasco de costela que tinha comido algumas semanas antes, logo antes do flagrante. Nenhum deles tinha ideia do que estava acontecendo no mundo lá fora.

O oficial de justiça designado para vigiá-los estava cansado de esperar.

— Que porra, vou ver se o juiz Wainer planeja trepar ou sair de cima. Não ganho o bastante para ficar de babá de ralé assassina como vocês o dia todo.

4

Quando Celia decidiu se juntar a Nell no sono; quando o oficial de justiça entrou em uma sala de reunião para falar com o juiz Wainer; quando Frank Geary correu pelo gramado da casa onde já tinha morado, com a filha única nos braços e a esposa poucos passos atrás; enquanto essas coisas estavam acontecendo, trinta civis mais ou menos tentaram uma invasão improvisada à Casa Branca.

A vanguarda, três homens e uma mulher, todos jovens, todos desarmados a olho nu, começou a escalar a cerca da Casa Branca.

— Nos deem o antídoto! — berrou um dos homens ao cair no terreno depois da cerca. Ele era magro, tinha um rabo de cavalo e usava um boné dos Cubs.

Mais de dez agentes do serviço secreto, com armas na mão, cercaram rapidamente os invasores, mas, naquele mesmo momento, um grupo bem maior saído da multidão reunida na Pennsylvania Avenue derrubou as barricadas e partiu para a cerca. Policiais da tropa de choque surgiram de trás e os arrancaram da cerca. Dois tiros foram disparados em sucessão rápida, e um dos policiais cambaleou e caiu com o corpo inerte no chão. Depois disso, os tiros viraram um muro de som. Uma lata de gás lacrimogênio explodiu em algum lugar próximo, e uma onda de fumaça cinzenta começou a se espalhar pela calçada, escondendo boa parte das pessoas correndo por ali.

Michaela Morgan, Coates de nascimento, viu a cena em um monitor na parte de trás da van do NewsAmerica estacionada do outro lado da rua, em frente ao CDC, e esfregou as mãos, que tinham adquirido um tremor perceptível. Seus olhos estavam coçando e lacrimejando das três carreiras que ela tinha acabado de cheirar em cima do painel de controle com uma nota de dez dólares.

Uma mulher de vestido azul-marinho apareceu na frente da imagem da Casa Branca. Tinha mais ou menos a idade da mãe de Michaela, o cabelo preto até os ombros cheio de fios brancos, um colar de pérolas no pescoço. Com as mãos esticadas à frente, como se fosse um prato quente, ela segurava um bebê com a cabeça frouxa envolta em branco. A mulher passou direto, nem se virou, e sumiu do outro lado da imagem.

— Acho que preciso de um pouco mais. Você se importa? — perguntou Michaela ao técnico.

Ele disse para ela se divertir o quanto quisesse (talvez uma escolha ruim de palavras, considerando as circunstâncias) e entregou o saquinho para ela.

5

Enquanto a multidão furiosa e apavorada atacava o nº 1600 da Pennsylvania Avenue, Lila Norcross dirigia para Dooling. Seu pensamento estava em Jared, no seu filho, e na garota, Sheila, meia-irmã de seu filho, filha do seu marido. Que nova árvore genealógica interessante eles tinham! Não havia algo de parecido na boca deles, na de Sheila e na de Clint, aquela viradinha nos cantos? Ela também era mentirosa como o pai? *Podia ser.* E a garota estava cansada como Lila estava, ainda sentindo os efeitos de tanto pular e correr na noite anterior? Se estava, bem, era mais uma coisa que elas tinham em comum, algo além de apenas Clint e Jared.

Lila se perguntou se devia simplesmente ir dormir, abdicar da confusão toda. Sem dúvida seria mais fácil. Ela não teria pensado isso alguns dias antes; alguns dias antes, ela teria se visto como forte, decidida e no controle. Quando ela desafiou Clint? Nem uma vez, era o que parecia à luz de sua nova compreensão. Nem mesmo quando descobriu sobre Sheila Norcross, a garota que carregava o sobrenome dele, que também era dela.

Ponderando sobre essas coisas, Lila entrou na Main Street. Mal registrou o carro compacto marrom que virou à esquerda depois de passar por ela e subiu a colina a toda na direção de onde ela tinha vindo.

A motorista do carro, uma mulher de meia-idade, estava levando a mãe para o hospital em Maylock. No banco de trás do automóvel, o pai idoso da mulher de meia-idade — nunca o mais cauteloso dos homens, do tipo que jogava crianças pequenas em piscinas, que apostava em trifetas, que comia compulsivamente salsicha em conserva de potes turvos de lojas de estrada — estava usando a ponta de um raspador de gelo para soltar a teia que cobria o rosto da esposa.

— Ela vai sufocar! — gritou ele.

— O rádio disse para não fazer isso! — gritou a mulher de meia-idade, mas o pai não obedecia a ninguém nunca, e continuou a soltar a substância que cobria o rosto da esposa.

6

E Evie estava quase em todos os lugares. Era uma mosca no 767, descendo até o fundo de um copo alto e molhando as pernas no resíduo de uísque e coca momentos antes de o nariz do avião bater na superfície do oceano. A mariposa que voava em volta da luz fluorescente no teto da cela de prisão de Nell Seeger e Celia Frode também era Evie. Ela estava visitando o Tribunal de Coughlin, atrás da grade do duto de ar no canto da sala de reuniões, onde espiava pelos olhos pretos e brilhantes de um rato. No gramado da Casa Branca, como formiga, ela andava pelo sangue ainda quente de uma adolescente morta. Na floresta onde Jared fugia dos perseguidores, ela era uma minhoca embaixo dos pés dele, furando a terra, cega e com muitos segmentos.

Evie andava por aí.

8

1

Lembranças da época de corrida no nono ano voltaram à mente de Jared enquanto ele corria pelas árvores. O treinador Dreifort tinha dito que Jared era "promissor".

— Tenho planos para você, Norcross, e envolvem ganhar um monte de medalhas brilhantes — disse o treinador Dreifort. No final da temporada, Jared terminou em quinto entre os quinze do grupo nas regionais, nos oito mil metros, impressionante para um novato, mas acabou estragando os planos do treinador D. quando abandonou a corrida para assumir o trabalho no Comitê do Anuário.

Jared sentiu prazer naqueles últimos momentos da corrida, quando encontrou fôlego renovado, recuperou o ritmo e teve uma sensação de êxtase, amando a própria força. O motivo de ter abandonado a corrida foi porque Mary era do Comitê do Anuário. Ela tinha sido eleita presidente de Vendas e Distribuição do Primeiro Ano e precisava de um vice-presidente. A dedicação de Jared à corrida foi sumariamente abandonada.

— Pode me inscrever — ele disse para Mary.

— Tá, mas tem duas coisas — explicou ela. — Número um, se eu morrer, o que pode acontecer porque comi um hot pocket misterioso no refeitório hoje, você tem que assumir como presidente e cumprir meus deveres e garantir que haja um tributo de uma página em minha homenagem no Anuário no terceiro ano. E tem que garantir que a minha foto não seja uma coisa idiota escolhida pela minha mãe.

— Pode deixar — disse Jared, e pensou, *eu te amo mesmo*. Ele sabia que era novo demais. Sabia que ela era nova demais. Mas como podia não amar?

Mary era tão linda e tão competente, mas fazia isso parecer uma coisa completamente natural, sem estresse e sem esforço. — Qual é a segunda coisa?

— A segunda coisa... — Ela segurou a cabeça dele com as duas mãos e a sacudiu para a frente e para trás e para cima e para baixo. — ... é que *eu sou a chefe!*

No que dizia respeito a Jared, isso também não era problema.

Agora, seu tênis bateu em uma pedra achatada alta e solta, e isso, na verdade, *era* um problema, um bem grande, porque ele sentiu um oscilar e uma ardência intensa no joelho direito. Jared ofegou e moveu o pé esquerdo para a frente, concentrando-se na respiração, como ensinavam na corrida, e mantendo os cotovelos em movimento.

Eric gritava atrás dele:

— Nós só queremos falar com você!

— Não seja veadinho! — Esse era Curt.

Quando chegou em uma vala, Jared sentiu o joelho machucado deslizar e pensou ter ouvido um estalo baixo em algum lugar embaixo do trovejar da pulsação e do crepitar de folhas secas sob os calcanhares dos tênis. A Malloy Street, a via que ficava atrás da escola de ensino médio, estava à frente, e um carro amarelo passava na abertura entre as árvores. Sua perna direita dobrou no fundo da vala, e a dor foi inédita, uma dor de mão em um queimador aceso, só que por dentro, e ele segurou um galho com espinhos para subir cambaleando o barranco oposto.

Houve uma agitação no ar atrás dele por um momento, como se uma mão tivesse passado perto da cabeça, e ele ouviu Eric xingando e o tumulto de corpos se emaranhando. Eles perderam o equilíbrio ao escorregar na descida da vala atrás dele. A rua estava seis metros à frente; ele ouvia o ronco de um motor de carro. Ele ia conseguir!

Jared deu um pulo, diminuindo a distância até a rua, sentindo uma explosão daquela velha euforia da corrida. O ar nos pulmões o carregou de repente, jogando-o para a frente e afastando a dor do joelho torcido.

Uma mão no ombro dele o girou e o fez perder o equilíbrio na beira da rua. Ele se segurou em uma bétula para não cair.

— Me dá esse celular, Norcross. — O rosto de Kent estava vermelho, a região cheia de acne da testa roxa. Os olhos estavam úmidos. — Nós só estávamos de brincadeira.

— Não — disse Jared. Ele nem conseguia lembrar que tinha pegado o telefone de volta, mas ali estava, na mão dele. Seu joelho parecia enorme.

— Sim — disse Kent. — Me dá. — Os outros se levantaram e estavam correndo para alcançar os dois, a poucos metros.

— Vocês iam mijar na orelha de uma senhora! — gritou Jared.

— Eu não! — Kent piscou para afastar lágrimas repentinas. — Nem ia conseguir mesmo! Minha bexiga é tímida!

Mas também não ia tentar impedir aqueles dois, Jared poderia ter respondido, mas só sentiu seu braço se dobrar e seu punho voar na direção do queixo com covinha de Kent. O impacto produziu um estalo satisfatório de dentes batendo.

Quando Kent caiu no mato, Jared colocou o celular no bolso e se botou em movimento de novo. Mais três pulos agonizantes e ele estava na linha central amarela, balançando os braços para um carro marrom em alta velocidade com placa da Virginia. Ele não percebeu que a motorista estava virada no banco; e Jared certamente não viu o que estava acontecendo no banco de trás do carro, onde uma senhora idosa aos berros com teias rasgadas penduradas no rosto enfiava repetidamente a ponta de um raspador de gelo no peito e na garganta do marido, que tinha cortado a teia da cara dela. No entanto, reparou no avanço errático do carro, balançando da direita para a esquerda, da direita para a esquerda, quase descontrolado.

Jared tentou se afastar, desejando ser pequeno, e estava se parabenizando pela técnica de evasão quando o carro bateu nele e o jogou longe.

2

— Ei! Tira as mãos da minha Guarita! — Ree chamou a atenção da guarda Lampley batendo na janelinha da frente da Guarita, uma proibição séria.

— O que você quer, Ree?

— A diretora, guarda — disse Ree, pronunciando cada palavra elaboradamente, mesmo que Vanessa Lampley as pudesse ouvir perfeitamente bem pelas aberturas situadas embaixo dos painéis de vidro à prova de balas. — Eu preciso falar com a diretora sobre uma coisa errada. Ela e mais ninguém. Desculpa, guarda. É o único jeito. É como tem que ser.

Van Lampley se esforçou para cultivar sua reputação como guarda firme e justa. Durante dezessete anos, ela tinha patrulhado as celas do Instituto Penal de Dooling, e foi esfaqueada uma vez, levou socos várias vezes, chutes mais vezes ainda, foi enforcada, jogaram merda mole nela e foi convidada a ir se foder de uma variedade de formas com uma variedade de objetos, muitos deles absurdamente grandes ou perigosamente afiados. Se Van às vezes usava essas lembranças durante as competições de queda de braço? Realmente, mas com pouca frequência, em geral só durante rodadas importantes da liga. (Vanessa Lampley competia na Liga de Queda de Braço de Ohio Valley, Divisão Feminina A.) A lembrança da vez em que aquela viciada em crack perturbada largou um pedaço de tijolo do segundo andar da Ala B na cabeça de Vanessa (o que resultou em uma contusão e uma concussão cerebral) ajudou a levá-la "além dos limites" nas duas vitórias de campeonato. A raiva era um excelente combustível se a refinava corretamente.

Apesar dessas experiências lamentáveis, ela estava sempre consciente da responsabilidade que acompanhava sua autoridade. Ela entendia que ninguém queria estar na prisão. Porém, algumas pessoas precisavam. Era desagradável, tanto para essas pessoas quanto para ela. Se uma atitude respeitável não fosse mantida, seria ainda mais desagradável, para essas pessoas e para ela.

E apesar de Ree ser legal, a pobre garota tinha uma cicatriz enorme na testa que dizia que ela não havia tido uma passagem tranquila pela vida, era desrespeitoso fazer pedidos absurdos. A diretora não estava disponível para reuniões individuais sem marcação, principalmente com uma emergência médica acontecendo.

Van tinha várias preocupações com o que lera na internet sobre a Aurora no último intervalo, e com a diretiva vinda de cima de que todo mundo tinha que ficar para um segundo turno. Agora, McDavid, parecendo no monitor estar não em uma cela, mas em um sarcófago, tinha sido colocada em quarentena. Seu marido, Tommy, quando Van ligou para casa, insistiu que ficaria bem sozinho pelo tempo que ela precisasse ficar fora, mas ela não acreditou nem por um segundo. Tommy, incapacitado por causa da bacia, não conseguia fazer nem um queijo quente sozinho; ele ficaria comendo picles direto do pote até ela chegar. Se Van não podia perder a cabeça por nada disso, Ree Dempster também não, e nenhuma outra detenta.

— Não, Ree, você precisa baixar a bola. Pode contar para mim, ou não vai contar para ninguém. Se for importante o bastante, eu levo para a diretora. E por que você foi tocar na minha Guarita? Droga. Você sabe que não pode fazer isso. Eu devia botar isso na lista de mau comportamento.

— Guarda... — Ree, do outro lado da janela, juntou as mãos em súplica. — Por favor. Eu não estou mentindo. Uma coisa errada aconteceu, e é ruim demais para deixar de lado, e você é mulher, então tem que entender. — Ree entrelaçou as mãos unidas no ar. — *Você é mulher*. Tá?

Van Lampley observou a detenta, que estava na área elevada de concreto na frente da Guarita rezando para ela como se tivessem alguma coisa em comum além dos cromossomos XX.

— Ree, você está passando da linha aqui. Eu não estou brincando.

— E eu não estou mentindo pra ganhar nada! Por favor, acredite. É sobre Peters e é sério. A diretora precisa saber.

Peters.

Van massageou seu bíceps direito enorme, como era seu hábito quando um assunto exigia consideração. O bíceps tinha uma tatuagem de lápide dedicada ao SEU ORGULHO. Debaixo das palavras na pedra havia a imagem de um braço flexionado. Era um símbolo de todos os oponentes que ela venceu: dedos na mesa, obrigado por competir. Muitos homens não queriam fazer queda de braço com ela. Não queriam correr o risco do constrangimento. Eles davam desculpas, inventavam tendinite de ombro, cotovelo ruim etc. "Mentindo pra ganhar nada" era um jeito estranho de dizer, mas adequado. Don Peters era do tipo que mentia para ganhar.

— Se eu não tivesse detonado o braço sendo arremessador de beisebol no ensino médio, espero que você saiba que eu acabaria com você rapidinho, Lampley — explicou o babaquinha certa vez quando um grupo deles estava tomando cerveja no Squeaky Wheel.

— Eu não duvido, Donnie — respondeu ela.

O grande segredo de Ree devia ser besteira. Mas... Don Peters. Havia um monte de reclamação dele, do tipo que talvez tivesse que ser mulher para entender de verdade.

Van pegou a xícara de café que tinha esquecido que estava tomando. Estava fria. Tudo bem, ela achava que podia levar Ree Dempster para ver a diretora. Não porque Vanessa Lampley estava ficando de coração mole, mas porque precisava de mais café. Afinal, a partir de agora seu turno não tinha fim certo.

— Tudo bem, detenta. Desta vez. Acho que estou cometendo um erro ao fazer isso, mas vou fazer. Só espero que você tenha pensado bem nisso.

— Eu pensei, guarda. Pensei muito mesmo.

Lampley chamou Tig Murphy para ficar no lugar dela na Guarita. Disse que precisava de dez minutinhos.

3

Do lado de fora da cela acolchoada, Peters estava encostado na parede olhando o celular. Sua boca estava curvada em uma careta perplexa.

— Odeio incomodar você, Don — Clint apontou a porta da cela com o queixo —, mas preciso falar com essa aí.

— Ah, não é incômodo, doutor. — Peters desligou o celular e incorporou o sorriso de *amigão* que os dois sabiam que era tão real quanto os abajures Tiffany vendidos no mercado de pulgas bissemanal em Maylock.

Duas outras coisas que os dois sabiam ser verdade: 1) era violação de política qualquer guarda mexer no celular enquanto estava de serviço no meio do dia; e 2) Clint estava tentando fazer Peters ser transferido ou despedido havia meses. Quatro detentas diferentes reclamaram de abuso sexual para o doutor, mas só na sala dele, sob a proteção da confidencialidade. Nenhuma estava disposta a registrar a reclamação. Elas tinham medo de vingança. A maioria daquelas mulheres tinha recebido muita vingança, parte dentro do instituto e mais ainda lá fora.

— Então McDavid pegou essa coisa, é? Essa do noticiário? Algum motivo para eu precisar ficar pessoalmente preocupado? Tudo que estou vendo diz que só afeta mulheres, mas você é o médico.

Como tinha previsto para Coates, as cinco ou seis tentativas de falar com o CDC falharam, só dava sinal de ocupado.

— Não sei de mais detalhes do que você, Don, mas, sim, até o momento, até onde eu sei, não há indicação de que homens contraiam o vírus, ou o que quer que seja. Eu preciso falar com a detenta.

— Certo, certo — disse Peters.

O guarda abriu a tranca de cima e de baixo e apertou o botão do microfone.

— Guarda Peters deixando o doutor entrar na A-10, desligo. — Ele abriu a porta da cela.

Antes de sair do caminho de Clint, Peters apontou para a detenta sentada no colchão de espuma encostado na parede dos fundos.

— Vou estar bem aqui, então não seria inteligente tentar nada contra o doutor, certo? Está claro? Não quero usar força em você, mas vou usar, se precisar. Está claro?

Evie nem olhou para ele. Sua atenção estava voltada para o cabelo; ela estava passando os dedos nele, tirando os nós.

— Eu entendo. Obrigada por ser tão cavalheiro. Sua mãe deve ter orgulho de você, guarda Peters.

Peters ficou parado na porta, tentando decidir se ela estava de sacanagem. Claro que sua mãe sentia orgulho dele. O filho servia no fronte da guerra contra o crime.

Clint bateu no ombro dele antes de o guarda chegar a uma conclusão.

— Obrigado, Don. Eu assumo a partir daqui.

4

— Sra. Black? Evie? Sou o dr. Norcross, o psiquiatra desta instituição. Você se sente calma o bastante para conversar? É importante que eu entenda como você está, como se sente, se entende o que está acontecendo, o que se passa, se tem perguntas ou preocupações.

— Claro. Vamos conversar. Pode mandar o assunto.

— Como você está se sentindo?

— Estou me sentindo bem. Mas não gosto do cheiro deste lugar. Tem certo aroma químico. Sou uma pessoa de ar fresco. Uma garota da natureza, acho que poderíamos dizer. Gosto de brisa. Gosto do sol. De terra debaixo dos pés. Pode soltar os violinos.

— Eu entendo. A prisão dá uma sensação de sufocamento. Você entende que está na prisão, certo? Aqui é o Instituto Penal de Dooling. Você não foi acusada de nenhum crime e também não foi condenada, só está aqui para sua própria segurança. Está entendendo?

— Estou. — Ela baixou o queixo até o peito e baixou a voz a um sussurro. — Mas aquele cara, o guarda Peters. Você sabe sobre ele, não sabe?

— Saber sobre ele?

— Ele pega coisas que não pertencem a ele.

— O que faz você dizer isso? Que tipo de coisas?

— Só estou puxando assunto. Achei que você queria fazer isso, dr. Norcross. Ei, não quero dizer como deve fazer seu trabalho, mas você não devia se sentar atrás de mim, onde eu não possa te ver?

— Não. Isso é psicanálise. Vamos voltar à...

— *A grande questão que nunca foi respondida e que ainda não consegui responder, apesar de meus trinta anos de pesquisa sobre a alma feminina, é "O que uma mulher quer?".*

— Freud, sim. Ele foi pioneiro da psicanálise. Você leu sobre ele?

— Acho que a maioria das mulheres, se você perguntasse e se elas fossem verdadeiramente sinceras, o que elas diriam é que querem dormir. E possivelmente brincos que combinam com tudo, o que é impossível, claro. Mas tem uma liquidação grande hoje, doutor. Uma liquidação de queima. Na verdade, eu sei de um trailer, está meio maltratado. Tem um buraco na parede, vai ter que ser consertado, mas aposto que você pode ficar com ele de graça. Isso que é bom negócio.

— Você está ouvindo vozes, Evie?

— Não exatamente. Está mais para... sinais.

— Como é o som dos sinais?

— Um zumbido.

— De uma melodia?

— De mariposas. Tem que ter audição especial para ouvir.

— E eu não tenho a audição necessária para ouvir as mariposas zumbindo?

— Não, infelizmente não tem.

— Você se lembra de quando se machucou na viatura policial? Você bateu o rosto na grade de segurança. Por que fez isso?

— Sim, eu lembro. Eu fiz porque queria ir para a prisão. Para esta prisão.

— Que interessante. Por quê?

— Para ver você.

— Que lisonjeiro.

— Mas não leva a nada, sabe. A lisonja.

— A xerife disse que você sabia o nome dela. Isso foi porque você já foi presa? Tente lembrar. Porque ajudaria muito se pudéssemos descobrir mais um pouco sobre seu passado. Se houver registro de prisão, isso pode nos levar a um parente, a um amigo. Você precisa de algum defensor, não acha, Evie?

— A xerife é sua esposa.

— Como você sabia disso?

— Você deu um beijo de tchau nela?

— Como é?

A mulher que dizia se chamar Eve Black se inclinou para a frente, olhando para ele com sinceridade.

— Beijo: um ósculo que usa, e é difícil de acreditar, eu sei, cento e quarenta e sete músculos diferentes. Tchau: uma palavra de despedida. Precisa de mais elucidação?

Clint estava abalado. Ela era realmente perturbada, ficava coerente e perdia a coerência, como se o cérebro estivesse no equivalente neurológico de uma cadeira de oftalmologista, vendo o mundo por uma série de lentes variadas.

— Não preciso de elucidação. Se eu responder sua pergunta, você me conta uma coisa?

— Combinado.

— Sim. Eu dei um beijo de despedida nela.

— Ah, que fofo. Você está ficando velho, sabe, não é mais O Homem, eu entendo. Deve ter dúvidas de tempos em tempos. "Ainda sou o tal? Ainda sou um símio poderoso?" Mas você não perdeu o desejo por sua esposa. Que lindo. E tem comprimidos. "Pergunte ao seu médico se é o certo para você." Eu me solidarizo. De verdade. Consigo entender! Se você acha que envelhecer é difícil para os homens, vou logo avisando, não é moleza para as mulheres. Quando os peitos caem, você fica invisível para cinquenta por cento da população.

— Minha vez. Como você conhece minha esposa? Como me conhece?

— Essas são as perguntas erradas. Mas vou responder a certa para você. "Onde Lila estava ontem à noite?" Essa é a pergunta certa. E a resposta é:

não na Mountain Rest Road. Não em Dooling. Ela descobriu sobre você, Clint. E agora está ficando com sono. Pronto.

— Descobriu o quê? Não tenho nada a esconder.

— Acho que você acredita nisso, o que só prova como escondeu bem. Pergunte a Lila.

Clint se levantou. A cela estava quente, e ele estava molhado de suor. Aquela conversa não tinha sido nem um pouco parecida com nenhuma outra conversa de apresentação com uma detenta de toda a sua carreira. Ela era esquizofrênica, só podia ser, e alguns eram muito bons em captar dicas e pistas, mas era irritantemente rápida de um jeito diferente de todos os esquizofrênicos que ele já tinha conhecido.

E como ela podia saber sobre Mountain Rest Road?

— *Você* não estava na Mountain Rest Road ontem à noite, estava, Evie?

— Pode ser. — Ela piscou para ele. — *Pode ser.*

Pode ser. Uma sensação de náusea se espalhou pelo estômago de Clint.

— Obrigado, Evie. Vamos conversar novamente em breve, tenho certeza.

— Claro que vamos, e espero com ansiedade. — Durante a conversa, o foco dela nele foi permanente (mais uma vez, totalmente diferente de todos os esquizofrênicos não medicados que ele já tinha encontrado), mas ela tinha voltado a puxar o cabelo de forma desajeitada. Evie esticou a mecha e grunhiu quando um nó se soltou com um som audível. — Ah, dr. Norcross...

— Sim?

— Seu filho está ferido. Sinto muito.

9

1

Cochilando na sombra da figueira, com a cabeça apoiada na jaqueta amarela enrolada, o cachimbo soltando um pouco de fumaça apoiado no peito da camisa surrada, Willy Burke, um participante do Adopt-a-Highway, era uma figura. Conhecido pela pesca e caça ilegal em terras públicas, assim como pela potência da bebida destilada que fabricava em pequenas quantidades, famoso por nunca ter sido pego por pesca ou caça ilegal e nem por fumar maconha, Willy Burke era a perfeita evocação humana do lema do estado, uma frase rebuscada em latim que se traduzia por *montanheses são sempre livres*. Ele tinha setenta e cinco anos. A barba grisalha estava volumosa em volta do pescoço, e um chapéu velho com algumas iscas presas no feltro estava no chão ao lado dele. Se mais alguém quisesse tentar pegá-lo por seus vários delitos, tudo bem, mas Lila deixava passar. Willy era um bom homem que fazia muitos serviços pela cidade de graça. Ele teve uma irmã que morreu de Alzheimer, e antes de falecer, Willy cuidou dela. Lila os via nos jantares do corpo de bombeiros; mesmo quando a irmã de Willy ficava olhando ao longe com o olhar vidrado, ele continuava conversando, falando disso e daquilo enquanto cortava o frango para ela e lhe dava os pedacinhos.

Agora, Lila estava parada acima dele e viu seus olhos se moverem embaixo das pálpebras. Era bom ver que pelo menos uma pessoa não estava deixando uma crise mundial incomodar sua tarde. Ela só queria poder se deitar ao lado de uma árvore vizinha e tirar uma soneca também.

Em vez de fazer isso, ela cutucou uma das botas com sola de borracha.

— Sr. Soninho. Sua esposa registrou seu desaparecimento. Diz que você está sumido há décadas.

Os lábios de Willy se abriram. Ele piscou algumas vezes, pegou o cachimbo no peito e se levantou.

— Xerife.

— Com que você estava sonhando? Incêndio florestal?

— Eu durmo com o cachimbo no peito desde que era menino. É perfeitamente seguro para quem tem a habilidade. Eu estava sonhando com uma picape nova, para sua informação. — A picape de Willy, um dinossauro enferrujado da era do Vietnã, estava estacionada na beirada da área de cascalho na frente do trailer de Truman Mayweather. Lila parou a viatura ao lado.

— Qual é a história aqui? — Ela apontou a floresta ao redor, o trailer cercado de fita amarela. — O fogo está apagado? Só ficou você?

— Nós apagamos o fogo do barracão de metanfetamina que explodiu. Também molhamos os destroços. Eram muitos. Não está muito seco aqui, essa foi a sorte. Mas vai demorar para o cheiro sumir. Todo mundo pulou fora. Pensei que era melhor esperar, preservar a cena e tal. — Willy grunhiu ao ficar de pé. — Eu quero saber por que tem um buraco do tamanho de uma bola de boliche na lateral daquele trailer.

— Não — disse Lila. — Vai ter pesadelos. Pode ir, Willy. Obrigada por não deixar o fogo se espalhar.

Lila andou pelo cascalho até o trailer. O sangue em volta do buraco na lateral tinha secado e escurecido em um tom marrom. Por baixo do cheiro de queimado e de ozônio da explosão, havia o odor de tecido vivo deixado queimando no sol. Antes de passar por baixo da fita da polícia, Lila abriu um lenço e encostou no nariz e na boca.

— Tudo bem — disse Willy. — Já vou. Deve passar das três. Vou comer alguma coisa. Ah, mais uma coisa. Pode ter alguma reação química acontecendo lá, atrás do que sobrou do barracão. Só consegui perceber isso. — Willy pareceu não estar com pressa para ir embora, apesar da intenção manifestada de fazer isso; ele estava preparando o cachimbo, selecionando tabaco no bolso da camisa.

— Como assim?

— Olhe nas árvores. No chão. Lencinhos de fada, é o que parece, mas é muito grudento. Denso. Grosso. Lencinho de fada não é assim.

— Não — disse Lila. Ela não tinha ideia do que ele estava falando. — Claro que não. Escuta, Willy, temos uma pessoa presa pelos assassinatos…

— É, eu ouvi no meu rádio. É difícil acreditar que uma mulher pudesse matar aqueles homens e destruir o trailer, mas as mulheres estão ficando mais fortes, é o que eu acho. Cada vez mais fortes. Veja aquela Ronda Rousey, por exemplo.

Lila também não fazia ideia de quem era Ronda Rousey. A única mulher fisicamente forte que ela conhecia era Vanessa Lampley, que suplementava a renda do trabalho na prisão com competições de queda de braço.

— Você conhece essa região...

— Bom, não como a palma da minha mão, mas conheço direitinho — concordou ele, colocando o tabaco no cachimbo com o polegar amarelado de nicotina.

— Aquela mulher teve que chegar aqui de alguma forma, e duvido que tenha vindo andando. Você consegue pensar em algum lugar onde ela possa ter parado um carro? Algum lugar fora da estrada?

Willy levou um fósforo ao cachimbo e refletiu.

— Ah, quer saber? Os cabos de força da Appalachian Power Company passam a uns oitocentos metros dali. — Ele apontou para a colina na direção do barracão de metanfetamina. — Seguem até o condado de Bridger. Alguém com um veículo de tração nas quatro rodas poderia entrar naquela parte de Pennyworth Lane, se bem que eu não tentaria usar nenhum carro pelo qual eu mesmo tivesse pagado. — Ele olhou para o sol. — Está na hora de ir. Se eu correr para o corpo de bombeiros, chego a tempo de ver *Dr. Phil*.

2

Não havia nada para ser visto no trailer que Terry Coombs e Roger Elway já não tivessem fotografado, e nada que pudesse ajudar a localizar Evie na cena. Nem bolsa, nem carteira.

Lila andou pelo ambiente destruído até ouvir o som da picape de Willy voltando para a rodovia principal. Ela atravessou o cascalho na frente do trailer, passou embaixo da fita amarela e andou até o barracão.

Oitocentos metros depois, disse Willy, e apesar de o mato ser denso demais para Lila ver as torres de energia de onde estava (e ela desejava uma máscara; o fedor de produtos químicos ainda estava forte), conseguia ouvir o zumbido permanente que faziam enquanto carregavam energia de alta voltagem para as casas e empresas daquele cantinho dos Três Condados. As pessoas que moravam perto das torres alegavam que elas causavam câncer, e, pelo que Lila tinha lido nos jornais, havia algumas provas convincentes. E o lixo das minas a céu aberto e das lagoas de exploração que poluía as águas subterrâneas? Talvez esse fosse o culpado. Ou era uma espécie de caçarola de veneno, com vários temperos feitos pelo homem se combinando para gerar várias doenças, cânceres, problemas pulmonares e dores de cabeça crônicas?

E agora, uma nova doença, pensou ela. O que gerou essa? Não o efluente de carvão, se estava acontecendo no mundo todo.

Ela saiu andando na direção do zumbido e não tinha dado nem seis passos quando viu o primeiro lencinho de fada e entendeu o que Willy estava querendo dizer. Apareciam de manhã, em geral, teias de aranha pontilhadas de orvalho. Ela se apoiou em um joelho, esticou a mão para a brancura fina, mas pensou melhor. Pegou um galho e cutucou com ele. Filetes finos se grudaram na ponta do galho e pareceram evaporar ou derreter na madeira. O que era impossível, claro. Um truque dos olhos cansados dela. Não podia haver outra explicação.

Ela pensou nos casulos que estavam crescendo nas mulheres que adormeciam e se perguntou se podia ser a mesma coisa. Uma coisa estava óbvia, até para uma mulher cansada como ela estava: parecia uma pegada.

— Ao menos, para mim — disse ela em voz alta. Ela pegou o celular no cinto e tirou uma foto.

Tinha outra depois da primeira, e outra e outra. Não havia dúvida agora. Era um rastro, e a pessoa que o deixou tinha andado na direção do barracão e do trailer. Também havia teias brancas presas em troncos de árvores, cada uma formando o contorno vago de uma mão, como se alguém tivesse tocado ali ao passar ou tivesse se encostado para descansar ou ouvir. O que exatamente era aquela merda? Se Evie Black havia deixado um rastro de teias e marcas de mão na floresta, por que não havia sinal da substância na viatura de Lila?

Lila seguiu o rastro por uma subida, depois pelo tipo de descida estreita que sujeitos do interior como Willy Burke chamavam de vala, depois subiu de novo. Ali, as árvores eram mais densas, pinheiros baixos lutando por espaço e luz do sol. A coisa que parecia uma teia estava pendurada em alguns arbustos. Ela tirou mais algumas fotos com o celular e seguiu na direção das torres de força e do sol forte à frente. Passou por baixo de um galho, entrou na clareira e ficou olhando. Por um momento, todo o cansaço foi substituído por perplexidade.

Eu não estou vendo isso, pensou ela. *Eu adormeci, talvez na viatura, talvez no trailer do falecido Truman Mayweather, e estou sonhando. Deve ser, porque não existe nada assim nos Três Condados e nem a leste das Montanhas Rochosas. Não existe nada assim em lugar nenhum, na verdade, não na Terra, não nesta época.*

Lila ficou paralisada na beirada da clareira, o pescoço inclinado, olhando para cima. Bandos de mariposas voavam em torno dela, de tom marrom, parecendo ficar de um dourado iridescente no sol do fim da tarde.

Ela tinha lido em algum lugar que a árvore mais alta do planeta, uma sequoia, tinha um pouco menos de cento e vinte metros de altura. A árvore no centro da clareira parecia mais alta do que isso, e não era uma sequoia. Não se parecia com nenhuma árvore que ela tivesse visto. O mais próximo que podia chegar de uma comparação eram as figueiras de bengala que ela e Clint viram em Porto Rico na lua de mel. Aquela... coisa... subia de um pódio retorcido de raízes, a maior parecendo ter entre seis e nove metros de grossura. O tronco era composto de dezenas de fustes entrelaçados, subindo até galhos enormes com folhas que pareciam de samambaia. Devia ser uma ilusão causada pela forma como o sol a oeste entrava pelas aberturas nas partes retorcidas do tronco, mas...

Mas a coisa toda era uma ilusão, não era? Árvores não cresciam a uma altura de cento e cinquenta metros, e mesmo se aquela tivesse crescido, supondo que fosse real, ela a teria visto do trailer de Mayweather. Terry e Roger teriam visto. Willy Burke teria visto.

Da nuvem de folhas acima, um bando de pássaros explodiu no céu. Eram verdes, e primeiro Lila pensou que fossem papagaios, só que eram pequenos demais. Eles voaram para o oeste, formando um V (como patos, caramba) e sumiram.

Ela pegou o microfone preso no ombro, apertou o botão e tentou chamar Linny, no atendimento. Não obteve resposta, só um ruído regular de estática, e ela não ficou surpresa. Nem quando uma cobra vermelha, mais grossa do que um dos bíceps malhados de Van Lampley e com pelo menos três metros de comprimento, deslizou de uma abertura vertical no tronco cinzento da árvore incrível. A abertura era grande como uma porta.

A cobra ergueu a cabeça achatada na direção dela. Olhos pretos a observaram com interesse frio. A língua testou o ar e recuou. A cobra deslizou rapidamente para uma fenda no tronco e se enrolou em um galho em uma série de voltas. A cabeça ficou pendurada. Os olhos impenetráveis ainda observavam Lila, agora olhando para ela de cabeça para baixo.

Houve um rosnado baixo e ondulante vindo de trás da árvore, e um tigre branco saiu das sombras, os olhos brilhantes e verdes. Um pavão surgiu, balançando a cabeça, abanando a cauda gloriosa, fazendo um ruído que parecia uma única pergunta hilária se repetindo sem parar. *Heehh? Heehh? Heehh? Heehh?* Mariposas voavam em volta dele. A família de Lila tinha um Novo Testamento ilustrado, e aqueles insetos rodopiantes a fizeram pensar no diadema que Jesus sempre parecia ter, mesmo quando bebê deitado na manjedoura.

A cobra vermelha desceu do galho, caiu os últimos três metros e parou entre o pavão e o tigre. Os três vieram na direção de Lila na beirada da clareira, o tigre andando, a cobra deslizando e o pavão saltitando e cacarejando.

Lila teve uma sensação profunda de alívio: sim. Sim. Era um sonho, definitivamente. Tinha que ser. Não só aquele momento e não só a Aurora, mas o resto, tudo desde a noite de segunda, porque apesar de não ter aparecido como NOTÍCIA URGENTE na Fox, nem na CNN e nem no NewsAmerica, foi quando o mundo, o dela, começou a se desintegrar, na reunião de primavera do Comitê Curricular dos Três Condados, no auditório da Coughlin High School.

Ela fechou os olhos.

3

Entrar para o Comitê Curricular foi coisa de Clint (o que era irônico; no final, o tiro acabou saindo pela culatra). Isso foi em 2007. Saiu um artigo no *Herald* dos Três Condados falando sobre o pai de um aluno do ensino fundamental de Coughlin que estava determinado a banir *Are You There God? It's Me, Margaret* da biblioteca da escola. O pai era citado por ter dito que era "um maldito trato ateísta". Lila não conseguia acreditar. Adorava o livro de Judy Blume quando tinha treze anos e se identificava intensamente com o retrato apresentado de como era ser uma garota adolescente, como a idade adulta surgia de repente na sua frente como uma cidade nova e apavorante e exigia que você passasse pelo portão de entrada independentemente de você querer ou não.

— Eu amei esse livro! — disse Lila, entregando o jornal para Clint.

Ela o despertou da fantasia de sempre, sentado à bancada olhando pelas portas de vidro para o pátio, esfregando de leve os dedos da mão esquerda sobre os nós dos da direita. Clint olhou para o artigo.

— Desculpa, querida, é uma pena, mas o livro vai pra fogueira. Ordem direta do General Jesus. — Ele devolveu o jornal para ela.

— Não é piada, Clint. O motivo para esse cara querer censurar o livro é exatamente o motivo pelo qual as garotas precisam ler.

— Eu concordo. E sei que não é piada. Por que você não faz alguma coisa?

Lila o amava por isso, por desafiá-la.

— Tudo bem. Vou mesmo.

O jornal mencionava um grupo de pais e cidadãos preocupados formado às pressas que se chamava Comitê Curricular. Lila se inscreveu. E, para ter apoio à sua causa, ela fez o que um bom policial sabia fazer: procurou ajuda na sua comunidade. Lila convocou todos os cidadãos que conhecia que pensavam de forma semelhante a ela para irem apoiar o livro. Tinha uma posição bem vantajosa para conseguir reunir um grupo assim. Anos resolvendo reclamações de barulho, acalmando brigas sobre propriedades, deixando pessoas que ultrapassavam o limite de velocidade passarem sem advertência e geralmente se mostrando uma representante da lei consciente e razoável criaram muita boa vontade.

— Quem são essas malditas mulheres? — questionou o pai que começou tudo no início da reunião seguinte do Comitê Curricular, porque, de modo geral, elas eram mulheres, e eram em número bem maior do que ele. *Margaret* foi salva. Judy Blume mandou um bilhete de agradecimento.

Lila ficou no Comitê Curricular, mas nunca houve outra controvérsia do tamanho daquela sobre *Margaret*. Os integrantes liam novos livros que eram acrescentados ao programa e às bibliotecas das escolas de ensino médio e fundamental nos Três Condados e ouviam aulas de professores de inglês e de bibliotecários. Era mais um clube do livro do que uma reunião política. Lila gostava. E, como a maioria dos clubes do livro, embora um homem ou dois aparecesse de vez em quando, continuou sendo primariamente um evento XX.

Houve uma reunião na noite da segunda-feira anterior. Depois, quando estava indo para o carro no estacionamento da escola de ensino médio, Lila foi acompanhada por uma mulher idosa chamada Dorothy Harper, uma integrante de um evento chamado Clube do Livro da Primeira Quinta-feira e uma das cidadãs que Lila tinha convocado originalmente para defender *Margaret*.

— Você deve estar tão orgulhosa da sua sobrinha Sheila! — comentou Dorothy, apoiada em uma bengala, carregando no ombro uma bolsa florida grande o bastante para caber um bebê. — As pessoas estão dizendo que ela pode até ir para uma faculdade de primeira divisão com bolsa de basquete. Não é maravilhoso para ela? — E Dorothy acrescentou: — Claro que entendo que você não queira se animar demais agora. Sei que ela está no primeiro ano. Mas poucas garotas chegam às manchetes aos quinze anos.

Estava na ponta da língua de Lila dizer que Dotty tinha cometido um erro: Clint não tinha irmão e ela não tinha sobrinha. Porém, Dorothy Harper estava na idade em que os nomes se misturavam. Ela desejou um bom dia à velha senhora e foi para casa.

No entanto, Lila era policial e era paga para ser curiosa. Durante um momento sem trabalho na mesa da delegacia na manhã seguinte, ela pensou no comentário de Dorothy e digitou *Sheila Norcross* no Firefox. Um artigo esportivo com a manchete FENÔMENO DE COUGHLIN LEVA TIGERS À FINAL foi o primeiro resultado, sendo Sheila Norcross, de quinze anos, o tal fenômeno. Assim, Dorothy Harper estava certa sobre o nome, afinal. Quem sabe não havia outros Norcross nos Três Condados? Ela não sabia. No final do artigo havia menção à mãe orgulhosa de Sheila, que tinha sobrenome diferente, Parks. Shannon Parks.

Isso fez uma luz acender na memória de Lila. Dois anos antes, quando Jared começou a correr, Clint mencionou aquele nome rapidamente. Ele disse que Shannon Parks foi quem o convenceu a se aventurar na corrida, na mesma idade. Considerando o contexto, Lila achou que Shannon Parks fosse um homem com o peso de um nome bem ruim. Ela se lembrou daquilo porque o marido raramente falava sobre a infância e a adolescência, e as raras ocasiões em que tinha falado marcaram Lila.

Ele havia crescido em um lar adotivo. Lila não sabia muitos detalhes... E, ei, quem ela queria enganar? Ela não sabia *nenhum* detalhe. O que sabia era que tinha sido difícil. Dava para sentir a temperatura de Clint subir quando o assunto surgia. Se Lila tocasse no assunto de um caso que envolvia uma criança ser tirada da custódia dos pais e colocada em uma instituição, Clint ficava em silêncio. Ele alegava que não ficava incomodado. "Só contemplativo." Lila, intensamente ciente da necessidade de não ser uma policial no casamento, deixava pra lá.

Não que tivesse sido fácil, nem que ela não tivesse se sentido tentada. Seus recursos como policial teriam dado acesso a todos os tipos de registros de tribunal, mas ela resistiu. Se amava uma pessoa, não tinha que respeitar seus momentos de silêncio? Que houvesse momentos que não quisessem revisitar? Além disso, ela acreditava que Clint contaria um dia, toda a história.

Mas.

Sheila Norcross.

No momento que ele não queria revisitar e que Lila simplesmente assumiu que ele um dia compartilharia com ela havia uma mulher, não um homem, mas uma mulher chamada Shannon, e uma foto de uma garota adolescente cujo sorriso, esperto e curvado no canto direito, lembrava não só uma pessoa que Lila conhecia, mas duas: seu marido e seu filho.

4

O resto foi uma simples investigação em duas partes.

Na primeira, Lila violou a lei pela primeira vez não só na carreira, mas na vida. Ela fez contato com o diretor da Coughlin High School e, sem mandato, pediu uma cópia dos registros de Sheila Norcross. O diretor da Coughlin era grato pela ajuda dela para encerrar a confusão sobre *Margaret*, e Lila garantiu a ele que não era nada sobre Sheila Norcross e tinha a ver com um grupo de roubo de identidade. O diretor enviou os registros por fax sem hesitar. Confiava tanto em Lila que ficou feliz em violar a lei também.

De acordo com os registros, Sheila Norcross era inteligente, boa em inglês e ainda melhor em matemática e ciências. Tinha uma média de 3,8 e os professores a descreviam como um pouco arrogante, mas cativante, uma líder natural. Shannon Parks, sua mãe, estava listada como única guardiã. Clinton Norcross estava listado como pai. Ela nasceu em 2002, pouco mais de um ano depois de Jared.

Até o jogo da AAU na noite de quarta, Lila tinha dito para si mesma que ainda não tinha certeza. Não fazia sentido, claro, a verdade estava ali, nos papéis de matrícula, tão evidente quanto o nariz Norcross na cara da menina, mas ela tinha que sobreviver à rotina de alguma forma. Ela disse para si mesma que tinha que ver a garota, ver Sheila Norcross, armadora de destaque, aluna ligeiramente arrogante, mas cativante, com média de 3,8.

Lila fingiu que estava disfarçada, que era seu trabalho convencer Clint de que ela ainda era a mulher com quem ele estava casado.

— Você parece preocupada — disse Clint para ela na noite de terça.

— Desculpe. Deve ser porque estou tendo um caso com uma pessoa do trabalho — disse ela, que era o tipo de coisa que Lila teria dito se ainda fosse a Lila com quem ele estava casado. — Me distrai muito.

— Ah, eu entendo — disse Clint. — É Linny, não é? — E ele a puxou para um beijo, e ela até retribuiu.

5

A segunda etapa da investigação: a tocaia.

Lila se sentou no alto da arquibancada do ginásio e viu o time da AAU dos Três Condados fazer o aquecimento. Sheila Norcross foi imediatamente identificável, número 34, se aproximando para fazer uma cesta pelo canto da tabela, depois dando meia-volta e rindo. Lila observou a garota com olhar de detetive. Talvez a 34 não tivesse o queixo de Clint, e talvez o jeito como se portava fosse diferente, mas e daí? Crianças tinham dois pais.

Na segunda fila perto do banco do time da casa, havia vários adultos de pé, batendo palmas com a música pré-jogo. Os pais das jogadoras. A magra de suéter tricotado era Shannon? Ou a mãe da garota era a loura de cabelo pintado com o boné moderno? Ou alguma outra mulher? Lila não sabia.

Como poderia? Ela era a penetra na festa, afinal, a que não foi convidada. As pessoas falavam sobre a forma como seus casamentos desmoronavam e diziam "Não pareceu real". Porém, Lila achava que o jogo parecia bem real: os sons da plateia, os cheiros do ginásio. Não, era ela. Ela era o que parecia irreal.

A buzina tocou. Era hora do jogo.

Sheila Norcross correu para o amontoado de jogadoras e fez uma coisa que apagou toda dúvida, toda negação. Foi horrível, simples e convincente, muito mais conclusivo do que qualquer semelhança física e qualquer registro escolar. Lila testemunhou de onde estava na arquibancada e entendeu que ela e Clint estavam arruinados.

6

Assim que Lila fechou os olhos para os animais se aproximando, ela sentiu a chegada do verdadeiro sono, não caminhando, não deslizando e nem saltitando, mas correndo para ela como uma jamanta desgovernada. O pânico despertou seus nervos, e ela se estapeou. Com força. Seus olhos se abriram. Não havia cobra, nem tigre branco, nem pavão saltitante. Não havia árvore gigantesca. No centro da clareira havia um carvalho, um belo exemplar de vinte e cinco metros, magnífico, mas normal. Um esquilo se sentou sobre as pernas, chilreando com irritação.

— Tendo alucinações — disse ela. — Isso é ruim.

Ela apertou o botão do microfone do ombro.

— Linny? Está aí? Volte.

— Bem aqui, xerife. — A voz estava metalizada, meio entrecortada, mas não havia estática. — O que… fazer por você?

O som de cabos de força — *bzzz* — estava audível de novo. Lila não tinha percebido que tinha desaparecido. *Tinha?* Cara, ela estava mal.

— Deixa pra lá, Lins, volto a me comunicar quando estiver em um lugar melhor.

— Você… bem, Lila?

— Estou. Nos falamos daqui a pouco.

Ela deu outra olhada para trás. Só um carvalho. Bem grande, mas só um carvalho. Ela começou a se virar, mas outro pássaro verde saiu voando da árvore, indo para o oeste no sol poente. Na direção para a qual os outros pássaros tinham ido.

Lila fechou bem os olhos, mas lutou para abri-los novamente. Não havia pássaro. Claro que não. Ela tinha imaginado tudo.

Mas e o rastro? Foi o que me trouxe aqui.

Lila decidiu que não se permitiria ligar para o rastro e nem para a árvore e nem para a mulher estranha e nem para mais nada. O que precisava agora era voltar para a cidade sem adormecer. Talvez fosse hora de visitar uma das melhores farmácias de Dooling. E, se tudo falhasse, havia o armário das provas. Ainda assim...

Ainda assim o quê? Ela teve um pensamento, mas a exaustão o fez sumir. Ou quase. Ela o capturou antes que pudesse sumir completamente. O rei Canuto, era esse o pensamento. O rei Canuto mandando a maré correr ao contrário.

Algumas coisas eram impossíveis de fazer.

7

O filho de Lila estava desperto. Estava caído em uma vala enlameada do outro lado da rua. Ele estava molhado, estava com dor, e alguma coisa estava incomodando suas costas. Parecia uma lata de cerveja. Isso já era bem ruim, mas ele tinha companhia.

— Norcross.

Era Eric.

A porra do Eric Blass.

Jared manteve os olhos fechados. Se achassem que ele estava inconsciente, talvez até morto, acabariam fugindo como os babacas covardes e cagões que eram.

Talvez.

— Norcross! — Dessa vez o nome foi seguido de um cutucão de bota nas costelas.

— Eric, vamos sair daqui. — Mais um a dar as caras. Kent Daley, parecendo choroso e à beira do pânico. — Acho que ele apagou.

— Ou está em coma. — O tom de Curt parecia indicar que não seria um resultado tão trágico.

— Ele não está em coma. Está fingindo. — Mas Eric pareceu nervoso. Ele se inclinou. Os olhos de Jared estavam fechados, mas ele sentiu o cheiro da colônia Axe de Eric ficar mais forte. Jesus, o cara tomava banho daquela coisa? — *Norcross!*

Jared ficou parado. Deus, se ao menos uma viatura da polícia passasse, até mesmo uma dirigida pela mãe, por mais constrangedoras que as informações seguintes pudessem ser. Mas a cavalaria só aparecia nos filmes.

— Norcross, eu vou chutar suas bolas se você não abrir os olhos, e vai ser com força.

Jared abriu os olhos.

— Beleza — disse Eric, sorrindo. — Salvaram-se todos.

Jared, que sentia que não estava nada salvo, tanto pelo carro que o acertou quanto por aqueles caras, não disse nada. Parecia o caminho mais seguro.

— Nós não fizemos nada com aquela velha nojenta e você também não parece estar mal. Não tem nenhum osso aparecendo pela calça, pelo menos. Então, vamos dizer que empatou. Depois que você me der seu celular, claro.

Jared balançou a cabeça.

— Você é tão babaca. — Eric falou com uma indulgência tranquila, como se falando com um filhote de cachorro que fez xixi no tapete. — Curt? Kent? Segurem ele.

— Jesus, Eric, sei lá — disse Kent.

— Eu sei. Segura.

Curt disse:

— E se ele tiver, sei lá, ferimentos internos?

— Não tem. O carro nem raspou nele direito. Agora segurem.

Jared tentou se arrastar, mas Curt segurou um ombro e Kent segurou o outro. Ele estava todo dolorido, o joelho era o pior, e não havia sentido em resistir àqueles caras. Ele se sentiu estranhamente desanimado. Achava que podia ser o choque.

— Celular. — Eric estalou os dedos. — Entregue. — Esse era o cara com quem Mary ia a um show. Esse cara.

— Eu perdi na floresta.

Jared olhou para ele tentando não chorar. Chorar seria o pior.

Eric suspirou, caiu de joelhos e apertou os bolsos de Jared. Sentiu o retângulo do iPhone no da frente e o pegou.

— Por que você tem que ser tão escroto, Norcross? — Agora, ele falou com petulância e irritação, como quem diz "por que você está estragando meu dia?".

— Tem um escroto aqui, mas não sou eu — disse Jared. Ele piscou com força para as lágrimas não caírem. — Você ia mijar na orelha dela.

— Não ia, não. Você é nojento só por pensar isso, Norcross. Era brincadeira — disse Curt. — Falação de homem.

Kent falou com ansiedade, como se realmente estivesse tendo uma discussão razoável, e não sentado nele para segurá-lo.

— É, foi só falação de homem! A gente só estava brincando. Que nem no vestiário. Não seja ridículo, Jared.

— Eu vou deixar isso passar — declarou Eric. Enquanto falava, tocava na tela do celular de Jared. — Por causa de Mary. Sei que ela é sua amiga, e ela vai ser bem mais do que minha amiga. Então, empatou. Nós vamos embora. — Ele parou de tocar na tela. — Pronto: apaguei o vídeo da sua nuvem e esvaziei a lixeira. Não tem mais nada.

Tinha uma pedra cinzenta se projetando na vala, parecendo a Jared uma língua cinza fazendo *nyah-nyah-nyah*. Eric bateu com o iPhone de Jared nela várias vezes, estilhaçando a tela e fazendo pedaços de plástico preto voarem. Jogou o que tinha sobrado no peito de Jared, e o aparelho deslizou até a água lamacenta da vala.

— Como o vídeo foi apagado, eu não precisava fazer isso, mas deixando Mary de lado, eu preciso que você entenda que há consequências quando se é um babaca intrometido. — Eric se levantou. — Entendeu?

Jared não disse nada, mas Eric assentiu como se ele tivesse respondido.

— Certo. Podem soltar.

Kent e Curt se levantaram e se afastaram. Pareciam com medo, como se esperassem que Jared fosse dar um pulo e começar a bater como um Rocky Balboa.

— Acabou para nós — disse Eric. — Não queremos mais nada com aquela escrota mofada e velha lá atrás, tá? É melhor que tenha acabado pra você também. Venham.

Eles o deixaram na vala. Jared ficou parado até eles irem embora. Em seguida, botou um braço sobre os olhos e chorou. Quando essa parte acabou, ele se sentou e colocou os restos do celular no bolso (vários outros pedaços caíram quando ele fez isso).

Eu sou um otário, pensou ele. *Aquela música de Beck deve ter sido escrita inspirada em mim. Eram três contra um, mas mesmo assim... eu sou tão otário...*

Ele começou a mancar para casa, porque era para casa que se ia quando se estava maltratado e machucado.

10

1

Até 1997, o St. Theresa era um prédio de concreto horrendo que parecia mais um conjunto habitacional do que um hospital. Porém, depois de um protesto por causa do aplainamento das montanhas Speck e Lookout para chegar ao depósito de carvão embaixo, a Rauberson Coal Company financiou uma expansão ambiciosa. O jornal local, dirigido por um democrata liberal (uma expressão que era sinônimo de comunista para a maioria do eleitorado republicano), chamou de "dinheiro para calar a boca". A maioria das pessoas dos Três Condados gostou. Os clientes da Barbearia Bigbee's foram ouvidos dizendo que até tinha pista de pouso de helicóptero!

Na maioria das tardes durante a semana, os dois estacionamentos (um pequeno na frente da ala de Atendimento de Emergência, um maior na frente do hospital propriamente) ficavam no máximo com metade da ocupação. Quando Frank Geary entrou na Hospital Drive naquela tarde, os dois estavam lotados, e a pista na frente da entrada principal também. Ele viu um Prius com a tampa do porta-malas amassada no local onde o Jeep Cherokee bateu. Tinha vidro de faróis quebrados na calçada, como gotas de sangue.

Frank não hesitou. Eles estavam no Subaru Outback de Elaine. Ele subiu no meio-fio e foi para o gramado, que estava vazio (pelo menos até aquele momento) exceto pela estátua de santa Teresa que antes decorava o saguão do antigo hospital, e pelo mastro, onde a bandeira americana voava acima da bandeira estadual, com os dois mineiros ladeando o que parecia uma lápide.

Em qualquer outra condição, Elaine teria enchido o saco dele, e ela sabia ser bem chata: *O que você está fazendo? Está maluco? Esse carro ainda não foi quitado!* Naquele dia, ela não disse nada. Estava aninhando Nana nos braços, balançando-a como fazia quando a filha era bebê, febril com o nascimento dos dentes. A substância que cobria o rosto da menina descia até a camiseta (a favorita, a que ela usava quando estava se sentindo meio triste, a que Frank tinha puxado milênios antes, naquela manhã), como os fiapos da barba de um garimpeiro velho e nojento. Era medonho. Tudo que Frank queria no mundo era arrancar aquilo fora, mas a lembrança da Comadre Brightleaf o impedia. Quando Elaine tentou tocar na substância durante o trajeto pela cidade, ele gritou "Não!", e ela afastou a mão. Duas vezes, ele perguntou se Nana estava respirando. Elaine disse que estava, que conseguia ver a substância nojenta inflando e murchando como um fole, mas isso não era suficiente para Frank. Ele teve que esticar a mão direita e colocar no peito de Nana e verificar por si mesmo.

Ele parou o Outback de repente e correu até o lado do passageiro. Pegou Nana no colo, e eles correram para o Atendimento de Emergência, com Elaine disparando na frente. Frank sentiu uma tristeza momentânea quando viu que o zíper lateral da calça dela estava aberto, revelando um vislumbre da calcinha rosa. Elaine, que em circunstâncias normais era tão perfeitamente arrumada, esticada e ajeitada, alisada, com tudo combinando.

Ela parou tão abruptamente que Frank quase se chocou nela. Uma multidão estava parada na frente das portas do Atendimento de Emergência. Ela soltou um choramingo estranho que parecia de cavalo, parte frustração e parte raiva.

— Nós nunca vamos entrar!

Frank viu que o saguão do Atendimento de Emergência já estava cheio até a capacidade máxima. Uma imagem louca surgiu na mente dele: consumidores correndo para o Walmart na Black Friday.

— O saguão principal, El. É maior. A gente vai conseguir entrar lá.

Elaine se virou naquela direção na mesma hora, quase o derrubando. Frank correu atrás dela, ofegando um pouco. Estava em boa forma, mas Nana parecia pesar mais do que os trinta e seis quilos registrados no último exame. Eles também não conseguiram entrar no saguão principal. Não havia multidão na porta de entrada, e Frank teve um momento de esperança, mas o saguão estava lotado. Eles só conseguiram chegar ao vestíbulo.

— Deixem a gente passar! — gritou Elaine, batendo no ombro de uma mulher corpulenta de vestido rosa. — É a nossa filha! Nossa filha está com uma *substância*!

A mulher de vestido rosa pareceu só contrair um pouco aquele ombro de jogadora de futebol americano, mas foi o suficiente para jogar El para trás.

— Você não é a única, irmã — disse ela. Frank olhou o carrinho na frente da mulher. Não conseguia ver o rosto da criança dentro, e nem precisava. As pernas largadas e um pezinho pequeno com uma meia rosa com desenho da Hello Kitty foram suficientes.

Em algum lugar à frente, depois das pessoas reunidas, uma voz de homem gritou:

— *Se vocês estão aqui porque leram relatos na internet sobre um antídoto ou vacina, vão para casa! Esses relatos são falsos! Não existe antídoto e nem vacina ainda! Vou repetir, NÃO EXISTE ANTÍDOTO E NEM VACINA AINDA!*

Gritos de consternação soaram em seguida, mas ninguém foi embora. Já tinha mais gente chegando atrás deles, ocupando rapidamente o vestíbulo.

Elaine se virou, o rosto suado, os olhos arregalados e frenéticos cheios de lágrimas.

— O Centro das Mulheres! Podemos levar ela para lá!

Ela abriu caminho pela multidão, com a cabeça baixa e os braços esticados empurrando as pessoas no caminho. Frank foi atrás carregando Nana. Um dos pés dela esbarrou de leve em um homem que segurava uma adolescente com cabelo louro comprido e sem rosto visível.

— Cuidado aí, cara — disse o homem. — Estamos nessa juntos.

— Cuidado você — rosnou Frank, e abriu caminho até o lado de fora, com a mente mais uma vez piscando como um computador com circuito defeituoso.

minha filha minha filha minha filha

Porque agora, nada importava além de Nana. Nada nesse mundo. Ele faria o que precisasse para que ela ficasse melhor. Dedicaria a vida a deixá-la melhor. Se isso era loucura, ele não queria ser são.

Elaine já estava atravessando o gramado. Tinha uma mulher sentada com as costas no mastro agora, segurando um bebê perto dos seios e choramingando. Era um ruído com que Frank estava familiarizado; era o som que um cachorro fazia com o pé preso e quebrado em uma armadilha. Ela esticou o bebê para Frank quando ele passou, e ele viu os filamentos brancos saindo da parte de trás da cabeça coberta.

— Ajuda! — gritou ela. — Por favor, moço, socorro!

Frank não respondeu. Seu olhar estava grudado nas costas de Elaine. Ela estava indo para um dos prédios do outro lado da Hospital Drive. CENTRO DAS MULHERES, dizia a placa branca e azul na frente. OBSTETRÍCIA E GINECOLOGIA, DRA. ERIN EISENBERG, DRA. JOLIE SURATT, DRA. GEORGIA PEEKINS. Havia algumas pessoas com mulheres da família envoltas em casulos na frente das portas, mas só algumas. Foi uma boa ideia. Elaine tinha muitas quando fazia uma pausa da atividade principal de encher o saco dele... Mas por que as pessoas estavam sentadas? Aquilo era estranho.

— Anda logo! — disse ela. — Anda logo, Frank!

— Eu estou indo... o mais rápido... que consigo. — Ofegando muito agora.

Ela estava olhando para trás dele.

— Algumas pessoas nos viram! Nós temos que ficar à frente!

Frank olhou para trás. Um grupo desgrenhado estava correndo pelo gramado, passando pelo Outback. Os que tinham bebês e crianças pequenas estavam na frente.

Com dificuldade para respirar, ele cambaleou atrás de Elaine. O casulo sobre o rosto de Nana oscilava com a brisa.

— Não vai adiantar nada — disse uma mulher encostada na lateral do prédio. Ela parecia estar cansada e falava com exaustão. As pernas estavam abertas para ela conseguir acomodar a filha, mais ou menos da idade de Nana, encostada no peito.

— O quê? — perguntou Elaine. — O que você quer dizer?

Frank leu o cartaz preso por dentro na porta: FECHADO POR CAUSA DA EMERGÊNCIA DA AURORA.

Médicas idiotas, pensou ele quando Elaine segurou a maçaneta e puxou. *Médicas* egoístas *e idiotas. Vocês deveriam estar com a clínica* aberta *por causa da emergência da Aurora.*

— Elas devem ter filhas — disse a mulher segurando a garotinha. Havia manchas escuras embaixo dos olhos dela. — Não podemos culpar elas, eu acho.

Eu culpo, pensou Frank. *Culpo pra caralho.*

Elaine se virou para ele.

— O que nós fazemos agora? Para onde podemos ir?

Antes que ele pudesse responder, a multidão do Atendimento de Emergência chegou. Um velho esquisito com uma garota jogada no ombro como um saco, neta dele, talvez, empurrou Elaine para longe da porta para poder tentar abrir.

O que aconteceu em seguida teve uma espécie de inevitabilidade veloz. O homem enfiou a mão embaixo da camisa, tirou uma pistola do cinto, mirou na porta e apertou o gatilho. O ruído foi ensurdecedor, mesmo em local aberto. O vidro voou para dentro.

— Quem está fechado agora? — gritou o velho com voz alta e falhada. Um pedaço de vidro tinha voado para cima dele e entrado na bochecha. — Quem está fechado agora, seus merdas?

Ele levantou a arma para disparar de novo. As pessoas recuaram. Um homem segurando uma garota adormecida de macaquinho de veludo tropeçou nas pernas esticadas da mulher encostada no prédio. Esticou a mão para aparar a queda, largando o que estava carregando. A garota adormecida caiu no chão com um baque. Quando o pai caiu ao lado, uma das mãos dele passou direto pelo casulo que cobria a cara da filha da mulher sentada. Não houve intervalo; os olhos da garota se abriram e ela se sentou ereta. Seu rosto era uma máscara de ódio e fúria. Ela levou a boca à mão do homem, mordeu os dedos e deslizou como uma cobra dos braços da mãe para poder enfiar o polegar na bochecha direita dele e os dedos no olho esquerdo.

O velho se virou e mirou a arma, um revólver de cano longo que parecia uma antiguidade aos olhos de Frank, para a criança se contorcendo e rosnando.

— *Não!* — gritou a mãe, tentando proteger a filha. — *Não, não a minha bebê!*

Frank se virou para proteger a própria filha e enfiou um pé na virilha do velho. O velho ofegou e cambaleou para trás. Frank chutou e derrubou a arma dele. As pessoas que tinham corrido para lá estavam agora correndo em todas as direções. Frank jogou o velho cambaleando pelo saguão do Centro das Mulheres, onde ele perdeu o equilíbrio e caiu no meio do vidro quebrado. As mãos e o rosto estavam sangrando. A neta do homem estava deitada de cara no chão (*Que cara?*, pensou Frank).

Elaine segurou o ombro dele. A calça dela estava suja por causa da queda no canteiro de flores. Tinha um arranhão em um antebraço.

— Vamos! Isso é loucura! A gente tem que ir!

Frank a ignorou. A garotinha ainda estava enfiando as unhas no homem que a tinha acordado inadvertidamente do sono não natural. Ela abriu a pele embaixo do olho direito dele, o globo ocular saltou para fora, a córnea se encheu de sangue. Frank não podia ajudar o homem, não com Nana nos braços, mas o homem não precisava de ajuda. Ele segurou a garotinha com uma das mãos e a jogou longe.

— *Não! Ah, não!* — gritou a mãe da garota, e correu atrás da filha.

O homem olhou para Frank e falou com voz objetiva.

— Acho que aquela criança me deixou cego de um olho.

Isso é um pesadelo, pensou Frank. *Só pode ser.*

Elaine o segurou pelo braço e o puxou.

— Nós temos que ir! Frank, nós *temos* que ir!

Frank foi atrás dela na direção do Outback, andando agora. Ao passar pela mulher que estava encostada na parede lateral do Centro das Mulheres, ele viu que o casulo da garota estava se recompondo sobre o rosto com velocidade impressionante. Seus olhos estavam fechados. A expressão de fúria tinha desaparecido. Uma expressão de serenidade inabalada assumiu o lugar dela. De repente, ela sumiu, escondida pela substância branca. A mãe da criança a segurou no colo, a aninhou e começou a beijar os dedos sujos de sangue.

Elaine estava quase no carro, gritando para ele ir logo. Frank começou a correr, cambaleando.

2

Na bancada da cozinha, Jared desabou em um dos bancos altos e engoliu a seco duas aspirinas do pote que a mãe deixava ao lado do pratinho de moedas. Havia um bilhete de Anton Dubcek na bancada sobre os olmos do quintal e o nome de um jardineiro cirurgião de árvores que ele recomendava. Jared olhou para o papel. Que tipo de cirurgia era possível se executar em uma árvore? Quem ensinou Anton Dubcek, que parecia quase imbecil, a escrever, e a fazer isso com caligrafia tão bonita e clara? Ele não era o cara da *piscina*? Mas também sabia sobre *árvores*? O estado e a saúde do jardim da família Norcross algum dia voltaria a ser algo significativo? Anton ainda ia limpar piscinas se todas as mulheres do mundo estivessem dormindo? Ah, porra, por que não? Homens também gostavam de nadar.

Jared apertou as mãos sujas e fechadas sobre os olhos e respirou fundo. Ele precisava se recompor, tomar um banho, trocar de roupa. Precisava falar com os pais. Precisava falar com Mary.

O telefone de casa tocou, o som estranho e nada familiar. Quase não tocava, só em anos de eleição.

Jared esticou a mão para atender e acabou derrubando o telefone do outro lado da bancada. O aparelho se abriu, a parte de trás se soltou com um estalo plástico e as pilhas se espalharam pelo chão.

Ele andou até a sala, apoiando-se na mobília no caminho, e pegou o outro telefone na mesinha ao lado da poltrona.

— Alô.

— Jared?

— Eu mesmo. — Ele se sentou na poltrona de couro com um gemido de alívio. — Como está, pai? — Assim que perguntou, ele percebeu como era uma pergunta burra.

— Você está bem? Eu estava ligando para o seu celular. Por que você não atendeu?

A voz do pai estava tensa, o que não era surpreendente. A situação não deveria ser das melhores na prisão. Afinal, era uma prisão de *mulheres*. Jared não tinha a intenção de fazer o pai se preocupar com ele. O motivo ostensivo para essa escolha era uma coisa que qualquer um deveria ser capaz de entender: no meio de uma crise incomparável, seu pai não precisava de mais uma preocupação. O verdadeiro motivo, pouco abaixo da superfície, era que ele estava com vergonha. Tinha levado uma surra de Eric Blass, seu celular tinha sido destruído e, antes de ir mancando até em casa, ele havia ficado deitado em uma vala chorando. Não era uma coisa que ele quisesse contar para o pai. Não queria ninguém dizendo para ele que estava tudo bem, porque não estava. E ele não queria que perguntassem como se *sentia* em relação àquilo tudo. Como ele se sentia? *Um merda* era uma boa descrição.

— Eu caí na escada da escola. — Ele pigarreou. — Não estava prestando atenção por onde andava. Quebrei meu celular também. Foi por isso que você não conseguiu falar comigo. Desculpa. Mas acho que ainda está na garantia. Vou até a loja da Verizon...

— Você se machucou?

— Torci o joelho, na verdade.

— Só isso? Não machucou mais nada além do joelho? Fale a verdade.

Jared se perguntou se o pai sabia de alguma coisa. E se alguém tivesse visto? Seu estômago doeu só de pensar. Ele sabia o que seu pai diria se soubesse; diria que o amava e que ele não tinha feito nada de errado; diria que foram os outros caras que fizeram a coisa errada. E, sim, ele ia querer fazer com que Jared ficasse *conectado com seus sentimentos.*

— Claro que foi só isso. Por que eu mentiria?

— Não estou acusando você, Jere. Eu só queria ter certeza. Fico aliviado de finalmente ter conseguido falar com você pelo telefone, de ouvir sua voz. As coisas estão ruins. Você sabe, né?

— Sei, eu ouvi as notícias. — Mais do que isso, ele viu as notícias: a velha Essie na cabana, a máscara branca de teia grudada na cara dela.

— Você falou com Mary?

— Não falo com ela desde antes do almoço. — Ele disse que pretendia falar com ela dali a pouco.

— Que bom. — Seu pai explicou que não sabia direito quando voltaria para casa, que Lila estava de serviço e que Jared devia ficar em casa. — Se essa situação não se resolver rápido, as coisas vão ficar complicadas na rua. Tranque as portas e fique com o telefone por perto.

— Tá, pode deixar, pai, eu vou ficar bem, mas você precisa mesmo ficar mais tempo aí? — Era complicado dizer. Não parecia de bom-tom observar a matemática simples; era o mesmo que dizer em voz alta que uma pessoa que estava morrendo estava morrendo. — Quer dizer, todas as detentas na prisão são mulheres. Então elas vão acabar dormindo... né? — Houve uma falha na última palavra que Jared esperava que o pai não tivesse percebido.

Outra pergunta (*E a mamãe?*) se formou em sua boca, mas Jared achava que não conseguiria dizê-la sem chorar.

— Sinto muito, Jared — disse Clint depois de alguns segundos de silêncio. — Eu ainda não posso sair. Gostaria, mas a equipe está incompleta. Mas vou para casa assim que puder. Eu prometo. — E, talvez sentindo a pergunta que estava na mente de Jared, ele acrescentou: — E sua mãe também. Eu te amo. Se cuide e fique em casa. Me ligue se precisar.

Jared engoliu toda a ansiedade que parecia estar centrada no fundo da garganta e conseguiu se despedir.

Ele fechou os olhos e respirou fundo. Não ia chorar mais. Ele precisava tirar as roupas imundas e rasgadas e tomar um banho. Isso faria tudo parecer melhor. Jared se levantou e mancou até a escada. Uma batida rítmica ecoou lá fora, seguida de um estalo metálico.

Pela janelinha no alto da porta, ele viu do outro lado da rua. A última casa ocupada na rua pertencia à sra. Ransom, uma mulher de setenta e tantos anos que tinha um negócio de pães e doces caseiros, tirando proveito do fato de não haver leis de zoneamento em Dooling. Era uma casa arrumada, verde-clara, que chamava a atenção por jardineiras cheias de flores nas janelas. A sra. Ransom estava sentada em uma cadeira de plástico na porta de casa tomando uma coca. Uma garota de dez ou onze anos, sem dúvida neta dela, Jared achava que já a tinha visto lá, estava batendo com uma bola de basquete no chão, arremessando na cesta na lateral da entrada da garagem.

Com o rabo de cavalo balançando pela abertura de trás de um boné escuro, a garota deu um drible em círculo, foi para um lado e para outro para fugir de uma defesa invisível e deu um pulo para fazer uma cesta a meia distância. Os pés não estavam bem posicionados e o arremesso foi alto. A bola bateu na tabela e subiu, e o giro torto a levou até o jardim ao lado, uma área cheia de ervas-daninhas e feno na frente da primeira casa desocupada da região.

Ela foi buscar a bola e pisou no feno. A bola tinha ido até quase a varanda da casa vazia, que era toda de madeira exposta, e as janelas ainda tinham os adesivos do fabricante grudados no vidro. A garota parou e olhou para a estrutura. Jared tentou adivinhar o que ela estaria pensando. Que era triste a casa sem família? Ou assustadora? Ou que seria divertido brincar lá dentro, driblar pelos salões vazios? Fazer arremessos na cozinha?

Jared esperava mesmo que o pai ou a mãe voltassem logo para casa.

3

Depois de ouvir duas vezes a história de Ree Dempster, a segunda vez para encontrar as inconsistências que a maioria das detentas não conseguia evitar quando estava mentindo, Janice Coates determinou que a jovem estava dizendo a verdade e a mandou para a cela. Por mais cansada que Janice estivesse da briga com o jantar mexicano da noite anterior, ela também estava estranhamente entusiasmada. Finalmente havia algo que ela era capaz de resolver. Estava esperando havia muito tempo algum motivo para mandar Don Peters embora, e se um detalhe crucial da história de Ree pudesse ser provado, ela finalmente conseguiria pegá-lo.

Janice chamou Tig Murphy e explicou exatamente o que queria. E quando o guarda não entrou em ação imediata:

— Qual é o problema? Pegue luvas de borracha. Você sabe onde tem.

Ele assentiu e foi fazer o trabalho sujo de perícia que ela pediu.

Ela ligou para Clint.

— Você estaria disponível em uns vinte minutos, doutor?

— Claro — disse Clint. — Eu ia para casa ver se encontrava meu filho, mas consegui falar com ele.

— Ele estava dormindo? Sorte dele se estava.

— Muito engraçado. O que foi?

— A única coisa boa nesse dia ferrado e fodido. Se tudo der certo, vou demitir Don Peters. Não espero que ele tenha uma reação física, quem faz bullying só costuma agir quando sente cheiro de fraqueza, mas eu não me importaria de ter um homem na sala. É melhor prevenir do que remediar.

— É uma festa de que vou adorar participar — disse Clint.

— Obrigada, doutor.

Quando ela contou para ele o que Ree viu Peters fazer com Jeanette, Clint grunhiu.

— Aquele filho da mãe. Alguém já falou com Jeanette? Me diga que não.

— Não — disse Coates. — De certa forma, essa é a beleza da história. — Ela pigarreou. — Considerando as circunstâncias horríveis, nós não precisamos dela.

Ela mal terminou a ligação e o telefone tocou de novo. Dessa vez, era Michaela, e ela não perdeu tempo. Para as mulheres do mundo no Dia Um da Aurora, não havia tempo a perder.

4

Durante seus vinte e dois meses no NewsAmerica, Michaela "Mickey" Morgan viu vários convidados ficarem tensos debaixo das luzes quentes do estúdio, lutando para responder perguntas para as quais não tinham se preparado ou tentando justificar declarações impensadas que tinham dado anos antes e que agora eram apresentadas em vídeo. Houve, por exemplo, o congressista de Oklahoma que foi obrigado a ver uma imagem de si mesmo dizendo: "A maioria das mães solteiras têm músculos fracos nas pernas. É por isso que as abrem com tanta facilidade". Quando o moderador do programa de entrevistas de domingo do NewsAmerica pediu que ele comentasse sobre a declaração, o congressista balbuciou:

— Isso foi antes de eu ter freio na matraca.

Durante o resto do mandato, os colegas se referiram a ele (uma vez até durante uma chamada) como Congressista Matraca.

Momentos preciosos assim eram comuns, mas Michaela nunca tinha visto um surto de verdade até o final da tarde do Dia Um da Aurora. E não foi o convidado que surtou.

Ela estava no painel da van, cheia de gás graças à cheirada oferecida pelo técnico. Relaxando em um ambiente climatizado nos fundos da van estava a próxima convidada, uma das mulheres que tinham levado a bomba de gás lacrimogênio na frente da Casa Branca. A mulher era jovem e bonita. Michaela achava que ela causaria uma impressão forte, em parte porque era articulada, mas principalmente porque ainda exibia os efeitos do gás. Michaela decidiu entrevistá-la na frente da Embaixada Peruana, na mesma rua. A construção se destacava no sol forte, o que faria os olhos vermelhos e com aparência de ardidos da mulher se sobressaírem.

Na verdade, se eu a colocar na posição certa, pensou Michaela, *ela vai parecer estar chorando lágrimas de sangue.* A ideia era nojenta; também era como o NewsAmerica trabalhava. Acompanhar a FOX News não era tarefa para frescos.

Eles estavam marcados para entrar ao vivo às 16h19, depois que a conversa no estúdio terminasse. George Alderson, com a careca brilhando oleosa em meio aos fios penteados por cima, estava entrevistando um psiquiatra clínico chamado Erasmus DiPoto.

— Já houve um surto assim na história do mundo, dr. DiPoto? — perguntou George.

— Pergunta interessante — respondeu DiPoto.

Ele usava óculos redondos de aro fino e um terno de tweed que devia ficar quente à beça debaixo dos holofotes. Mas, sendo profissional, ele não parecia estar suando.

— Olha aquela boquinha arrogante — disse o técnico. — Se ele tivesse que cagar por um buraco tão pequeno, explodiria.

Michaela riu com vontade. Uma parte foi a cocaína, uma parte foi o cansaço, uma parte foi puro terror sufocado temporariamente pelo profissionalismo, mas esperando para se mostrar.

— Vamos torcer para você ter uma resposta interessante — disse George Alderson.

— Eu estava pensando na epidemia de dança de 1518 — disse DiPoto. — Também foi um evento que só afetou as damas.

— As damas — disse uma voz atrás de Michaela. Era a manifestante da Casa Branca, que tinha se aproximado para assistir. — As *damas*. Meu Deus do céu.

— Essa epidemia começou com uma mulher chamada sra. Troffea, que dançou como louca nas ruas de Estrasburgo por seis dias e noites — disse DiPoto, se animando com o assunto. — Antes de desmaiar, muitas outras se juntaram a ela. Essa mania de dança se espalhou por toda a Europa. Centenas, talvez milhares de mulheres dançaram em cidades e vilarejos. Muitas morreram de ataque cardíaco, derrame ou exaustão. — Ele tentou dar um sorrisinho arrogante. — Foi uma simples histeria e acabou passando.

— Você está dizendo que a Aurora é parecida? Desconfio que muitos dos nossos espectadores terão dificuldade em aceitar isso. — Michaela ficou satisfeita de ver que George não conseguiu esconder a descrença no rosto e na voz. George falava muita besteira, mas tinha um coraçãozinho de jornalista batendo em algum lugar debaixo da camisa. — Senhor, temos imagens de milhares de mulheres e garotas com esse material fibroso, esses casulos, cobrindo o rosto e o corpo. Isso está afetando milhões de mulheres.

— Não estou fazendo pouco da situação, de jeito nenhum — disse DiPoto. — Não mesmo. Mas sintomas físicos e mudanças físicas resultantes de histeria coletiva não são uma coisa incomum. Em Flandres, por exemplo, dezenas de mulheres exibiram estigmas, mãos e pés sangrando, durante o final do século XVIII. Deixando a política sexual e o politicamente correto de lado, sinto que devemos…

Foi nessa hora que Stephanie Koch, a produtora de *Afternoon Events*, entrou no set de gravação. Ela era uma fumante inveterada de cinquenta e poucos anos que já tinha visto de tudo e tinha colocado quase tudo que viu na televisão. Michaela achava que ela estivesse protegida contra toda e qualquer opinião de convidados malucos, mas parecia que sua armadura tinha uma falha, e o dr. DiPoto, com os óculos redondos e a boquinha arrogante, a tinha encontrado.

— Que merda você está dizendo, seu rato equipado com um pênis? — gritou ela. — Eu tenho duas netas com aquela porra crescendo na cara, as duas em *coma*, e você acha que é *histeria feminina*?

George Alderson esticou a mão para segurá-la. Stephanie bateu na mão dele. Estava chorando lágrimas de raiva enquanto parava na frente do dr. Erasmus DiPoto, que estava se encolhendo na cadeira e olhando para aquela amazona lunática que tinha aparecido do nada.

— Mulheres no mundo todo estão lutando para não dormir porque estão com medo de nunca acordar e você acha que é *histeria feminina*?

Michaela, o técnico e a manifestante estavam olhando para o monitor, fascinados.

— Cortem para o comercial! — disse George, olhando por cima do ombro de Stephanie Koch. — Nós só precisamos de uma pausa, pessoal! Às vezes as coisas ficam meio tensas. A televisão ao vivo é assim, e…

Stephanie se virou e olhou para a cabine de controle fora do campo de visão da câmera.

— Não *ousem* cortar para o comercial! Não enquanto eu não acertar as contas com esse merda chauvinista! — Ela ainda estava de fone de ouvido. Então ela o arrancou e começou a bater em DiPoto com ele. Quando ele levantou as mãos para proteger a cabeça, ela bateu na cara dele. O nariz começou a sangrar.

— *Isso* é histeria feminina! — gritou Stephanie, batendo nele com o fone. Agora a boca do doutorzinho também estava sangrando. — É *assim* a histeria feminina *de verdade, seu... seu... seu NABO!*

— Nabo? — disse a manifestante. Ela começou a rir. — Ela chamou ele de nabo?

Dois ajudantes de palco correram para segurar Stephanie Koch. Enquanto tentavam e DiPoto sangrava e George Alderson olhava boquiaberto, o estúdio desapareceu e foi substituído por uma propaganda de Symbicort.

— Caramba — disse a manifestante. — Isso foi *demais*. — Ela desviou o olhar. — Posso usar um pouco? — Ela estava olhando para a pilha pequena de pó em cima da programação do técnico para o dia.

— Pode — disse ele. — Hoje é dia de open bar.

Michaela viu a manifestante botar um pouco na unha e aspirar.

— Opa! — Ela sorriu para Michaela. — Estou oficialmente pronta pra arrasar.

— Volte e se sente — disse Michaela. — Eu chamo você. — Mas não chamaria. A durona e experiente Stephanie Koch perdendo a cabeça daquele jeito trouxe uma percepção para Mickey Coates. Ela não estava olhando aquela história por uma lente; era a história dela. E, quando finalmente fosse dormir, não queria que fosse entre estranhos.

— Cuida de tudo aí, Al — disse ela.

— Pode deixar — disse o técnico. — Ei, aquilo foi impagável, não foi? Televisão ao vivo da melhor qualidade.

— Impagável — concordou ela, e foi para a calçada. Ligou o celular. Se o trânsito não estivesse tão ruim, ela conseguiria estar em Dooling antes da meia-noite. — Mãe? Sou eu. Não posso mais fazer isso. Estou indo pra casa.

5

Às 15h10, dez minutos depois do fim do turno de 6h30 às 15h de Don Peters, ele estava sentado na Guarita, olhando o monitor da Unidade 10, vendo a maluca cochilar. Ela estava deitada no colchão com os olhos fechados. Lampley foi chamada por algum motivo, depois Murphy, e agora Don estava com a Guarita, e por ele tudo bem. Preferia ficar sentado. Na verdade, preferia mesmo ir para casa, como sempre, mas, para não deixar Coates irritada, ele decidiu ficar por enquanto.

A maluca era gostosa, Don não hesitaria em concordar com isso. Mesmo de uniforme, as pernas eram enormes.

Ele apertou o botão do microfone que falava direto com a cela dela e ia mandar que acordasse. Mas para quê? Todas iam acabar dormindo e ficando com aquela coisa na cara e no corpo, ao que parecia. Cristo, que mundo seria se isso acontecesse. O lado positivo era que as estradas ficariam mais seguras. Essa era boa. Ele teria que se lembrar dessa para mais tarde, para experimentar a piada com os rapazes no Squeaky Wheel.

Peters soltou o botão. A sra. Unidade 10 botou as pernas no colchão e as esticou. Don, curioso, esperou para ver o que aconteceria, como a teia estranha sobre a qual ele tinha lido no celular surgiria.

6

No passado, havia centenas de ratos na prisão e dezenas de colônias; agora, só restavam quarenta. Enquanto Evie estava deitada de olhos fechados, ela falou com o alfa; era uma fêmea velha, uma lutadora de garras compridas com pensamentos como ferrugem travando engrenagens. Evie imaginou o rosto da alfa como uma teia de tecido cicatricial, fina e linda.

— Por que tão poucos, minha amiga?

— Veneno — disse a rainha guerreira para ela. — Eles colocam veneno. Tem cheiro de leite, mas nos mata. — O rato estava em uma abertura entre os blocos de concreto que separavam a Unidade 10 da Unidade 9. — O veneno é feito para nos fazer procurar água, mas muitas vezes ficamos confusos e morremos sem encontrar. É uma morte horrível. Essas paredes estão cheias dos nossos corpos.

— Mais nenhum de vocês precisará sofrer assim — disse Evie. — Posso prometer isso. Mas talvez precise que vocês façam coisas para mim, e algumas podem ser perigosas. É aceitável para você?

Como Evie esperava, o perigo não representava nada para a rainha rata. Para conquistar sua posição, a rainha tinha lutado com o rei. Ela arrancou as patas dianteiras dele, e, em vez de acabar com o macho, ficou sentada olhando-o sangrar até morrer. A rainha esperava acabar morrendo de uma maneira similar.

— É aceitável — disse a mãe rata. — Medo é morte.

Evie não concordava; na opinião dela, morte era morte, e valia a pena temê-la, mas ela deixou passar. Embora os ratos fossem limitados, eles eram sinceros. Dava para convencer um rato.

— Obrigada.

— De nada — disse a Rainha Rata. — Só tem uma pergunta que preciso fazer, Mãe. Você cumpre sua palavra?

— Sempre — disse Evie.

— Então o que você quer que a gente faça?

— Nada agora — disse Evie —, mas em breve. Vou chamar vocês. Por enquanto, só preciso que você saiba: sua família não vai mais querer comer o veneno.

— Verdade?

Evie se espreguiçou e sorriu, e, delicadamente, com os olhos ainda fechados, beijou a parede.

— Verdade.

7

Evie levantou a cabeça de repente e abriu os olhos. Estava olhando diretamente para a câmera... e, aparentemente, para Don.

Na Guarita, ele se agitou na cadeira. A obviedade do olhar, o jeito como ela se fixou na câmera assim que acordou, o irritou. Que porra? Como ela tinha acordado? Elas não deviam ficar cobertas de teia se adormecessem? A escrota o tinha enganado? Se sim, estava fazendo um trabalho incrível: rosto frouxo, corpo totalmente parado.

Don apertou o botão do microfone.

— Detenta. Você está olhando para a minha câmera. É grosseria. Você está com expressão grosseira no rosto. Tem algum problema?

A sra. Unidade 10 balançou a cabeça.

— Me desculpe, guarda Peters. Me desculpe pelo meu rosto. Não tem problema nenhum.

— Aceito seu pedido de desculpas — disse Don. — Não faça de novo. — E depois: — Como você sabia que era eu?

Mas Evie não respondeu a pergunta.

— Acho que a diretora quer ver você — disse ela, e na mesma hora o interfone tocou. Ele estava sendo chamado na administração.

11

1

Blanche McIntyre deixou Don entrar na sala da diretora e disse que Coates chegaria em cinco minutos. Era uma coisa que Blanche não deveria ter feito e não teria feito se não estivesse tão distraída pelos estranhos eventos que pareciam estar acontecendo na prisão e no mundo todo.

As mãos de Don estavam tremendo um pouco quando ele se serviu de café do bule no canto da sala, embaixo da porra de pôster idiota do gatinho: AGUENTE AÍ. Depois que pegou o café, ele cuspiu no restante de líquido preto que ficou no recipiente. Coates, a escrota cruel, fumava e tomava café o dia todo. Ele esperava que estivesse ficando resfriado e que ela pegasse por causa do cuspe. Cristo, por que ela não podia morrer de câncer de pulmão e deixá-lo em paz?

O momento, somado à previsão irritante da mulher esquisita da Unidade 10, deixou Don sem dúvida nenhuma de que tinha sido dedurado por Sorley ou Dempster. Isso não era bom. Ele não devia ter feito o que fez. Estavam esperando que ele escorregasse, e ele saiu direto da sala de Coates naquela manhã para fazer isso.

Nenhum homem sensato, claro, o teria culpado. Quando se considerava o tipo de pressão a que ele era sujeitado por Coates e a quantidade de choramingo e besteira que tinha que enfrentar todos os dias das criminosas de quem precisava ser babá, era impressionante que ele não tivesse *assassinado* ninguém, só de frustração.

Era tão errado se aproveitar um pouco de vez em quando? Pelo amor de Deus, antigamente, se você não metesse a mão na bunda de uma garçonete, ela ficava decepcionada. Se você não assobiasse para uma mulher na rua, ela ficava se questionando para que tinha se dado ao trabalho de se arrumar. Elas se arrumavam para mexerem com eles, isso era fato. Quando foi que a espécie feminina mudou tanto? Não se podia mais nem elogiar uma mulher. E era isso que um tapinha na bunda e um aperto nos peitos era, não era? Uma espécie de elogio. Tinha que ser bem burro para não ver isso. Se Don apertasse o traseiro de uma mulher, ele não fazia porque o traseiro era feio. Fazia porque era um traseiro de qualidade. Era uma brincadeira, só isso.

As coisas às vezes iam muito longe? Iam. De vez em quando. E Don aceitaria parte da culpa nisso. A prisão era difícil para uma mulher com sexualidade saudável. Tinha mais vegetação rasteira do que em uma selva e nenhuma lança. As atrações eram inevitáveis. As necessidades não podiam ser negadas. A garota Sorley, por exemplo. Podia ser totalmente inconsciente da parte dela, mas de alguma maneira, ela o queria. Enviou muitos sinais: um movimento de quadril na direção dele a caminho do refeitório; a ponta da língua passando pelos lábios enquanto ela carregava uma braçada de pernas de cadeira; um olharzinho safado de vem cá por cima do ombro.

Claro, era de Don a responsabilidade de não ceder àquele tipo de convite, feito daquele jeito por criminosas e degeneradas, que aproveitariam qualquer oportunidade para armar contra e metê-lo em confusão. Mas ele era humano; não podia ser culpado por sucumbir às vontades masculinas normais. Não que uma velha pentelha como Coates fosse entender.

Não havia perigo de processo criminal, ele tinha certeza; a palavra de uma viciada em crack, ou duas, nunca valeria mais do que a dele em nenhum tribunal. Porém, seu emprego estava em jogo. A diretora tinha prometido agir se houvesse mais alguma reclamação.

Don andou de um lado para outro. Perguntou-se sombriamente se a campanha toda contra ele poderia ser o jeito de Coates expressar uma espécie de amor ciumento e pervertido por ele. Já tinha visto aquele filme com Michael Douglas e Glenn Close. Deixou-o apavorado. Uma mulher desprezada faria qualquer coisa para foder sua vida, isso era um fato.

(Seu pensamento se voltou rapidamente para a mãe e para o fato de ela ter confessado que disse para a ex de Don, Gloria, para não se casar com ele porque "Donnie, eu sei como você é com as garotas". A mágoa que penetrou até os ossos, pois Don Peters amava a mãe, amava a mão fria na sua testa febril quando ele era garotinho, e lembrava como ela cantava que ele era a luz do sol dela, a única luz do sol dela. Como sua própria mãe podia se virar contra ele? O que isso dizia sobre *ela*? Se o assunto era mulheres controladoras, ali tinha um bom resumo.)

(Ocorreu a ele que deveria ligar para saber como a mãe estava, mas pensou: *Esquece. Ela é uma mulher adulta.*)

Aquela situação fedia a conspiração feminina: sedução e cilada. A maluca da Unidade 10 de alguma forma saber que a diretora ia chamá-lo encerrava a questão. Ele não diria que elas estavam todas juntas nisso, não, ele não iria tão longe (seria loucura), mas também não diria que não estavam.

Ele se sentou na beirada da mesa da diretora e derrubou sem querer uma bolsinha de couro no chão.

Don se inclinou para pegar a bolsinha. Parecia o tipo que poderia ser usada para guardar a escova de dentes de um viajante, mas era de couro bom. Ele a abriu. Dentro da bolsinha havia um vidro de esmalte vermelho-escuro (como se isso fosse fazer com que alguém não percebesse que Coates era uma bruxa horrenda), uma pinça, um cortador de unha, um pente pequeno, alguns comprimidos de Prilosec e... um pote de remédio controlado.

Don leu o rótulo: JANICE COATES, XANAX, 10 MG.

2

— Jeanette! Você acha que isso é verdade?

Era Angel Fitzroy, e a pergunta fez Jeanette se contrair por dentro. Era verdade? Que Peters a tinha levado para o canto ao lado da máquina de Coca e a tinha feito bater uma punheta nele? A dor de cabeça não era mais só uma dor de cabeça; era uma série de explosões, bangue-bangue-bangue.

Mas não, não era disso que Angel estava falando. Não podia ser. Ree nunca contaria para ninguém, Jeanette pensou para se consolar, os pensamentos como gritos dentro do crânio, mas quase imperceptíveis em meio às explosões geradas pela enxaqueca. De repente, ela adivinhou (ou esperava ter adivinhado) sobre o que Angel estava falando.

— Você está falando dessa coisa de dormir?

Angel estava na porta da cela. Jeanette estava no catre. Ree estava em algum lugar. A Ala ficava aberta no fim da tarde e todo mundo que tinha bom comportamento tinha liberdade para se deslocar.

— Claro que é disso que estou falando. — Angel entrou na cela, pegou a única cadeira. — Você não pode dormir. Ninguém pode. Não vai ser problema para mim, porque não durmo muito mesmo. Nunca dormi muito, nem quando criança. Dormir é como estar morta.

A notícia da Aurora pareceu absurda a Jeanette. Mulheres em casulos durante o sono? A enxaqueca tinha afetado sua mente? Ela queria tomar um banho, mas não queria falar com um segurança. Não deixariam mesmo. Qualquer prisão tinha regras. Os seguranças, perdão, os *guardas* eram a encarnação das regras. Tinha-se que fazer o que eles diziam senão, bingo, era mau comportamento.

— Minha cabeça está doendo muito, Angel. Estou com enxaqueca. Não consigo aguentar essa loucura.

Angel inspirou fundo e alto pelo nariz comprido e ossudo.

— Escuta, mana…

— Eu não sou sua irmã, Angel. — Jeanette estava com dor demais para se preocupar com como Angel interpretaria a resposta.

Porém, Angel apenas continuou:

— Essa coisa é maluquice, mas é real. Eu acabei de ver Nell e Celia. O que sobrou delas, pelo menos. Elas pegaram no sono e agora estão embrulhadas como presentes de Natal. Alguém disse que McDavid também pegou. Já era. Eu vi crescer em Nell e Celia. Aquela coisa. Aparece do nada. Cobre a cara. Parece uma experiência de ciências.

Aparece do nada. Cobre a cara.

Então era verdade. Dava para saber pelo jeito como Angel falou. Bom, por que não seria? Não importava para Jeanette. Não havia nada que ela pudesse fazer sobre isso e nem sobre nada. Ela fechou os olhos, mas sentiu uma mão no ombro, e Angel começou a sacudi-la.

— O quê?

— Você vai dormir?

— Não enquanto você estiver me fazendo perguntas e me sacudindo como se eu fosse pipoca. Pare.

A mão se afastou.

— Não durma. Eu preciso da sua ajuda.

— Por quê?

— Porque você é legal. Não é que nem a maioria. Você tem a cabeça no lugar. É tão bacana quanto uma banana de bandana. Você não vai nem me deixar contar?

— Não me importo.

Apesar de Angel não responder imediatamente, Jeanette a sentiu parada ao lado da cama.

— É seu garoto?

Jeanette abriu os olhos. Angel estava espiando a fotografia de Bobby grudada no quadrado pintado da parede ao lado da cama. Na foto, Bobby estava bebendo em um canudinho enfiado em um copo de papel e usando um boné com orelhas de Mickey. A expressão era adoravelmente desconfiada, como se ele achasse que alguém pudesse tentar tirar a bebida e o chapéu dele e sair correndo. Era de quando ele era pequeno, com quatro ou cinco anos.

— É — disse Jeanette.

— Chapéu legal. Sempre quis um. Tinha inveja das crianças que tinham. A foto parece velha. Quantos anos ele tem agora?

— Doze.

A foto devia ter sido tirada um ano antes de tudo desmoronar, quando ela e Damian levaram Bobby para Disney World. O garoto da foto não sabia que o pai ia bater muito na mãe e a mãe ia enfiar uma chave de fenda na coxa do pai e que a tia ia se tornar tutora dele enquanto a mãe cumpria pena por assassinato em segundo grau. O garoto na foto só sabia que a Pepsi estava gostosa e que o chapéu de Mickey era legal.

— Qual é o nome dele?

Enquanto pensava no filho, as explosões na cabeça de Jeanette diminuíram.

— Bobby.

— Nome legal. Você gosta? De ser mãe? — A pergunta saiu sem Angel saber que pretendia fazer. Mãe. Ser mãe. A ideia fazia seu coração pular. Mas ela não demonstrou. Angel tinha seus segredos e os guardava bem.

— Nunca fui muito boa nisso — respondeu Jeanette, fazendo um esforço para se sentar. — Mas eu amo meu filho. Então, Angel? Por que você precisa de mim?

3

Mais tarde, Clint refletiria que devia saber que Peters estava armando alguma coisa. Estava plácido demais no começo, o sorriso na cara totalmente inadequado às acusações sendo feitas. Porém, Clint estava com raiva, com mais raiva do que em qualquer outra ocasião desde que Jared tinha nascido, e não viu o que deveria ter visto. Era como se houvesse uma corda na cabeça dele, fechando uma caixa contendo muita coisa ruim da infância. A mentira da esposa foi o primeiro corte na corda, a Aurora foi o segundo, a entrevista com Evie foi o terceiro, e o que aconteceu com Jeanette arrebentou a corda de vez. Ele se viu considerando quase cientificamente o mal que seria capaz de provocar em Peters com vários objetos. Podia quebrar o nariz dele com o telefone na mesa, podia afundar a bochecha do merda abusivo com a placa de Funcionária do Ano da diretora. Clint tinha se esforçado muito para exorcizar esse tipo de pensamento violento, optou por medicina psiquiátrica como reação a isso.

O que Shannon disse na época? "Clint, querido, se você continuar lutando, um dia vai conseguir vencer com classe." Ela queria dizer que ele mataria alguém, e talvez estivesse certa. Não foi muito depois que o tribunal concedeu sua emancipação, e Clint não precisou mais lutar. Depois, no último ano de escola, ele canalizou conscientemente a fúria para a pista de corrida. Também foi ideia de Shannon, uma ótima ideia. "Se você quer se exercitar, devia correr", disse ela. "Envolve menos sangue." Ele fugiu daquela vida antiga, fugiu como o Homem Biscoito, fugiu para a escola de medicina, para o casamento, para a paternidade.

A maioria das crianças perdidas no sistema não conseguiam; a adoção era um caso sério de improbabilidades. Muitos acabavam em hotéis de pedra como o Instituto Penal de Dooling ou a Prisão Lion Head mais adiante, que, de acordo com engenheiros, corria o risco de desabar colina abaixo. Realmente, havia muitas garotas em Dooling com origem em orfanatos, e elas viviam à mercê de Don Peters. Clint teve sorte. Venceu as improbabilidades. Shan o ajudou. Ele não pensava nela havia um tempo, mas aqueles dias estavam sendo um cano rompido, jorrando coisas, inundando as ruas. Parecia que os dias de desastre também eram os dias de lembrança.

4

Clinton Richard Norcross foi para um orfanato definitivamente em 1974, quando tinha seis anos, mas os registros que viu depois dizia que ele tinha ido e voltado algumas vezes antes disso. Era uma história típica: pais adolescentes, drogas, pobreza, ficha criminal, provavelmente problemas mentais. A assistente social anônima que entrevistou a mãe de Clint registrou: "Ela está com medo de passar os sentimentos tristes para o filho".

Ele não tinha lembranças do pai, e a única que guardava da mãe era de uma garota de rosto melancólico segurando suas mãos, engolindo-as com as dela, sacudindo-as, implorando para ele parar de roer as unhas. Lila perguntou uma vez se ele estava interessado em tentar fazer contato com algum dos dois, se estivessem vivos. Clint não estava. Lila disse que entendia, mas na verdade ela não fazia ideia, e ele gostava das coisas assim. Ele não queria que ela entendesse. O homem com quem ela tinha se casado, o tranquilo e competente dr. Clinton Norcross, havia deixado a vida de abandono para trás com muita consciência.

Só que não dava para deixar nada para trás. Nada estava perdido até a morte ou o Alzheimer levar. Ele sabia disso. Via confirmado em todas as sessões que fazia com todas as prisioneiras; cada um carregava sua história como se fosse um colar, um bem fedido feito de alho. Podia se enfiar embaixo da camisa ou deixar aparecendo, mas nada estava perdido. Podia lutar sem parar, mas nunca conseguia ganhar o milk-shake.

Ele passou por uns cinco ou seis lares durante a infância e a adolescência, nenhum como um lar, se isso queria dizer o lugar onde as pessoas se sentem seguras. Talvez não fosse surpresa ele ter ido trabalhar em uma penitenciária. Os sentimentos na prisão eram os sentimentos da sua juventude e do começo da idade adulta: uma sensação de estar sempre à beira do sufocamento. Ele queria ajudar as pessoas que sentiam isso, porque sabia como era ruim, como ficava grudado no centro da sua humanidade. Essa foi a essência da decisão de Clint de abandonar o atendimento particular antes mesmo de começar de verdade.

Havia bons lares adotivos no país, mais do que nunca atualmente, mas Clint nunca tinha ido parar em nenhum. O melhor que ele podia dizer era que alguns eram limpos, cuidados por pais adotivos que eram eficientes e discretos, que faziam só o necessário para receber o pagamento do estado. Eram esquecíveis. Mas isso era ótimo. Dava para aguentar o esquecível.

Os piores eram piores de jeitos específicos; os lugares onde não havia comida suficiente, os lugares onde os quartos eram apertados, sujos e frios no inverno, onde os pais lhe davam trabalho não remunerado, os lugares onde faziam mal a você. As garotas sofriam mais, claro.

Clint não conseguia mais visualizar o rosto de alguns irmãos adotivos, mas outros continuavam claros. Houve Jason, por exemplo, que se matou aos treze anos ao beber uma garrafa de desentupidor de ralo. Clint era capaz de conjurar Jason Vivo e conseguia conjurar o Jason Morto deitado no caixão. Isso foi quando Clint morava com Dermot e Lucille Burtell, que alojavam os adotivos não na casa bonita estilo Cape Cod, mas em uma estrutura comprida tipo barracão nos fundos, com piso de madeira exposta cheia de farpas e sem isolamento térmico. Os Burtell organizavam o que chamavam de "Lutas de Sexta à Noite" com os seis órfãos de quem cuidavam como pugilistas, e o prêmio era um milk-shake de chocolate do McDonald's. Clint e Jason tiveram que lutar uma vez, lutar para a diversão dos Burtell e dos amigos. Os espectadores se reuniam em volta de um ringue feito de varal para assistir e apostar. Jason era mais fraco, lento e medroso, e Clint queria o milk-shake. No caixão aberto, Jason estava com um hematoma do tamanho de uma moeda embaixo do olho, provocado por Clint algumas noites antes.

Na sexta seguinte, depois que Jason bebeu o desentupidor e se aposentou para sempre do boxe, Clint ganhou o milk-shake de novo e, sem pensar em outras possíveis consequências (pelo menos não que ele pudesse lembrar), jogou na cara de Dermot Burtell. Isso resultou em uma surra horrível para Clint e não trouxe Jason de volta, mas o tirou daquela casa.

Na casa seguinte, ou talvez na que veio depois, foi quando ele compartilhou um quarto deplorável de porão com o velho Marcus. Clint se lembrava dos desenhos maravilhosos do irmão adotivo. Marcus desenhava as pessoas de forma que fossem oitenta por cento nariz, praticamente narizes com perninhas e bracinhos. *Os Narinões* era como ele chamava a tirinha; ele era muito bom e dedicado. Um dia depois da aula, sem qualquer explicação, Marcus disse para Clint que tinha jogado todos os cadernos fora e ia fugir. Clint conseguia visualizar as tirinhas, mas não Marcus.

No entanto, Shannon, ele conseguia ver Shannon. Ela era bonita demais para ser esquecida.

— Oi. Sou Shannon. Você não quer me conhecer? — Ela se apresentou assim, sem olhar para Clint, que estava passando a caminho do parque. Tomando sol no capô de um Buick estacionado junto à calçada em frente ao orfanato de Wheeling, com uma regata azul e calça jeans preta, sorrindo direto para o sol. — Você é Clint, não é?

— Sou — disse ele.

— Aham. Bom, não é um prazer nos conhecermos? — respondeu ela, e Clint, apesar de tudo, riu, riu de verdade pela primeira vez em muito tempo.

O lar em Wheeling onde ele a conheceu foi a última parada dele na grande turnê pelo sistema de orfanatos e lares adotivos do governo. Para a maioria, era basicamente um ponto no caminho para lugares como o Instituto Penal de Dooling e a Weston State. A Weston, um manicômio gótico monumental, fechou em 1994. Agora, em 2017, estava aberto para visitas assombradas. Clint se perguntava se tinha sido lá que seu pai tinha ido parar. Sua mãe? Ou Richie, de quem uns garotos de escola particular quebraram o nariz e três dedos em um shopping porque ele disse que não deviam tirar sarro da jaqueta roxa que ele usava e tinha vindo de uma caixa de donativos? Ou Marcus? Ele sabia que não podiam estar todos mortos ou na prisão, mas não parecia que algum deles ainda podia estar respirando e livre. Todos ficavam vagando pelos corredores escuros de Weston de madrugada? Falavam sobre Clint? Estavam felizes por ele ou ele os envergonhava por ainda estar vivo?

5

O lar de Wheeling era preferível a muitas outras paradas que vieram antes. O administrador desdenhoso, com os polegares projetados nos bolsos do colete cinza de poliéster, advertia cada recém-chegado: “Aprecie seu último ano mamando na teta do governo, jovem!”. Mas ele, o administrador desdenhoso, não queria confusão. Desde que você conseguisse não ser preso, ele te deixava entrar e sair o dia todo. Podia brigar, trepar ou se drogar. Era só fazer tudo fora do lar, jovem.

Ele e Shan tinham dezessete anos na época. Ela reparou no hábito de leitura de Clint, que ele ia para um parque na rua e se sentava em um banco para fazer o dever de casa, apesar do tempo frio de final de outono. Shannon também viu os arranhões nas mãos que ele ganhava das confusões em que se metia, que às vezes procurava, entre o lar e a escola. Eles acabaram ficando amigos. Ela dava conselhos a ele. A maioria era bom.

— Você está quase saindo, sabe — disse ela. — Só precisa ficar mais um tempo sem matar ninguém — continuou. — Deixe seu cérebro tornar você rico — concluiu. Shan falava como se o mundo não importasse muito para ela, e isso deixava Clint com vontade de fazer com que importasse... para ela, para ele.

Ele começou a correr e parou de brigar. Essa era a versão curta. A longa era Shannon, Shannon no sol, Shannon falando para ele correr mais rápido, para se candidatar a bolsas de estudo, para ficar com os livros e longe das ruas. Shannon à noite, arrombando a tranca da porta do andar dos garotos com uma carta de baralho com celuloide atrás (a dama de espadas) e entrando no quarto de Clint.

— Oi — disse ela quando o viu com o uniforme da equipe, de camiseta e short curto. — Se eu mandasse no mundo, todos os garotos teriam que usar shorts assim.

Shannon era linda, inteligente e tinha um montão de problemas, e Clint achava que ela talvez tivesse salvado sua vida.

Ele foi para a faculdade. Ela o aconselhou a ir e, quando ele hesitou (falando sobre o exército), ela exigiu. Ela disse: "Não seja bobo, vá logo estudar".

Ele foi e eles perderam contato, pois os telefonemas eram caros e as cartas exigiam tempo demais. Oito ou nove anos se passaram desde que ele foi para a faculdade e eles se reencontraram naquele Ano-Novo em Washington. Foi em 2001? 2002? Ele estava na cidade para um seminário em Georgetown e passou a noite lá por causa de um problema no carro. Lila tinha dito que ele tinha permissão para sair e encher a cara, mas estava proibido de beijar mulheres desesperadas. Podia beijar um homem desesperado se precisasse, mas só um.

O bar no qual ele encontrou Shan estava lotado de universitários. Ela era garçonete.

— Ei, amigo — disse ela para Clint, se aproximando dele no bar, batendo com o quadril no dele. — Eu conhecia um cara que era a sua cara.

Eles se abraçaram por muito tempo, se balançando nos braços um do outro.

Ela parecia cansada, mas bem. Eles conseguiram um minuto sozinhos em um canto embaixo de um letreiro da Molson.

— Onde você mora? — perguntou ela.

— No interior: nos Três Condados. Em um lugar chamado Dooling. Fica a um dia daqui de carro. É um lugar bonito.

Ele mostrou para ela uma foto de Jared, que tinha quatro meses.

— Ah, olha só ele. Não valeu a pena, Clint? Eu preciso arrumar um assim.

Os cílios de Shannon ficaram úmidos. Tinha gente gritando em volta. Era quase Ano-Novo.

— Ei — disse ele para ela. — Ei, está tudo bem.

Ela olhou para ele, e os anos sumiram, e pareceu que eles eram adolescentes de novo.

— Está? — perguntou Shannon. — Está tudo bem, Clint?

6

Por cima do ombro da diretora, do outro lado do vidro, as sombras da tarde estavam manchando o jardim, onde fileiras de alface, ervilha e tomate subiam em treliças feitas de restos de madeira. Coates fechou a mão em volta da xícara de café enquanto falava.

A xícara de café! Clint podia derramar na virilha de Don Peters e depois bater com ela na orelha dele!

Houve um tempo, antes de conhecer Shannon Parks, em que ele teria feito isso. Ele lembrou a si mesmo que era pai, marido e médico, um homem com cabelo grisalho demais para cair na armadilha da violência. Em pouco tempo, ele bateria o ponto e iria para casa, para a esposa, para o filho e para a bela vista pelas portas de vidro, que davam na piscina e no quintal. Lutar por milk-shakes tinha sido em outra vida. Mesmo assim, ele se perguntou de que era feita a xícara de café, se era daquela cerâmica pesada que às vezes nem rachava quando você deixava cair no chão.

— Você está aceitando isso muito bem — observou Janice Coates.

Peters passou o dedo pelo bigode.

— Só estou gostando de pensar em como meu advogado vai me deixar milionário por causa dessa demissão injusta, diretora. Acho que vou comprar um barco. Além do mais, eu fui criado para ser um cavalheiro, independentemente de como fosse tratado. Então, pode me despedir. Tudo bem, mas você não tem provas. Vou acabar com você no tribunal. — Ele olhou para Clint, que estava parado junto à porta. — Você está bem? Estou vendo você parado aí apertando as mãos. Está precisando dar uns socos, por acaso, doutor?

— Vai se foder — disse Clint. Era velha, mas era boa.

— Está vendo? Isso não é legal — disse Peters. Sorrindo, mostrando dentes da cor de milho clarinho.

Coates tomou um gole da xícara de café que tinha acabado de encher. Estava amargo. Ela tomou outro gole mesmo assim. Estava se sentindo otimista. O dia estava um apocalipse, mas sua filha estava voltando para casa e ela finalmente se livraria de Don Peters. Em meio aos montes fecais, às vezes cintilava uma pérola ou duas de satisfação.

— Você é um escroto e tem sorte de não podermos lidar com você do jeito que merece. — Do bolso do paletó, ela tirou um saco. Ela o ergueu e sacudiu. Dentro, havia dois cotonetes. — Porque nós temos provas, sim.

O sorriso de Peters hesitou, tentou voltar com força, não conseguiu.

— Sua porra, Donnie Boy. Da máquina de Coca. — Coates tomou um gole grande do café ruim e estalou os lábios. — Quando tudo se acalmar e *pudermos* lidar com você como merece, você vai ser preso. A boa notícia é que deixam os criminosos sexuais em uma ala especial, e pode ser que você sobreviva, mas a má notícia é que, mesmo com um advogado bom, você vai passar um bom tempo lá. Mas não se preocupe, você ainda vai me ver nas audiências de liberdade condicional. Eu sou do comitê, sabe. — A diretora se virou para o interfone e apertou o botão. — Blanche, você pode preparar café novo? Esse aqui está horrível. — Ela esperou um momento pela resposta e apertou o botão de novo. — Blanche? — Coates soltou o botão. — Ela deve ter dado uma saída.

Coates voltou a atenção para Peters no sofá. O sorriso tinha sumido completamente. O guarda estava com a respiração pesada, passando a língua pelos lábios, avaliando as implicações da prova de DNA que tinha sido jogada na cara dele.

— Agora — disse a diretora —, entregue seu uniforme e caia fora. Dizer que temos prova contra você deve ter sido erro da minha parte, mas não consegui resistir à oportunidade de me gabar. Com isso, você ganha uns dias até o martelo ser batido. Você pode entrar no carro, fugir para o Canadá. Se conseguir ser discreto, pode até virar pescador no gelo.

— Armação! — Peters pulou de pé. — Isso é armação!

Clint não conseguiu mais se segurar. Deu um passo à frente, segurou o homem mais baixo pelo pescoço e o empurrou na parede. Don deu tapas nos ombros e no rosto de Clint e arranhou sua bochecha. Clint apertou. Debaixo dos dedos, sentia a veia de Peters pulando, sentia o pomo de adão encolhendo, sentia a impotência, a frustração e o medo de um dia inteiro se acumulando nas mãos como o suco de uma toranja. Tinha uma mariposa voando em torno da sua cabeça. Deu um beijo fantasma em uma têmpora e sumiu.

— *Dr. Norcross!*

Clint enfiou o punho na maciez da barriga de Peters e o soltou. O guarda caiu no sofá e deslizou até o chão, ficando de quatro. Fez um ruído engasgado e animalesco:

— *Hii-hii-hii.*

A porta da diretora se abriu. Tig Murphy entrou com um taser na mão. As bochechas de Tig estavam suadas e ele estava pálido; tinha dito para Clint que estava bem, mas não estava, nada estava bem e ninguém estava bem.

— *Hii-hii-hii.* — Peters engatinhou para longe de Clint. A mariposa tinha perdido o interesse no médico e estava sobrevoando o homem de quatro, parecendo levá-lo para fora.

— Nós já íamos chamá-lo, guarda Murphy. — Coates, ainda à mesa, prosseguiu como se nada tivesse acontecido. — O sr. Peters estava saindo da sala e tropeçou em uma dobra no tapete. Você pode ajudá-lo a se levantar? Ele pode deixar as coisas dele no vestiário. — A diretora fez um brinde na direção de Tig Murphy com a caneca de café e bebeu tudo.

12

1

— Guarda, você sabe que tenho crises de humor, não sabe?

Angel, a uma distância respeitável da Guarita, ofereceu a pergunta retórica a Vanessa Lampley. Jeanette, ao lado dela, não tinha ilusões: elas tinham que nadar contra a corrente.

Por trás da barreira de plástico da Guarita, Lampley estava sentada em frente ao painel, seus ombros largos curvados perigosamente para a frente. Ela parecia pronta para pular pela barreira. Jeanette achava que, em uma briga, Angel era capaz de bater bastante, apesar do corpo magro, mas não o suficiente para enfrentar Lampley.

— Fitzroy, isso é uma ameaça velada? Com toda a merda que está acontecendo hoje? Eu tenho três detentas cobertas de teias, já passei muito da hora de ir embora, estou cansada pra caramba e você quer me testar? É uma péssima ideia, eu garanto.

Angel mostrou as palmas das mãos.

— Não, não, não, guarda. Eu só estou dizendo que também não confiaria em mim em uma situação assim, certo? Minha ficha criminal fala por si, e já me safei de muito mais coisa. Se bem que você entende que não posso compartilhar detalhes.

Jeanette tocou na testa e observou a situação. Se existia algum plano de Angel ir trabalhar com diplomacia internacional depois da condicional, era melhor alguém mudar.

— Saia daqui, sua espertinha do caralho — disse Lampley.

— E foi por isso que eu trouxe Jeanette. — Com isso, Angel esticou um braço: *ta-dá!*

— Ah, isso muda tudo.

— Não deboche. — O braço que Angel tinha levantado desceu para perto do corpo. O que havia de conciliatório na expressão dela sumiu. — Não deboche de mim, guarda.

— Não me diga o que fazer, detenta.

Jeanette decidiu que era agora ou nunca.

— Guarda Lampley, eu peço desculpas. Nós não estamos tentando provocar confusão.

Van, que tinha começado a se levantar da cadeira de forma imponente, se acomodou de volta. Diferentemente de Fitzroy, que vivia na lista de mau comportamento, ocupando-a como se fosse uma propriedade do Banco Imobiliário, Sorley era conhecida pela atitude simpática. E, de acordo com Ree Dempster, Sorley tinha sido molestada por aquele sapo venenoso do Peters. Van podia ouvi-la.

— O que é?

— Nós queremos preparar café. Um café especial. Para ajudar todo mundo a ficar acordado.

Van segurou o dedo no interfone por um ou dois segundos antes de falar, e acabou fazendo a pergunta óbvia:

— O que você quer dizer com *especial*?

— Mais forte do que café normal — disse Jeanette.

— Você também pode tomar — disse Angel, e tentou dar um sorriso magnânimo. — Vai deixar você afiada.

— Ah, é disso mesmo que eu preciso! De uma prisão inteira cheia de detentas pilhadas! Seria maravilhoso! Vou tentar adivinhar, Fitzroy: o ingrediente secreto é crack.

— Bom... não exatamente. Porque não temos aqui. E vou fazer uma pergunta: qual é a alternativa?

Lampley admitiu que não sabia.

Jeanette falou:

— Guarda, a não ser que essa Aurora seja resolvida imediatamente, as pessoas aqui vão ficar inquietas. — A questão ficou mais clara para Lampley conforme ela falava. Exceto por Maura Dunbarton e mais duas em prisão perpétua, havia pelo menos um raio distante de esperança: o fim da pena. A liberdade. Para todos os propósitos, a Gripe Aurora era um balde de água fria nessa esperança. Ninguém sabia o que acontecia depois do sono, nem se havia alguma coisa. Como com a morte. — As mulheres vão ficar preocupadas, chateadas e com medo, e vocês podem ter um... problema sério. — Jeanette teve o cuidado de não usar a palavra *rebelião*, mas era o problema que estava prevendo. — Elas *já* estão preocupadas, chateadas e com medo. Você mesma falou, já têm três de nós que estão com essa coisa.

— E nós temos os ingredientes ali na cozinha. Você só precisa deixar a gente entrar, e a gente cuida do resto. Olha, não estou querendo forçar a barra nem provocar uma agitação. Você me conhece, né? Eu tento ir levando. Meu tempo aqui não teve incidentes. Só estou dizendo qual é minha preocupação e oferecendo uma ideia.

— E seu café *especial* vai resolver isso? Algum acelerante vai fazer todo mundo aceitar a situação?

— Não, guarda — disse Jeanette. — Não é isso que eu acho.

A mão de Lampley foi até a tatuagem no bíceps com a lápide SEU ORGULHO. Ela passou os dedos pelas linhas. O foco do olhar subiu para uma coisa acima da guarita.

Um relógio, pensou Jeanette, *deve haver um relógio pendurado ali*. Lampley era do turno matinal. Devia ir para a cama por volta das nove para acordar às cinco ou cinco e meia da madrugada e pegar o carro até o trabalho. Pelo relógio da cela, Jeanette sabia que eram umas cinco da tarde. Estava ficando tarde.

A guarda girou o pescoço grosso. Havia círculos debaixo dos olhos, Jeanette reparou. Era um resultado típico de turno duplo.

— Porra — disse Lampley.

Jeanette não ouviu pela barreira à prova de som, mas viu os movimentos labiais da guarda.

Lampley se inclinou para o interfone.

— Me conte mais, detenta. Me convença.

— Acho que vai dar um pouco de esperança para todo mundo. Vai fazer as mulheres pensarem que estão fazendo alguma coisa. E vai nos dar um tempinho a mais para essa coisa acabar.

O olhar de Van subiu novamente. A discussão prosseguiu por um pouco mais de tempo, acabou virando uma negociação e se transformou em plano, mas aquele foi o momento em que Jeanette soube que tinha vencido a guarda Lampley. Não dava para contrariar o relógio.

2

Clint e Coates estavam sozinhos na sala da diretora de novo, mas a princípio nenhum dos dois falou. Clint respirava normalmente, mas o coração ainda estava disparado, e ele achava que sua pressão arterial, limítrofe no último exame (um fato que ele não compartilhou com Lila; não havia necessidade de preocupá-la, ela já tinha preocupações demais), estava em condições sérias.

— Obrigado — disse ele.

— Pelo quê?

— Por me encobrir.

Ela levou as mãos fechadas aos olhos. Para Clint, ela parecia uma criança cansada que voltou do parquinho, onde ficou tempo demais.

— Eu acabei de nos livrar da maçã podre da nossa cesta, doutor. Isso tinha que ser feito, mas não vou me livrar de mais ninguém, não com tão poucos funcionários. Pelo menos todo mundo está ficando até agora.

Clint abriu a boca para dizer *eu queria matar ele*, mas voltou a fechá-la.

— Tenho que dizer... — Janice abriu a boca em um bocejo enorme — ... que fiquei um pouco surpresa. Você partiu para cima dele como Hulk Hogan na época de ouro dos esteroides.

Clint baixou a cabeça.

— Mas preciso de você, pelo menos por enquanto. Meu vice-diretor sumiu de novo, então o trabalho é seu até ele aparecer.

— Ele deve ter ido para casa dar uma olhada na esposa.

— Também acho, e apesar de entender, eu não aprovo. Nós temos cento e catorze mulheres... não, cento e quinze com a hóspede surpresa da Ala A, todas trancadas aqui, e essas mulheres têm que ser nossa prioridade. Não preciso de você perdendo o controle.

— Eu não estou perdendo o controle.

— Espero que seja verdade. Sei que você teve um passado difícil, já li sua ficha, mas não tem nada lá sobre um talento de enforcar pessoas com as mãos. Claro que os registros da menoridade são confidenciais.

Clint se obrigou a olhar nos olhos da diretora.

— Isso mesmo. São.

— Me diga que o que vi com Peters foi uma exceção.

— Foi uma exceção.

— Me diga que nunca vai perder a cabeça assim com uma das mulheres. Fitzroy, por exemplo. Ou uma das outras. A nova, talvez. Evie Maluca.

A expressão chocada de Clint deve ter sido resposta suficiente para ela, porque ela sorriu. Quando o sorriso estava virando outro bocejo, o celular dela tocou.

— Diretora. — Ela ouviu.

— Vanessa? Por que você está *me ligando* se você tem um interfone funcionando perfeitamente à dispo...

Ela escutou mais um pouco e, enquanto isso, Clint observou uma coisa estranha. O celular ficava deslizando para cima, na direção do cabelo. Ela puxava para baixo, mas começava a subir de novo. Podia ser simples cansaço, mas não parecia cansaço. Ele se perguntou brevemente se Janice tinha uma garrafa escondida na mesa, mas descartou a ideia. Ele e Lila já tinham saído para jantar com Coates algumas vezes e ele nunca a viu pedir qualquer coisa mais forte do que vinho, que normalmente nem terminava.

Ele disse para si mesmo que estava procurando pelo em ovos, mas era difícil de acreditar. Se a diretora Coates adormecesse, quem sobraria até Hicksie voltar? *Se* Hicksie voltasse. Lampley? Ele? Clint pensou em como seria ser diretor em exercício e teve que sufocar um tremor.

— Tudo bem — disse Coates ao telefone. E escutou. — *Tudo bem*, eu disse. *Sim*. Deixe que elas façam isso. Pode divulgar pelo interfone. Comunique a todo mundo que o bonde do café está a caminho.

Ela encerrou a ligação, tentou colocar o telefone no lugar, errou e teve que tentar de novo.

— Droga — disse ela, e riu.

— Janice, você está bem?

— Ah, não podia estar melhor — disse ela, mas *podia* saiu arrastado: *pudiiia*. — Acabei de permitir que Van deixe Fitzroy, Sorley e duas outras detentas preparem um supercafé na cozinha. Praticamente uma variedade de metanfetamina.

— *Como é?*

Coates falou com cuidado deliberado, como os bêbados falam quando estão tentando parecer sóbrios.

— De acordo com Van, que ouviu de Angel, a nossa Walter White, nosso café é de torra clara, e não escura, o que é bom porque tem mais cafeína. Então, em vez de um sachê por jarra, elas vão usar três. Vão falar aos *montchis*. — Ela pareceu surpresa e lambeu os lábios. — Aos montes, eu quis dizer. Meus lábios parecem dormentes.

— Você está falando sério? — Ele não sabia se estava falando do café ou dos lábios.

— Você nem ouviu a melhor parte, doutor. Elas vão jogar todo o Sudafed da enfermaria no café, e temos um estoque e tanto. Mas, antes de beberem o café, as detentchas... *detentas*... têm que beber uma mishtura de suco de toranja e manteiga. Acelera a abshorção. É o que Angel diz, e não vesho mal...

Coates tentou se levantar e caiu na cadeira com uma risadinha. Clint correu até ela.

— Jan, você bebeu?

Ela o encarou com olhos vidrados.

— Não, claro que não. Não eshtou me sentindo bêbada. É como... — Ela olhou ao redor. — Meus comprimidos? Estavam aqui na mesa, ao lado da ceshta de entrada e saída.

— Que comprimidos? O que você toma? — Clint procurou um frasco, mas não viu nada na mesa. Inclinou-se e olhou embaixo. Não havia nada além de umas bolotas de poeira esquecidas pela última detenta que limpou a sala.

— Jan... Jan... ah, porra. — Ela se recostou na cadeira. — Vou nessa, doutor. Vou durmir.

Clint olhou no cesto de lixo, e ali, entre lenços de papel e algumas embalagens de chocolate Mars Bar, ele encontrou um frasco marrom de medicação controlada. O rótulo dizia JANICE COATES, XANAX, 10 MG. Estava vazio.

Ele o mostrou para Janice, e eles falaram a mesma palavra ao mesmo tempo, Coates arrastando a dela:

— Peters.

Fazendo um esforço, sem dúvida supremo, Janice Coates se sentou e olhou nos olhos de Clint. Apesar de os olhos estarem vidrados, quando falou, não estava arrastando as palavras.

— Pega ele, doutor. Antes que saia do prédio. Enfia aquele filho da puta molestador em uma cela da Ala C e joga a chave fora.

— Você precisa vomitar — disse Clint. — Ovos crus. Vou pegar na cozinha...

— Tarde demais. Vou apagar. Diga para Mickey... — Ela fechou os olhos. Abriu-os à força novamente. — Diga para Mickey que amo ela.

— Diga você mesma.

Coates sorriu. As pálpebras estavam descendo novamente.

— Você eshtá no comando agora, doutor. Pelo menosh até Hicks voltar. Você... — Ela deu um suspiro alto. — Proteja todash até elash dormirem... e depoish... ah, proteja todash, proteja todash nósh até...

A diretora Coates cruzou os braços sobre a mesa e apoiou a cabeça. Clint ficou olhando com fascinação e horror os primeiros fios brancos começarem a sair do cabelo, das orelhas e da pele das bochechas rosadas.

Tão rápido, ele pensou. *Tão rápido.*

Ele saiu correndo do escritório com a intenção de mandar a secretária de Coates dar o sinal para que Peters ficasse no local, mas Blanche McIntyre não estava lá. Em cima da mesa havia uma folha de papel da prisão com um bilhete escrito com caneta preta. Clint leu as letras de forma grandes duas vezes para conseguir acreditar no que os olhos diziam que ele estava vendo.

FUI PARA O MEU CLUBE DO LIVRO.

Clube do livro?

Clube do livro?

Sério?

Blanche foi para a porra do clube do livro?

Clint correu pela Broadway na direção do saguão de entrada, desviando de algumas detentas de uniforme marrom largo, ciente de que algumas o estavam observando com surpresa. Ele chegou à porta principal trancada e apertou o botão do interfone até Millie Olson, ainda no painel da estação de segurança do saguão, atender.

— Caramba, doutor, não precisa gastar o botão. O que foi?

Pelas vidraças duplas, ele viu o Chevrolet velho de Don Peters depois do portão interno, na zona morta, mas agora passando pelo externo. Podia até ver os dedos gordos de Don mostrando a identificação para o leitor.

Clint apertou o botão do interfone de novo.

— Deixa pra lá, Millie. Deixa pra lá.

13

1

No caminho de volta à cidade, começou a se repetir na mente de Lila uma musiquinha sem sentido que ela e as amigas cantarolavam quando estavam na rua e os pais não estavam perto para ouvir. Ela começou a cantarolar agora, na luz do fim do dia.

— Em Derby Town, em Derby Town, as ruas são feitas de vidro; em Derby Town, em Derby Town, as garotas chutam seu bumpti-bum, bumpti-bum, bumpti-bump-ti-bum-bumbum...

O que vinha depois? Ah, sim.

— Em Derby Town, em Derby Town, meu irmão teve uma crise; em Derby Town, em Derby Town, minha irmã sacode o bumpti-bum, bumpti-b...

Quase tarde demais, ela reparou que estava saindo da estrada e indo para cima da vegetação rasteira, na direção de uma encosta na qual a viatura capotaria pelo menos três vezes antes de chegar lá embaixo. Ela enfiou os dois pés no freio e parou com a frente do carro acima da encosta de cascalho. Ela pôs o carro em ponto morto e, ao fazer isso, sentiu uma coisa roçar suavemente em sua bochecha. Bateu com tudo e teve tempo de ver um filete derretendo na palma da mão, abriu a porta e tentou sair. Ainda estava com o cinto, que a puxou de volta.

Ela abriu a fivela, saiu e respirou fundo, um ar que estava finalmente esfriando. Deu um tapa na própria cara uma vez, depois outro.

— Foi por pouco — disse ela. Bem abaixo, um dos riachos da cidade que alimentavam o rio Ball fluía e cantarolava para o leste. — Essa foi por pouco, Lila Jean.

Muito pouco. Ela acabaria adormecendo, sabia bem disso, e a porra branca sairia da pele dela e a envolveria nessa hora, mas não permitiria que isso acontecesse até beijar e abraçar o filho pelo menos mais uma vez. Era uma promessa imutável.

Ela voltou até o volante e pegou o microfone.

— Unidade Quatro, aqui é a Unidade Um. Responda.

Primeiro, nada, e ela estava quase repetindo quando Terry Coombs respondeu:

— Um, aqui é a Quatro. — Ele falou de um jeito estranho. Como se estivesse resfriado.

— Quatro, você foi às farmácias?

— Fui. Duas foram saqueadas, uma está pegando fogo. Os bombeiros estão no local, e o fogo não vai se espalhar. Acho que pelo menos isso é bom. O farmacêutico da CVS foi morto com um tiro, e achamos que tem pelo menos um corpo dentro da Rite-Aid. É a que está pegando fogo. Os bombeiros não têm certeza do número de vítimas.

— Ah, não.

— Desculpa, xerife. É verdade.

Não, não como se estivesse gripado. Como se tivesse acabado de chorar.

— Terry? O que foi? Tem mais algum problema?

— Eu fui pra casa — disse ele. — Encontrei Rita com aquele casulo na cara. Ela cochilou com a cabeça na mesa, como sempre faz antes de eu chegar em casa do trabalho. Só para ter quinze ou vinte minutos de sossego. Eu avisei pra ela não dormir, ela disse que não ia dormir, e corri em casa pra ver como ela estava e...

Então ele começou a chorar.

— Eu coloquei ela na cama e voltei pra ver as farmácias, como você pediu. O que mais eu podia fazer? Tentei ligar pra minha filha, mas ninguém atendeu no quarto dela. Rita também tentou ligar antes, algumas vezes. — Diana Coombs era caloura na faculdade, na USC. O pai fez um som de ofego úmido. — A maioria das mulheres da costa oeste está dormindo, nem chegou a acordar. Eu esperava que ela pudesse ter passado a noite estudando, sei lá, até na farra, mas... sei que não foi assim, Lila.

— Você pode estar enganado.

Terry ignorou.

— Mas, ei, elas estão *respirando*, certo? Todas as mulheres e garotas ainda estão *respirando*. Então, talvez... não sei...

— Roger está com você?

— Não. Mas falei com ele. Ele encontrou Jessica coberta com aquela coisa. Da cabeça aos pés. Deve ter ido dormir nua, porque ela parece uma múmia em um filme de terror antigo. A bebê também. No berço, enrolada como as que aparecem na televisão. Roger surtou. Estava chorando e berrando sem parar. Tentei fazer com que ele viesse comigo, mas ele não quis.

Isso deixou Lila irracionalmente irritada, provavelmente porque ela também estava nervosa. Se não tinha permissão para desistir, mais ninguém tinha.

— Logo vai anoitecer, e vamos precisar de todos os policiais que tivermos.

— Eu falei isso pra ele...

— Eu vou buscar Roger. Me encontre na delegacia. Mande todo mundo que conseguir se juntar a nós. Sete horas.

— Por quê?

Mesmo com o mundo desabando, Lila não diria isso pelo rádio, mas eles iam abrir o armário de provas e fazer uma festinha com drogas, só as estimulantes.

— Esteja lá.

— Acho que Roger não vai.

— Vai, nem que eu tenha que algemar ele.

Ela recuou para longe da encosta na qual quase caiu e voltou para a cidade. Estava com as luzes acesas, mas parou em todos os cruzamentos. Porque, com tudo que estava acontecendo, as luzes podiam não ser suficientes. Quando chegou a Richland Lane, onde Roger e Jessica Elway moravam, aquela praga estava na cabeça dela de novo: Em Derby Town, em Derby Town, papai teve uma coceira...

Um Datsun se aproximou lentamente no caminho dela, ignorando as luzes acesas e a placa de pare no cruzamento. Em um dia comum, ela cairia em cima do filho da puta descuidado como uma predadora. Se não estivesse lutando contra o sono, ela talvez até tivesse reparado no adesivo na parte de trás (O QUE TEM DE ENGRAÇADO EM PAZ, AMOR E COMPREENSÃO?) e identificado o carro como o da sra. Ransom, que morava na rua dela, perto das casas vazias. Se estivesse desperta, ela teria reconhecido o motorista como seu filho e a passageira ao lado como Mary Pak, a garota por quem ele era louco.

No entanto, não era um dia normal, e ela estava longe de estar bem desperta, então continuou na direção da casa de Elway na Richland Lane, onde se viu no ato seguinte do pesadelo contínuo que era aquele dia.

2

Jared Norcross estava com uma praga grudada na cabeça também, mas não tinha nada a ver com Derby Town, onde as ruas eram feitas de vidro. Era *coincidência, boa sorte, predestinação, destino*. Pode escolher um ou nenhum; devia dar no mesmo para o universo. *Coincidência, boa sorte, predestinação, des...*

— Você não parou na placa de pare — disse Mary, quebrando o feitiço temporariamente. — E acho que vi um policial.

— Não fala isso — disse Jared.

Ele estava empertigado atrás do volante, suando, o coração disparado enviando raios de dor diretamente para o joelho machucado. Ele ainda conseguia dobrar o joelho, o que o fazia acreditar que não tinha arrebentado nada, só torcido, mas estava muito inchado e doendo. A ideia de ser pego pela polícia quando ele nem tinha permissão para dirigir legalmente, pelo menos não sem um motorista habilitado ao lado, era horrível. Sua mãe tinha dito repetidamente para ele que a pior coisa para ela, como chefe de polícia, seria que ele fosse pego por fazer alguma coisa ilegal; *qualquer coisa*, até mesmo sair da Banca do Fenton com um chocolate pelo qual tinha se esquecido de pagar. "E, acredite", dissera Lila, "se é a pior coisa para mim, vou fazer com que seja a pior para você."

A neta da sra. Ransom, Molly, estava de joelhos no banco de trás, olhando pela janela.

— Está tudo bem — relatou ela. — A viatura passou direto.

Jared relaxou um pouco, mas ainda não conseguia acreditar que estava fazendo aquilo. Menos de uma hora antes, estava em casa, esperando notícia dos pais. Mas ele ligou para Mary. Que começou a gritar com ele antes que Jared conseguisse dizer três palavras depois de alô.

— Onde você *está*? Estou tentando falar com você há *séculos*!

— Está? — A situação talvez não fosse tão ruim. Uma garota não gritava assim se não se importasse, não é? — Meu celular quebrou.

— Então vem pra *cá*! Eu preciso de *ajuda*!

— Do que você precisa? O que houve?

— Você *sabe* o que houve! *Tudo* pra quem é mulher! — Ela recuperou o fôlego e diminuiu o volume. — Preciso de carona até o Shopwell. Se meu pai estivesse aqui, eu pediria a ele, mas ele está em Boston a trabalho e está tentando voltar pra casa, mas isso não nos ajuda em nada agora.

Shopwell era o supermercado grande da cidade, mas ficava do outro lado. Ele adotou sua voz mais sensata e adulta.

— A Dooling Grocery fica bem mais perto de onde você está, Mary. Sei que não tem as melhores...

— Dá para me escutar?

Ele ficou em silêncio, assustado pela histeria controlada na voz dela.

— Tem que ser o Shopwell porque tem uma mulher que trabalha lá na seção de legumes e verduras. Muitos adolescentes conhecem ela. Ela vende... auxiliares de estudo.

— Você está falando de speed?

Silêncio.

— Mary, isso é ilegal.

— *Não quero saber!* Minha mãe está bem agora, mas minha irmãzinha só tem doze anos, ela sempre vai dormir às nove, e costuma virar um zumbi até antes.

E tem você, pensou Jared.

— E tem eu. Eu não quero dormir. Não quero entrar em um casulo. Estou *com medo pra caralho*.

— Eu entendo — disse Jared.

— Ah, não entende, não. Você é *garoto*. Nenhum garoto consegue entender. — Ela respirou fundo, com um ruído úmido. — Deixa pra lá. Não sei por que esperei você falar comigo. Vou ligar para o Eric.

— Não faz isso — disse Jared em pânico. — Eu vou buscar você.

— Vem mesmo? De verdade? — Ah, Deus, a gratidão. O sentimento enfraqueceu os joelhos dele.

— Vou.

— Seus pais não vão se importar?

— Não — disse Jared, o que não era precisamente mentira. Como eles poderiam se importar se ele não contasse? Eles provavelmente se importariam muito, claro (mesmo deixando de lado a crise mundial e tal), porque Jared não tinha carteira de habilitação. Ele *teria*, se não tivesse batido em uma lata de lixo quando estava tentando estacionar em paralelo no primeiro exame. Até aquele momento, tudo estava indo bem.

Jared deu a Mary a impressão de que tinha passado no exame? Bom, só considerando que disse para ela que tinha. Droga! A mentira pareceu inofensiva na época. Parecia uma idiotice tão grande ser reprovado no exame. Ele refaria no mês seguinte, e como não tinha carro mesmo, ela não tinha como saber. Essa foi a lógica dele. Jared achava que exames de habilitação não seriam prioridade em Dooling por um tempo. Nem em nenhum lugar.

— Quanto tempo você vai levar pra chegar aqui?

— Quinze minutos. Vinte, no máximo. Fique esperando.

Só depois de desligar foi que ele se deu conta do quanto tinha se enrolado. Além de não ter carteira de habilitação, ele não tinha carro. O pai havia levado o Prius para a prisão, e o Toyota da mãe estava estacionado atrás da delegacia de polícia. Em termos de veículo, a garagem dos Norcross estava vazia. Ele tinha que pegar um carro emprestado ou ligar para Mary e dizer para que pedisse para Eric a levar, afinal. A primeira alternativa parecia improvável, mas depois de tudo que tinha acontecido de tarde, a segunda era inimaginável.

Foi nessa hora que a campainha tocou.

Coincidência, boa sorte, predestinação, destino.

3

A sra. Ransom estava apoiada em uma bengala de hospital e usando uma órtese de metal com aparência cruel na perna direita. Ver isso fez Jared, mesmo na situação complicada do momento, achar que estava levando o joelho torcido a sério demais.

— Eu vi você chegar — disse a sra. Ransom. — Jared, não é?

— Sim, senhora. — Jared, um garoto que se lembraria dos bons modos até no *Titanic* afundando, esticou a mão, arranhada na vegetação durante a fuga mais cedo.

A sra. Ransom sorriu e balançou a cabeça.

— Melhor não. Artrite. E peço desculpas por pular as amenidades, coisa que normalmente eu não faria, mas o tempo urge hoje, ao que parece. Meu jovem, você tem habilitação?

Jared se viu lembrando um filme em que o vilão cortês disse "Eu só posso ser enforcado uma vez".

— Tenho, mas não tenho carro.

— Isso não é problema. Eu tenho. É um Datsun, velho, mas em excelentes condições. Dirijo pouco agora por causa da minha artrite. Além disso, a órtese dificulta na hora de usar os pedais. Faço meus clientes virem buscar aqui em casa. Eles não costumam se importar com isso... ah, deixa pra lá. Não é relevante, é? Jared... eu preciso de um favor.

Jared tinha quase certeza de que sabia qual seria o favor.

— Eu durmo mal atualmente nas melhores circunstâncias, e como minha neta veio ficar comigo enquanto meu filho e minha nora resolvem... as *diferenças* deles... eu praticamente não durmo. Estou em dívida com o sono, poderíamos dizer, e apesar de todas as minhas doenças sofridas, acredito que esta noite eu tenha que pagar essa dívida. A não ser, claro... — Ela tirou a bengala do chão para conseguir coçar entre as sobrancelhas. — Ah, que difícil. Eu costumo ser uma pessoa reservada, uma pessoa com *decoro*, não do tipo que sai jogando meus problemas em cima de estranhos, mas vi você chegar e pensei... pensei que talvez...

— Pensou que eu pudesse conhecer alguém, que pudesse obter uma coisinha que te ajudasse a ficar acordada mais um pouco. — Ele falou como uma afirmativa, não uma pergunta, pensando *coincidência, boa sorte, predestinação, destino*.

A sra. Ransom tinha arregalado os olhos.

— Ah, não! Não mesmo! *Eu* conheço uma pessoa. Pelo menos, acho que conheço. Só comprei maconha com ela, porque ajuda com a artrite e o glaucoma, mas acredito que ela venda outras coisas. E não sou só eu. Eu tenho Molly em quem pensar. Minha neta. Ela está pulando como uma pulga agora, mas às dez vai estar...

— Caindo de sono — disse Jared, pensando na irmã de Mary.

— É. Você pode me ajudar? O nome da mulher é Norma Bradshaw. Ela trabalha no Shopwell, do outro lado da cidade. Na seção de legumes e verduras.

4

E ali estava ele, dirigindo para o mercado Shopwell com a habilitação temporária e já com uma violação de trânsito nas costas, uma placa de pare na qual não parou, e a vida de duas pessoas em suas mãos inexperientes. Com Mary, ele estava contando; com Molly Ransom, de dez anos, não. Ela já estava sentada no banco de trás do Datsun velho quando Jared ajudou a avó dela a voltar para casa, e a sra. Ransom insistiu que ele levasse a garota. Sair de casa "ajudaria a manter a pobrezinha animada". As notícias diziam que havia protestos nas cidades, mas a sra. Ransom não estava preocupada em mandar a neta dar uma volta para fazer uma coisinha na pequena Dooling.

Jared não estava em posição de recusar uma passageira a mais. O carro era da velha senhora, afinal, e se ele dissesse não apesar disso, a pergunta pertinente poderia surgir novamente: ele *era* um motorista habilitado, não era? A sra. Ransom até poderia deixar passar se ele admitisse a verdade, pois estava desesperada, mas ele não queria correr o risco.

Eles estavam finalmente se aproximando do supermercado, graças a Deus. Molly estava sentada de novo com o cinto de segurança, mas tinha uma boca inquieta, que estava agora em velocidade máxima. Até o momento, Jared e Mary já sabiam que a melhor amiga de Molly era Olive, e que Olive era uma chata quando não fazia as coisas que queria, era como um superpoder, só que quem ia querer um superpoder desses, e os pais de Molly estavam fazendo *terapia de casal*, e a vovó fumava um remédio especial porque ajudava com os olhos e com a artrite, e ela tinha um troço grande de fumar com a águia americana desenhada, e normalmente fumar era uma coisa ruim, mas era diferente para a vovó, se bem que Molly não devia falar sobre isso, porque as pessoas podiam achar que fumar qualquer coisa que não fosse boa...

— Molly — disse Mary —, você alguma hora cala a boca?

— Normalmente só quando estou dormindo — disse Molly.

— Eu não quero que você durma, mas seus pensamentos são um pouco demais. Além disso, você devia parar de inalar a fumaça de maconha da sua avó. Não faz bem.

— Tudo bem. — Mary cruzou os braços sobre o peito. — Posso só perguntar uma coisinha, srta. Chefe Mary?

— Acho que pode — disse Mary. Seu cabelo, normalmente puxado e amarrado em um rabo de cavalo, estava caído nos ombros. Jared achava que ela estava linda.

— Vocês são namorados?

Mary olhou para Jared e abriu a boca para dizer alguma coisa. Antes que pudesse, ele ousou tirar uma das mãos do volante e apontar para a frente, para um enorme estacionamento em uma região de luzes de halogênio. Estava lotado de carros.

— Shopwell à vista.

5

— Que *loucura* — disse Mary.

— *Loucura* mesmo — concordou Molly.

Jared parou na grama no final do estacionamento do Shopwell. Devia ser violação também, mas uma que não faria diferença, já que o estacionamento em si parecia uma corrida de demolição. Carros disparavam pelas pistas ainda vazias, buzinando para consumidores empurrando carrinhos cheios. Enquanto eles observavam a cena, dois carrinhos de compras colidiram, e os homens que os empurravam começaram a gritar um com o outro.

— Acho que é melhor você ficar no carro, Molly.

— De jeito nenhum. — Ela segurou a mão de Jared. — Você não vai me deixar. Nenhum dos dois. *Por favor*. Minha mãe me deixou em um estacionamento uma vez e...

— Pode vir — disse Mary. Ela apontou para uma das pistas do meio. — Vamos por ali. Temos menos chance de sermos atropelados.

Os três seguiram por um amontoado de carros abandonados. Tinham acabado de passar por um órfão desses quando um Dodge Ram saiu da vaga e bateu nele, empurrando-o para trás até ter espaço suficiente para sair. O

Ram passou voando por eles, a traseira agora amassada batendo como um maxilar aberto.

Dentro, o Shopwell estava um pandemônio. Vozes tagarelavam. Outras berravam. Havia gritos e som de vidro quebrando. Homens gritavam. Quando eles estavam parados ao lado de pilhas de cestas de compras e dos poucos carrinhos que restavam, um homem branco de terno e gravata passou correndo empurrando um carrinho cheio de latinhas de Red Bull, Blast-O Cola e Monster Energy. Atrás dele havia um homem corpulento de calça jeans e camiseta, com as botas de motoqueiro batendo com força no chão.

— Você não pode ficar com isso tudo! — gritou o Botas de Motoqueiro.

— É por ordem de chegada! — gritou o Terno e Gravata, sem se virar. — É por ordem de che...

Ele tentou entrar com velocidade no corredor 7 (comida de animais e produtos de papel), mas o peso e o movimento jogaram o carrinho carregado em cima de uma estante de biscoitos de cachorro. Tudo saiu voando. O Botas de Motoqueiro apareceu na mesma hora no carrinho e pegou engradados de bebida. Quando o Terno e Gravata tentou recuperar o carrinho, o Botas o empurrou. O Terno caiu.

Jared olhou para Mary.

— Onde ficam os legumes e verduras? Eu nunca vim aqui.

— Ali, eu acho. — Ela apontou para a esquerda.

Ele carregou Molly nas costas, passando por cima de Terno, que estava apoiado em uma das mãos e massageando a cabeça com a outra.

— O cara estava louco — disse ele para Jared. — Só por causa de uns energéticos.

— Eu sei. — Sem declarar o óbvio: que Terno e Gravata estava tentando fugir com um carregamento da mesma coisa.

— *Todo mundo* está louco. O que estão achando que é? Um *furacão*? Uma porra de *tempestade de neve*? — Ele olhou para Molly e disse: — Desculpa.

— Ah, não se preocupe, meus pais dizem isso o tempo todo — disse Molly. Ela se agarrou a Jared ainda mais.

A seção de carnes e peixes, que ia até os fundos, estava relativamente calma, mas o corredor 4 (vitaminas, suplementos e analgésicos) estava uma zona de guerra. Havia uma batalha por frascos marrons de Genestra, Lumiday, Natrol e algumas outras variedades de remédio de venda livre. As prateleiras do meio estavam completamente vazias, e Jared achava que era onde ficavam os suplementos que se propunham a manter as pessoas despertas.

Uma senhora idosa de vestido largo, estampado e azul andou na direção dele, perseguida por JT Wittstock, o treinador do time de futebol e pai de dois policiais que trabalhavam com a mãe de Jared, Will e Rupe Wittstock. Jared não conhecia o treinador a ponto de conversar com ele, mas na festa de dia do trabalho do departamento, Will e Rupe venceram na corrida do saco e quase se bateram para decidir quem ficaria com o troféu de cinco dólares. (Lila, sempre diplomática com a equipe e suas famílias, os descrevia como "muito jovens e muito enérgicos".)

A senhora do vestido largo estava indo mais devagar por causa da cesta de compras, carregada de frascos de uma coisa chamada Vita-Caff. O treinador Wittstock a pegou pela gola do vestido e puxou para trás. A cesta saiu voando e os frascos se espalharam, vários rolando na direção de Jared, Mary e Molly.

— Não! — gritou ela. — Não, por favor! Nós podemos dividir! Nós podemos div...

— Você pegou tudo que tinha sobrado — rosnou o treinador Wittstock. — E chama isso de dividir? Preciso de alguns pra minha esposa.

O treinador e a senhora de vestido largo rastejaram no chão para pegar os frascos. Ele a empurrou para cima de uma estante, fazendo desabar uma cascata de caixas de aspirina.

— Seu covarde! — gritou ela, chorando. — Seu grande covarde mau caráter!

Jared se adiantou sem pensar, colocou o pé em cima da cabeça calva do treinador Wittstock e empurrou para o lado. O treinador Wittstock caiu estatelado no chão. A senhora começou a encher a cesta. O treinador ficou agachado atrás dela por um momento: postura com três apoios, olhando de um lado para outro. A marca do tênis de Jared tinha ficado de leve na cabeça. Ele deu um pulo e pegou a cesta pela metade com a agilidade de um macaco roubando uma laranja. Passou correndo por Jared (olhando de cara feia para ele como quem diz *vou me lembrar da sua cara, amigão*), esbarrando com o ombro e o derrubando, ainda com Molly nas costas. Eles caíram no chão e Molly gritou.

Mary correu para eles. Jared balançou a cabeça.

— Nós estamos bem. Veja se *ela* está. — Ele disse isso olhando para a senhora de vestido largo, que estava pegando os poucos frascos de Vita-Caff que o treinador tinha deixado para trás.

Mary se apoiou em um joelho.

— Senhora, está tudo bem?

— Acho que sim — disse ela. — Só estou abalada. Por que aquele homem... acho que ele disse que tinha uma esposa... talvez uma filha... mas eu também tenho uma filha.

A bolsa dela tinha ido parar na metade do corredor lotado. Foi ignorada pelas pessoas brigando pelos últimos frascos de suplemento. Jared ajudou Molly a se levantar e devolveu a bolsa para a senhora. Ela colocou os frascos de Vita-Caff dentro.

— Vou pagar por isso outro dia — disse ela. E, enquanto Mary a ajudava a se levantar: — Obrigada. Eu faço compras aqui o tempo todo e algumas dessas pessoas são meus vizinhos, mas não reconheço ninguém hoje.

Ela saiu mancando, segurando a bolsa contra o peito.

— Eu quero voltar pra vovó! — gritou Molly.

— Vá buscar o que viemos comprar — disse Mary para Jared. — O nome dela é Norma, e ela tem cabelo louro muito ondulado. Vou levar Molly para o carro.

— Eu sei. A sra. Ransom me falou — disse Jared. — Tome cuidado.

Ela se afastou, levando Molly pela mão, mas se virou para trás.

— Se ela ficar relutante em vender pra você, diz que Eric Blass te mandou. Pode ser que ajude.

Ela devia ter visto a mágoa nos olhos dele, porque fez uma careta antes de sair em uma corridinha lenta até a porta do mercado, inclinada de forma protetora sobre a garota assustada.

6

Tinha um homem no meio da longa sessão de legumes e verduras, fumando um cigarro. Ele estava de calça branca e camisa branca com GERENTE DE HORTIFRUTIGRANJEIROS bordado no peito direito, em linha vermelha. Estava com uma expressão quase pacífica no rosto enquanto observava o pandemônio que tomava conta do mercado.

Ele viu Jared se aproximar, assentiu para ele e falou como se estivesse retomando uma conversa que estivessem tendo antes.

— Essa merda vai sossegar depois que todas as mulheres estiverem dormindo. São elas que causam mais problema, sabe. Você está olhando para um homem que sabe. Fui derrotado três vezes na guerra do casamento. E não só derrotado. Arrasado em cada uma das vezes. Se o matrimônio fosse Vicksburg, eu seria a Confederação.

— Eu estou procurando…

— Norma, provavelmente — disse o gerente.

— Ela está?

— Não. Foi embora meia hora atrás, quando acabou de vender tudo que tinha. Menos o que guardou para ela, eu acho. Mas tem mirtilo fresco. Se colocar no cereal, fica mais gostoso.

— Obrigado, mas vou deixar pra depois — disse Jared.

— Tem um lado bom — disse o gerente de hortifrutigranjeiros. — Meus pagamentos de pensão vão acabar em pouco tempo. O sul renasce. Nós fomos derrotados, mas não fomos vencidos ainda.

— O quê?

— Derrotados, não vencidos. "Vou trazer um pedaço da casaca de Lincoln, coronel." É de Faulkner. Não ensinam mais nada na escola atualmente?

Jared foi até a entrada do mercado, evitando a confusão nas filas dos caixas. Várias estavam vazias, e os consumidores estavam passando correndo com cestas carregadas.

Lá fora, tinha um homem de camisa quadriculada sentado no banco do ponto de ônibus com uma cesta de compras no colo. Estava lotada de latas de Maxwell House. Ele olhou para Jared.

— Minha esposa está cochilando — declarou ele —, mas sei que vai acordar logo.

— Espero que dê tudo certo — disse Jared, e saiu correndo.

Mary estava no banco do passageiro do Datsun com Molly no colo. Sacudiu a garota quando Jared entrou atrás do volante e falou alto demais:

— Ele chegou, ele chegou, é nosso amigo Jared!

— Oi, Jared — disse Molly, com voz rouca e lacrimosa.

— Molly estava ficando com sono — disse Mary com a mesma voz alta demais e alegre demais. — Mas está acordada agora. *Beeeem* acordada! Nós duas estamos, né, Mols? Nos conte mais sobre Olive, que tal?

A garotinha saiu do colo de Mary e foi para o banco de trás.

— Não quero.

— Você conseguiu? — A voz de Mary estava baixa agora. Baixa e tensa. — Você...

Jared ligou o carro.

— Ela foi embora. Muita gente chegou aqui primeiro. Você deu azar. A sra. Ransom também.

Ele saiu do estacionamento do Shopwell, contornando sem esforço os carros que tentavam entrar no caminho. Estava abalado demais para se preocupar com a forma como dirigia, e por isso mesmo dirigiu melhor do que antes.

— Nós vamos pra casa da vovó agora? Eu quero ir pra casa da vovó.

— Logo depois que eu deixar Mary em casa — disse Jared. — Ela precisa ligar para o melhor amigo dela, Eric, para ver se ele tem alguma coisa em casa. — Foi bom por um segundo dar uma alfinetada nela, despejar o medo que tomava conta. Mas só por um segundo. Era uma atitude infantil. Ele odiou o que fez, mas não conseguiu evitar.

— O que você quer dizer com "alguma coisa"? — perguntou Molly, mas ninguém respondeu.

O crepúsculo tinha chegado quando eles pararam na frente da casa dos Pak. Jared parou na entrada e colocou o carro em ponto morto.

Mary olhou para ele na escuridão crescente da primeira noite da Aurora.

— Jere. Eu não ia com ele ver o Arcade Fire. Eu ia furar.

Ele não disse nada. Talvez ela estivesse dizendo a verdade, talvez não. Ele só sabia que ela e Eric eram amiguinhos o bastante para Eric dar a ela o nome de uma traficante local.

— Você está sendo infantil — disse Mary.

Jared ficou olhando para a frente.

— Tudo bem — disse Mary. — Tudo bem, bebê. O bebê quer a mamadeira. Que tudo vá à merda. E você também.

— Vocês dois estão brigando que nem minha mãe e meu pai — disse Molly, e começou a chorar de novo. — Eu queria que parassem. Queria que fossem namorados de novo.

Mary saiu, bateu a porta e andou para casa.

Tinha quase chegado à entrada dos fundos quando Jared se deu conta de que havia uma possibilidade real de que, na próxima vez que a visse, ela estivesse enterrada em um casulo branco de origem desconhecida. Ele olhou para Molly e disse:

— Fique de olhos abertos. Se você dormir, vou dar um soco na sua cara.

Jared saiu do carro e correu atrás de Mary. Alcançou-a quando ela estava abrindo a porta de trás. Ela se virou para ele, assustada. Uma nuvem de mariposas voava em volta da lâmpada acima, e o rosto dela estava pontilhado de sombras.

— Me desculpe — disse ele. — Mary, me desculpe mesmo. É tudo tão louco. Até onde eu sei, minha mãe pode estar dormindo no carro em algum lugar, e eu estou com medo. Não consegui o que você precisava e lamento.

— Tudo bem — disse ela.

— Não durma esta noite. Por favor. — Ele a tomou nos braços e a beijou. Maravilha das maravilhas, ela retribuiu, a boca aberta, o hálito se misturando com o dele.

— Estou oficialmente acordada — disse ela, se afastando e olhando no rosto dele. — Agora leve a Chapeuzinho Tagarela de volta para a avó.

Ele começou a descer os degraus, pensou duas vezes, voltou e deu outro beijo nela.

— Opa! — disse Molly quando ele voltou para o carro. Ele ouviu na voz dela que o humor estava dramaticamente melhor. — Vocês estavam fazendo guerra de língua.

— Estávamos mesmo, né? — disse Jared. Sentia-se atordoado, um estranho no próprio corpo. Ainda sentia o gosto dos lábios e do hálito dela. — Vou levar você pra casa.

O último trecho daquela viagem longa e estranha só cobria nove quarteirões, e Jared dirigiu sem incidentes, finalmente percorrendo a Tremaine Street, passando pelas casas vazias. Entrou na porta da garagem da sra. Ransom. Os faróis iluminaram a figura sentada em uma cadeira dobrável, um corpo sem rosto. Jared pisou no freio. A sra. Ransom ficou iluminada, uma múmia.

Molly começou a gritar, e Jared apagou os faróis. Deu ré no Datsun e foi para a porta da própria casa, do outro lado da rua.

Quando soltou o cinto de Molly, Jared tirou a menina do carro e a tomou nos braços. Ela se agarrou a ele, e não foi problema. A sensação era boa.

— Não se preocupe — disse ele, acariciando o cabelo dela. Estava molhado de suor. — Você vai ficar comigo. Vamos ver uns filmes e virar a noite.

14

1

Maura Dunbarton, que já tinha sido assunto de manchetes de jornais, mas agora estava esquecida, estava sentada no beliche de baixo da B-11, a cela que dividia com Kayleigh Rawlings havia quatro anos. A porta da cela estava aberta. Na Ala B, todas as portas das celas estavam abertas, e Maura não achava que fossem ser fechadas e trancadas pela Guarita naquela noite. Não naquela noite. A televisão pequenininha presa à parede estava ligada e sintonizada no NewsAmerica, mas Maura tinha tirado o som. Ela sabia o que estava acontecendo; àquela altura, até a detenta mais burra de Dooling sabia. REBELIÃO NO PAÍS E NO EXTERIOR, dizia a legenda em movimento no pé da tela. Vinha seguida de uma lista de cidades. A maioria era dos Estados Unidos, porque se pensava nos seus antes de pensar nas pessoas dos locais mais distantes, mas Maura também viu Calcutá, Sydney, Moscou, Cidade do Cabo, Cidade do México, Bombaim e Londres antes de parar de olhar.

Era engraçado se parasse para pensar no assunto: por que todos aqueles homens estavam se rebelando? O que eles achavam que conseguiriam? Maura se perguntou se haveria rebeliões se fosse a outra metade da raça humana adormecendo. Ela achava improvável.

A cabeça de Kayleigh, envolta em um capacete branco que pulsava com a respiração, estava no colo de Maura. Ela estava segurando uma das mãos brancas enluvadas de Kayleigh, mas não tentou mexer na substância. Houvera um anúncio pelo sistema de som da prisão avisando que podia ser perigoso fazer isso, e o mesmo aviso era passado repetidamente nos noticiários. Embora os filamentos fossem ligeiramente grudentos e muito densos, Maura conseguia sentir os dedos de Kayleigh lá dentro, como lápis envoltos em plástico grosso. Ela e Kayleigh eram amantes quase desde a época em que Kayleigh, anos mais nova, foi morar na B-11, cumprindo pena por agressão a mão armada. Apesar da diferença de idade, elas combinavam. O senso de humor meio deturpado de Kayleigh combinava com o cinismo de Maura. Kay era amável e preenchia os abismos escuros que surgiram na personalidade de Maura pelas coisas que ela tinha visto e feito. Era boa dançarina, beijava muito bem, e apesar de elas não fazerem amor com frequência, quando faziam, era bom. Quando elas ficavam deitadas com as pernas entrelaçadas, não existia prisão por um tempo, e nem mundo confuso lá fora. Eram só elas.

Kayleigh também era uma ótima cantora; venceu o show de talentos da prisão três anos seguidos. Em outubro do ano anterior não tinha restado um único olho seco quando ela terminou de cantar a capela "The First Time Ever I Saw Your Face". Maura achava que agora isso tinha acabado. As pessoas falavam dormindo, mas poucas cantavam dormindo, se é que alguma fizesse isso. Mesmo que Kayleigh conseguisse cantar, o som sairia abafado. E se aquela merda também estivesse na garganta dela? E nos pulmões? Devia estar, se bem que, se fosse o caso, como ela continuava respirando era um mistério.

Maura levantou um joelho, depois o outro, para a frente e para trás, para cima e para baixo, acalentando-a delicadamente.

— Por que você dormiu, querida? Por que não pôde esperar?

Jeanette e Angel apareceram nessa hora, empurrando um carrinho com duas urnas grandes de café e duas jarras de plástico de suco. Maura sentiu o cheiro antes de vê-las, porque, nossa, o café tinha um cheiro *amargo*. O guarda Rand Quigley as estava acompanhando. Maura se perguntou quantas guardas tinham restado. Ela achava que não muitas. E poucas apareceriam para o próximo turno de trabalho. Talvez nenhuma.

— Café, Maura? — perguntou Angel. — Vai dar uma animada do caralho.

— Não — disse Maura. Os joelhos subiam e desciam. Subiam e desciam. Nana nenê que a cuca vem pegar.

— Tem certeza? Vai deixar você acordada. Juro pela minha mãe mortinha.

— Não — repetiu Maura. — Vão logo embora.

Quigley não gostou do tom de Maura.

— Olha como fala, detenta.

— Senão o quê? Você vai bater com o cassetete na minha cabeça e vai me fazer apagar? Vai em frente. Pode ser a única forma de fazer isso.

Quigley não respondeu. Ele parecia abalado. Maura não entendia por quê. Nada daquilo o afetaria; nenhum homem carregaria aquela cruz.

— Você tem insônia, né? — perguntou Angel.

— É. Só quem tem entende.

— Sorte a nossa — disse Angel.

Errado, pensou Maura. *Falta de sorte a nossa.*

— Essa é Kayleigh? — perguntou Jeanette.

— Não — respondeu Maura. — É a porra da Whoopi Goldberg embaixo desse troço.

— Sinto muito — disse Jeanette, e pareceu sentir mesmo, e isso fez Maura se sentir mal de uma maneira que ela vinha evitando se sentir. Porém, ela não ia chorar na frente do guarda Quigley e nem daquelas jovens. Não mesmo.

— Eu falei pra vocês irem embora.

Quando elas saíram com o carrinho do café, Maura se inclinou por cima da colega de cela adormecida, se é que dava para chamar de adormecida. Para Maura, parecia um feitiço de conto de fadas.

O amor chegou tarde para ela, e era um milagre que tivesse chegado, ela sabia. Como uma rosa florescendo em uma cratera de bomba. Ela deveria estar agradecida pelo tempo que as duas tiveram, todos os cartões e músicas diziam isso, mas, quando olhava para a membrana grotesca cobrindo o rosto doce de Kayleigh, ela descobria que seu poço de gratidão, sempre raso, agora estava seco.

Porém, seus olhos não estavam. Agora que a gangue do café e o guarda Quigley tinham saído (deixando só o fedor daquela mistura estranha), ela deixou que as lágrimas viessem. Caíram na coisa branca que envolvia a cabeça de Kayleigh, e a coisa branca sugou a umidade vorazmente.

Se ela estiver perto e se eu conseguir dormir, talvez a gente consiga se encontrar. Assim, poderíamos ficar juntas.

Não. Por causa da insônia. Ela vivia assim desde a noite em que tinha assassinado metodicamente toda a família, terminando com Slugger, o pastor alemão idoso. Fazendo carinho nele, acalmando-o, deixando que ele lambesse a mão dela e cortando sua garganta. Quando conseguia duas horas de inconsciência à noite, ela considerava sorte. Durante muitas noites, ela não dormia nada… e as noites em Dooling podiam ser longas. Porém, Dooling era só um lugar. A insônia era sua verdadeira prisão ao longo dos anos. A insônia não tinha limites e nunca a classificava por bom comportamento.

Vou estar acordada depois que a maioria estiver dormindo, pensou ela. *Tanto guardas como detentas. Vou mandar no lugar. Supondo que eu queira ficar, claro. E por que eu quereria ir para qualquer outro lugar? Ela pode acordar, a minha Kayleigh. Com uma coisa assim, tudo é possível. Não é?*

Maura não sabia cantar como Kayleigh (não conseguia nem se manter na melodia), mas tinha uma música da qual Kayleigh gostava muito, e agora Maura a cantava para ela enquanto subia e descia delicadamente os joelhos, como se operando os pedais de um órgão invisível. O marido de Maura ouvia o tempo todo, e ela aprendeu a letra por osmose. Kay a ouviu cantar baixinho uma vez e pediu que ensinasse para ela. "Ah, que horror!", exclamou Kayleigh. Era de um LP de uns cantores irlandeses. Maura estava lá dentro desde essa época; seu marido tinha uma coleção enorme de LPs. Ele não importava agora. O sr. Dunbarton foi colocado prematuramente em sono eterno na manhã de 7 de janeiro de 1984. Ela usou a faca nele primeiro, bem no peito, enfiou como uma pá no barro, e ele se sentou de repente com os olhos dizendo "Por quê?".

Porque sim, esse foi o motivo. E ela o teria matado ou a qualquer outra pessoa de novo, naquele momento mesmo, se isso fosse trazer Kayleigh de volta.

— Escuta, Kay. Escuta: "*In the women's prison there are seventy women… and I wish it was with them that I did dwell…*".

Na pequena televisão, o centro de Las Vegas parecia estar pegando fogo.

— *Then that auld triangle… could go jingle-jangle…*

Ela se inclinou e beijou o casulo branco que cobria o rosto de Kayleigh. O gosto foi amargo em seus lábios, mas ela não se importou, porque Kayleigh estava por baixo. Sua Kay.

— *All along the banks… of the Royal Canal.*

Maura se inclinou para trás, fechou os olhos e rezou pelo sono, mas ele não veio.

2

A Richland Lane fazia uma curva suave para a esquerda antes de terminar em um pequeno parque. A primeira coisa que Lila viu quando fez a curva foi duas latas de lixo viradas na rua. A segunda foi um amontoado de vizinhos gritando na frente da casa de Elway.

Uma garota adolescente de roupa de corrida foi na direção da viatura. Nas luzes do carro, o rosto dela era a imagem da consternação. Lila pisou no freio e abriu a porta, soltando a tira que prendia a pistola no cinto.

— Vem rápido! — gritou a garota. — Ela está matando ele!

Lila correu até a casa, chutando as latas de lixo do caminho e abrindo passagem entre dois homens. Um deles estava com a mão sangrando levantada.

— Eu tentei impedir, e a escrota me mordeu. Parecia um cão raivoso.

Lila parou no final da entrada de carros, com a arma ao lado da coxa direita, tentando avaliar o que estava vendo: uma mulher agachada no asfalto. Parecia estar envolta em uma camisola de musselina, ajustada ao corpo, mas também rasgada, com vários fios soltos pendurados. Tijolos decorativos, patrioticamente pintados de vermelho, branco e azul ladeavam a entrada de carros dos dois lados. A mulher segurava um na mão esquerda e um na direita. Estava batendo com eles no corpo de um homem vestido com um uniforme de polícia encharcado de sangue. Lila achava que poderia ser Roger, embora fosse necessário tirar as impressões digitais ou fazer um exame de DNA para ter certeza; fora o que restava do queixo largo, o rosto tinha desaparecido, cheio de buracos, como uma maçã pisoteada. O sangue corria pela entrada da casa em filetes, piscando em azul cada vez que a luz da viatura se acendia.

A mulher agachada acima de Roger estava rosnando. O rosto vermelho, o rosto de Jessica Elway, estava visível, escondido apenas parcialmente pelos restos da teia que o marido devia ter cometido o erro fatal de remover. As mãos segurando os tijolos estavam cobertas de vermelho.

Essa não é Jessica Elway, pensou Lila. *Não pode ser, pode?*

— Pare! — gritou Lila. — Pare agora!

Incrivelmente, a mulher parou. Olhou para cima, os olhos vermelhos tão grandes que pareciam ocupar metade do rosto. Ela se levantou com um tijolo pingando em cada mão. Um vermelho, um azul. Que Deus abençoe os Estados Unidos. Lila viu dois dentes de Roger presos no casulo pendurado no queixo dela.

— Cuidado, xerife — disse um dos homens. — Ela me parece raivosa.

— Largue! — Ela levantou a Glock. Lila nunca se sentira tão cansada, mas o braço estava firme. — Largue os tijolos!

Jessica largou um e pareceu pensar. Em seguida, levantou o outro tijolo e saiu correndo, não para cima de Lila, mas de um homem que tinha se aproximado para ver melhor. E, por mais difícil que fosse para Lila acreditar, para tirar uma foto. O celular do homem estava apontando para Jessica. Quando ela se aproximou, ele gritou e deu as costas, com a cabeça abaixada e os ombros encolhidos. Ele derrubou no chão a garota com roupa de corrida.

— *Largue, largue, largue!*

A coisa Jessica não prestou atenção. Pulou por cima da garota de roupa de corrida e levantou o tijolo que ainda tinha na mão. Não havia ninguém atrás dela, todos os vizinhos tinham sumido. Lila disparou duas vezes, e a cabeça de Jessica Elway explodiu. Pedaços de couro cabeludo com cabelo louro ainda preso voaram para trás.

— Ah, meu Deus! Ah, meu Deus! Ah, meu Deus! — Era a garota caída.

Lila a ajudou a se levantar.

— Vá para casa, querida. — Quando a garota começou a olhar para Jessica Elway, Lila virou a cabeça dela. E levantou a voz. — Todos vocês, para casa! Para dentro de casa! Agora!

O homem com o celular estava voltando, procurando um bom ângulo em que pudesse capturar todos os detalhes da carnificina. Porém, não era um homem. Por baixo do cabelo claro, as feições eram suaves e adolescentes. Ela o reconheceu do jornal local, um garoto do ensino médio. Ela não sabia o nome dele, era algum tipo de astro esportivo, provavelmente. Lila apontou um dedo trêmulo para ele.

— Se você tirar uma foto com essa coisa, eu vou enfiar o aparelho pela sua goela.

O garoto, Curt McLeod, amigo de Eric Blass, ficou olhando para ela com as sobrancelhas franzidas.

— Estamos em um país livre, não estamos?

— Não hoje — disse Lila. E gritou, chocando a si mesma tanto quanto ao amontoado de vizinhos. — *Saiam! Saiam! SAIAM!*

Curt e os outros foram embora, alguns lançando olhares por cima do ombro, como se com medo de ela ir correndo atrás deles, tão louca quanto a mulher em quem tinha acabado de atirar.

— Eu sabia que uma mulher xerife não ia ser boa coisa! — gritou um homem para trás.

Lila segurou a vontade de mostrar o dedo do meio para ele e voltou para a viatura. Quando uma mecha de cabelo caiu nos olhos, ela a afastou com um tremor de pânico, pensando que era aquela coisa tentando cobrir a pele dela de novo. Ela se encostou na porta, respirou fundo e pegou o microfone.

— Linny?

— Estou aqui, chefe.

— Todo mundo está aparecendo aí?

Houve uma pausa, e Linny disse:

— Bom. Eu estou com cinco. Os dois Wittstock, Elmore, Vern e Dan Treat. E Reed volta daqui a pouco. A esposa dele... adormeceu. Acho que o vizinho vai cuidar do pequeno Gary, o pobrezinho...

Lila fez as contas e chegou a oito policiais, não muito quando se estava esperando ter que lutar contra uma anarquia. Nenhuma das três policiais de Dooling atendeu as ligações de Linny. Isso fez com que Lila se perguntasse como estavam as coisas na prisão. Ela fechou os olhos, se sentiu adormecendo e os abriu de novo.

Linny estava falando sobre as incontáveis ligações de emergência. Houve mais de doze de homens como Reed Barrows, que de repente se viam os únicos guardiões de filhos pequenos.

— Vários desses idiotas queriam que eu explicasse para eles como alimentar os próprios filhos! Um idiota me perguntou se o FEMA está montando um atendimento emergencial para cuidar de crianças porque ele tem ingressos para...

— Algum deles já está na delegacia?

— Quem? O FEMA?

— Não, Linny. Algum dos policiais. — *Mas não Terry. Não ele, por favor.* Lila não queria que Terry visse o que tinha sobrado do homem com quem ele mais fazia parceria nos últimos cinco anos.

— Infelizmente não. A única pessoa aqui é aquele coroa do Adopt-a--Highway e do VFD. Queria saber se podia fazer alguma coisa. Está lá fora fumando cachimbo.

O cérebro exausto e chocado de Lila demorou alguns segundos para processar aquilo. Willy Burke, que sabia sobre lencinhos de fada, que dirigia aquela picape Ford lata-velha.

— Quero ele aqui.

— Aquele cara? Sério?

— Sim. Estou em Richland Lane, 65.

— Não é...?

— É. Está horrível, Linny. Muito. Jessica matou Roger. Ele deve ter cortado a substância no rosto dela. Ela seguiu ele para fora de casa e... partiu para cima de um garoto com um tijolo, um babaca, ele estava tentando tirar uma foto dela. Ela tinha perdido a cabeça. — *Que cabeça?*, pensou Lila. — Eu queria que ela parasse, mas como não parou, eu atirei nela. Ela está morta. Não tive escolha.

— Roger está *morto*? — Nada sobre a esposa estar morta. Lila não estava surpresa. Linny sempre havia tido uma quedinha por Roger.

— Mande Willy para cá. Diga que vamos transportar dois corpos para o necrotério do hospital. Diga para ele trazer uma lona. Segure os policiais aí na delegacia. Vou assim que puder. Desligo.

Ela baixou a cabeça e se preparou para chorar. Não veio nenhuma lágrima. Ela se perguntou se uma pessoa podia estar cansada demais para chorar. Parecia possível. Naquele dia, tudo parecia possível.

Seu celular tocou no compartimento do cinto. Era Clint.

— Oi, Clint — respondeu ela. — Essa não é a melhor hora para conversar.

— Você está bem? — perguntou ele. — Você não parece bem.

Lila não sabia por onde começar. Com Roger e Jessica Elway, mortos no quintal? Com a alucinação que teve perto dos cabos de força na floresta atrás dos destroços da cabana de drogas de Truman Mayweather? Com Sheila Norcross? Com Shannon Parks? Com o dia em que Clint parou de clinicar sem aviso? Com os votos de casamento?

— Você não está adormecendo, está? Lila?

— Não, estou bem aqui.

— Janice está... fora da jogada. É uma longa história. Hicks sumiu. Eu acabei no comando deste lugar.

Lila disse que sentia muito. Era uma situação difícil, sem dúvida, mas talvez fosse ficar melhor depois que ele dormisse um pouco. Seu marido podia fazer isso: ir dormir e depois acordar.

Ele disse que ia em casa olhar o filho. Jared disse que tinha machucado o joelho e não era nada sério, mas Clint queria ver pessoalmente. Lila queria encontrá-lo lá?

— Vou tentar. — Mas Lila não sabia se conseguiria escapar. Só sabia que parecia que aquela seria outra longa noite.

3

— Está ouvindo? — Uma mulher tinha encontrado Kayleigh Rawlings na escuridão. A mulher estava com cheiro de bebida e tinha o braço mole. Magda, ela disse que esse era seu nome. — Tem uma pessoa cantando, não tem?

— Tem. — Era Maura cantando. A voz de Maura era uma merda; ela não acertava a melodia em nada, ficava subindo e descendo de tom com voz falhada; e, para Kayleigh naquele momento, era incomparavelmente doce, espalhando as palavras bobas e antigas no ar sujo e velho.

— ... *Royal Canal*...

A cantoria parou.

— De onde está vindo?

— Não sei.

De algum lugar distante, era a única coisa que Kayleigh sabia com certeza. Tinha vindo de Dooling? Onde *estava* Dooling? Ali não era Dooling. Ou era? Era difícil dizer. Impossível, na verdade.

Um vento suave soprou na escuridão. O ar era fresco e bom, e embaixo dos pés dela, o chão não parecia cimento e nem azulejo grudento, mas grama. Ela se agachou e tocou: sim, era grama, ou mato até o joelho. Pássaros gorjeavam ao longe. Kayleigh acordou se sentindo forte, jovem e descansada.

O instituto penal tinha tirado doze anos dela, a maior parte de seus trinta anos, os primeiros dois anos dos quarenta, e ainda faltavam mais dez. Maura era a melhor coisa desses anos perdidos. Não era uma coisa que poderia dar certo do lado de fora, claro, o acordo que elas tinham, mas, na prisão, se dava um jeito. Se Kayleigh fosse jogada para fora do Instituto Penal de Dooling de repente, ela se lembraria com carinho e gratidão de Maura e seguiria em frente. Ninguém amava a culpada de um triplo assassinato, por mais estranhamente encantadora que você a achasse. A mulher era maluca, Kayleigh não tinha ilusão sobre isso. Porém, a amava de verdade, e Kayleigh amava ser amada. E talvez Kayleigh também fosse meio maluca.

Ela não havia tido amor com entrega antes da prisão. Nenhum tipo de amor, na verdade, desde pequena.

Em um serviço, não o serviço pelo qual ela foi presa, Kayleigh e o namorado invadiram uma fábrica de comprimidos nos fundos de um motel. No quarto havia um adolescente em uma cadeira de balanço. A cadeira era bonita, polida e brilhante, totalmente deslocada naquele buraco pulguento, um trono no lixo. O garoto sentado nela tinha um buraco enorme e vulcânico na bochecha. Era uma mistura brilhante de vermelho e preto; uma sujeira horrenda de onde vinha o cheiro nojento de carne podre. Como tinha acontecido? Começou com uma coceira, um arranhão, uma pequena infecção? Ou alguém o cortou com uma lâmina suja? Era uma doença? Kayleigh sentiu que tinha sorte por não saber e não ligar.

Ela diria que o garoto tinha dezesseis anos. Ele coçou a barriga branca e a viu procurar o suprimento escondido de drogas. O que mais havia de errado com ele, para ficar calmo, olhando para eles sem medo?

O namorado de Kayleigh encontrou o que estava procurando embaixo do colchão da cama e enfiou no casaco. Ele se virou para o garoto.

— Seu rosto está podre — disse ele. — Você sabia?

— Eu sei — disse o garoto.

— Que bom. Agora sai da porra da cadeira, filho.

O garoto não deu trabalho. Levantou-se da cadeira e se deitou na cama de molas, coçando a barriga. Eles levaram a cadeira de balanço junto com o dinheiro e as drogas. Puderam fazer isso porque o namorado tinha uma caminhonete.

Esse era o tipo de vida que ela tinha naquela época, em que ficava de lado e ajudava o homem com quem dormia a roubar a cadeira em que o garoto estava sentado. Um garoto destruído. E, quer saber? Era uma vida em que o garoto não fazia nada. Só ficava deitado com o rosto destruído virado para o teto e coçando a barriga e mandava tudo à merda. Talvez porque estivesse doidão. Talvez porque estivesse cagando. Talvez as duas coisas.

Havia um aroma floral na brisa.

Kayleigh sentiu uma pontada de dor por causa de Maura, mas ao mesmo tempo foi tomada por uma intuição: de que aquele lugar era melhor, melhor do que a prisão, melhor do que o mundo fora da prisão. Parecia não ter limites, e havia terra embaixo de seus pés.

— Quem quer que você seja, tenho que dizer que estou com medo — disse Magda. — E estou preocupada com Anton.

— Não tenha medo — disse Kayleigh. — Tenho certeza de que Anton está bem. — Ela não sabia quem ele era, não se importava. Procurou a mão de Magda e encontrou. — Vamos andar na direção do canto dos pássaros. — Elas avançaram na escuridão e perceberam que estavam andando por um declive suave, entre árvores.

E aquilo lá na frente era um brilho de luz? Um pouco de sol no céu?

Estava amanhecendo quando elas chegaram aos restos de um trailer cheio de vegetação alta. De lá, puderam seguir o fantasma de uma estrada de terra até o asfalto rachado pelo tempo da Ball's Hill Road.

15

1

Depois de deixar o abrigo da Velha Essie para trás, a raposa correu em zigue-zague pelo bosque ao redor, parando para descansar na umidade embaixo de um abrigo tomado de mato. Quando estava dormindo, ela sonhou que sua mãe tinha levado um rato para ela, mas estava podre e envenenado, e a raposa percebeu que sua mãe estava doente. Os olhos estavam vermelhos, a boca estava torta e a língua estava para fora, até o chão. Foi nessa hora que ela lembrou que a mãe tinha morrido, e havia muitas estações. Ela a tinha visto se deitar na grama alta, e no dia seguinte estava no mesmo lugar, mas não era mais sua mãe.

— Tem veneno nas paredes — disse o rato morto na boca de sua mãe morta. — Ela diz que a Terra é feita dos nossos corpos. Eu acredito nela, e, ah, a dor não termina. Até a morte dói.

Uma nuvem de mariposas desceu sobre a mãe morta da raposa e sobre o rato morto.

— Não pare, criança — disse a mãe raposa. — Você tem trabalho.

A raposa despertou do sono e sentiu uma dor forte quando bateu o ombro em uma coisa projetada, um caco de vidro ou pedaço de tábua. Era o começo da noite.

Ali perto soou um estrondo trovejante: metal e madeira, o sopro de vapor, o som rasgante de fogo pegando. A raposa correu do abrigo coberto e disparou para a estrada. Depois da estrada ficava a floresta maior e, esperava ela, terreno mais seguro.

Na beira da estrada havia um carro deformado batido em uma árvore. Uma mulher em chamas estava arrastando um homem do banco da frente. O homem estava gritando. O som que a mulher em chamas fazia era um som canino. A raposa entendia o que queria dizer: *vou matar você, vou matar você, vou matar você*. Filetes de teias em chamas voavam do corpo dela.

Chegou um momento de decisão. Em posição de destaque no catálogo de estatutos pessoais da raposa, ficava "Não atravessarás a estrada na luz do dia". Havia mais carros durante o dia, e carros não podiam ser intimidados e nem espantados, menos ainda derrotados. Quando percorriam o asfalto em disparada, eles também faziam um ruído, e se prestasse atenção (uma raposa sempre deve prestar atenção), esse som eram palavras, e as palavras eram "quero matar você, quero matar você, quero matar você". Os restos quentes e sangrentos de animais que não prestaram atenção nessas palavras serviam de lanches excelentes para a raposa.

Por outro lado, uma raposa que quisesse sobreviver precisava manter uma abordagem fluida do perigo. Precisava balancear a ameaça de um carro que *queria* matar você com uma mulher coberta de fogo declarando que *ia* matar você.

A raposa disparou. Ao passar por ela, o calor da mulher em chamas chegou ao seu pelo e ao corte nas costas. A mulher em chamas tinha começado a bater com a cabeça do homem no chão, e o rugido da raiva dela ficou mais alto, mas foi sumindo conforme a raposa desceu a margem do lado oposto da estrada.

Na floresta, ela diminuiu a velocidade. O corte na parte baixa das costas fazia a perna traseira direita doer cada vez que ela dava impulso. Era noite. As folhas do ano anterior estalaram embaixo das patinhas da raposa. Ela parou para beber de um riacho. Havia óleo na água, mas ela estava com sede e precisava tomar o que pudesse. Tinha um falcão empoleirado em um cotoco junto ao riacho. Estava bicando a barriga de um esquilo.

— Posso comer um pouco? — pediu a raposa. — Posso ser sua amiga.

— Raposas não têm amigos — disse o falcão.

Era verdade, mas a raposa jamais admitiria.

— Que mentiroso disse isso?

— Você está sangrando, sabia? — disse o falcão.

A raposa não gostou do tom da ave. Havia certa avidez nele. A raposa achou melhor mudar de assunto.

— O que está acontecendo? Alguma coisa mudou. O que aconteceu com o mundo?

— Tem uma árvore mais adiante. Uma árvore nova. Uma Árvore Mãe. Apareceu no amanhecer. Muito bonita. Muito alta. Tentei voar até o alto, mas apesar de conseguir ver a copa, estava além do alcance das minhas asas. — Um nó vermelho de intestino se soltou do corpo do esquilo, e o falcão o engoliu.

O falcão inclinou a cabeça. Um segundo depois, um cheiro fez as narinas da raposa tremerem: fumaça. A estação tinha sido seca. Se a mulher em chamas tivesse cruzado a estrada, alguns passos no meio da vegetação seriam suficientes para fazer tudo pegar fogo.

A raposa precisava ir em frente. Ela ofegou. Estava com medo e machucada, mas ainda tinha o cérebro.

— Seus olhos vão ser uma ótima refeição para algum animal sortudo — disse o falcão, e levantou voo, com o esquilo morto nas garras.

2

Como não era incomum, o Clube do Livro da Primeira Quinta-feira tinha começado a se afastar do texto do mês, que por acaso era *Reparação*, de Ian McEwan. A história do livro acompanhava dois apaixonados separados um do outro quase antes de o relacionamento começar por causa da falsa acusação de uma garota com criatividade em excesso chamada Briony.

Dorothy Harper, a mais velha do grupo, aos setenta e nove anos, disse que não era capaz de perdoar Briony pelo seu crime.

— Aquela chatinha estragou a vida deles. E daí que ela se arrependeu?

— Dizem que o cérebro só se desenvolve completamente quando se é bem mais velho — disse Gail Collins. — Briony só tinha onze ou doze anos quando contou a mentira. Não dá para culpar ela. — Gail segurava a taça de vinho branco com as duas mãos, fechadas em torno do bojo. Ela estava sentada na mesinha de canto perto do bar da cozinha.

Blanche McIntyre, a fiel assistente da diretora Coates (normalmente fiel, pelo menos), havia conhecido Gail em uma aula de secretariado trinta anos antes. Margaret O'Donnell, a quarta integrante do Clube do Livro da Primeira Quinta-feira, era irmã de Gail e a única mulher que Blanche conhecia que tinha portfólio de ações.

— Quem disse isso? — perguntou Dorothy. — Sobre o cérebro?

— Cientistas — disse Gail.

— Titica de galinha! — Dorothy balançou a mão como quem quer afastar um cheiro ruim. (Dorothy era a única mulher que Blanche conhecia que ainda dizia coisas como titica de galinha.)

— É verdade. — Blanche tinha ouvido o dr. Norcross, da prisão, dizer quase exatamente a mesma coisa, que o cérebro humano só estava completamente desenvolvido quando a pessoa chegava na casa dos vinte anos. Porém, isso era mesmo tão surpreendente? Para qualquer um que conhecesse um adolescente (ou que tivesse sido um), não era axiomático? Adolescentes não sabiam o que estavam fazendo, principalmente os meninos. E uma garota de doze anos? Nem pensar.

Dorothy estava na poltrona perto da janela da frente. O apartamento era dela, uma bela unidade de segundo andar na Malloy Street, com tapete fofo cor de telha e paredes bege. A vista era da floresta na parte de trás do prédio. Da inquietação atual do mundo, o único sinal visível era um incêndio, como uma chama de fósforo ao longe, a oeste, na direção da Ball's Hill e da Route 17.

— É que foi tão cruel. Não me importa se o cérebro dela era pequeno.

Blanche e Margaret estavam sentadas no sofá. Na mesinha de centro havia uma garrafa de Chablis e a garrafa de Pinot ainda com a rolha. Também havia um prato de biscoitos que Dorothy tinha feito e três frascos de comprimidos que Gail havia levado.

— Eu adorei — disse Margaret. — Adorei o livro todo. Achei que todos os detalhes sobre o trabalho de enfermeira durante os bombardeios alemães foram incríveis. E tudo sobre a grande batalha, a França e a chegada ao litoral, uau! Uma aventura! Uma aventura *épica*, podemos dizer! E o romance também! Foi *bem* picante. — Ela balançou a cabeça e riu.

Blanche se virou para olhar para ela, irritada apesar do fato de que Margaret estava do lado dela sobre gostar de *Reparação*. Margaret tinha trabalhado nas ferrovias até fazerem um pagamento polpudo para ela se aposentar prematuramente; algumas pessoas tinham sorte demais. Ela ria demais, Margaret O'Donnell, principalmente para alguém com mais de setenta anos, e era louca por animais de cerâmica, por isso havia dezenas amontoados nos parapeitos das janelas de sua casa. A última escolha de livro dela tinha sido o de Hemingway sobre o idiota que não conseguia deixar o peixe para lá, um livro que irritou Blanche, porque, para falar a verdade, era só uma porcaria de *peixe*! Margaret também achou o livro romântico. Como uma mulher assim podia ter transformado uma aposentadoria prematura em um portfólio de ações? Era um mistério.

Agora, Blanche disse:

— Pare com isso, Midge. Nós somos mulheres adultas. Não vamos ser bobas no que diz respeito a sexo.

— Ah, não é isso. É um livro tão *grandioso*. Foi muita sorte termos lido esse justo agora. — Margaret massageou a testa. Olhou para Blanche por cima dos óculos de aro de tartaruga. — Não seria horrível morrer depois de um livro ruim?

— Acho que sim — respondeu Blanche —, mas quem disse que essa coisa que está acontecendo é a morte? Quem disse que vamos morrer?

A reunião tinha sido marcada para aquela noite bem antes da chegada da Aurora (elas nunca perdiam uma primeira quinta-feira), e as quatro amigas passaram boa parte do dia trocando mensagens como adolescentes, discutindo se, consideradas as circunstâncias, elas deveriam cancelar o encontro. Porém, ninguém queria cancelar. A primeira quinta-feira era a primeira quinta-feira. Dorothy escreveu que, se era a última noite de vida dela, ficar alegre com as amigas parecia o melhor jeito de passá-la. Gail e Margaret concordaram, e Blanche também, sentindo-se um pouco culpada de deixar a diretora Coates com a batata quente na mão, mas achando que estava dentro do seu direito, já tendo passado do horário, o que não seria compensado pelo estado. Além do mais, Blanche queria falar sobre o livro. Como Dorothy, ela havia se impressionado com a maldade da garotinha Briony, e também com o fato de que a criança má tinha amadurecido e se tornado uma adulta bem diferente.

Depois que elas se acomodaram na sala de Dorothy, Margaret pegou frascos de Lorazepam. Os frascos tinham alguns anos de idade. Quando seu marido faleceu, o médico receitou para ela "só para ajudar você a enfrentar tudo, Midge". Margaret nunca tomou nenhum comprimido; apesar de estar triste de perder o marido, seus nervos estavam ótimos, talvez melhores, na verdade, pois, com ele morto, ela não precisava mais ter medo de ele se matar tirando neve da entrada de casa no inverno e nem subindo na escada para cortar galhos de árvores perto demais dos cabos de energia. Porém, como o seguro cobria o custo, ela buscou os medicamentos mesmo assim. Nunca se sabia o que poderia ser útil, esse era o lema dela. Ou quando. Agora, parecia que o quando havia chegado.

— Eu estava pensando que é melhor fazermos juntas — disse Margaret. — É menos assustador assim.

As outras três concordaram que era boa ideia, sem objeções significativas. Dorothy Harper também era viúva. O marido de Gail estava em uma casa de repouso e não reconhecia mais nem os filhos. E, falando nos filhos das garotas da Primeira Quinta-feira, eles eram adultos de meia-idade que moravam em lugares distantes das colinas dos Apalaches, e não era possível realizar uma reunião de último minuto. Blanche era a única do grupo que não era aposentada, não tinha se casado nem tido filhos, o que devia ser melhor, considerando como as coisas estavam acabando.

Agora, a pergunta de Blanche fez as gargalhadas pararem.

— Pode ser que a gente acorde como borboletas — disse Gail. — Os casulos que vi nas notícias lembram os casulos que as lagartas fazem.

— Aranhas também embrulham moscas. Eu acho que os casulos parecem mais isso do que qualquer tipo de crisálida — respondeu Margaret.

— Não estou contando com nada. — A taça cheia de Blanche tinha ficado vazia em algum momento dos minutos anteriores.

— Espero ver um anjo — disse Dorothy.

As outras três olharam para ela. Ela não parecia estar brincando. O queixo e a boca enrugados se apertaram.

— Eu fui boa, sabe — acrescentou ela. — Tentei ser gentil. Uma boa esposa. Uma boa mãe. Uma boa amiga. Fui voluntária na aposentadoria. Fui dirigindo na segunda até Coughlin só para a reunião do comitê.

— Nós sabemos — disse Margaret, e esticou a mão no ar na direção de Dorothy, que era a definição de boa alma. Gail repetiu o gesto, e Blanche também.

Elas passaram os frascos de comprimidos, e cada mulher pegou dois e os engoliu. Após esse ato de comunhão, as quatro amigas ficaram sentadas se olhando.

— O que deveríamos fazer agora? — perguntou Gail. — Só esperar?

— Chorar — respondeu Margaret, rindo enquanto fingia esfregar os olhos com as mãos fechadas. — Chorar, chorar, chorar!

— Passem os biscoitos — disse Dorothy. — Estou abandonando a dieta.

— Eu quero voltar ao livro — disse Blanche. — Quero falar sobre como Briony mudou. *Ela* foi como uma borboleta. Achei lindo. Me lembrou algumas das mulheres de Dooling.

Gail pegou o Pinot na mesa de centro, rasgou a proteção de alumínio e pegou o saca-rolhas.

Enquanto enchia a taça de todo mundo, Blanche continuou:

— Todo mundo sabe que tem muita reincidência, muita recaída, quando chega a condicional, gente que retoma os antigos hábitos e tal. Mas algumas mudam mesmo. Algumas começam uma vida nova. Como Briony. Não é inspirador?

— É — disse Gail. Ela levantou a taça. — A emergir em uma nova vida.

3

Frank e Elaine ficaram na porta do quarto de Nana. Passava das nove. Eles a colocaram na cama e deixaram a coberta de lado. Havia um pôster de uma banda marcial de uniforme na parede e um quadro de cortiça com os melhores desenhos de Nana de personagens de mangá. Um sino de vento com tubos coloridos e contas de vidro estava pendurado no teto. Elaine insistia na arrumação, e não havia roupas nem brinquedos no chão. As persianas estavam fechadas. Em volta da cabeça de Nana, o volume era amplo. Os fios em volta das mãos eram idênticos, só que menores. Luvinhas sem dedos.

Apesar de nenhum dos dois ter dito nada depois de ficarem ali juntos em silêncio por mais de um minuto, Frank percebeu que ambos estavam com medo de apagar a luz.

— Vamos voltar para dar uma olhada nela daqui a pouco. — Por hábito, Frank falou sussurrando, como em tantas ocasiões em que eles tinham estado desesperados para não acordar Nana, em vez do contrário.

Elaine assentiu. Juntos, eles se afastaram da porta aberta do quarto da filha e desceram para a cozinha.

Enquanto Elaine se sentava à mesa, Frank fazia uma jarra de café, enchendo o recipiente, colocando o pó. Era uma coisa que ele tinha feito mil vezes antes, embora nunca tão tarde. A normalidade da atividade o acalmou.

Ela estava pensando algo parecido.

— É como antigamente, não é? O bebê doente lá em cima, nós aqui embaixo, nos questionando se estamos fazendo as coisas certas.

Frank apertou o botão de ligar da máquina. Elaine estava com a cabeça sobre a mesa, apoiada nos braços.

— Você devia ficar sentada — disse ele delicadamente, e se sentou na cadeira em frente à dela.

Ela assentiu e se empertigou. A franja estava grudada na testa, e ela tinha o olhar lamuriante de alguém que tinha acabado de receber um golpe na cabeça. Ele achava que não devia estar muito melhor.

— Mas eu sei o que você quer dizer — disse Frank. — Eu lembro. Nós ficávamos pensando como foi que achamos que poderíamos cuidar de outro ser humano.

Isso provocou um sorriso no rosto de Elaine. Apesar do que estava acontecendo naquele momento, eles tinham sobrevivido a um bebê juntos, o que não era um feito pequeno.

A cafeteira apitou. Por um momento, tudo pareceu silencioso, mas Frank percebeu de repente o barulho lá fora. Alguém estava gritando. Havia sirenes da polícia, um alarme de carro tocando. Instintivamente, ele inclinou o ouvido para a escada, na direção de Nana.

Ele não ouviu nada, claro que não; ela não era mais bebê, aqueles não eram os velhos tempos, não se pareciam com nada que já tivesse acontecido. Pelo jeito como Nana estava dormindo naquela noite, era impossível imaginar que tipo de agitação a despertaria, faria com que ela abrisse os olhos por baixo daquela camada de fibra branca.

Elaine estava com a cabeça inclinada do mesmo jeito na direção da escada.

— O que é isso, Frank?

— Não sei. — Ele afastou o olhar do dela. — Nós não devíamos ter saído do hospital. — Com isso, queria dizer que Elaine os tinha feito ir embora, sem ter certeza se realmente acreditava nisso, mas precisando dividir a culpa, chutar um pouco da sujeira que sentia em si para cima dela. O fato de ele saber que estava fazendo isso, de saber precisamente, fez com que odiasse a si mesmo. Porém, não conseguia parar. — Nós devíamos ter ficado. Nana precisa de um médico.

— Todas precisam, Frank. Em pouco tempo, eu também vou precisar. — Ela serviu uma xícara de café. Anos se passaram enquanto ela misturava leite e adoçante. Ele achava que aquela parte da discussão tinha acabado, mas ela disse: — Você devia ficar agradecido de eu ter feito a gente ir embora.

— O quê?

— Evitou que você fizesse o que poderia ter feito se a gente tivesse ficado lá.

— Do que você está falando?

Porém, ele sabia, claro. Cada casamento tinha a própria linguagem, o próprio código de palavras, feito de experiência mútua. Ela disse duas delas naquele momento:

— Fritz Meshaum.

A cada rotação da colher, ela batia na cerâmica da caneca, *tic, tic, tic*. Como uma combinação de cofre.

4

Fritz Meshaum.

Um nome de reputação ruim, um que Frank queria poder esquecer, mas Elaine deixava? Não. Gritar com a professora de Nana naquela vez tinha sido ruim, e o famoso soco na parede, pior, mas o incidente de Fritz Meshaum tinha sido o pior de todos. Fritz Meshaum era o rato morto que ela sacudia na cara dele sempre que se sentia encurralada, como naquela noite. Se ela ao menos visse que eles estavam no canto juntos, do mesmo lado, o lado de *Nana*, mas não. Ela tinha que citar Fritz Meshaum. Tinha que balançar o rato morto.

Frank estava caçando uma raposa, o que não era tão incomum na área dos Três Condados. Alguém tinha visto uma correndo nos campos ao sul da Route 17, não muito longe da prisão feminina. Estava com a língua para fora, e a pessoa que ligou achou que podia estar com raiva. Frank tinha dúvidas, mas levava ligações para comunicar animais com raiva a sério. Qualquer agente de controle animal competente levava. Ele foi até o celeiro desmoronado onde o animal havia sido visto e passou meia hora procurando na vegetação. Não encontrou nada além da carcaça enferrujada de um Cutlass 1982 com uma calcinha podre amarrada na antena.

Quando estava voltando para a estrada, para o local onde tinha estacionado a picape, ele andou ao lado de uma propriedade cercada. A cerca era uma mistura de lixo, tábuas podres, calotas de carros e folhas de metal corrugado tão cheias de buracos que mais chamava a atenção do que desencorajava invasores. Pelos buracos, Frank viu a casa branca descascando e o quintal malcuidado. Havia um balanço de pneu em uma corda desfiada pendurada em um carvalho, roupas pretas velhas cercadas de insetos empilhadas na base da árvore, uma caixa de leite cheia de restos de metal montando guarda nos degraus da varanda, uma lata de óleo (presumivelmente vazia) caída de lado como um chapéu em cima de buganvílias com crescimento descontrolado que cobriam parcialmente a varanda. Fragmentos de vidro de uma janela quebrada do segundo andar estavam espalhados pelo telhado de papelão alcatroado, e uma picape Toyota novinha, azul como o Pacífico, estava estacionada na porta, toda polida. Em volta dos pneus traseiros havia mais de dez cartuchos de espingarda usados, antes vermelhos e agora desbotados e rosa-claros, como se estivessem ali havia muito tempo.

Eram tão coisas do interior, o mau estado da casa e a picape novinha, que Frank quase riu alto. Ele seguiu andando e sorrindo, a mente levando vários segundos para computar uma coisa que não tinha feito sentido: as roupas pretas estavam se mexendo. Estavam se deslocando.

Frank voltou alguns passos até uma abertura na cerca improvisada. Olhou para as roupas. Elas estavam respirando.

E aconteceu como sempre parece acontecer, como se em um sonho. Ele não passou por baixo da cerca e andou pelo quintal, mas sim pareceu se teletransportar pela distância que o separava da forma preta embaixo da árvore.

Era um cachorro, se bem que Frank não imaginava de que raça; era uma coisa de tamanho médio, talvez um pastor, talvez um labrador jovem, talvez só um vira-lata de interior. O pelo preto estava falhado e cheio de pulgas. Nas partes onde não havia mais pelo, havia áreas infeccionadas de pele exposta. O único olho visível do animal era uma poça branca afundada em uma forma que se parecia vagamente com uma cabeça. Em volta do cachorro havia quatro membros retorcidos, todos tortos, todos claramente quebrados. De forma grotesca (pois como o animal poderia ter fugido?), havia uma corrente em volta do pescoço dele, presa à árvore. As costelas do cachorro subiam e desciam com uma respiração depois da outra.

— Você está invadindo! — anunciou uma voz atrás de Frank. — Rapaz, estou com uma arma apontada pra você.

Frank levantou as mãos e se virou para olhar para Fritz Meshaum.

Era um homenzinho que parecia um gnomo, com barba comprida e ruiva de caipira. Ele usava uma calça jeans e uma camiseta desbotada.

— Frank? — Fritz pareceu perplexo.

Eles se conheciam, ainda que não muito bem, do Squeaky Wheel. Frank lembrava que Fritz era mecânico, que algumas pessoas diziam que dava para comprar uma arma dele, se quisesse. Se era verdade ou não, Frank não tinha como saber, mas eles haviam bebido juntos alguns meses antes, sentados em um bar vendo um jogo de futebol americano universitário. Fritz, aquele monstro torturador de cachorro, expressou sua preferência por uma ofensiva agressiva; ele achava que os Mountaineers tinham potencial para uma sequência de vitórias. Frank ficou feliz em acompanhar o argumento; ele não sabia muito sobre o esporte. Porém, perto do fim do jogo, quando Meshaum estava cheio de cerveja na cara, ele parou de listar os méritos da ofensiva e tentou envolver Frank em uma discussão sobre judeus e o governo federal.

— Os narigudos mandam em tudo, sabia? — Fritz se inclinou para a frente. — A minha família vem da Alemanha. Por isso eu sei. — Essa foi a deixa para Frank pedir licença e ir embora.

Agora, Fritz baixou o rifle que estava apontando para ele.

— O que você está fazendo aqui? Veio comprar uma arma? Posso vender uma boa, de cano longo ou curto. Ei, quer uma cerveja?

Apesar de Frank não ter dito nada, algum tipo de mensagem devia ter sido transmitida por sua linguagem corporal, porque Fritz acrescentou, em tom de decepção:

— Está nervoso com o cachorro? Não esquenta. O filho da mãe mordeu meu *neffe*.

— Seu o quê?

— *Neffe*. Sobrinho. — Fritz balançou a cabeça. — Tem umas palavras antigas que não saem da cabeça. Você ficaria surpreso com...

E essa foi a última coisa que Meshaum falou.

Quando Frank terminou, a coronha do rifle que ele tinha arrancado do filho da mãe e usado para fazer boa parte do trabalho estava rachada e cheia de sangue. O outro homem estava caído na terra, segurando a virilha, no local onde Frank havia batido repetidamente com a coronha do rifle. Seus olhos estavam escondidos embaixo do inchaço, e ele estava cuspindo sangue a cada respiração trêmula que conseguia dar por baixo das costelas que Frank tinha deslocado ou quebrado. A possibilidade de Fritz morrer da surra não pareceu improvável logo depois.

Talvez ele não tivesse machucado Fritz Meshaum tanto quanto achava. Foi isso que disse para si mesmo enquanto, durante semanas, ficava de olho na seção dos obituários, e ninguém havia aparecido para prendê-lo. Porém, Frank não sentia culpa. O cachorro era pequeno, e cachorros pequenos não podiam se defender. Não havia desculpa para torturar um animal daquele jeito, por mais feroz que fosse. Alguns cachorros eram capazes de matar uma pessoa, mas nenhum cachorro faria com uma pessoa o que Fritz Meshaum tinha feito com aquela criatura miserável acorrentada à base da árvore. O que um cachorro seria capaz de entender sobre o prazer que os homens podiam ter com atos de crueldade? Nada, e jamais entenderia. Porém, Frank entendia, e sentia uma calma na alma pelo que tinha feito a Fritz Meshaum.

Quanto à esposa de Meshaum, como Frank podia saber que o homem tinha esposa? Agora ele sabia. Ah, sim. Elaine fazia questão de que ele soubesse.

5

— A esposa? — perguntou Frank. — É nela que você quer chegar? Não me surpreendi de ela ter aparecido no abrigo. Fritz Meshaum é um filho da puta.

Quando as pessoas começaram a falar na cidade, Elaine perguntou se era verdade que ele tinha dado uma surra em Fritz Meshaum. Ele cometeu o erro de falar a verdade, e ela nunca o deixou esquecer.

Elaine colocou a colher de lado e bebeu o café.

— Isso nem tem discussão.

— Espero que ela finalmente tenha largado ele — disse Frank. — Não que ela seja responsabilidade minha.

— Não é responsabilidade sua o fato de o marido dela, depois de curado o bastante para sair do hospital e ir para casa depois da surra que você deu nele, ter batido nela até só sobrar uma fração de vida?

— Não, nem um pouco. Eu não encostei a mão nela. Nós já falamos sobre isso.

— Aham. E o bebê que ela perdeu — disse Elaine —, isso também não é responsabilidade sua, certo?

Frank fez um muxoxo. Ele não sabia nada sobre bebê nenhum. Era a primeira vez que Elaine mencionava. Ela estava esperando o momento certo para fazer uma emboscada. Que esposa, que amiga.

— Grávida, é? E perdeu o bebê. Caramba, que difícil.

Elaine olhou para ele sem acreditar.

— É assim que você chama? Que difícil? Sua compaixão me deixa perplexa. Nada disso teria acontecido se você tivesse chamado a polícia. Nada disso, Frank. Ele teria ido para a cadeia, e Candy Meshaum teria tido o bebê.

Culpa era a especialidade de Elaine. Porém, se ela tivesse visto o cachorro, o que Fritz havia feito com o animal, talvez pensasse duas vezes antes de olhar para ele de cara feia. Os Meshaums do mundo tinham que pagar. Era igual com o dr. Flickinger...

Isso lhe deu uma ideia.

— Por que não vou chamar o cara do Mercedes? Ele é médico.

— Você está falando do homem que atropelou o gato daquele coroa?

— É. Ele se sentiu péssimo por estar dirigindo tão rápido. Tenho certeza de que ajudaria.

— Você ouviu alguma coisa do que acabei de dizer, Frank? Sempre que você surta, o tiro sai pela culatra!

— Elaine, esqueça Fritz Meshaum e esqueça a esposa dele. Me esqueça. Pense em Nana. Talvez aquele médico possa ajudar.

Flickinger talvez até achasse que tinha uma dívida com Frank por ele ter descontado no carro em vez de ter entrado e agredido o bom doutor.

Mais sirenes soaram. Uma motocicleta passou pela rua com o motor trovejando.

— Frank, eu gostaria de acreditar nisso. — O discurso dela, lento e cuidadoso, tinha a intenção de ser sincero, mas tinha a mesma cadência que Elaine adotava quando explicava para Nana como era importante manter as gavetas arrumadas. — Porque eu amo você. Mas te conheço. Nós ficamos dez anos juntos. Você deu uma surra em um homem até quase matá-lo por causa de um cachorro. Só Deus sabe como foi que lidou com esse tal de Flickmuller, ou seja lá qual for o nome dele.

— *Flickinger*. O nome dele é Garth Flickinger. *Doutor* Garth Flickinger. — Como ela podia ser tão burra? Eles não quase foram pisoteados — não quase levaram um tiro! — enquanto tentavam arrumar um médico para dar uma olhada na filha deles?

Ela tomou o resto do café.

— Só fique aqui com a sua filha. Não tente consertar o que nem entende.

Uma compreensão consternadora chegou a Frank Geary: tudo seria mais fácil quando Elaine também adormecesse. Porém, naquele momento, ela estava acordada. Ele também.

— Você está errada — disse ele.

Ela o encarou sem entender.

— O quê? O que você falou?

— Você acha que está sempre certa. Às vezes está, mas não desta vez.

— Obrigada por essa maravilhosa opinião. Vou subir e me sentar com Nana. Venha comigo, se quiser, mas se você for atrás daquele homem, se for a *qualquer lugar*, vai acabar tudo entre nós.

Frank sorriu. Sentia-se bem agora. Era um alívio tão grande se sentir bem.

— Já acabou.

Ela só olhou para ele.

— Você não vê? Acho que deve ver. Eu é que sou lento mesmo. O que temos acabou. Não é separação, é divórcio. Nós só ainda não assinamos os papéis. Nana é o que importa para mim agora. Só ela.

6

Frank parou a caminho da picape para olhar a pilha de madeira nos fundos da casa, madeira que ele mesmo havia cortado. Meia corda que tinha sobrado do inverno que tinha acabado de passar. O pequeno fogão Jøtul na cozinha deixava o local aconchegante e receptivo no tempo frio. Nana gostava de se sentar perto dele na cadeira de balanço e fazer o dever de casa. Quando estava inclinada sobre os livros com o cabelo escondendo o rosto, ela parecia para Frank uma garotinha do século XIX, da época em que essas coisas entre homem e mulher eram bem mais simples. Naquela época, se você dissesse para uma mulher o que ia fazer, ela concordava ou ficava de boca calada. Ele se lembrou de uma coisa que seu pai tinha dito para sua mãe quando ela protestou pela compra de um cortador de grama novo: *Você cuida da casa. Eu ganho dinheiro e pago as contas. Se você tiver algum problema com isso, pode falar.*

Ela não falou nada. Eles tinham um bom casamento. De quase cinquenta anos. Nada de terapia de casal, nada de separação, nada de advogados.

Havia uma lona grande por cima da pilha de madeira e uma menor em cima do bloco de corte. Ele ergueu a menor e tirou o machado da madeira marcada. Flickinger não parecia grande coisa, mas não havia mal nenhum em estar preparado.

7

Dorothy foi primeiro. Com a cabeça para trás, a boca aberta, a dentadura escorregando de leve e pontilhada de migalhas de biscoito, ela roncou. As outras três viram os filetes brancos surgirem e se desenrolarem, se abrirem e flutuarem, flutuarem e caírem na pele dela. Formaram camadas como ataduras em miniatura, se enrolando em desenhos cruzados.

— Eu queria... — começou Margaret, mas o que quer que ela desejasse, não pareceu conseguir expressar.

— Vocês acham que ela está sofrendo? — perguntou Blanche. — Acham que dói? — Embora as palavras pesassem na boca, ela não estava sentindo dor.

— Não. — Gail se levantou, e o exemplar de *Reparação* da biblioteca caiu no chão com um ruído de papel e de cobertura plástica. Ela se apoiou na mobília ao atravessar a sala até Dorothy.

Blanche ficou levemente impressionada pelo esforço. Junto com os comprimidos, elas tinham acabado com a garrafa de Pinot, e Gail havia bebido a maior parte. Havia uma guarda na prisão que competia em queda de braço. Blanche se perguntou se existiam competições de beber vinho, tomar drogas e andar sem tropeçar nas cadeiras e nem esbarrar nas paredes. Gail talvez tivesse deixado passar uma vocação!

Blanche queria dizer isso para Gail, mas percebeu que o melhor que conseguiu foi falar:

— Boa... caminhada... Gail.

Ela viu Gail se inclinar para perto da orelha de Dorothy, que já tinha uma camada fina de teia.

— Dorothy? Está nos ouvindo? Me encontre no... — Gail parou. — Que lugar sabemos que fica no céu, Midge? Onde devo mandar que ela nos encontre?

Só que Margaret não respondeu. Não podia. Os fios estavam agora envolvendo a cabeça dela também.

Os olhos de Blanche, parecendo se mover por vontade própria, se deslocaram até a janela e até o incêndio no oeste. Estava maior agora, não um fósforo, mas uma cabeça chamejante de pássaro. Ainda havia homens para combater o fogo, mas talvez eles estivessem muito ocupados cuidando das mulheres para se darem a esse trabalho. Qual era o nome daquele pássaro, o que mudava para fogo, renascia, a ave mágica, assustadora, terrível? Ela não sabia. Só conseguia se lembrar de um filme japonês velho de monstro chamado *Rodan*. Ela o tinha visto quando criança, e a ave gigantesca nele a tinha assustado terrivelmente. Ela não estava com medo agora, só... interessada.

— Nós perdemos minha irmã — anunciou Gail. Ela tinha afundado no tapete e estava encostada nas pernas de Dorothy.

— Ela só está dormindo — disse Blanche. — Você não a perdeu, querida.

Gail assentiu de forma tão enfática que o cabelo caiu nos olhos.

— Sim, sim. Você está certa. Só vamos ter que nos encontrar. Procurar uma à outra no céu. Ou... você sabe... em um fac-símile razoável. — Isso a fez rir.

8

Blanche foi a última. Ela engatinhou para ficar perto de Gail, dormindo embaixo de uma camada de teia.

— Eu tive um amor — disse Blanche para ela. — Aposto que você não sabia disso. Nós ficamos... como as garotas na prisão gostam de dizer... por baixo dos panos. Foi necessário.

Os filamentos sobre a boca da amiga tremeram quando Gail expirou. Um fio fino se esticou, galanteador, na direção de Blanche.

— Eu acho que ele também me amou, mas...

Era difícil de explicar. Ela era jovem. Quando se é jovem, o cérebro não está totalmente desenvolvido. Não se sabe sobre homens. Foi triste. Ele era casado. Ela esperou. Eles envelheceram. Blanche abriu mão da parte mais doce de sua alma por um homem. Ele fez lindas promessas e não cumpriu nenhuma. Que desperdício.

— Essa pode ter sido a melhor coisa que já aconteceu. — Se Gail estivesse acordada, essas palavras de Blanche talvez soassem baixas e enroladas demais para ela entender. A língua de Blanche tinha perdido as sensações. — Porque pelo menos estamos todas juntas, agora, no fim.

E, se houvesse outra coisa, outro lugar...

Antes que Blanche McIntyre pudesse concluir o pensamento, ela adormeceu.

9

Garth Flickinger não ficou surpreso de ver Frank.

Depois de assistir ao NewsAmerica por umas doze horas seguidas e de fumar tudo na casa exceto sua iguana de estimação (Gillies), provavelmente nada o surpreenderia. Se Sir Harold Gillies em pessoa, o pioneiro da cirurgia plástica falecido muito tempo antes, descesse a escada e entrasse na cozinha para preparar um Pop Tart de canela, não chegaria nem perto do fenômeno que Garth havia testemunhado na televisão naquele dia.

O choque causado pela violência que havia acontecido no trailer de Truman Mayweather enquanto Garth estava no banheiro mijando foi só um prólogo do que ele absorveu nas horas seguintes, só sentado no sofá. Uma rebelião em frente à Casa Branca, uma mulher que arrancou o nariz de um cultista religioso no dente, um 767 enorme perdido no mar, funcionários de casas de repouso ensanguentados, idosas cobertas de teias e algemadas a macas, incêndios em Melbourne, incêndios em Manila, incêndios em Honolulu. Uma coisa ruim pra caralho tinha acontecido no deserto perto de Reno, onde evidentemente havia uma espécie de instalação nuclear secreta do governo; cientistas estavam relatando contadores Geiger girando e sismógrafos subindo e descendo repentinamente, detectando detonações contínuas. Em toda parte, mulheres adormeciam e eram cobertas por casulos, e em toda parte havia idiotas que as acordavam. A maravilhosa repórter do NewsAmerica, Michaela com plástica de primeira no nariz, tinha sumido no meio da tarde, e promoveram um estagiário gaguejante com piercing no lábio para assumir o lugar dela. Isso lembrou a Garth uma pichação que ele tinha visto na parede de um banheiro masculino: NÃO EXISTE GRAVIDADE, É A TERRA QUE TE PUXA PRA BAIXO.

Aquilo puxava qualquer um para baixo: de um lado para outro, do começo ao fim, completamente. Nem a metanfetamina ajudava. Bom, ajudava um pouco, mas não tanto quanto devia. Quando a campainha começou a tocar (*ding-dong*, *ding-dong*, ela fazia), Garth estava se sentindo absurdamente sóbrio. Não estava com pressa alguma para atender, não naquela noite. Nem se sentia compelido a se levantar quando o visitante desistiu da campainha e começou a bater. Depois, a esmurrar a porta. Com muita energia!

Os socos pararam. Garth teve tempo de pensar que o visitante indesejado tinha desistido, mas aí começou o quebra-quebra. Quebrando, partindo. A porta tremeu para dentro, solta da fechadura, e o homem que havia estado lá mais cedo entrou com um machado na mão. Garth achava que o cara tinha ido matá-lo, e não ficou muito triste por isso. Talvez doesse, mas com sorte não por muito tempo.

Cirurgia plástica era piada para muita gente. Não para Garth. O que havia de engraçado em querer gostar do rosto, do corpo, da sua única pele? A não ser que você fosse cruel ou burro, não havia nada de engraçado nisso. Só que agora parecia que ele era a vítima da piada. Que tipo de vida seria aquela com apenas metade da espécie? Uma vida cruel e idiota. Garth conseguiu ver isso na mesma hora. Mulheres bonitas costumavam chegar ao consultório dele com fotografias de outras mulheres bonitas, e perguntar: "Você pode me fazer ficar como ela?". E, por trás de muitas mulheres bonitas que queriam alterar os rostos perfeitos, havia homens cruéis de merda que nunca estavam satisfeitos. Garth não queria ficar sozinho em um mundo de homens cruéis de merda, porque eles eram muitos.

— Não faça cerimônia, entre. Eu estava acompanhando as notícias. Você por acaso não viu a parte em que a mulher arrancou o nariz do homem com os dentes, viu?

— Vi — disse Frank.

— Sou ótimo com narizes e adoro um desafio, mas se não há material com que trabalhar, não há muito que se possa fazer.

Frank parou na beirada do sofá, a alguns metros de Garth. O machado era pequeno, mas ainda era um machado.

— Você planeja me matar?

— O quê? Não. Eu vim...

Os dois foram distraídos pela tela plana, onde uma câmera mostrava a vista de uma loja da Apple em chamas. Na calçada na frente da loja, um homem com o rosto preto de fuligem andava em um círculo atordoado, com uma bolsa fúcsia fumegante pendurada no ombro. O símbolo de maçã acima da entrada da loja de repente se soltou e despencou no chão.

Um corte rápido levou a plateia de volta a George Alderson. A cor de George era de um cinza-pálido, e sua voz estava rouca. Ele tinha trabalhado o dia inteiro.

— Acabei de receber uma ligação do meu... hã, filho. Ele foi à minha casa dar uma olhada na minha esposa. Sharon e eu somos casados há... — O âncora baixou a cabeça e mexeu no nó da gravata rosa. Havia uma mancha de café nela. Garth achou aquele o sinal mais perturbador até o momento da natureza incomparável da situação. — ...há quarenta e dois anos agora. Timothy, meu filho, ele... ele diz...

George Alderson começou a chorar. Frank pegou o controle na mesa lateral e desligou o aparelho.

— Sua mente está clara o bastante para entender o que está acontecendo, dr. Flickinger? — Frank indicou o cachimbo na mesinha lateral.

— Claro. — Garth sentiu uma pontada de curiosidade. — Você não veio mesmo me matar?

Frank apertou o alto do nariz. Garth teve a impressão de estar assistindo de fora a um monólogo interno sério.

— Eu vim pedir um favor. Se você fizer, estamos quites. É a minha filha. Ela é a única coisa boa que restou na minha vida. E ela está com isso.

A Aurora. Preciso que você dê uma olhada nela e... — Ele abriu e fechou a boca algumas vezes, mas não falou mais.

Um pensamento sobre a própria filha, Cathy, surgiu na mente de Garth.

— É claro — disse Garth, afastando o pensamento e deixando que voasse para longe, um pedaço de fita em vento forte.

— É mesmo? Sério?

Garth esticou a mão. Podia ter surpreendido Frank Geary, mas não a si mesmo. Havia muitas coisas que não podiam ser evitadas, Garth sempre ficava feliz quando podia fazer alguma coisa. E seria interessante ver essa tal de Aurora de perto.

— Claro. Você pode me ajudar?

Frank o ajudou a ficar de pé, e depois de alguns passos, Garth estava ótimo. O médico pediu licença por um momento e entrou em uma salinha lateral. Quando saiu, estava carregando um estojo preto e uma maleta médica. Eles saíram na noite. Garth passou a mão pelos galhos da lilás para fora da janela traseira do Mercedes quando eles foram até a picape de Frank, mas não comentou nada.

10

A raposa mancou para longe do incêndio na vegetação provocado pela mulher em chamas, mas carregava um fogo dentro de si. Estava queimando dentro da parte baixa das costas. Isso era ruim, porque a raposa já não conseguia correr rápido, e sentia o cheiro do próprio sangue. Se ela sentia o cheiro do próprio sangue, outras coisas também sentiam.

Ainda havia alguns leões da montanha naquelas florestas, e, se um deles sentisse o cheiro das costas ensanguentadas da raposa, seria seu fim. Fazia muito tempo que ela não via um leão da montanha, desde que sua mãe estava cheia de leite e seus quatro irmãos estavam vivos (todos estavam mortos agora, um por beber água ruim, um por comer isca envenenada, uma presa em uma armadilha que arrancou as pernas dela enquanto ela gritava e chorava, um que tinha desaparecido na noite). Porém, também havia porcos selvagens. A raposa tinha mais medo deles do que dos leões da montanha. Eles tinham fugido do curral de um fazendeiro e procriado na floresta. Agora, havia muitos. Normalmente, a raposa não teria dificuldade para fugir deles e talvez até gostasse de provocar um pouco; eles eram muito estabanados. No entanto, naquela noite, ela mal conseguia correr. Em pouco tempo, não conseguiria nem andar rápido.

A floresta terminava em uma casa de metal com cheiro de sangue humano e morte humana. Tinha faixas amarelas em volta. Havia coisas de metal de homem no chão e no cascalho na frente. Misturado com os odores de morte, havia outro, uma coisa que ela nunca tinha farejado antes. Não era exatamente um odor humano, mas *parecia* um odor humano.

E feminino.

Deixando de lado o medo dos porcos selvagens, a raposa se afastou da cena do crime, mancando e caindo de lado de vez em quando enquanto ofegava e esperava a dor diminuir. Depois, seguia em frente. Ela tinha que seguir em frente. Aquela cena era exótica, ao mesmo tempo doce e amarga, irresistível. Talvez a levasse a um local de segurança. Não parecia provável, mas a raposa estava desesperada.

O odor exótico ficou mais forte. Misturado nele havia outro cheiro feminino, mas mais recente e claramente humano. A raposa parou para farejar uma das pegadas de Lila na terra, depois uma coisa branca com o formato de um pé humano descalço.

Uma ave pequena se aproximou e pousou em um galho baixo. Não era um falcão dessa vez. Era algum tipo de ave que a raposa nunca tinha visto. Era verde. Emanava um odor úmido e forte, do qual a raposa não tinha referência. A ave estufou as asas como se fosse importante.

— Por favor, não cante — disse a raposa.

— Tudo bem — disse a ave verde. — Eu raramente canto à noite mesmo. Estou vendo que você está sangrando. Dói?

A raposa estava cansada demais para disfarçar.

— Dói.

— Role na teia. Vai acabar com a dor.

— Vai me envenenar — disse a raposa. Suas costas estavam ardendo, mas ela sabia sobre veneno, ah, sabia. Os humanos envenenavam tudo. Era seu melhor talento.

— Não. O veneno está indo embora desta floresta. Role na teia.

Talvez a ave estivesse mentindo, mas a raposa não viu outro caminho. Caiu de lado e rolou de costas, como fazia às vezes em fezes de cervo para disfarçar seu cheiro. Uma frieza abençoada diminuiu a dor nas suas costas e ancas. Ela rolou mais uma vez, ficou de pé e olhou para o galho com olhos brilhantes.

— O que você é? De onde veio? — perguntou a raposa.

— Da Árvore-Mãe.

— Onde fica?

— Siga seu faro — disse a ave verde, e saiu voando na escuridão.

A raposa foi de uma pegada descalça de teia até a seguinte, parando mais duas vezes para rolar nelas. As teias a esfriavam, refrescavam e davam força. O odor de mulher permaneceu forte, aquele mais exótico não exatamente de mulher, mais fraco. Juntos, contaram uma história para a raposa. A não mulher veio primeiro e foi para o leste, na direção da casa de metal e do barracão que tinha pegado fogo. A mulher de verdade veio depois, seguindo o rastro da não mulher até um destino à frente e depois voltando para a casa de metal fedorenta com faixas amarelas em volta.

A raposa seguiu os odores misturados até um matagal, saiu do outro lado e passou por um aglomerado de abetos definhados. Havia fiapos de teias pendurados em alguns galhos, exalando aquele odor exótico de não mulher. Depois, havia uma clareira. A raposa entrou nela. Estava trotando com facilidade agora e sentia que conseguiria não só correr se um daqueles porcos aparecesse, mas sumir em disparada. Na clareira, sentou-se e olhou para uma árvore que parecia feita de muitos troncos entrelaçados uns nos outros. Subia até o céu escuro, mais alta do que dava para ver. Apesar de não haver vento, a árvore balançava, como se falando sozinha. Ali, o cheiro de não mulher se perdeu em cem outros rastros de cheiros. Havia muitos pássaros e muitos animais, nenhum deles conhecido da raposa.

Um gato se aproximou do lado mais distante da grande árvore. Não um gato selvagem; era bem maior. E era branco. No escuro, os olhos verdes pareciam lanternas. Apesar de o instinto de fugir de predadores ser forte na raposa, ela não se mexeu. O grande tigre branco se aproximou sem parar. A grama da clareira fazia barulho ao ser dobrada pela pelagem densa da barriga dele.

Quando o tigre estava a apenas um metro e meio, a raposa se deitou e rolou, mostrando a barriga em submissão. Uma raposa podia ter orgulho, mas dignidade seria inútil.

— Levante-se — disse o tigre.

A raposa ficou de pé e esticou timidamente o pescoço para a frente, para tocar o focinho do tigre.

— Você está curada? — perguntou o tigre.

— Estou.

— Então me escute, raposa.

11

Na cela da prisão, Evie Black estava deitada de olhos fechados, com um sorriso leve nos lábios.

— Então me escute, raposa — disse ela. — Tenho trabalho para você.

16

1

Clint estava prestes a pedir para Tig Murphy deixá-lo passar pela porta principal, mas o vice-diretor Lawrence Hicks entrou primeiro.

— Aonde você vai, dr. Norcross?

A pergunta soou como uma acusação, mas pelo menos saiu com clareza. Apesar de Lore Hicks estar desgrenhado, com o cabelo parecendo uma auréola bagunçada em volta da careca central, a barba por fazer nas bochechas flácidas e círculos escuros embaixo dos olhos, a Novocaína do procedimento dentário da manhã parecia não estar mais fazendo efeito.

— À cidade. Preciso ver minha esposa e meu filho.

— Janice autorizou?

Clint levou um momento para controlar a raiva. Ajudou um pouco pensar que Hicks tinha perdido a esposa para a Aurora, ou perderia em breve. Isso não mudava o fato de que o homem de pé na frente dele era o último sujeito que alguém ia querer que fosse o responsável por uma instituição como Dooling em um momento de crise. Janice tinha dito uma vez para Clint que seu substituto tinha menos de trinta horas de crédito de Gerenciamento de Prisão, vindas de uma fábrica de diplomas em Oklahoma, e nenhuma hora de Administração de Prisão.

— Mas a irmã de Hicks é casada com o vice-governador — dissera Janice. Ela tinha tomado uma taça a mais de Pinot na ocasião. Ou talvez duas. — É só fazer as contas. Ele é ótimo em criar agendas e fazer inventário, mas está aqui há dezesseis meses, e não sei se consegue ir até a Ala C sem um mapa. Ele não gosta de sair do escritório e nunca cumpriu um turno de trabalho prático na prisão, apesar de ser uma exigência mensal. Ele tem medo das garotas más.

Você vai sair da sala hoje, Hicks, pensou Clint, *e vai fazer trabalho prático. Vai pegar um walkie-talkie e fazer rondas pelas três alas, como todo mundo de uniforme. Os que sobraram.*

— Você me ouviu? — perguntou Hicks. — Janice autorizou sua saída?

— Eu tenho três coisas para dizer a você — disse Clint. — A primeira: meu horário de saída era às três, que foi... — Ele olhou para o relógio. — Umas seis horas atrás.

— Mas...

— Espere. A segunda é a seguinte. A diretora Coates está dormindo no sofá da sala dela, dentro de um enorme casulo branco.

Hicks usava óculos grandes com efeito de aumento. Quando arregalava os olhos, como fez naquele momento, pareciam prestes a cair das órbitas.

— *O quê?*

— Em resumo, Don Peters finalmente tropeçou no próprio pau. Foi pego molestando uma detenta. Janice o enquadrou, mas Don conseguiu batizar o café dela com o Xanax da própria Janice. Isso apagou ela rapidamente. E, antes que você pergunte, Don já está longe. Quando eu encontrar Lila, vou pedir que emita um boletim de busca, mas duvido que seja prioridade. Pelo menos não hoje.

— Ah, meu Deus. — Hicks passou as mãos pelo cabelo, desarrumando mais ainda o que tinha sobrado dele. — Ah... meu... *Deus*.

— E tem a terceira coisa. Ainda temos os outros quatro guardas do período matinal: Rand Quigley, Millie Olson, Tig Murphy e Vanessa Lampley. Você é o número cinco. Vai precisar fazer rondas com os outros à meia-noite. Ah, e Van vai atualizar você sobre o que as detentas estão chamando de Supercafé. Jeanette Sorley e Angel Fitzroy estão distribuindo.

— Supercafé? O que é isso? E o que Fitzroy está fazendo do lado de fora? Ela não é de confiança, nem um pouco! Tem problemas de raiva! Eu li seu relatório!

— Ela não está com raiva esta noite, ao menos ainda não. Está ajudando. Como você precisa que faça. E, se nada mudar, todas essas mulheres vão adormecer, Lore. Cada uma delas. Com ou sem Supercafé. Elas merecem um pouco de esperança. Converse com Van e siga as dicas dela se alguma situação surgir.

Hicks segurou o paletó de Clint. Os olhos aumentados estavam em pânico.

— Você não pode ir! Não pode abandonar seu posto!

— Por quê? Você abandonou o seu. — Clint viu a expressão de Hicks e desejou poder retirar o que disse. Segurou a mão dele e a afastou do paletó delicadamente. — Você foi ver sua esposa. Eu preciso ir ver Jared e Lila. E vou voltar.

— *Quando?*

— Assim que puder.

— Eu queria que todas dormissem logo! — explodiu Hicks. Parecia uma criança petulante. — Cada uma dessas detentas ladras, prostitutas e drogadas! Nós deveríamos dar a elas comprimidos para dormir em vez de café! Isso resolveria o problema, não é?

Clint só olhou para ele.

— Tudo bem. — Hicks se esforçou para empertigar os ombros. — Eu entendo. Você tem pessoas amadas. É que... tudo isso... tantas mulheres... nós temos uma cadeia *cheia* de mulheres!

Você só percebeu agora?, pensou Clint, e perguntou a Hicks como a esposa dele estava. Ele achava que deveria ter perguntado antes. Só que, porra, Hicks nem perguntou sobre Lila.

— Acordada, ao menos por enquanto. Ela tinha... — Hicks pigarreou, e os olhos se desviaram de Clint. — Ela tinha uns comprimidos.

— Que bom. Que bom. Eu volt...

— Doutor. — Era Vanessa Lampley, e não pelo interfone. Ela estava ao lado dele no corredor perto da porta principal. Tinha deixado a Guarita vazia, uma coisa praticamente inédita. — Você precisa vir ver isso.

— Van, eu não posso. Preciso dar uma olhada em Jared e tenho que ver Lila...

Para me despedir, pensou Clint. A ideia ocorreu a ele de repente. A finalidade em potencial. Por quanto tempo mais ela conseguiria ficar acordada? Não muito. Ao telefone, ela pareceu... distante, como se já estivesse a caminho de outro mundo. Não havia motivo para acreditar que ela poderia ser trazida de volta quando adormecesse.

— Eu entendo — disse Vanessa —, mas não vai levar mais de um minuto. Você também, sr. Hicks. Isso... não sei, mas isso pode mudar tudo.

2

— Olhem para o monitor dois — disse Van quando eles chegaram à Guarita.

O dois mostrava o corredor da Ala A. Duas mulheres, Jeanette Sorley e Angel Fitzroy, estavam empurrando um carrinho de café na direção da cela acolchoada, a A-10, na extremidade. Elas pararam antes de chegar lá para falar com uma detenta muito grande que por algum motivo tinha se acomodado na estação de verificação de piolhos.

— Até o momento, temos pelo menos dez mulheres dormindo dentro daquele troço de teia — disse Van. — Talvez já sejam quinze. A maioria nas celas, mas três na Sala Comunitária e uma na oficina de móveis. Aquela porra surge em volta delas assim que elas adormecem. *Menos...*

Ela apertou um botão no painel, e o monitor dois mostrou o interior da A-10. A nova detenta estava deitada de olhos fechados. O peito subia e descia em respiração lenta.

— Menos ela — disse Van. Havia um tom impressionado em sua voz. — O peixe novo está dormindo como uma criança, e a única coisa no rosto dela é essa pele de bumbum de bebê.

Pele de bumbum de bebê. Alguma coisa nisso chamou atenção de Clint, mas escapou da mente dele com a surpresa pelo que estava vendo e sua preocupação com Lila.

— Ela não está necessariamente dormindo só porque os olhos estão fechados.

— Olha, doutor, eu estou nesse trabalho há mais tempo do que você no seu. Sei quando elas estão acordadas e quando estão dormindo. Aquela ali está dormindo, há pelo menos quarenta e cinco minutos. Se alguém deixa alguma coisa cair ou faz algum barulho, ela dá uma tremida e se vira.

— Fique de olho nela. Você pode fazer um relatório completo quando eu voltar — disse Clint. — Eu tenho que ir. — Apesar da insistência de Van de que conseguia ver a diferença entre quem estava dormindo e quem estava de olhos fechados, ele não acreditou. E tinha que ver Lila enquanto ainda tinha chance. Ele não queria perdê-la com aquilo, o que quer que fosse o motivo da mentira dela, entre os dois.

Ele estava saindo pela porta a caminho do carro quando a coisa que o incomodou finalmente eclodiu em sua mente. Evie Black havia batido com o rosto repetidamente na grade da viatura de Lila, mas poucas horas depois, o inchaço e os hematomas tinham sumido. Não havia nada no lugar além de pele de bumbum de bebê.

3

Jeanette empurrava o carrinho de café com Angel andando ao lado, batendo em uma das urnas com a tampa e gritando:

— Café! Café especial! Tenho um preparado especial para todo mundo! Vai deixar você tinindo em vez de dormindo!

Algumas pessoas quiseram o café na Ala A, onde a maioria das celas estava aberta e vazia.

Antes, na Ala B, a reação de Ree tinha sido uma amostra do que viria. O café especial podia ser boa ideia, mas era difícil de engolir. Ree fez uma careta e devolveu a xícara depois de provar.

— Credo, Jeanette, aceito o suco, mas isso é demais pra mim.

— Forte pra dar suporte! — proclamou Angel. Naquela noite, ela tinha trocado o sotaque sulista de sempre por um dialeto de gueto absurdamente enérgico. Jeanette se perguntou quantas xícaras do café especial Angel já tinha ingerido. Ela não parecia ter problema nenhum para beber. — É um preparado poderoso, então bebe gostoso, a não ser que você seja retardada e queira acabar toda enrolada!

Uma das mulheres da Ala A olhou para ela.

— Se isso aí for rap, querida, acho melhor a discoteca voltar.

— Não reclama das minhas rimas. Estamos fazendo um favor pra você. Se não está tomando, não pode estar pensando.

Porém, adiar o inevitável era mesmo boa ideia? Jeanette achou que fosse, no começo, ao pensar no filho, mas estava ficando cansada de novo, e conseguia sentir a desesperança aguardando na esquina. E elas não estavam adiando o inevitável tanto assim; quando fizeram a proposta do Supercafé para a guarda Lampley, já havia três adormecidas na prisão, mas várias outras adormeceram depois disso. Porém, Jeanette não levantou a questão. Não por ter medo da raiva famosa de Angel, mas porque a ideia de discutir qualquer coisa era exaustiva. Ela tinha tomado três xícaras do café especial (bem, duas e meia, seu estômago se recusou a tomar toda a terceira) e mesmo assim estava exausta. Parecia que anos tinham se passado desde que Ree a havia acordado e perguntado se ela já tinha observado o quadrado de luz da janela se deslocar pelo piso.

Eu não quero saber de um quadrado de luz, Jeanette dissera.

Eu digo que você não pode não *querer saber de um quadrado de luz*, respondera Ree, e agora isso se repetia sem parar na mente de Jeanette, como um koan zen. *Não pode não querer* não fazia sentido, fazia? Talvez fizesse. Não havia uma regra sobre dupla negativa formar uma positiva? Se houvesse, talvez fizesse sentido. Talvez...

— Opa! Peraí, amiga! — gritou Angel, dando um empurrão forte com a bunda no carrinho, que bateu na virilha de Jeanette e a despertou temporariamente. O café especial sacudiu nas urnas e o suco balançou nas jarras.

— O quê? — perguntou ela. — O que houve, Angel?

— É minha amiga Claudia! — gritou Angel. — Ei, gata!

Elas tinham percorrido uns seis metros do corredor da Ala A. Encolhida em um banco ao lado do dispensador de álcool gel, estava Claudia Stephenson, conhecida por todas as detentas (e pelos guardas, embora eles não usassem o apelido quando estavam no meio das outras detentas) como Claudia Silicone. Porém, o corpo em questão não era tão definido quanto dez meses antes. Desde que tinha sido presa, o amido e um montão de molho da prisão acumularam quinze ou vinte quilos a mais. As mãos estavam apoiadas na calça marrom do uniforme. A camisa que acompanhava a calça estava jogada no chão, revelando um sutiã esportivo tamanho XG. Jeanette achou que os peitos de Claudia ainda eram incríveis.

Angel serviu café em um copo de isopor, derramando um pouco no chão no entusiasmo descontrolado, e entregou-o para Claudia.

— Beba tudo, sra. Silicone! É poderoso, mas não muito gostoso! Mas tem energia até o outro dia, irmã!

Claudia balançou a cabeça e continuou olhando para o chão.

— Claudia? — chamou Jeanette. — O que foi?

Algumas detentas tinham inveja de Claudia, mas Jeanette gostava dela e sentia pena. Claudia tinha desviado muito dinheiro da Igreja Presbiteriana quando foi diretora de serviços para bancar o vício voraz em drogas do marido e do filho mais velho. E os dois estavam nas ruas, soltos como passarinhos. *Eu tenho uma rima pra você, Angel*, pensou Jeanette. *Para os homens, diversão; para as mulheres, punição.*

— Não foi nada. Só estou reunindo coragem. — Claudia não tirou o olhar do chão.

— Para fazer o quê?

— Para pedir pra ela me deixar dormir normalmente, como ela.

Angel piscou para Jeanette, botou a língua para fora pelo canto da boca e fez dois círculos em volta da orelha com o dedo.

— De quem você está falando, sra. Silicone?

— Da novata — respondeu Claudia. — Eu acho que ela é o diabo, Angel.

Isso divertiu Angel.

— Diabo-Angel! Angel-Diabo! — Ela desenhou uma escala no ar, subindo e descendo com o dedo. — Essa é a história da minha vida, sra. Silicone.

Claudia continuou:

— Ela deve ser algum tipo de bruxa, porque é a única que consegue dormir como antes.

— Não estou entendendo — disse Jeanette.

Claudia finalmente levantou a cabeça. Havia manchas roxas embaixo dos olhos.

— Ela está dormindo, mas não em um daqueles casulos. Vá ver. Pergunte como ela está. Diga que, se ela quiser minha alma, pode ficar. Eu só quero ver Myron de novo. Ele é meu bebê e precisa da mamãe dele.

Angel derramou o café do copo que ofereceu a Claudia de volta na urna e se virou para Jeanette.

— Vamos ver isso. — Ela não esperou que Jeanette concordasse.

Quando Jeanette chegou com o carrinho do café, Angel estava segurando as grades e olhando para dentro. A mulher que Jeanette havia visto rapidamente enquanto Peters a molestava estava agora deitada com membros relaxados no catre, os olhos fechados, respirando ritmadamente. O cabelo escuro estava espalhado de forma gloriosa. O rosto era ainda mais bonito de perto, e estava impecável. Além de ela não ter teia nenhuma, os hematomas que Jeanette vira tinham sumido. Como era possível?

Talvez ela seja mesmo o diabo, pensou Jeanette. *Ou um anjo que veio nos salvar.* Só que isso não parecia provável. Anjos não iam voando para aquele lugar. Fora Angel Fitzroy, claro, e ela estava mais para um morcego.

— Acorda! — gritou Angel.

— Angel? — Ela colocou a mão hesitante no ombro da companheira. — Talvez você não devesse...

Angel se soltou da mão de Jeanette e tentou empurrar a porta da cela, mas estava trancada. Ela segurou a tampa da urna de café e começou a bater nas grades, criando uma barulheira infernal que fez Jeanette cobrir as orelhas com as mãos.

— *Acorda, vagabunda! Acorda e sente o cheiro da porra do café!*

A mulher no catre abriu os olhos, que eram amendoados e escuros como o cabelo. Abaixou as pernas (compridas e lindas, mesmo com o macacão largo de detenta) até os pés tocarem no chão, e bocejou. Esticou os braços, projetando um par de seios que deixou os de Claudia no chinelo.

— Companhia! — gritou ela.

Os pés descalços mal pareceram tocar no chão quando ela correu até as grades e esticou as mãos, segurando uma das de Angel e uma de Jeanette. Angel se afastou instintivamente. Jeanette estava atordoada demais. Parecia que uma eletricidade leve estava passando da mão da nova mulher para a dela.

— Angel! Estou tão feliz de você estar aqui! Consigo falar com os ratos, mas a conversa deles é limitada. Não é crítica, só realidade. Cada criatura tem seus méritos. Minha compreensão é que Henry Kissinger é um parceiro de debate fascinante, mas considere todo o sangue que o sujeito tem nas mãos! Se obrigada a escolher, eu prefiro um rato, obrigada, e pode botar isso no jornal, só tome o cuidado de escrever meu nome certo.

— Que *porra* você está falando? — perguntou Angel.

— Ah, nada de mais. Desculpe a falação. Eu estava visitando o mundo do outro lado do mundo. Deixa meu cérebro meio abalado isso de ficar indo e vindo. E aqui está Jeanette Sorley! Como o Bobby está, Jeanette?

— Como você sabe nossos nomes? — perguntou Angel. — E como consegue dormir sem aquela merda crescer em volta de você?

— Eu sou Evie. Vim da Árvore. Que lugar interessante esse, hein? Tão animado! Tanta coisa para fazer e para ver!

— Bobby está ótimo — disse Jeanette. Sentindo como se estivesse em um sonho... e talvez estivesse. — Eu queria ver ele de novo antes de adorm...

Angel puxou Jeanette para trás com tanta força que ela quase caiu.

— Cala a boca, Jeanie. O assunto aqui não é seu filho. — Ela esticou a mão para dentro da cela acolchoada e segurou Evie pela frente admiravelmente preenchida do macacão. — Como você está acordada? Me diga, senão vou machucar você como nunca ninguém machucou antes. Vou fazer sua boceta e seu cu trocarem de lugar.

Evie deu uma gargalhada alegre.

— Seria uma maravilha da medicina, não seria? Caramba, eu teria que aprender a ir ao banheiro tudo de novo.

Angel ficou vermelha.

— Você quer brincar comigo? Quer? Acha que só porque está nessa cela, eu não consigo pegar você?

Evie olhou para baixo, para as mãos nela. Só olhou, mas Angel gritou e cambaleou para trás. Os dedos estavam ficando vermelhos.

— Me queimou! A vagabunda me queimou de alguma forma!

Evie se virou para Jeanette. Ela estava sorrindo, mas Jeanette achou que havia tristeza além de bom humor nos olhos escuros.

— O problema é mais complexo do que pode parecer de primeira, eu entendo isso. Tem feministas que gostam de acreditar que todos os problemas do mundo residem nos homens. Na agressividade natural dos homens. Elas têm razão, uma mulher nunca iniciou uma guerra... se bem que, pode acreditar, algumas foram *por causa* de uma. Mas tem umas garotas muito, muito ruins por aí. Eu não posso negar.

— Que merda é essa que você está dizendo?

Ela olhou para Angel.

— O dr. Norcross desconfia de você, Angel. Sobre o senhorio que você matou em Charleston, por exemplo.

— Eu não matei *ninguém*! — Mas a cor tinha sumido do rosto de Angel, e ela deu um passo para trás, esbarrando no carrinho de café. Suas mãos avermelhadas estavam encostadas no peito.

Evie se voltou para Jeanette, falando em um tom baixo de confidência.

— Ela matou cinco homens. *Cinco.* — Então, ela se virou de novo para Angel. — Foi meio que um hobby por um tempo, não foi, Angel? Você pedia carona para um lugar qualquer com uma faca na bolsa e uma pistola calibre 32 no bolso da jaqueta que você sempre usava. Mas isso não é tudo, é?

— Cala a boca! *Cala a boca!*

Os olhos incríveis se voltaram para Jeanette de novo. A voz estava baixa, mas calorosa. Era a voz de uma mulher de anúncio de televisão, uma que dizia para a amiga que também tinha problema de mancha de grama nas calças dos filhos, mas que o sabão em pó novo tinha mudado tudo.

— Ela engravidou aos dezessete anos. Escondeu com várias camadas de roupa. Pegou carona até Wheeling, sem matar ninguém dessa vez, ainda bem, e alugou um quarto. Teve o bebê...

— *EU MANDEI CALAR A BOCA!*

Alguém em um monitor tinha reparado na discussão: Rand Quigley e Millie Olson estavam correndo pelo corredor, Quigley com spray de pimenta na mão, Olson com um taser configurado para força mediana.

— Afogou na pia, largou o corpo no vão do incinerador. — Evie fez uma careta, piscou duas vezes e acrescentou baixinho: — E o que era doce se acabou.

Quigley tentou pegar Angel. Ela se virou assim que sentiu o toque dele, deu um soco e virou o carrinho com café, suco e tudo. Uma onda marrom, não mais escaldante, mas ainda quente, caiu nas pernas de Millie Olson. Ela gritou de dor e caiu para trás.

Jeanette ficou olhando, atordoada, enquanto Angel bancava o Hulk Hogan com Quigley, segurando o pescoço dele com uma das mãos e arrancando a lata de spray com a outra. A lata caiu no chão e rolou por entre as grades da cela acolchoada. Evie se inclinou, pegou o spray e o ofereceu a Jeanette.

— Quer isso?

Jeanette aceitou sem pensar.

A guarda Olson estava se debatendo em uma poça marrom, tentando sair de debaixo do carrinho virado. O guarda Quigley estava tentando não ser sufocado. Apesar de Angel ser magrela e de Quigley pesar pelo menos vinte e cinco quilos a mais, Angel o sacudia como um cachorro com uma cobra nos dentes e o jogou no carrinho de café na hora em que Millie Olson estava se levantando, e os dois caíram juntos com um baque e um ruído molhado. Angel se virou para a cela acolchoada, os olhos enormes e brilhando no rosto estreito.

Evie abriu os braços na direção de Angel tanto quanto as grades permitiam, como uma amante chamando sua amada. Angel estava de braços esticados, os dedos dobrados em garras, e correu para ela, gritando.

Só Jeanette viu o que aconteceu em seguida. Os dois guardas ainda estavam tentando sair de debaixo do carrinho virado, e Angel estava perdida em um mundo de fúria. Jeanette teve tempo de pensar: *não estou vendo só mau humor; isso é um episódio psicótico completo*. A boca de Evie se abriu tanto que toda a metade de baixo da cara dela pareceu sumir. De dentro da boca, saiu um bando, não, uma *inundação* de mariposas. Elas voaram em torno da cabeça de Angel, e algumas ficaram presas no cabelo descolorido por água oxigenada. Ela gritou e começou a bater nas mariposas.

Jeanette bateu na parte de trás da cabeça de Angel com a lata de spray de pimenta. *Vou criar uma inimiga agora*, pensou ela, *mas, ei, talvez ela durma antes de conseguir se voltar contra mim*.

As mariposas voaram na direção das luzes do teto cobertas por grade da Ala A e da Rua Principal. Angel se virou, ainda batendo as mãos em volta da cabeça (apesar de todos os insetos que estavam no cabelo dela parecerem já terem se juntado aos colegas), e Jeanette disparou o spray diretamente no rosto da mulher, que gritava.

— Você vê como o problema é complexo, não vê, Jeanette? — disse Evie enquanto Angel batia na parede, berrando e esfregando os olhos furiosamente. — Acho que pode estar na hora de apagar toda a equação homem--mulher. Simplesmente apagar e recomeçar. O que você acha?

— Que quero ver meu filho — disse Jeanette. — Eu quero ver meu Bobby. — Ela largou a lata de spray de pimenta e começou a chorar.

4

Enquanto isso estava acontecendo, Claudia "Silicone" Stephenson saiu da estação de verificação de piolhos e decidiu procurar climas mais serenos e vistas novas. Estava muito barulhento na Ala A naquela noite. Incômodo demais. O café especial estava derramado para todo lado, e o cheiro era horrível. Não dava para tentar dialogar com o diabo se seus nervos estavam à flor da pele, isso era puro bom senso. Ela podia falar com a moça da A-10 mais tarde. Claudia passou pela Guarita e entrou na Ala B, deixando a camisa para trás.

— Detenta! — Van Lampley se inclinou para fora da Guarita, de onde viu a briga quando estava prestes a acontecer. (Angel e aquela porra de Supercafé; Van estava esgotada demais para repreender a si mesma, mas não devia ter consentido com o plano.) Ela mandou Quigley e Olson resolverem a situação e estava quase se juntando a eles quando Stephenson passou.

Claudia não respondeu, só seguiu andando.

— Você esqueceu uma coisa, não esqueceu? Isto aqui é uma prisão, não um clube de strip. Estou falando com você, Stephenson! Aonde você pensa que vai?

Porém, Van realmente se importava? Muitas delas estavam vagando de um lado para outro agora, provavelmente só tentando ficar acordadas, e enquanto isso uma merda danada estava acontecendo no final da Ala A. Era lá que precisavam dela.

Ela começou a ir para lá, mas Millie Olson, com café derramado por toda a frente do corpo, fez sinal para ela voltar.

— Sob controle — disse Millie. — Tranquei aquela puta louca da Fitzroy. A situação voltou ao normal.

Van, pensando que nada estava sob controle e nada estava normal, assentiu.

Ela olhou ao redor procurando Stephenson, mas não a viu. Voltou para a Guarita e botou o primeiro andar da Ala B em um dos monitores a tempo de ver Claudia entrando na B-7, a cela ocupada por Dempster e Sorley. Só que Sorley ainda estava na Ala A, e Van não via Dempster havia um tempo. Não era incomum que as detentas cometessem pequenos roubos se encontrassem uma cela vazia (os alvos favoritos eram os dois Cs: comprimidos e calcinhas), e esse tipo de situação sempre causava problema. Ela não tinha motivo para desconfiar que Claudia, que não incomodava em nada apesar de ser grande o bastante para provocar muita confusão, faria uma coisa assim. Ainda assim, era trabalho de Van desconfiar. Não seria bom que surgisse uma confusão por causa de bens roubados. Não com tudo de ruim que estava acontecendo.

Van decidiu dar uma verificada rápida. Foi só uma intuição, mas ela não gostou do jeito como Claudia estava andando, com a cabeça inclinada para baixo, o cabelo no rosto, a camisa esquecida só Deus sabia onde. Demoraria só um minuto, e ela poderia se levantar e esticar as pernas. Faria o sangue circular de novo.

5

Claudia não estava pensando em roubar. Ela só queria um pouco de conversa tranquila. Faria o tempo passar até a Ala A ter se acalmado e ela poder falar com a nova mulher e descobrir como ela, Claudia, também podia dormir e acordar como se fosse um dia qualquer. A mulher nova talvez não contasse para ela, mas, por outro lado, talvez contasse. O diabo era imprevisível. Já tinha sido um anjo no passado.

Ree estava na cama com o rosto virado para a parede. Claudia reparou pela primeira vez, com uma pontada de pena, que Ree estava ficando grisalha. Claudia também estava, mas pintava o cabelo. Quando não tinha dinheiro para comprar tinta (ou quando nenhum dos poucos visitantes podia ser persuadido a levar uma caixa de Nutrisse Louro Champanhe, a cor favorita dela), ela usava suco RealLemon, que pegava na cozinha. Funcionava bem, mas não durava muito.

Ela esticou a mão para tocar no cabelo de Ree, mas deu um pulo para trás com um gritinho quando alguns fios brancos grudaram em seus dedos. Os fios tremeram no ar por um segundo ou dois e derreteram até não sobrar nada.

— Ah, Ree — lamentou Claudia. — Não você também.

Porém, talvez não fosse tarde demais; só havia uns poucos fios daquela coisa do casulo no cabelo de Ree. Talvez Deus tivesse enviado Claudia à B-7 enquanto ainda havia tempo. Talvez fosse um teste. Ela segurou Ree pelos ombros e a rolou para que ficasse deitada de costas. As teias estavam espiralando das bochechas de Ree e da pobre testa marcada. Fios saíam das narinas e tremiam com a respiração, mas o rosto dela ainda estava lá.

Bem, a maior parte dele.

Claudia usou uma das mãos para começar a tirar aquela merda das bochechas de Ree, indo de um lado a outro, sem negligenciar os fios esbranquiçados saindo da boca e envolvendo os lábios. Com a outra mão, segurou o ombro de Ree e começou a sacudi-la.

— Stephenson? — Vindo do corredor. — Detenta, o que você está fazendo aí dentro? Não é a sua cela.

— Acorda! — gritou Claudia, sacudindo com mais força. — Acorda, Ree! Antes que você não consiga mais!

Nada.

— Detenta Stephenson? Estou falando com você.

— É a guarda Lampley — disse Claudia, ainda sacudindo e ainda puxando os incansáveis fios. Deus, era difícil ser mais rápida do que eles. — Eu gosto dela, você não gosta? Não gosta, Ree? — Claudia começou a chorar. — Não vá embora, querida, está cedo demais para partir!

Primeiro, ela achou que a mulher na cama pareceu concordar com isso, porque seus olhos se abriram e ela começou a sorrir.

— Ree! — disse Claudia. — Ah, graças a Deus! Eu achei que você estava...

Só que o sorriso continuou se abrindo, os lábios se repuxando até não ser mais um sorriso, mas um rosnado com dentes à mostra. Ree se sentou, fechou as mãos em volta do pescoço de Claudia e arrancou no dente um dos brincos favoritos dela, uma carinha de gato de plástico. Claudia gritou. Ree cuspiu o brinco junto com o pedaço de lóbulo e se dedicou ao pescoço de Claudia.

A mulher era trinta e cinco quilos mais pesada do que a diminuta Ree Dempster, e era forte, mas Ree estava ensandecida. Claudia mal conseguia empurrá-la. Um dos dedos de Ree escorregou do pescoço de Claudia, e as unhas afundaram nos ombros nus dela, tirando sangue.

Ela cambaleou para longe da cama, na direção da porta aberta da cela, com Ree agarrada nela como uma sanguessuga, rosnando, arranhando e se sacudindo de um lado para outro, tentando se soltar de Claudia para poder provocar danos reais. Logo elas estavam no corredor e as detentas estavam gritando, a guarda Lampley estava berrando, e os sons pareciam em outra galáxia, outro universo, porque os olhos de Ree estavam saltados e seus dentes estavam a centímetros do rosto de Claudia, e então, ah, Deus, seus pés se embolaram, e Claudia caiu no corredor da Ala B com Ree em cima.

— Detenta! — gritou Van. — Detenta, solta!

As mulheres estavam gritando. Claudia não, ao menos no começo. Os gritos ganharam força, e ela precisava da dela para segurar a lunática, o *demônio*, longe de si. Só que não estava adiantando. A boca em movimento se aproximava. Ela sentia o hálito de Ree e via gotas do cuspe dela, com pequenos filamentos brancos dançando com cada movimento.

— Detenta, eu estou com a arma na mão! Não me faça disparar! *Por favor*, não me faça fazer isso!

— Atira nela! — gritou alguém, e Claudia percebeu que esse alguém era ela. Parecia que tinha força, afinal. — *Por favor, guarda Lampley!*

Houve um estrondo alto no corredor. Um buraco preto e grande apareceu no alto da testa de Ree, bem no meio da cicatriz. Ela levantou os olhos, como se estivesse tentando ver onde o tiro tinha entrado, e o sangue quente jorrou no rosto de Claudia.

Com um esforço intenso e final, Claudia empurrou Ree para longe. Ree caiu no corredor com um baque inerte. A guarda Lampley estava com as pernas firmadas e segurando a arma de serviço à frente, com as duas mãos. A fumaça que subia do cano lembrou a Claudia os fios brancos que tinham grudado nos seus dedos quando ela mexeu no cabelo de Ree. O rosto da guarda Lampley estava pálido, exceto pelas manchas roxas embaixo dos olhos.

— Ela ia me matar — disse Claudia, ofegante.

— Eu sei — respondeu Van. — Eu sei.

17

1

Na metade do caminho até a cidade, Clint Norcross teve uma ideia que o fez parar no estacionamento do Olympia Diner, ao lado da placa no cavalete que dizia: ORA, ORA, EXPERIMENTE NOSSA TORTA DE AMORA. Ele pegou o celular e procurou HICKS. Não tinha o número dele, o que dizia tudo sobre seu relacionamento com o vice-diretor do Instituto Penal de Dooling. Desceu mais um pouco na lista e encontrou LAMPLEY.

Lampley atendeu no segundo toque. Ela parecia sem fôlego.

— Van? Tudo bem?

— Tudo, mas você saiu antes dos fogos. Escuta, doutor, precisei atirar em uma pessoa.

— O quê? Quem?

— Ree Dempster. Ela está morta. — Van explicou o que tinha acontecido. Clint escutou, perplexo.

— Jesus — disse ele quando ela terminou. — Você está bem, Van?

— Fisicamente ilesa. Emocionalmente fodida, mas você pode me analisar depois. — Van fez um ruído alto, úmido e buzinado, assoando o nariz, talvez. — Tem mais.

Ela contou a Clint sobre o confronto violento entre Angel Fitzroy e Evie Black.

— Eu não estava lá, mas vi uma parte pelos monitores.

— Que bom que viu. E quanto a Claudia, parece que você salvou a vida dela.

— Não foi bom para Dempster.

— Van…

— Eu gostava de Dempster. Se você me perguntasse, eu diria que ela seria a última mulher aqui que ia surtar.

— Onde está o corpo?

— Na sala do zelador. — Van pareceu com vergonha. — Só conseguimos pensar nisso.

— Claro. — Clint massageou a testa e fechou os olhos. Achava que deveria dizer mais para consolar Lampley, mas não encontrava as palavras. — E Angel? O que houve com ela?

— Sorley, imagine só, pegou uma lata de spray de pimenta e espirrou nela. Quigley e Olson a enfiaram em uma cela na Ala A. Ela está se debatendo nas paredes e gritando pedindo um médico. Diz que está cega, o que é mentira. Também está dizendo que tem mariposas no cabelo dela, o que pode não ser mentira. Tem uma infestação dessa porcaria aqui. Você precisa voltar, doutor. Hicks está correndo de um lado para outro como uma galinha sem cabeça. Ele me pediu para entregar minha arma, o que me recusei a fazer, apesar de achar que seja o protocolo.

— Você fez o certo. Até as coisas voltarem ao normal, o protocolo não existe.

— Hicks é um inútil.

E eu não sei?, pensou Clint.

— Quer dizer, ele sempre foi, mas nessas circunstâncias pode acabar sendo perigoso.

Clint procurou uma linha de raciocínio.

— Você disse que Evie estava provocando Angel. O que ela estava dizendo exatamente?

— Não sei, e nem Quigley e Millie. Sorley talvez saiba. Foi ela que segurou Angel. A garota merece uma medalha. Se ela não dormir, você pode ouvir a história toda quando voltar. E vai ser logo, não vai?

— O mais rápido possível — disse Clint. — Escuta, Van, sei que você está nervosa, mas preciso saber de uma coisa. Angel partiu para cima de Evie porque Evie não estava envolta em um daqueles casulos?

— É o que eu acho. Eu só vi ela batendo nas grades com a tampa de uma das urnas de café, gritando sem parar. E aí tive coisas a resolver.

— Mas ela acordou?

— Acordou.

— *Evie acordou.*

— É. Fitzroy acordou ela.

Clint tentou tirar alguma coisa coerente daquilo, mas não conseguiu. Talvez depois que dormisse um pouco...

A ideia fez uma onda de culpa esquentar seu rosto. Uma ideia louca ocorreu a ele: e se *Evie Black* fosse homem? E se a esposa dele tivesse prendido um homem vestido de mulher?

Não. Quando Lila a prendeu, Evie estava totalmente nua. Presumivelmente, as guardas que tinham supervisionado a admissão dela também a haviam visto assim. E o que explicaria a cicatrização de todos os hematomas e arranhões em menos da metade de um dia?

— Eu preciso que você passe o que vou dizer para Hicks e para os outros guardas que ainda estão aí. — Clint tinha voltado ao pensamento que ocorreu a ele primeiro, o que o tinha feito parar no estacionamento da lanchonete e ligar para a prisão.

— Não vai demorar — disse ela. — Billy Wettermore e Scott Hughes acabaram de chegar, o que é bom, mas mesmo assim chamar isso aqui de equipe reduzida é ser otimista. Temos apenas sete pessoas, contando Hicks. Com você, oito.

Clint ignorou essa cutucada.

— Surgiu na minha mente, quando eu estava dirigindo para a cidade, essa coisa de Evie Black ser diferente do resto das mulheres, além de tudo que você me contou agora. Não sei como interpretar. Mas sei que não podemos deixar que isso saia da prisão, ainda não. Seja verdadeiro ou falso. Poderia provocar uma rebelião. Você entende o que estou dizendo?

— Hum...

Aquele *hum* provocou uma sensação ruim em Clint.

— O que foi?

— Bem...

Ele gostou menos ainda daquele *bem*.

— Conta logo.

Houve outra buzinada úmida.

— Eu vi Hicks usando o celular depois que o festival na Ala A acabou, e depois que me recusei a entregar minha arma. Além disso, depois que Millie atualizou Scott e Billy, os dois usaram os celulares.

Tarde demais, então. Clint fechou os olhos. Um conto de fadas rápido surgiu:

Era uma vez um obscuro psiquiatra de prisão que se vestiu todo de preto, saiu no meio da noite e se deitou atravessado no meio de uma estrada interestadual. Um ônibus Trailways veio rodando alegremente e acabou com a infelicidade dele, e todos viveram felizes para sempre, ou talvez não, mas não era mais problema do psiquiatra obscuro de prisão. Fim.

— Tudo bem, tudo bem — disse Clint. — O que vamos fazer é o seguinte: diga para eles não ligarem para mais ninguém. Entendeu?

— Eu liguei para a minha irmã! — desabafou Van. — Desculpa, doutor, mas eu queria fazer uma coisa boa, compensar o fato de ter que atirar em Dempster! Falei para Bonnie não dormir, por mais que quisesse, porque talvez tivéssemos uma pessoa imune na prisão e que isso *poderia* significar que havia cura! Ou que a coisa se cura sozinha!

Clint abriu os olhos.

— Há quanto tempo você está acordada, Van?

— Desde as quatro da madrugada! A porcaria do cachorro me acordou! Tinha que sair pra fazer x-x-*xixi*! — A durona Vanessa Lampley não estava mais conseguindo se segurar. Ela começou a chorar.

— Só avisa todo mundo pra não dar mais telefonemas, entendeu? — Era tarde demais, quase com certeza, mas talvez eles pudessem segurar um pouco a velocidade da notícia. Talvez até houvesse um jeito de segurar de vez. — Ligue para sua irmã e diga que você se enganou. Diga que foi um boato falso e você acreditou. Diga para os outros fazerem o mesmo.

Silêncio.

— Van, você ainda está aí?

— Eu não quero, dr. Norcross. E, com todo respeito, acho que não é o caminho certo a seguir. Bonnie vai ficar acordada agora, ao menos durante a noite, porque acredita que há chance. Não quero tirar isso dela.

— Eu entendo esse sentimento, mas *é* o caminho certo. Você quer um monte de gente da cidade indo até a prisão como… como camponeses carregando tochas, invadindo o castelo em um filme antigo de *Frankenstein*?

— Vá ver sua esposa — disse Van. — Você disse que ela está acordada há mais tempo do que eu. Veja se consegue olhar na cara dela e não dizer que pode haver uma luzinha no fim do túnel.

— Van, escuta...

Van tinha desligado. Clint olhou para a mensagem de LIGAÇÃO ENCERRADA na tela do celular por um bom tempo antes de guardar no bolso e dirigir pelo resto do caminho até a cidade.

Dempster estava morta. A alegre Ree Dempster. Ele não conseguia acreditar. E seu coração doeu por Van Lampley, apesar da insubordinação dela. Se bem que, na verdade, como ela podia agir com insubordinação a ele? Ele era só o psicólogo da cadeia, caramba.

2

Clint parou em uma das vagas de quinze minutos em frente à delegacia e ouviu a última coisa que esperaria: o som de gargalhadas saindo pela porta aberta.

Havia um grupo e tanto na sala dos funcionários. Lila estava sentada à mesa de atendimento ao lado de Linny. Em volta delas, em um círculo desarrumado, estavam cinco outros policiais, todos homens: Terry Coombs, Reed Barrows, Pete Ordway, Elmore Pearl e Vern Rangle. Sentado fora do círculo de policiais, estava Barry Holden, o defensor público que tinha lidado brevemente com o caso de Evie Black, e um cavalheiro idoso de barba branca que Clint não conhecia.

Lila estava fumando. Tinha parado oito anos antes, quando Jared um dia comentou que esperava que ela não morresse de câncer de pulmão antes de ele crescer. Linny Mars e dois dos outros presentes também estavam dando suas baforadas. O ar estava azulado e aromático.

— O que está acontecendo, pessoal? — perguntou ele.

Lila o viu e seu rosto se iluminou. Ela apagou o cigarro em uma xícara de café, correu pela sala e pulou nos braços dele. Literalmente, passando as pernas em volta das coxas de Clint. Ela o beijou com força. Isso gerou mais gargalhadas, um berro do promotor Holden e uma rodada de aplausos.

— Ah, como estou feliz de ver você! — disse ela, e o beijou de novo.

— Eu estava indo ver Jared — disse Clint. — Pensei em dar uma parada e ver se você estava aqui, se podia dar uma fugida.

— Jared! — gritou ela. — Você acredita no garoto incrível que criamos, Clint? Nossa, considerando o trabalho bom que fizemos, às vezes eu penso que foi egoísmo nosso não ter um segundo. — A esposa bateu no peito dele e se soltou. Acima do sorriso, as pupilas de Lila estavam pequenininhas.

Terry Coombs se aproximou. Seus olhos estavam vermelhos e inchados. Ele apertou a mão de Clint.

— Você sabe o que aconteceu com Roger, não sabe? Tentou desembrulhar a esposa. Má ideia. Devia ter esperado o Natal. — Terry caiu na gargalhada, mas as risadas viraram choro. — Minha esposa também já era. Não consigo falar com minha filha.

Havia álcool no hálito de Terry, mas não no de Lila; o que ela havia ingerido era bem mais acelerado do que bebida. Clint pensou em competir com o relato de Terry contando o que tinha acabado de acontecer na prisão, mas afastou a ideia. A morte de Ree Dempster não era uma história de festa, e era isso o que aquela reunião parecia.

— Sinto muito, Terry.

Pete Ordway passou um braço pelo ombro de Terry e o levou para longe.

Lila apontou para o homem de barba.

— Querido, você conhece Willy Burke? Ele me ajudou a transportar Roger e Jessica até o necrotério na picape dele. Só que, quando falo necrotério, estou falando do freezer do Squeaky Wheel. Acontece que o hospital está impossível agora. E falam de aluguel baixo, hein. — Ela riu e colocou as mãos no rosto. — Me desculpe, não consigo evitar.

— É bom ver você, senhor — disse Willy. — Tem uma esposa ótima. Ela está cuidando muito bem das coisas, mesmo cansada assim.

— Obrigado. — E, para a esposa: — Percebo que você andou abrindo o armário de provas.

— Só Lila e eu — disse Linny. — Terry tomou um pouco de uísque.

Lila tirou a receita de Provigil do bolso e devolveu para Clint.

— Isto não serviu, nem mais nada. Duas das farmácias foram saqueadas, e o Rite-Aid está reduzido a cinzas e brasas. Você deve ter sentido o cheiro quando entrou na cidade.

Clint fez que não.

— Estamos fazendo o que acho que dá para chamar de vigília — disse Vern. — Que é o que eu queria que todas as mulheres fizessem.

Por um momento, todos pareceram intrigados, mas Barry começou a rir, e os outros policiais também, e Willy e Lila e Linny também. O som era incomodamente alegre.

— Vigília — disse Lila. Deu um soco no braço de Clint. — *Ficar de vigília*. Entendeu?

— Entendi — disse Clint. Ele tinha entrado na versão policial do País das Maravilhas.

— Estou sóbrio aqui — disse Willy Burke, levantando a mão. — Preparo um pouco de tempos em tempos... — Ele deu uma piscadela para Lila. — Você não ouviu isso, xerife. Mas não toco na coisa. Sou abstêmio há quarenta anos.

— Tenho que admitir que me apropriei da birita do sr. Burke — disse Barry Holden. — Pareceu a coisa certa a fazer considerando tudo que está acontecendo.

Os policiais Barrows, Ordway, Pearl e Rangle se declararam sóbrios. Vern Rangle levantou a mão como se estivesse sendo testemunha em um tribunal. Clint estava começando a ficar zangado. Eram as gargalhadas. Ele entendia, sem dúvida Lila tinha o direito de ficar meio surtada depois de mais de trinta horas sem dormir, e usar o que havia no armário de provas tinha sido ideia dele, mas não estava gostando nem um pouco. No caminho até a cidade, ele pensou que estava pronto para praticamente qualquer coisa, mas não estava preparado para ouvir que Van atirou em Ree, e não estava preparado para entrar na delegacia e dar de cara com um velório irlandês.

Lila estava dizendo:

— Nós estávamos falando sobre a vez em que Roger foi cuidar de uma briga doméstica, e a mulher da casa se inclinou por uma janela do segundo andar e mandou ele se foder e morrer. Como ele não fez nenhuma das duas coisas, ela virou uma lata de tinta na cabeça dele. Ele ainda estava tirando tinta do cabelo um mês depois.

— Vermelho Rumba Garoto Holandês! — gritou Linny, gargalhando, e largou o cigarro no colo. Ela o pegou de volta, quase botou a ponta acesa na boca e o deixou cair no chão ao tentar virar. Isso gerou mais gargalhadas generalizadas.

— O que você usou? — perguntou Clint. — Você e Linny? Foi coca?

— Não, estamos deixando a cheirada pra depois — disse Lila.

— Não se preocupe, xerife, eu defendo você — disse Barry. — Vou alegar circunstâncias extremas. Nenhum júri americano te condenaria.

Isso gerou outra explosão de hilaridade.

— Nós apreendemos mais de cem cápsulas de metanfetamina no flagra dos irmãos Griner — disse Linny. — Lila abriu uma das cápsulas, e nós cheiramos o pó.

Clint pensou em Don Peters, primeiro obrigando Jeanette Sorley a praticar um ato sexual com ele na Sala Comunitária, depois drogando o café de Janice. Pensou na mistura idiota de café que ele mesmo havia autorizado. Pensou na mulher estranha na Ala A. Pensou em Ree enforcando Claudia e tentando abrir a garganta dela com os dentes. Pensou nas detentas apavoradas, chorando nas celas, e em Vanessa Lampley dizendo "Eu não quero, dr. Norcross".

— Estou vendo que funcionou — disse Clint. Controlar-se exigiu concentração. — Vocês parecem muito despertas.

Lila segurou as mãos de Clint.

— Sei o que parece, querido, como *nós* devemos estar, mas não tivemos escolha. As farmácias foram saqueadas, e qualquer coisa de natureza estimulante que o supermercado vende já acabou faz tempo. Jared me disse. Eu falei com ele. Ele está bem, sabe, não precisa se preocupar, você...

— Aham. Posso falar com você sozinho por um minuto?

— Claro.

3

Eles saíram na noite fria. Agora, ele sentia cheiro de cinzas e de plástico queimado, o que restava do Rite-Aid, achava. Atrás deles, a conversa recomeçou. E as gargalhadas.

— O que está acontecendo com Jared?

Ela levantou a mão, como um guarda de trânsito em um cruzamento. Como se ele fosse um motorista agressivo.

— Ele está cuidando de uma garotinha chamada Molly. É neta da sra. Ransom. A sra. Ransom está no casulo, e ele assumiu a responsabilidade. Está bem por enquanto. Não precisa se preocupar com ele.

Não, pensou ele, *não me diga para não me preocupar com nosso filho. Até ele fazer dezoito anos, é* nosso *trabalho nos preocuparmos com ele. Você está tão drogada que se esqueceu disso?*

— Ou pelo menos não mais do que precisa — acrescentou ela depois de um momento.

Ela está cansada e cheia de responsabilidades, Clint lembrou a si mesmo. Tinha acabado de matar uma mulher. *Você não tem motivo para ficar com raiva dela*. Porém, ele *estava* com raiva mesmo assim. A lógica tinha pouco poder sobre as emoções. Como psicólogo, ele sabia disso, ainda que saber não ajudasse naquele momento.

— Alguma ideia de há quanto tempo você está acordada?

Ela fechou um olho para fazer as contas, e adquiriu uma aparência de pirata da qual ele não gostou.

— Desde talvez… uma da tarde de ontem, mais ou menos, eu acho. No total, são… — Ela balançou a cabeça. — Não consigo fazer a conta. Cara, meu coração está disparado. Mas estou desperta, tem isso. E olhe as estrelas! Não estão lindas?

Clint conseguia fazer a conta. Totalizava quase trinta e duas horas.

— Linny entrou na internet para ver quanto tempo uma pessoa aguenta sem dormir — disse Lila com alegria. — O recorde é de 264 horas. Não é interessante? Onze dias! Foi estabelecido por um aluno de ensino médio que estava fazendo um projeto de ciências. Tenho que dizer que esse recorde vai *cair*. Tem mulheres muito determinadas por aí.

"Mas a cognição decai rapidamente, e o controle emocional. Além disso, tem um fenômeno chamado microssono, que tive no trailer de Truman Mayweather, uau, foi apavorante. Senti os primeiros fios daquela coisa saindo do meu cabelo. O lado bom é que os humanos são mamíferos diurnos, e isso quer dizer que, assim que o sol nascer, todas as mulheres que conseguirem ficar acordadas durante a noite toda vão ter uma injeção de ânimo. Deve passar no meio da tarde de amanhã, mas…"

— Que pena que você teve que trabalhar ontem à noite — disse Clint. As palavras saíram antes mesmo que ele soubesse que estavam a caminho.

— É. — O humor sumiu da voz dela na mesma hora. — Pena que eu tive.

— Não — disse Clint.

— Como?

— Um caminhão de comida de animais virou na Mountain Rest Road, isso é verdade, mas aconteceu um ano atrás. Então, o que você estava fazendo ontem à noite? Aonde é que você foi?

O rosto dela ficou muito branco, mas, na escuridão, as pupilas tinham ficado mais ou menos do tamanho normal.

— Tem certeza de que quer entrar nisso agora? Com todo o resto que está acontecendo?

Ele poderia ter dito não, mas outra explosão de gargalhada irritante soou lá dentro, e ele segurou os braços dela.

— Me conta.

Lila olhou para as mãos dele no seu bíceps e para Clint. Ele a soltou e se afastou dela.

— Fui a um jogo de basquete — disse Lila. — Fui ver uma garota jogar. A número trinta e quatro. O nome dela é Sheila Norcross. A mãe dela é Shannon Parks. Então me diga, Clint, quem anda mentindo para quem?

Ele abriu a boca, mas não sabia o que ia dizer. Antes que pudesse falar qualquer coisa, Terry Coombs saiu pela porta, com os olhos arregalados.

— Ah, Jesus, Lila! Jesus do céu!

Ela se virou para ele.

— O quê?

— A gente esqueceu! Como a gente pôde esquecer? Ah, *Jesus*!

— Esqueceu o quê?

— Platinum!

— Platinum?

Ela apenas o encarou, e o que Clint viu no rosto dela fez sua fúria desmoronar. A expressão perplexa dizia que ela até tinha uma ideia do que ele estava dizendo, mas não conseguia contextualizar e nem encontrar uma referência. Ela estava cansada demais.

— Platinum! A filhinha de Roger e Jessica! — gritou Terry. — Ela só tem oito meses e ainda está na casa deles! *A gente esqueceu a porra do bebê!*

— Ah, meu Deus! — disse Lila. Ela girou e desceu a escada correndo, com Terry logo atrás. Nenhum dos dois olhou para Clint, nem olhou para trás quando ele chamou. Ele desceu os degraus dois de cada vez e segurou Lila pelo ombro antes que ela pudesse entrar no carro. Ela não estava em condições de dirigir, nenhum deles estava, mas Clint viu que isso não os deteria.

— Lila, escuta. O bebê deve estar bem. Quando elas entram naqueles casulos, parecem entrar em uma espécie de estabilidade, como um equipamento de suporte à vida.

Ela se soltou da mão dele.

— A gente conversa mais tarde. Encontro você em casa.

Terry estava atrás do volante. Terry, que tinha bebido.

— Espero que você esteja certo sobre o bebê, doutor.

4

Perto de Fredericksburg, o estepe que a filha da diretora vinha usando havia várias semanas estourou no momento menos oportuno, do jeito que sua mãe (maníaca por avaliar piores possibilidades, como mães e diretoras costumam fazer) teria dito que aconteceria, inevitavelmente. Michaela parou o carro no estacionamento de um McDonald's e entrou para fazer xixi.

Um motoqueiro, enorme e de peito nu exceto por um colete de couro com SATAN'S 7 bordado e o que parecia ser uma Tec-9 pendurada nas costas, estava no balcão. Estava explicando para uma atendente com olhos de guaxinim que não pagaria por nenhum dos Big Macs dele. Havia uma promoção especial naquela noite: tudo que ele quisesse seria de graça. Com o barulho da porta se fechando, o motoqueiro se virou e viu Michaela.

— Ei, irmã. — O olhar dele foi de apreciação: *que beleza*. — Eu conheço você?

— Talvez? — respondeu Michaela, sem parar enquanto atravessava até a lateral da lanchonete, passando direto pelo banheiro e saindo novamente pela porta dos fundos. Ela foi até o estacionamento e passou entre os galhos de uma cerca viva. Do outro lado da cerca viva, havia o estacionamento do Hobby Lobby. A loja estava iluminada e ela viu gente dentro. Michaela se perguntou que nível de dedicação uma pessoa tinha que ter por scrapbooks para ter que ir fazer compras na Hobby Lobby logo naquela noite.

Ela deu um passo, e uma coisa mais próxima chamou a atenção dela: um Corolla ligado a uns seis metros. Uma forma branca ocupava o banco da frente.

Michaela se aproximou do carro. A forma branca era uma mulher, claro, com a cabeça e as mãos em casulos. Embora Michaela ainda estivesse doidona da cocaína, ela queria estar muito mais. No colo da mulher encasulada havia um cachorro morto, um poodle, com o corpo quebrado e torcido.

Ah, Fido, você não devia lamber as teias da cara da mamãe quando ela está dormindo no estacionamento. Mamãe pode ficar muito irritada se você acordar ela.

Michaela transportou cuidadosamente o cachorro morto para a grama. Em seguida, arrastou a mulher, Ursula Whitman-Davies, de acordo com a carteira de habilitação, para o banco do passageiro. Embora não gostasse muito da ideia de deixar a mulher no carro, não ficava nem um pouco à vontade com a alternativa, que seria deixá-la na grama ao lado do poodle morto. E havia a questão utilitária a considerar: com Ursula junto, ela podia usar legalmente a pista para carros com mais de uma pessoa.

Michaela se sentou no banco do motorista e pegou o caminho para a I-70.

Ao passar pelo McDonald's, uma ideia cruel surgiu em sua mente. Sem dúvida foi alimentada pela cocaína, mas pareceu divinamente correta ainda assim. Ela deu meia-volta no Motel 6 ao lado e voltou até a lanchonete. Estacionou na frente e viu uma Harley Softail com aparência vintage parada ali. Acima da placa do Tennessee na traseira da moto havia um adesivo de caveira com SATAN em um buraco de olho e 7 no outro. Nos dentes estava escrito CUIDADO.

— Segura firme, Ursula — disse Michaela para a copiloto encasulada, e virou o Corolla na direção da moto.

Ela estava a menos de dezesseis quilômetros por hora quando bateu, mas a moto virou com um estrondo satisfatório. O motoqueiro estava sentado a uma mesa perto do janelão principal, com uma montanha de comida à frente em uma bandeja. Ele olhou a tempo de ver Michaela dando ré para longe do cavalo de ferro dele, que agora parecia um pônei morto. Viu os lábios se mexendo quando ele correu para a porta, com um Big Mac pingando molho especial em uma das mãos, um milk-shake na outra e a Tec-9 batendo nas costas. Michaela não entendeu o que ele estava dizendo, mas duvidava que fosse shalom. Ela deu um aceno alegre antes de voltar para a estradinha de saída e botar o Toyota de Ursula a quase cem por hora.

Três minutos depois, estava de volta na interestadual, rindo loucamente, sabendo que a euforia não ia durar e desejando mais pó, para que pudesse durar.

5

O Corolla de Ursula era equipado com rádio via satélite, e depois de mexer um pouco nos botões, Michaela encontrou o NewsAmerica. As notícias não eram muito boas. Havia relatos não confirmados de um "incidente" envolvendo a esposa do vice-presidente que fez o Serviço Secreto ser chamado ao Number One Observatory Circle. Ativistas dos direitos dos animais libertaram os habitantes do National Zoo; múltiplas testemunhas tinham visto um leão devorando o que parecia ser um humano nos trilhos da linha laranja do metrô. Conservadores de extrema direita em uma conversa de rádio declaravam que o vírus Aurora era prova de que Deus estava com raiva do feminismo. O papa pediu a todos para rezarem por orientação. Os Nationals cancelaram a série interliga do fim de semana contra os Orioles. Michaela até entendia essa última decisão, mas nem tanto; todos os jogadores (e os juízes também) eram homens, não eram?

No banco do passageiro, a criatura com cabeça de bola de algodão que tinha sido Ursula Whitman-Davies imitava o ritmo da interestadual, oscilando delicadamente com os trechos de asfalto liso, balançando quando os pneus encontravam pavimento cheio de sulcos e inacabado. Ela era a melhor ou a pior companheira de viagem da história do mundo.

Durante um tempo, Michaela tinha namorado uma garota que se dedicava aos cristais, que acreditava que, com foco calmo e crença verdadeira, dava para assumir a forma de luz. Aquela garota doce e sincera devia estar dormindo agora, envolta naquela coisa branca. Michaela pensou no falecido pai: o velho e bom pai, que se sentava ao lado da cama dela quando sentia medo à noite, ou pelo menos era o que sua mãe contava. Michaela tinha três anos quando ele morreu. Ela não conseguia se lembrar dele como homem vivo. Michaela, apesar da plástica no nariz, apesar do sobrenome falso, era uma repórter de verdade. Conhecia os fatos, e o único fato sobre Archie Coates que ela sabia bem era que ele tinha sido colocado em um caixão e enfiado na terra do Shady Hills Cemetery, na cidade de Dooling, e que ainda estava lá. Ele não tinha se tornado luz. Ela não se permitiu fantasiar que ia encontrar o pai em breve, em uma vida após a morte. A questão era simplesmente a seguinte: o mundo estava terminando, e uma mulher estranguladora de poodles envolta em teias estava balançando ao seu lado, e ela só queria passar algumas horas com a mãe antes que o sono levasse as duas.

Em Morgantown, ela precisou encher o tanque do Corolla. O frentista pediu desculpas; as máquinas de cartão de crédito não estavam funcionando. Michaela pagou com dinheiro da bolsa de Ursula.

O homem tinha uma barba loura curta, usava camiseta branca e calça jeans. Ela nunca se sentia atraída por homens, mas gostou do visual daquele viking magro.

— Obrigada — disse ela. — Você está bem?

— Ah, não esquenta comigo, moça. Você não precisa se preocupar comigo. Mas você sabe usar isso?

Ela seguiu a direção que ele apontou com o queixo até a bolsa de Ursula, apoiada no quadril da mulher encasulada. A coronha de um revólver aparecia pelo zíper aberto. Parecia que a sra. Whitman-Davies gostava de armas de fogo, assim como de cachorros.

— Na verdade, não — admitiu ela. — Minha namorada sabia que eu ia fazer uma viagem longa e me emprestou.

Ele olhou para ela com severidade.

— A trava de segurança fica na lateral. Solte se perceber algum problema se aproximando. Aponte para o meio do corpo do sr. Problema, e puxe o gatilho. Não solte e nem deixe bater nos peitos quando sentir o coice. Consegue se lembrar disso?

— Consigo — disse Michaela. — Meio do corpo. Não soltar nem deixar bater nos peitos. Entendi. Valeu. — Ela começou a se afastar. E ouviu o viking gritar:

— Você por acaso trabalha na TV?

Por volta de uma da madrugada de sexta-feira, ela finalmente chegou aos arredores de Dooling. Na West Lavin, dava para ver filetes de fumaça do incêndio na floresta, e ela contornou a prisão com o Corolla, na escuridão. A fumaça fez Michaela botar a mão na boca para não ingerir o fedor de cinzas.

No portão, ela saiu do carro e apertou o botão vermelho.

6

Maura Dunbarton estava sentada na cela da Ala B com o que restava de Kayleigh, não morta, mas morta para aquele mundo. Ela sonhava dentro da mortalha?

Maura estava com a mão no peito de Kayleigh, sentindo o delicado subir e descer da respiração e vendo a cobertura branca de gosma fibrosa primeiro inchar, depois murchar, contornando a boca aberta de Kayleigh a cada inspiração. Por duas vezes, Maura colocou as unhas naquele material denso e grudento, prestes a arrancar fora e libertar Kayleigh. Nas duas vezes ela pensou no que o noticiário da TV vinha relatando e afastou as mãos.

Em uma sociedade fechada como o Instituto Penal de Dooling, tanto boatos como germes se espalhavam rápido. Porém, o que tinha acontecido uma hora antes não era boato. Angel Fitzroy estava em uma cela, com os olhos inchados por causa de spray de pimenta. Gritando que a mulher nova era uma porra de uma bruxa.

Para Maura, isso parecia perfeitamente possível, principalmente depois que Claudia Stephenson andou pela Ala B com hematomas no pescoço e arranhões fundos nos ombros, contando para todo mundo que Ree quase a tinha matado, e tudo que ela tinha visto e ouvido antes. Claudia alegou que a mulher nova sabia os primeiros nomes de Angel e Jeanette, mas isso era o de menos. Ela também sabia (*sabia!*) que Angel tinha matado pelo menos cinco homens e um bebê recém-nascido.

— O nome da mulher é Evie, como o da Eva do Jardim do Éden — disse Claudia. — Pensem nisso! Depois Ree tentou me matar, e aposto que a bruxa sabia que isso ia acontecer, assim como sabia o nome das outras e sobre o bebê de Angel.

Claudia não era o que se podia chamar de testemunha confiável, mas fazia sentido. Só uma bruxa podia saber coisas assim.

Duas histórias surgiram na mente de Maura e se combinaram lá para formar uma certeza. Uma era sobre uma bela princesa que foi amaldiçoada por uma bruxa má e caiu dormindo profundamente quando espetou o dedo em uma roca (Maura não sabia direito o que era uma roca, mas devia ser afiada). Depois de muitos anos, um beijo despertou a princesa do sono. A outra história era de João e Maria. Capturados por uma bruxa, eles mantiveram a calma e fugiram depois de queimarem a bruxa viva no próprio forno dela.

Histórias eram só histórias, mas as que sobreviviam por centenas de anos deviam conter pérolas da verdade. A verdade naquelas duas talvez fosse: feitiços podiam ser quebrados, bruxas podiam ser destruídas. Apagar a bruxa da Ala A podia não despertar Kayleigh e as outras mulheres do mundo. Por outro lado, talvez despertasse. De verdade. Mesmo que não despertasse, a mulher chamada Evie tinha que ter *alguma coisa* a ver com aquela praga. Por que outro motivo seria capaz de dormir e acordar normalmente? De que outra forma poderia saber coisas que não tinha como saber?

Maura estava na prisão havia décadas. Tinha lido muito e chegado até a Bíblia. Pareceu uma pilha de papel inútil na época, os homens criando leis e as mulheres procriando, mas ela se lembrava de uma frase admirável: *A feiticeira não deixarás viver.*

Um plano se desenvolveu em sua mente. Ela precisaria de um pouco de sorte para executá-lo. Porém, com metade dos guardas ausentes e a rotina comum da prisão abandonada, talvez não muito. Angel Fitzroy não havia conseguido porque a raiva dela estava na superfície, para qualquer um ver. Era por isso que ela estava agora em uma cela trancada. A raiva de Maura, por outro lado, era um fogo enterrado; as brasas ardentes escondidas com cinzas. E era por isso que ela era uma detenta com liberdades na prisão.

— Eu volto, querida — disse ela, dando um tapinha no ombro de Kayleigh. — A não ser que ela me mate, claro. Se ela for uma bruxa de verdade, acho que é possível.

Maura levantou o colchão e procurou a pequena abertura que tinha feito. Enfiou a mão e tirou uma escova de dentes. O cabo duro de plástico tinha sido afiado até ficar pontudo. Ela enfiou o objeto no elástico da calça, nas costas, puxou a blusa larga por cima e saiu da cela. No corredor da Ala B, Maura se virou para trás e jogou um beijo para a colega sem rosto.

7

— Detenta, o que você está fazendo?

Era Lawrence Hicks, na porta da pequena e surpreendentemente bem abastecida biblioteca do Instituto Penal de Dooling. Ele gostava de ternos e gravatas escuras, mas naquela noite não estava de paletó e nem de colete, e a gravata estava tão afrouxada que a ponta batia no zíper, como uma seta apontando para o material que sem dúvida estaria murcho.

— Oi, sr. Hicks — disse Maura, continuando a colocar livros em um carrinho da biblioteca. Ela deu um sorriso, e o dente de ouro cintilou na luz fluorescente. — Vou distribuir livros.

— Não está meio tarde para isso, detenta?

— Eu não acho, senhor. Não vai ter apagar das luzes esta noite, eu acho.

Ela falou de forma respeitosa e continuou sorrindo. Era assim que se fazia; sorrir e parecer inofensiva. Era só a velha e grisalha Maura Dunbarton, maltratada pelos anos de rotina na prisão e feliz de lamber as botas de qualquer um cujas botas precisassem ser lambidas. O que quer que a tivesse possuído e feito com que matasse aquelas pessoas estava havia muito exorcizado. Era uma malandragem que as Angel Fitzroys do mundo nunca aprendiam. Tinha que se manter a pólvora seca para o caso de se precisar dela.

Hicks foi inspecionar o carrinho, e ela quase sentiu pena dele, o rosto todo pálido, a papada com pontinhos de barba pendurada como massa crua, o pouco cabelo que ele tinha arrumado com mousse; mas, se tentasse impedi-la, ela furaria a barriga gorda dele. Tinha que salvar Kayleigh se pudesse. A Bela Adormecida tinha sido salva com um beijo; Maura talvez conseguisse salvar sua garota com uma arma pontuda.

Não me atrapalhe, Hicks, pensou ela. *A não ser que queira um buraco no fígado. Sei direitinho onde fica.*

Hicks estava examinando os livros que Maura tinha escolhido nas prateleiras: Peter Straub, Clive Barker, Joe Hill.

— São todos livros de terror! — exclamou Hicks. — Nós deixamos as detentas lerem essas coisas?

— Isso e os romances são praticamente as únicas coisas que elas *leem*, senhor — disse Maura, sem acrescentar *Coisa que você conheceria se soubesse um pouco sobre a forma como este lugar funciona, seu fuinha*. Ela renovou o sorriso. — Acho que histórias de terror são o que pode manter as mulheres acordadas esta noite, isso se alguma coisa conseguir. Além do mais, nada disso é real; nem os vampiros, nem os lobisomens e nem nada. São como contos de fadas.

Por um momento, ele pareceu hesitar, talvez se preparando para mandar que ela voltasse para a cela. Maura levou a mão às costas, como se estivesse coçando, mas ele só inflou as bochechas em um suspiro.

— Vá em frente. Pelo menos vai deixar *você* acordada.

Dessa vez, o sorriso dela foi genuíno.

— Ah, não se preocupe comigo, sr. Hicks. Eu sofro de insônia.

8

Michaela tinha parado de apertar seguidamente o botão e ficou só segurando. Uma luz ardia na frente protegida por vidro da prisão, e havia carros estacionados lá dentro. Tinha alguém acordado lá.

— O quê? — A voz masculina que atendeu era a definição de cansaço; era uma voz com barba por fazer bem crescida. — Aqui é o guarda Quigley. Pare de apertar o maldito botão.

— Meu nome é Michaela Morgan. — Um segundo depois, ela lembrou que seu nome de TV não significava nada lá.

— E daí? — A voz não pareceu impressionada.

— Eu era Michaela Coates. Minha mãe é a diretora. Eu quero ver ela, por favor.

— Hã…

Silêncio, exceto por um leve zumbido na linha. Ela se empertigou, com a paciência no fim, e apertou o botão com o máximo de força que conseguiu.

— Também gostaria de dizer que trabalho para o NewsAmerica. Vou precisar fazer uma reportagem sobre você ou posso falar com a minha mãe?

— Sinto muito, srta. Coates. Ela dormiu.

Foi a vez de Michaela de ficar em silêncio. Ela tinha chegado tarde. Encostou-se na cerca de arame. Os faróis do Corolla se refletiam no portão e faziam seus olhos inchados doerem.

— Sinto muito — disse a voz. — Ela era uma boa chefe.

— O que eu faço agora? — perguntou Michaela. Ela não estava apertando o botão, e a pergunta foi direcionada só para a noite e para a fumaça vindo da floresta.

O guarda Quigley respondeu rapidamente, como se tivesse ouvido.

— Vá para a cidade, que tal? Alugue um quarto. Ou… eu soube que o Squeaky Wheel vai ficar aberto esta noite sem fechar até o sol nascer ou a cerveja acabar.

9

Maura empurrou o carrinho pela Ala B, indo devagar, sem querer que ninguém achasse que ela tinha um objetivo particular em mente.

— Livros? — perguntou ela em cada cela ocupada, pelo menos quando as ocupantes não estavam cobertas de merda branca. — Quer ler uma coisa apavorante? Tem bicho-papão de nove sabores diferentes.

Algumas aceitaram. A maioria estava assistindo às notícias, o que era uma história de terror por si só. O guarda Wettermore a fez parar perto da Ala B para dar uma olhada nos títulos. Maura não ficou muito surpresa de vê-lo ali naquela noite, porque o guarda Wettermore era tão gay quanto Nova Orleans na primeira noite de carnaval. Se ele tivesse mulheres em casa, ela ficaria perplexa.

— Isso aí me parece um monte de lixo — disse ele. — Sai logo daqui, Maura.

— Certo, guarda. Vou para a Ala A agora. Tem algumas moças lá. O dr. Norcross colocou elas no grupo do Prozac, mas elas gostam de ler também.

— Tudo bem, mas fique longe de Fitzroy e da cela acolchoada, certo?

Maura abriu um sorriso largo.

— Pode deixar, guarda Wettermore. E obrigada! Muito obrigada!

Fora a novata, a bruxa, só havia duas mulheres acordadas na Ala A, além da forma adormecida que já tinha sido Kitty McDavid.

— Não — disse a mulher na A-2. — Não consigo ler, não consigo. A medicação que o dr. Norcross passou pra mim ferra com meus olhos. Não consigo ler, não. Estão gritando aqui. Não gosto de gritos.

A outra mulher, na A-8, era Angel. Ela olhou para Maura com olhos inchados de "que porra aconteceu comigo".

— Vai em frente, Mo-Mo — avisou Angel quando Maura, apesar da recomendação do guarda Wettermore, ofereceu uns livros para ela. Mas tudo bem. Maura já estava quase no final do corredor.

Ela olhou para trás e viu Wettermore de costas para ela, conversando com o guarda Murphy, o que as garotas chamavam de Tigrão, como nas histórias do Ursinho Pooh.

— Maura... — foi só um sussurro, mas penetrante. Ressonante, de alguma forma.

Era a novata. Evie. Eva. Aquela que, na Bíblia, comeu a fruta da Árvore do Conhecimento e fez com que ela e o marido bonitão fossem banidos para o mundo de dor e perplexidade. Maura sabia bem sobre banimento. Tinha sido banida para Dooling por ter banido o marido e os dois filhos (sem contar Slugger) para a amplidão da eternidade.

Evie estava na porta gradeada da cela, olhando para Maura. E sorrindo. Maura nunca tinha visto um sorriso tão lindo na vida. Ela podia ser uma bruxa, talvez, mas era bonita. A bruxa colocou uma das mãos entre as barras e a chamou com um dedo comprido e elegante. Maura empurrou o carro para perto.

— Não avance mais, detenta! — Era o guarda Tig Murphy. — Pare bem aí!

Maura foi em frente.

— Peguem ela, parem ela! — gritou Murphy, e ela ouviu o estalo dos sapatos no piso.

Maura virou o carrinho de lado e o empurrou, criando um bloqueio temporário. Livros velhos se espalharam e deslizaram.

— *Pare, detenta, pare!*

Maura correu até a cela acolchoada, levou a mão às costas e pegou a arma de escova de dentes. A mulher bruxa continuava chamando. *Ela não sabe o que tenho para ela*, pensou Maura.

Ela firmou o braço no quadril, pretendendo impulsioná-lo na direção da barriga da bruxa, na direção do fígado. Só que aqueles olhos escuros primeiro a deixaram mais lenta e depois a fizeram parar. Não foi maldade que Maura viu neles, mas interesse frio.

— Você quer ficar com ela, não quer? — perguntou Evie, em um sussurro rápido.

— Quero — disse Maura. — Ah, meu Deus, quero tanto.

— Você pode ficar. Mas, primeiro, tem que dormir.

— Eu não consigo. Tenho insônia.

Wettermore e Murphy estavam chegando. Só havia segundos para furar a bruxa e acabar com aquela praga. Só que Maura não fez isso. Os olhos escuros da estranha se grudaram nela, e ela viu que não queria lutar contra aquele olhar. Não eram olhos, Maura viu, mas buracos, aberturas para uma nova escuridão.

A bruxa encostou o rosto nas grades, sem tirar o olhar de Maura.

— Me beije, rápido. Enquanto ainda há tempo.

Maura nem pensou. Largou a escova de dentes afiada e encostou o rosto nas grades. Os lábios se encontraram. O hálito quente de Eva entrou na boca de Maura e desceu pela garganta. Maura sentiu um sono abençoado surgindo do fundo do cérebro, como quando ela era criança e estava em segurança na cama com o ursinho Teddy em um braço e o dragão Gussie no outro, ouvindo um vento frio lá fora e sabendo que estava segura e quentinha dentro de casa, a caminho da terra dos sonhos.

Quando Billy Wettermore e Tig Murphy chegaram perto dela, Maura estava deitada de costas em frente à cela de Evie, os primeiros fios saindo do cabelo, da boca e de debaixo das pálpebras fechadas dos olhos que sonhavam.

18

1

Frank esperava outra porção generosa de perturbação de Elaine quando voltou para a casa, mas acabou sendo uma situação de zero perturbação. Como mais nada naquele dia (e, na verdade, nos dias futuros), os problemas dele com El se solucionaram da forma mais simples. Então, por que ele não estava animado?

A ex-esposa estava dormindo na cama da filha com o braço direito passado pelo ombro de Nana. O casulo em volta do rosto dela era fino, uma primeira cobertura apertada de papel machê, mas uma cobertura completa mesmo assim. Um bilhete na mesa de cabeceira dizia: *Eu rezei por você, Frank. Espero que você reze por nós. — E.*

Frank amassou o bilhete e jogou na lata de lixo ao lado da cama. Tiana, a princesa negra da Disney, dançava na lateral da lata de lixo com o vestido verde cintilante, seguida por um desfile de animais mágicos.

— Não sei o que dizer. — Garth Flickinger o tinha seguido para o andar de cima e agora estava atrás de Frank, na porta do quarto de Nana.

— É — disse Frank. — Eu também não.

Havia uma foto de Nana com os pais em um porta-retratos na mesa de cabeceira. Nana estava mostrando o marcador de livros premiado. O doutor pegou a foto e a observou.

— Ela tem seu rosto, sr. Geary. Garota de sorte.

Frank não sabia como responder, então não disse nada.

O médico, nem um pouco abalado pelo silêncio, colocou a foto no lugar.

— Bem. Vamos?

Eles deixaram Elaine na cama, e pela segunda vez naquele dia Frank pegou a filha nos braços e a carregou para o andar de baixo. O peito subia e descia; ela estava viva lá dentro. Porém, pacientes em coma com morte cerebral também tinham batimentos. Havia uma boa chance de que a última conversa deles, a que Frank levaria consigo até a morte, quando quer que isso acontecesse, tivesse sido a que tinha acontecido de manhã, ele gritando com ela na porta de casa. Deixando-a com medo.

Frank foi tomado de melancolia, uma neblina baixa que o devorava das botas para cima. Não tinha nenhum motivo para esperar que aquele médico drogado pudesse fazer qualquer coisa que ajudasse.

Enquanto isso, Flickinger espalhou toalhas no piso de madeira da sala e pediu a Frank para deitar Nana nelas.

— Por que não no sofá?

— Porque quero as luzes do teto nela, sr. Geary.

— Ah. Tudo bem.

Garth Flickinger se acomodou de joelhos ao lado de Nana e abriu a bolsa. Os olhos vermelhos e fundos davam a ele uma aparência vampiresca. O nariz estreito e uma testa alta e inclinada, emoldurada por cachos castanhos, acrescentavam um toque malicioso de insanidade. Ainda assim, e apesar de Frank saber que ele era ao menos um pouco ferrado da cabeça, o tom alegre era tranquilizador. Não era surpresa ele dirigir um Mercedes.

— E o que sabemos?

— Sabemos que ela está dormindo — disse Frank, sentindo-se singularmente burro.

— Ah, mas tem muitas coisas mais! O que percebi pelo noticiário é basicamente o seguinte: os casulos são um material fibroso que parece ser composto de catarro, cuspe, cera de ouvido e grandes quantidades de uma proteína desconhecida que não tem DNA. Como está sendo fabricado? De onde vem? Nós não sabemos, e pareceria impossível, considerando que a menstruação feminina normal é bem menor, duas colheres de sopa de sangue em um período menstrual normal, por exemplo, não mais de uma xícara em um de fluxo intenso. Também sabemos que as adormecidas parecem ser alimentadas pelos casulos.

— E elas piram quando os casulos são abertos — disse Frank.

— Certo. — Garth colocou instrumentos na mesa de centro: bisturi, tesoura e, da maleta preta, um pequeno microscópio. — Vamos começar medindo a pulsação da sua filha, certo?

Frank disse que estava ótimo.

Flickinger levantou cuidadosamente o pulso encasulado de Nana e o segurou por trinta segundos. Em seguida, o baixou com o mesmo cuidado.

— A frequência cardíaca em repouso fica ligeiramente abafada pelo material do casulo, mas está normal para uma garota saudável da idade dela. Agora, sr. Geary…

— Frank.

— Certo. O que nós *não* sabemos, Frank?

A resposta era óbvia.

— Por que isso está acontecendo.

— *Por quê*. — Flickinger bateu palmas uma vez. — Isso mesmo. Tudo na natureza tem um propósito. Qual é o propósito disso? O que o casulo está tentando fazer? — Ele pegou a tesoura e abriu e fechou as lâminas. — Vamos interrogar.

2

Quando não tinha com quem conversar, Jeanette às vezes falava sozinha… ou melhor, com um ouvinte imaginário que era solidário. O dr. Norcross tinha dito que não havia problema nisso. Era *articulação*. Naquela noite, a ouvinte era Ree, que tinha que ser imaginária. Porque a guarda Lampley a tinha matado. Em pouco tempo, ela talvez tentasse descobrir onde a haviam colocado e prestasse suas homenagens, mas agora ficar sentada na cela era suficiente. Agora, era tudo de que ela precisava.

— Vou contar o que aconteceu, Ree. Damian machucou o joelho jogando futebol americano, foi isso que aconteceu. Só um joguinho com uns caras no parque. Eu não estava lá. Damian me disse que ninguém tocou nele; ele só saiu correndo, acho que atrás do *quarterback*, ouviu um estalo, caiu na grama, se levantou mancando. LCA ou LCM, eu sempre esqueço qual, mas, você sabe, um desses. A parte que amortece entre os ossos.

Ree disse “Aham”.

— Na época, nós estávamos bem, só que não tínhamos plano de saúde. Eu tinha um emprego de trinta horas por semana em uma creche, e Damian tinha uma coisa regular e informal que pagava um valor inacreditável. Tipo vinte dólares por hora. Em dinheiro! Ele estava trabalhando como uma espécie de ajudante de um empreiteiro de trabalhos pequenos que prestava serviço de marcenaria para pessoas ricas em Charleston, políticos, CEOS e gente assim. Uns caras da Big Coal. Damian carregava muito peso e outras coisas assim. Nós estávamos indo bem, principalmente para dois jovens sem nada além de diplomas do ensino médio. Eu estava orgulhosa de mim.

Ree disse "Você tinha todo o direito de estar".

— Nós conseguimos o apartamento, e era bom, com móveis legais e tudo, mais legal do que qualquer lugar onde morei quando criança. Ele comprou uma moto quase nova, e compramos um carro a prestação para eu andar por aí e levar nosso Bobby para os lugares. Nós fomos de carro para a Disney. Fomos à Space Mountain, à Haunted Mansion, abraçamos o Pateta, tudinho. Eu emprestei dinheiro para minha irmã ir a um dermatologista. Dei dinheiro para a minha mãe consertar o telhado. Mas não tínhamos plano de saúde. E Damian fodeu o joelho. Uma cirurgia era a melhor opção, mas... Nós devíamos ter mandado tudo à merda e feito. Vendido a moto, o carro, apertado o cinto por um ano. Era o que eu queria fazer. Eu juro. Mas Damian não queria. Ele se recusava. Era difícil convencer ele do contrário. O joelho era dele, então eu deixei pra lá. Homens, você sabe. Não param nem para perguntar o caminho e não vão ao médico se não estiverem morrendo.

Ree disse "É isso mesmo, amiga".

— "Não", ele disse. "Eu vou aguentar." E tenho que admitir que a gente tinha o hábito de fazer farra. A gente sempre fazia uma farra. Como os jovens fazem. Ecstasy. Erva, obviamente. Cocaína, se alguém tivesse. Damian tinha alguns tranquilizantes escondidos. Começou a tomar para aliviar a dor forte no joelho. O dr. Norcross chama de automedicação. E sabe as minhas dores de cabeça? As criaturas do mal?

Ree disse "Claro que sei".

— Pois é. Uma noite, eu digo para Damian que minha cabeça está me matando, e ele me dá um comprimido. "Experimenta um desses", ele disse. "Vê se não melhora." E foi assim que me viciei. Fácil assim. Sabe?

Ree disse "Eu sei".

3

O noticiário se tornou insuportável para Jared, então ele mudou para o canal Public Access, onde uma artesã extremamente entusiasmada estava dando uma aula sobre franjados com miçangas. Só podia ser gravado. Se não fosse, se aquela fosse a atitude atual e verdadeira da artesã, ele não gostaria de conhecê-la em um dia normal.

— Vamos fazer uma coisa *liiiin-da*! — gritou ela, quicando em um banco na frente de um fundo cinza.

A artesã era sua única companheira. Molly tinha adormecido.

Por volta da uma da manhã, ele saiu para usar o banheiro. Quando voltou três minutos depois, ela estava apagada no sofá, segurando a lata de Mountain Dew que ele tinha dado a ela, com o rosto infantil já meio coberto de teias.

Jared dormiu quase duas horas na poltrona de couro. A exaustão tinha superado a consternação.

Um cheiro incômodo o despertou, entrando pela porta de tela, o alerta sensorial de um incêndio distante. Ele fechou a porta de vidro e voltou para a poltrona. Na TV, a câmera estava virada para as mãos da artesã tecendo sem parar com uma agulha.

Eram 2h54 da madrugada de sexta. Um novo dia, de acordo com o relógio, mas parecia que o dia anterior não os abandonaria tão cedo, isso se os abandonasse em algum momento.

Jared tinha se aventurado até o outro lado da rua para pegar o celular da sra. Ransom na bolsa dela e tinha mandado uma mensagem de texto para Mary.

Oi, é Jared. Você está bem?

Estou, mas você sabe se tem alguma coisa pegando fogo?

Acho que tem, mas não sei o quê. Como está sua mãe? Sua irmã? E você?

Nós estamos bem. Tomando café e fazendo brownies. Amanhecer, aí vamos nós! Como está Molly?

Jared olhou para a garota no sofá. Tinha colocado um cobertor sobre ela. A cobertura na cabeça dela era redonda e branca.

Ótima, escreveu ele. *Tomando Mountain Dew. É o celular da avó dela que estou usando.*

Mary disse que voltaria a mandar mensagem em breve. Jared voltou a atenção para a televisão. A artesã era incansável, ao que parecia.

— Sei que isso vai incomodar algumas pessoas, mas eu não gosto de vidro. Arranha. Tenho uma *convicção verdadeira* de que dá para trabalhar muito bem com plástico. — A câmera deu um close em uma miçanga rosa que ela estava segurando entre o polegar e o indicador. — Estão vendo, nem um olhar de especialista vai conseguir perceber a diferença.

— Muito bom — disse Jared. Ele nunca tinha sido de falar sozinho, mas também nunca tinha ficado sozinho em casa com um corpo envolto em branco enquanto o mundo pegava fogo. E não dava para negar que a merda rosa parecia vidro mesmo. — Muito bom, moça.

— Jared? Com quem você está falando?

Ele não tinha ouvido a porta da frente se abrir. Deu um pulo, cambaleou quatro ou cinco passos com o joelho machucado e se jogou nos braços do pai.

Clint e Jared ficaram abraçados entre a cozinha e a sala. Os dois choraram. Jared tentou explicar para o pai que tinha ido só fazer xixi, que não pôde fazer nada em relação a Molly e se sentia péssimo, mas, droga, ele tinha que fazer xixi alguma hora, e ela parecia bem, ele tinha certeza de que ela ficaria bem, falando do jeito que estava e tomando Mountain Dew. Tudo não estava bem, mas Clint disse que estava. Repetiu várias vezes, e pai e filho se abraçaram cada vez com mais força, como se por força de vontade eles pudessem fazer tudo ficar bem, e talvez, talvez, por alguns segundos, eles tenham conseguido.

4

O recorte que Flickinger tirou de parte da mão de Nana parecia, quando Frank olhou pela lente do microscópio pequeno, um pedaço de tecido trançado delicadamente. Os fios tinham fios, e esses fios tinham fios.

— Na verdade, parece uma fibra de planta — disse o médico. — Ao menos para mim.

Frank pensou em quando se quebrava um talo de aipo e nos fios que ficavam pendurados.

Garth apertou e enrolou o pedaço de fibra branca entre as pontas dos dedos. Quando as separou, a substância se esticou como chiclete.

— Adesivo, incrivelmente elástico, cresce rápido, distorce um pouco a química do hospedeiro, distorce *intensamente*...

Enquanto Garth falava, mais consigo mesmo do que com Frank, ele pensou na redução de sua filha à palavra *hospedeiro*. Isso não o deixou feliz.

Garth riu.

— Não gosto do seu comportamento, sr. Fibra. Não mesmo. — Ele fez uma careta enquanto espremia a substância na lâmina de vidro do microscópio.

— Você está bem, dr. Flickinger? — Frank conseguia aceitar que o cirurgião era excêntrico e estava doidão, e ele parecia saber o que estava fazendo até o momento, mas o sujeito estava com uma série de instrumentos afiados perto de sua filha incapacitada.

— Estou ótimo. Mas não recusaria uma bebida. — Flickinger se agachou ao lado do corpo de Nana. Usou a ponta da tesoura para coçar embaixo da narina. — Nosso amigo aqui, o sr. Fibra, é contraditório. Ele devia ser um fungo, mas está muito ocupado e é muito agressivo, e ao mesmo tempo só se interessa pelos cromossomos XX. Mas se você separa ele do resto, ele não é nada. Nada. Só uma merda grudenta.

Frank pediu licença, foi até a cozinha e escolheu aquela porcaria na prateleira de cima, entre o fermento e a farinha de milho. Havia o suficiente para cada um tomar um dedo. Ele levou os copos para a sala.

— A não ser que meus olhos estejam me enganando, isso é xerez de cozinha. Estamos pegando pesado agora, Frank. — Garth não pareceu nem um pouco decepcionado. Aceitou o copo e virou tudo com um arfar de satisfação. — Escuta, você tem fósforos? Isqueiro?

5

— Então, Ree, a próxima parte não vai ser novidade pra você. Um hábito pequeno ficou grande, e os hábitos grandes são caros. Damian roubou coisas da casa de um cara rico e se safou uma vez, mas não na segunda. Não prenderam ele nem nada, mas ele foi demitido.

Ree disse "Por que não estou surpresa?".

— Pois é. E eu perdi meu emprego na creche. Foi na época em que a economia começou a ficar muito ruim, e a moça que era dona da creche precisou fazer uns cortes. O engraçado é que tinha umas garotas que não trabalhavam lá tanto tempo quanto eu, não tinham a mesma experiência, mas a dona manteve elas. Você nunca vai adivinhar qual era a diferença entre mim e essas outras garotas.

Ree disse "Ah, eu posso adivinhar, mas pode contar logo".

— Elas eram brancas. Olha, não estou dando desculpa. Não estou, mas, você sabe, foi assim. E foi uma merda, e eu fiquei meio deprimida. Muito deprimida. Como qualquer um ficaria. Por isso, comecei a tomar comprimidos mesmo quando minha cabeça não estava doendo. E sabe o que tornava tudo ainda pior? Eu entendia o que estava acontecendo. Era como se eu pensasse, "ah, agora é a parte em que eu me torno uma porra de viciada idiota, que nem as pessoas sempre acharam que aconteceria". E eu me odiei por isso. Odiei cumprir o destino que as pessoas me deram por ter crescido pobre e negra.

Ree disse "É, é dureza".

— Então você entende. E o que Damian e eu tínhamos provavelmente não duraria mesmo. Eu sei disso. Nós tínhamos a mesma idade, mas ele era bem mais jovem por dentro. Os homens costumam ser, eu acho. Mas ele era mais que a maioria. Tipo quando foi jogar futebol americano no parque no dia em que nosso bebê estava doente em casa. Para mim, pareceu normal na época. Ele saía toda hora. "Volto logo", ele dizia, ou "Só vou dar uma passada na casa do Rick", ou alguma coisa assim. Eu nunca questionava. Não parecia que tinha espaço para questionar. Ele me amaciava. Com flores e outras coisas. Chocolate. Uma blusa nova do shopping. Coisas que são legais por um segundo. Mas tinha uma parte dele que era para ser engraçada, mas não era. Era só rude. Tipo, ele parava o carro ao lado de uma moça passeando com um cachorro e gritava "Vocês parecem gêmeos!", ou podia estar andando e fingia que ia dar um soco em um adolescente que estava indo na direção oposta, só para fazer o garoto se encolher. "Só estou de brincadeira", ele dizia. E as drogas, elas deixaram ele azedo. Ele continuava fazendo o que queria, mas não era mais com alegria. E a maldade fugiu de controle, como um cachorro que se soltou da corrente. "Olha essa puta doidona, Bobby", dizia ele para o nosso filho, e ria como se fosse hilário. Como se eu fosse um palhaço do circo. Esse tipo de coisa. Eu finalmente dei um tapa nele por causa disso, e ele me deu um soco. Aí, quando eu dei um soco nele por causa disso, ele quebrou uma tigela na minha cabeça.

Ree disse "Isso deve ter doído".

— Não tanto quanto o sentimento de que era o que eu merecia, eu levar uma porrada na minha cara viciada dada pelo meu marido viciado. Eu me odeio por isso. Eu me lembro de estar deitada no chão, de ver uma moeda de dez centavos na poeira embaixo da geladeira, pedaços da tigela azul para todo lado, concluindo que a próxima coisa que aconteceria seria o conselho tutelar levar Bobby. E levaram mesmo. Um policial carregou Bobby de dentro da minha casa, e meu bebê chorou por mim, e devia ser a coisa mais triste que já aconteceu, só que eu estava tão drogada que não senti nada.

Ree disse "Que triste".

6

Dez minutos se passaram, e Terry ainda não tinha saído da casa vizinha à dos Elway. Zolnik, dizia a caixa de correspondência. Lila não sabia o que fazer.

Antes, eles tinham entrado na casa dos Elway, contornando a área suja de sangue onde os corpos haviam estado e passando pela porta da frente. A criança, batizada de Platinum pelo comitê dos Elway com típico cuidado e sutileza, estava no berço, tão tranquila quanto possível dentro do casulo em forma de feijão que se formou em volta dela. Lila conseguiu sentir o contorno do corpo do bebê ao apertar as mãos no casulo. Havia algo de hilário e pavoroso naquilo; era como testar um colchão novo, avaliando a firmeza. Porém, o sorriso dela congelou no rosto quando Terry começou a chorar. Passava das duas da madrugada. Eram vinte horas depois de a crise ter começado, mais ou menos, e trinta e cinco desde a última vez que ela tinha dormido. Lila estava drogada e seu melhor policial estava bêbado e sentimental.

Bom, eles estavam fazendo o melhor que podiam, não estavam? E ainda tinha toda a areia de gato espalhada na Mountain Road.

— Não tem, não — ela se corrigiu. Isso tinha sido meses antes. Talvez um ano?

— Não tem o quê? — Terry estava do lado de fora de novo, indo para a viatura estacionada na frente da casa de Roger.

Lila, aninhando o casulo, piscou para Terry.

— Eu falei em voz alta?

— Falou — respondeu Terry.

— Desculpa.

— Isso é uma droga. — Ele fungou e foi na direção da casa dos Zolnik.

Lila perguntou aonde ele estava indo.

— A porta está aberta — disse ele, apontando. — Estamos no meio da noite e a porta deles está aberta. Preciso dar uma olhada. Não vou demorar.

Lila se sentou no banco do passageiro da viatura com o bebê. Parecia que só um momento tinha se passado, mas o painel digital dizia 2h22. Ela achou que dizia 2h11 quanto tinha se sentado. Vinte e dois e onze não eram o mesmo número, mas onze mais onze dava vinte e dois. O que queria dizer...

O onze penetrou em seus pensamentos: onze chaves, onze dólares, onze dedos, onze desejos, onze barracas em onze campings, onze mulheres lindas no meio da estrada esperando para serem atropeladas, onze pássaros em onze galhos de onze árvores... árvores normais, claro, não imaginárias.

O que *era* uma árvore? Se as coisas continuassem como estavam, alguém ia enforcar aquela tal Evie em uma árvore, Lila via isso com a clareza do dia, porque aquilo tinha começado com ela, de uma forma ou de outra havia começado com ela e a Árvore, Lila sentia isso como sentia o calor do bebê encasulado em seu colo. Onze bebês em onze casulos de feijão.

— Platinum, Platinum — ela se viu dizendo. O nome idiota do bebê era Platinum. O nome da filha de Clint era Sheila Norcross. Claro que ele não admitiu, que decepção, a pior decepção da coisa toda, nem admitir que Platinum era filha dele. Nem que Sheila era filha dele. Os lábios de Lila estavam secos e ela estava suando, apesar de estar frio no carro. A porta da casa dos Zolnik estava aberta.

7

Se Terry poderia ter feito alguma coisa pelo sujeito ou não, ele não sabia; nunca lhe ocorreu tentar. Ele só se sentou na cama, colocou as mãos nos joelhos e respirou devagar e fundo. Precisava tentar se controlar.

A adormecida estava no chão. Teias cobriam sua cabeça e mãos, assim como a parte inferior do corpo. Havia uma calça enrolada em uma calcinha, jogada em um canto. Ela era pequena, com pouco mais de um metro e meio. Pelas fotos nas paredes e na escrivaninha, parecia estar na casa dos setenta anos, talvez mais.

Terry concluiu que o homem que havia tentado estuprá-la devia tê-la arrancado da cama e jogado no chão quando foi tirar a calça.

O estuprador também estava no chão, a uma distância curta. Na verdade, nem parecia um homem adulto; havia uma magreza de adolescente nele. A calça jeans estava puxada até os tornozelos, presa por um par de tênis. CURT M, diziam as letras com tinta permanente na lateral da sola de um dos tênis. O rosto era uma máscara vermelha. A respiração espalhou a baba sangrenta em volta da boca. O sangue continuava a jorrar da área da virilha, aumentando o pântano que já tinha se formado no tapete. Uma mancha coloria a parede mais distante do quarto, e abaixo, no chão, havia um pedaço de carne que Terry supunha que fossem o pênis e as bolas de Curt M.

Curt M devia ter concluído que a mulher nunca perceberia. Para um filho da puta assim, a Aurora devia ter chegado com a cara de oportunidade única, a manhã de Páscoa no paraíso estuprador. Deveria haver muitos outros como ele, e, rapaz, eles iam ter uma surpresa horrível.

Quanto tempo demoraria para a notícia se espalhar? Se arrancasse as teias e tentasse molhar o biscoito, elas reagiam; elas matavam. O que parecia perfeitamente justo para Terry. Porém, era incrivelmente fácil, a partir daí, imaginar um messias babaca como aquele merda do Compadre Não-sei-o--que, que estava sempre nos noticiários resmungando e choramingando sobre impostos, elaborando um novo plano. Ele anunciaria que era para o bem de todos sair por aí atirando na cabeça das mulheres encasuladas. Elas eram bombas-relógio, diriam. Havia homens por aí que adorariam a ideia. Terry pensou em todos os caras que havia anos tinham sonhos eróticos de poder usar os arsenais ridículos que reuniram com o pretexto de "defesa do lar", mas que nunca teriam coragem de puxar o gatilho para uma pessoa acordada, menos ainda uma que apontasse uma arma para eles. Terry não acreditava que havia milhões de caras assim, mas era policial havia tempo suficiente para desconfiar que havia milhares.

O que podia fazer? A esposa de Terry estava adormecida. Ele poderia mantê-la em segurança? O que ia fazer? Colocá-la em uma prateleira de um armário? Guardá-la como um vidro de conserva?

Ele sabia que sua filha nem tinha acordado naquela manhã. Não importava se as linhas telefônicas estavam ruins. Diane era universitária. Dormia até mais tarde sempre que podia. Além do mais, ela tinha enviado para eles os horários do semestre de primavera, e Terry tinha quase certeza de que ela não tinha aulas às quintas de manhã.

Era possível que Roger (tão burro, o Roger) tivesse feito uma escolha astuta quando tirou as teias de Jessica? Roger tinha acabado com tudo antes de ter que ver alguém que ele amava levar um tiro dormindo.

Eu devia me matar, pensou Terry.

Deixou a ideia pairar no ar. Como não sumiu, ele ficou alarmado e disse para si mesmo para não se apressar em nada. Devia tomar uma bebida, ou duas, dar uma chance de resolver a situação. Ele pensava melhor depois de tomar algumas, sempre havia sido assim.

No chão, Curt McLeod, o terceiro melhor jogador do time de tênis da Dooling High School, atrás de Kent Daley e Eric Blass, estava fazendo sons engasgados. A respiração de Cheyne-Stokes estava começando.

8

O pedido de Terry para que Lila o deixasse no Squeaky Wheel nem a abalou. Fazia tanto sentido quanto qualquer outra coisa àquela altura.

— O que você viu lá dentro, Terry?

Ele estava no banco do passageiro, segurando o bebê encasulado nas palmas das mãos abertas e esticadas, como se fosse uma caçarola quente.

— Um garoto tentou... ah... *se dar bem* com uma senhora lá dentro. Sabe o que quero dizer?

— Sei.

— Isso fez ela acordar. Ela estava dormindo de novo quando entrei. Ele estava... praticamente morto. Totalmente morto agora.

— Ah — disse Lila.

Eles percorreram a cidade escura. O incêndio nas colinas era vermelho, a nuvem de fumaça que subia de lá tinha um tom mais escuro do que a noite. Uma mulher de conjunto de moletom rosa-neon estava fazendo polichinelos em um gramado. Grupos de pessoas, predominantemente mulheres, eram visíveis pelas janelas grandes da Starbucks da Main Street, que estava aberta excepcionalmente até tarde ou (talvez mais provável) tinha aberto por força da multidão. Eram 2h44 da madrugada.

O estacionamento nos fundos do Squeak estava mais cheio do que Lila já tinha visto. Havia picapes, sedãs, motocicletas, carros compactos, vans. Uma fila nova de veículos tinha surgido no barranco de grama no final do estacionamento.

Lila levou a viatura para perto da porta dos fundos, que estava entreaberta e emitindo luz, vozes e um som de jukebox. A música era uma melodia estridente de banda de garagem que ela já tinha ouvido milhões de vezes, mas cujo nome não identificaria nem depois de uma noite inteira de descanso. A voz do cantor era ferro arrastado no asfalto:

— *You're gonna wake up wonderin, find yourself all alone!* — berrou ele.

Uma atendente tinha adormecido sentada em uma caixa de leite ao lado da porta. As botas de caubói estavam abertas em V. Terry saiu do carro, colocou Platinum no banco e se inclinou para dentro. A luz neon de um letreiro de cerveja iluminou o lado direito do rosto dele e lhe deu a aparência verde-ácida de um cadáver de filme. Ele indicou o pacotinho no casulo.

— Talvez você devesse esconder esse bebê em algum lugar, xerife.

— O quê? — perguntou Lila.

— Pense bem. Vão começar a matar garotas e mulheres em breve. Porque elas são perigosas. Elas acordam com o pé esquerdo, por assim dizer. — Ele se levantou. — Eu tenho que beber alguma coisa. Boa sorte. — O policial fechou a porta com cuidado, como se tivesse medo de acordar o bebê.

Ela viu Terry entrar pela porta dos fundos do bar. Ele nem sequer lançou um olhar para a mulher dormindo na caixa de leite, com os calcanhares das botas firmados no cascalho, os dedos apontando para cima.

9

Os guardas Lampley e Murphy tinham tirado tudo de cima da mesa comprida dentro da sala de suprimentos do zelador para que o corpo de Ree pudesse descansar em paz. Levá-la para o necrotério do condado no meio da noite estava fora de questão, e o St. Theresa ainda estava um manicômio. No dia seguinte, se as coisas se acalmassem, um dos guardas transportaria o corpo para a Funerária Crowder, na Kruger Street.

Claudia Stephenson estava sentada ao pé da mesa em uma cadeira dobrável, segurando uma bolsa de gelo no pescoço. Jeanette entrou e se sentou em outra cadeira dobrável, à cabeceira da mesa.

— Eu só queria alguém que falasse comigo — disse Claudia. A voz dela estava rouca, pouco mais de um sussurro. — Ree sempre foi boa ouvinte.

— Eu sei — disse Jeanette, pensando que era verdade, apesar de Ree estar morta.

— Sinto muito pela sua perda — disse Van. Ela estava parada na porta aberta. Seu corpo musculoso parecia frouxo de cansaço e dor.

— Você devia ter usado o taser — disse Jeanette, mas não conseguiu botar acusação na voz. Ela também estava muito cansada.

— Não dava tempo — disse Van.

— Ela ia me matar, Jeanie. — Claudia disse isso em tom de desculpas. — Se você quiser culpar alguém, me culpe. Fui eu que tentei tirar as teias dela. — Ela repetiu: — Eu só queria alguém com quem conversar.

Em seu descanso, o rosto descoberto de Ree estava ao mesmo tempo relaxado e atordoado, as pálpebras baixas, a boca aberta; era a expressão intermediária, entre gargalhadas, entre sorrisos, que se fazia na foto que você jogava fora ou apagava do celular. Alguém tinha limpado o sangue da testa dela, mas o buraco de bala estava claro e obsceno. As teias esfarrapadas caíam frouxas em volta do cabelo, sem vida e murchas, em vez de flutuantes e sedosas, tão mortas quanto a própria Ree. A coisa tinha parado de crescer quando Ree parou de viver.

Quando Jeanette tentou visualizar a Ree viva, só conseguiu encontrar de sólido alguns momentos daquela manhã. *Eu digo que você não pode* não *querer saber de um quadrado de luz.*

Claudia suspirou, gemeu ou chorou, ou talvez as três coisas ao mesmo tempo.

— Ah, Jesus Cristo — disse ela, com o sussurro engasgado. — Eu sinto muito.

Jeanette fechou as pálpebras de Ree. Assim era melhor. Deixou o dedo roçar em uma pequena parte da cicatriz da testa de Ree. *Quem fez isso com você, Ree? Espero que quem tenha feito isso se odeie e se castigue. Ou que esteja morto, e é quase certo que* tenha *sido homem. Noventa e nove por cento de chance.* As pálpebras da garota eram mais pálidas do que o resto da pele cor de areia.

Jeanette se inclinou para perto do ouvido de Ree.

— Eu nunca contei a ninguém o que contei a você. Nem mesmo para o dr. Norcross. Obrigada por ouvir. Agora durma bem, querida. Por favor, durma bem.

10

O fragmento de teia em chamas subiu no ar, se retorcendo em laranja e preto, florescendo. Não ardeu. *Florescer* era a única palavra para a forma como se abriu, o fogo se tornando bem maior do que o combustível.

Garth Flickinger, segurando o fósforo aceso que tinha usado para testar o pedaço cortado de teia, se inclinou para trás e esbarrou na mesa de centro. Seus instrumentos médicos escorregaram por ela, e alguns caíram no chão. Frank, olhando de perto da porta, se agachou e foi rapidamente na direção de Nana, para protegê-la.

A chama formou um círculo em espiral.

Frank pressionou o corpo em cima da filha.

Na mão de Flickinger, o fósforo aceso chegou à ponta dos dedos, mas ele continuou segurando. Frank sentiu cheiro de pele queimando. No brilho do fogo intenso que pairou no ar acima da sala, as feições do médico pareceram se separar, como se desejassem (compreensivelmente) fugir.

Porque fogo não queimava assim. Fogo não flutuava. Fogo não fazia círculos.

O último experimento com a teia estava dando uma resposta conclusiva à pergunta "Por quê?", e a resposta era: porque o que estava acontecendo não era deste mundo e não podia ser tratado pela medicina, pelo menos não pela medicina deste mundo. Essa percepção estava estampada no rosto de Flickinger para qualquer um ver. Frank achava que também estava no dele.

O fogo desabou em uma massa marrom ondulante que dançou em cem pedaços. Mariposas voaram no ar.

Mariposas subiram até o lustre; voaram até o abajur, até os cantos do teto, pela passagem que levava à cozinha; mariposas foram dançando até a gravura de Cristo andando na água na parede e se acomodaram nos cantos da moldura; uma mariposa voou e pousou no chão, perto de onde Frank estava deitado por cima de Nana. Flickinger estava indo na direção oposta, de quatro, para o hall de entrada, gritando o caminho todo (*berrando*, na verdade), com a postura destruída.

Frank não se mexeu. Manteve o olhar em uma única mariposa. Era da cor de algo em que ninguém repararia.

A mariposa se deslocou pelo chão. Frank estava com medo, morrendo de medo, da criaturinha que pesava tanto quanto uma unha e era de um tom sem vida. O que faria com ele?

Qualquer coisa. Podia fazer qualquer coisa que quisesse, desde que não machucasse Nana.

— Não toque nela — sussurrou Frank. Abraçando a filha daquele jeito, ele conseguia sentir a pulsação e a respiração dela. O mundo tinha um jeito de fugir das mãos de Frank, de fazê-lo estar errado ou fazer papel de bobo quando só queria estar certo e ser bom, mas ele não era covarde. Estava pronto para morrer por sua garotinha. — Se você quiser pegar alguém, pode me pegar.

Dois pontos de tinta na estampa marrom do corpo da mariposa, os olhos, olharam dentro dos de Frank, e de lá viram dentro da cabeça dele. Ele a sentiu voando dentro de seu crânio por Deus sabia quanto tempo, tocando seu cérebro, arrastando pés pontudos pelos canais como um garoto em uma pedra no meio de um riacho, passando um graveto pela água.

E Frank chegou mais perto da filha.

— Por favor, me pegue, e não ela.

A mariposa foi embora.

11

Claudia, a Silicone, foi embora. A guarda Lampley tinha oferecido a Jeanette um momento sozinha. Agora, ela tinha a verdadeira Ree para conversar. Ou o que tinha sobrado dela. Sentia que podia ter contado aquelas coisas para Ree quando ela ainda estava viva.

— O que aconteceu... não sei bem se era manhã, tarde ou começo da noite, mas estávamos drogados havia dias. Não saímos. Pedimos comida. Em determinado momento, Damian me queimou com um cigarro. Estou deitada na cama, nós dois olhando para meu braço nu, e eu pergunto: "O que você está fazendo?". A dor estava em outro compartimento da minha mente. Eu nem mexi o braço. Damian diz: "Estou verificando se você é real". Nós olhamos o cigarro queimar até a pele ficar preta. Eu ainda tenho a cicatriz, do tamanho de uma moeda de um dólar, de tanta força que ele usou para apertar. "Satisfeito?", eu perguntei. "Acredita que sou real?" E ele diz: "Acredito, mas te odeio mais por ser real. Se você tivesse me deixado cuidar do joelho, nada disso teria acontecido. Você é uma vagabunda cruel. E finalmente vou te pegar!".

Ree disse "Que apavorante".

— É. Foi mesmo. Porque Damian falou isso tudo como se fosse uma grande novidade que ele estava satisfeito de receber e de contar. Era como se ele fosse o anfitrião de um programa de rádio de tarde da noite, falando com os ouvintes insones e malucos. Nós estamos no quarto e as cortinas estão fechadas, e nada é lavado há dias. A luz foi cortada porque não pagamos a conta. Mais tarde, não sei quanto tempo depois, eu me vejo sentada no chão no quarto de Bobby. A cama dele ainda está lá, mas os outros móveis, a cadeira de balanço e a escrivaninha, sumiram. Damian vendeu para um cara por um pouco de dinheiro. Talvez o efeito da droga estivesse finalmente passando, talvez fosse por causa da queimadura do cigarro, mas eu me senti tão triste, tão horrível, tão... como se eu tivesse me virado e tivesse ido parar naquele lugar estranho sem encontrar o caminho de casa.

Ree disse "Sei como é essa sensação".

— A chave de fenda, agora... a chave de fenda de cabo grosso. O cara que comprou a cadeira de balanço deve ter usado para soltar a base e se esqueceu de levar. Foi o que consegui concluir. Sei que a chave de fenda não era nossa. Nós não tínhamos ferramentas. Damian tinha vendido todas bem antes da mobília. Mas tem uma chave de fenda no chão do quarto de Bobby, e eu pego. Vou para a sala, e Damian está sentado na cadeira dobrável que é o último assento da casa. Ele diz: "Veio terminar o trabalho? Pode ir em frente. Mas é melhor fazer logo, porque se você não me matar nos próximos segundos, acho que vou enforcar você até a porra da sua cabeça explodir". Ele diz isso com a mesma voz de anfitrião de programa da madrugada. E levanta um frasco com os últimos comprimidos que temos e sacode, como se quisesse dar uma ênfase especial, *ta-dá!* Ele diz: "Aqui é um bom lugar, tem bastante carne", e ele puxa minha mão que está segurando a chave de fenda para a parte de cima da coxa e encosta a ponta na calça jeans e diz: "E aí? É agora ou nunca, Jeanie-baby, agora ou nunca".

Ree disse "Acho que ele queria".

— E teve o que queria. Eu enfio a porcaria até o cabo. Damian não grita, só expira fundo e diz "Olha o que você fez comigo", e ele está sangrando na cadeira e no chão. Mas nem se mexe para se salvar. Só diz: "Tudo bem. Pode me ver morrer. Divirta-se".

Ree disse "E você se divertiu?".

— Não. *Não!* Eu me encolhi em um canto da sala. Por quanto tempo, não sei. A polícia disse de doze a catorze horas. Eu vi as sombras mudarem, mas não sabia quanto tempo. Damian ficou sentado ali, falando. Falando. Eu estava feliz agora? Esse era o plano desde o começo? Ah, e que eu alterei o piso do parque para que ele machucasse o joelho. Que truque incrível, Jeanie-baby. Chegou uma hora em que ele parou de falar. Mas vejo ele, e com muita clareza, ainda vejo ele neste minuto. Eu sonhava que estava pedindo desculpas para Damian, que estava implorando perdão. Nesses sonhos, ele só ficava sentado naquela cadeira, olhando para mim e ficando azul. Sonhos atrasados, diz o dr. Norcross. Tarde demais para pedir desculpas. Ponto para o doutor, não é, Ree? Homens mortos não aceitam pedidos de desculpas. Não aconteceu nenhuma vez na história do mundo.

Ree disse "É isso mesmo".

— Mas, ah, querida, ah, Ree. O que eu não daria para mudar tudo agora, só desta vez, porque você era boa demais para acabar assim. Você nunca matou ninguém. Deveria ter sido eu. Não você. Eu.

Em resposta a isso, Ree não disse nada.

19

1

Clint encontrou o número do celular de Hicks no caderno de telefones da escrivaninha e ligou da linha fixa. O diretor em exercício estava embaraçosamente relaxado. Talvez tivesse tomado um ou dois Valium.

— Muitas das mulheres parecem ter chegado a um estado, acho que você chamaria de *aceitação*, doutor.

— Aceitação não é o mesmo que desistência — disse Clint.

— Fale como quiser, mas as luzes se apagaram em mais da metade delas desde que você saiu. — Hicks falou com satisfação, reparando que a proporção de guardas e detentas estava novamente satisfatória. Eles ainda estariam bem quando perdessem as guardas mulheres.

Era assim que as pessoas no poder pensavam na vida humana, não era? Em termos dos benefícios totais, proporções e controle. Clint nunca quis estar no poder. Como integrante do sistema de orfanatos, ele tinha sobrevivido, quase sempre por sorte, ao domínio de incontáveis tiranos domésticos. Ele havia escolhido aquele campo em reação clara a essa experiência, para ajudar os impotentes, pessoas como o garoto que ele foi, como Marcus, Jason e Shannon… e como sua própria mãe, aquele fantasma pálido e preocupado de sua lembrança mais apagada.

Jared apertou o ombro do pai. Ele estava ouvindo.

— Fique avisado que a papelada vai ser inédita — continuou Hicks. — O estado não gosta que se atire em detentas. — Ree Dempster estava esfriando na sala do zelador e Hicks já estava pensando na papelada. Clint decidiu que tinha que desligar antes que usasse um termo bastante pejorativo.

Clint disse que voltaria logo e desligou. Jared ofereceu-se para fazer um sanduíche de mortadela frita.

— Você deve estar com fome.

— Obrigado — disse Clint. — Acho uma ótima ideia.

A carne chiou e estalou na frigideira, e seu nariz encontrou o cheiro. Era tão bom que seus olhos se encheram de lágrimas. Ou talvez as lágrimas já estivessem lá antes.

"Eu preciso arrumar um assim." Foi isso que Shannon disse para ele naquela última vez, olhando a foto de Jared. Aparentemente, ela tinha conseguido.

Sheila, Lila disse que era o nome da garota, Sheila Norcross.

Era lisonjeiro, de verdade, talvez a coisa mais lisonjeira que já tinha acontecido com ele, o fato de Shannon dar à filha o sobrenome dele. Era um problema agora, mas mesmo assim. Queria dizer que ela o amava. Bom, ele também havia amado Shannon. De certa forma. Havia coisas entre eles que outras pessoas nunca poderiam entender.

Ele se lembrou daquela véspera de Ano-Novo. Com olhos marejados, Shan perguntou se ele estava bem. A música estava alta. Tudo tinha cheiro de cerveja e cigarros. Ele se inclinou para perto da orelha dela para garantir que ela ouviria...

Clint só conseguiu dar uma ou duas mordidas. Por melhor que o cheiro fosse, seu estômago parecia uma bola dura de borracha. Ele pediu desculpas para o filho.

— Não é a comida.

— Eu sei — disse Jared. — Meu apetite também não está muito bom. — Ele estava arrancando pedacinhos do sanduíche que tinha feito para si mesmo.

A porta de vidro deslizou com um ruído baixo, e Lila entrou segurando um pacotinho branco.

2

Depois que matou a mãe, Don Peters teve dificuldade de prosseguir.

O primeiro passo era claro: limpar. Porém, isso seria uma coisa difícil de fazer, porque Don tinha optado por assassinar a mãe encostando o cano de uma espingarda Remington na testa coberta de teia e puxando o gatilho, o que executou o serviço com garantia, mas criou uma sujeira danada, e Don era melhor em fazer sujeiras do que em limpar. Era uma coisa que sua mãe sempre dizia.

E que sujeira era aquela! Sangue, massa cinzenta e pedaços de teia espalhados na parede na forma de um megafone enorme e irregular.

Em vez de fazer alguma coisa em relação à sujeira, Don se sentou na poltrona e se perguntou por que tinha feito aquilo. Sua mãe era culpada por Jeanette Sorley ter sacudido o rabinho empinado na cara dele e dedurado quando ele só deixou que ela o masturbasse? Era? Ou por Janice Coates tê-lo expulsado do emprego? Ou por Norcross, o médico de cabeça babaca, ter dado um soco nele? Não, sua mãe não tinha nada a ver com nada disso, mas Don dirigiu para casa, viu que ela estava dormindo, pegou a espingarda na picape, voltou para dentro e explodiu o cérebro sonhador dela. Sempre supondo que ela estivesse sonhando... Quem sabia?

Sim, ele ficou abalado. Sim, ele foi maltratado. Mesmo assim, por mais que Don odiasse admitir, por pior que fosse ser irritado e maltratado, ninguém devia matar a mãe. Era uma reação exagerada.

Don tomou uma cerveja e chorou. Ele não queria se matar nem ir para a cadeia.

Sentado no sofá da mãe, mais calmo com uma cerveja no estômago, ocorreu a Don Peters que não limpar o local talvez não fosse um problema tão grande assim. As autoridades estavam extremamente ocupadas. As coisas das quais normalmente não dava para se safar, como incêndio criminoso, acabariam passando despercebidas graças à Aurora. De repente, a análise pericial de cenas de crime parecia um campo secundário. Além do mais, eram garotas que faziam essas merdas de microscópio e computador. Ao menos na TV.

Ele colocou uma pilha de jornais no fogão e acendeu o queimador. Enquanto os papéis começavam a pegar fogo, ele apertou um frasco de fluido de isqueiro, borrifando líquido nas cortinas e nos móveis, coisas que pegariam fogo rápido.

Enquanto dirigia para longe da casa em chamas, Don se deu conta de que havia outra coisa que ele precisava fazer. Essa parte era bem mais difícil do que iniciar um incêndio, mas não era menos importante: pela primeira vez na vida, Don precisava ser um pouco mais tolerante consigo mesmo.

Se era verdade que os relacionamentos de Don com mulheres tinham sido ocasionalmente conturbados, também tinha que ser reconhecido que seu relacionamento com a mãe, seu primeiro relacionamento, devia ser a coisa que o tinha feito ser todo errado. Até Norcross provavelmente concordaria com isso. Ela o havia criado sozinha, e ele achava que a mãe tinha feito o melhor que pôde, mas o que ela havia feito para prepará-lo para mulheres como Jeanette Sorley, Angel Fitzroy ou Janice Coates? A mãe de Don fazia queijo quente e preparava tortinhas de morango em formato de óvni. Comprava ginger ale e cuidava dele quando ficava gripado. Quando Don tinha dez anos, ela construiu para ele uma fantasia de cavaleiro com papelão e tiras de feltro que foi motivo de inveja do quarto ano inteiro... da escola inteira!

Tudo isso era lindo, mas talvez a mãe tivesse sido gentil *demais*. Não foi sua natureza tranquila que o meteu em confusão mais de uma vez? Por exemplo, quando Sorley foi atrás dele. Ele sabia que era errado, mas deixou que ela tirasse vantagem dele. Ele era fraco. Todos os homens eram quando o assunto eram as mulheres. E alguns, muitos até, eram... eram...

Generosos demais!

É!

A generosidade era uma bomba-relógio que a mãe tinha lhe entregado e que havia explodido na cara dele. Havia certa justiça nisso (uma justiça incrivelmente cruel, era verdade), e apesar de Don conseguir aceitar, ele jurou que nunca ia gostar dela. A morte era uma punição severa pela generosidade dela. As verdadeiras criminosas eram do tipo de Janice Coates. A morte não seria severa demais para Janice Coates. Em vez de enchê-la de comprimidos entorpecentes, ele queria ter tido a chance de estrangulá-la. Ou de cortar a garganta dela e ficar olhando enquanto ela *sangrava*.

— Eu te amo, mãe — disse ele para a cabine da picape. Era como se ele estivesse testando as palavras para ver se ricocheteariam. Don repetiu a frase duas vezes. E acrescentou: — Eu te perdoo, mãe.

Don Peters descobriu que não queria ficar sozinho com a própria voz. Parecia... parecia que não soava direito.

("Tem certeza de que é verdade, Donnie?", a mãe perguntava quando Don era pequeno e ela achava que ele podia estar mentindo. "Jura por Deus que você só pegou um biscoito no pote, querido?")

("Juro", ele dizia. "Eu juro por Deus." Mas não era verdade, e ele achava que ela sabia que não era, mas deixava passar, e veja no que isso foi dar. Como a Bíblia dizia? Quem semeia vento colhe tempestade.)

3

Como o estacionamento do Squeaky Wheel estava lotado, Don acabou parando na rua.

A caminho da entrada, passou por alguns homens de pé na calçada com copos de cerveja, admirando o fogo alto nas colinas.

— Ali tem outro. Acho que é em algum lugar da cidade — comentou um dos homens.

Provavelmente a casa da mamãe, pensou Don. *Talvez queime o bairro todo, e quem sabe quantas mulheres adormecidas*. Algumas boas, o que era uma pena, mas a maioria era de piranhas ou frígidas.

Ele comprou uma dose e uma cerveja no bar e encontrou uma cadeira na ponta de uma mesa comprida onde estavam o policial Terry Coombs e um sujeito negro cujo rosto ele reconhecia de noites anteriores no Squeaky, mas de quem não lembrava o nome. Don pensou por um momento se Terry tinha ouvido sobre o que havia acontecido na prisão, a falsa acusação e a emboscada e tal. Porém, se Coombs tinha ouvido, ele não estava em condição e nem no clima de fazer nada; o policial parecia estar meio dormindo, com uma jarra três quartos vazia na mesa à frente.

— Se importam se eu me juntar, rapazes? — Don precisou gritar na barulheira do bar.

Os outros dois balançaram a cabeça.

Grande o bastante para receber cem pessoas, o salão do bar, às três da madrugada, estava comportando pelo menos essa quantidade. Apesar de haver algumas mulheres, os homens constituíam a maioria. Considerando as circunstâncias, parecia não haver muitas mulheres dispostas a ingerir sedativos. Incongruentemente, também havia alguns adolescentes presentes, com expressões atordoadas nos rostos corados. Don sentiu pena deles, mas os garotinhos da mamãe do mundo teriam que crescer rápido agora.

— Que dia infernal — disse Don. Ele se sentia melhor agora que estava com pessoas.

O outro homem murmurou alguma coisa, concordando. Ele era alto, tinha ombros largos, quarenta e poucos anos. Estava sentado ereto como uma vara.

— Só estou tentando decidir se me mato ou não — disse Terry.

Don riu. Coombs tinha uma cara de pau danada.

— Vocês viram o Serviço Secreto chutando a bunda dos manifestantes em frente à Casa Branca? Deve ter sido como o Natal para aqueles caras. E, Jesus, olhem isso.

Terry e o outro homem viraram os olhos para uma das televisões na parede.

Eram imagens de segurança de uma garagem subterrânea. Uma mulher, com idade e raça indeterminadas pela posição da câmera e pela imagem granulada, embora vestida claramente com o uniforme de atendente de estacionamento, estava em cima de um homem de terno. Ela parecia estar esfaqueando a cara dele com alguma coisa. Um líquido preto escorria pelo chão, e fios brancos estavam pendurados no rosto dela. O noticiário da TV nunca mostraria uma coisa assim antes daquele dia, mas parecia que a Aurora tinha tirado de cena as linhas de ética e moral das emissoras.

— Deve ter acordado ela pra pedir a chave, né? — refletiu Don. — Essa coisa é tipo a maior TPM do mundo, não é verdade?

Os dois homens não responderam.

A transmissão cortou para a mesa do âncora. Estava vazia; George Alderson, o coroa que Don havia visto mais cedo, tinha desaparecido. Um sujeito mais novo, usando moletom e fone de ouvido, colocou a cabeça em frente à câmera e fez um gesto intenso de *sai daqui!* A transmissão mudou para a propaganda de uma série de comédia.

— Isso não foi profissional — disse Don.

Terry bebeu diretamente da jarra de cerveja. A espuma escorreu pelo queixo.

4

Depósito de adormecidas.

Não foi a única consideração de Lila naquela madrugada de sexta, mas foi bem precisa. O local ideal seria um porão ou um túnel com a entrada escondida. Uma entrada de mina desativada serviria bem, e a área oferecia um bom suprimento desse tipo de lugar, mas não havia tempo de encontrar uma, não havia tempo de preparar tudo. O que restava, então? Só a casa das pessoas. Porém, se grupos de justiceiros (ou malucos, sei lá) começassem a andar por aí matando mulheres adormecidas, as casas seriam os primeiros lugares que eles olhariam. *Onde está sua esposa? Onde está sua filha? É para sua segurança, para a segurança de todos. Você não deixaria dinamite dentro de casa, deixaria?*

Porém, e se houvesse casas sem ninguém morando, casas que nunca tinham sido ocupadas? Havia muitas assim na rua dela; a outra metade do condomínio da Tremaine Street, as casas que não tinham sido vendidas. Era a melhor opção em que Lila conseguia pensar.

Depois que explicou para o filho e o marido, Lila estava exausta. Sentia--se doente e dolorida, como se estivesse pegando uma gripe. Um drogado que ela prendeu uma vez por invasão de domicílio não tinha falado sobre isso? Sobre a dor de quando passa o efeito das drogas?

"Qualquer coisa, qualquer risco para evitar essa sensação", disse ele. "O fim do efeito é destruidor. É a morte da sua felicidade."

Clint e Jared não disseram nada de primeira. Os três estavam de pé na sala.

— Isso é... um bebê? — perguntou Jared.

Ela entregou o casulo para ele.

— É. É a filha de Roger Elway.

O filho pegou o bebê no colo.

— Isso pode ficar pior — disse ele —, mas não sei como.

Lila esticou a mão e passou o dedo no cabelo da têmpora de Jared. A diferença entre o jeito como Terry segurou o bebê, como se pudesse explodir ou se estilhaçar, e o jeito como Jared o segurava fez seu coração acelerar. Seu filho não tinha desistido. Ainda estava tentando ser humano.

Clint fechou a porta de vidro, cortando o cheiro de fumaça.

— Quero dizer que você está sendo paranoica quando fala em esconder as adormecidas, ou armazenar elas, para usar sua palavra, mas você pode estar certa. Podemos levar Molly, o bebê, a sra. Ransom e quem mais encontrarmos para uma das casas vazias.

— Tem uma casa de exposição no topo da colina — disse Jared. — Tem até mobília. — E, em resposta à reação da mãe: — Relaxa. Eu não entrei, só olhei pela janela da sala.

Clint disse:

— Espero que seja uma precaução desnecessária, mas é melhor prevenir do que remediar.

Ela assentiu.

— Eu acho que sim. Porque você vai ter que me botar em uma dessas casas em algum momento também. Você sabe disso, não sabe? — Lila não falou para chocá-lo nem para magoá-lo. Era só um fato que tinha que ser dito, e ela estava cansada demais para dourar a pílula.

5

O homem sentado na privada na cabine do banheiro feminino do Squeaky Wheel parecia um personagem bêbado com camiseta de banda de rock e calça social. Ele olhou para Michaela. Bom, tinha sempre o lado positivo. A calça não estava abaixada.

— Cara — disse ela —, aqui é das mulheres. Mais uns dias e vai ser todo seu pela eternidade. Mas agora, fora. — Widespread Panic, dizia a camisa dele. Claro.

— Desculpa, desculpa. Só preciso de um segundo. — Ele indicou uma bolsinha no colo. — Eu ia fumar umas pedras, mas estava cheio demais no masculino. — Ele fez uma careta. — E o masculino tem cheiro de merda. Merda *das grandes*. É desagradável. Por favor, se você puder ter um pouco de paciência, eu agradeceria. — Ele baixou a voz. — Eu vi magia mais cedo. Não magia da Disney. Magia ruim. Sou um cara forte, mas fiquei meio surtado.

Michaela tirou a mão da bolsa, onde estava segurando a arma de Ursula.

— Magia ruim, é? Parece perturbador. Eu vim dirigindo de Washington até aqui e encontrei minha mãe já dormindo. Qual é seu nome?

— Garth. Lamento pela sua perda.

— Obrigada — disse ela. — Minha mãe era um saco, mas tinha muita coisa boa também. Posso usar um pouco do seu crack?

— Não é crack. É cristal. — Garth abriu a bolsa, tirou um cachimbo e entregou para ela. — Mas claro que pode usar um pouco, se quiser. — Em seguida, ele tirou um saco Ziplock cheio de pedras. — Você é igualzinha à garota da televisão, sabia?

Michaela sorriu.

— As pessoas sempre me dizem isso.

6

O estado catastrófico do banheiro masculino do Squeaky Wheel também levou Frank Geary até a extremidade do estacionamento, para esvaziar a bexiga. Depois do que eles tinham visto, mariposas nascendo de fogo, parecia burrice fazer qualquer coisa além de ir a um bar e beber. Com os próprios olhos, ele testemunhou uma coisa que não podia ser explicada. Havia um outro lado do mundo. Havia um estrato mais profundo que estava totalmente invisível até aquela manhã. No entanto, aquilo não havia se mostrado como uma prova da existência do Deus de Elaine. As mariposas tinham crescido do fogo, e fogo era o que supostamente esperava do outro lado do espectro espiritual.

Houve barulho de mato esmagado a alguns metros.

— Aquele banheiro está um inferno... — A voz arrastada do homem parou. Frank percebeu uma forma estreita de chapéu de caubói.

Frank fechou o zíper e se virou para voltar para o bar. Não sabia o que mais poderia fazer. Tinha deixado Nana e Elaine em casa, deitadas em toalhas de praia no porão com a porta trancada.

A voz do homem o fez parar.

— Quer ouvir uma coisa maluca? A esposa do meu amigo, Millie, trabalha na prisão e diz que lá tem um... sei lá, um tipo de *fenômeno*. Deve ser mentira, é a minha opinião, mas... — A urina do homem bateu na vegetação. — Ela diz que essa mocinha, quando dorme, não acontece nada. Ela acorda de novo.

Frank parou.

— O quê?

O homem estava balançando de um lado para o outro de forma deliberada, se divertindo espalhando o mijo o máximo possível.

— Dorme e acorda normalmente. Acorda bem. É o que diz a esposa do meu amigo.

Uma nuvem se deslocou no céu, e o luar exibiu o perfil distinto daquele famoso espancador de cachorros, Fritz Meshaum. A barba caipira que mais parecia pelos pubianos e a área afundada embaixo da maçã direita do rosto, onde Frank tinha usado a coronha do rifle para alterar permanentemente os contornos da face do homem, ficaram claras e visíveis.

— Com quem estou falando? — Fritz estava estreitando os olhos com ferocidade. — Não é você, é, Kronsky? Como está funcionando a .45, Johnny Lee? É uma arma boa, né? Não, não é Kronsky. Cristo, eu não estou vendo duplo, estou vendo triplo.

— Ela acorda? — perguntou Frank. — Essa detenta da prisão acorda? Sem casulo?

— Foi o que eu ouvi, mas interprete como quiser. Eu conheço você, moço?

Frank voltou para o bar sem responder. Ele não tinha tempo para Meshaum. Era na mulher que estava pensando, na detenta que podia dormir e acordar normalmente.

7

Quando Frank se juntou novamente a Terry e Don Peters — seguido por Garth Flickinger, que voltou do banheiro feminino como um novo homem —, seus companheiros de bebida tinham se virado no banco da mesa comprida. Um homem de calça jeans, camisa azul de cambraia e boné de propaganda da Case estava de pé falando sem parar, gesticulando com uma jarra de cerveja pela metade, e as pessoas em volta tinham ficado em silêncio, ouvindo respeitosamente. Ele era familiar, um fazendeiro local ou talvez caminhoneiro, as bochechas pontilhadas de barba e os dentes descoloridos de tabaco Red Man, mas tinha o discurso seguro de um pregador, a voz subindo e descendo em cadências que imploravam por gritos de *louvado seja Jesus* em resposta.

Sentado ao lado dele estava um homem que Frank definitivamente reconhecia, pois o havia ajudado a escolher um cachorro no abrigo quando seu cachorro velho morreu. O nome dele era Howland. Era professor da universidade em Maylock. Howland estava olhando para o homem que estava fazendo o sermão com expressão divertida.

— Nós devíamos ter previsto isso! — proclamou o caminhoneiro/pregador. — As mulheres voaram alto demais, como aquele sujeito de asas de cera, e as asas delas derreteram!

— Ícaro — disse Howland. Ele estava usando uma jaqueta marrom larga e velha com remendos nos cotovelos. Os óculos estavam enfiados em um dos bolsos do peito.

— *Ícaro*, isso mesmo, na mosca! Querem saber o quanto o sexo frágil mudou? Olhem cem anos para trás! Elas não podiam votar! As saias iam até os tornozelos! Elas não tinham controle de natalidade e, se fizessem aborto, iam para um beco qualquer para fazer, e se fossem pegas, iam presas por *assassinato*! Agora, elas podem fazer em qualquer hora e lugar que queiram! Graças à porra do Planejamento Familiar, o aborto é mais fácil do que comprar um balde de frango frito no KFC e custa a mesma coisa! Elas podem concorrer à presidência! Entram nos SEALS e nos Rangers! Podem se casar com lésbicas! Se isso não é terrorístico, eu não sei o que é.

Houve um murmúrio de concordância. Frank não se juntou aos outros. Ele não acreditava que seus problemas com Elaine tivessem a ver com abortos e lésbicas.

— Isso só em cem anos! — O caminhoneiro/pregador baixou a voz. Podia fazer isso e ainda ser ouvido porque alguém tinha tirado a jukebox da tomada, matando Travis Tritt em um gorgolejar. — Elas não conseguiram a igualdade, como diziam que queriam, elas *passaram à frente*. Querem saber o que prova isso?

Agora, Frank tinha que admitir, o homem estava chegando a algum lugar. Elaine nunca dava folga para ele. Era sempre o jeito dela, a decisão dela. Perceber que estava começando a gostar da homilia daquele caipira provocou uma sensação de enjoo em Frank... mas ele não podia negar. E não estava sozinho. A congregação inteira do bar estava ouvindo com atenção, de boca aberta. Menos Howland, que estava sorrindo como um sujeito vendo um macaco fazer uma dança em uma esquina de rua.

— Elas podem se vestir como *homens*, essa é a maior prova! Cem anos atrás, uma mulher não usaria calça nem morta, a não ser que fosse amazona, e agora elas podem usar em qualquer lugar!

— O que você tem contra pernas compridas em uma calça apertada, seu babaca? — gritou uma mulher, e houve gargalhadas generalizadas.

— *Nada!* — gritou o caminhoneiro/pregador. — Mas você acha que um homem, um homem *natural*, não um daqueles *travestis* de Nova York, seria visto nas ruas de Dooling de *vestido*? Não! Eles seriam chamados de malucos! Seriam alvo de risadas! Mas as mulheres, elas agora podem fazer das duas formas! Elas esqueceram o que a Bíblia diz, que uma mulher tem que seguir o marido em todas as coisas, costurar, cozinhar, ter filhos, não estar na rua em público usando *calças apertadas*! Se elas ficassem *iguais* aos homens, talvez tivesse ficado tudo bem! Mas isso não foi suficiente! Elas tinham que passar *à frente*! Tinham que nos botar em *segundo lugar*! Elas voaram para perto demais do *sol*, e Deus *fez elas dormirem*!

Ele piscou e passou a mão pelo rosto com barba por fazer, parecendo perceber onde estava e o que estava fazendo, cuspindo seus pensamentos particulares para um salão de bar cheio de gente olhando.

— Ícaro — disse ele, e se sentou de repente.

— Obrigado, sr. Carson Struthers, da RDF 2. — Esse era Pudge Marone, barman e dono do Squeaky, gritando de trás do balcão do bar. — Nossa celebridade local, pessoal: "Country Strong" Struthers. Cuidado com o gancho direito. Carson é meu ex-cunhado. — Pudge era um comediante frustrado com bochechas flácidas estilo Rodney Dangerfield. Não tão engraçado, mas servia doses justas. — Você nos deu em que pensar, Carson. Aguardo ansiosamente para discutirmos isso com minha irmã no jantar de Ação de Graças.

Houve mais gargalhadas nessa hora.

Antes que a conversa geral pudesse recomeçar ou antes de alguém ligar a música e trazer o sr. Tritt de volta à vida, Howland se levantou com a mão no ar. Professor de história, Frank se lembrou de repente. Foi o que ele disse que era. Disse que ia batizar o cachorro novo de Tácito em homenagem a seu historiador romano favorito. Frank achou que era um nome pomposo demais para um bichon frisé.

— Meus amigos — disse o professor em tom alto —, com tudo que aconteceu hoje, é fácil entender por que ainda não pensamos no amanhã e em todos os amanhãs que virão. Vamos deixar a moral, a moralidade e as calças apertadas de lado por um momento e considerar os aspectos práticos.

Ele bateu no ombro forte de Carson "Country Strong" Struthers.

— Este cavalheiro tem razão em uma coisa: as mulheres realmente superaram os homens em certos aspectos, ao menos na sociedade ocidental, e admito que fizeram isso de formas mais importantes do que conquistando a liberdade de ir fazer compras no Walmart sem espartilho e com rolinhos no cabelo. Imaginem que essa, vamos chamar de *peste*, por falta de palavra melhor, imaginem que essa peste tivesse acontecido ao contrário e fossem os *homens* que adormecessem e não acordassem?

Um silêncio absoluto se fez no Squeaky Wheel. Todos os olhares estavam voltados para Howland, que parecia gostar da atenção. O discurso dele não era de um pregador de quintal, mas era hipnotizante mesmo assim, sem hesitação e treinado.

— As mulheres poderiam recomeçar a raça humana, não poderiam? Claro que sim. Existem milhões de doações de esperma, bebês congelados em espera, armazenados em instituições por todo esse nosso grande país. Dezenas e dezenas de milhões por todo o mundo! O resultado seriam bebês dos *dois* sexos!

— Supondo que os novos bebês meninos não ficariam envoltos em casulos assim que parassem de chorar e adormecessem pela primeira vez — disse uma mulher jovem muito bonita. Ela apareceu ao lado de Flickinger. Ocorreu a Frank que o caminhoneiro/pregador/ex-boxeador tinha esquecido uma coisa no sermão dele: as mulheres eram naturalmente mais bonitas do que os homens. Mais finalizadas, de alguma forma.

— É — concordou Howland —, mas mesmo que fosse esse o caso, as mulheres poderiam continuar a se reproduzir por gerações, possivelmente até a Aurora seguir seu curso. Os homens podem fazer isso? Cavalheiros, onde vai estar a raça humana em cinquenta anos se as mulheres não acordarem? Onde vai estar em cem?

Agora, o silêncio foi quebrado por um homem que começou a chorar alto.

Howland o ignorou.

— Mas talvez a pergunta sobre as gerações futuras seja irrelevante. — Ele levantou um dedo. — A história sugere uma ideia extremamente desconfortável sobre a natureza humana, meus amigos, uma que pode explicar por que, como esse cavalheiro aqui elucidou de forma tão apaixonada, por que as mulheres *passaram à frente*. A ideia, dita pura e simplesmente, é a seguinte: as mulheres são sãs, os homens são loucos.

— Baboseira! — gritou alguém. — Isso é uma baboseira da porra!

Howland não se deixou abater; ele até sorriu.

— É? Quem forma gangues de moto? Homens. Quem forma as gangues que transformaram cidades como Chicago e Detroit em zonas de combate? Garotos. Quem está no poder e que inicia guerras e quem é que luta nessas guerras, com exceção de algumas mulheres pilotos de helicóptero e tal? Homens? Ah, e quem sofre o dano colateral? Mulheres e crianças, em geral.

— É, e quem sacode a bunda e fica instigando os homens? — gritou Don Peters. O rosto dele estava vermelho. Havia veias saltadas nas laterais do pescoço. — Quem é que puxa as *porras* de cordinhas, sr. Careca Espertinho?

Houve uma salva de palmas. Michaela revirou os olhos e estava prestes a falar. Cheia de metanfetamina na cabeça, a pressão arterial no limite, ela sentia que podia falar por umas seis horas, a duração de um sermão puritano. Porém, antes que pudesse começar, Howland estava falando de novo.

— Cuidadosamente colocado, senhor, a contribuição de um verdadeiro intelectual e uma crença que muitos homens compartilham, normalmente os que têm certo sentimento de inferioridade no que diz respeito ao sexo frág...

Don começou a se levantar.

— Quem você está chamando de inferior, babaca?

Frank o puxou para baixo, querendo mantê-lo por perto. Se Fritz Meshaum realmente sabia de alguma coisa, ele precisava conversar com Don Peters sobre o assunto. Porque ele tinha certeza de que Don trabalhava na prisão.

— Me solta — rosnou Don.

Frank enfiou a mão até a axila de Don e apertou.

— Você precisa se acalmar.

Don fez uma careta, mas não falou mais nada.

— Eis um fato interessante — continuou Howland. — Durante a segunda metade do século XIX, a maioria das operações profundas de mineração, inclusive as que aconteceram aqui nos Apalaches, empregavam trabalhadores chamados *coolies*. Não, não peões chineses; esses eram homens jovens, às vezes garotos de até doze anos, cujo trabalho era ficar ao lado das máquinas que tinham tendência de superaquecer. Os *coolies* tinham um barril de água ou um cano, se houvesse uma fonte por perto. A tarefa deles era jogar água nas correias e pistões, para que ficassem frios. Eu diria que as mulheres tiveram a mesma função historicamente, *controlando* os homens, ao menos quando possível, em relação a seus piores e mais horrendos atos.

Ele olhou em volta, para a plateia. O sorriso tinha sumido de seu rosto.

— Mas agora, parece que as *coolies* foram embora, ou estão indo. Quanto vai demorar para que os homens, que em pouco tempo serão o único sexo, partam para cima uns dos outros com armas de fogo, bombas e armas nucleares? Quanto tempo até que a máquina superaqueça e exploda?

Frank já tinha ouvido o suficiente. Não era com o futuro de toda a raça humana que ele se preocupava. Se pudesse ser salvo, seria um efeito colateral. Ele só se importava com Nana. Ele queria beijar o rosto doce dela, pedir desculpas por alargar sua blusa favorita. Dizer que nunca mais faria aquilo de novo. Ele não podia fazer essas coisas se ela não estivesse acordada.

— Venha — disse ele para Don. — Lá fora. Eu quero falar com você.

— Sobre o quê?

Frank se inclinou para perto do ouvido de Peters.

— Tem mesmo uma mulher na prisão que consegue dormir sem que as teias cresçam e depois acordar?

Don inclinou o pescoço para olhar para Frank.

— Ei, você é o pegador de cachorros, não é?

— Isso mesmo. — Frank deixou aquela merda de pegador de cachorros passar. — E você é o Don que trabalha na prisão.

— Isso mesmo — disse Don. — Sou eu. Vamos conversar.

8

Clint e Lila tinham ido para a varanda dos fundos, e a luz no teto os transformava em atores em um palco. Eles estavam olhando para a piscina de onde Anton Dubcek estava tirando insetos mortos menos de vinte e quatro horas antes. Clint se perguntou onde Anton estaria naquele momento. Dormindo, provavelmente. Sonhando com jovens dispostas em vez de se preparando para uma conversa desagradável com a esposa. Se fosse isso mesmo, Clint o invejava.

— Me conte sobre Sheila Norcross, querida. A garota que você viu no jogo de basquete.

Lila ofereceu a ele um sorriso feio, do qual ele pensava que ela fosse incapaz. Mostrava todos os dentes. Acima, seus olhos, agora fundos nas órbitas, com círculos marrons embaixo, cintilavam.

— Como se você não soubesse. *Querido.*

Ative o modo terapeuta, ele disse para si mesmo. *Lembre que ela está dopada e funcionando com suas últimas energias. Pessoas exaustas podem cair facilmente em paranoia.* Mas era difícil. Ele viu o esboço todo: ela achava que uma garota da qual ele nunca tinha ouvido falar era sua filha com Shan Parks. Porém, isso era impossível, e quando sua esposa o acusava de uma coisa impossível, e todo o resto das coisas no mundo eram, por qualquer padrão racional, mais importantes e imediatas, era muito, muito difícil não perder a cabeça.

— Me conte o que você sabe. E eu vou contar o que *eu* sei. Mas vamos começar com um fato simples. Essa garota não é minha filha, quer tenha meu sobrenome ou não, e eu nunca violei os votos do nosso casamento. — Ela se virou como se fosse entrar. Ele segurou o braço dela. — Por favor. Me conte antes...

Antes que você durma e perca a chance que temos de acertar isso, ele pensou.

— Antes que isso infeccione ainda mais do que já infeccionou.

Lila deu de ombros.

— Isso importa, considerando todo o resto?

Foi o pensamento dele um momento antes, mas Clint poderia ter dito *importa para você*. No entanto, manteve a boca fechada. Porque, apesar de tudo o que estava acontecendo no mundo lá fora, também importava para ele.

— Você sabe que eu nem queria essa piscina, né? — perguntou Lila.

— O quê? — Clint estava perplexo. O que a piscina tinha a ver?

— Mãe? Pai? — Jared estava atrás da porta de tela, ouvindo.

— Jared, volte lá para dentro. Isso é entre mim e sua m...

— Não, deixe que ele escute — disse Lila. — Se você insiste em continuar com isso, vamos lá. Você não acha que ele devia saber sobre a meia-

-irmã dele? — Ela se virou para Jared. — Ela é um ano mais nova do que você, tem cabelo louro, é ótima jogadora de basquete e é uma coisinha linda. Como você seria, se fosse menina. Porque, sabe, ela *se parece* com você, Jere.

— Pai? — A testa dele estava franzida. — Do que ela está falando?

Clint desistiu. Era tarde demais para qualquer outra coisa.

— Por que você não conta para ele, Lila? Comece do começo.

9

Lila foi em frente, começando pelo Comitê Curricular e o que Dorothy Harper tinha dito para ela depois, que ela não tinha pensado muito no assunto, mas que fez uma pesquisa na internet no dia seguinte. A pesquisa a levou ao artigo, que incluía uma menção a Shannon Parks, de quem Clint já tinha falado uma vez, e uma foto linda de Sheila Norcross.

— Ela quase poderia ser sua irmã gêmea, Jared.

Jared se virou lentamente para o pai.

Os três estavam agora sentados à mesa da cozinha.

Clint balançou a cabeça, mas não conseguiu deixar de se perguntar o que seu rosto demonstrava. Porque ele se sentia culpado. Como se realmente houvesse algo de que sentir culpa. Era um fenômeno interessante. Naquela noite, em 2002, o que ele sussurrou no ouvido de Shannon foi: "Sabe, eu sempre vou estar aqui se você precisar de mim". E ela respondeu: "E se eu precisasse de você esta noite?". Clint tinha dito que essa era a única coisa que ele não podia fazer. Se ele tivesse dormido com ela, haveria alguma coisa pela qual sentir culpa, mas ele a tinha recusado, então estava tudo bem. Não estava?

Talvez, mas por que ele nunca havia contado para Lila sobre o encontro? Ele não conseguia lembrar e não tinha que explicar o que havia acontecido quinze anos antes. Seria a mesma coisa que exigir que ele explicasse por que deu nocaute em Jason no quintal dos Burtell por apenas um milk-shake.

— É só isso? — perguntou Clint. Não conseguiu resistir a acrescentar: — Me diga que isso não é tudo, Lila.

— Não, isso não é tudo — disse ela. — Você vai me dizer que não conhecia Shannon Parks?

— Você sabe que eu conhecia — disse Clint. — Tenho certeza de que já mencionei o nome dela.

— De passagem — disse Lila. — Mas ela foi mais do que uma conhecida, não foi?

— Foi. Foi, sim. Nós dois fizemos parte do sistema de orfanatos. Por um tempo, nos ajudamos a tocar a vida. Se não fosse isso, um de nós ou os dois teriam se afogado. Foi Shannon que me fez parar de brigar. Ela disse que, se eu não parasse, ia acabar matando alguém. — Ele segurou as mãos de Lila por cima da mesa. — *Mas isso foi anos atrás!*

Lila afastou as mãos.

— Quando foi a última vez que você viu ela?

— Quinze anos atrás! — gritou Clint. Era ridículo.

— Sheila Norcross tem quinze anos.

— Um ano a menos do que eu… — disse Jared. Se ela fosse mais velha, se tivesse dezoito ou dezenove anos, o nascimento dela seria de antes do casamento de seus pais. Mas mais nova…

— E o nome do pai dela — disse Lila, respirando com dificuldade — é Clinton Norcross. Está escrito na matrícula escolar dela.

— Como você conseguiu a matrícula dela? — perguntou Clint. — Eu não sabia que esses documentos estavam disponíveis para o público em geral.

Pela primeira vez, sua esposa pareceu desconfortável, e não irritada… E, por isso, um pouco menos estranha.

— Você faz parecer que foi uma coisa sórdida. — As bochechas de Lila estavam vermelhas. — Tudo bem, pode até *ter sido* sórdido. Mas eu tinha que saber o nome do pai. O *seu nome*, no fim das contas. Por isso, fui ver ela jogar. Era lá que eu estava na noite de ontem, no ginásio da Coughlin High, em um jogo da AAU, vendo sua filha fazer cestas. E não é só seu rosto e seu nome que ela tem.

10

O sinal soou, e o time dos Três Condados correu até as laterais. Lila parou de procurar por Shannon na arquibancada.

Ela viu Sheila Norcross assentir para uma das colegas de time, uma garota mais alta. Elas deram um aperto de mão elaborado: punhos batendo, polegares roçando e entrelaçando e palmas acima da cabeça.

Era o Aperto de Mão Legal.

Esse foi o fim, foi quando o coração de Lila se partiu. Quando ela viu. Seu marido era um homem de duas caras. Todas as suas dúvidas e insatisfações de repente fizeram sentido.

O Aperto de Mão Legal. Ela viu Clint e Jared fazerem isso cem vezes. Mil vezes. Punhos, polegares, palmas. Havia um slideshow precioso na mente dela de Jared, ficando mais alto a cada clique da engrenagem, encorpando, ficando com o cabelo escuro, fazendo o Aperto de Mão Legal com o pai. Clint ensinou para todos os garotos do time de Jared da Liga Infantil.

E também ensinou para ela.

20

1

Por volta da meia-noite, na hora-padrão central, começou uma briga entre um pequeno grupo de Crips e um contingente bem maior de Bloods em um bar de Chicago chamado Stoney's Big Dipper. Espalhou-se a partir dali, virando uma guerra de gangues por toda a cidade, e os sites de notícias da internet a descreveram de forma variada como apocalíptica, sem precedentes e "gigante pra caralho". Ninguém jamais saberia qual membro de qual gangue tinha acendido o fósforo que botou fogo no que se tornaria conhecido como o Segundo Grande Incêndio de Chicago, mas havia começado em West Englewood e se espalhado de lá. Ao amanhecer, grande parte da cidade estava em chamas. A resposta da polícia e do corpo de bombeiros foi quase inexistente. A maioria dos policiais e bombeiros estava em casa, tentando manter as esposas e filhas acordadas ou vendo os corpos encasulados enquanto elas dormiam, esperançosos apesar das poucas esperanças.

2

— Me conta o que você viu — disse Frank. Ele e Don Peters estavam nos fundos do Squeaky Wheel, onde as coisas tinham finalmente começado a se acalmar, provavelmente porque o suprimento de álcool de Pudge Marone estava baixo. — *Exatamente* o que você viu.

— Eu estava na Guarita, tá? É o centro nervoso da prisão. Nós temos cinquenta câmeras diferentes. Eu estava olhando para o que chamam de cela acolchoada, que foi onde colocaram a novata. Ela foi registrada como Eva Black, mas não sei se é o nome verdadeiro ou só...

— Isso não importa agora. O que você *viu*?

— Bom, ela estava de blusa vermelha, como todas as detentas novas, e estava adormecendo. Eu estava interessado em ver as teias saírem da pele dela, porque eu sabia sobre isso, mas ainda não tinha visto. Só que não aconteceu nada. — Don segurou a manga da camisa de Frank. — Está ouvindo o que eu estou dizendo? *Nada de teias*. Nem um fio, e ela já estava dormindo. Só que acordou, os olhos se arregalaram, e ela olhou diretamente para a câmera. Como se estivesse olhando para *mim*. Eu acho que ela *estava* olhando para mim. Sei que parece loucura, mas...

— Talvez ela não estivesse dormindo de verdade. Talvez estivesse fingindo.

— Toda relaxada e deitada do jeito que estava? De jeito nenhum. Pode acreditar.

— Por que ela está lá? E não nas celas da delegacia no centro?

— Porque ela é louca de pedra, por isso. Matou uns traficantes de cristal com as mãos!

— Por que você não está na prisão hoje?

— Porque dois filhos da puta armaram pra mim! — explodiu Don. — Armaram pra mim e me deram o pé na bunda! A diretora Coates e o amigo dela, o psiquiatra, marido da xerife! Ele só deve ter conseguido o emprego na prisão porque é casado com ela! Só pode ter sido coisa política, porque ele não sabe a diferença entre o próprio cu e uma maçaneta!

Don mergulhou na história da sua crucificação injusta, mas Frank não queria saber sobre o que Coates e Norcross diziam que Peters tinha feito. Naquele momento, a mente de Frank era um sapo sobre pedras quentes, pulando de uma ideia para outra. Pulando alto.

Uma mulher imune? Bem ali, em Dooling? Parecia impossível, mas ele agora tinha duas pessoas relatando que ela tinha acordado. Se havia uma Paciente Zero, ela tinha que estar *em algum lugar*, certo? Então por que não ali? E quem podia dizer que não havia outras imunes espalhadas pelo país e pelo mundo? O importante era que, se fosse verdade, essa Evie Black poderia oferecer uma cura. Um médico (quem sabe seu novo amigo Garth

Flickinger, se conseguisse ficar sóbrio) talvez pudesse encontrar alguma coisa diferente no sangue dela, e isso poderia levar a... bem...

Uma vacina!

Uma cura!

— ... plantaram provas! Como se eu fosse querer alguma coisa com uma assassina de marido que...

— Don. Cala a boca um minuto.

Surpreendentemente, Don fez exatamente isso. Ficou olhando para o rosto do homem mais alto com os olhos brilhantes devido ao álcool.

— Quantos seguranças tem na prisão agora?

— Nós chamamos de guardas, e não sei direito. Não muitos, com tudo tão ferrado. Depende de quem chega e de quem sai. — Ele estreitou os olhos enquanto fazia as contas, o que não foi uma visão bonita. — Talvez sete. Oito se você contar Hicks, nove se acrescentar o sr. Psiquiatra Babaca, mas esses dois não valem um peido ao vento.

— E a diretora?

Don desviou o olhar de Frank.

— Ela caiu no sono.

— Certo, e quantos desses de serviço agora são mulheres?

— Quando eu saí, só Van Lampley e Millie Olson. Ah, e Blanche McIntyre talvez ainda esteja lá, mas ela é só a secretária de Coates e deve ter uns cem anos.

— Sobram poucos, mesmo contando Hicks e Norcross. E sabe de mais uma coisa? A xerife também é mulher, e se ela conseguisse manter a ordem por mais três horas, eu ficaria impressionado. Eu ficaria impressionado se ela ficasse acordada mais três horas. — Em circunstâncias sóbrias, esses eram pensamentos que Frank guardaria para si; certamente não teria compartilhado com um babaca alterado como Don Peters.

Don, computando, passou a língua pelos lábios. Essa foi outra imagem nada interessante.

— O que você está pensando?

— Que Dooling vai precisar de um novo xerife em pouco tempo. E o novo xerife estaria em seu direito para tirar uma prisioneira do Instituto Penal. Principalmente se ela não tiver sido julgada por nada, menos ainda condenada.

— Você está pensando em se candidatar à função? — perguntou Don.

Como se para pontuar a pergunta, dois tiros foram disparados em algum lugar da noite. E havia o odor penetrante de fumaça. Quem estava cuidando disso? Alguém?

— Tenho quase certeza de que Terry Coombs é o oficial sênior — disse Frank.

O oficial sênior estava tão mergulhado na bebida que estava prestes a se afogar, mas Frank não disse isso. Estava exausto e alterado, mas finalmente percebeu que precisava tomar cuidado com o que dizia.

— Mas ele vai precisar de ajuda. Eu ofereceria meu nome se ele precisasse de um policial — continuou Frank.

— Gostei da ideia — disse Don. — Pode ser que eu inclua meu nome também. Parece que vou precisar de um emprego. A gente devia falar com ele sobre ir até lá e pegar aquela mulher agora mesmo, você não acha?

— Acho — disse Frank. Em um mundo ideal, ele achava que não deixaria Don Peters nem lavar uma gaiola de cachorro, mas por causa do conhecimento que tinha da prisão, talvez precisasse dele. — Depois que nós todos dormirmos e ficarmos sóbrios.

— Tudo bem, vou dar meu número de celular — disse Don. — E me avise o que você e Terry estão pensando. — Ele pegou a caneta e o caderno que usava para anotar os nomes das vagabundas que davam trabalho e precisavam entrar na lista de mau comportamento.

3

Não muito depois dos primeiros relatos da Aurora, as taxas de suicídio masculino subiram intensamente, dobraram e chegaram a triplicar e quadruplicar. Homens se mataram com estardalhaço, pulando de prédios ou enfiando armas na boca, e homens se mataram discretamente, tomando comprimidos, fechando portas de garagem e ficando sentados nos carros ligados. Um professor aposentado chamado Eliot Ainsley ligou para um programa de rádio em Sydney, Austrália, para explicar suas intenções e seu pensamento antes de cortar os pulsos e voltar para a cama e se deitar ao lado da esposa adormecida.

— Não consigo ver o sentido de continuar sem mulheres — informou o professor aposentado ao DJ. — E me ocorreu que talvez isso seja um teste do nosso amor por elas, da nossa dedicação por elas. Você entende, não entende, amigo? — O DJ respondeu que não entendia, que achava que Eliot Ainsley tinha "perdido a porra da cabeça", mas muitos homens entendiam. Esses suicídios ficaram conhecidos por vários nomes, mas o que se tornou parte do vocabulário comum foi elaborado no Japão. Eram os Maridos Adormecidos, homens que tinham esperança de se juntar às esposas e filhas, aonde quer que elas tivessem ido.

(Esperança em vão. Nenhum homem tinha permissão de ir para o outro lado da Árvore.)

4

Clint estava ciente de que tanto a esposa quanto o filho estavam olhando fixamente para ele. Era doloroso olhar para Lila, e mais ainda para Jared, que estava com uma expressão de total perplexidade. Clint viu medo no rosto de Jared também. O casamento dos pais, uma coisa que parecia tão segura a ponto de ele tomar como certa, aparentava estar se dissolvendo na frente de seus olhos.

No sofá havia uma garotinha encasulada em fibras leitosas. No chão, ao lado da garota, havia um bebê, aninhado em um cesto de roupas. Porém, o bebê no cesto não parecia um bebê. Parecia uma coisa que uma aranha tinha embrulhado para lanchar mais tarde.

— Punhos, polegares, palmas — disse Lila, embora não parecesse mais se importar tanto. — Eu vi ela fazer isso. Pare de fingir, Clint. Pare de *mentir*.

Nós precisamos dormir, pensou Clint, *e Lila mais do que qualquer um, mas não enquanto essa idiotice de série de comédia não for resolvida*. Se pudesse ser resolvida, e talvez houvesse um jeito. Seu primeiro pensamento foi o celular, mas a tela não era grande o suficiente para o que ele queria.

— Jared, a internet ainda está funcionando, não está?

— Estava na última vez que olhei.

— Pega seu laptop.

— Por quê?

— Só pega, tá?

— Eu tenho mesmo uma irmã?

— *Não*.

A cabeça de Lila tinha começado a pender, mas neste momento ela a levantou.

— Tem.

— Pega o laptop.

Jared foi buscar. A cabeça de Lila estava pendendo de novo. Clint bateu primeiro em uma bochecha dela, depois na outra.

— Lila. *Lila!*

A cabeça subiu novamente.

— Estou aqui. Não toque em mim.

— Você tem mais daquela coisa que você e Linny usaram?

Ela colocou a mão no bolso da camisa e pegou uma caixa de lentes de contato. Abriu um dos compartimentos de plástico. Dentro havia um pozinho. Ela olhou para ele.

— É forte — disse ela. — Eu posso acabar arrancando seus olhos com as unhas. Com ou sem casulo. Estou triste, mas também estou muito puta da vida.

— Vou correr o risco. Vá em frente.

Ela se inclinou, fechou uma narina e cheirou o pó com a outra. Em seguida, se encostou, com os olhos arregalados.

— Me conte, Clint, Shannon Parks foi uma boa trepada? Achei que eu era, mas ela deve ser melhor, se você voltou correndo pra ela depois de só um ano de casado.

Jared voltou, com a cara amarrada dizendo *Eu não ouvi essa última parte*, e colocou o laptop na frente do pai. Teve o cuidado de manter uma distância de Clint ao entregar o aparelho. *Até tu, Brutus?*

Clint ligou o Mac de Jared, entrou no Firefox e deu uma busca em "Sheila Norcross basquete Coughlin". A notícia apareceu. E a foto da garota chamada Sheila Norcross. Era uma foto boa de cabeça e ombros, mostrando a camisa do time. O rosto bonito estava corado pela movimentação na quadra. Ela estava sorrindo. Clint observou a foto por quase trinta segundos. E, sem dizer nada, virou o laptop para Jared poder olhar. Seu filho olhou com a boca apertada e os punhos fechados. Em seguida, relaxou lentamente. Ele olhou para Lila, mais perplexo do que nunca.

— Mãe... se tem alguma semelhança, não estou vendo. Ela não se parece nada comigo. *Nem* com o papai.

Os olhos de Lila, já arregalados pela ingestão recente de pozinho mágico, se arregalaram ainda mais. Ela deu uma gargalhada aguda.

— Jared, por favor, não. Não faça isso. Você não tem ideia do que está dizendo.

Jared fez uma careta como se tivesse levado um tapa, e por um momento horrível Clint ficou à beira de partir para cima da esposa, com quem estava casado havia dezessete anos. O que o fez parar foi outra olhada na foto da garota sorridente. Porque, se quisesse encontrar, *havia* uma leve semelhança, quer Jared visse ou não: o maxilar comprido, a testa alta e as covinhas que marcavam os cantos do sorriso. Nenhuma dessas características era igual às de Clint, mas ele via como sugeriam uma associação.

Amo suas covinhas, Lila tinha dito algumas vezes para Clint quando eles se casaram. Muitas vezes na cama, depois de fazerem amor. Tocando nelas com os dedos. *Todos os homens deviam ter covinhas.*

Clint pensou que já podia dizer a ela no que acreditava, porque ele achava que tinha entendido tudo. Porém, podia haver outro jeito. Eram quatro da manhã, uma hora em que quase todo mundo nos Três Condados normalmente estaria dormindo, mas aquela não era uma noite comum. Se sua velha amiga do orfanato não estivesse em um casulo, poderia atender uma ligação. A questão era se ele conseguiria falar com ela ou não. Pensou no celular, mas foi até o telefone pendurado na parede. Estava dando linha; até ali, tudo bem.

— O que você acha que está fazendo? — perguntou Lila.

Ele não respondeu, só digitou o 0. Depois de seis toques, ele teve medo de ninguém responder, o que não seria surpresa, mas uma voz feminina cansada disse:

— Alô. O quê?

Clint duvidava muito que fosse assim que a Shenandoah Telecom instruísse suas telefonistas a atenderem ligações de clientes, mas ele só ficou agradecido de ouvir uma voz humana.

— Telefonista, meu nome é Clinton Norcross, de Dooling, e preciso muito de ajuda.

— Quer saber, eu duvido — respondeu ela, com uma voz arrastada que podia (e provavelmente era isso mesmo) estar vindo direto do interior do condado de Bridger. — São as mulheres que precisam de ajuda hoje.

— É com uma mulher que preciso falar. O nome dela é Shannon Parks. De Coughlin. — Isso se ela estivesse listada. Mulheres solteiras muitas vezes preferiam não botar o nome na lista. — Você pode procurar para mim?

— Você poderia ligar para o 611 para obter essa informação. Ou pesquisar no computador.

— Por favor. Me ajude se puder.

Houve um longo silêncio. A ligação não foi encerrada, mas seria possível que ela tivesse adormecido na linha com ele?

Finalmente, a telefonista disse:

— Tem uma S. L. Parks na Maple Street, em Coughlin. É a moça que você está procurando?

Quase tinha que ser. Ele pegou o lápis pendurado no quadro de anotações com tanta força que arrebentou o barbante.

— Obrigado, telefonista. Muito obrigado. Você pode me dar o número?

A telefonista deu o número e encerrou a ligação.

— Não vou acreditar nela, mesmo se você falar com ela! — gritou Lila. — Ela vai mentir por você!

Clint ligou para o número sem responder e nem teve tempo de se preparar. A ligação foi atendida no primeiro toque.

— Ainda estou acordada, Amber — disse Shannon Parks. — Obrigada por lig…

— Não é Amber, Shan — disse Clint. Suas pernas ficaram fracas de repente, e ele se apoiou na geladeira. — É Clint Norcross.

5

A internet é uma casa iluminada acima de um porão escuro com piso de terra. A falsidade cresce como cogumelos nesse porão. Alguns são gostosos; muitos são venenosos. A falsidade que começou em Cupertino, que foi declarada como fato absoluto, foi um desses venenosos. Em uma postagem no Facebook intitulada VERDADE SOBRE A AURORA, um homem que alegava ser médico escreveu o seguinte:

> AVISO SOBRE A AURORA: URGENTE!
>
> Por dr. Philip P. Verdrusca
>
> Uma equipe de biólogos e epidemiologistas do Kaiser Permanente Medical Center determinou que os casulos que envolvem as mulheres que sofrem da Doença do Sono Aurora são responsáveis pela disseminação da doença. A respiração das afetadas passa pelo casulo e se torna um vetor de transmissão. **Esse vetor é altamente contagioso!**
>
> **O único jeito de impedir a disseminação da Aurora é queimando os casulos e as mulheres adormecidas dentro!** Façam isso **imediatamente**! Vocês vão dar às suas amadas o descanso que elas desejam nesse estado semiconsciente e vão impedir a disseminação dessa peste.
>
> Façam isso pelo bem das mulheres que ainda estão acordadas.
>
> SALVEM ELAS!!!

Não existia nenhum médico chamado Philip Verdrusca na equipe do Kaiser Permanente, nem em nenhuma instituição adjunta. Esse fato foi rapidamente divulgado na televisão e na internet, junto com declarações contrárias de médicos de renome, e também do Centro de Controle e Prevenção de Doenças de Atlanta. O hoax de Cupertino se tornou a principal notícia nas redes quando o sol nasceu na costa leste dos Estados Unidos. Porém, o estrago já estava feito, e Lila Norcross poderia ter previsto o que veio em seguida. Na verdade, *previu* mesmo. Enquanto as pessoas podiam estar torcendo pelo melhor, Lila, com quase vinte anos usando o uniforme azul, sabia que elas só acreditavam no pior. Em um mundo apavorado, uma notícia falsa era rainha.

Quando amanheceu nos estados do Meio-Oeste, Brigadas do Maçarico percorriam cidades maiores e menores em todos os Estados Unidos e no mundo. Mulheres encasuladas eram jogadas em lixões, campos e gramados de estádio, onde eram consumidas por chamas que se transformavam em nuvens de mariposas tão grandes que cobriram o céu e bloquearam o sol nascente do segundo dia da Aurora.

O trabalho de "Philip P. Verdrusca" já tinha começado quando Clint explicou a situação da família Norcross para Shannon e entregou em silêncio o telefone para a esposa.

6

Primeiro, Lila não disse nada, só olhou com desconfiança para o marido. Ele assentiu para ela como se Lila tivesse falado e segurou o filho delicadamente pelo braço.

— Venha — disse ele. — Vamos dar privacidade a ela.

Na sala, na TV, a mulher do *Public Access* continuava a fazer trabalhos com miçangas e continuaria fazendo até o fim do mundo, ao que parecia. No entanto, o som tinha sido misericordiosamente retirado.

— Você não é pai daquela garota, é, pai?

— Não — disse Clint. — Não sou.

— Mas como ela podia saber o Aperto de Mão Legal que a gente fazia na Liga Infantil?

Clint se sentou no sofá com um suspiro. Jared se sentou ao lado dele.

— Tal mãe, tal filha, é o que dizem, e Shan Parks também jogava basquete, mas não no ensino médio e nem em nenhum time da AAU. Ela não gostava de nada que colocasse um número nela, nem correr por aros de papel e participar de reuniões de alunos. Não era o estilo dela. Ela só participava de jogos de parquinho. Garotos e garotas juntos.

Jared ficou fascinado.

— Você jogava?

— Um pouco, só para me divertir, mas eu não era bom. Ela conseguiria me deixar no chinelo quando quisesse porque sabia jogar pra caramba. Só que não precisava, porque nós nunca jogávamos um contra o outro. A gente sempre era do mesmo time. — *De todas as formas*, ele pensou. *Não era só como nós agíamos, era como sobrevivíamos. A sobrevivência era o verdadeiro milk-shake pelo qual nós dois lutávamos.* — Shan *inventou* o Aperto de Mão Legal, Jere. Ela me ensinou, e eu ensinei pra vocês quando era treinador.

— Essa garota que você conhecia inventou o aperto de mão? — Jared pareceu impressionado, como se Shannon não tivesse sido pioneira em um aperto de mão, mas em biologia molecular. Isso fez com que Jared parecesse terrivelmente jovem. E ele era mesmo.

— Foi.

O resto ele não queria dizer porque pareceria absurdamente pretensioso, mas esperava que Shannon estivesse contando para sua esposa agora. Ele achava que ela contaria, porque Shannon saberia que as duas mulheres poderiam estar apagadas do mundo em questão de dias ou talvez de horas. Isso tornava contar a verdade uma coisa imperativa, ainda que não necessariamente fácil.

Shan era sua melhor amiga, e eles tinham sido namorados, mas só por alguns meses. Ela havia se apaixonado por ele, e loucamente. Essa era a verdade. Clint sabia agora, e achava que, bem no fundo do coração, sabia na época e preferiu ignorar, porque ele não sentia o mesmo e não podia se permitir sentir o mesmo. Shannon deu a ele o empurrão de que precisava, e ele sempre teria uma dívida com ela por isso, mas não queria passar a vida com ela, nunca havia considerado isso. O que eles tiveram tinha sido mera questão de sobrevivência, dele e dela. Shannon era parte de uma vida em que ele foi machucado, maltratado e quase destruído. Ela o convenceu a permanecer no caminho certo. Quando estava lá, Clint precisou ir em frente. Ela teria que encontrar alguém para ajudá-la, mas não podia ser ele, e isso era cruel? Era egoísta? A resposta das duas coisas era sim.

Anos depois que eles se separaram, ela conheceu um homem e engravidou. Aquele que Clint acreditava ser o pai da filha de Shannon era um homem que se parecia um pouco com o garoto por quem ela tinha sido apaixonada quando adolescente. Ela teve uma filha que tinha um pouco dessa semelhança.

Lila entrou na sala andando devagar e parou entre o sofá e a TV. Ela olhou ao redor, como se não soubesse direito onde estava.

Clint disse:

— Querida?

Jared disse:

— Mãe?

Os dois falaram ao mesmo tempo.

Ela deu um sorriso fraco.

— Parece que tenho que pedir desculpas.

— A única coisa pela qual você tem que pedir desculpas é por não ter me procurado antes para falar disso — disse Clint. — Por deixar infeccionar. Só estou feliz de ter conseguido falar com ela. Ela ainda está na linha? — Ele fez sinal na direção da cozinha.

— Não — disse Lila. — Ah, ela queria falar com você, mas eu desliguei na cara dela. Não foi muito simpático, mas acho que ainda estou com um pouco de ciúme. Além do mais, boa parte disso é culpa dela. Dar à filha o seu nome... — Ela balançou a cabeça. — Idiotice. Meu Deus, estou cansada.

Você não teve problema em assumir meu nome nem em dá-lo ao seu filho, pensou Clint, e não sem ressentimento.

— O verdadeiro pai foi um cara que ela conheceu no bar onde era garçonete. Ela só sabia o nome dele, se é que ele disse o verdadeiro. Na história que Parks contou para a garota, é você, só que você morreu em um acidente de carro durante a gravidez. Não que a garota vá saber a verdade algum dia.

— Ela adormeceu? — perguntou Jared.

— Duas horas atrás — disse Lila. — Parks só está acordada por causa da melhor amiga, Amber alguma coisa, que também é mãe solteira. Isso praticamente dá em árvore aqui, não é? Em toda parte, eu acho. Deixa pra lá. Quero terminar essa historinha idiota, tá? Ela se mudou para Coughlin para recomeçar logo depois que o bebê nasceu. Diz que não sabia que você estava por perto, mas não acredito nem um pouco. Meu nome aparece no *Herald* toda semana, e como você mesmo observou, não tem outros Norcross na área. Ela sabia, sim. Ainda está torcendo para você fazer alguma coisa um dia, eu apostaria qualquer coisa. — Lila abriu a boca em um bocejo enorme.

Clint considerou aquilo absurdamente injusto, e precisou lembrar a si mesmo que Lila, criada em um lar confortável de classe média, com pais alegres e irmãos saídos de uma série de TV dos anos 1970, não conseguia compreender os nove infernos diferentes pelos quais ele e Shannon haviam passado. Sim, a história do nome tinha sido um comportamento neurótico, sem discussão, mas havia uma coisa que Lila não via ou não queria ver: Shannon morava a apenas duzentos e cinquenta quilômetros de distância, mas nunca havia tentado fazer contato. Ele podia dizer para si mesmo que era porque ela nunca soube que ele estava perto, mas, como Lila observou, isso era absurdo.

— O aperto de mão — disse Lila. — E isso?

Clint contou para ela.

— Tudo bem — disse Lila. — Caso encerrado. Vou fazer café e voltar para a delegacia. Jesus, estou cansada pra caralho.

7

Depois que tomou o café, Lila abraçou Jared e disse para ele cuidar de Molly e do bebê e escondê-las bem. Ele prometeu que faria isso, e ela se afastou dele o mais rapidamente que pôde. Se hesitasse, nunca conseguiria deixá-lo.

Clint foi atrás dela até o vestíbulo.

— Eu te amo, Lila.

— Eu também te amo, Clint. — Ela achava que estava sendo sincera.

— Não estou com raiva — disse ele.

— Fico feliz — disse Lila, se controlando para não acrescentar um *Uhul*.

— Sabe, na última vez que vi Shannon, anos atrás, mas depois que nos casamos, ela me pediu pra dormir com ela. Eu disse não.

O vestíbulo estava escuro. Os óculos de Clint refletiam a luz que entrava pela janelinha no alto da porta. Havia casacos e chapéus pendurados em ganchos atrás dele, uma fila de espectadores pouco à vontade.

— Eu falei não — disse Clint de novo.

Ela não tinha ideia do que ele queria que ela dissesse. Bom menino, talvez? Ela não tinha ideia de nada.

Lila o beijou. Ele retribuiu o beijo. Foram só lábios, pele na pele.

Ela prometeu ligar quando chegasse à delegacia. Desceu os degraus, parou e olhou para ele.

— Você nunca me falou da piscina — disse ela. — Foi lá e contratou um empreiteiro. Eu voltei para casa um dia e dei de cara com um buraco no quintal. Feliz aniversário, porra.

— Eu… — Ele parou. O que poderia dizer, na verdade? Que achou que ela ia querer, quando a verdade era que *ele* queria?

— E quando você decidiu largar o atendimento particular no consultório? Nós também nunca discutimos isso. Você fez algumas perguntas, eu achei que talvez estivesse fazendo pesquisa para um artigo, sei lá, e, de repente, bum. Estava feito.

— Eu achei que a decisão era minha.

— Eu sei que achou.

Ela deu um adeus vago e andou para a viatura.

8

— A guarda Lampley disse que você queria me ver.

Evie foi até as grades da cela com tanta rapidez que o vice-diretor Hicks deu dois passos rápidos para trás. Evie sorriu de forma radiante; o cabelo preto caía em volta do rosto.

— Lampley é a única guarda acordada, não é?

— De jeito nenhum — disse Hicks. — Tem também a Millie. A guarda Olson, eu quis dizer.

— Não, ela está dormindo na biblioteca da prisão. — Evie continuou dando seu sorriso de rainha da beleza. E ela era uma beleza, não dava para negar. — Sua cara estava enfiada em um exemplar da revista *Seventeen*. Ela estava olhando vestidos de festa.

O diretor-assistente nem considerou a declaração de Evie. Ela não tinha como saber uma coisa dessas. Por mais bonita que fosse, estava no Playground, como a cela acolchoada às vezes era chamada, e havia um motivo para isso.

— Você tem problemas na cabeça, detenta. Não estou dizendo isso para tentar ferir seus sentimentos, estou dizendo porque é verdade. Talvez você devesse ir dormir para organizar as ideias.

— Uma informação interessante pra você, vice-diretor Hicks. Apesar de a Terra ter dado menos de uma volta inteira desde que o que vocês chamam de Aurora começou, mais da metade das mulheres do mundo está adormecida. Quase setenta por cento, já. Por que tantas? Muitas das mulheres nem chegaram a acordar, claro. Estavam dormindo quando começou. E boa quantidade se cansou e cochilou apesar dos esforços para ficarem acordadas. Mas essas não são todas. Não, tem uma porção significativa da população feminina que decidiu que não valia a pena. Porque, como o seu dr. Norcross deve saber, temer o inevitável é pior do que o inevitável em si. É mais fácil deixar pra lá.

— Ele é psiquiatra, não médico — disse Hicks. — Eu não confiaria nele para tratar nem espigão. E, se não tem mais nada, eu tenho uma prisão para cuidar, e você precisa dormir.

— Eu entendo perfeitamente. Pode ir em frente, mas deixa seu celular comigo. — Todos os dentes de Evie estavam à mostra. O sorriso dela parecia ficar cada vez maior. Os dentes eram muito brancos e pareciam muito fortes. *Dentes de um animal*, pensou Hicks, e claro que ela era um animal. Tinha que ser, considerando o que tinha feito com aqueles traficantes.

— Por que você precisa do meu celular, detenta? Por que não pode usar seu celular invisível? — Ele apontou para o canto vazio da cela. Era quase engraçada a mistura de maluquice e arrogância que a mulher exibia. — Está bem ali e tem minutos ilimitados.

— Boa — disse Evie. — Que engraçado. Agora, seu celular, por favor. Preciso ligar para o dr. Norcross.

— Não vai rolar. Foi um prazer. — Ele se virou para ir.

— Eu não iria embora tão rápido. Seus acompanhantes não aprovariam. Olhe para baixo.

Hicks olhou e viu que estava cercado de ratos. Havia mais de dez, com olhos duros de bolas de gude. Ele sentiu um grito subindo pelo peito, mas o sufocou. Um grito poderia assustá-los, fazê-los atacar.

Evie estava com a mão magra esticada entre as barras, a palma para cima, e, mesmo em seu quase pânico, Hicks reparou em uma coisa terrível: não havia linhas naquela palma. Era completamente lisa.

— Você está pensando em sair correndo — disse ela. — Pode fazer isso, claro, mas considerando sua condição adiposa, duvido que consiga correr muito rápido.

Os ratos estavam passando por cima dos sapatos dele agora. Uma cauda rosada acariciou um tornozelo pela meia quadriculada, e ele sentiu o grito subindo de novo.

— Você vai ser mordido várias vezes, e quem sabe que infecções meus pequenos amigos podem estar carregando? Me dê seu celular.

— Como você está fazendo isso? — Hicks mal conseguia ouvir a própria voz com o sangue pulsando do coração.

— Segredo do ofício.

Com a mão trêmula, Hicks tirou o celular do cinto e o colocou naquela palma horrível, sem linhas.

— Pode ir embora — disse Evie.

Ele viu que os olhos dela tinham ficado de uma cor intensa de âmbar. As pupilas eram diamantes negros, pupilas de gato.

Hicks andou com cuidado, pisando alto por cima dos ratos, e quando tinha se distanciado, correu para a Broadway e para a segurança da Guarita.

— Muito bem, Mãe — disse Evie.

O rato maior se levantou nas patas traseiras e olhou para cima, com os bigodes tremendo.

— Ele era fraco. Eu senti o coração falho.

O rato se apoiou no chão e correu na direção da porta de aço do chuveiro no final da Ala A. Os outros seguiram em fila, como crianças em um passeio de escola. Havia um espaço entre a parede e o chão, uma falha no cimento que os ratos alargaram até virar uma entrada. Eles desapareceram na escuridão.

O celular de Hicks era protegido por senha. Evie digitou o código de quatro números sem hesitar, nem se deu ao trabalho de consultar os contatos para digitar o número de Clint. Ele atendeu na mesma hora, e sem dizer alô.

— Calma aí, Lore. Volto daqui a pouco.

— Aqui não é Lore Hicks, dr. Norcross, é Evie Black.

Silêncio do outro lado.

— A situação em casa está normal? Espero que sim, ou tão normal quanto possível, considerando as circunstâncias.

— Como você conseguiu o celular de Hicks?

— Peguei emprestado.

— O que você quer?

— Primeiro, dar umas informações. As fogueiras começaram. Homens estão queimando mulheres nos casulos aos milhares. Em pouco tempo, serão dezenas de milhares. É o que os homens sempre quiseram.

— Não sei quais foram suas experiências com homens. Terríveis, imagino. Mas, independentemente do que você possa pensar, a maioria dos homens não quer matar mulheres.

— Vamos ver, não vamos?

— É, acho que vamos. O que mais você quer?

— Dizer que é você. — Ela deu uma gargalhada alegre. — Você é *o* Homem.

— Não estou entendendo.

— O que representa todos os homens. Assim como eu represento as mulheres, as adormecidas e as acordadas. Odeio parecer apocalíptica, mas nesse caso é necessário. É aqui que o destino do mundo vai ser decidido. — Ela imitou o tambor crescente de melodramas de televisão. — *Bum--bum-BUM!*

— Sra. Black, você está tomada por uma fantasia.

— Já falei, pode me chamar de Evie.

— Tudo bem. Evie, você está tomada por uma fantasia.

— Os homens da sua cidade virão atrás de mim. Vão me perguntar se posso reavivar as esposas, mães e filhas deles. Vou dizer que é possível, porque, como o jovem George Washington, eu não posso mentir. Eles vão exigir que eu faça isso, e vou me recusar, como devo mesmo fazer. Eles vão me torturar, vão maltratar meu corpo, e eu vou continuar me recusando. Eles vão acabar me matando, Clint. Posso chamar você de Clint? Sei que acabamos de começar a trabalhar juntos, então não quero exagerar.

— Não faz diferença. — Ele parecia entorpecido.

— Quando eu estiver morta, o portal entre este mundo e a terra do sono vai se fechar. Todas as mulheres vão acabar dormindo, todos os homens vão acabar morrendo, e este mundo torturado vai dar um suspiro enorme de alívio final. Pássaros vão fazer ninhos na Torre Eiffel, leões vão andar pelas ruas destruídas da Cidade do Cabo e as águas vão engolir Nova York. Os peixes grandes vão dizer aos peixes pequenos para terem sonhos de peixes grandes, porque a Times Square está aberta, e se você conseguir nadar contra a corrente de lá, poderá nadar em qualquer lugar.

— Você está tendo alucinações.

— O que está acontecendo no mundo todo é alucinação?

Ela deixou um espaço para ele falar, mas ele não o usou.

— Pense nisso como um conto de fadas. Eu sou a donzela confinada no castelo, presa cruelmente. Você é meu príncipe, meu cavaleiro de armadura. Precisa me defender. Tenho certeza de que há armas na delegacia, mas encontrar homens dispostos a usar, a talvez morrer defendendo a criatura que eles acreditam ter causado isso, vai ser mais difícil. Mas tenho fé no seu poder de persuasão. É por isso... — Ela riu. — ... que você *é* o Homem! Por que não admitir, Clint? Você sempre quis ser o Homem.

Ele se lembrou daquela manhã, da irritação quando viu Anton, da melancolia que sentiu ao inspecionar a própria barriga flácida. Por mais acabado que ele estivesse, o tom insinuante dela fez Clint querer dar um soco em alguma coisa.

— Seus sentimentos são normais, Clint. Não seja cruel com você mesmo. — Ela ficou solidária, gentil. — Todos os homens querem ser o Homem. Aquele que chega, não diz nada além de sim e não, dá um jeito na cidade e vai embora cavalgando. Depois de dormir com a moça mais bonita do saloon, claro. Aquele que ignora o problema central. Vocês, homens, sopram a corneta, e o barulho deixa o planeta todo com dor de cabeça.

— Você pode mesmo acabar com tudo?

— Você deu um beijo de despedida na sua esposa?

— Dei — disse Clint. — Um momento atrás. Já demos beijos melhores, mas eu tentei. Ela também. — Ele inspirou. — Não sei por que estou contando essas coisas.

— Porque você acredita em mim. E eu sei que você beijou ela. Eu estava olhando. Eu adoro espiar. Devia parar, mas adoro um romance. Fico feliz de você ter resolvido as coisas hoje, de ter botado tudo na mesa. O que fica não dito é o que pode estragar um casamento.

— Obrigado, dr. Phil. Responda minha pergunta. Você pode acabar com tudo?

— Posso. A proposta é a seguinte: me mantenha viva até, ah, o nascer do sol de terça-feira. Ou talvez um ou dois dias depois, não tenho certeza. Mas tem que ser até o amanhecer.

— O que acontece se eu, se *nós* fizermos isso?

— Eu talvez consiga consertar as coisas. Desde que concordem.

— Desde que quem concorde?

— As mulheres, seu bobo. As mulheres de Dooling. Mas, se eu morrer, nenhum acordo a que elas cheguem vai importar. Não pode ser uma coisa ou outra. Tem que ser as duas.

— Eu não entendo o que você está dizendo!

— Mas vai entender. Em algum momento. Talvez você veja amanhã. A propósito, ela estava certa. Você não falou sobre a piscina com ela. Só mostrou umas fotos. Acho que pensou que isso bastaria.

— Evie...

— Mas estou feliz de você ter dado um beijo nela. Muito feliz. Eu gosto dela.

Evie desligou e colocou o celular de Hicks com cuidado na prateleira onde deveria colocar seus pertences pessoais, que ela não tinha. Em seguida, se deitou na cama, virou para o lado e logo adormeceu.

9

Lila pretendia ir direto para a delegacia, mas quando deu ré pela entrada de casa e virou para a rua, seus faróis atingiram uma coisa branca em uma cadeira de praia do outro lado. A sra. Ransom. Lila não podia culpar Jared por deixá-la lá. Ele tinha a garotinha em que pensar, a que estava agora deitada no andar de cima, no quarto de hóspedes. Holly? Polly? Não, Molly. Uma chuva leve estava caindo.

Ela embicou na entrada de carros da casa da sra. Ransom, foi para a parte de trás do carro e mexeu nas coisas do banco procurando o boné do Dooling Hound Dogs, porque a chuva estava ficando mais forte. Podia apagar os incêndios, e isso era bom. Verificou a porta da frente da sra. Ransom. Estava destrancada. Ela foi até a cadeira e pegou a mulher encasulada nos braços. Estava preparada para um peso danado, mas a sra. Ransom pesava no máximo cinquenta quilos. Lila conseguia levantar mais do que isso na academia. E que importância tinha? Por que ela estava fazendo isso?

— Porque é a coisa decente a se fazer — disse ela. — Porque uma mulher não é uma decoração de jardim.

Quando subiu os degraus, ela viu fios finos se soltarem da bola branca que envolvia a cabeça da sra. Ransom. Oscilaram como se em uma brisa, mas não havia brisa. Estavam indo na direção *dela*, para o mar de sono esperando atrás da testa. Ela soprou os filetes e andou com dificuldade de costas pelo corredor até a sala. No tapete havia um livro de colorir com canetas em volta. Qual *era* o nome da garotinha mesmo?

— Molly — disse Lila enquanto colocava a mulher no sofá. — O nome dela era Molly. — Ela fez uma pausa. — *É* Molly.

Lila colocou uma almofada embaixo da cabeça da sra. Ransom e saiu.

Depois de trancar a porta da casa da senhora, ela foi até a viatura e ligou o motor, esticou a mão para o câmbio e a baixou. De repente, a delegacia parecia um destino sem sentido. Além disso, parecia estar a pelo menos oitenta quilômetros de distância. Ela provavelmente conseguiria chegar lá sem bater em uma árvore (ou em alguma mulher correndo para afastar o sono), mas qual era o sentido?

— Se eu não for para a delegacia, vou para onde? — perguntou ela ao carro. — Para onde?

Ela tirou o estojo de lentes de contato do bolso. Tinha mais uma dose de estimulante no outro recipiente, marcado com a letra E, mas a pergunta voltou: qual era o sentido de lutar? O sono acabaria chegando mesmo. Era inevitável. Então, por que adiar? De acordo com Shakespeare, o sono desatava a emaranhada teia dos cuidados. E pelo menos ela e Clint tinham conseguido o tal encerramento do qual ele sempre falava.

— Fui uma boba — confessou ela para o interior da viatura. — Mas, Vossa Excelência, alego privação de sono.

Se era só isso, por que ela não o havia enfrentado antes? Com tudo que aconteceu, parecia imperdoavelmente pequeno. Era constrangedor.

— Tudo bem — disse ela. — Eu alego medo, Vossa Excelência.

Porém, ela não estava com medo agora. Estava exausta demais para ter medo. Estava exausta demais para qualquer coisa.

Lila arrancou o microfone da base. Parecia mais pesado do que a sra. Ransom. Não era loucura?

— Unidade Um para Base. Ainda está aí, Linny?

— Ainda, chefe. — Linny devia ter usado o pó de novo; parecia alegre como um esquilo em cima de uma pilha de bolotas. Além disso, tinha dormido oito horas na noite anterior, em vez de ir para Coughlin, no condado de McDowell, e ficar dirigindo sem destino até o amanhecer, pensando coisas ruins sobre um marido que acabou se mostrando fiel. Ah, mas tantos não eram, e isso era motivo ou só uma desculpa? Era verdade? Dava para encontrar estatísticas sobre fidelidade na internet? Seriam precisas?

Shannon Parks pediu a Clint para dormir com ela e ele disse não. Ele era fiel esse tanto.

Mas... era assim que ele devia ser, não era? Alguém recebia medalhas por cumprir suas promessas e responsabilidades?

— Chefe? Está me ouvindo?

— Não vou voltar agora, Linny. Tenho uma coisa a fazer.

— Certo. O que houve?

Era uma pergunta que Lila escolheu não responder.

— Clint precisa voltar para a prisão depois de descansar um pouco. Ligue para ele por volta das oito, certo? Verifique se está acordado e peça para ele dar uma olhada na sra. Ransom no caminho. Ele precisa cuidar dela. Ele vai entender o que isso quer dizer.

— Certo. Bancar o despertador não é minha especialidade, mas não me importo de variar. Lila, você está b...

— Unidade Um, desligando.

Lila pendurou o microfone. No leste, uma marca leve de luz matinal de sexta-feira apareceu no horizonte. Mais um dia estava chegando. Seria um dia chuvoso, do tipo perfeito para uma soneca da tarde. Os instrumentos de trabalho estavam na cadeira ao lado: a câmera, a prancheta e o radar Simmons, uma pilha de folhetos presos com elástico, seu bloco de multas. Ela o pegou, arrancou a primeira folha e virou para o lado em branco. Escreveu o nome do marido em letras de forma no alto e depois: *Me coloque com Platinum, a sra. Ransom e Dolly em uma das casas vazias. Nos mantenha em segurança. Pode não haver motivo para isso, mas pode ser que haja.* Ela fez uma pausa, pensando (era difícil pensar), e acrescentou: *Amo vocês dois.* Ela acrescentou um coração (era brega, mas e daí?) e assinou. Pegou um clipe de papel de uma caixinha de plástico no porta-luvas e prendeu o bilhete no bolso da camisa. Quando garotinha, sua mãe prendia o dinheiro do leite, dentro de um envelope colado, na camisa dela todas as segundas-feiras, da mesma forma. Lila não conseguia se lembrar disso, mas a mãe tinha contado.

Com essa tarefa resolvida, ela se encostou e fechou os olhos. O sono veio como uma locomotiva preta sem farol, e, ah, que alívio. Que alívio abençoado.

Os primeiros fios delicados saíram do rosto de Lila e acariciaram a pele.

PARTE DOIS
VOU DORMIR QUANDO MORRER

"It don't matter if I get a little tired
I'll sleep when I'm dead."

Warren Zevon, "I'll Sleep When I'm Dead"

As tábuas velhas e esponjosas da varanda se curvam e gemem sob os sapatos de Lila. Uma brisa poderosa de primavera sacode os campos de capim que eram o jardim da frente da casa dela, e o barulho é um belo rugido. O verde fabuloso das plantas passa credulidade. Ela olha na direção de onde veio e vê que plantas cresceram no asfalto rachado da Tremaine Street. Elas balançam no vento como ponteiros de relógios confusos, presos entre o doze e o um. Um céu azul cobre o mundo. Na entrada da casa da sra. Ransom, sua viatura, com a porta entreaberta, está coberta de ferrugem. Os quatro pneus estão vazios.

Como ela chegou ali?

Não importa, *ela diz para si mesma.* É um sonho. Deixe assim.

Lila entra em casa e observa os restos da sala de jantar pouco usada: janelas quebradas, cortinas rasgadas se balançando em outro sopro de brisa, folhas de vários anos amontoadas quase até o tampo da mesa salpicada de mofo. O cheiro de podridão é penetrante. Quando anda pelo corredor, ela pensa que deve ser um sonho de viagem no tempo.

Pedaços do teto da sala caíram, cobrindo o tapete com pedras da lua. A TV de tela plana ainda está presa à parede, mas a tela estragou, está torta e estufada, como se tivesse sido assada.

Poeira e pó embranqueceram as portas de vidro de correr até ficarem opacas. Lila puxa a da direta e a abre, e a porta geme no trilho podre de borracha.

— Jared? — chama ela. — Clint?

Eles estavam ali na noite anterior, sentados em volta de uma mesa que agora está caída de lado. Mato amarelo agora aparece em volta do deque e entre as tábuas. A churrasqueira, centro de muitos jantares de verão, foi engolida.

Na piscina, onde a água está da cor salobra de um aquário depois de uma longa falta de energia, um lince-pardo para no meio da travessia, com água até o peito. Tem um passarinho nos dentes dele. Os olhos do lince são brilhantes, os dentes são grandes e ele tem gotas de água no pelo. Grudada no nariz largo e achatado, há uma pena branca.

Lila passa as unhas pelas bochechas, sente a dor e decide (com relutância) que isso talvez não seja um sonho, afinal. Se não é, há quanto tempo ela está dormindo?

Por um bom tempo. Ou ruim.

O animal pisca os olhos brilhantes e começa a nadar na direção dela.

Onde eu estou?, *ela pensa, e depois:* Eu estou em casa, *e pensa a primeira coisa de novo.* Onde eu estou?

1

1

No final da tarde de sexta-feira, com o segundo dia de desastre avançado (em Dooling, pelo menos; em algumas partes do mundo, já era o terceiro dia de Aurora), Terry Coombs acordou com o aroma de bacon frito e café. Seu primeiro pensamento coerente foi: *Ainda sobrou algum líquido no Squeaky Wheel ou eu bebi tudo que tinha, até a água de lavar louça?* Seu segundo pensamento foi mais básico: *Tenho que ir ao banheiro.* Ele fez isso e chegou a tempo de vomitar copiosamente na privada. Por alguns minutos, ficou lá parado, esperando o pêndulo que estava fazendo o banheiro se balançar parar. Quando parou, ele se levantou, encontrou aspirina e engoliu três comprimidos com goles de água da torneira. No quarto, ele olhou para o espaço do lado esquerdo da cama, onde lembrava que Rita estava deitada, com o casulo na cabeça e a coisa branca na boca sendo puxada e inflada a cada respiração.

Ela tinha se levantado? Tinha acabado? Lágrimas arderam nos olhos de Terry e ele cambaleou só de cueca até a cozinha.

Frank Geary estava à mesa, fazendo-a parecer mínima com seu corpo. De alguma forma, a tristeza inerente daquela visão, um homem enorme a uma mesinha sob o sol intenso, informou a Terry tudo o que ele precisava saber antes que qualquer palavra fosse dita. Seus olhares se cruzaram. Geary estava com um exemplar da *National Geographic* aberto. Ele colocou a revista de lado.

— Eu estava lendo sobre a Micronésia — disse Frank. — É um lugar interessante. Tem muita vida selvagem, boa parte em risco de extinção. Você devia estar torcendo para que eu fosse outra pessoa. Não sei se você lembra, mas eu dormi aqui. Nós colocamos sua esposa no porão.

Ah, então tudo voltou. Eles tinham carregado Rita para baixo, um homem em cada extremidade, como se ela fosse um tapete, esbarrando com os ombros nos corrimões e nas paredes enquanto desciam. Eles a puseram no velho sofá, em cima da colcha velha que o cobria para não deixar acumular poeira. Rita estaria deitada lá naquele momento, cercada de outros móveis poeirentos que eles haviam descartado ao longo dos anos e pretendiam vender, mas nunca chegaram a fazer isso: cadeiras de bar com assentos de vinil amarelos, o videocassete, o berço antigo de Diana.

Terry foi tomado pelo desânimo; não conseguia nem manter a cabeça erguida. Seu queixo bateu no peito.

Na frente da cadeira vazia do outro lado da mesa havia um prato com bacon e torrada. Ao lado do prato havia uma xícara de café preto e uma garrafa de Beam. Terry inspirou com dificuldade e se sentou.

Ele mordeu um pedaço de bacon e esperou para ver o que aconteceria. Seu estômago fez barulhos e deu alguns pulos, mas nada voltou. Frank acrescentou uma dose de uísque ao café de Terry sem dizer nada. Terry tomou um gole. Suas mãos, que ele não tinha percebido que estavam tremendo, pararam.

— Eu precisava disso. Obrigado. — Sua voz saiu rouca.

Apesar de não serem amigos íntimos, ele e Frank Geary já tinham bebido juntos algumas vezes ao longo dos anos. Terry sabia que Frank levava a sério o emprego como agente de controle de animais da cidade; sabia que Frank tinha uma filha que ele acreditava ser ótima artista; lembrava que um bêbado uma vez havia sugerido a Frank que ele deveria deixar uma irritação ou outra nas mãos de Deus, e Frank tinha mandado o bêbado calar a boca, e por mais embriagado que o bêbado estivesse, ele captou o aviso no tom de Frank e não disse mais nada pelo resto da noite. Em outras palavras, Frank parecia a Terry um cara correto, mas não alguém com quem ia querer se meter. O fato de Frank ser negro talvez gerasse certa sensação de distanciamento. Terry nunca havia considerado a possibilidade de ser amigo de um sujeito negro, apesar de não ter nada contra a ideia, agora que estava pensando no assunto.

— Tudo bem — disse Frank. O jeito calmo e direto dele era tranquilizador.

— Então tudo... — Terry tomou outro gole do café batizado. — Igual?

— A ontem? Está. O que quer dizer que tudo está diferente. Primeiro de tudo, você é o Chefe de Polícia em exercício. A delegacia ligou alguns minutos atrás. A xerife desapareceu.

O estômago de Terry gerou bolhas desagradáveis.

— Lila desapareceu? Caramba.

— Parabéns, hein? É uma grande promoção. Que rufem os tambores.

A sobrancelha direita de Frank estava arqueada com ironia. Os dois caíram na gargalhada, mas a de Terry passou rápido.

— Ei — disse Frank. Ele colocou a mão na de Terry e apertou. — Aguenta firme, tá?

— Tá. — Terry engoliu em seco. — Quantas mulheres ainda estão acordadas?

— Não sei. A coisa está ruim. Mas tenho certeza de que você é capaz de lidar com isso.

Terry não era. Ele tomou o café batizado. Mastigou o bacon. Seu companheiro de refeição ficou em silêncio.

Frank tomou o café e olhou para Terry por cima da xícara.

— Eu *sou* capaz? — perguntou Terry. — Sou mesmo?

— É. — Não havia dúvida nenhuma na voz de Frank Geary. — Mas vai precisar de toda ajuda que puder ter.

— Você quer que eu te transforme em policial? — Fazia sentido para Terry; além de Lila, eles estavam sem alguns outros policiais.

Frank deu de ombros.

— Eu sou funcionário da cidade. Vim ajudar. Se você quiser me dar um distintivo de estrela, tudo bem.

Terry tomou outro gole do café especial e se levantou.

— Vamos.

2

A Aurora tinha derrubado um quarto do departamento, mas Frank ajudou Terry a reunir uma escalação de policiais voluntários naquela sexta-feira e levou o juiz Silver para administrar os juramentos. Don Peters era um dos novos contratados; outro era um formando do ensino médio chamado Eric Blass, jovem, porém entusiasmado.

Por recomendação de Frank, Terry criou um toque de recolher de nove da noite. Equipes de dois homens começaram a percorrer os bairros de Dooling para pendurar cartazes. Também para acalmar as pessoas, desencorajar vandalismo e (outra ideia de Frank) começar a catalogar o paradeiro das adormecidas. Frank Geary podia ser pegador de cachorros antes da Aurora, mas era um excelente agente da lei, com um excelente senso de organização. Quando Terry descobriu que podia contar com ele, passou a contar com ele para tudo.

Mais de dez saqueadores foram pegos no fim de semana. Não era exatamente um trabalho policial, porque poucos se deram ao trabalho de agir escondido. Aqueles homens deviam acreditar que seria feita vista grossa para esse comportamento, mas logo descobriram que não. Um desses canalhas era Roger Dunphy, o zelador do Instituto Penal de Dooling que tinha desaparecido do trabalho. Na primeira ronda de domingo de manhã pela cidade, Terry e Frank viram o sr. Dunphy arrastando um saco plástico transparente cheio de colares e anéis que pegou nos quartos das residentes da Casa de Repouso Crestview, onde ele às vezes fazia bicos.

— Elas não precisam disso agora — argumentou Dunphy. — Para com isso, policial Coombs, dá um tempo. Esse é um caso claro de resgate.

Frank segurou o zelador pelo nariz, apertando com força suficiente para fazer a cartilagem estalar.

— Xerife Coombs. Você vai chamar ele de xerife Coombs de agora em diante.

— Tudo bem! — gritou Dunphy. — Chamo até de presidente Coombs se isso fizer você largar meu nariz!

— Devolva esses pertences e vamos deixar passar — disse Terry, e ficou agradecido pelo gesto de aprovação de Frank.

— Claro! Pode deixar!

— E vê se não faz merda, vamos ficar de olho.

A melhor coisa de Frank, Terry percebeu ao longo dos três primeiros dias, era que ele percebia a enorme pressão sob a qual Terry estava agindo de uma forma que ninguém mais parecia perceber. Ele nunca insistia, mas sempre tinha uma sugestão, e, quase tão importante, deixava aquela garrafinha de prata envolta em couro (muito descolada, talvez fosse uma coisa de negros) por perto para quando Terry ficava mal, quando parecia que o dia nunca terminaria e as rodas dele giravam em falso naquela lama horrível e surreal do momento. Ele ficava ao lado de Terry o tempo todo, e estava com ele na segunda-feira, 5º Dia da Aurora, em frente ao portão do Instituto Penal para Mulheres de Dooling.

3

O xerife em exercício Coombs tentou várias vezes ao longo do fim de semana convencer Clint de que ele precisava passar Eva Black para a custódia dele. Boatos sobre a mulher que tinha matado os traficantes de cristal já estavam circulando; diferentemente de todas as outras, diziam as histórias, ela dormia e acordava. Na delegacia, Linny Mars (ainda aguentando firme; isso aí, garota) recebeu tantas ligações sobre isso que passou a desligar na cara de qualquer um que perguntasse. Frank dizia que eles *tinham* que descobrir se os boatos eram verdade; era prioridade. Terry achava que ele estava certo, mas Norcross estava sendo teimoso, e Terry estava tendo cada vez mais dificuldade de fazer contato com o sujeitinho irritante pelo telefone.

Os incêndios já tinham se apagado na segunda-feira, mas o campo perto da prisão ainda cheirava como um cinzeiro. Estava cinzento e úmido, e a chuva leve que caía e parava desde o começo da manhã de sexta-feira estava caindo de novo. O xerife em exercício Terry Coombs, sentindo-se molhado, parou na frente do interfone e do monitor do lado de fora do portão do Instituto Penal para Mulheres de Dooling.

Norcross ainda não estava acreditando na ordem de transferência que o juiz Silver havia assinado em nome de Eva Black. (Frank também ajudou com isso, explicando para o juiz que a mulher podia ter uma imunidade única ao vírus e provocando no velho jurista a impressão de necessidade de agir rapidamente e manter as coisas calmas antes que um tumulto começasse.)

— Oscar Silver não tem jurisdição sobre essa questão, Terry. — A voz do doutor saiu pelo alto-falante, parecendo vir do fundo de um lago. — Sei que ele mandou ela para cá a pedido da minha esposa, mas não pode tirar ela daqui. Quando ela foi enviada para avaliação, a autoridade dele acabou. Você precisa de um juiz do condado agora.

Terry não conseguia imaginar por que o marido de Lila, que sempre pareceu pé no chão, estava sendo tão pentelho.

— Não tem mais ninguém agora, Clint. A juíza Wainer e a juíza Lewis estão adormecidas. Que sorte a nossa ter duas juízas no circuito do condado.

— Tudo bem, pode ligar para Charleston e descobrir quem eles indicaram como interino — disse Clint. Como se eles tivessem chegado a um acordo feliz, como se tivesse cedido em alguma coisa. — Mas para quê? Eva Black está dormindo agora, como todo o resto.

Ouvir isso gerou uma bola de chumbo no estômago de Terry. Ele devia saber que não podia acreditar naqueles boatos. Daria no mesmo interrogar sua própria esposa, uma múmia na escuridão do porão, deitada em cima da colcha surrada no sofá velho.

— Ela adormeceu ontem à tarde — continuou Norcross. — Temos poucas detentas ainda acordadas.

— Então por que ele não nos deixa ver ela? — perguntou Frank. Ele ficou de pé em silêncio durante toda a conversa.

Era uma boa pergunta. Terry apertou o botão e disse exatamente isso para Clint.

— Olha só, vamos fazer o seguinte — disse Clint. — Vou mandar uma foto para o seu celular. Mas não posso deixar ninguém entrar. É o *protocolo de confinamento.* Estou com o livro da diretora aberto aqui na minha frente. Vou ler o que está escrito. "Autoridades do estado devem *isolar* o local e podem retirar a Ordem de Confinamento quando acharem conveniente." *Autoridades do estado.*

— Mas...

— Não me venha com mas, Terry. Não fui eu que escrevi. É o regulamento. Como Hicks pulou fora na sexta de manhã, sou o único funcionário administrativo que esta prisão tem, e o protocolo é a única coisa que tenho para me guiar.

— Mas... — Ele estava começando a parecer um motor de dois ciclos: *mas-mas-mas-mas.*

— Eu tive que nos colocar em situação de confinamento. Não tive escolha. Você viu as mesmas notícias que eu. Tem gente por aí botando fogo nas mulheres em casulos. Acho que você vai concordar que minha população seria um alvo óbvio para essa categoria de justiceiro.

— Ah, para com isso. — Frank fez um barulho assobiado e balançou a cabeça. Eles não tinham conseguido encontrar uma camisa de uniforme grande o bastante para abotoar sobre o peito, então Frank a usava aberta por cima de uma camiseta. — Para mim, isso soa como um blá-blá-blá burocrático. Você é o xerife em exercício, Terry. Isso tem que ser mais do que um médico, ainda mais um psiquiatra.

Terry levantou a mão para Frank.

— Eu entendo isso, Clint. Entendo sua preocupação. Mas você me conhece, não é? Trabalho com Lila há mais de uma década. Desde antes de ela ser xerife. Você já jantou na minha casa e eu jantei na sua. Eu não vou fazer nada com nenhuma dessas mulheres, então nem vem com esse papo.

— Eu estou tentando...

— Você não acreditaria no tipo de lixo que tive que encarar na cidade no fim de semana. Uma moça deixou o fogão aceso e botou fogo em metade da Greely Street. Quarenta hectares de floresta ao sul da cidade estão queimados. Tem um atleta do ensino médio morto que tentou estuprar uma adormecida. Tem um cara com a cabeça esmagada por um liquidificador. Isso é *burrice*. Vamos deixar o livro de regras de lado. Sou xerife em exercício. Nós somos amigos. Me deixe ver que ela está dormindo, como as outras, e largo do seu pé.

A guarita de segurança do lado oposto da cerca, onde deveria haver um guarda, estava vazia. Depois, do outro lado do estacionamento e no outro lado da segunda cerca, a prisão encolhia os ombros cinzentos. Não havia movimento visto pelo vidro à prova de balas das portas da frente, nenhuma prisioneira correndo na pista e nem trabalhando na horta. Terry pensou em parques de diversão no final do outono, na aparência abandonada que adquiriam quando os brinquedos paravam de girar e não havia crianças andando, tomando sorvete e rindo. Diana, sua filha, estava crescida agora, mas ele a tinha levado a vários parques de diversão quando ela era pequena. Foram ótimos momentos.

Cristo, um gole cairia bem. Que bom que Frank deixava a garrafinha à mão.

— Olhe seu celular, Terry — disse a voz de Clint pelo interfone.

O apito de trem que era o toque de Terry soou. Ele pegou o celular no bolso e olhou a fotografia que Clint havia enviado por mensagem.

Tinha uma mulher de uniforme vermelho deitada em uma cama de cela. Havia um número de identificação acima do bolso no peito. Ao lado do número tinha sido colocada uma identidade. No cartão havia a foto de uma mulher com cabelo preto comprido, pele bronzeada e um sorriso largo e branco. O nome da mulher estava listado como "Eva Black" e o número da identidade era o mesmo da camisa do uniforme. Um casulo cobria seu rosto.

Terry passou o celular para Frank olhar a foto.

— O que você acha? Podemos considerar uma prova?

Ocorreu a Terry que ele, o xerife em exercício, estava pedindo instrução para o novo policial, quando devia ser o contrário.

Frank observou a foto e disse:

— Isso não prova porra nenhuma porque não dá para ver o rosto dela, só o uniforme vermelho. Norcross poderia colocar um desses em qualquer mulher adormecida e acrescentar a identidade de Black. — Frank devolveu o celular para Terry. — Não faz sentido não nos deixar entrar. Você é a lei, Terry, e ele é uma porra de um psiquiatra de prisão. É mais escorregadio que sabonete, isso é verdade, mas isso está cheirando mal. Acho que é enrolação.

Frank estava certo, claro; a foto não provava nada. Por que não deixar que eles entrassem para pelo menos *ver* a mulher em pessoa, dormindo ou não? O mundo estava à beira de perder metade da população. Que importância tinha o livro de regras da direção?

— Mas por que enrolar?

— Não sei. — Frank pegou a garrafinha e ofereceu para Terry. Ele agradeceu, tomou um gole grande de uísque e a devolveu. Frank balançou a cabeça. — Fique com ela à mão.

Terry botou a garrafinha no bolso e apertou o botão do interfone.

— Eu tenho que ver ela, Clint. Me deixe entrar, me deixe ver, e podemos seguir com o dia. As pessoas estão falando sobre ela. Eu preciso acabar com a falação. Se eu não fizer isso, podemos acabar com um problema que não vou conseguir controlar.

4

Da cadeira na Guarita, Clint observou os dois homens na imagem do monitor. A porta da Guarita estava aberta, como nunca ficaria em condições normais, e o guarda Tig Murphy estava inclinado para dentro. Os guardas Quigley e Wettermore estavam do lado de fora, também ouvindo. Scott Hughes, o único outro guarda que ainda estava lá, estava cochilando em uma cela vazia. Duas horas depois de ter atirado em Ree Dempster, Van Lampley foi embora. Clint não teve coragem de pedir que ela ficasse. ("Boa sorte, doutor", dissera ela, colocando a cabeça na porta da sala dele, sem uniforme e com roupas civis, os olhos vermelhos de cansaço. Clint desejou o mesmo a ela. Van não agradeceu.) Se não estivesse dormindo agora, ele duvidava que ela fosse útil, de qualquer modo.

Clint estava confiante de que conseguiria afastar Terry ao menos por um tempo. O que o preocupava era o sujeito grandalhão ao lado de Terry, que deu a garrafinha para o xerife em exercício e o estava aconselhando nos intervalos da conversa. De certa forma, era como ver um ventríloquo e sua marionete falante. Clint reparou no jeito como o grandão ficava olhando ao redor em vez de olhar para o interfone, como as pessoas costumavam fazer por instinto. Parecia que ele estava avaliando o local.

Clint apertou o botão do interfone e falou no microfone.

— Sinceramente, não estou tentando complicar as coisas, Terry. Me sinto péssimo por isso. Sem querer insistir, eu juro que estou com o livro da diretora bem aqui, na minha frente. Está em letras de forma no alto da Regulamentação de Confinamento! — Ele bateu no painel eletrônico à frente dele, no qual não havia nenhum tipo de livro. — Não foi para isso que fui treinado, Terry, e o livro é tudo que tenho.

— Clint. — Ele conseguiu ouvir o suspiro aborrecido de Terry. — Que porra, cara. Eu achei que nós éramos amigos. Vou ter que derrubar o portão? Isso é ridículo. Lila ficaria... muito decepcionada. De verdade. Ela não acreditaria nisso.

— Eu entendo que você está frustrado e não consigo nem imaginar o estresse pelo qual está passando nos últimos dias, mas você sabe que tem uma câmera apontada para você, não sabe? Eu acabei de ver você beber de uma garrafinha, e nós dois sabemos que não era refrigerante. Com todo respeito, eu conhecia Lila… — A menção à esposa no passado, que ele percebeu logo depois que saiu da boca, fez o coração de Clint parar um momento. Para ganhar tempo, ele limpou a garganta. — Eu conheço Lila um pouco melhor do que você, e é isso que eu acho que decepcionaria ela, o fato de que o policial principal dela está bebendo em serviço. Se coloque na minha posição. Você deixaria alguém que não tem jurisdição entrar na prisão, alguém sem os papéis certos, alguém que bebeu?

Eles viram Terry levantar as mãos e se afastar do interfone, andando em círculo. O homem botou um braço no ombro dele e falou.

Tig balançou a cabeça e riu.

— Você não devia ter se metido com medicina de prisão, doutor. Poderia estar rico vendendo coisas na HSN. Você jogou um vodu danado naquele cara agora. Ele vai precisar de terapia.

Clint se virou para os três guardas ali ao lado.

— Alguém conhece o outro cara? O grandão?

Billy Wettermore conhecia.

— É Frank Geary, o agente de controle de animais. Minha sobrinha ajuda com os animais de rua. Ela me disse que ele é legal, mas meio nervoso.

— Nervoso como?

— Ele não gosta de gente que não cuida dos animais ou maltrata. Tem um boato que ele deu uma surra em um caipira que torturou um cachorro ou um gato, sei lá, mas eu não apostaria meu dinheiro nisso. As fofocas de escola nunca foram confiáveis.

Estava na ponta da língua de Clint pedir para Billy Wettermore ligar para a sobrinha quando ele lembrou como era improvável que ela ainda estivesse acordada. A população feminina da prisão estava reduzida a um total de três: Angel Fitzroy, Jeanette Sorley e Eva Black. A mulher que ele tinha fotografado era uma detenta chamada Wanda Denker, que tinha estrutura corporal similar à de Evie. Denker havia apagado na noite de sexta. Antecipadamente, eles a tinham vestido com o uniforme com o número de identificação de Evie e a identidade de Evie presa na blusa vermelha. Clint ficou agradecido (e um pouco perplexo) de a equipe de quatro guardas que restavam ter concordado com o que ele estava fazendo.

Ele tinha dito que, como a história de Evie dormir e acordar era de conhecimento público, seria inevitável que alguém, provavelmente a polícia, aparecesse para buscá-la. Não tentou convencer Tig Murphy, nem Rand Quigley, Billy Wettermore e Scott Hughes da ideia de que Evie era um ser fantástico cuja segurança, e por extensão a segurança de todas as mulheres que existiam, dependia de Clint. Ele tinha muita confiança em sua habilidade de convencer uma pessoa a ver as coisas de outro jeito, estava fazendo exatamente isso havia quase duas décadas, mas essa era uma ideia que nem ele tentava vender. A abordagem que Clint usou com o restante dos guardas do Instituto Penal de Dooling era mais simples: eles não podiam entregar Evie para os cidadãos. Mais ainda, não podiam ser honestos com eles, porque assim que soubessem que Evie era diferente, só ficariam mais insistentes. Fosse qual fosse a questão de Evie, fosse qual fosse a imunidade que ela tinha, isso precisava ser descoberto por cientistas sérios do governo federal que soubessem o que estavam fazendo. Não importava que as autoridades da cidade tivessem um plano parecido em mente: fazer com que um médico a examinasse, interrogar sobre o passado dela e fazer todos os exames que se podia fazer em uma pessoa que parecia ter uma biologia única. E isso soava o.k.

Mas, como Terry poderia ter dito. *Mas*.

Ela era preciosa demais para se correr o risco, esse era o mas. Se eles entregassem Evie para as pessoas erradas e as coisas dessem errado, se alguém perdesse a cabeça e a matasse, talvez por pura frustração, talvez porque precisava de um bode expiatório, em que ela ajudaria as mães, esposas e filhas?

E eles podiam esquecer uma possível entrevista com Evie, Clint disse para seu (bem) pequeno contingente. Ela não podia ou não queria dizer nada para ninguém. Parecia não ter a mais remota ideia do que havia de tão especial em sua biologia. Além do mais, imune ou não, Eva Black era uma psicopata que tinha matado dois traficantes de metanfetamina.

— Alguém ainda poderia, sei lá, estudar o corpo dela e o DNA, não? — propusera Rand Quigley, esperançoso. — Mesmo se o cérebro dela fosse explodido? — Ele acrescentara rapidamente: — Só estou comentando.

— Tenho certeza de que poderiam, Rand — disse Clint —, mas você não acha que isso não é a melhor solução? Deve ser melhor se pudermos manter o cérebro dela na cabeça. Pode ser útil.

Rand concordou.

Enquanto isso, para benefício da situação, Clint estava fazendo ligações regulares para o Centro de Controle de Doenças. Como o pessoal de Atlanta não tinha atendido (as diversas ligações não deram em nada além de uma gravação ou do mesmo sinal de ocupado de quando a crise começou, na quinta-feira), ele estava discutindo a questão com uma filial do CDC que por acaso ficava localizada no segundo andar de uma casa vazia na Tremaine Street. O número era do celular de Lila, e Jared e Mary Pak eram os únicos cientistas na equipe.

— Aqui é Norcross de novo, do Instituto Penal de Dooling, em West Virginia — começou a brincadeira que Clint fazia repetidamente, com pequenas variações, para os ouvidos de seus funcionários que restavam.

— Seu filho está dormindo, sr. Norcross. — Foi assim que Mary atendeu à última ligação. — Posso matar ele?

— Negativo — disse Clint. — Black continua dormindo e acordando. Ainda é extremamente perigosa. Ainda precisamos que vocês venham buscá-la.

A sra. Pak e a irmã mais nova de Mary haviam adormecido na manhã de sábado, e o pai, que estava fora da cidade, ainda estava tentando voltar de Boston. Em vez de ficar em casa sozinha, Mary colocou a mãe e a irmã na cama e foi se juntar a Jared. Com os dois adolescentes, Clint foi sincero... na maior parte do tempo. Ele omitiu algumas coisas. Disse que havia uma mulher na prisão que dormia e acordava e pediu que eles participassem da história do CDC porque tinha medo de que a equipe desistisse e fosse embora se parecesse que ele não estava falando com ninguém e que nenhuma ajuda estava para chegar. As partes que ele deixou de fora eram sobre Evie: as coisas impossíveis que ela sabia e o acordo que tinha oferecido a ele.

— Minha urina é energético puro, sr. Norcross. Quando eu mexo os braços rápido, eles parecem rastros no ar... *que eu vejo*. Isso faz sentido? Ah, provavelmente não, mas sei lá, acho que pode ser a história da minha origem como super-heroína, e Jared está no saco de dormir perdendo toda a parte divertida. Vou ter que babar no ouvido dele se ele não acordar logo.

Essa era a parte em que Clint mostrava cada vez mais um pouco de irritação.

— Isso tudo é fascinante, e espero que vocês tomem as medidas necessárias, mas precisamos que venham buscar essa mulher e descobrir o que torna ela diferente. *Capisce?* Me ligue assim que tiver um helicóptero a caminho.

— Sua esposa está bem — disse Mary. A euforia dela diminuiu abruptamente. — Bom, nada diferente. Você sabe, igual. Descansando... hum... descansando com conforto.

— Obrigado — disse Clint.

Toda a estrutura lógica que ele havia construído estava tão bamba que Clint se perguntou o quanto Billy, Rand, Tig e Scotty realmente acreditavam naquilo e o quanto era o desejo de se dedicar a alguma coisa em meio a uma emergência tão amorfa que parecia saída de um pesadelo.

Além isso, havia outra motivação em jogo, simples, mas forte: o imperativo territorial. Na visão da pequena estrutura de proteção de Clint, a prisão era território deles, e os cidadãos não tinham que se meter nela.

Esses fatores permitiram que eles, ao menos por alguns dias, continuassem fazendo o trabalho a que estavam acostumados, ainda que com cada vez menos prisioneiras precisando de atenção. Encontraram conforto em fazer o trabalho em ambiente familiar. Os cinco homens se revezavam para dormir no sofá da sala de descanso dos guardas e cozinhar na cozinha da prisão. Também podia ter ajudado o fato de que Billy, Rand e Scott eram jovens e solteiros e que Tig, o mais velho do grupo, com vinte anos a mais, era divorciado sem filhos. Eles até pareceram aceitar, depois de reclamar um pouco, a insistência de Clint de que a segurança de todo mundo dependia do fim das ligações pessoais. E, da mesma forma, foram cúmplices da medida mais desagradável que ele foi obrigado a tomar: sob o pretexto de "regulamento de segurança emergencial", eles usaram tesouras de cortar metal para amputar os fones dos três telefones públicos disponíveis para uso das prisioneiras e privaram a população, no que podia muito bem ser seus últimos dias, de qualquer oportunidade de se comunicar com seus entes queridos.

Essa precaução levou a uma pequena rebelião na tarde de sexta, quando cinco ou seis prisioneiras partiram para a ala administrativa. Não foi bem uma rebelião; as mulheres estavam exaustas, e, exceto por uma detenta segurando uma meia cheia de pilhas descarregadas, não estavam armadas. Os quatro guardas rapidamente sufocaram a insurreição. Clint não se sentiu bem com isso, mas, pelo menos, o ataque serviu para aumentar a determinação dos guardas.

Quanto tempo os homens ficariam determinados, isso Clint não conseguia nem imaginar. Só esperava que eles pudessem ser persuadidos a continuar até ele conseguir fazer Evie mudar de ideia e cooperar de uma forma que fizesse sentido ou até o sol nascer na terça, na quarta ou na quinta, ou quando fosse e ela ficasse satisfeita.

Se o que ela alegava fosse verdade. Se não fosse...

Nesse caso, não importava. Porém, até não importar, ainda importava.

Clint se sentia bizarramente energizado. Muita coisa ruim tinha acontecido, mas pelo menos ele estava fazendo alguma coisa. Diferentemente de Lila, que tinha desistido.

Jared a havia encontrado na entrada de carros da sra. Ransom. Ela tinha se permitido adormecer no carro. Clint disse para si mesmo que não a culpava. Como poderia? Ele era médico. Entendia os limites do corpo. Quando se passava muito tempo sem dormir, a pessoa se fragmentava, perdia a noção do que era importante e o que não era, perdia a noção do que era real, se perdia. Ela tinha desmoronado, só isso.

No entanto, ele não podia desmoronar. Tinha que acertar as coisas, assim como havia feito com Lila antes de a Aurora a levar, ao insistir e convencê-la de que estava errada. Ele tinha que tentar resolver aquela crise, levar a esposa para casa, levar todas para casa. Tentar era a única coisa que restava.

Evie talvez pudesse acabar com tudo. Evie talvez pudesse acordar Lila. Talvez pudesse acordar todas. Clint talvez pudesse fazer com que ela desse ouvidos à razão. O mundo poderia voltar ao normal. Apesar de tudo que Clint sabia sobre a ciência da medicina, tudo que dizia que Evie Black era só uma louca com delírios de grandeza, muita coisa tinha acontecido para ele refutar completamente as alegações dela. Louca ou não, ela tinha poderes. Os ferimentos tinham cicatrizado em menos de um dia. Ela sabia coisas que não tinha como saber. Diferentemente de todas as mulheres do planeta, ela dormia e acordava.

Aquele homem grandalhão, Geary, enfiou os dedos pela cerca do portão da frente e experimentou sacudir. Em seguida, cruzou os braços e olhou para a tranca eletrônica do tamanho de uma luva de boxe.

Clint viu aquilo, reparou que Terry se afastou para chutar a terra na lateral da estrada e beber da garrafinha, e concluiu que poderia haver um problema sério a caminho. Talvez não muito longe.

Ele apertou o interfone.

— Oi. Estamos resolvidos? Terry? E Frank? Seu nome é Frank, não é? É um prazer conhecer você. Receberam a foto?

Em vez de responder, o novo policial e o xerife em exercício voltaram para a viatura, entraram e partiram. Frank Geary foi dirigindo.

5

Havia um mirante na metade do caminho entre a prisão e a cidade. Frank entrou nele e desligou o motor.

— Não é uma bela vista? — disse ele, com voz baixa e impressionada. — Parece até que o mundo está igual ao que era na semana passada.

Frank estava certo, pensou Terry, era uma vista linda. Eles viam até Ball's Ferry e além, mas não era hora de ficar admirando a paisagem.

— Hã, Frank? Eu acho que devíamos...

— Conversar? — Frank assentiu enfaticamente. — Era o que eu estava pensando. Minha interpretação é bem simples. Norcross pode ser psiquiatra ou o que for, mas o diploma de especialização dele deve ser em enrolação. Ele nos deu uma volta clássica, e vai continuar fazendo isso até nos recusarmos a aceitar.

— Acho que sim.

Terry estava pensando no que Clint tinha dito sobre beber no trabalho. Ele devia estar certo, e Terry estava disposto a admitir (ainda que só para si mesmo) que estava perto de estar bêbado agora. Porém, se sentia muito sobrecarregado. Ser chefe de polícia não era trabalho para ele. No que dizia respeito à lei, ele servia só para ser policial.

— O que precisamos aqui é de uma conclusão, xerife Coombs. Não só para nós, para todo mundo. Precisamos ter acesso à mulher na foto que ele enviou, precisamos cortar as teias no rosto dela e ter certeza de que é o mesmo rosto da mulher na foto da identidade. Se esse for o caso, podemos passar para o plano B.

— E qual é?

Frank enfiou a mão no bolso, pegou uma embalagem de chiclete e tirou um do papel.

— Não faço ideia.

— Cortar os casulos é perigoso — disse Terry. — Pessoas morreram.

— E isso só mostra como você tem sorte de ter um especialista certificado em controle animal na sua equipe. Já encarei alguns cachorros ferozes no trabalho, Terry, e uma vez fui chamado para cuidar de um urso muito puto da vida que conseguiu se enrolar em arame farpado. Para lidar com a sra. Black, vou usar meu maior cambão, o Tomahawk de três metros. De aço inoxidável. Tranca de molas. É só passar a corda em volta do pescoço antes de cortar aquela merda na cara dela e puxar o mais apertado possível quando ela começar a pular e surtar. Ela pode perder a consciência, mas não vai morrer. A coisa vai crescer de volta, e, quando crescer, ela vai estar dormindo de novo. Só precisamos dar uma olhada. Só isso. Uma olhada rápida.

— Se for ela e toda aquela falação for mentira, todo mundo vai ficar decepcionado — disse Terry. — Inclusive eu.

— Eu também. — Frank estava pensando em Nana, em como ainda devia um pedido de desculpas por puxar a blusa favorita dela. — Mas nós temos que saber. Você entende isso, não entende?

Terry entendia.

— Entendo.

— A questão é: como vamos fazer Norcross nos dar acesso? Nós podíamos juntar um destacamento policial, e talvez a gente tenha que fazer isso, mas seria um último recurso, você não acha?

— Acho. — Terry achava a ideia de um destacamento policial desagradável, quase de embrulhar o estômago. Na situação em que estavam, um destacamento policial podia muito bem virar uma horda agressiva.

— Nós poderíamos usar a esposa dele.

— Hã? — Terry ficou olhando para Frank. — Lila? Como é?

— Oferecer uma troca — disse ele. — Você nos dá Eva Black, nós damos sua esposa.

— Por que ele aceitaria isso? — perguntou Terry. — Ele sabe que nós nunca faríamos mal a ela. — Como Frank não respondeu, Terry o segurou pelo ombro. — Nós nunca faríamos mal a ela, Frank. Nunca. Você entendeu isso, né?

Frank se soltou.

— Claro que entendi. — Ele deu um sorriso para Terry. — Estou falando de blefe. Mas é um blefe no qual ele poderia acreditar. Estão queimando casulos em Charleston. É só pânico motivado pelas redes sociais, eu sei, mas muita gente acredita. E Norcross pode acreditar que *nós* acreditamos. Além disso… ele tem um filho, né?

— É. Jared. Garoto legal.

— *Ele* pode acreditar. Pode querer ligar para o pai e dizer para ele entregar Black.

— Porque vamos ameaçar queimar a mãe dele como um mosquito em uma lâmpada de matar insetos? — Terry não conseguia acreditar nas palavras que estava se ouvindo dizer. Não era surpresa estar bebendo no trabalho. Esse era o tipo de discussão que ele estava sendo obrigado a ter.

Frank mascou o chiclete.

— Não estou gostando — disse Terry. — Ameaçar botar fogo na xerife. Não estou gostando nem um pouco.

— Eu também não — disse Frank, e era verdade. — Mas momentos de desespero às vezes pedem medidas desesperadas.

— Não — disse Terry, e por um momento não se sentiu bêbado. — Mesmo se um dos grupos encontrar ela, a resposta é não. E, porra, até onde sabemos, ela ainda está acordada. Chutou o balde e foi embora da cidade.

— Deixou o marido e o filho? Deixou o *emprego*, com as coisas estranhas como estão? Você acredita nisso?

— Provavelmente não — disse Terry. — Uma das equipes vai acabar encontrando ela, mas usar Lila assim não vai rolar. Policiais não fazem ameaças e nem fazem reféns.

Frank deu de ombros.

— Mensagem recebida. Foi só uma ideia. — Ele se virou para olhar para fora pelo para-brisa, ligou o motor e levou a Unidade Quatro para a estrada. — Alguém foi à casa dos Norcross procurar?

— Reed Barrows e Vern Rangle ontem. Ela e Jared sumiram de lá. A casa está vazia.

— O garoto também — disse Frank, pensativo. — Cuidando dela em algum lugar, talvez? Pode ter sido ideia do psiquiatra. Ele não é burro, isso eu tenho que admitir.

Terry não respondeu. Parte dele achava que tomar outro gole era má ideia, mas parte dele achava que mais um não faria mal. Ele pegou a garrafinha no bolso, tirou a tampa e ofereceu a Frank primeiro, o que foi só educação, já que a garrafinha era dele.

Frank sorriu e balançou a cabeça.

— Não enquanto eu estiver dirigindo, amigo.

Cinco minutos depois, quando eles estavam passando pelo Olympia Diner (a placa na frente não tentava mais atrair os passantes com promessa de torta de amora; agora, dizia REZANDO POR NOSSAS MULHERES), uma coisa que o psiquiatra tinha dito pelo interfone voltou à cabeça de Frank. *Como Hicks pulou fora na sexta de manhã, sou o único funcionário administrativo que esta prisão tem.*

Suas mãos enormes apertaram o volante, e o carro oscilou. Terry, que estava cochilando, acordou de repente.

— O quê?

— Nada — disse Frank.

Ele estava pensando em Hicks. Querendo saber o que Hicks sabia. Perguntando-se o que Hicks tinha *visto*. Porém, por enquanto, ele guardaria essas perguntas só para si.

— Está tudo bem, xerife. Está tudo bem.

6

O que irritava Evie no jogo eram as estrelas azuis. Triângulos multicoloridos, estrelas e esferas chamejantes desciam pela tela. Era preciso juntar quatro esferas chamejantes para explodir uma estrela azul cintilante. Outras formas brilhavam e desapareciam se cadeias fossem formadas, mas as estrelas azuis cintilantes pareciam feitas de um material quase inquebrável que só a força incendiária das esferas chamejantes conseguia destruir. O nome do jogo era, por nenhum motivo que Evie conseguisse compreender, *Boom Town*.

Ela estava no nível 15, quase morrendo. Uma estrela rosa apareceu, depois um triângulo amarelo, e então (finalmente, puta que pariu!) uma esfera chamejante, que Evie tentou deslizar para a esquerda junto a uma pilha de três esferas chamejantes que ela já tinha reunido junto a uma estrela azul travando aquela parte da tela. Porém, veio um triângulo verde mortal, e foi o fim.

"DESPULPE! VOCÊ MORREU!", proclamava uma mensagem que piscava na tela.

Evie grunhiu e jogou o celular de Hicks no canto da cama. Queria o máximo de distância possível da coisa maligna. Claro que o jogo acabaria sugando-a de volta. Evie tinha visto dinossauros; tinha olhado para as grandes florestas americanas pelos olhos de um pombo passageiro. Tinha surfado até o sarcófago de Cleópatra em um canal de areia do deserto e acariciado o rosto morto da gloriosa rainha com pernas de besouro. Um dramaturgo, um inglês inteligente, tinha escrito um discurso divertido, ainda que não totalmente preciso, sobre Eva uma vez. *É a parteira das fadas, que o tamanho/ não chega a ter de uma preciosa pedra/ no dedo indicador de alta pessoa./ Viaja sempre puxada por parelha da pequeninos átomos/ que pousam de través no nariz dos que dormitam...*

Como ser encantado, o nível 15 de *Boom Town* não devia ser o melhor de que ela era capaz.

— Sabe, Jeanette, dizem que o mundo natural é cruel e burro, mas aquela maquininha... aquela maquininha sozinha é uma discussão muito boa de que a tecnologia é bem pior. Eu diria que a tecnologia é a *verdadeira Boom Town*.

7

Jeanette estava ali perto, andando pelo corredor curto da Ala A. Agora parecia que ela era a chefe das detentas funcionárias. Também era a única, mas Jeanette prestara atenção nas sessões de aconselhamento de carreira sobre a vida após a prisão: quando escrevendo seu currículo, cabia a você explorar ao máximo suas realizações e deixar a pessoa que estava contratando decidir o que era e o que não era importante. O título era dela.

Enquanto os quatro guardas que restavam andavam pelas alas B e C e ficavam de olho nos arredores da prisão, o dr. Norcross perguntou se ela se importaria de ficar de olho nas outras duas detentas sempre que ele precisasse sair.

— Tudo bem — disse Jeanette. — Eu não estou ocupada. Parece que a fábrica de móveis está parada.

Era bom ter trabalho; mantinha sua mente ocupada.

Ela seguiu em frente. Na frente dela, a janela coberta de três placas de arame na parede oeste mostrava uma manhã cinzenta. Havia água na pista de corrida e os campos pareciam um pântano.

— Eu nunca gostei de jogos — disse Jeanette. Ela demorou um tempo para pensar na resposta para Evie. Estava acordada havia noventa e seis horas.

— Mais prova da sua excelente personalidade, minha querida — respondeu Evie.

Angel, na cela vizinha, entrou na discussão.

— Excelente personalidade? *Jeanette?* Poooorra. Ela matou a porra do marido, sabe. Furou ele. Nem usou faca, como uma pessoa normal faria. Fez com uma chave de fenda. Não foi, Jeanette? — A Angel rapper tinha sumido; a Angel caipira estava de volta. Jeanette achou que ela estava cansada demais para fazer rimas. Isso era bom. Na média, a Angel caipira era menos irritante e mais (Jeanette lutou para encontrar a palavra)... mais autêntica.

— Eu sei disso, Angel. E dou crédito a ela por isso.

— Queria que ela tivesse me deixado matar você — disse Angel. — Acho que eu teria alcançado sua jugular com os dentes. Acho que teria. — Ela fez um zumbido. — Sei que teria.

— Quer usar um pouco o celular, Angel? Jeanette, se eu der a você o celular pela abertura da bandeja, você pode entregar para Angel? — O tom de Evie era conciliatório.

Diziam que aquela mulher bonita na cela acolchoada era bruxa ou demônio. Mariposas tinham saído de sua boca; Jeanette viu. O que quer que Evie fosse, parecia que ela não era imune às provocações de Angel.

— Aposto que eu poderia fazer você engolir esse celular — disse Angel.

— Aposto que não — respondeu Evie.

— Que sim.

Jeanette parou em frente à janela, colocou a mão no vidro e ficou encostada ali. Não queria fantasiar sobre dormir, não conseguia parar de fantasiar sobre isso.

Claro que havia prisões até no sono; Jeanette, em muitas ocasiões, tinha esperado para poder sair de uma cela de sonho, tão entediada quanto em todas as vezes que esperou na vida real para sair da cela real. Porém, o sono também era uma praia, e as ondas a limpavam todas as noites, todas as pegadas, fogueiras, castelos de areia, latas de cerveja e lixo; essas ondas limpadoras retiravam quase todos os rastros das profundezas. O sono também era Bobby. Ele a encontrou em uma floresta que cresceu por cima das ruínas do mundo velho e mau, e tudo ficou melhor.

Ree estaria em seu sono, em seus sonhos? Damian estava, então por que não Ree? Ou o sono que vinha com os casulos era sem sonhos?

Jeanette se lembrava, em alguns dias, de acordar se sentindo muito jovem, forte e saudável. "Me sinto capaz de fazer qualquer coisa!", ela às vezes dizia para Bobby quando ele era pequeno. Não conseguia imaginar se sentir dessa forma agora, nem nunca mais.

Quando era recém-nascido, Bobby deu a ela umas noites difíceis. "O que você quer?", ela perguntava a ele. Ele só chorava e chorava. Jeanette imaginava que ele não sabia o que queria, mas esperava que a mãe talvez soubesse e resolvesse para ele. Essa era a parte dolorosa da maternidade, não poder resolver o que não dava para entender.

Jeanette se perguntou se *conseguiria* dormir agora. E se ela tivesse quebrado o... osso do sono? Rompido o músculo do sono? O tendão do sono? Seus olhos pareciam terrivelmente secos. A língua parecia grande demais. Por que ela não se entregava?

Simples. Porque ela não queria.

Ela tinha se entregado a Damian e tinha se entregado às drogas, e sua vida acabou sendo exatamente como todo mundo dizia que seria. Ela não se entregaria àquilo. Era assim que esperavam que fosse.

Ela contou até sessenta, se perdeu nos quarenta e poucos, voltou para o um e, na segunda vez, chegou aos cem. Ela chutou e fez gol. *Vamos ao videoteipe!* Como era o nome do cara, o do videoteipe? O dr. Norcross lembraria.

Jeanette estava virada para a parede leste, onde a porta de metal do chuveiro levava à área de remoção de piolhos. Ela andou até a porta, direita-esquerda, direita-esquerda. Um homem agachado no chão, colocando brotos de erva em um cigarro de papel. Atrás dela, Angel estava explicando para Evie como arrancaria a pele dela, como tiraria os olhos, fritaria com cebola e comeria, a cebola dá gosto a qualquer coisa podre. E dali em diante, mais falação, sotaque e entonação, raiva-raiva-raiva, caipira-caipira-caipira. Nesse ponto, a não ser que Jeanette realmente se concentrasse, a conversa, qualquer coisa que qualquer um dissesse, parecia rádio em volume baixo. Ela ficava esperando ouvir um número 0800.

— Sabe, Angel, acho que não vou dividir meu joguinho *Boom Town* com você, não — disse Evie, e Jeanette foi da direita para a esquerda, da direita para a esquerda, prestando atenção nos recados de cores diferentes no quadro de avisos ao lado do dispensador de álcool gel, as palavras borradas demais para ela ler, mas sabendo que eram listas de serviços de igreja, reuniões do AA, aulas de artesanato e lembretes de regras. Em um pedaço de papel, uma duende dançava em cima das palavras ESTOU NA LISTA DE BOM COMPORTAMENTO! Jeanette parou e lançou um olhar para o local onde o homem estava agachado. Não tinha ninguém.

— Oi! Ei! Pra onde você foi?

— Jeanette? Você está bem?

— Aham. — Jeanette olhou para a porta da cela de Evie. A mulher estranha estava junto às grades. Estava com uma expressão melancólica, uma expressão de obviedade, como se fazia quando se tinha esperanças que sabia não serem realistas, e realmente, a vida fazia o que fazia com as esperanças não realistas. Era o rosto que os bebês faziam quando um gato os arranhava, imediatamente antes de começarem a chorar.

— Eu só achei que… tinha visto alguém.

— Você está começando a ter alucinações. É o que acontece com quem não dorme. Você devia dormir, Jeanette. Vai ser mais seguro se você estiver dormindo quando os homens vierem.

Jeanette balançou a cabeça.

— Eu não quero morrer.

— E não vai. Você vai dormir e vai acordar em outro lugar. — O rosto de Evie se iluminou. — E vai estar livre.

Quando o assunto era Evie, Jeanette não conseguia pensar direito. Ela parecia maluca, mas não maluca como qualquer outra pessoa que Jeanette tivesse conhecido no Instituto Penal de Dooling. Algumas pessoas loucas estavam tão próximas de explodir que quase dava para ouvir o tique-taque. Angel era assim. Evie parecia diferente, e não só por causa das mariposas. Evie parecia inspirada.

— O que você sabe sobre liberdade?

— Eu sei tudo sobre liberdade — disse Evie. — Devo dar um exemplo?

— Se quiser. — Jeanette arriscou outra olhada ao local onde o homem estava sentado. Não tinha ninguém lá. Ninguém.

— Há criaturas nas profundezas da terra, bem abaixo dos detritos das montanhas que os mineradores de carvão destruíram, criaturas sem olhos que são mais livres do que você já foi na vida. Porque elas vivem como querem, Jeanette. Elas se realizam na escuridão. Elas são tudo o que querem ser. — Evie repetiu essa última parte, enfatizando-a. — *Elas são tudo o que querem ser.*

Jeanette se imaginou em uma escuridão quente embaixo da superfície da terra. Minerais cintilavam em volta dela em constelações. Ela se sentia pequena e segura.

Uma coisa fez cócegas em sua bochecha. Ela abriu os olhos e afastou o fio de teia que começou a crescer da pele. Cambaleou. Não tinha nem percebido que tinha fechado os olhos. Na frente dela, a menos da metade do comprimento da sala, estava a parede: o quadro de avisos, a porta do chuveiro, o dispensador de álcool gel, blocos de cimento. Jeanette deu um passo, e outro.

Ali estava o homem. Ele estava de volta, agora fumando o baseado que tinha enrolado. Jeanette não olharia para ele. Não se entregaria. Só tocaria a parede, se viraria e andaria até a outra parede, e não se entregaria. Jeanette Sorley ainda não estava pronta para ser encasulada.

Eu aguento mais um tempo, pensou ela. *Eu aguento mais um tempo. Pode ver.*

8

Todas as viaturas estavam ocupadas, então Don Peters e o garoto que era seu parceiro percorreram as ruas de subúrbio ao sul da escola de ensino médio na Dodge Ram de Don. Não tinha insígnia oficial, o que era decepcionante (Don planejava cuidar disso mais tarde, talvez comprar letras adesivas na loja de material de construção), mas havia uma luz azul a pilha no painel, girando lentamente, e ele estava usando o uniforme de guarda da prisão. O garoto não tinha nenhum tipo de uniforme, claro, só uma camisa azul lisa com um distintivo nela, mas a Glock no quadril dele exibia toda a autoridade adicional de que precisava.

Eric Blass só tinha dezessete anos, tecnicamente quatro anos jovem demais para estar na força policial. Porém, Don achava que o garoto tinha o que era necessário. Tinha chegado ao segundo ranking mais alto dos escoteiros com mérito em tiro ao alvo antes de desistir do programa de escotismo no ano anterior. ("Veadinhos demais", dissera Blass, ao que Don respondeu: "Só posso concordar, Júnior".) Além do mais, o garoto era engraçado. Ele inventou um jogo para fazer o tempo passar mais rápido. Era chamado Mulheres Zumbis. Don tinha o lado esquerdo da rua porque estava dirigindo; o de Eric era o direito. Eles ganhavam cinco pontos por mulheres velhas, dez por mulheres de meia-idade, quinze por crianças (não tinha mais quase nenhuma dessas no sábado, nenhuma naquele dia) e vinte por gostosas. Blass estava ganhando, oitenta a cinquenta e cinco, mas quando eles entraram na St. George Street, isso começou a mudar.

— Gostosa à esquerda, duas horas — disse Don. — Isso me deixa com setenta e cinco pontos. Estou te alcançando, Júnior.

O garoto, no banco do passageiro, se inclinou para a frente para observar a mulher meio jovem andando pela rua de short de lycra e top esportivo. A cabeça estava baixa, o cabelo suado estava balançando para a frente e para trás. Talvez ela estivesse tentando correr, mas o melhor que conseguia era um trote desajeitado.

— Peitos moles e bunda mole — disse Eric. — Se é isso que você chama de gostosa, tenho pena de você.

— Ah, caramba, tudo bem, admito a minha culpa — disse Don, rindo. — Tudo bem, como não dá para ver a cara dela, que tal eu ficar com quinze pontos?

— Tudo bem por mim — disse Eric. — Dá uma buzinada.

Quando eles passaram pela mulher cambaleante, Don apertou a buzina. A mulher levantou a cabeça (o rosto não era feio, na verdade, exceto pelos círculos roxos grandes embaixo dos olhos fundos) e tropeçou. O pé esquerdo prendeu no tornozelo direito e ela se estatelou na calçada.

— Ela *caiu*! — gritou Eric. — A mulher *caiu*! — Ele inclinou o pescoço para olhar para trás. — Mas espera, ela está se levantando! Não está nem esperando a contagem! — Ele começou a cantarolar o tema de *Rocky* soprando pelos lábios.

Don olhou pelo retrovisor e viu a mulher se levantar, trêmula. Os joelhos estavam ralados e o sangue escorria pelas canelas. Ele achou que ela ia mostrar o dedo do meio, a adolescente para quem eles buzinaram depois do começo do turno tinha feito isso, mas a mulher zumbi nem olhou em volta, só continuou andando trôpega na direção do centro.

Don disse:

— Você viu a cara dela?

— Impagável — disse Eric, e levantou a mão.

Don bateu na mão dele.

Eles tinham uma lista de ruas para percorrer, escrita em um caderno onde anotaram os endereços das casas onde havia mulheres adormecidas, junto com o nome delas e alguma espécie de identificação. Se as casas estivessem trancadas, eles podiam arrombar, o que foi divertido no começo. Don também gostava de lavar as mãos com sabonetes diferentes em banheiros diferentes, e a variedade de estilos e cores de calcinhas nas gavetas de roupas íntimas das mulheres de Dooling era um assunto que pedia seu estudo havia tempo. Porém, emoções baratas passavam rápido. Não era ação de verdade. Sem uma bunda para preenchê-las, as calcinhas perderam a graça logo. No fim das contas, ele e Júnior não passavam de agentes do censo.

— Aqui *é* a Ellendale Street, não é? — perguntou Don quando parou a Ram no meio-fio.

— É, sim, El Commandante. Os três quarteirões.

— Bom, vamos andar, parceiro. Vamos procurar as vagabundas e escrever o nome delas. — Mas antes que Don pudesse abrir a porta do motorista, Eric segurou o braço dele. O novato estava olhando para um terreno baldio entre a Ellendale e a escola de ensino médio.

— Quer se divertir um pouco, chefe?

— Sempre estou a fim de diversão — disse Don. — É meu sobrenome. O que você tem em mente?

— Você já botou fogo em algum?

— Casulo? Não. — Mas Don tinha visto imagens na televisão, um vídeo de celular de dois caras de máscara de hóquei acendendo um fósforo e botando fogo em um. O noticiário chamava caras como esses de "Brigadas do Maçarico". O casulo no vídeo pegou fogo como uma fogueira encharcada de gasolina. *Whoosh!*

— Você já?

— Não — disse Eric —, mas eu ouvi falar que eles queimam rapidinho.

— O que você tem em mente?

— Tem uma mulher sem-teto que mora ali. — Eric apontou. — Se quiser chamar isso de morar, claro. Não é bom pra ela e nem pra ninguém. Nós poderíamos dar um foguinho pra ela. Só pra ver como é, sabe. Ninguém sentiria falta dela mesmo. — Eric de repente pareceu inquieto. — Claro que, se você não quiser…

— Eu não sei se quero ou não — disse Don. Era mentira. Ele queria, sim. Só de pensar, ele ficou com certo tesão. — Vamos dar uma olhada nela e decidir. Podemos olhar a Ellendale depois.

Eles saíram do carro e seguiram para o terreno baldio cheio de mato onde ficava o abrigo da Velha Essie. Don tinha um isqueiro Zippo. Ele tirou do bolso e começou a abrir e fechar, abrir e fechar.

2

1

As mulheres começaram a chamar de "lugar novo" porque não era mais Dooling, ao menos não a Dooling que elas conheciam. Mais tarde, quando começaram a perceber que poderiam ficar ali por muito tempo, começaram a chamar de Nosso Lugar.

O nome pegou.

2

A carne tinha gosto do fluido de isqueiro que era usado para acender o carvão velho do porão da sra. Ransom, mas elas comeram toda a perna que Lila tinha arrancado do corpo do lince no qual havia atirado com a arma de serviço e retirado da piscina fétida.

— Nós somos esquisitas — disse Molly naquela primeira noite, lambendo a gordura dos dedos e pegando outro pedaço. Ser esquisita não parecia algo ruim para ela.

— Isso mesmo, querida — disse a avó dela —, mas não posso mentir que essa comida está bem gostosa. Me passa outro pedaço, senhora xerife.

Elas tinham se abrigado nos restos da casa da sra. Ransom, sem experimentar nada das comidas enlatadas na despensa porque Lila estava com medo de botulismo. Elas se alimentaram por duas semanas basicamente de frutas silvestres que colheram dos arbustos do antigo bairro de subúrbio e de pequenas espigas de milho selvagem, duro e quase sem gosto, mas pelo menos comestível. Maio era muito cedo para frutas silvestres e para milho, mas elas encontraram ambos mesmo assim.

Disso Lila tirou uma conclusão, incerta no começo, mas ficando cada vez mais sólida: a versão de Dooling onde elas estavam se movia em um ritmo diferente de tempo da Dooling onde elas tinham estado antes. O tempo parecia o mesmo, mas não era. A sra. Ransom confirmou que tinha ficado sozinha por vários dias até Molly aparecer. As horas no lugar antigo (antes?) eram dias no novo (agora?). Talvez mais do que dias.

Essa preocupação com fluxos de tempo diferentes ocupava Lila nos minutos antes de o sono a levar. Muitos dos lugares onde elas dormiam ficavam a céu aberto — árvores caídas abriram buracos em alguns telhados, o vento tinha arrancado outros —, e Lila piscava para as estrelas enquanto adormecia. As estrelas eram as mesmas, mas a intensidade do brilho era chocante. Eram fagulhas brancas e quentes. Era real aquele mundo sem homens? Era o paraíso? O purgatório? Um universo alternativo em um fluxo temporal alternativo?

Mais mulheres e crianças chegaram. A população começou a crescer rapidamente, e apesar de Lila não querer o trabalho, ela se viu no comando. De forma automática, ao que parecia.

Dorothy Harper, do Comitê Curricular, e as amigas dela, três mulheres alegres de cabelos brancos, na casa dos setenta anos, que se apresentaram como amigas do clube do livro, surgiram da floresta que cresceu em volta de um condomínio. Elas mimaram bastante Molly, que adorava ser mimada. Janice Coates chegou caminhando pela Main Street, com uma folha presa no permanente destruído, acompanhada de três mulheres com uniforme da prisão. Janice e as três antigas detentas (Kitty McDavid, Celia Frode e Nell Seeger) precisaram abrir caminho pelo mato para sair do Instituto Penal de Dooling.

— Boa tarde, moças — disse Janice depois de abraçar Blanche McIntyre e Lila. — Perdoem nossa aparência. Acabamos de fugir da cadeia. Agora, qual de vocês furou o dedo em uma roca e criou essa confusão?

Algumas das residências antigas estavam habitáveis e recuperáveis. Outras estavam absurdamente tomadas de mato ou desmoronadas, ou as duas coisas. Na Main Street, elas olharam de queixo caído para a escola de ensino médio, que já era um prédio ultrapassado na antiga Dooling. Nessa nova, estava literalmente partido ao meio, cada metade da estrutura caída em direções opostas, e com aberturas entre os tijolos irregulares. Pássaros pousavam no linóleo das salas de aula que se projetavam para o alto. O prédio municipal, que incluía a prefeitura e a delegacia, estava meio desmoronado. Havia um buraco aberto na Malloy. Tinha um carro no fundo, submerso até o para-brisa em água da cor de café.

Uma mulher chamada Kayleigh Rawlings se juntou à colônia e ofereceu sua experiência como eletricista. Não era surpresa para a antiga diretora, que sabia que Kayleigh tinha feito curso profissionalizante para aprender sobre fiações e voltagens. O fato de Kayleigh e seus estudos terem saído de dentro do Instituto Penal de Dooling não era problema. A mulher não havia cometido nenhum crime no lugar novo, debaixo daquelas estrelas brilhantes demais.

Kayleigh conseguiu ressuscitar um gerador movido a energia solar ligado no que já tinha sido a casa de um médico rico, e elas cozinharam coelho no fogão elétrico dele e ouviram discos velhos no jukebox Rock-Ola vintage.

À noite, elas conversavam. A maioria das mulheres tinha passado pela mesma experiência, como Lila na viatura na entrada da casa da sra. Ransom, de despertar no lugar onde tinham adormecido. Porém, algumas outras se lembravam de perceber que estavam no escuro, sem ouvir nada além de vento, canto de pássaros e talvez vozes distantes. Quando o sol nasceu, essas mulheres abriram caminho para oeste pela floresta e chegaram ou em Ball's Hill Road ou em West Lavin. Para Lila, a imagem que elas ofereceram dos primeiros momentos era de um mundo se formando, como se as cercanias da existência delas fosse um ato de imaginação coletiva. Ela pensou que isso era tão provável quanto qualquer outra ideia.

3

Um dia atrás do outro, uma noite atrás da outra. Exatamente quantos desde o primeiro dia, ninguém sabia ao certo, mas semanas, certamente, e depois meses.

Um grupo de caça e coleta foi formado. Havia muitos animais, principalmente cervos e coelhos, assim como muitas frutas selvagens, legumes e verduras. Elas nunca chegaram perto de passar fome. Havia um grupo agricultor, um grupo construtor, um grupo de cuidados com saúde e um grupo educador para dar aulas às crianças. Cada manhã, uma garota diferente parava na frente da escolinha e tocava um sino. O som se espalhava por quilômetros. Mulheres ensinavam; algumas das garotas mais velhas também.

Nenhum vírus as infectou, mas houve muitos casos de urticária para resolver, além de muitos cortes e machucados, até mesmo ossos quebrados resultantes dos perigos inerentes de estruturas havia muito abandonadas — beiradas afiadas, desabamentos e armadilhas escondidas. Se aquele mundo fosse um fruto da imaginação, Lila às vezes pensava quando estava adormecendo, era incrivelmente forte se era capaz de fazer as pessoas sangrarem.

No porão da escola, onde uma variedade de mofo fez a festa nos arquivos cheios de transcrições com décadas de idade, Lila descobriu um mimeógrafo que não devia ser usado desde os anos 1960. Estava bem embalado em uma caixa de plástico. Algumas das antigas detentas da prisão acabaram se mostrando incrivelmente talentosas. Elas ajudaram Molly Ransom a fazer tinta a partir de groselha do pântano, e a garota criou um jornal de uma folha só chamado *Feitos de Dooling*. A primeira manchete foi ESCOLA REABRE!, e ela citou Lila Norcross por ter dito: "É bom ver as crianças voltando à rotina". Molly perguntou a Lila qual era seu título, Chefe de Polícia de Dooling ou simplesmente xerife. Lila disse para chamá-la só de "uma cidadã".

E havia as Reuniões. Elas aconteciam uma vez por semana, no começo, depois duas, e duravam uma ou duas horas. Apesar de acabarem sendo extremamente importantes para a saúde e o bem-estar das mulheres que moravam em Nosso Lugar, elas começaram a acontecer quase por acidente. As primeiras presentes foram as senhoras que se intitulavam o Clube do Livro da Primeira Quinta-feira, no mundo antigo. No novo, elas se reuniam no supermercado Shopwell, que estava incrivelmente bem preservado. E elas tinham assunto suficiente para conversar mesmo sem um livro como tópico. Blanche, Dorothy e Margaret e Gail, que eram irmãs, se sentavam em cadeiras dobráveis na frente do mercado e conversavam sobre todas as coisas de que sentiam falta. Isso incluía café fresco e suco de laranja, ar-condicionado, televisão, coleta de lixo, internet e poder pegar o telefone e ligar para uma amiga. Porém, mais do que tudo, e todas concordavam com isso, elas sentiam falta dos homens. Mulheres mais jovens começaram a chegar e foram bem recebidas. Elas conversavam sobre os vazios em suas vidas, lugares que antes eram ocupados por filhos, sobrinhos, pais, avôs... e maridos.

— Quero dizer uma coisa — disse Rita Coombs em uma reunião perto do final do primeiro verão, e àquela altura já havia quase cinquenta mulheres presentes. — Pode ser franqueza demais para algumas de vocês, mas não ligo. Sinto falta de uma boa trepada de sexta à noite. Terry era rápido demais no gatilho no começo do nosso relacionamento, mas quando treinei bem, ele era bom. Tinha noites em que eu conseguia ter dois pequenos e um grande antes de ele disparar a arma. E depois? Eu dormia como um bebê!

— Seus dedos não funcionam? — perguntou alguém, gerando gargalhadas generalizadas.

— Funcionam, sim! — retorquiu Rita. Ela também estava rindo, as bochechas vermelhas como maçãs. — Mas querida, *não* é a mesma coisa!

Isso gerou uma salva de palmas entusiasmadas, mas algumas mulheres, como Candy, a esposa retraída de Fritz Meshaum, por exemplo, se abstiveram.

As duas grandes perguntas surgiram, claro, de cem maneiras diferentes. Primeiro, como elas tinham ido parar ali, em Nosso Lugar? E por quê?

Foi magia? Foi um experimento científico que deu errado? Foi desejo de Deus?

A continuação da existência delas era recompensa ou punição?

Por que elas?

Kitty McDavid era oradora frequente quando a discussão assumia essa direção; a lembrança do pesadelo que havia tido na véspera da Aurora, com a figura escura que ela reconheceu como uma rainha e as teias que fluíram do cabelo, permanecia vívida, ainda a assombrando.

— Não sei o que fazer, se devo rezar por perdão ou o quê — disse ela.

— Ah, que se foda — aconselhou Janice Coates. — Você pode fazer o que quiser, já que o papa não está aqui para criar regras, mas eu vou continuar fazendo o melhor que posso. O que mais há para fazer, sinceramente, que sabemos que pode fazer diferença? — Isso também agradou em massa.

No entanto, a pergunta "Que porra aconteceu?" era renovada toda hora. Sem satisfação duradoura.

Em uma Reunião (foi pelo menos meio ano depois do que Janice Coates gostava de chamar de Grande Deslocamento), uma nova frequentadora chegou e se acomodou em um saco de vinte e cinco quilos de fertilizante nos fundos do salão. Ela manteve a cabeça baixa durante a discussão animada da vida como era agora e da notícia de uma descoberta maravilhosa no escritório da transportadora UPS: nove caixas de Lunapads, que eram absorventes reutilizáveis.

— Chega de cortar camisetas para enfiar na calcinha naquela época do mês! — disse Nell Seeger, exultante. — Aleluia!

Perto do final da Reunião, a conversa se desviou, como sempre acontecia, para as coisas das quais elas sentiam falta. Essas discussões quase sempre geravam lágrimas pelos meninos e homens, mas a maioria das mulheres dizia que se sentia ao menos temporariamente sem um peso nas costas. Aliviadas.

— Nós terminamos, moças? — perguntou Blanche nesse dia em particular. — Alguém tem um desejo ardente a compartilhar antes de voltarmos ao trabalho?

Uma mão pequena se levantou, os dedos sujos de várias cores diferentes de giz.

— Sim, querida — disse Blanche. — Você é nova, não é? E muito pequena! Você pode ficar de pé?

— Bem-vinda — disseram as mulheres em coro, virando-se para olhar.

Nana Geary se levantou. Limpou as mãos na frente da camiseta, que agora estava muito gasta e rasgada nas mangas... mas ainda era a favorita dela.

— Minha mãe não sabe que estou aqui — disse ela —, e espero que ninguém conte.

— Querida — disse Dorothy Harper —, aqui é como Vegas. O que acontece na Hora das Mulheres fica na Hora das Mulheres.

Isso gerou um murmúrio de gargalhadas, mas a garotinha com camiseta rosa desbotada nem sorriu.

— Eu só quero dizer que sinto falta do meu pai. Eu entrei na Pearson's Drug e encontrei a loção pós-barba que ele usa, o nome é Drakkar Noir, e senti o cheiro e comecei a chorar.

A parte da frente do supermercado ficou em silêncio mortal, com exceção de algumas fungadas. No fim das contas, Nana não tinha sido a única a visitar as prateleiras de loção pós-barba na Pearson's Drug.

— Acho que é só isso — disse Nana. — Só que... eu sinto falta dele e queria poder ver ele de novo.

Elas a aplaudiram.

Nana se sentou e cobriu o rosto com as mãos.

4

Nosso Lugar não era uma utopia. Havia lágrimas, mais do que algumas discussões, e, durante o primeiro verão, houve um assassinato seguido de suicídio que chocou a todas, principalmente porque não fazia sentido. Maura Dunbarton, outra refugiada do Instituto Penal de Dooling do mundo anterior, estrangulou Kayleigh Rawlings e tirou a própria vida. Foi Coates quem chamou Lila para ver.

Maura estava pendurada em uma forca amarrada na barra enferrujada de um balanço de quintal. Kayleigh foi descoberta no quarto que elas compartilhavam, morta no saco de dormir, com o rosto cinzento e a esclera dos olhos abertos coberta de hemorragias. Ela foi estrangulada e esfaqueada mais de dez vezes. Maura deixou um bilhete, rabiscado em um pedaço de envelope.

O mundo está diferente, mas eu sou a mesma. Vocês vão ficar melhor sem mim. Eu matei Kayleigh sem motivo. Ela não me irritou nem iniciou nada. Eu ainda amava ela, como na prisão. Sei que ela era útil para vocês. Não consegui me controlar. Fiquei com vontade de matar ela e matei. Me arrependi. — Maura

— O que você acha? — perguntou Lila.

— Acho que é um mistério, como tudo aqui. Acho uma pena que, na hora de a escrota maluca matar alguém, tenha escolhido a única em Nosso Lugar que sabia ligar fios e montar um circuito. Agora sobe e corta a corda enquanto eu seguro as pernas dela.

Coates se aproximou e, sem cerimônia, passou os braços pelas pernas curtas de Maura Dunbarton. Ela olhou para Lila.

— Anda logo, vai, não me deixa esperando. Pelo cheiro, parece que ela cagou na calça. O suicídio é tão glamouroso.

Elas enterraram a assassina e sua vítima infeliz em frente à cerca frouxa que envolvia a prisão. Já era verão de novo, iluminado e quente, com insetos pulando pela grama. Coates falou algumas palavras sobre a contribuição de Kayleigh à comunidade e o ato intrigante de homicídio de Maura. Um coral de crianças cantou "Amazing Grace". A voz das garotinhas fez Lila chorar.

Ela tinha ido buscar várias fotos de Jared e Clint em casa e às vezes ia às Reuniões, mas, com o passar do tempo, o filho e o marido começaram a parecer menos reais. À noite, na barraca (Lila preferia acampar enquanto o tempo ainda estava clemente), ela ligava a lanterna e observava o rosto deles na luz. Quem Jared se tornaria? Ele ainda tinha bochechas arredondadas, mesmo nas fotos mais recentes. Doía não saber.

Ela olhou para a imagem do marido, o sorriso irônico e o cabelo grisalho, e sentiu falta dele, embora não tanto quanto sentia de Jere. Suas desconfianças sobre Clint naquele último dia horrível a constrangiam; suas mentiras e medos sem sentido a deixavam com vergonha. Porém, Lila também percebeu que estava enxergando o marido de um jeito diferente agora que o via pelas lentes da memória. Ela pensou em como ele tinha pavimentado o passado com cuidado, em como havia usado a autoridade de médico para reforçar as coisas que escondia e a afastar delas. Clint achava que só ele era capaz de lidar com aquele tipo de dor? Que era demais para sua mente pequena e seu espírito fraco absorverem? Ou era um tipo de egoísmo mascarado como força? Ela sabia que os homens aprendiam (primariamente de outros homens, claro) que deviam guardar a dor para si mesmos, mas ela também sabia que o casamento devia desfazer um pouco desse aprendizado. Não foi assim com Clint.

E tinha a piscina. Ela ainda sentia raiva. E de como ele havia largado o emprego sem nem avisar, tantos anos antes. E um milhão de pequenas decisões ao longo do tempo, tomadas por ele e com as quais ela tinha que viver. Isso fazia com que ela se sentisse uma Esposa de Stepford, mesmo com o marido em outro mundo.

Corujas piaram na escuridão, e cachorros, selvagens depois de sei lá quantas gerações caninas, uivaram. Lila fechou a barraca. A lua brilhava azul pelo tecido amarelo. Lembrar-se de toda a novela doméstica a deprimiu, as partes dela e as partes dele, as conversas, ele bate uma porta, ela bate outra. A merda teatral para a qual ela sempre tinha olhado com desprezo no casamento das outras pessoas. *Condescendência, seu nome é Lila*, ela pensou, e teve que rir.

5

As cercas vivas que antes envolviam a prisão floresceram densamente. Lila entrou pelo corte improvisado na folhagem que Coates e as outras mulheres que despertaram lá dentro tinham aberto. A entrada na prisão em si era por um buraco na parede sul. Alguma coisa, Lila achava que o fogão industrial a gás na cozinha, tinha explodido, jogando longe o concreto com a facilidade de uma criança soprando uma vela de aniversário. Ao entrar, ela quase esperava sair em outro lugar (uma praia branca, uma via de paralelepípedos, uma montanha rochosa, Oz), mas quando chegou era só uma ala de antigas celas. As paredes estavam meio desmoronadas, algumas das portas com grades arrancadas das dobradiças. Ela pensou que a detonação devia ter sido excepcional. Havia mato crescendo no chão e mofo se espalhando no teto.

Ela passou pela ala destruída e saiu no corredor central da prisão, o que Clint chamava de Broadway. As coisas estavam melhor lá. Lila seguiu a linha vermelha pintada no meio do corredor. Os vários portões e barreiras estavam destrancados; as janelas reforçadas por arame que davam para as partes da prisão (refeitório, biblioteca, a Guarita) estavam embaçadas. Onde a Broadway chegava na porta da frente havia outra seção que mostrava sinais de explosão: blocos de concreto quebrados, pedaços poeirentos de vidro, a porta de aço que separava a entrada verdadeira da prisão entortada para dentro. Lila desviou dos destroços.

Mais adiante, ainda na Broadway, ela passou pela porta aberta da sala dos funcionários. Lá dentro, nasciam cogumelos no carpete. O ar fedia a vida vegetal entusiasmada.

Ela acabou chegando na sala de Clint. A janela do canto estava explodida, e parte de um arbusto crescia para dentro, cheio de flores brancas. Um rato gordo remexia no enchimento de uma almofada rasgada do sofá. Ele olhou para Lila por um momento e correu para a segurança em uma pilha de parede desmoronada.

A gravura de Hockney pendurada atrás da mesa de seu marido estava torta, inclinada para a direita. Ela a ajeitou. A imagem mostrava um prédio simples da cor de areia com fileiras de janelas com cortinas idênticas. No térreo, o prédio tinha duas portas. Uma era azul e a outra vermelha: exemplos das famosas cores de Hockney, fortes como os sentimentos despertados por boas lembranças, mesmo que as lembranças em si fossem fracas... e as possibilidades de interpretação atraíram Lila. Ela tinha dado a gravura para Clint muitos anos antes, pensando que ele poderia apontar para ela e dizer para os pacientes: "Estão vendo? Nada está fechado para você. Há portas para uma vida mais saudável e mais feliz".

A ironia era tão evidente quanto a metáfora. Clint estava em outro mundo. Jared estava em outro mundo. Até onde ela sabia, um ou os dois podiam estar mortos. A gravura de Hockney pertencia aos ratos, ao mofo e ao mato daquele mundo. Era um mundo quebrado, vazio e esquecido, mas era o que elas tinham. Era Nosso Lugar, pelo amor de Deus. Lila saiu da sala e percorreu de volta o caminho pelo mundo morto da prisão até o buraco na folhagem. Ela queria ir embora.

6

Durante aqueles meses, mais mulheres continuaram aparecendo vindas do que James Brown já tinha chamado de "mundos dos homens, dos homens, dos homens". Elas relataram que, em Dooling, onde tinham adormecido, a crise da Aurora ainda era recente; lá, só dois ou três dias tinham se passado. A violência, a confusão e o desespero dos quais elas falavam parecia irreal para as primeiras que haviam chegado àquele lugar. Mais ainda: quase não parecia importante. As mulheres daquele mundo tinham os próprios problemas e preocupações. Uma delas era o tempo. O verão tinha acabado. Depois do outono, o inverno chegaria.

Com a ajuda de manuais da biblioteca e com a supervisão da responsável duvidosa que era Magda Dubcek, viúva de um empreiteiro (sem mencionar mãe do cara da piscina de Lila), elas conseguiram terminar pelo menos parte do trabalho que Kayleigh tinha começado antes de ser assassinada pela ex-namorada maluca. O falecido marido de Magda tinha ensinado bastante coisa sobre eletricidade para ela.

— Meu marido me dizia o que estava fazendo todos os dias. "Olha, aqui está o fio elétrico, Magda, e esse é o fio terra", e assim por diante. Eu ouvia. Ele não sabia, achava que estava falando com a parede, mas eu ouvia. — Nessa hora, Magda parou para fazer uma expressão maliciosa que levou Lila a se lembrar dolorosamente de Anton. — Bom, nas primeiras quinhentas vezes eu ouvi, pelo menos.

Com energia retirada de alguns painéis solares que tinham sobrevivido aos anos de abandono, elas conseguiram criar uma rede elétrica limitada para pelo menos algumas das casas mais altas.

Carros comuns eram inúteis; era impossível determinar quanto tempo aquela versão do mundo havia ficado abandonada, mas o estado dos carros estacionados dava a dica de que tinha sido tempo suficiente para a umidade deteriorar os motores. Um carro guardado em uma garagem ainda de pé talvez estivesse em condições, mas não havia uma gota de gasolina que não estivesse desestabilizada ou evaporada. O que as mulheres encontraram foi uma pequena frota de carrinhos de golfe movidos a energia solar bem preservados no barracão de equipamentos do country clube. Quando foram recarregados, funcionaram na mesma hora. As mulheres os dirigiam pelas ruas que tinham sido desobstruídas de todas as árvores e folhagem.

Assim como o Shopwell, o Olympia Diner aguentou a passagem do tempo incrivelmente bem, e Rita Coombs, antes esposa de Terry, reabriu-o no esquema de troca.

— Eu sempre quis tentar ter um restaurante — explicou ela a Lila —, mas Terry nunca quis que eu trabalhasse. Disse que deixaria ele preocupado. Terry nunca conseguiu entender como era chato ser uma peça de porcelana em um armário.

Ela falou com leveza, mas manteve o olhar desviado de uma forma que Lila achou que fosse de vergonha, vergonha por ser feliz de ter uma coisa dela. Lila torcia para que Rita superasse aquilo e achava que acabaria conseguindo. Muitas delas se sentiam mudadas, mas de certa forma isso também podia conter aquele toque de vergonha, como se elas estivessem matando aula. Mulheres como Magda e Rita, que de repente se viam necessárias e floresciam na luz de um novo mundo. Conforme as semanas iam passando, elas discutiam não só aquilo de que sentiam falta, mas também um pouco do que não estava fazendo falta alguma.

As folhas mudaram como acontecia no mundo antigo, mas para Lila as cores pareciam mais vibrantes e duradouras.

Ela estava no jardim da sra. Ransom um dia no que parecia o final de outubro, colhendo abóboras para as estudantes esculpirem. A Velha Essie, sentada em um banco na sombra, estava olhando para ela. Ao lado do banco estava um carrinho de compras enferrujado cheio de coisas que Essie havia recolhido, como se tentando reabastecer a vida nova com lembranças da velha: um rádio, um celular, um monte de roupas, uma coleira de cachorro, um calendário de 2007, uma garrafa de alguma coisa sem rótulo, mas que podia ter sido xarope de bordo um dia, e um trio de bonecas. Ela gostava de ir atrás de Lila quando a via com o chapéu de palha de abas largas empurrando o carrinho de mão cheio de ferramentas de jardinagem.

A velha senhora ficou em silêncio no começo e se afastava sempre que alguém chegava perto, mas, com o passar das semanas, começou a relaxar, ao menos perto de Lila. Às vezes ela até falava, embora Lila achasse que ela nunca tinha sido boa de conversa, nem em sua melhor época.

— As coisas estão melhores agora — disse Essie uma vez. — Eu tenho minha própria casa. — Ela olhou com carinho para as bonecas no colo. — Minhas garotas gostam. Os nomes delas são Jingle, Pingle e Ringle.

Lila perguntou, nessa ocasião, qual era o sobrenome dela.

— Já foi Peterson — disse Essie —, mas agora é Estabrook. Eu voltei a usar meu nome de solteira, como aquela Elaine. Este lugar é melhor do que o antigo, e não só porque estou usando meu nome de solteira e tenho minha própria casa. O cheiro é mais doce.

Naquele dia, Essie parecia estar mais introspectiva de novo. Quando Lila tentou puxar conversa, ela balançou a cabeça, fez um movimento vigoroso para Lila se afastar e remexeu no carrinho enferrujado. De dentro, tirou um rádio Philco antigo e começou a jogar de uma mão para a outra. Lila não tinha o menor problema com isso; ela que brincasse de batata quente até cansar, se era o que aliviava a mente.

Quando estava se preparando para parar e almoçar, Janice Coates chegou de bicicleta.

— Xerife — disse ela para Lila. — Uma palavrinha.

— Não sou mais xerife, Janice. Você não lê o *Feitos de Dooling*? Eu sou só uma cidadã qualquer.

Coates não se deixou abalar.

— Tudo bem, mas você precisa saber que tem gente desaparecendo. Já foram três. Gente demais para ser coincidência. Precisamos de alguém para cuidar dessa situação.

Lila examinou a abóbora que tinha acabado de cortar do pé. O alto era laranja forte, mas a parte de baixo estava preta e podre. Ela a largou com um baque na terra cultivada.

— Fale com o Comitê de Redesenvolvimento ou toque no assunto na próxima Reunião. Eu estou aposentada.

— Pare com isso, Lila. — Coates, empoleirada no assento da bicicleta, cruzou os braços ossudos. — Não me venha com essa merda. Você não está aposentada, está deprimida.

Sentimentos, pensou Lila. Os homens quase nunca queriam falar sobre eles, as mulheres quase sempre queriam. Podia ser tedioso. Isso ocorreu a ela com surpresa. Ocorreu a ela que talvez precisasse reavaliar parte de seus ressentimentos pelo estoicismo de Clint.

— Eu não consigo, Janice. — Lila andou pela fileira de abóboras. — Me desculpe.

— Eu também estou deprimida — disse Janice. — Eu talvez nunca mais veja minha filha. Penso nela quando acordo de manhã e antes de dormir à noite. Todos os dias. E sinto falta de ligar para os meus irmãos. Mas não vou deixar isso...

Houve um baque seco e um grito baixo atrás delas. Lila olhou ao redor. O rádio estava na grama ao lado de Jingle, Pingle e Ringle. As bonecas olhavam para o céu sem nuvens com suas expressões inertes e angelicais. Essie tinha sumido. Havia só uma mariposa marrom no lugar onde ela estivera. Bateu as asas sem direção por um momento, depois saiu voando para longe, deixando para trás um leve odor de fogo.

3

1

— Puta que pariu! — gritou Eric Blass. Ele estava sentado no chão, olhando para cima. — Você *viu* aquilo?

— Ainda estou vendo — respondeu Don, olhando para o bando de mariposas voando sobre as quadras de tênis na direção da escola. — E sentindo o cheiro.

Ele tinha dado seu isqueiro a Eric, já que ele havia tido a ideia (também para que ele pudesse de forma razoavelmente plausível colocar a culpa no garoto se alguém descobrisse). Eric se agachou, acendeu o Zippo e encostou na beirada do casulo naquele buraco cheio de tralhas. O casulo se acendeu com um estalo e um brilho, como se contivesse pólvora em vez de uma sem-teto maluca. O fedor foi imediato e sulfúrico. Era como se Deus em pessoa tivesse soltado gases. A Velha Essie se sentou ereta (não que desse para ver mais do que apenas o contorno dela) e pareceu se virar para eles. Por um instante, as feições apareceram, pretas e prateadas como um negativo de foto, e Don viu os lábios dela se repuxarem em um rosnado. Em um momento, não havia mais nada dela.

A bola de fogo subiu a uma altura de menos de um metro e meio, parecendo girar. Em seguida, virou mariposas, centenas delas. Do casulo e do esqueleto, não havia sinal, e a grama onde a Velha Essie estava deitada não ficou nem chamuscada.

Não era esse tipo de fogo, pensou Don. *Se fosse, nós teríamos fritado.*

Eric se levantou. O rosto estava muito branco, os olhos, frenéticos.

— *O que* foi isso? O que acabou de acontecer?

— Eu não faço ideia — disse Don.

— Aquelas Brigadas do Maçarico, ou sei lá qual é o nome... houve algum relato de queimarem casulos que acabaram virando insetos voadores?

— Não que eu saiba. Mas pode ser que não estejam relatando essa parte.

— É, pode ser. — Eric lambeu os lábios. — É, não tem motivo para ela ser diferente.

Não, não havia motivo para a Velha Essie ser diferente de todas as outras mulheres adormecidas do mundo. Porém, Don conseguia pensar em um motivo para as coisas em Dooling serem diferentes. As coisas podiam ser diferentes ali porque havia uma mulher especial ali, uma que dormia sem um casulo crescer em volta dela. E que acordava.

— Vem — disse Don. — Temos trabalho a fazer na Ellendale Street. Sacos de puta pra contar. Nomes pra escrever. Isso aqui... isso nunca aconteceu. Certo, parceiro?

— Certo. Sem dúvida.

— Você não vai falar sobre isso, vai?

— Jesus, não!

— Que bom.

Mas eu *talvez fale*, pensou Don. *Só que não com Terry Coombs*. Don só precisou de dois dias para chegar à conclusão de que o homem era praticamente inútil. Como é que se dizia? Um testa de ferro. E parecia ter um problema com bebida, o que era verdadeiramente patético. Pessoas que não conseguiam controlar seus impulsos lhe causavam repugnância. Porém, aquele Geary, o que Terry tinha escolhido como policial-chefe... Ele era inteligente e estava muito interessado na tal Evie Black. Ele a soltaria em breve, se já não tivesse feito isso. Era com *ele* que Don devia falar sobre aquilo, se fosse necessário falar.

No entanto, ele precisava pensar primeiro.

Com muito cuidado.

— Don?

Eles estavam de volta na picape.

— O que, garoto?

— Ela viu a gente? Pareceu que viu.

— Não — disse Don. — Ela não viu nada, só explodiu. Não seja bicha, Júnior.

2

Terry disse que queria ir para casa e pensar no próximo passo. Frank, que tinha certeza de que o próximo passo do xerife em exercício seria se deitar para dormir e fazer o porre passar, disse que era uma boa ideia. Ele levou Terry até a porta de casa e dirigiu direto para a delegacia. Lá, encontrou Linny Mars andando em círculos com um laptop nas mãos. Havia uma casquinha de pó branco nas narinas dela. As bochechas estavam de um vermelho intenso. Os olhos estavam turvos e afundados. Do laptop vinha o som familiar de caos.

— Oi, Pete.

Ela o estava chamando de Pete desde a manhã. Frank não se deu ao trabalho de corrigir. Se fizesse isso, ela lembraria que ele era Frank por alguns minutos, depois voltaria para Pete. A perda da memória recente era comum entre as mulheres que ainda estavam acordadas. Os lobos frontais estavam derretendo como manteiga em uma panela quente.

— O que você está vendo?

— Vídeos no YouTube — disse ela, sem reduzir a velocidade do circuito pelo escritório. — Eu poderia ver da minha mesa, sabe, a tela do desktop é muito maior, mas cada vez que me sento, começo a flutuar. Andar é melhor.

— Entendi. O que está acontecendo? — Não que ele realmente precisasse de uma atualização. Frank sabia o que estava acontecendo: coisas ruins.

— São vídeos da Al Jazeera. Todas as redes de notícias estão enlouquecendo, mas a Al Jazeera está batendo os recordes. O Oriente Médio inteiro está em chamas. Petróleo, sabe. Poços de petróleo. Pelo menos ainda não soltaram bombas, mas alguém vai acabar soltando uma. Você não acha?

— Não sei. Linny, será que você pode pesquisar uma coisa para mim? Tentei no celular, mas não consegui nada. Acho que os funcionários da prisão são bem cuidadosos com suas informações pessoais.

Linny estava andando mais rápido agora, ainda olhando para o laptop, que estava segurando na frente do corpo como um cálice. Ela tropeçou em uma cadeira, quase caiu, se endireitou e continuou andando.

— Os xiitas estão lutando com os sunitas, e o ISIS está lutando com os dois. A Al Jazeera botou um painel de comentaristas, e eles parecem achar que é porque as mulheres adormeceram. Eles dizem que, sem mulheres para proteger, embora a ideia de proteção deles não seja a mesma que a minha, um controle psicológico central do judaísmo e do islamismo se foi. Como se essas duas coisas fossem o mesmo. Basicamente, ainda culpando as mulheres, mesmo depois de elas terem dormido. Loucura, né? Na Inglaterra...

Chega de notícias do mundo, pensou Frank. Ele bateu palmas repetidamente na frente do rosto de Linny.

— Eu preciso que você faça seu trabalho por um minuto, querida. Você pode fazer isso por mim?

Ela ficou atenta.

— Claro! Do que você precisa, Pete?

— Terry me pediu para pegar o endereço de Lawrence Hicks. Ele é o vice-diretor do Instituto Penal. Você consegue para mim?

— É moleza, mamão com açúcar, mel na chupeta. Tenho todos os números de telefone e endereços. Para o caso de haver problema lá, sabe.

No entanto, acabou não sendo moleza, no fim das contas. Não no estado em que Linny se encontrava. Frank esperou pacientemente enquanto ela se sentava à mesa, primeiro tentando um arquivo e desistindo, depois outro, um terceiro, sacudindo a cabeça e xingando o computador como as pessoas faziam mesmo quando a culpa era delas. Houve um momento em que Linny começou a cochilar, e ele viu um fio branco sair de sua orelha. Ele bateu palmas na frente do nariz dela.

— Se concentra, Linny, está bom? Isso pode ser importante.

Ela levantou a cabeça. O fio se partiu, flutuou, desapareceu. Ela deu um sorriso torto para ele.

— Entendido. Ei, lembra aquela noite em que dançamos de trenzinho no Halls of Ivy em Coughlin e ficavam tocando aquela música, "Boot-Scootin' Boogie"?

Frank não tinha ideia do que ela estava dizendo.

— Claro. Lawrence Hicks. O endereço.

Ela finalmente encontrou. Clarence Court 64, no lado sul da cidade. O mais longe que dava para ficar da prisão e ainda ser residente de Dooling.

— Obrigado, Linny. É melhor você tomar um café.

— Acho que vou preferir pó colombiano em vez de grãos colombianos. Funciona melhor. Que Deus abençoe os irmãos Griner.

O telefone tocou. Linny atendeu.

— Polícia! — Ela ouviu por uns três segundos e desligou.

— Ficam ligando para perguntar: "É verdade que tem uma mulher na prisão…". *Blá-blá-blá*. Eu tenho cara de jornal? — Ela abriu um sorriso desesperado e infeliz. — Não sei por que me dou ao trabalho de tentar ficar acordada. Só estou adiando o inevitável.

Ele se inclinou e tocou nos ombros dela com a ponta dos dedos; não sabia que ia fazer isso até fazer.

— Aguenta aí. Pode haver um milagre esperando depois da próxima curva. Você não vai saber até chegar lá.

Linny começou a chorar.

— Obrigada, Dave. Foi uma coisa legal de dizer.

— Eu sou um bom homem — disse Frank, que tentava ser bom, mas achava que nem sempre era possível. No longo prazo, ele achava que ser bom não adiantava. Frank não gostava disso. Não dava prazer a ele. Ele não sabia se Elaine tinha chegado a perceber que ele não gostava de perder a cabeça. Só entendia como eram as coisas. Alguém tinha que puxar o arado, e, em Dooling, era ele.

Frank saiu, com a certeza de que, na próxima vez que visse Linny Mars, ela estaria em um casulo. O que alguns policiais tinham começado a chamar de sacos de puta. Ele não aprovava o termo, mas não os impedia de dizer. Isso era trabalho de Terry.

Afinal, ele era o xerife.

3

Atrás do volante da Unidade Quatro mais uma vez, Frank chamou pelo microfone Reed Barrows e Vern Rangle, na Unidade Três. Quando Vern respondeu, Frank perguntou se eles ainda estavam na área da Tremaine Street.

— Estamos — disse Vern —, e trabalhando rápido aqui. Não tem muitas adormecidas nesse bairro depois da casa da xerife. Você devia ver quantas placas de vende-se. Acho que a tal recuperação econômica nunca chegou aqui.

— Aham. Escutem, vocês dois, Terry disse que quer localizar a xerife Norcross e o filho dela.

— A casa deles está vazia — disse Vern. — Nós já olhamos. Eu *falei* isso para Terry. Acho que talvez ele tenha... — Vern deve ter percebido de repente que o que estava dizendo estava sendo transmitido. — Ele anda, você sabe, sobrecarregado de trabalho.

— Não, ele sabe disso — disse Frank. — Ele quer que vocês comecem a olhar as casas vazias também. Ele disse que lembra que tem uma rua sem saída que não foi terminada, um pouco mais para cima. Se vocês encontrarem eles, só digam oi e sigam em frente. Mas façam contato comigo imediatamente, certo?

Reed pegou o microfone.

— Acho que, se Lila não estiver acordada, Frank, ela deve ter entrado na floresta. Senão estaria em um casulo em casa ou na delegacia.

— Olha, só estou repassando o que Terry me disse. — Frank não ia dizer para aqueles dois o que parecia óbvio: Norcross estava um passo à frente. Se a esposa dele ainda estivesse acordada, ela ainda estaria no comando. Portanto, o médico ligou para o filho e mandou o garoto levar Lila para um lugar mais seguro. Era outra indicação de que o homem estava aprontando. Frank tinha certeza de que eles não estariam longe de casa.

— E onde está Terry? — perguntou Reed.

— Eu deixei ele em casa — disse Frank.

— Jesus. — Reed pareceu enojado. — Espero que ele dê conta do trabalho, Frank. De verdade.

— Corta esse papo — disse Frank. — Lembre que você está no ar.

— Entendido — disse Reed. — Vamos começar a olhar as casas vazias pela Tremaine. Aquela parte está na nossa lista mesmo.

— Ótimo. Unidade Um desligando.

Frank pendurou o microfone de volta e foi para Clarence Court. Ele queria muito saber onde estavam Lila Norcross e o filho; eles podiam ser os recursos de que ele precisava para acabar com a situação sem derramamento de sangue. Porém, esse era o segundo ponto da sua lista. Estava na hora de conseguir algumas respostas sobre a sra. Eva Black.

4

Jared atendeu no segundo toque.

— Aqui é do CDC, filial de Dooling. Epidemiologista Jared Norcross falando.

— Não precisa disso, Jere — disse Clint. — Estou sozinho na minha sala. Mary está bem?

— Por enquanto, sim. Ela está andando no quintal. Diz que o sol desperta ela.

Clint se sentiu levemente alarmado e disse a si mesmo para não ser tão neurótico. Tinha cercas e muitas árvores; ela ficaria bem lá atrás. Terry e seu ajudante não tinham como enviar um drone ou um helicóptero.

— Acho que ela não vai conseguir ficar acordada muito mais, pai. Nem sei como conseguiu tanto tempo.

— Nem eu.

— E não sei por que a mamãe queria que a gente ficasse aqui. Tem alguns móveis, mas a cama é dura. — Ele fez uma pausa. — Isso deve parecer frescura, né? Com tudo que está acontecendo?

— As pessoas costumam se concentrar nas coisas pequenas para impedir que as grandes sobrecarreguem elas — disse Clint. — E sua mãe estava certa, Jere.

— Você não acha que uma Brigada do Maçarico vai surgir em Dooling, acha?

Clint pensou no título de um livro antigo: *Isso não vai acontecer aqui*. A questão era que qualquer coisa podia acontecer em qualquer lugar. Mas não, não era com uma Brigada do Maçarico de Dooling que ele estava preocupado.

— Tem coisas que você não sabe — disse Clint —, mas como outras pessoas sabem, ou ao menos desconfiam, vou contar tudo esta noite. — *Depois disso eu posso não ter mais muitas oportunidades*, pensou ele.

— Vou levar jantar para você e para Mary. Pizza de carne moída e de cogumelo do Pizza Wagon parece bom? Será que ainda está aberto?

— Parece ótimo — disse Jared. — Que tal uma camiseta limpa também?

— Vai ter que ser uma camisa de guarda — disse Clint. — Eu não quero passar em casa.

Jared não respondeu de primeira. Clint ia perguntar se ele ainda estava lá quando o filho disse:

— Por favor, me diga que você só está sendo paranoico.

— Vou explicar tudo quando chegar aí. Mantenha Mary acordada. Lembre a ela que não dá pra comer pizza com um casulo na cara.

— Vou fazer isso.

— E, Jared?

— O quê?

— A polícia não está me informando das estratégias para lidar com a situação local, pois não estou nas boas graças deles agora, mas, se eu fosse eles, estaria passando pente fino pela cidade para fazer uma lista de todas as mulheres adormecidas e seu paradeiro. Terry Coombs pode não ser inteligente o bastante nem estar no controle o suficiente para pensar nisso, mas acredito que tenha um homem trabalhando com ele capaz disso.

— Certo...

— Se eles aparecerem onde você está, fique quieto, e... tem algum depósito na casa? Fora o porão?

— Não sei, não olhei tudo, mas acho que tem um sótão.

— Se você vir policiais na rua, tem que levar todo mundo lá para cima.

— Jesus, é sério? Você está me assustando, pai. Não sei se estou entendendo. Por que eu não devia deixar a polícia encontrar mamãe, a sra. Ransom e Molly? Não estão botando fogo nas mulheres aqui, né?

— Não estão, mas ainda pode ser perigoso, Jared. Para você, para Mary e principalmente para sua mãe. Como eu falei, a polícia não está muito feliz comigo agora. Tem a ver com a mulher sobre a qual contei pra vocês, a que é diferente. Eu não quero entrar em detalhes, mas você precisa acreditar em mim. Você pode levar elas para o sótão ou não?

— Posso. Espero que não precise, mas posso.

— Que bom. Eu te amo e vou estar aí em pouco tempo, com sorte com uma pizza.

Mas primeiro, pensou ele, *vou fazer outra visita a Evie Black.*

5

Quando Clint chegou à Ala A carregando uma cadeira dobrável da sala comunitária debaixo do braço, Jeanette estava de pé na porta do chuveiro e da estação de remoção de piolhos, tendo uma conversa com um indivíduo que não existia. Parecia uma negociação complicada de compra de droga. Ela disse que queria do bom porque deixava Damian mais calminho. Evie estava nas grades da cela, observando a situação com o que parecia ser solidariedade... se bem que, com os mentalmente instáveis, nunca dava para ter certeza. E, falando nos mentalmente instáveis, Angel estava sentada na cama em uma cela próxima com a cabeça abaixada e apoiada nas mãos, o cabelo escondendo o rosto. Ela olhou brevemente para Clint, disse "Oi, filho da puta" e baixou a cabeça de novo.

— Sei onde você compra — disse Jeanette para o traficante invisível — e sei que consegue agora. Lá não fecha à meia-noite. Me faz um favor, tá? Por favor? *Por favor?* Não quero Damian com um *humor* daqueles. E os dentinhos de Bobby estão nascendo. Minha cabeça não aguenta.

— Jeanette — disse Clint.

— Bobby? — Ela piscou para ele. — Ah... dr. Norcross... — O rosto dela parecia mais suave, como se todos os músculos já tivessem adormecido e só estivessem esperando que o cérebro teimoso acompanhasse. Isso fez Clint pensar em uma piada antiga. Um papagaio olhou pro outro e perguntou: "Ei, amigão, por que esse bico?".

Clint queria explicar para ela por que tinha mandado os policiais desconectarem os telefones públicos e pedir desculpas por impedir que ela ligasse para o filho para ter certeza de que o garoto estava bem. Porém, não tinha certeza se Jeanette seria capaz de compreendê-lo àquela altura, e, se compreendesse, se isso adiantaria de alguma coisa ou se só a perturbaria mais. As liberdades que Clint havia tomado com a vida das mulheres da prisão, a vida de duas *pacientes*, eram grotescas. O fato de ele sentir que não tinha alternativa não tornava menos grotesco ou cruel. E isso não cobria tudo, nem de longe. Foi por causa de Evie que ele teve que fazer aquilo tudo... e ele percebeu de repente que, louca ou não, ele a odiava por isso.

— Jeanette, seja lá com quem...

— Não me atrapalhe, doutor, eu tenho que fazer isso.

— Eu quero que você vá para o pátio de exercícios.

— O quê? Não posso fazer isso, pelo menos não sozinha, não posso. Isto aqui é uma prisão, sabe. — Ela se virou para a outra direção, a do chuveiro. — Ah, olha só, o homem foi embora. Você assustou ele. — Ela fez um ruído seco de choro. — O que vou fazer agora?

— Nenhuma das portas está trancada, querida. — Nunca na vida Clint tinha usado um termo de intimidade desses ao falar com uma detenta, mas agora veio com naturalidade, sem ele pensar.

— Vou entrar na lista de mau comportamento se eu fizer isso!

— Ela pirou, doutor — disse Angel, sem levantar o rosto.

— Vai, Jeanette — disse Evie. — Até a oficina de móveis, pelo pátio de exercícios, para o jardim. Tem ervilhas novas lá, doces como mel. Encha os bolsos e volte. O dr. Norcross e eu já vamos ter terminado, e vamos poder fazer um piquenique.

— Um *pique* piquenique — disse Angel por trás do cabelo, e riu.

— Pode ir — disse Evie.

Jeanette olhou para ela, hesitando.

— O homem pode estar lá fora — disse Evie, persuasiva. — Na verdade, tenho certeza de que está.

— Também pode estar no seu cu imundo — disse Angel por trás do cabelo. — Pode estar escondido aí. Acha uma chave inglesa pra mim e ajudo você a procurar.

— Você tem boca suja, Angel — disse Jeanette. — Suja. — Ela começou a andar pelo corredor curto da Ala A, parou e olhou fixamente para um raio de sol inclinado no chão, como se hipnotizada.

— Eu digo que você não pode não querer saber de um quadrado de luz — disse Evie baixinho.

Jeanette riu e exclamou:

— Isso mesmo, Ree! Isso mesmo. *Suas mentiras valem prêmios*, não é?

Ela seguiu em frente, um passo lento atrás do outro, tombando para a esquerda e corrigindo a posição, tombando para a direita e corrigindo a posição.

— Angel? — disse Evie.

Ela falou com aquela mesma voz baixa e amável, mas Angel levantou o rosto na hora, parecendo bem desperta.

— O dr. Norcross e eu vamos ter uma conversa rápida. Você pode ouvir, mas precisa ficar de boca fechada. Se não ficar, vou ter que tapar com um rato, que vai comer sua língua dentro da sua cabeça.

Angel olhou para ela por vários segundos, depois baixou a cabeça nas mãos de novo.

O guarda Hughes apareceu na hora que Clint estava abrindo a cadeira na frente da cela de Evie.

— Uma detenta acabou de sair — disse ele. — Parecia que estava indo para o jardim. Tudo bem?

— Tudo, Scott. Mas fique de olho nela, tá? Se ela adormecer lá fora, coloque na sombra antes de o casulo começar a crescer. Vamos trazer para dentro depois que ela estiver completamente embrulhada.

— Tudo bem, chefe. — Hughes bateu continência e saiu.

Chefe, pensou Clint. *Meu Deus*, chefe. *Eu não fui indicado, não fiz campanha, mas ganhei a função mesmo assim.*

— Inquieta é a cabeça que carrega uma coroa — disse Evie. — *Henrique IV*, parte dois. Não é uma das melhores, mas não é ruim. Você sabia que os homens faziam os papéis de mulheres na época, não sabia?

Ela não lê mentes, Clint disse para si mesmo. *Os homens vieram, como ela previu, mas eu poderia ter previsto isso. É lógica simples. Ela tem as habilidades de uma boa vidente de parque de diversões, mas* não lê mentes.

Sim, e ele podia continuar acreditando nisso enquanto quisesse, o país era livre. Enquanto isso, ela estava olhando para ele com curiosidade e interesse, os olhos cientes e totalmente despertos. Provavelmente a única mulher viva que ainda estava com uma expressão assim.

— De que nós vamos falar, Clint? Das peças históricas de Shakespeare? De beisebol? Da última temporada de *Dr. Who*? Pena que acabou com um gancho daqueles, hein? Infelizmente só vão exibir reprises agora. Sei de fonte segura que a companion do Doutor adormeceu alguns dias atrás e agora está passeando na Tardis pelo espaço na mente dela. Mas talvez possam escalar outra pessoa, fazer uma série toda masculina na próxima temporada.

— Parece bom — disse Clint, caindo automaticamente no modo psiquiatra.

— Ou devemos falar sobre uma coisa mais pertinente à situação atual? Eu sugeriria isso, porque o tempo está passando.

— Estou interessado nessa ideia que você tem sobre nós dois — disse Clint. — De você ser a Mulher e eu ser o Homem. Figuras simbólicas. Arquétipos. Yin e yang. O rei de um lado do tabuleiro de xadrez, a rainha do outro.

— Ah, não — disse ela, sorrindo. — Nós estamos do mesmo lado, Clint. O rei branco e a rainha branca. Do outro lado, contra nós, há um exército inteiro de peças pretas. Todos os cavalos do rei e todos os homens do rei. Com ênfase nos homens.

— Interessante você nos ver do mesmo lado. Eu não tinha entendido essa parte. E quando exatamente você começou a perceber isso?

O sorriso sumiu.

— Não. Não faça isso.

— Não faça o quê?

— Não caia no *DSM IV*. Para lidar com isso, você precisa deixar pra trás certas suposições e contar com a intuição. Abraçar seu lado feminino. Todo mundo tem um. Pense em todos os autores que colocaram um vestido. *A história de Mildred Pierce*, de James Cain, por exemplo. É um dos meus favoritos.

— Tem muitas psiquiatras que protestariam contra a ideia de que...

— Quando nos falamos ao telefone, quando sua esposa ainda estava acordada, você acreditou no que eu estava dizendo. Ouvi na sua voz.

— Eu estava... passando por um momento estranho naquela noite. Resolvendo questões pessoais. Olha, não estou duvidando da sua influência, dos seus poderes, como quer que você queira caracterizar. Vamos supor que você esteja no controle. Pelo menos hoje.

— Sim, vamos supor isso. Mas amanhã eles podem vir me buscar. Se não vierem amanhã, virão depois de amanhã, ou no dia seguinte. Não vai demorar. Enquanto, no outro mundo, o mundo além da Árvore, tudo está se movendo em um ritmo muito mais rápido, os meses estão voando lá. Ainda há perigos, mas a cada um que as mulheres superam, a chance de elas quererem voltar para este mundo diminui.

— Vamos dizer que entendo e acredito em metade do que você está dizendo — disse Clint. — Quem enviou você?

— O presidente Reginald Q. Cretino — disse Angel sem levantar a cabeça. — Ou ele, ou o lorde Imbeciloide Cretinoide. Talvez...

Ela deu um grito. Clint se virou a tempo de ver um rato marrom grande passar pelas grades e entrar na cela de Angel. Ela levantou os pés para cima da cama e gritou de novo.

— Sai! Sai! Eu *odeio* ratos!

— Você vai ficar quieta, Angel? — perguntou Evie.

— Vou! Vou! Eu prometo! Vou!

Evie girou o dedo, como um juiz sinalizando um *home run*. O rato deu meia-volta, saiu da cela de Angel e se encolheu no corredor, observando-a com olhos brilhantes.

Clint se virou para Evie. Ele tinha uma série de perguntas na mente quando foi até lá, perguntas elaboradas para fazê-la enfrentar seus delírios, mas agora todas foram sopradas como um castelo de cartas em um vento forte.

Sou eu *quem está delirando*, pensou ele. *Estou me agarrando aos meus delírios para não ficar completamente maluco.*

— Ninguém me enviou — disse Evie. — Eu vim porque quis.

— Podemos fazer um acordo? — perguntou ele.

— Nós já temos um — respondeu Evie. — Se sobrevivermos a isso, se você me salvar, as mulheres vão ter liberdade de escolher o destino delas. Mas eu aviso: o grandalhão, Geary, está muito determinado a me pegar. Ele acha que pode controlar os outros homens e me capturar viva, mas acho que está errado quanto a isso. E, se eu morrer, acabou.

— O que você é? — perguntou ele.

— Sua única esperança. Sugiro que você pare de se preocupar comigo e concentre todas as suas energias nos homens lá fora. É com eles que você precisa se preocupar. Se você ama sua esposa e seu filho, Clint, precisa trabalhar rapidamente para ficar em vantagem. Geary ainda não está totalmente no controle, mas vai estar em breve. Ele é inteligente, está motivado e não confia em ninguém além de si mesmo.

— Eu distraí ele. — Os lábios de Clint estavam dormentes. — Ele tem desconfianças, sim, mas não tem como ter certeza.

— Mas vai ter quando falar com Hicks, e está indo pra lá agora.

Clint jogou o corpo para trás como se ela tivesse esticado a mão por entre as grades e dado um tapa nele. Hicks! Ele tinha se esquecido de Hicks. Ele ficaria de boca calada se Frank Geary perguntasse a ele sobre Eva Black? Porra nenhuma.

Evie se inclinou para a frente, o olhar grudado no de Clint.

— Eu avisei sobre sua esposa e seu filho, eu lembrei que tem armas que você pode usar, e essas coisas são mais do que eu devia ter feito, mas eu não esperava gostar tanto de você. Acho que eu talvez me sinta até *atraída* por você, porque você é tão imprudente. Você parece um cachorro latindo para a maré, dr. Norcross. Sem querer fugir do assunto, mas esse é outro aspecto do problema básico, a equação homem-mulher que nunca se equilibra. Deixa pra lá, é assunto pra outra hora. Você tem uma decisão a tomar: ou prepara suas defesas ou sai e deixa que me peguem.

— Eu não vou deixar que eles peguem você — disse Clint.

— Discurso pomposo. Muito macho.

O tom de deboche o exasperou.

— Seu olho que tudo vê sabe que tive que desconectar os telefones públicos, Evie? Que impedi que todas as mulheres daqui se despedissem das pessoas, até dos filhos, porque não podíamos correr o risco de notícias sobre você se espalharem mais? Que meu próprio filho também deve estar em perigo? Ele é um adolescente e está correndo riscos que estou mandando que ele corra.

— Eu sei o que você fez, Clint. Mas eu não *fiz* você fazer nada.

Clint de repente ficou furioso com ela.

— Se você acredita nisso, está mentindo para si mesma.

Na prateleira, ela pegou o celular de Hicks.

— Já acabamos aqui, doutor. Quero jogar um pouco de *Boom Town*. — Ela deu uma piscadela de adolescente paqueradora. — Estou ficando cada vez melhor.

6

— Aqui estamos nós — disse Garth Flickinger, e parou o Mercedes amassado na frente do trailer ainda mais amassado de Truman Mayweather.

Michaela olhou sem entender. Nos últimos dias, ela sentia como se estivesse sonhando, e o trailer enferrujado, em cima de blocos de concreto, cercado de mato e partes descartadas de automóveis, com a fita de isolamento da polícia agora caída no chão e voando languidamente, parecia só mais uma virada peculiar das que acontecem nos sonhos.

Mas eu ainda estou aqui, ela disse para si mesma. *Minha pele ainda é minha pele. Certo?* Ela passou a mão na bochecha e pela testa. Certo. Ainda sem teias. Ainda ali.

— Vem, Mickey — disse Garth, saindo do carro. — Se eu encontrar o que estou procurando, você vai ficar abastecida por pelo menos um ou dois dias.

Ela tentou abrir a porta, não conseguiu encontrar a maçaneta e ficou ali sentada até Garth dar a volta e abrir para ela, com uma reverência extravagante. Como um garoto levando a garota ao baile em vez de a um trailer de merda na floresta onde havia acontecido um assassinato duplo recentemente.

— Opa, vamos indo — disse Garth, segurando o braço dela e puxando. Ele estava alegre e animado. Por que não? Não era ele que estava acordado havia mais de cem horas.

Desde aquela noite no Squeaky Wheel, ela e Garth tinham se tornado melhores amigos. Ou parceiros de drogas, pelo menos. Ele tinha um saco grande de cristal, o estoque de emergência, disse ele, o que fez um bom equilíbrio com a bebida. Ela ficou feliz de ir para casa com ele quando o Wheel ficou sem álcool e fechou as portas. Em qualquer outra circunstância, ela talvez até tivesse dormido com ele; ainda que os homens não a atraíssem muito, às vezes a novidade era interessante, e Deus sabia que, pelo jeito como as coisas estavam indo, ela gostava de ter companhia. Porém, não naquelas circunstâncias. Se dormisse com ele, acabaria *mesmo* dormindo depois, ela sempre dormia, e, se isso acontecesse, já era. Não que ela soubesse se ele estava interessado; Garth Flickinger não se apresentava como o mais sexual dos seres, exceto em relação a drogas, pelas quais era apaixonado.

O estoque de emergência era bem grande, e a festa foi rolando na casa de Garth por boa parte das quarenta e oito horas seguintes. Quando ele finalmente adormeceu por algumas horas na tarde de domingo, ela explorou o conteúdo da escrivaninha com tampo rolável do médico. Previsivelmente, continha uma pilha de periódicos médicos e vários cachimbos de drogas queimados. Menos esperada foi uma foto amassada de um bebê enrolado em um cobertor rosa. Estava escrito *Cathy* na parte de trás. Além disso, no armário embaixo da escrivaninha, havia uma caixa grande de suplementos vitamínicos para répteis. Depois disso, ela brincou com o jukebox dele. Só tinha *jam bands*, infelizmente; ela não precisava ouvir "Casey Jones", pois já estava a caminho de se tornar Casey Jones. Michaela zapeou pelo que pareceram ser quinhentos canais na TV gigantesca, parando só para ver os comerciais em que o locutor tinha a voz mais alta, mais ofensiva de "se não me ouvir, vai morrer". Ela achava que se lembrava de ter comprado um aspirador Shark que tinha sido enviado para o antigo endereço em Washington. Duvidava que fosse chegar; apesar de ter sido um homem quem havia atendido a ligação, Michaela tinha certeza de que eram mulheres quem executavam os pedidos. Não costumavam ser as mulheres que ficavam com esse tipo de emprego? Os empregos de merda?

Se houver uma privada sem mancha dentro, pensou ela, *dá para saber que tem uma mulher por perto.*

— Trume me disse que tinha conseguido a melhor porra do mundo, e não estava mentindo — disse Garth, levando-a para o trailer. — Não me entenda mal, ele era maníaco e mentia quase o tempo todo, mas essa foi uma ocasião rara em que isso não aconteceu.

O trailer tinha um buraco na lateral cercado por uma mancha que parecia sangue seco, mas isso não devia estar ali de verdade. Ela devia estar sonhando acordada, coisa comum entre pessoas que ficavam muito tempo sem dormir, disse um especialista autoproclamado em uma matéria do NewsAmerica que ela tinha visto antes de partir para as colinas verdes da cidade natal nos Apalaches.

— Você não está vendo um buraco na lateral do trailer, está? — perguntou ela. Até a voz parecia de sonho agora. Parecia estar saindo de um alto-falante no alto de sua cabeça.

— Estou, sim — disse ele. — O buraco está aí, sim. Escuta, Mickey, Trume chamava essa coisa nova de Relâmpago Roxo, e ganhei uma amostra antes de a maluca entrar na jogada e apagar Trume e o ajudante dele. — Garth caiu momentaneamente no devaneio. — O cara tinha a tatuagem mais idiota do mundo. Sabe o cocô de *South Park*? O que canta e tudo. Estava tatuado no pomo de adão dele. Quem tatua um cocô no pomo de Adão? Me fala. Mesmo que seja um cocô esperto, cantor e dançarino, ainda é um cocô. Todo mundo que olha pra você vê um cocô. Não é minha especialidade, mas já pesquisei, e você não acreditaria na dificuldade que é remover uma coisa dessas.

— Garth. Pare. Volte. A maluca. É a mulher sobre quem as pessoas na cidade estão falando? A que está na prisão?

— Aham. Ela é um Hulk. Eu tive sorte de fugir. Mas são águas passadas, mijo que desceu com a descarga, notícia da semana passada, essas coisas. Não importa. E devíamos ficar felizes por isso, acredite em mim. O que importa é esse cristal bom pra caralho. Trume não fez, ele conseguiu em Savannah, eu acho, mas ele *ia* fazer, sabe? Ia analisar e criar a versão dele. Ele tinha um saco de sete litros e meio cheio dessa porra, e está em algum lugar aqui. Eu vou encontrar.

Michaela esperava que encontrasse, porque refazer o estoque era necessário. Eles tinham fumado as reservas de Garth nos últimos dias, tinham fumado até os fragmentos que caíram no tapete e algumas lascas que encontraram embaixo do sofá, com Garth insistindo para que ela escovasse os dentes depois de cada sessão de uso do bong.

— Porque é por isso que os viciados em metanfetamina têm dentes tão estragados — disse ele para ela. — Eles ficam doidos e esquecem a higiene básica.

A substância machucou a garganta dela, e o efeito de euforia já tinha passado havia tempo, mas a manteve acordada. Michaela tinha quase certeza de que adormeceria no trajeto até ali, que pareceu interminável, mas conseguiu ficar acordada, nem ela sabia como. E para quê? O trailer, equilibrado em blocos de concreto, não parecia exatamente a Fonte da Percepção. Ela só podia rezar para que o Relâmpago Roxo não fosse uma fantasia do cérebro drogado de Garth Flickinger.

— Pode entrar — disse ela —, mas eu não vou com você. Pode ter fantasmas.

Ele olhou para ela com reprovação.

— Mickey, você é jornalista. Uma *especialista em notícias*. Sabe que não existem fantasmas.

— Eu sei disso — disse Michaela pelo alto-falante no topo da cabeça —, mas, no meu estado atual, posso ver alguns mesmo assim.

— Não gosto de deixar você sozinha. Não vou poder dar um tapa se você começar a pegar no sono.

— Eu mesma dou o tapa. Vá buscar. Mas tente não demorar.

Garth subiu os degraus, tentou abrir a porta e forçou com o ombro quando não conseguiu. A porta se escancarou, e ele tropeçou para dentro. Um momento depois, passou a cabeça pelo buraco manchado de marrom na lateral do trailer, com um sorriso enorme no rosto.

— Não pegue no sono, coisinha linda! Se lembre que vou dar um retoque no seu nariz qualquer dia desses!

— Só em sonhos, cretino — disse ela, mas Garth já tinha voltado com a cabeça para dentro do trailer. Michaela ouviu baques e estrondos quando ele começou a procurar o elusivo Relâmpago Roxo. Que a polícia devia ter levado e guardado no armário de provas da delegacia, isso se não tivesse levado para suas mulheres em casa.

Michaela andou até os destroços do laboratório de metanfetamina. Estava cercado de arbustos chamuscados e árvores pretas. Nenhuma metanfetamina seria preparada ali no futuro, nem roxa e nem de cor nenhuma. Ela se perguntou se o barracão tinha explodido sozinho, como podia acontecer com lugares assim, ou se a mulher que matou os traficantes havia provocado a explosão. Era uma pergunta teórica àquela altura, mas a mulher em si interessava a Michaela, despertava a curiosidade natural e investigativa que a tinha feito revistar as gavetas da cômoda de Anton Dubcek quando tinha oito anos e acabou direcionando-a para o jornalismo, onde era possível investigar as gavetas de *todo mundo*, as reais e as figurativas. Essa parte da mente dela ainda estava ativa, e ela achava que a estava mantendo acordada tanto quanto a metanfetamina de Flickinger. Ela tinha perguntas sem respostas.

Perguntas como de que forma aquela tal de Aurora havia começado. E por que, supondo que houvesse um porquê. Perguntas como se as mulheres podiam ou não voltar, como a Bela Adormecida voltou. Sem mencionar perguntas sobre a mulher que tinha matado os traficantes de cristal, cujo nome era, de acordo com uma conversa que eles ouviram no Squeaky Wheel e na cidade, Eva ou Evelyn ou Ethelyn Black, e que podia supostamente dormir e acordar novamente, o que a tornava diferente de qualquer outra mulher do mundo, a não ser que outra existisse na Terra do Fogo ou no alto do Himalaia. Aquela mulher podia ser só um boato, mas Michaela achava que havia algum elemento de verdade nela. Quando boatos chegavam de direções diferentes, era inteligente prestar atenção.

Se eu não estivesse vivendo com um pé na realidade e o outro na Terra do Sono, pensou Michaela, começando a andar pelo caminho atrás do barracão destruído, *eu iria correndo para a prisão feminina para começar a fazer perguntas.*

Outra pergunta: quem estava cuidando da prisão, agora que sua mãe estava dormindo? Hicks? Sua mãe dizia que ele tinha o cérebro de um hamster e a firmeza de uma água-viva. Se a memória dela ainda estava funcionando direito, Vanessa Lampley era a guarda mais antiga da equipe. Se Lampley não estivesse mais lá, ou se estivesse dormindo, só restava...

O zumbido estava soando só dentro de sua cabeça? Ela não tinha como ter certeza, mas achava que não. Ela achava que eram os cabos de força que passavam ali perto. Nada demais, mas seus olhos estavam detectando coisas difíceis de descartar como normais. Marcas cintilantes como contornos de mão em uns troncos a alguns metros do barracão explodido. Marcas cintilantes que pareciam pegadas no musgo e na lama, como se dissesse "por aqui, moça". E amontoados de mariposas em muitos dos galhos, empoleiradas lá parecendo observá-la.

— Bu! — gritou ela para um dos amontoados de insetos. As mariposas bateram as asas, mas não saíram voando. Michaela deu um tapa em um lado da cara, depois no outro. As mariposas ainda estavam lá.

Casualmente, Michaela se virou e olhou encosta abaixo para o barracão e para o trailer. Ela esperava se ver deitada no chão, envolta em teias, evidência inegável de que tinha se desconectado do corpo e se tornado um espírito. Porém, não havia nada além das ruínas e do som baixo de Garth Flickinger, ainda fazendo uma caça enlouquecida ao tesouro.

Ela olhou para o caminho, pois *era* um caminho, as pegadas cintilantes diziam que era, e viu uma raposa sentada trinta ou quarenta metros à frente. A cauda estava envolvendo as patas. Estava observando-a. Quando ela deu três passos hesitantes na direção do animal, a raposa correu pelo caminho, parando uma vez para olhar para trás. Parecia estar dando um sorriso simpático.

Por aqui, moça.

Michaela foi atrás. A parte curiosa dela estava totalmente desperta agora, e ela se sentia mais alerta, mais ciente do que havia se sentido em dias. Quando percorreu mais cem metros, havia tantas mariposas nas árvores que os galhos pareciam não ter mais superfície. Deviam ser milhares. Porra, dezenas de milhares. Se a atacassem (isso despertou uma lembrança do filme de Hitchcock sobre pássaros assassinos), ela seria sufocada, mas Michaela achava que isso não ia acontecer. As mariposas eram observadoras. Só isso. Sentinelas. Batedoras. A raposa era a líder. Mas aonde a estava levando?

Sua guia levou Michaela por uma subida, por um leve declive, mais uma colina acima e por uma região de vegetação mais carregada com bétulas e amieiros. Os troncos estavam cheios de pontos com aquela brancura estranha. Ela passou as mãos por um deles. A ponta dos dedos cintilaram brevemente, depois a coisa branca sumiu. Havia casulos ali? Aquilo era resíduo deles? Mais perguntas sem respostas.

Quando ela levantou o rosto depois de olhar a mão, a raposa tinha sumido, mas o zumbido estava mais alto. Não parecia mais o som de cabos de força. Era mais forte e mais vital. A terra em si vibrava embaixo dos seus sapatos. Ela andou na direção do som, mas parou, tão perplexa quanto Lila Norcross tinha ficado no mesmo local pouco mais de quatro dias antes.

À frente havia uma clareira. No centro dela, uma árvore retorcida com muitos troncos entrelaçados, marrom-avermelhados, subia aos céus. Folhas amplas e pré-históricas pendiam dos galhos. Ela sentia o aroma pungente, um pouco parecido com noz-moscada, diferente de qualquer coisa que ela já tivesse sentido na vida. Uma coleção digna de aviário de pássaros exóticos se alojava nos galhos altos, assobiando, se lamuriando e piando. No pé da árvore havia um pavão do tamanho de uma criança, a cauda iridescente aberta para o deleite de Michaela.

Eu não estou vendo isso, ou, se estou, todas as mulheres adormecidas também estão. Porque estou como elas agora. Eu adormeci nas ruínas daquele barracão, e um casulo está se formando em torno de mim enquanto eu admiro o pavão. Eu devo ter me descuidado de alguma forma, só isso.

O que a fez mudar de ideia foi o tigre branco. A raposa veio na frente, como se o guiasse. Uma cobra vermelha envolvia o pescoço do tigre como um adorno bárbaro. A cobra balançou a língua, provando o ar. Ela via sombras aparecendo e sumindo nos músculos dos flancos do tigre conforme ele andava em sua direção. Os olhos verdes enormes estavam fixados nos dela. A raposa começou a trotar, e seu focinho roçou no tornozelo dela, frio e um pouco úmido.

Dez minutos antes, Michaela teria dito que não tinha mais disposição para andar rápido, menos ainda correr. Agora, ela se virou e voltou correndo pelo caminho que tinha percorrido em grandes passos saltados, empurrando galhos e fazendo nuvens de mariposas marrons saírem voando pelo céu. Caiu de joelhos, se levantou e continuou correndo. Não se virou, porque tinha medo de o tigre estar atrás dela, o maxilar aberto para parti-la em duas pela cintura.

Saiu da floresta acima do barracão e viu Garth de pé ao lado do Mercedes, segurando um saco grande cheio do que pareciam pedras preciosas roxas.

— Sou em parte cirurgião cosmético, em parte um cão farejador do caralho! — gritou ele. — Nunca duvide! Essa porra estava presa com fita adesiva no painel do teto! Vamos… Mickey? O que foi?

Ela se virou e olhou para trás. O tigre tinha sumido, mas a raposa estava ali, a cauda mais uma vez em volta das patas.

— Você está vendo aquilo?

— O quê? Aquela raposa? Claro. — A alegria dele sumiu. — Ei, ela não mordeu você, né?

— Não, não me mordeu. Mas… vem comigo, Garth.

— Ir pra onde, pra floresta? Não, obrigado. Nunca fui escoteiro. Só preciso olhar para hera venenosa para ter urticária. Meu lance era o clube de química, ha-ha. Não tem surpresa nenhuma nisso.

— Você tem que vir. Estou falando sério. É importante. Eu preciso… bem… de verificação. Você não vai ter urticária. Tem uma trilha.

Ele foi, mas sem nenhum entusiasmo. Ela o guiou pelo barracão destruído e por entre as árvores. A raposa só trotou no começo, depois saiu correndo, ziguezagueando entre as árvores até sumir de vista. As mariposas também tinham sumido, mas…

— Ali. — Ela apontou para uma das marcas. — Você vê aquilo? Por favor, me diga que vê.

— Hã — disse Garth. — Caramba.

Ele guardou o saco precioso de Relâmpago Roxo dentro da camisa aberta e se ajoelhou para examinar a pegada luminosa. Usou uma folha para tocar nela com cuidado, cheirou o resíduo e o viu sumir.

— É aquela substância do casulo? — perguntou Michaela. — É, não é?

— Pode já ter sido — disse Garth. — Ou talvez uma exsudação do que *causa* os casulos. Estou chutando, mas… — Ele se levantou. Parecia ter esquecido que eles tinham ido procurar mais drogas, e Michaela teve um vislumbre do médico inteligente e investigativo que se levantava ocasionalmente da cama king-size dentro do crânio de Garth. — Escuta, você ouviu os boatos, né? Quando fomos buscar mais suprimentos no mercado do centro?

(Tais suprimentos, cerveja, batata Ruffles, macarrão instantâneo e um tubo tamanho grande de creme azedo, foram em pouca quantidade. O Shopwell estava aberto, mas já tinha sido saqueado.)

— Boatos sobre a mulher — disse ela. — Claro.

— O que eles não sabem é que foi aqui que ela apareceu primeiro — disse Garth. — Talvez a gente tenha mesmo a Maria Tifoide aqui em Dooling. Sei que parece improvável, todos os relatos dizem que a Aurora começou do outro lado do mundo, mas...

— Acho possível — disse Michaela. O cérebro dela estava funcionando de novo, e em velocidade máxima. A sensação era divina. Podia não durar, mas, enquanto durasse, pretendia ficar montada nela como se fosse um daqueles touros mecânicos. Yahoo, vaqueira. — E tem outra coisa. Eu talvez tenha descoberto de onde ela veio. Vem, vou mostrar.

Dez minutos depois, eles estavam na beirada da clareira. A raposa tinha sumido. O mesmo para o tigre e o pavão com a cauda fabulosa. E também os pássaros exóticos de muitas cores. A árvore ainda estava lá, só que...

— Bem — disse Garth, e ela praticamente ouvia a atenção dele se desviando, como ar saindo de uma boia furada —, é um belo carvalho antigo, Mickey, tenho que concordar, mas não tem nada de especial.

— Eu não imaginei. *Não* imaginei. — Mas ela já estava começando a duvidar. Talvez também tivesse imaginado as mariposas.

— Mesmo que você tenha imaginado, essas marcas de mãos e pés definitivamente são material de *Arquivo X*. — Garth se animou. — Tenho todos os episódios em disco, e continuam muito bons, se bem que os celulares que eles usam nas duas ou três primeiras temporadas são *hilários*. Vamos para casa fumar e ver alguns, o que você acha?

Michaela não queria assistir a *Arquivo X*. O que ela queria era dirigir até a prisão e ver se conseguia uma entrevista com a mulher da vez. Parecia uma trabalheira danada, e era difícil imaginar como persuadir alguém a deixá-la entrar, com a aparência que estava (meio parecida com a Bruxa Má do Oeste, só que de calça jeans e uma blusa sem mangas), mas depois do que eles tinham visto ali, onde a mulher supostamente havia feito sua primeira aparição...

— Que tal um *Arquivo X* da vida real? — propôs ela.

— O que você quer dizer?

— Vamos dar uma volta. Eu conto no caminho.

— Não podemos experimentar isto primeiro? — Ele balançou o saco, esperançoso.

— Em breve — disse ela. Teria que ser em breve, porque o cansaço a estava dominando. Era como ficar presa em um saco preto sufocante, mas com um pequeno rasgo, e esse rasgo era a curiosidade dela, permitindo a entrada de um raio de luz forte.

— Bom… tudo bem. Eu acho.

Garth foi na frente pelo caminho de volta. Michaela parou só para dar uma olhada para trás, torcendo para surpreender a árvore incrível de volta no lugar. Porém, era só um carvalho, largo e alto, mas nem um pouco sobrenatural.

A verdade está por aí, ela pensou. *E talvez eu não esteja cansada demais para descobrir.*

7

Nadine Hicks era das antigas; nos dias anteriores à Aurora, ela tinha a tendência de se apresentar como "sra. Lawrence Hicks", como se, ao se casar com o marido, ela tivesse em algum grau se tornado ele. Agora, ela estava embrulhada como um presente de casamento, inclinada sobre a mesa de jantar. Na frente dela havia um prato vazio, um copo vazio, guardanapo e talheres. Depois de deixar Frank entrar, Hicks o levou para a sala de jantar, e o vice-diretor se sentou à mesa de cerejeira em frente à esposa para terminar o café da manhã.

— Aposto que você acha isso estranho — disse Hicks.

Não, pensou Frank, *eu não acho que colocar sua esposa encasulada à mesa de jantar como uma boneca mumificada enorme seja estranho. Acho, ah, como é a palavra? Já sei:* insano.

— Eu não vou julgar você — disse Frank. — O choque foi grande. Todo mundo está fazendo o melhor que pode.

— Bom, policial, eu só estou tentando manter a rotina. — Hicks estava de terno e tinha feito a barba, mas havia bolsas enormes embaixo dos olhos e o terno estava amassado. Claro, as roupas de todo mundo pareciam amassadas agora. Quantos homens sabiam passar roupa? E dobrar? Frank sabia, mas não tinha ferro. Desde a separação, ele levava as roupas para a Tinturaria Dooling, e se precisasse de uma calça passada para já, ele a colocava embaixo do colchão, se deitava em cima por uns vinte minutos e pronto.

O café da manhã de Hicks era patê com torrada.

— Espero que você não se importe de eu comer. É um café da manhã tradicional pra mim. Levar ela de um lado para outro abre o apetite. Depois disso, vamos ficar no quintal um pouco. — Hicks se virou para a esposa. — Não é, Nadine?

Os dois esperaram dois segundos sem sentido, como se ela talvez respondesse. Porém, Nadine só ficou ali parada, uma estátua alienígena atrás do jogo americano.

— Escuta, não quero tomar muito do seu tempo, sr. Hicks.

— Tudo bem. — Hicks pegou a ponta da torrada e deu uma mordida. Gotículas de patê caíram no joelho dele. — Droga. — Hicks riu com a boca cheia. — Já estou ficando sem roupas limpas. É Nadine quem lava a roupa. Preciso que você acorde e cuide disso, Nadine. — Ele engoliu o pedaço e deu um aceno curto e sério para Frank. — Eu limpo a caixa de areia e tiro o lixo nas manhãs de sexta. É imparcial. Uma divisão justa de trabalho.

— Senhor, eu só quero perguntar...

— E boto gasolina no carro dela. Ela odeia aquelas bombas self-service. Eu dizia para ela: "Você vai ter que aprender se eu me for antes de você, querida". E ela dizia...

— Eu quero perguntar sobre o que está acontecendo na prisão. — Frank também queria se afastar de Lore Hicks o mais rápido possível. — Tem uma mulher lá sobre quem as pessoas estão falando. O nome dela é Eva Black. O que você pode me dizer sobre ela?

Hicks observou o prato.

— Eu ficaria longe dela.

— Então ela está acordada?

— Quando eu saí, estava. Mas, sim, eu ficaria longe dela.

— Dizem que ela dorme e acorda. É verdade?

— Parecia que sim, mas... — Hicks, ainda olhando para o prato, virou a cabeça, como se estivesse desconfiado do patê na torrada. — Eu odeio insistir, mas eu deixaria pra lá, policial.

— Por que você diz isso? — Frank estava pensando nas mariposas que tinham surgido do pedaço de teia que Garth Flickinger havia queimado. E na que pareceu fixar os olhos nele.

— Ela pegou meu celular — disse Hicks.

— Como é? Como ela fez isso?

— Ela me ameaçou com ratos. Os ratos estão com ela. Fazem o que ela manda.

— Os ratos fazem o que ela manda.

— Você vê as implicações, não vê? Como todo hotel, toda prisão tem seus roedores. Os cortes aumentam o problema. Eu me lembro de Coates reclamar de ter que cancelar a desratização. Não cabia no orçamento. Não pensam nisso na legislatura, não é? "É só uma prisão. O que são alguns ratos para as detentas se elas mesmas são ratos?" Bom, e se uma das detentas aprende a *controlar* os ratos? E aí? — Hicks empurrou o prato para longe. Aparentemente, não estava mais com apetite. — É uma pergunta retórica, claro. A legislatura não pensa em coisas assim.

Frank parou na porta da sala de jantar de Hicks e contemplou a probabilidade de o homem estar sofrendo alucinações geradas por estresse e sofrimento. Porém, havia o fragmento de teia que tinha virado mariposas... E isso? Frank tinha visto acontecer. E uma mariposa não havia ficado o encarando? Podia ter sido alucinação (ele mesmo estava sofrendo de estresse e dor, afinal), mas Frank achava que não. Quem podia dizer que o vice-diretor não tinha perdido vários parafusos? E quem podia dizer que ele não estava dizendo a verdade?

Talvez ele tivesse perdido vários parafusos *porque* estava dizendo a verdade. Que tal isso como possibilidade desagradável?

Hicks se levantou.

— Como você está aqui, se importaria de me ajudar a carregar ela lá para fora? Estou com dor nas costas e não sou mais jovem.

Havia poucas coisas que ele quisesse fazer menos do que aquilo, mas Frank concordou. Pegou as pernas grossas de Nadine Hicks e o marido a segurou pelas axilas. Eles a levantaram e saíram pela porta da frente, desceram os degraus e foram para a lateral da casa, carregando cuidadosamente a mulher entre eles. A teia estalou como papel de presente.

— Aguenta aí, Nadine — disse Hicks para a membrana branca que envolvia o rosto da esposa. — Vamos acomodar você na cadeira Adirondack. Para pegar um pouco de sol. Tenho certeza de que passa pelo casulo.

— E quem está no comando agora? — perguntou Frank. — Da prisão?

— Ninguém — disse Hicks. — Ah, acho que Van Lampley pode alegar o comando, se ainda estiver de pé. Ela é a guarda mais antiga.

— O psiquiatra, dr. Norcross, alega que é o diretor em exercício — disse Frank.

— Besteira.

Eles acomodaram a sra. Hicks em uma cadeira Adirondack amarela no pátio de pedra. Claro que não estava sol. Só a mesma chuva leve. Em vez de penetrar, as gotas caíam na superfície do casulo e escorriam, como aconteceria no tecido de uma barraca à prova d'água. Hicks começou a meio balançar e meio arrastar um guarda-sol. A base fez um ruído agudo na pedra.

— Tenho que tomar cuidado, não posso aplicar protetor solar com aquela coisa nela, e ela se queima com muita facilidade.

— Norcross? O psiquiatra?

Hicks riu.

— Norcross é contratado. Não tem autoridade. Ele não foi indicado por ninguém.

Isso não surpreendeu Frank. Ele tinha desconfiado de que a exibição de moral de Norcross era bem isso: uma exibição. Porém, isso o irritou mesmo assim. Havia vidas em jogo. Muitas, mas não havia problema em pensar primeiro em Nana, porque ela representava todo o resto. Não havia egoísmo no que ele estava fazendo quando se olhava por esse ângulo; visto por aquela luz, era altruísta! Enquanto isso, ele precisava ficar calmo.

— Que tipo de homem ele é? O psiquiatra?

Hicks posicionou o guarda-sol e o abriu acima da esposa.

— Pronto. — Ele respirou fundo algumas vezes. Suor e chuva escureceram a gola dele. — Ele é inteligente, tenho que admitir. Inteligente demais, na verdade. Não tinha nada que estar trabalhando em uma prisão. E pense nisto: ele ganha salário de tempo integral, quase igual ao meu, mas não podemos pagar uma desratização. Isso é a política que conhecemos no século XXI, policial Geary.

— O que você quer dizer quando diz que ele não tinha nada que estar trabalhando em uma prisão?

— Por que ele não foi fazer atendimento particular? Já vi os registros dele. Ele já publicou artigos. Tem os diplomas certos. Eu sempre achei que havia algo de estranho nele de querer ficar com criminosas e viciadas, mas não sei o quê. Se for uma coisa sexual, ele sempre é extremamente cuidadoso. Essa é a primeira coisa que vem à cabeça quando pensamos em um homem que gosta de trabalhar com criminosas. Mas acho que não é isso.

— Como você lidaria com ele? Ele é sensato?

— Claro, ele é sensato. Um homem muito sensato que também é um sentimental politicamente correto. E é exatamente por isso que eu odeio, como você diz, *lidar* com ele. Nós não somos uma instituição de reabilitação, sabe. A prisão é um depósito para pessoas que não querem seguir as regras e são péssimas na hora de trapacear. Uma lata de lixo, para falar abertamente, e somos pagos para nos sentarmos na tampa. Coates adora discutir com ele, eles são amigos, mas ele me exaure. Argumenta até você enlouquecer. — Do bolso, Hicks tirou um lenço amassado. Usou para secar algumas gotas do casulo da esposa. — Adora contato visual. Faz a gente achar que ele acha que a gente é maluco.

Frank agradeceu a Lawrence Hicks pela ajuda e foi até a frente da casa, onde tinha estacionado. O que Norcross estava pensando? Que motivo teria para impedir que eles vissem a mulher? Por que não confiaria neles? Os fatos só pareciam apoiar uma conclusão, e era bem feia: por algum motivo, o doutor estava trabalhando a favor da mulher.

Hicks foi correndo atrás dele.

— Sr. Geary! Policial!

— O que foi?

A expressão do vice-diretor estava tensa.

— Escuta, aquela mulher... — Ele esfregou as mãos. A chuva leve manchou os ombros do paletó amassado. — Se você falar com ela, com Eva Black, não dê a ela a impressão de que quero meu celular de volta, tá? Ela pode ficar. Vou usar o da minha esposa se precisar fazer uma ligação.

8

Quando Jared saiu pelos fundos da casa de exibição onde ele e Mary estavam morando (*Se é que podemos chamar isso de morar*, ele pensou), Mary estava encostada na cerca com a cabeça apoiada nos braços. Fios brancos finos saíam do cabelo dela.

Ele correu até ela, quase tropeçou na casinha de cachorro limpinha (uma imitação da casa, até as moldurinhas azuis das janelas), a segurou, sacudiu e beliscou os lóbulos das orelhas, como ela tinha dito para ele fazer se ela começasse a adormecer. Ela disse que tinha lido na internet que era a maneira mais rápida de acordar alguém que tinha adormecido. Claro que havia todo tipo de receita para ficar acordado na internet agora, assim como antigamente havia muitas estratégias para adormecer.

Deu certo. Os olhos dela entraram em foco. Os fios de teia branca se soltaram dela e voaram para o alto, desaparecendo no caminho.

— Opa — disse ela, tocando nas orelhas e tentando dar um sorriso. — Achei que minhas orelhas estavam sendo furadas de novo. Tem uma mancha roxa voando na sua cara, Jere.

— Você devia estar olhando para o sol. — Ele segurou o braço dela. — Vem. A gente tem que correr.

— Por quê?

Jared não respondeu. Se seu pai estava paranoico, era contagioso. Na sala, com a mobília combinando perfeitamente, mas um tanto estéril (até os quadros nas paredes combinavam), ele parou para olhar pela janela para a viatura da delegacia estacionada seis ou sete casas abaixo. Enquanto olhava, dois policiais saíram de uma das casas. Sua mãe tinha convidado todos os policiais e esposas para jantar uma vez ou outra ao longo dos anos, e Jared conhecia a maioria. Aqueles dois eram Rangle e Barrows. Considerando que todas as casas exceto aquela estavam sem mobília, os policiais provavelmente só dariam uma olhada rápida. Chegariam ali a qualquer momento.

— Jared, pare de *puxar*!

Eles tinham colocado Platinum, Molly, a sra. Ransom e Lila no quarto principal. Mary queria deixá-las no térreo, disse que elas não iam se incomodar com a decoração nem nada. Jared insistiu, ainda bem, mas o segundo andar não era suficiente. Como a casa tinha móveis, Rangle e Barrows podiam decidir realmente fazer uma busca.

Ele empurrou Mary para a escada, ela murmurando reclamações o tempo todo. No quarto, ele pegou a cesta com o corpinho embrulhado de Platinum e correu para puxar a tranca no teto do corredor. A escada do sótão desceu com um estrondo. Teria acertado a cabeça de Mary se ele não a tivesse puxado para o lado. Jared subiu, empurrou a cesta do bebê pela borda do alçapão para o piso do sótão e desceu. Ignorando as perguntas dela, ele correu até o corredor e olhou para a rua. A viatura estava se deslocando junto ao meio-fio. Só quatro casas agora. Não, três.

Ele correu até onde Mary estava, com os ombros murchos e a cabeça abaixada.

— Nós temos que carregar elas lá para cima. — Ele apontou para a escada.

— Eu não consigo carregar ninguém — disse ela, parecendo uma criança choramingando. — Estou *cansaaada*, Jere!

— Eu sei. Mas você consegue levar Molly, ela é leve. Vou pegar a avó dela e a minha mãe.

— Por quê? Por que a gente tem que fazer isso?

— Porque aqueles policiais podem estar nos procurando. Meu pai disse.

Ele esperava que ela perguntasse por que seria ruim os policiais os encontrarem, mas ela não falou nada. Jared a levou até o quarto; as mulheres estavam na cama de casal, Molly descansando em uma toalha fofa no banheiro adjacente. Ele pegou Molly e a colocou nos braços de Mary. Em seguida, pegou a sra. Ransom, que pareceu mais pesada do que ele lembrava. *Mas não pesada demais*, pensou Jared, e se lembrou do que a mãe gostava de cantar quando ele era pequeno: *Destaque* o positivo, *elimine* o negativo.

— E não se meta com o sr. Indeciso — disse ele, segurando melhor o que restava da velha senhora.

— Hã? O quê?

— Deixa pra lá.

Com Molly nos braços, Mary começou a subir a escada um passinho lento de cada vez. Jared (imaginando a viatura já parando na frente da casa, Rangle e Barrows olhando a placa que dizia ENTREM E DEEM UMA OLHADA) encostou o ombro na bunda de Mary quando ela parou na metade da escada. Ela olhou para trás.

— Você está ficando meio íntimo demais, Jared.

— Anda logo, então.

De alguma forma, ela conseguiu chegar ao alto sem derrubar a garota na cabeça dele. Jared foi atrás, ofegando, empurrando a sra. Ransom pela abertura. Mary colocou o corpinho de Molly nas tábuas do sótão. O espaço ocupava o tamanho da casa. Era baixo e muito quente.

— Já volto — disse Jared.

— Tudo bem, mas estou tendo dificuldade para me importar. O calor está fazendo minha cabeça doer.

Jared voltou até o quarto. Passou os braços pelo corpo embrulhado de Lila e sentiu o joelho machucado dar uma pontada de aviso. Ele tinha se esquecido do uniforme, das botas pesadas, do cinto. O quanto isso acrescentava ao peso de uma mulher saudável e bem nutrida? Cinco quilos? Dez?

Ele a levou até a escada, avaliou a subida íngreme e pensou: Eu nunca vou conseguir levar ela lá para cima. Não tem como.

A campainha tocou, quatro toques ascendentes e alegres, e ele começou a subir, não ofegando, mas arfando agora. Subiu três quartos da escada e ficou sem energia. Quando estava tentando decidir se podia descer sem largar a mãe, dois braços magros apareceram, as palmas abertas. Mary, graças a Deus. Jared conseguiu subir mais dois degraus e Mary conseguiu pegar Lila.

Do andar de baixo, um dos policiais disse:

— Não está nem trancada. A porta está aberta. Venha.

Jared empurrou. Mary puxou. Juntos, eles conseguiram botar Lila acima do nível do alçapão. Mary caiu para trás, puxando Lila por cima dela. Jared pegou o topo da escada e puxou. A escada subiu, dobrando-se, e ele se apoiou nela, aliviando o final da subida para não fazer um estrondo ao fechar.

Lá embaixo, um policial gritou:

— Olá, alguém em casa?

— Como se um saco de puta fosse responder — disse o outro, e os dois riram.

Saco de puta?, pensou Jared. *É assim que vocês estão chamando as mulheres? Se minha mãe ouvisse uma coisa assim saindo da boca de vocês, ela daria tanta porrada que a cabeça ia ficar mais baixa que os ombros.*

Eles ainda estavam falando, mas indo para o lado da casa onde ficava a cozinha, e Jared não conseguia mais entender o que estavam dizendo. Seu medo foi transmitido automaticamente para Mary, mesmo no estado alterado em que ela estava, e a garota passou os braços em volta dele. Jared inspirou o suor dela, e quando ela encostou a bochecha na dele, o sentiu.

As vozes voltaram, e Jared mandou uma ordem mental para os policiais lá embaixo: *Vão embora! O lugar está vazio, vão embora!*

Mary sussurrou no ouvido dele:

— Tem comida na geladeira, Jere. Na despensa também. Uma embalagem que joguei no lixo. E se eles...

Com os sapatos pesados de policial fazendo *tum-tum-tum*, os dois subiram a escada até o segundo andar. Isso era ruim, mas eles não estavam falando sobre comida na geladeira e nem sobre lixo recente na lata ao lado, e isso era bom. (*Destaque* o positivo.) Eles estavam discutindo o que fazer em relação ao almoço.

Debaixo deles, à esquerda, um dos policiais (talvez Rangle) disse:

— Essa colcha me parece meio amassada. Você não acha?

— Acho — disse o outro. — Não ficaria surpreso se alguém estivesse ocupando a casa, mas é mais provável que as pessoas que vêm olhar o imóvel, possíveis compradores, se sentem às vezes, não? Experimentem a cama. É uma coisa natural de se fazer.

Mais passos pelo corredor. Tum-tum-tum. Eles pararam, e dessa vez, quando as vozes soaram, eles estavam diretamente abaixo. Mary apertou os braços no pescoço de Jared e sussurrou:

— Se eles pegarem a gente escondido aqui, vão nos prender, não vão?

— Shhh — sussurrou Jared, pensando: *Teriam nos prendido mesmo se nos encontrassem lá embaixo. Só que provavelmente chamariam de prisão preventiva.*

— O alçapão no teto — disse o que provavelmente era Barrows. — Quer ir olhar o sótão, ou vou eu?

A pergunta foi seguida por um momento de silêncio que pareceu se prolongar para sempre. E o que devia ser Rangle disse:

— Pode subir, se quiser, mas se Lila e o filho estivessem na casa, eles estariam aqui embaixo. E eu tenho alergia. Não vou subir para respirar aquela poeira toda.

— Mesmo assim…

— Pode ir, cara — disse Rangle, e na mesma hora a escada desceu, espalhando luz pelo sótão. Se o corpo encasulado de Lila estivesse quinze centímetros mais perto da abertura, estaria visível. — Aprecie o calor lá em cima. Aposto que está fazendo uns quarenta e cinco graus.

— Foda-se — disse Barrows. — E já que toquei no assunto, foda-se você e essa sua conversa pra boi dormir. *Alergia*. Vem, vamos embora daqui.

A escada subiu, dessa vez se fechando com um estrondo alto que fez Jared dar um pulo apesar de saber que ia acontecer. Os sapatos pesados de policial saíram fazendo tum-tum-tum pela escada. Jared ouviu, prendendo a respiração, quando os policiais pararam no saguão, conversando mais. Em tons baixos. Impossível captar mais de uma palavra ou frase. Alguma coisa sobre Terry Coombs; alguma coisa sobre um policial novo chamado Geary; e alguma coisa sobre o almoço de novo.

Vão embora!, Jared queria gritar para eles. *Vão embora antes que Mary e eu passemos mal de calor!*

Finalmente, a porta da frente se fechou. Jared apurou os ouvidos para perceber o som da viatura sendo ligada, mas não conseguiu. Ou tinha passado muito tempo ouvindo música alta de fones de ouvido ou o revestimento do sótão era grosso demais. Ele contou até cem e voltou até o zero, mas não conseguia aguentar mais. O calor estava acabando com ele.

— Acho que foram embora — disse ele.

Mary não respondeu, e ele percebeu que o aperto forte no pescoço estava frouxo agora. Ele estava concentrado demais para reparar antes. Quando se virou para olhar para ela, os braços caíram sem vida ao lado do corpo e ela desabou no piso de madeira.

— Mary! *Mary!* Não durma!

Não houve resposta. Jared abriu o alçapão sem se importar com o estrondo que a escada fez quando a parte de baixo bateu no piso abaixo. Tinha se esquecido dos policiais. Era com Mary que ele se importava agora, e só com Mary. Talvez não fosse tarde demais.

Só que era. Sacudir não adiantou. Mary tinha adormecido enquanto ele estava prestando atenção para ter certeza de que os policiais não voltariam. Agora, ela estava deitada ao lado de Lila, as feições delicadas já sumindo embaixo dos fios brancos que estavam surgindo do nada.

— Não — sussurrou Jared. — Ela se esforçou tanto.

Ele ficou sentado por quase cinco minutos, vendo o casulo se adensar, se entrelaçar implacavelmente, e depois ligou para o pai.

Foi a única coisa em que ele conseguiu pensar.

4

1

No mundo em que as mulheres existiam antes, Candy Meshaum morava em uma casa na West Lavin, na direção da prisão. Isso era adequado, porque a casa dela também era uma prisão. Naquele novo mundo, ela escolheu viver com algumas outras mulheres, todas frequentadoras da Reunião, em um enclave que elas tinham criado em um guarda-móveis. Esse depósito, como o Shopwell (e diferentemente da grande maioria dos outros prédios da área), ficou quase totalmente isolado durante o número indeterminado de anos de abandono. Era uma estrutura em forma de L de dois andares, compartimentos empilhados no meio da floresta, em uma área de cimento. Feitos de plástico duro e fibra de vidro, os compartimentos cumpriram admiravelmente a promessa do anúncio apagado na placa do lado de fora, de serem à prova de vazamentos. Havia mato e árvores no cimento do chão e folhas entupiam as calhas, mas foi trabalho fácil cortar a vegetação e limpar o escoamento, e os compartimentos abertos, depois de esvaziados de caixas inúteis de objetos pessoais, se mostraram um excelente alojamento, ainda que não exatamente bonito.

Se bem que Candy Meshaum se esforçou, não foi?, pensou Lila.

Ela andou em volta da estrutura, que estava tomada pela luz natural que entrava pela ampla porta de metal aberta. Havia uma cama arrumada no meio do aposento, coberta com um edredom vermelho cintilante que captava a luz do dia. Pendurada na parede sem janelas estava uma paisagem litorânea emoldurada: céu claro e uma área de costa rochosa. Talvez tivesse sido encontrada no meio dos itens guardados no compartimento. No canto, havia uma cadeira de balanço, e no chão ao lado havia uma cesta de lã perfurada por duas agulhas de metal. Outra cesta próxima continha pares de meias tricotadas à perfeição, exemplos do trabalho dela.

— O que você acha? — Coates ficou do lado de fora para fumar. (Cigarros, embrulhados em alumínio e celofane, eram outra coisa que tinha aguentado bem.) A diretora, antiga diretora, tinha deixado o cabelo crescer e ficar todo branco. A forma como caía pelos ombros estreitos dava um ar profético a ela, como se estivesse andando pelo deserto em busca de sua tribo. Lila achou que ficava bem nela.

— Gostei do que você fez com seu cabelo.

— Obrigada, mas eu estava me referindo à mulher que deveria estar aqui, mas de repente não está.

Candy Meshaum era uma das quatro mulheres que tinham desaparecido, contando com Essie. Lila entrevistou várias das mulheres que moravam nos compartimentos vizinhos. Candy foi vista se balançando alegremente na cadeira, tricotando, e dez minutos depois, não estava em lugar nenhum. O compartimento ficava no segundo andar do depósito, perto do meio, mas ninguém a tinha visto sair, uma mulher grande que mancava. Não era inconcebível ela ter conseguido desaparecer assim, mas era improvável.

As vizinhas descreveram Candy como alegre e feliz. Uma delas, que a conhecia antes, no velho mundo, usou a palavra "renascida". Ela exibia grande orgulho dos trabalhos e do compartimento lindamente decorado que era seu lar. Mais de uma pessoa mencionou que ela se referia ao local como "o apartamento dos sonhos" sem um pingo de ironia.

— Não vejo nada definitivo. Nada que eu fosse querer levar ao tribunal — disse Lila. Mas achava que o que tinha acontecido foi parecido com o que aconteceu com Essie: presente em um segundo, no seguinte, não mais. Puf. Abracadabra.

— Mesma coisa, não é? — Janice, que estava olhando para Essie, relatou ver um brilho pequeno, do tamanho da chama de um isqueiro, e depois, mais nada. O espaço que a mulher tinha ocupado estava vazio. Os olhos de Janice não conseguiram detectar a transformação, ou desintegração, ou fosse qual fosse o fenômeno que havia ocorrido. Foi rápido demais para a visão dela. A diretora disse que pareceu que Essie tinha sido desligada como uma lâmpada, só que nem um filamento se apagava tão rápido.

— Pode ser — disse Lila.

— Ela está morta — disse Janice. — No outro mundo. Você não acha?

Uma mariposa pousou na parede acima da cadeira de balanço. Lila esticou a mão. A mariposa voou até ela e pousou na unha do indicador. Lila sentiu um leve odor de queimado.

— Pode ser — repetiu ela. Por um momento, esse Clinticismo era tudo que ela ousou dizer. — Nós temos que voltar e nos despedir das moças.

— Ideia maluca — resmungou Janice. — Já temos muito a fazer sem sair explorando.

Lila sorriu.

— Isso quer dizer que você queria estar indo junto?

Imitando Lila, a ex-diretora Coates disse:

— Pode ser. É o que seu maldito marido sempre diz.

No flagra, pensou Lila.

2

Na Main Street, uma patrulha estava se preparando para ir ver o mundo além de Dooling. Havia seis mulheres no grupo, e elas tinham enchido dois carrinhos de golfe com suprimentos. Millie Olson, uma guarda da prisão, se ofereceu para liderar. Até aquele momento, ninguém tinha se aventurado muito além da divisa das cidades. Nenhum avião ou helicóptero havia passado voando, nenhum incêndio tinha acontecido ao longe e nenhuma voz tinha surgido nas ondas dos rádios de emergência que elas montaram. Isso reforçava em Lila aquela sensação de incompletude que ela teve desde o começo. O mundo que habitavam agora parecia uma reprodução. Quase como uma cena dentro de um globo de neve, só que sem neve.

Lila e Janice chegaram a tempo de ver os preparativos finais. Uma antiga prisioneira chamada Nell Seeger estava agachada ao lado de um dos carrinhos, cantarolando baixinho enquanto verificava a pressão dos pneus. Millie estava mexendo nos pacotes colocados em um trailer preso na traseira, fazendo uma verificação de última hora dos suprimentos: sacos de dormir, comida liofilizada, água potável, roupas, dois walkie-talkies de brinquedo que tinham sido encontrados selados em plástico e funcionavam (mais ou menos), dois rifles que a própria Lila havia limpado, kits de primeiros socorros. Havia um clima de empolgação e bom humor; pessoas riam e batiam nas mãos umas das outras. Alguém perguntou a Millie Olson o que ela faria se elas dessem de cara com um urso.

— Domar — respondeu ela sem pensar, sem levantar o olhar do pacote em que estava mexendo. Isso gerou uma rodada de gargalhadas entre as observadoras.

— Você conhecia ela? — Lila perguntou a Janice. — Antes? — Elas estavam embaixo de um toldo da calçada, ombro a ombro, usando casacos de inverno. A respiração das duas soltava vapor.

— Porra, eu era a chefe dela.

— Não Millie. Candy Meshaum.

— Não. E você?

— Conhecia — disse Lila.

— E?

— Ela era vítima de abuso doméstico. O marido batia nela. Muito. Era por isso que ela mancava. Ele era um babaca, um mecânico que ganhava dinheiro vendendo armas. Fazia negócio com os Griner. Ao menos, era o que diziam, mas nós nunca conseguimos pegar ele por nada. Ele agredia ela com as ferramentas. Eles moravam na West Lavin, em uma casa caindo aos pedaços. Não estou surpresa de ela não querer ajeitar a casa, não haveria sentido. Os vizinhos nos ligaram mais de uma vez, ouviram ela gritando, mas ela não dizia nada. Tinha medo de reprimendas.

— Sorte ele nunca ter matado ela.

— Acho que provavelmente matou.

A diretora estreitou os olhos para Lila.

— Você quer dizer o que eu acho que quer dizer?

— Venha dar uma volta comigo.

Elas caminharam pelas ruínas da calçada, pisando por cima de fissuras cheias de mato crescendo, contornando asfalto quebrado. O parque em frente aos destroços do Prédio Municipal foi recuperado, podado e limpo. Ali, o único sinal da passagem do tempo era a estátua caída de um dignitário falecido. Um galho enorme de olmo, caído em uma tempestade, sem dúvida, o derrubou do pedestal. O galho foi arrastado para longe e cortado, mas o dignitário era tão pesado que ninguém tinha feito nada com ele ainda. Ele caiu em um ângulo agudo da base, a cartola entrando no chão e as botas viradas para o céu; Lila viu garotinhas correrem até ele para usar as costas como escorrega, rindo muito.

Janice disse:

— Você acha que o filho da puta do marido dela botou fogo nela com casulo e tudo.

Lila não respondeu diretamente.

— Alguém comentou que tinha se sentido tonta? Com náuseas? Uma sensação que vem de repente e some depois de umas horas? — Lila tinha sentido isso algumas vezes. Rita Coombs mencionou uma experiência parecida; a sra. Ransom e Molly também.

— Sim — disse Janice. — Quase todo mundo que conheço mencionou isso. Como se tivessem sido giradas sem terem sido giradas. Não sei se você conhece Nadine Hicks, esposa do meu colega da prisão...

— Já vi em alguns jantares da comunidade — disse Lila, e franziu o nariz.

— É, ela quase sempre ia. E ninguém sentia falta quando não ia, se você me entende. Ela alega ter essa vertigem o tempo todo.

— Certo, fique com isso em mente. Agora pense nos incêndios em massa. Você sabe sobre isso?

— Não pessoalmente. Sou como você, vim relativamente cedo. Mas ouvi as recém-chegadas falarem de terem visto no noticiário: homens botando fogo em mulheres nos casulos.

— Isso mesmo — disse Lila.

— Ah — respondeu Janice, entendendo. — Ah, merda.

— "Ah, merda" é a melhor coisa a dizer mesmo. No começo eu pensei, torci para que talvez fosse uma interpretação errada por parte das recém-chegadas. Elas foram privadas de sono, claro, e estavam perturbadas, e talvez tivessem visto alguma coisa na televisão que *acharam* que eram casulos sendo queimados, mas na verdade eram outra coisa. — Lila inspirou fundo o ar de fim de outono. Estava tão frio e limpo que fazia você se sentir mais alto. Sem cheiro de escapamento. Sem caminhões de carvão. — Esse instinto, o de duvidar do que as mulheres dizem, ele sempre existe. O de procurar um motivo para não acreditar na palavra delas. Os homens fazem isso... mas nós também fazemos. Eu faço.

— Você é rígida demais consigo mesma.

— E eu vi que ia acontecer. Conversei sobre isso com Terry Coombs três ou quatro horas antes de adormecer, no mundo antigo. As mulheres reagiam quando os casulos eram violados. Eram perigosas. Lutavam. Matavam. Não me surpreende que um monte de homens possa ter visto a situação como oportunidade ou precaução, ou como o pretexto que sempre quiseram para botar fogo em algumas pessoas.

Janice deu um sorriso torto.

— E eu sou acusada de ter uma visão pessimista da raça humana.

— Alguém botou fogo em Essie, Janice. No nosso mundo. Sei lá quem. E alguém botou fogo em Candy Meshaum. Foi o marido dela, chateado porque o saco de pancadas dormiu e o deixou na mão? Ele seria a primeira pessoa que eu interrogaria se estivesse lá.

Lila se sentou na estátua caída.

— E a tontura? Tenho quase certeza de que também tem a ver com o que está acontecendo lá. Alguém nos deslocando. Nos levando de um lado para outro como se fôssemos móveis. Pouco antes de Essie ser queimada, o humor dela estava ruim. Acho que talvez alguém tenha movido ela um pouco antes de botar fogo, e que foi a vertigem que deixou ela chateada.

— Tenho quase certeza de que sua bunda está apoiada no primeiro prefeito de Dooling.

— Ele aguenta. Alguém lavava a cueca dele. Este é nosso novo banco honorário. — Lila percebeu que estava furiosa. O que Essie ou Candy Meshaum tinham feito além de finalmente encontrar alguns meses de felicidade longe das vidas podres que tinham antes? Felicidade que tinha custado o preço de algumas bonecas novas e um depósito convertido em casa, sem janelas.

E homens as queimaram. Ela tinha certeza. Era assim que a história delas terminava. Quando se morria lá, se morria ali também. Os homens as arrancaram do mundo, de dois mundos. Homens. Parecia não haver como fugir deles.

Janice devia ter ouvido os pensamentos dela… ou, mais provavelmente, a expressão no rosto.

— Meu marido Archie era um cara legal. Apoiava tudo que eu fazia.

— É, mas ele morreu jovem. Você talvez não achasse isso se ele estivesse vivo. — Era uma coisa horrível de se dizer, mas Lila não se arrependeu. Por algum motivo, um dito amish antigo ocorreu a ela: BEIJOS NÃO DURAM,

MAS SABER COZINHAR, SIM. Dava para dizer isso sobre muitas das coisas que acompanhavam o estado civil casado. Honestidade. Respeito. Até uma simples gentileza.

Coates não deu sinal de ter se ofendido.

— Clint era um marido tão ruim assim?

— Era melhor do que o de Candy Meshaum.

— Padrão baixo — disse Janice. — Deixa pra lá. Vou ficar sentada aqui alimentando a lembrança dourada do meu marido, que teve a decência de pular fora antes de virar um merda.

Lila deixou a cabeça pender para trás.

— Ah, porra. Acho que mereci isso. — Era mais um dia de sol, mas havia nuvens cinzentas ao norte, quilômetros delas.

— E então? Ele *era* um marido tão ruim assim?

— Não. Clint era um bom marido. E bom pai. Fazia a parte dele. Me amava. Eu nunca duvidei disso. Mas teve muita coisa que ele nunca me contou. Coisas que eu não devia precisar descobrir de formas que me fizeram me sentir péssima. Clint gostava de falar sobre sinceridade e apoio, falava até não poder mais, mas, abaixo da superfície, ele era um homem metido a macho, como qualquer outro. Acho que é pior do que ouvir mentiras. Uma mentira indica certo grau de respeito. Tenho quase certeza de que ele estava carregando um fardo danado e achava que eu era delicada demais para ajudar. Eu preferia ouvir uma mentira do que ser vítima de condescendência.

— O que você quer dizer com fardo...?

— Ele teve uma infância difícil. Acho que lutou para sair do buraco, e estou falando de forma literal. Já vi como ele esfrega os dedos quando está preocupado ou chateado. Mas ele não fala nunca. Já perguntei, e ele banca o homem macho. — Lila olhou para Coates e notou certa inquietação na expressão dela.

— Você sabe o que eu quero dizer, não sabe? Você convivia com ele.

— Acho que sei. Clint tem... outro lado. Um lado mais duro. Mais raivoso. Só cheguei a ver claramente há pouco tempo.

— Me deixa puta da vida. Mas sabe o que é pior? Me deixou me sentindo meio... desanimada.

Janice estava usando um galho para cutucar lama dura na cara da estátua.

— Dá para entender.

Os carrinhos de golfe começaram a se afastar, seguidos pelos trailers pequenos e cobertos por lona, cheios de suprimentos. O grupo sumiu de vista e reapareceu alguns minutos depois, no ponto em que a estrada subia até uma altura maior antes de desaparecer de vez.

Lila e Janice mudaram de assunto: os consertos constantes nas casas na rua Smith; os dois lindos cavalos que tinham sido capturados e ensinados (ou talvez re-ensinados) a carregar gente; e a maravilha que Magda Dubcek e as duas antigas prisioneiras alegavam estar quase conseguindo realizar. Se elas conseguissem mais energia, mais painéis solares, água potável corrente parecia uma possibilidade real. Encanamento em casa, o sonho americano.

Elas só pararam de conversar perto do crepúsculo, e nem uma vez o assunto de Clint, de Jared, de Archie, do marido de Candy Meshaum, de Jesus Cristo e nem de nenhum outro homem voltou para incomodar a conversa.

3

Elas não conversaram sobre Evie, mas Lila não a tinha esquecido. Não tinha esquecido o momento sugestivo da aparição de Eva Black em Dooling, nem a conversa estranha e cheia de conhecimentos, nem das teias na floresta perto do trailer de Truman Mayweather. Ela não tinha esquecido aonde o rastro a tinha levado, até a incrível Árvore, subindo ao céu sobre raízes incontáveis e troncos entrelaçados. Quanto aos animais que apareceram em volta da árvore, o tigre branco, a cobra, o pavão e a raposa, Lila também se lembrava deles.

Sua imagem mental das raízes espiraladas da árvore, como os cadarços dos tênis de um gigante, o jeito como se retorciam em volta umas das outras, voltava com frequência. Era tão perfeito, tão majestoso, seu plano de existência tão certo.

Evie tinha vindo da Árvore? Ou a Árvore tinha vindo de Evie? E as mulheres de Nosso Lugar: elas eram sonhadoras ou eram o sonho?

4

Uma chuva gelada caiu em Nosso Lugar durante quarenta e oito horas, quebrando galhos de árvores, fazendo água suja e gelada entrar por buracos em telhados, enchendo as ruas e calçadas com poças. Lila, deitada na barraca, botava o livro que estava lendo de lado de vez em quando para chutar as paredes e quebrar a camada gelada que se formava no vinil. O som era de vidro quebrando.

Antes, ela tinha trocado os livros de papel por um leitor eletrônico, sem nem desconfiar que o mundo se romperia e tornaria um aparelho daqueles obsoleto. Porém, ainda havia livros na casa dela, e alguns não tinham mofado. Quando terminou o que estava lendo, ela se arriscou para fora da barraca no jardim dos destroços de sua casa. Era deprimente demais, com lembranças demais do filho e do marido, para Lila imaginar morar nela, mas não conseguiu se afastar muito.

As linhas de chuva escorrendo pelas paredes internas brilhavam no raio da lanterna à manivela. A chuva soava como um oceano sendo agitado. De uma prateleira na parte de trás da sala, Lila pegou um livro de mistério úmido e começou a voltar pelo caminho que tinha feito. O raio bateu em uma folha estranha, da cor de pergaminho, caída no assento podre de um banco ao lado da bancada da cozinha. Lila a pegou. Era um bilhete de Anton: as informações sobre o "cara das árvores" que resolveria o problema no quintal.

Ela observou o bilhete por muito tempo, perplexa com a proximidade repentina daquela outra vida (Sua vida real? Sua vida anterior?), que apareceu como uma criança correndo por entre dois carros e entrando no meio do tráfego.

5

O grupo de exploração tinha partido havia uma semana quando Celia Frode voltou a pé, coberta de lama da cabeça aos pés. Ela estava sozinha.

6

Celia disse que, depois do Instituto Penal de Dooling, na direção da cidade vizinha de Maylock, as estradas estavam intransponíveis; cada árvore que elas tiravam do caminho só permitia que andassem alguns metros até chegarem à seguinte. Foi mais fácil deixar os carrinhos para trás e ir andando.

Não tinha ninguém em Maylock quando elas chegaram lá, nenhum sinal de vida recente. Os prédios e casas estavam como os de Dooling, tomados de vegetação, em estado melhor ou pior, alguns incendiados, e a estrada acima do riacho Dorr's Hollow, que agora era um rio caudaloso com carros afundados no lugar de bancos de areia, tinha desmoronado. Elas deviam ter dado meia-volta nessa hora, Celia admitiu. Elas conseguiram suprimentos úteis no mercado e em outras lojas de Maylock. Porém, começaram a conversar sobre o cinema na cidadezinha de Eagle, que ficava a pouco mais de quinze quilômetros, e como seria ótimo para as crianças se elas voltassem com um projetor e rolos de filme. Magda garantiu que o gerador grande aguentaria uma tarefa dessas.

— O filme novo de *Star Wars* ainda estava passando lá — disse Celia, e acrescentou com ironia: — Sabe qual é, xerife, o que tem a garota como heroína?

Lila não corrigiu quando ela disse "xerife". Acabou sendo incrivelmente difícil deixar de ser policial.

— Continue, Celia.

O grupo explorador atravessou o riacho Dorr's Hollow por uma ponte que ainda estava intacta e pegou uma estrada pela montanha chamada Lion Head Way, que parecia oferecer um atalho até Eagle. O mapa que elas estavam usando, obtido nos restos da Biblioteca Pública de Dooling, mostrava uma estrada velha e sem nome que passava perto do topo da montanha. A estrada podia levá-las até a interestadual, e de lá o progresso seria fácil. Porém, o mapa estava ultrapassado. A Lion Head Way agora terminava em um platô, onde ficava aquele lugar temeroso de encarceramento masculino chamado Prisão Lion Head. A estrada que elas esperavam encontrar tinha sido destruída na construção da prisão.

Como era final do dia, em vez de tentar voltar pelo declive estreito e destruído da montanha no escuro, elas decidiram acampar na prisão e partir de manhã.

Lila estava familiarizada com a Prisão Lion Head; era uma instituição de segurança máxima onde ela previa que os irmãos Griner passariam os próximos vinte e cinco anos, mais ou menos.

Janice Coates, também ouvindo o relato de Celia, deu um breve veredito da prisão.

— Aquele lugar. Horrível.

A Head, como era chamada pelos homens presos lá, tinha aparecido na imprensa muitas vezes antes da Aurora, uma história rara de ocupação de terra de sucesso no local de remoção de um topo de montanha. Depois que a Ulysses Energy Solutions terminou de desmatar e explodir o topo da montanha para minerar o carvão embaixo, a empresa "restaurou" o local, reinserindo os destroços e aplanando a superfície. A ideia promovida era que, em vez de ver os topos de montanhas como "destruídos", o público deveria vê-los como tendo sido "abertos". Terreno recém-aplainado era terra nova para construção. Apesar de a maioria da população do estado apoiar a indústria de carvão, poucos deixavam de perceber como aquilo tudo era baboseira política. Aqueles novos platôs maravilhosamente úteis costumavam ficar no meio do nada e muitas vezes vinham acompanhados de depósitos de lama residual ou lagos de contenção de resíduos químicos, que eram o tipo de vizinho que ninguém queria.

No entanto, uma prisão era particularmente adequada a uma reocupação de terra assim. E ninguém se preocupava particularmente com os possíveis perigos ambientais que os residentes de lá pudessem ter que enfrentar. Foi assim que a montanha Lion Head se tornou o local da Prisão de Segurança Máxima Lion Head.

O portão da prisão, disse Celia, estava aberto, e as portas de entrada também. Ela, Millie, Nell Seeger e as outras entraram. Boa parte do grupo de exploração de Nosso Lugar consistia das detentas recém-libertadas e funcionárias da prisão, e elas estavam curiosas para saber como a outra metade vivia. Considerando tudo, era bem confortável. Por mais que fedesse por ter ficado fechada e apesar de haver fissuras no piso e nas paredes, o local estava seco; e os equipamentos nas celas pareciam novos.

— Que déjà-vu — admitiu Celia —, mas também é meio engraçado, sabe.

A última noite delas foi calma. De manhã, Celia desceu pela montanha para procurar uma trilha que pudesse diminuir a caminhada e poupá-las de ter que descer toda a rota mais longa e cansativa. Para a surpresa de Celia, ela recebeu uma ligação no walkie-talkie.

— Celia! A gente acha que está vendo uma pessoa! — Era Nell.

— O quê? — respondeu Celia. — Como é?

— Nós estamos dentro! Dentro da prisão! As janelas na versão deles da Broadway estão embaçadas, mas tem uma mulher em uma das celas de confinamento solitário! Ela está deitada embaixo de um cobertor amarelo! Parece que está se mexendo! Millie está tentando descobrir um jeito de fazer a porta abrir sem energia, pra… — Foi nessa hora que a transmissão terminou.

Um tremor forte na terra assustou Celia. Ela esticou as mãos para tentar se equilibrar. O walkie-talkie de brinquedo voou de sua mão e se espatifou no chão.

Ao voltar para o começo da estrada, com os pulmões ardendo e as pernas tremendo, Celia passou pelo portão da prisão. Tinha poeira no ar, como se fosse neve; ela precisou cobrir a boca para não engasgar. O que viu foi difícil de assimilar e ainda mais difícil de aceitar. O terreno estava destruído, com fendas parecidas com um pós-terremoto. Terra deslocada pairava no ar. Celia tropeçou e caiu de joelhos várias vezes, com os olhos estreitados, quase fechados, procurando qualquer coisa sólida. Gradualmente, a forma retangular da unidade de admissão da Lion Head, com dois andares de altura, surgiu, e mais nada. Não havia mais terra atrás da unidade de admissão, nem prisão. O platô tinha cedido e desmoronado. A nova instituição de segurança máxima tinha despencado pela montanha como uma criança de pedra enorme por um escorrega. A admissão agora parecia um cenário de filme, só fachada, sem parte de trás.

Celia não ousou ir até a beirada olhar para baixo, mas teve vislumbres dos detritos abaixo: blocos de cimento enormes virados no pé da montanha em meio a um pântano de partículas de poeira.

— Então, eu voltei sozinha — disse Celia —, o mais rápido que consegui.

Ela inspirou fundo e coçou uma área limpa em meio à lama na bochecha. As ouvintes, mais de dez mulheres que correram ao ponto de reunião do Shopwell quando o boato de que ela tinha voltado se espalhou, estavam em silêncio. As outras não iam voltar.

— Eu me lembro de ter lido que havia certa controvérsia sobre o preenchimento por baixo daquela prisão enorme — disse Janice. — Alguma coisa sobre o solo ser macio demais para o peso. Gente que dizia que a empresa de carvão tinha economizado na hora de fechar o buraco. Havia engenheiros do estado avaliando...

Celia soltou o ar, um suspiro longo, e continuou, distraída:

— Nell e eu sempre tivemos um relacionamento casual. Eu não esperava que durasse fora da prisão. — Ela fungou, só uma vez. — Eu não devia me sentir tão triste, mas a verdade é que estou triste pra caramba.

Houve silêncio. E Lila disse:

— Eu preciso ir lá.

Tiffany Jones respondeu:

— Quer companhia?

7

O que elas estavam fazendo era burrice, disse Coates.

— *Burrice* pra caralho, Lila. Ir brincar em uma avalanche. — Ela andou com Lila e Tiffany Jones até a Ball's Hill Road. As duas expedicionárias estavam puxando dois cavalos.

— Nós não vamos brincar em uma avalanche — disse Lila. — Vamos brincar nos destroços da avalanche.

— E ver se ainda tem alguém com vida lá — acrescentou Tiffany.

— Vocês estão brincando? — O nariz de Janice estava vermelho-beterraba no frio. Ela parecia ainda mais profética, o cabelo branco esvoaçando, a cor nas bochechas ossudas intensa como sinalizadores de estrada. Só faltava um cajado retorcido e uma ave de rapina empoleirada em seu ombro. — Elas caíram pela encosta de uma *montanha*, e a prisão caiu *em cima* delas. Elas estão *mortas*. E, se viram uma mulher lá, essa mulher também está morta.

— Eu sei disso — disse Lila. — Mas, se elas viram uma mulher em Lion Head, isso quer dizer que tem outras mulheres fora de Dooling. Saber que não estamos sozinhas neste mundo, Janice... seria uma coisa e tanto.

— Não morram — gritou a diretora quando elas estavam seguindo pela Ball's Hill. Lila respondeu:

— O plano é esse.

Ao lado dela, Tiffany Jones falou de forma mais conclusiva:
— Nós não vamos morrer.

8

Tiffany tinha cavalgado durante toda a infância. A família era dona de um pomar de maçãs com parquinho, bodes para alimentar, uma barraquinha de cachorro-quente e passeio de pônei.

— Eu montava o tempo todo, mas… a vida da família não era só isso. Tinha aspectos negativos, podemos dizer. Não eram pôneis o tempo todo. Eu comecei a me envolver com problemas e perdi o hábito.

Esses problemas não eram mistério para Lila, que tinha prendido Tiff mais de uma vez. Aquela Tiffany Jones se parecia muito pouco com essa. A mulher que estava montada no cavalo mouro enorme ao lado da égua branca menor de Lila tinha o rosto cheio e cabelo castanho e usava um chapéu de caubói que combinaria com um rancheiro de John Ford. Ela tinha uma postura confiante totalmente diferente da viciada em drogas que Truman Mayweather alimentava regularmente no trailer ao lado do laboratório tanto tempo atrás, tão longe.

E ela estava grávida. Lila tinha ouvido Tiffany mencionar isso em uma Reunião. *É disso*, pensou Lila, *que vem parte do brilho dela.*

Era o fim do dia. Elas teriam que parar em breve. Maylock estava visível, um amontoado de prédios escuros em um vale a poucos quilômetros de distância. O grupo explorador tinha passado lá sem encontrar ninguém, homem ou mulher. Parecia que só Dooling abrigava vida humana. A não ser que tivesse havido mesmo uma mulher na prisão feminina, claro.

— Você parece estar indo bem — disse Lila com cuidado. — Agora.

A gargalhada de Tiffany foi simpática.

— A pós-vida limpa a mente. Eu não sinto vontade de usar drogas, se é isso que você quer dizer.

— É isso que você pensa deste lugar? Pós-vida?

— Na verdade, não — disse Tiffany, e só voltou ao assunto quando elas estavam deitadas nos sacos de dormir no esqueleto de um posto de gasolina que também era abandonado no outro mundo.

Tiffany disse:

— Quer dizer, a pós-vida deveria ser o céu ou o inferno, não é? — Elas viam os cavalos pela vidraça, amarrados em bombas antigas. O luar os cobria de brilho.

— Eu não sou religiosa — disse Lila.

— Nem eu — respondeu Tiffany. — Não tem anjos e nem demônios, então não sei. Mas isso aqui não é uma espécie de milagre?

Lila pensou em Jessica e Roger Elway. O bebê deles, Platinum, estava crescendo rápido, engatinhando para todo lado. (A filha de Elaine Nutting, Nana, tinha se apaixonado por Plat — um apelido feio, mas que todo mundo usava; a garota provavelmente odiaria todos no futuro por isso — e a empurrava para todo lado em um carrinho enferrujado.) Lila pensou em Essie e Candy. Pensou no marido e no filho e na vida que não era mais a vida dela.

— Mais ou menos — disse Lila. — Eu acho.

— Peço desculpas. Milagre é a palavra errada. Só estou dizendo que estamos bem, não estamos? Então aqui não é o inferno, certo? Eu estou limpa. Me sinto bem. Tenho esses cavalos maravilhosos, o que nem nos meus sonhos mais loucos achei que pudesse acontecer. Alguém como eu, cuidando de animais como esses? Nunca. — Tiffany franziu a testa. — Só estou pensando em mim, não é? Eu sei que você perdeu muita coisa. Sei que a maioria das pessoas perdeu muito, e eu só sou alguém que não tinha nada a perder.

— Estou feliz por você. — E estava mesmo. Tiffany Jones merecia coisa melhor.

9

Elas contornaram Maylock e cavalgaram pelas margens do riacho Dorr's Hollow. Na floresta, um bando de cachorros se reuniu em uma elevação de terra para as observar passando. Eram seis ou sete, pastores e labradores, as línguas de fora, a respiração soltando vapor. Lila pegou a pistola. Embaixo dela, a égua branca virou a cabeça e mudou o caminhar.

— Não, não — disse Tiffany. Ela esticou a mão e fez carinho na orelha da égua. A voz soou suave, mas firme, não murmurada. — Lila não vai disparar com a arma.

— Não vai? — Lila estava de olho no cachorro do meio. O pelo do animal era de um cinza e preto eriçado. Tinha olhos diferentes, azul e amarelo, e a boca parecia particularmente grande. Ela não era uma pessoa que deixava a imaginação correr solta, mas achou que o cachorro parecia ter raiva.

— Não vai mesmo. Eles querem nos perseguir. Mas nós estamos cuidando da nossa vida. Nós não queremos brincar de pique-pega. Só estamos passando. — A voz de Tiffany soou afetuosa e segura. Lila achou que, se Tiffany não sabia o que estava fazendo, ela *acreditava* que sabia. Elas andaram pela vegetação baixa. Os cachorros não foram atrás.

— Você estava certa — disse Lila depois. — Obrigada.

Tiffany disse que não tinha sido nada.

— Mas não foi por você. Sem querer ofender, mas não vou deixar você botar medo nos meus cavalos, xerife.

10

Elas atravessaram o rio e contornaram a estrada que as outras usaram para subir, continuando em frente em terreno baixo. Os cavalos desceram em um desfiladeiro que formava o vão entre o que sobrara de Lion Head e outro penhasco à direita, que subia em uma inclinação grande e rochosa, com pedaços de terra ocre aparecendo entre emaranhados de pedra e vegetação. Havia um fedor metálico penetrante que irritava o fundo da garganta. Pedaços de terra solta caíram, e as pedras na encosta ecoavam alto demais na concavidade criada pelas elevações dos dois lados.

Elas amarraram os cavalos a alguns metros das ruínas da prisão e se aproximaram a pé.

— Uma mulher de outro lugar — disse Tiffany. — Não seria uma coisa e tanto?

— Seria — concordou Lila. — Encontrar uma das nossas ainda viva seria ainda melhor.

Fragmentos de alvenaria, alguns tão altos e largos quanto caminhões de mudança, estavam presos mais alto na encosta da Lion Head, enfiados na terra como monumentos enormes. Por mais firmes que parecessem, Lila os imaginava facilmente se soltando devido ao próprio peso e desmoronando para se juntar à pilha embaixo.

O corpo da prisão tinha batido no fundo, desmoronando, gerando uma forma vagamente piramidal. De certa maneira, era impressionante o quanto do corpo da construção havia sobrevivido ao deslizamento pela montanha... e era horrível também em sua decifrabilidade, como uma casinha de bonecas esmagada por um valentão. Vigas de aço retorcido se projetavam do cimento, e amontoados enormes de terra cheia de raízes tinham se acomodado em outras partes dos destroços. Nas beiradas dessa nova estrutura não planejada, havia falhas no cimento que ofereciam vislumbres do interior. Tudo lá dentro eram árvores destruídas, árvores de seis a nove metros de altura cortadas em pedacinhos.

Lila colocou uma máscara cirúrgica que tinha levado.

— Fique aqui, Tiffany.

— Eu quero ir com você. Não tenho medo. Me dê uma dessas. — Ela esticou a mão pedindo uma máscara.

— Eu sei que você não tem medo. Só quero alguém que possa voltar se esse lugar cair na minha cabeça, e você é a garota dos cavalos. Eu sou só uma ex-policial. Além disso, sabemos que você está vivendo por dois.

Na abertura mais próxima, Lila parou para acenar. Tiffany não viu; tinha andado de volta até os cavalos.

11

A luz entrava na prisão por buracos feitos no concreto quebrado. Lila se viu andando em cima de uma parede, pisando no aço de portas de cela. Tudo estava virado noventa graus. O teto estava à direita dela. O que seria a parede esquerda agora estava no lugar do teto, e o piso estava à esquerda. Ela teve que baixar a cabeça para passar por baixo de uma porta de cela aberta que estava pendurada como uma armadilha. Ouvia estalos, pingos. As botas esmagavam pedra e vidro.

Um obstáculo composto de pedra, canos quebrados e pedaços de forro impedia o progresso. Ela moveu a lanterna. Na parede acima de sua cabeça, estava pintado com tinta vermelha **Nível A**. Lila voltou para o ponto onde havia a porta aberta e pendurada. Pulou e se segurou na moldura da porta para subir na cela. Um buraco tinha sido aberto na parede em frente. Lila seguiu cuidadosamente até a abertura. Agachou-se e passou. Pedaços de concreto quebrado se prenderam nas costas da camisa e o tecido rasgou.

A voz de Clint surgiu para ela, questionadora: *Talvez, e só* talvez, *e não interprete como acusação, por favor, haja um equilíbrio entre risco e recompensa que precisa ser reconsiderado aqui?*

Vamos falar abertamente, certo, Lila? O risco é que você está subindo em destroços instáveis no pé de uma montanha instável. Além do mais, tem cachorros ferozes com aparência perturbada por aí, e uma viciada grávida esperando (ou não) com os cavalos. E você tem (mais uma vez, sem críticas, só estou mostrando os fatos, querida) quarenta e cinco anos. Todo mundo sabe que a idade ideal para uma mulher andar por ruínas instáveis e voláteis é do final da adolescência até vinte e tantos anos. Você está fora do público-alvo. Tudo isso reunido leva a um risco significativo de morte, de uma morte horrível, ou de uma morte inimaginavelmente horrível.

Na cela ao lado, Lila teve que passar por cima de uma privada de aço amassada e escorregar por outro buraco no chão, que antes era a parede direita. O tornozelo se virou de um jeito estranho quando ela caiu, e ela se segurou para se apoiar. Uma coisa de metal cortou sua mão.

O ferimento na palma da mão era um corte vermelho e fundo. Devia precisar de um ou dois pontos. Ela devia dar meia-volta e pegar pomada e atadura no kit de primeiros socorros que tinham levado.

Porém, Lila só arrancou um pedaço da camisa e enrolou na mão. Usou a lanterna para encontrar outra pintura na parede: **Ala de Alta Segurança**. Isso era bom. Parecia o lugar onde elas tinham visto a mulher na cela. O ruim era que o corredor estava situado acima, uma abertura para o alto. O pior era a perna no canto inclinado, cortada irregularmente cinco centímetros acima do joelho. Estava vestida de veludo verde. Nell Seeger estava usando uma calça de veludo verde quando a expedição partiu para Eagle.

— Eu não vou contar isso para Tiff — disse Lila. Ouvir-se falar em voz alta a assustou e a reconfortou ao mesmo tempo. — Não adiantaria de nada.

Lila apontou a lanterna para cima. A Ala de Alta Segurança de Lion Head tinha se tornado uma chaminé ampla. Ela virou a luz de um lado para outro, procurando um caminho, e achou que talvez estivesse vendo um. O teto da ala era rebaixado com painéis; os painéis tinham se soltado com a queda, mas a grade de aço havia permanecido no lugar. Parecia uma treliça. Ou uma escada.

Quanto à recompensa, disse Clint, *você talvez encontre alguém*. Talvez. *Mas seja sincera consigo mesma. Você sabe que essas ruínas estão vazias, assim como o resto do mundo. Não tem nada a ser encontrado além dos corpos das mulheres que estavam com Nell. Que aquela perna cortada sirva por todas. Se houvesse outras mulheres no mundo que vocês chamam de Nosso Lugar, elas já teriam aparecido. Teriam ao menos deixado algum rastro. O que você acha que tem que provar? Que as mulheres também podem ser machos?*

Parecia que, mesmo na imaginação, ele não conseguia simplesmente dizer que temia por ela. Ele não conseguia parar de tratá-la como uma de suas pacientes encarceradas, jogando perguntas de reflexão como bolas em um jogo de queimado.

— Vá embora, Clint — disse ela, e, incrivelmente, ele foi.

No chão, a seus pés, havia alguns papéis e algumas fotos da parede da cela de um detento. Lila observou uma foto de um prisioneiro sorridente com a esposa e uma filha pequena com a Disneylândia atrás. Colocou isso de lado com cuidado e usou os pedaços cortados de papel para fazer um curativo de papel machê no corte, o sangue criando uma cola.

Ela esticou a mão para cima e segurou a treliça mais baixa da grade do teto. A peça se curvou, mas não quebrou. A mão doeu, e ela sentiu o sangue escorrendo pelas beiradas da compressa de papel, mas continuou pendurada e se ergueu. Apoiou a bota onde tinha apoiado a mão antes e deu impulso. A peça se curvou de novo, mas aguentou. Lila levantou a mão, puxou, pisou. Começou a subir a escada de moldura de painéis. Cada vez que chegava à altura de uma porta de cela, Lila usava a mão boa para ficar pendurada no ar, apontando a lanterna com a machucada. Não havia mulher nenhuma visível através do vidro com grade no alto da porta da primeira cela, nenhuma na segunda, nenhuma na terceira; ela só via molduras de camas grudadas no que antes era o piso. Sua mão latejava. O sangue escorria por dentro da manga. Não havia nada na quarta cela, e ela teve que parar e descansar, mas não por muito tempo, e definitivamente sem olhar para baixo, para a escuridão. Havia algum truque para aquele tipo de esforço? Uma coisa que Jared tinha mencionado sobre corrida cross-country, alguma coisa para dizer para si mesma? Ah, sim, ela lembrou. "Quando meus pulmões começam a apertar", dissera Jared, "eu finjo que tem umas garotas me olhando e que não posso decepcionar elas."

Não era muito útil. Ela teria que seguir em frente.

Lila subiu. A quinta cela continha uma cama, uma pia e uma privada pendurada. Mais nada.

Ela chegou em um T para a esquerda, do outro lado do tubo, mais um corredor se projetava. Ao longe, no final dele, o raio da lanterna de Lila encontrou o que parecia ser uma pilha de roupa suja; era um corpo ou corpos, pensou ela, os restos de outras exploradoras. Era a jaqueta vermelha de Nell Seeger? Lila não tinha certeza, mas mesmo frio como estava, ela já sentia o cheiro do começo da decomposição. Elas tinham sido jogadas de um lado para outro até se partirem e provavelmente ainda mais um pouco. Agora, eram só bonecas quebradas, e não havia nada a fazer além de deixá-las lá.

Uma coisa se moveu, e ela ouviu guinchos. Os ratos da prisão tinham sobrevivido ao acidente, ao que parecia.

Lila subiu mais. Cada grade de metal parecia ceder sob seu peso, rangendo por mais tempo e mais alto a cada impulso. A sexta cela estava vazia, assim como a sétima, a oitava e a nona. *Está sempre no último lugar onde você olha, não é? Está sempre na prateleira do alto do armário, bem no fundo. Está sempre no arquivo debaixo da pilha. Está sempre no menor bolso, o menos usado da bolsa.*

Se ela caísse naquele momento, pelo menos morreria instantaneamente.

Você sempre (sempre, sempre, sempre) cai do apoio mais alto da grade de teto que está usando como escada no corredor da prisão de segurança máxima que desmoronou nos escombros instáveis de uma antiga montanha de mineração de carvão.

Porém, ela decidiu que não ia desistir agora. Tinha matado Jessica Elway para se defender. Tinha sido a primeira xerife mulher na história do condado de Dooling. Tinha colocado algemas nos irmãos Griner, e quando Low Griner mandou que ela fosse se foder, ela tinha rido na cara dele. Mais alguns metros não a impediriam.

E não impediram mesmo.

Ela se inclinou na escuridão, pendurando-se como se segura por um parceiro de dança, e apontou o raio da lanterna pela janela da porta da décima cela.

A boneca inflável tinha caído com a cara no vidro. Os lábios vermelho--cereja eram um arco de surpresa, feitos para felação; os olhos eram de um azul distraído e sedutor de Betty Boop. Uma brisa vinda de algum lugar fazia com que ela assentisse com a cabeça vazia e movesse os ombros rosados. Um adesivo na testa dela tinha os dizeres: "Feliz 40º aniversário, Larry!".

12

— Vamos, Lila — disse Tiffany. A voz veio do fundo do poço. — Dê um passo e só depois se preocupe com o próximo.

— Tudo bem — Lila conseguiu dizer. Estava feliz por Tiffany não ter seguido suas instruções. Na verdade, poucas coisas já a tinham deixado mais feliz. Sua garganta estava seca; o corpo parecia apertado demais na pele; a mão estava ardendo. Porém, a voz abaixo dela era outra vida. Aquela escada escura não precisava ser o fim.

— Está ótimo. Agora: um passo — disse Tiffany. — Você só precisa dar um passo. É assim que se começa.

13

— Uma porra de boneca inflável — disse Tiffany, com espanto, mais tarde. — O presente de aniversário de algum babaca. Deixavam os caras terem merdas assim?

Lila deu de ombros.

— Só sei o que eu vi. Deve ter uma história, mas nunca vamos saber.

Elas cavalgaram o dia todo até a escuridão. Tiffany queria que uma das mulheres de Nosso Lugar com experiência de enfermagem desinfetasse a mão de Lila imediatamente. Lila disse que ficaria bem, mas Tiff foi insistente.

— Eu falei para aquela velha que era diretora da prisão que nós não morreríamos. *Nós*. Isso quer dizer nós duas.

Ela contou para Lila sobre o apartamento que teve em Charlottesville antes do vício em metanfetamina explodir, uma década antes, mais ou menos. Ela tinha uma porrada de samambaias. Flores tinham nascido também.

— Isso que é viver direito, quando se tem plantas grandes em casa — disse Tiffany.

Meio caída na cela, o passo do cavalo com um balanço agradável, Lila teve que lutar para não adormecer e acabar escorregando.

— O quê?

— As minhas samambaias — disse Tiffany. — Estou contando pra você sobre minhas samambaias pra você não apagar.

Isso fez Lila sentir vontade de rir, mas só saiu um gemido. Tiffany disse para ela não ficar triste.

— Podemos arrumar umas pra você. Botar samambaias na casa toda. Não é uma planta rara.

Mais tarde, Lila perguntou a Tiffany se ela queria menino ou menina.

— Só um bebê saudável — disse Tiffany. — Qualquer um dos dois, desde que seja saudável.

— Se for uma menina, você podia dar o nome de "Samambaia".

Tiffany gargalhou.

— Isso aí!

Dooling apareceu no amanhecer, as construções flutuando em uma névoa azul. Fumaça subia do estacionamento atrás dos restos do Squeaky Wheel. Lá, uma fogueira comunitária tinha sido montada. A eletricidade ainda era coisa rara, então elas cozinhavam lá fora o máximo possível. (O Squeaky se mostrou uma fonte excelente de combustível. O teto e as paredes estavam sendo removidos aos poucos.)

Tiffany foi na direção da fogueira. Tinha mais de dez mulheres lá, indefinidas com os casacos pesados, gorros, luvas. Dois bules grandes de café ferviam sobre o fogo amplo.

— Bem-vindas de volta. Temos café — disse Coates, separando-se do grupo.

— Diferentemente de nós, que não temos nada — respondeu Lila. — Peço desculpas. Era uma porra de boneca inflável o que havia na Ala de Alta Segurança. Se ainda tiver alguém neste mundo, não tem sinal nenhum. E as outras... — Ela balançou a cabeça.

— Sra. Norcross?

Todas se viraram para olhar a novata, que tinha chegado no dia anterior. Lila deu um passo na direção dela, mas parou.

— Mary Pak? É você?

Mary foi até Lila e a abraçou.

— Eu estava com Jared, sra. Norcross. Achei que você ia querer saber que ele está bem. Ou estava, na última vez que vi. Foi no sótão da casa de demonstração no seu bairro, antes de eu adormecer.

5

1

Tig Murphy foi o guarda para quem Clint contou primeiro — a verdade sobre Evie e o que ela tinha dito: que tudo parecia depender de se Clint conseguiria ou não mantê-la viva, mas que ela não defenderia sua história tanto quanto Jesus quando foi levado para a frente de Pôncio Pilatos. Clint concluiu dizendo:

— Eu menti porque não consegui dizer a verdade. A verdade é tão grande que ficou entalada na minha garganta.

— Aham. Você sabia que eu dava aula de história no ensino médio, doutor?

Tig estava olhando para ele de um jeito que lembrava a Clint intensamente o ensino médio. Era um olhar que duvidava da sua autorização para circular pelo corredor. Era um olhar que queria ver se suas pupilas estavam dilatadas.

— Sim, eu sei disso — disse Clint. Ele tinha levado o guarda para a lavanderia para eles poderem conversar em particular.

— Eu fui a primeira pessoa da minha família a se formar em uma faculdade. Me matar de trabalhar em uma prisão feminina não foi exatamente uma melhoria de vida. Mas, sabe, eu já vi como você gosta dessas garotas. E sei que, apesar de muitas delas terem feito coisas ruins, a maioria não é totalmente ruim. Por isso, eu quero ajudar... — O guarda fez uma careta e passou a mão pelas entradas que tinha no cabelo.

Dava para ver o professor que ele tinha sido, dava para imaginá-lo andando de um lado para outro, falando sobre a grande diferença entre a lenda dos Hatfields e dos McCoys e os fatos históricos da briga, passando os dedos cada vez com mais força no cabelo quanto mais empolgado e entusiasmado ficava sobre o assunto.

— Então ajude — pediu Clint.

Se nenhum dos guardas aceitasse ficar, ele tentaria manter a prisão trancada sem eles, mas fracassaria. Terry Coombs e o cara novo tinham o restante da força policial. Poderiam convocar outros homens, se necessário. Clint tinha visto o jeito como Frank Geary havia olhado para as cercas e os portões, procurando pontos fracos.

— Você realmente acredita nisso? Acha que ela é... mágica? — Tig disse a palavra *mágica* da mesma forma como Jared dizia *é sério*, como em "*É sério* que você quer ver meu dever de casa?".

— Eu acredito que ela tenha algum envolvimento com essa coisa que está acontecendo e, o mais importante, acredito que os homens fora dessa prisão acreditam nisso.

— Você acredita que ela é mágica. — Tig lançou para ele de novo o olhar de professor: *Garoto, o quanto você fumou?*

— Na verdade, acredito — disse Clint, e levantou a mão para impedir Tig de falar, pelo menos por um momento. — Mas, mesmo que eu esteja errado, nós temos que manter a segurança da prisão. É nossa obrigação. Nós temos que proteger cada uma das nossas prisioneiras. Eu não confio em Terry Coombs bêbado, nem em Frank Geary, e em ninguém nem para *conversar* com Eva Black. Você já ouviu ela. Louca ou não, ela é um gênio quando se trata de deixar alguém puto da vida. Vai continuar fazendo isso até alguém perder a cabeça e matar ela. Alguém ou todos eles. Queimar na fogueira não está totalmente fora de questão.

— Você não acredita nisso.

— Na verdade, acredito. As Brigadas do Maçarico não te dizem nada?

Tig se encostou em uma das lavadoras industriais.

— Tudo bem.

Clint sentiu vontade de abraçá-lo.

— Obrigado.

— Bom, é minha merda de trabalho, sabe, mas tudo bem, de nada. Quanto tempo você acha que a gente vai precisar manter a segurança?

— Não muito. Alguns dias no máximo. Pelo menos é o que ela diz. — Ele percebeu que estava falando sobre Eva Black como um grego antigo falando sobre uma deidade furiosa. Era absurdo, mas pareceu tão realístico quanto qualquer outra ideia.

2

— Espera, espera, espera — disse Rand Quigley depois que Clint tinha repassado tudo uma segunda vez. — Ela vai acabar com o mundo se deixarmos a polícia pegar ela?

Era quase exatamente nisso que Clint acreditava, mas preferia refinar um pouco.

— Nós não podemos deixar que a polícia da cidade leve ela, Rand. É isso que importa.

Os olhos pálidos de Rand piscaram por trás das lentes grossas dos óculos quadrados, e a monocelha preta parecia uma lagarta peluda por cima da armação.

— E o CDC? Eu achei que você estivesse falando com o CDC.

Tig cuidou dessa parte de maneira direta.

— O CDC era baboseira. O doutor inventou aquilo pra fazer a gente ficar.

É agora que Rand vai embora, pensou Clint, *e tudo acaba.*

— Nunca conseguiu falar com eles?

— Não — respondeu Clint.

— Nunquinha?

— Bom, conseguimos a secretária eletrônica duas vezes.

— Porra — disse Rand. — Que merda.

— Isso aí, cara — disse Tig. — Podemos continuar contando com você? Se alguém quiser começar alguma coisa?

— Podem — respondeu Rand, parecendo ofendido. — Claro. Eles cuidam da cidade, nós cuidamos da prisão. É assim que tem que ser.

Wettermore foi o seguinte. A ideia toda o divertiu de um jeito amargo, mas genuíno.

— Eu não ficaria nem um pouco surpreso se a Garota Guerreira Matadora de Traficantes fosse mágica. Não ficaria surpreso se coelhos usando relógios aparecessem pulando por aqui. O que você está me dizendo não é mais maluquice do que a Aurora. Não muda nada pra mim. Vou ficar aqui pelo tempo que for preciso.

Foi Scott Hughes, o mais novo do grupo, com dezenove anos, que entregou as chaves, a arma, o taser e o resto do equipamento. Se o CDC não ia buscar Eva Black, ele não queria ficar. Não era o cavaleiro branco de ninguém; era só um cristão comum que tinha sido batizado na igreja luterana de Dooling e não perdia uma missa de domingo.

— Eu gosto de vocês. Não são como Peters e nem como alguns outros babacas deste lugar. E nem ligo se Billy é gay e Rand é meio retardado. Eles são caras legais.

Clint e Tig o seguiram pela admissão até a porta da frente da prisão e até o pátio, para tentar convencê-lo a mudar de ideia.

— E, Tig, você sempre foi legal. Você também parece ser boa pessoa, dr. Norcross. Mas eu não vou morrer aqui.

— Quem falou em morrer?

O adolescente chegou à picape, que tinha pneus Bigfoot enormes.

— Cai na real. Quem você conhece nesta cidade que não tem uma arma? Quem você conhece nesta cidade que não tem duas ou três?

Era verdade. Até nos confins dos Apalaches (e confins podia ser exagero; havia uma loja Foot Locker e um supermercado Shopwell em Dooling, mas o cinema mais próximo ficava em Eagle), praticamente todo mundo tinha arma.

— E eu já fui à delegacia, dr. Norcross. Lá tem uma estante cheia de M4. E outras coisas também. Se os justiceiros aparecerem depois de esvaziar o arsenal, sem querer ofender, mas você e Tig podem pegar esses Mossberg que temos no armário de armas e enfiar no cu.

Tig estava atrás de Clint.

— Então você vai pular fora?

— Vou — respondeu Hughes. — Vou pular fora. Alguém precisa abrir o portão pra mim.

— Porra, Tig — disse Clint, o que era o sinal.

Tig suspirou, pediu desculpas a Scott Hughes — "Sinto muito fazer isso, cara" — e acertou o colega com o taser.

Era uma questão que eles tinham discutido. Havia problemas sérios em deixar Scott Hughes sair. Não podiam permitir que alguém contasse para o pessoal da cidade como eles tinham pouca gente, nem que revelasse as limitações dos armamentos da prisão. Porque Scott estava certo, o arsenal da prisão não era impressionante: doze espingardas Mossberg 590, chumbo de caça como munição, e a arma de cada guarda, uma pistola calibre .45.

Os dois homens assomaram sobre o colega, que se contorcia no chão. Clint se lembrou com náuseas do quintal dos Burtell, das brigas de sexta à noite, do irmão adotivo Jason caindo sem camisa na terra junto aos tênis imundos de Clint. Debaixo do olho de Jason havia uma marca em formato de moeda feita pelo punho de Clint. Tinha catarro escorrendo do nariz de Jason e, do chão, ele murmurou: "Tudo bem, Clint". Os adultos todos comemoraram e riram das cadeiras dobráveis, brindando com as latas de Falstaff. Naquela vez, Clint ganhou o milk-shake. O que tinha ganhado dessa vez?

— Ah, droga, agora já foi — disse Tig.

Três dias antes, quando precisaram lidar com Peters, Tig parecia um homem no meio de uma reação alérgica, pronto para vomitar uma barriga cheia de peixe podre. Agora, ele só parecia estar com um pouco de acidez no estômago. Ele se ajoelhou, rolou Scott para o lado e amarrou os pulsos dele nas costas.

— Que tal a gente colocar ele na Ala B, doutor?

— Acho que está bom.

Clint nem tinha pensado em onde colocar Scott, o que não aumentava sua confiança na capacidade de lidar com a situação em desenvolvimento. Ele se agachou para segurar as axilas de Hughes e ajudar Tig a levantá-lo.

— Cavalheiros — soou uma voz logo depois do portão. Era uma voz de mulher, cheia de determinação, exaustão... e satisfação. — Vocês podem manter a pose? Eu quero uma boa foto.

3

Os dois homens olharam para a frente, suas expressões eram a essência da culpa; eles podiam ser capangas da máfia indo enterrar um corpo. Michaela ficou ainda mais satisfeita quando verificou a primeira foto. A câmera que ela carregava na bolsa era uma Nikon simples, mas a imagem tinha ficado precisa. Perfeita.

— Ahoy, piratas imundos! — gritou Garth Flickinger. — O que vocês estão fazendo, pelo amor de Deus? — Ele e Michaela tinham parado no mirante próximo para experimentar o Relâmpago Roxo, e ele estava mais animado. Mickey também parecia ter ganhado novo fôlego. Um novo fôlego que estava acontecendo pela quarta ou quinta vez.

— Ah, merda, doutor — disse Tig. — Estamos fodidos.

Clint não respondeu. Ficou parado segurando Scott Hughes e olhando os recém-chegados parados na frente de um Mercedes batido. Era como se uma avalanche reversa esquisita em que as coisas se juntavam em vez de desmoronar estivesse acontecendo na cabeça dele. Talvez fosse assim que a verdadeira inspiração ocorria a grandes cientistas ou filósofos. Ele esperava que sim. Clint largou Scott, e o guarda desorientado deu um gemido de insatisfação.

— Mais uma! — gritou Michaela. Ela bateu uma foto. — E mais uma! Que bom! Ótimo! Agora, o que exatamente vocês estão fazendo?

— Pelo sangue de deus, é um motim! — gritou Garth, fazendo o que podia ser uma imitação do capitão Jack Sparrow de *Piratas do Caribe*. — Deixaram o imediato inconsciente, e logo ele vai ter que andar na prancha! Arrr!

— Cala a boca — disse Michaela. Ela segurou o portão, que não era eletrificado, para sua sorte, e o balançou. — Isso tem alguma coisa a ver com a mulher?

— Nós estamos *muito* fodidos — falou Tig, como se estivesse impressionado.

— Abra o portão — disse Clint.

— O quê...?

— Abra.

Tig andou na direção da guarita de entrada e parou uma vez para olhar, hesitante, para Clint, que assentiu e fez sinal para ele seguir em frente. Clint foi até o portão, ignorando o clique regular da câmera da mulher. Os olhos dela estavam vermelhos, o que era esperado depois de quatro dias e três noites acordada, mas os do companheiro dela também estavam. Clint desconfiava que eles podiam ter compartilhado estimulantes ilegais. No ímpeto da inspiração repentina que teve, essa era a menor de suas preocupações.

— Você é a filha de Janice — disse ele. — A repórter.

— Isso mesmo, Michaela Coates. Michaela Morgan para o grande público. E acredito que você seja o dr. Clinton Norcross.

— Nós já nos conhecemos? — Clint não lembrava.

— Eu entrevistei você para o jornal da escola. Deve ter sido oito ou nove anos atrás.

— Você gostou de mim? — perguntou ele. Nossa, como estava velho, e ficando mais velho a cada minuto.

Michaela balançou a mão.

— Achei um pouco estranho você gostar tanto de trabalhar em uma prisão. *Em uma prisão com a minha mãe.* Mas isso não importa. E a mulher? O nome dela é Eva Black? É verdade mesmo que ela dorme e acorda? Porque foi isso que eu ouvi.

— Eva Black é o nome que ela usa — disse Clint — e, sim, ela de fato dorme e acorda normalmente. Se bem que não tem muito mais nela que pareça normal. — Ele se sentiu eufórico, como um homem andando na corda bamba com os olhos vendados. — Você quer entrevistar ela?

— Está de brincadeira? — Naquele momento, Michaela não pareceu nem um pouco sonolenta. Parecia febril de empolgação.

Os portões externo e interno começaram a se abrir. Garth passou o braço pelo de Michaela e parou no espaço morto entre os dois, mas Clint levantou a mão.

— Há condições.

— Pode dizer — disse Michaela bruscamente. — Se bem que, considerando as fotos que tenho na minha câmera, você talvez não queira ser muito ganancioso.

Clint perguntou:

— Vocês viram alguma viatura de xerife aqui por perto?

Garth e Michaela fizeram que não.

Ainda não havia viaturas. Ninguém observando a estrada de acesso que vinha de West Lavin. Era um truque que Geary tinha deixado passar, pelo menos até o momento, e Clint não estava muito surpreso. Com Terry Coombs procurando refúgio em uma garrafa, seu Número Dois, o sr. Agente de Controle Animal, devia estar correndo atrás para compensar. Porém, Clint achava que ele não deixaria passar por muito tempo. Talvez já houvesse alguém a caminho. Na verdade, ele teria que supor que esse era o caso, o que queria dizer que sair para comprar pizza e comer com Jared estava fora de questão. Geary talvez não ligasse se alguém entrasse na prisão, mas não ia querer que ninguém saísse. O problemático médico de cabeça, por exemplo. Evie Black, possivelmente transportada escondida na parte de trás de uma van da prisão também.

— Suas condições? — perguntou Michaela.

— Tem que ser rápido — disse Clint. — E se vocês ouvirem o que acho que vão ouvir e virem o que acho que vão ver, têm que me ajudar.

— Ajudar com o quê? — perguntou Tig, se juntando a eles.

— Reforços — respondeu Clint. — Armas. — Ele fez uma pausa. — E o meu filho. Eu quero o meu filho.

4

Não tinha torta no Olympia. A mulher que fazia as tortas estava dormindo em um casulo na sala de descanso. Gus Vereen, anotando os pedidos dos policiais, disse que estava sem ajuda de um modo geral.

— Encontrei uma torta de sorvete no fundo do freezer, mas não posso garantir nada. Está lá desde que Matusalém era jovem.

— Eu experimento — disse Don, apesar de ser uma substituta ruim (uma lanchonete sem torta era uma desgraça), mas com Frank Geary do outro lado da mesa, ele estava se comportando da melhor forma possível.

Presentes na mesa dos fundos da lanchonete também estavam os policiais Barrows, Rangle, Eric Blass e um figurão do direito chamado Silver. Eles tinham acabado de comer um almoço horrível. Don tinha escolhido o Especial Haluski, que chegou nadando em uma piscina de gordura. Ele comeu mesmo assim, em parte por birra, e a Magic 8-ball disse que haveria um caso de diarreia no futuro dele. Os outros comeram sanduíches e hambúrgueres; nenhum deles comeu mais do que a metade. Eles também dispensaram a sobremesa, o que provavelmente foi inteligente. Frank passou meia hora explicando o que sabia sobre a situação da prisão.

— Você acha que Norcross está comendo ela? — perguntou Don naquele momento.

Frank olhou para ele com olhos pequenos.

— Isso é improvável e irrelevante.

Don entendeu a mensagem e não disse mais nada até Gus Vereen ir ver se alguém queria mais alguma coisa.

Quando Gus se afastou, o juiz Silver falou.

— O que você encara como as nossas opções, Frank? O que Terry acha disso? — O tom de pele de Sua Excelência estava preocupantemente cinzento. O discurso dele estava úmido, como se estivesse falando com um pedaço de tabaco na boca.

— Nossas opções são limitadas. Nós poderíamos esperar Norcross sair, mas quem sabe quanto tempo isso pode levar. A prisão deve ter um bom estoque de comida.

— Ele está certo — disse Don. — Não tem filé nem nada, mas tem comida não perecível suficiente para durar até o fim dos dias.

— Quanto mais esperarmos — continuou Frank —, mais o boato se espalha. Muitos caras daqui podem começar a pensar em cuidar da questão eles mesmos. — Ele esperou que alguém dissesse *Não é isso que você está fazendo?*, mas ninguém disse nada.

— E se não esperarmos? — perguntou o juiz.

— Norcross tem um filho, e é claro que vocês conhecem a esposa dele.

— É uma boa policial — disse o juiz. — É cuidadosa, detalhista. A moça segue as regras.

Eric, pego duas vezes pela xerife Norcross por excesso de velocidade, fez uma careta azeda.

— E nós queríamos que ela estivesse aqui — disse Geary. Don não acreditou nem por um segundo. Desde o começo, quando Geary enfiou a mão na axila de Don e o tratou como uma marionete, ele viu que o sujeito não era do tipo que aceitava a segunda posição. — Mas ela está desaparecida, e o filho dela também. Se estivessem por aqui, eu diria para tentarmos ver se eles conseguiam convencer Norcross a largar o que quer ele esteja fazendo com a tal Black.

O juiz Silver estalou a língua e olhou para a xícara de café. Não tinha tocado nela. A gravata tinha limões amarelos desenhados, e o contraste com a pele acentuava a aparência doentia do homem. Uma mariposa voou em volta da cabeça dele. O juiz a espantou, e ela saiu voando até pousar em um dos globos pendurados no teto da lanchonete.

— Então... — disse o juiz Silver.

— Pois é — disse Don. — O que vamos fazer?

Frank Geary balançou a cabeça e tirou algumas migalhas da mesa, recolhendo tudo na palma da outra mão.

— Nós poderíamos montar um grupo responsável. Quinze, vinte homens de confiança. Equipamos todos. Deve haver coletes suficientes na delegacia. Só Deus sabe o que mais. Nós não tivemos tempo de fazer um inventário.

— Você acha mesmo... — Reed Barrows começou a falar, cheio de dúvida, mas Frank falou acima dele.

— Tem uns seis rifles de assalto, pelo menos. Devem ir para os caras que souberem usar. Todos os outros carregam Winchesters ou as armas pequenas, ou as duas coisas. Don aqui vai dar a planta da prisão, qualquer detalhe que puder ajudar. Depois, vamos fazer uma exibição de força e dar a Norcross mais uma chance de entregar a mulher. Acho que ele vai entregar.

O juiz perguntou o óbvio.

— E se ele não entregar?

— Acho que ele não conseguiria nos deter.

— Isso parece um tanto extremo, mesmo considerando as circunstâncias — disse o juiz. — E Terry?

— Terry está... — Frank jogou as migalhas no chão da lanchonete.

— Ele está bêbado, juiz — disse Reed Barrows.

Isso impediu que Frank precisasse dizer. O que ele disse, com expressão chateada, foi:

— Ele está fazendo o melhor que pode.

— Bêbado é bêbado — disse Reed.

Vern Rangle concordou com a declaração.

— Então... — O juiz tocou no ombro grande de Frank e apertou. — Acho que é você, Frank.

Gus Vereen se aproximou com a fatia de Don de torta de sorvete. A expressão do dono da lanchonete era de dúvida. A fatia estava coberta de gelo.

— Tem certeza, Don?

— Que se foda — disse Don. Se as moças que faziam torta no mundo sumissem e ele ainda quisesse coisas doces, teria que ser mais aventureiro na hora de comer.

— Hã, Frank? — disse Vern Rangle.

— O quê? — Soou mais como *O que foi agora?*

— Eu só estava pensando que talvez nós devêssemos colocar uma viatura vigiando a prisão. Para o caso, sabe, de o doutor decidir tirar ela de lá e esconder em algum lugar.

Frank o encarou e bateu na lateral da própria cabeça, uma porrada forte que fez todos pularem.

— Jesus. Você está certo. Eu devia ter feito isso logo.

— Eu vou — disse Don, esquecendo a torta de sorvete. Ele se levantou rápido, as coxas acertando a parte de baixo da mesa e fazendo as xícaras e pratos pularem. Seus olhos brilhavam. — Eu e Eric. Se alguém tentar entrar ou sair, nós impedimos.

Frank não gostava de Don, e Blass era só um garoto, mas talvez não houvesse problema. Era só uma precaução. Ele não achava que Norcross tentaria tirar a mulher de lá. Para ele, ela devia parecer mais protegida onde estava, atrás dos muros da prisão.

— Tudo bem — disse ele. — Mas se alguém *sair*, só pare a pessoa. Nada de armas na mão, estão ouvindo? Não vão bancar o Velho Oeste. Se a pessoa se recusar a parar, vão atrás. E me mandem mensagem pelo rádio na mesma hora.

— Não para Terry? — perguntou o juiz.

— Não. Para mim. Estacionem no pé da estrada de acesso à prisão, onde sai da West Lavin. Entenderam?

— Entendemos! — disse Don. Ele ia cuidar de tudo. — Vem, parceiro. Vamos nessa.

Quando eles saíram, o juiz murmurou:

— O indescritível perseguindo o incomível.

— O quê, juiz? — perguntou Vern Rangle.

Silver balançou a cabeça. Parecia cansado.

— Deixa pra lá. Cavalheiros, tenho que dizer que, de modo geral, não estou gostando de como as coisas estão indo. Eu me pergunto...

— O quê, Oscar? — perguntou Frank. — O que você se pergunta?

Mas o juiz não respondeu.

5

— Como você soube? — Era Angel. — Sobre o bebê?

A pergunta tirou Evie do Olympia Diner, onde, pelos olhos da mariposa pousada no lustre, ela estava observando os homens fazendo seus planos. E só para aumentar a diversão, tinha outra coisa acontecendo bem mais perto. Clint tinha visitantes. Em pouco tempo, ela também teria.

Evie se sentou e inspirou o ar do Instituto Penal de Dooling. O fedor de produtos de limpeza era horrivelmente profundo; ela esperava morrer em pouco tempo e estava triste por isso, mas já tinha morrido antes. Nunca era bom, mas nunca era o fim... se bem que aquela vez podia ser diferente.

O lado bom, ela disse para si mesma, *é que não vou ter mais que sentir o cheiro deste lugar, essa mistura de produtos de limpeza e desespero.*

Ela achara que Troia fedia: as pilhas de corpos, os incêndios, as entranhas de peixes atenciosamente deixadas para os deuses (*obrigada pra caralho, pessoal, era exatamente o que a gente queria*) e os aqueus idiotas andando pela praia, se recusando a se lavar, deixando o sangue cozinhar no sol e enferrujar as juntas das armaduras. Isso não era nada em comparação ao fedor inescapável do mundo moderno. Ela era jovem e se impressionava facilmente naquela época, nos dias que precederam a existência do Lysol e da água sanitária.

Enquanto isso, Angel tinha feito uma pergunta perfeitamente justa, e pareceu quase sã. No momento, pelo menos.

— Eu sei sobre seu bebê porque eu leio mentes. Não sempre. Na maior parte do tempo. Leio melhor a mente dos homens, eles são mais simples, mas sou boa com mulheres também.

— Então você sabe... que eu não queria.

— Sim, eu sei disso. E fui dura demais com você. Antes. Me desculpe. Tinha muita coisa acontecendo.

Angel ignorou o pedido de desculpas. Estava concentrada em recitar uma coisa que tinha decorado, um consolo que tinha criado para lhe dar luz quando a escuridão estava mais profunda e não havia ninguém acordado com quem falar para afastar a mente de si mesma e das coisas que tinha feito.

— Eu precisei fazer aquilo. Todos os homens que matei me machucaram, ou teriam machucado se eu tivesse dado oportunidade. Eu não queria matar aquela bebê, mas não podia deixar que aquela fosse a vida dela.

O suspiro que Evie produziu em resposta estava carregado de lágrimas reais. Angel estava dizendo a verdade, toda a verdade e nada mais do que a verdade de uma existência em uma época e lugar em que as coisas não tinham dado certo. Claro que as chances de ter dado certo eram poucas para Angel, de qualquer forma; a mulher era má e maluca. Mesmo assim, ela estava certa: eles a tinham machucado, e provavelmente teriam machucado a criança com o tempo. Aqueles homens e todos os homens como eles. A terra os odiava, mas amava o fertilizante que vinha dos corpos assassinos.

— Por que você está chorando, Evie?

— Porque sinto tudo, e dói. Agora, silêncio. Se eu puder citar mais uma vez *Henrique IV*, o jogo está em andamento. Tenho coisas a fazer.

— Que coisas?

Como se em resposta, a porta na extremidade da Ala A se abriu com força e passos se aproximaram. Era o dr. Norcross, os guardas Murphy e Quigley e dois estranhos.

— Cadê os passes deles? — gritou Angel. — Esses dois não têm passes para estarem aqui!

— Silêncio, eu falei — disse Evie. — Senão vou ter que fazer você se calar. Vamos ter uma conversa, Angel, não estrague.

Clint parou em frente à cela de Evie. A mulher parou ao lado dele. Havia bolsas arroxeadas embaixo de seus olhos, mas os olhos em si estavam brilhantes e cientes.

Evie disse:

— Oi, Michaela Coates, também conhecida como Michaela Morgan. Sou Eva Black. — Ela esticou a mão entre as grades. Tig e Rand se adiantaram por instinto, mas Clint esticou os braços para segurá-los.

Michaela apertou a mão oferecida sem hesitar.

— Você já me viu na televisão, suponho.

Evie deu um sorriso caloroso.

— Não sou muito de noticiário. É deprimente demais.

— Então, como você sabe...?

— Posso te chamar de Mickey, como seu amigo, o dr. Flickinger, chama?

Garth deu um pulo.

— Sinto muito por você não ter conseguido ver sua mãe — prosseguiu Evie. — Ela era uma boa diretora.

— Porra nenhuma — murmurou Angel, e quando Evie pigarreou de forma ameaçadora: — Tudo bem, estou calando a boca, estou calando a boca.

— Como você sabe...? — começou Michaela.

— Que sua mãe era a diretora Coates? Que você assumiu o nome Morgan porque um babaca cretino que era professor de jornalismo disse que os espectadores de televisão costumam se lembrar de nomes com aliteração? Ah, Mickey, você não devia ter dormido com ele, mas acho que você já sabe disso agora. Pelo menos o aborto espontâneo te impediu de ter que fazer uma escolha terrível. — Evie estalou a língua e balançou a cabeça, fazendo o cabelo escuro esvoaçar.

Exceto pelos olhos vermelhos, Michaela estava completamente pálida. Quando Garth passou o braço em volta de seus ombros, ela segurou a mão dele como uma mulher se afogando segura uma boia salva-vidas.

— Como você sabe disso? — sussurrou Michaela. — Quem *é* você?

— Eu sou uma mulher, ouça meu rugido — disse Evie, e mais uma vez, riu: foi um som alegre, como sinos sacudidos. Ela voltou a atenção para Garth. — Quanto a você, dr. Flickinger, um conselho de amiga. Você precisa largar as drogas, e logo. Você já ouviu um aviso do seu cardiologista. Não vai ter outro. Se você continuar fumando aqueles cristais, seu ataque do coração fulminante vai acontecer em... — Ela fechou os olhos como uma médium de feira itinerante, para logo os abrir. — Em uns oito meses. Nove, talvez. Provavelmente quando estiver assistindo pornografia com a calça nos tornozelos e um frasco de Lubriderm à mão. Antes do seu quinquagésimo terceiro aniversário.

— Tem jeitos piores — disse Garth, mas a voz soou fraca.

— Claro, isso se você tiver sorte. Se você ficar com Michaela e Clint aqui e tentar defender a pobre e indefesa eu e o resto das mulheres, é bem provável que morra bem antes.

— Você tem o rosto mais simétrico que já vi. — Garth fez uma pausa e pigarreou. — Pode parar de dizer coisas assustadoras agora?

Aparentemente, Evie não podia.

— É uma pena sua filha ter hidrocefalia e precisar viver em uma instituição, mas isso não é desculpa para o mal que você está fazendo a um corpo e uma mente ótimos.

Os guardas estavam olhando para ela boquiabertos. Clint esperava que acontecesse alguma coisa que provasse que Evie não era daquele mundo, mas isso ia além de suas expectativas mais loucas. Como se tivesse dito isso em voz alta, Evie olhou para ele... e piscou.

— Como você sabe sobre Cathy? — perguntou Garth. — Como *pode* saber?

Olhando para Michaela, Evie disse:

— Eu tenho agentes entre as criaturas do mundo. Elas me contam tudo. Me ajudam. É como com a Cinderela, mas diferente. Primeiro de tudo, eu gosto mais deles como ratos do que como cocheiros.

— Evie... sra. Black... você é responsável pelas mulheres adormecidas? E, se for, você pode acordar elas?

— Clint, tem certeza de que isso é uma ideia inteligente? — perguntou Rand. — Deixar essa moça fazer uma entrevista na cadeia? Acho que a diretora Coates não...

Jeanette Sorley escolheu esse momento para cambalear pelo corredor, segurando a blusa marrom de forma a fazer uma bolsinha improvisada.

— Alguém quer ervilha? — disse ela. — Alguém quer ervilha fresca?

Enquanto isso, Evie parecia ter perdido o fio da meada. As mãos estavam segurando as grades da prisão com força suficiente para deixar os nós dos dedos brancos.

— Evie? — perguntou Clint. — Está tudo bem?

— Está. E embora eu aprecie sua necessidade de agir rápido, Clint, estou fazendo várias coisas ao mesmo tempo esta tarde. Você precisa esperar enquanto eu cuido de uma coisa. — Mais para si mesma do que para as seis pessoas de pé em frente à cela: — Lamento ter que fazer isso, mas ele não teria muito tempo, de qualquer jeito. — Uma pausa. — E ele sente falta da gata.

6

O juiz Silver tinha percorrido a maior parte do caminho até o estacionamento do Olympia quando Frank o alcançou. Gotas de chuva brilhavam nos ombros murchos do sobretudo do homem.

Silver se virou quando ele se aproximou (ao que parecia, não havia nada de errado com a audição dele) e abriu um sorriso doce.

— Quero agradecer novamente por Cocoa — disse ele.

— Tudo bem — disse Frank. — Eu só estava fazendo meu trabalho.

— É verdade, mas você agiu com compaixão verdadeira. Tornou tudo mais fácil para mim.

— Fico feliz. Juiz, tive a impressão de que você teve uma ideia lá dentro. Quer me contar?

O juiz Silver pensou.

— Posso ser franco?

O outro homem sorriu.

— Como meu nome é Frank, eu não esperaria menos.

Silver não retribuiu o sorriso.

— Tudo bem. Você é um bom homem, e fico feliz de ter assumido o comando, já que o policial Coombs está... vamos dizer *hors de combat*... e está claro que nenhum dos outros policiais quer a responsabilidade, mas você não tem experiência na aplicação da lei, e essa é uma situação delicada. Extremamente delicada. Você concorda?

— Concordo — disse Frank. — Com todos os pontos.

— Estou com medo de uma situação intensa. De um grupo que perca o controle e vire uma turba. Já vi acontecer durante uma das greves mais feias de mineradores de carvão nos anos 1970, e não foi bonito. Prédios foram queimados, houve uma explosão com dinamite, homens morreram.

— Você tem uma alternativa?

— Talvez. Eu... Sai daqui, porcaria! — O juiz balançou uma mão cheia de artrite para a mariposa batendo asas em volta de sua cabeça. Ela se afastou, pousou na antena de um carro e ficou mexendo as asas no chuvisco leve. — Essas coisas estão em toda parte agora.

— Aham. O que você estava dizendo?

— Tem um homem chamado Harry Rhinegold em Coughlin. Era do FBI e se aposentou e foi morar lá dois anos atrás. É um bom homem, tem um bom histórico, várias recomendações do Bureau. Eu já vi na parede do escritório dele. Estou pensando em falar com ele e ver se ele ajuda.

— Como o quê? Policial?

— Como conselheiro — disse o juiz, e inspirou de forma ruidosa. — E, possivelmente, como negociador.

— Um negociador de reféns, você quer dizer.

— É.

O primeiro impulso de Frank, infantil e forte, foi de dizer para o juiz que de jeito nenhum, ele que estava no comando. Só que, tecnicamente, não estava. Terry Coombs estava, e era sempre possível que Terry aparecesse, de ressaca, mas sóbrio, e quisesse assumir as rédeas. Além disso, ele, Frank, podia impedir o juiz de alguma outra forma que não fosse aprisionamento físico? Não podia. Embora Silver fosse cavalheiro demais para dizer (a não ser que realmente precisasse, claro), ele era um funcionário do tribunal e, como tal, era superior a um policial voluntário cujas especialidades eram pegar cachorros de rua e fazer propagandas para adoção de animais no canal público. Havia mais uma consideração, e era a mais importante de todas: negociação de reféns não era má ideia. O Instituto Penal de Dooling era como um castelo fortificado. Importava quem ia tirar a mulher de lá, desde que isso acontecesse? Desde que ela pudesse ser interrogada? Coagida, se necessário, se eles concluíssem que ela era capaz de acabar com a Aurora?

Durante esse tempo, o juiz ficou olhando para ele, com as sobrancelhas peludas erguidas.

— Vá em frente — disse Frank. — Vou contar para Terry. Se esse Rhinegold concordar, podemos fazer uma reunião aqui ou na delegacia esta noite.

— Então você não... — O juiz pigarreou. — Não vai agir imediatamente?

— Nesta tarde e noite, só vou deixar a viatura parada perto da prisão. — Frank fez uma pausa. — Fora isso, não posso prometer nada, e até isso depende de Norcross não tentar alguma coisa.

— Eu não acho...

— Mas eu acho. — Frank bateu com seriedade com o dedo na têmpora, como se para indicar um processo de pensamento acontecendo. — Na posição que estou agora, eu tenho que achar. Ele se acha inteligente, e homens assim podem ser um problema. Para os outros e para ele mesmo. Encarando dessa forma, sua ida a Coughlin é uma missão de misericórdia. Por isso, dirija com cuidado, juiz.

— Na minha idade, eu sempre dirijo com cuidado — respondeu o juiz Silver.

A entrada dele na Land Rover foi lenta e dolorosa de ver. Frank estava quase indo ajudar quando Silver finalmente se sentou atrás do volante e bateu a porta. O motor ganhou vida, Silver acelerando sem pensar, e as luzes se acenderam, formando cones iluminados no chuvisco.

Antigo funcionário do FBI, e em Coughlin, pensou Frank, maravilhado. As maravilhas não acabavam nunca. Talvez ele pudesse ligar para o Bureau e conseguir uma ordem federal mandando Norcross soltar a mulher. Era improvável, com o governo em agitação, mas não fora de questão. Se Norcross os desafiasse, ninguém poderia culpá-los se forçassem a barra.

Ele voltou para dentro da lanchonete para dar ordens aos policiais que restavam. Já tinha decidido enviar Barrows e Rangle para substituir Peters e o garoto Blass. Ele e Pete Ordway podiam começar a fazer uma lista de homens, só os responsáveis, que pudessem formar um grupo, se fosse necessário. Não havia necessidade de voltar para a delegacia, onde Terry podia aparecer; eles podiam fazer tudo ali na lanchonete.

7

O juiz Oscar Silver raramente dirigia, e, quando dirigia, não passava de sessenta e cinco quilômetros por hora, independentemente de quantos carros estivessem atrás. Se começassem a buzinar e a grudar na sua traseira, ele encontrava um lugar para encostar e os deixar passar, depois voltava ao ritmo lento. Estava ciente de que tanto seus reflexos quanto sua visão tinham piorado. Além disso, ele tinha sofrido três ataques cardíacos e sabia que a operação de ponte de safena feita na válvula falha, no St. Theresa, dois anos antes, só seguraria o infarto final por um tempo. Estava tranquilo quanto a isso, mas não tinha desejo nenhum de morrer atrás do volante, onde uma guinada final poderia levar uma ou mais pessoas inocentes junto. Indo a sessenta e cinco (menos, dentro dos limites da cidade), ele achava que teria uma boa chance de frear e passar o câmbio para a posição de estacionar antes que as luzes se apagassem de vez.

Porém, aquele dia foi diferente. Quando passou de Ball's Ferry e da Old Coughlin Road, ele aumentou a velocidade até o ponteiro chegar ao cem, um território que ele não explorava havia cinco anos ou mais. Já tinha falado com Rhinegold pelo celular, e o antigo agente do FBI estava disposto a conversar (embora o juiz, uma alma experiente e ardilosa, preferisse não discutir o assunto pelo telefone; devia ser uma precaução desnecessária, mas discrição sempre tinha sido seu método), e isso era uma coisa boa. A coisa ruim: Silver percebeu de repente que não confiava em Frank Geary, que falava com tanta facilidade sobre reunir um bando de homens e invadir a prisão. Ele *pareceu* razoável no Olympia, mas a situação era totalmente irracional. O juiz não gostou de como Frank havia feito um ato daqueles parecer prático quando devia ser um último recurso.

Os limpadores de para-brisa estalavam de um lado para outro, limpando a chuva fina. Ele ligou o rádio e sintonizou na estação de notícias de Wheeling.

— A maioria dos serviços da cidade está suspensa até nova ordem — disse o locutor —, e quero repetir que o toque de recolher das nove horas vai ser aplicado com severidade.

— Boa sorte com isso — murmurou o juiz.

— Agora, relembrando nossa história. As ditas Brigadas do Maçarico, incitadas por relatórios falsos na internet de que o ar expirado através da substância, ou *casulo*, em torno das mulheres adormecidas está espalhando a peste Aurora, foram identificadas em Charleston, Atlanta, Savannah, Dallas, Houston, Nova Orleans e Tampa. — O locutor fez uma pausa e, quando voltou a falar, o sotaque ficou mais pronunciado. — Vizinhos, tenho orgulho de dizer que nenhum grupo ignorante desses opera aqui em Wheeling. Nós todos temos mulheres nas nossas vidas que amamos loucamente, e matar elas enquanto dormem, por menos natural que esse sono seja, seria uma coisa horrível de se fazer.

Ele pronunciou *horrível* como *hurrível*.

A Land Rover do juiz Silver estava chegando perto da fronteira da cidade vizinha de Dooling, Maylock. A casa de Rhinegold em Coughlin ficava do outro lado, um trajeto de vinte minutos, mais ou menos.

— A Guarda Nacional foi chamada em todas as cidades onde essas Brigadas estão agindo, com ordens de atirar para matar se esses tolos supersticiosos não pararem. Digo amém para isso. O CDC repetiu que não tem verdade nenhuma em…

O para-brisa estava ficando embaçado. O juiz Silver se inclinou para a direita, sem nunca tirar os olhos da estrada, e ligou o desembaçador. O ventilador soou. Com o vento, uma nuvem de mariposas marrons pequenas saíram dos dutos de ventilação, enchendo o carro e envolvendo a cabeça do juiz. Elas pousaram no cabelo dele e roçaram nas bochechas. Pior do que tudo, voaram na frente de seus olhos, e uma coisa que uma de suas tias velhas tinha dito muito tempo antes, quando ele era só um garoto impressionável, voltou à mente dele com o brilho de um fato comprovado, como para cima é para cima e para baixo é para baixo.

"Nunca esfregue os olhos depois de tocar em uma mariposa, Oscar", dissera ela. "O pó das asas dela vai entrar nos seus olhos e você vai ficar cego."

— *Saiam daqui!* — gritou o juiz Silver. Ele tirou as mãos do volante e bateu na cara. Mariposas continuaram saindo da ventilação, centenas delas, talvez milhares. A cabine da Land Rover virou uma névoa marrom em movimento. — *Saiam daqui, saiam daqui, saiam...*

Um peso enorme caiu no lado esquerdo do peito dele. A dor desceu pelo braço esquerdo como eletricidade. Ele abriu a boca para gritar, e mariposas voaram para dentro, andando na língua e provocando coceira no interior da boca. Com a última inspiração, ele as puxou pela garganta, onde entupiram a traqueia. A Land Rover desviou para a esquerda; um caminhão que se aproximava desviou para a direita a tempo de não colidir, indo parar na vala, inclinado, mas sem virar. Não havia vala a evitar do outro lado da estrada, só o guarda-corpo que separava a ponte Dorr's Hollow do ar livre e do riacho abaixo. O veículo de Silver quebrou a amurada e caiu. A Land Rover despencou na água abaixo. O juiz Silver, já morto, foi lançado pelo para-brisa no riacho Dorr's Hollow, um afluente do Ball Creek. Um dos mocassins caiu e seguiu flutuando com a correnteza, se encheu de água e afundou.

As mariposas saíram do veículo virado, agora borbulhando na água, e voltaram voando em bando para Dooling.

8

— Eu odiei fazer isso — disse Eva, falando não com os visitantes, na percepção de Clint, mas consigo mesma. Ela limpou uma única lágrima do canto do olho esquerdo. — Quanto mais tempo eu passo aqui, mais humana eu fico. Eu tinha me esquecido disso.

— De que você está falando, Evie? — perguntou Clint. — O que você odiou fazer?

— O juiz Silver estava tentando trazer ajuda externa — disse ela. — Talvez não fizesse diferença, mas eu não podia correr o risco.

— Você matou ele? — perguntou Angel, parecendo interessada. — Usou seus poderes especiais?

— Eu tive que fazer isso. De agora em diante, o que acontece em Dooling fica em Dooling.

— Mas... — Michaela passou a mão pelo rosto. — O que está acontecendo em Dooling está acontecendo *em toda parte*. Vai acontecer comigo.

— Não por um tempo — disse Evie. — E você também não vai precisar de mais estimulantes. — Ela esticou um punho frouxo pelas grades da prisão, esticou um dedo e chamou. — Vem aqui.

— Eu não faria isso — disse Rand, e Garth falou ao mesmo tempo:

— Não seja burra, Mickey. — Ele segurou o antebraço dela.

— O que *você* acha, Clint? — perguntou Evie, sorrindo.

Sabendo que estava cedendo, não só nisso, mas em tudo, Clint disse:

— Deixem ela ir.

Garth soltou o braço de Michaela. Como se hipnotizada, ela deu dois passos para a frente. Evie colocou o rosto entre as grades, os olhos nos de Michaela. Ela abriu os lábios.

— Coisa de lésbica! — gritou Angel. — Liguem as câmeras, a chupação já vai começar!

Michaela não deu atenção. Encostou a boca na de Evie. Elas se beijaram com as grades duras da cela acolchoada entre elas, e Clint ouviu um farfalhar quando Eva Black expirou dentro da boca e dos pulmões de Michaela. Ao mesmo tempo, sentiu os pelos dos braços e pescoço se eriçarem. Sua visão ficou borrada de lágrimas. Em algum lugar, Jeanette estava gritando e Angel estava gargalhando.

Finalmente, Evie rompeu o beijo e deu um passo para trás.

— Que boca doce — disse ela. — Que *garota* doce. Como está se sentindo agora?

— Estou desperta — disse Michaela. Os olhos estavam arregalados, e os lábios recém-beijados estavam tremendo. — Estou mesmo desperta!

Não havia dúvida de que estava. As bolsas roxas embaixo dos olhos tinham sumido, mas isso era o de menos; a pele tinha se esticado sobre os ossos, e as bochechas antes pálidas estavam com um brilho rosado. Ela se virou para Garth, que estava olhando para ela com o queixo caído, impressionado.

— Eu estou mesmo desperta!

— Puta merda — disse Garth. — Acho que está mesmo.

Clint moveu a mão aberta na direção do rosto de Michaela. Ela afastou a cabeça.

— Seus reflexos voltaram — disse ele. — Você não teria conseguido fazer isso cinco minutos atrás.

— Quanto tempo consigo ficar assim? — Michaela segurou os próprios ombros, se abraçando. — É *maravilhoso*!

— Alguns dias — repetiu Evie. — Depois disso, o cansaço vai voltar, e com juros. Você vai adormecer por mais que lute, e um casulo vai crescer, como com o resto. A não ser que...

— A não ser que você tenha o que quer — disse Clint.

— O que eu quero é imaterial agora — respondeu Evie. — Achei que você tinha entendido isso. É o que os homens desta cidade vão fazer comigo que importa. E o que as mulheres do outro lado da Árvore decidirem.

— O que... — começou Garth, mas Jeanette bateu nele como um jogador de futebol americano querendo derrubar outro, empurrando-o nas grades. Ela o empurrou para o lado com o ombro, olhando para Evie.

— Faz *comigo*! Evie, faz *comigo*! Eu não quero ter mais que lutar, não quero mais ver o homem, faz *comigo*!

Evie segurou as mãos dela e a olhou com tristeza.

— Não posso, Jeanette. Você devia parar de lutar e ir dormir como as outras. Elas precisam de uma pessoa corajosa e forte como você do lado de lá. Elas chamam de Nosso Lugar. Pode ser seu lugar também.

— Por favor — sussurrou Jeanette, mas Evie soltou as mãos dela. Jeanette cambaleou para longe, esmagando as ervilhas que tinham caído e chorando sem fazer barulho.

— Não sei — disse Angel, pensativa. — Talvez eu não mate você, Evie. Estou pensando que talvez... Não sei. Você é espiritual. Além do mais, é ainda mais maluca do que eu. O que é uma coisa e tanto.

Evie falou com Clint e os outros de novo:

— Homens armados virão. Eles me querem porque acham que eu posso ter provocado a Aurora, e, se eu provoquei, posso botar fim nela. Isso não é exatamente verdade, é mais complicado do que isso. Só porque eu acionei uma coisa sozinha, não quer dizer que eu possa desativar. Mas vocês acham que homens zangados e assustados acreditariam nisso?

— Nem em um milhão de anos — disse Garth Flickinger. Atrás dele, Billy Wettermore grunhiu, concordando.

Evie disse:

— Eles vão matar qualquer um que atrapalhe, e quando eu não conseguir despertar as belas adormecidas com um movimento da minha varinha mágica de Fada Madrinha, eles vão me matar. Depois, vão botar fogo na prisão e em todas as mulheres dentro, só de raiva.

Jeanette tinha voltado para a área de remoção de piolhos para retomar a conversa com o homem, mas Angel estava prestando atenção. Clint quase conseguia ouvir o humor dela melhorar, como um gerador ganhando vida e entrando em ação.

— Eles não vão me matar. Não sem eu resistir.

Pela primeira vez, Evie pareceu irritada. Clint achava que o que ela tinha feito para despertar Mickey Coates podia ter acabado com sua energia.

— Angel, eles vão atropelar você como uma onda derrubando um castelo de areia de criança.

— Pode ser, mas vou levar alguns comigo. — Angel fez alguns movimentos enferrujados de kung-fu que fizeram Clint ter um sentimento que ele nunca tinha associado a Angel Fitzroy: pena.

— Você nos trouxe aqui? — perguntou Michaela. Seus olhos estavam brilhando, fascinados. — Você nos *atraiu* pra cá? Garth e eu?

— Não — disse Evie. — Você não entende como sou impotente, pouco mais do que um dos coelhos do homem das drogas pendurados em um fio, esperando para ser esfolado ou libertado. — Ela voltou o olhar atento para Clint. — Você tem um plano? Eu acho que tem.

— Nada grandioso — disse Clint —, mas eu talvez consiga ganhar um tempo. Nós temos uma posição fortificada aqui, mas seria útil ter mais alguns homens...

— O que seria útil — interrompeu Tig — é um pelotão de fuzileiros.

Clint balançou a cabeça.

— A não ser que Terry Coombs e aquele Geary consigam ajuda externa, eu acho que podemos segurar a prisão com doze homens, talvez dez. Agora, somos só quatro. Cinco se conseguirmos trazer Scott Hughes para o nosso lado, mas não tenho muita esperança disso.

Clint continuou, falando mais com Mickey e com o médico que ela levou junto. Ele não gostava da ideia de enviar Flickinger em uma missão de vida ou morte (nada sobre a aparência e o cheiro dele contrariava o pronunciamento de Evie de que ele era um drogado), mas Flickinger e a filha de Janice Coates eram tudo o que ele tinha.

— O verdadeiro problema são as armas, e a grande pergunta é quem vai botar a mão nelas primeiro. Sei pela minha esposa que tem um arsenal e tanto na delegacia. Desde o Onze de Setembro e todas as ameaças de terrorismo doméstico que vieram depois, a maioria das cidades do tamanho de Dooling tem. As armas menores são Glock 17, e acho que Lila disse Sig alguma coisa...

— Sig-Sauer — disse Billy Wettermore. — É uma boa arma.

— Eles têm semiautomáticas M4, com aqueles pentes grandes — prosseguiu Clint — e algumas Remington Model 700. Além disso, acho que Lila disse que eles têm um lançador de granadas de quarenta milímetros.

— Armas. — Evie falou sem se dirigir a ninguém em particular. — A solução perfeita para qualquer problema. Quanto mais armas você tiver, mais bem resolvido estará o problema.

— Você está de sacanagem? — gritou Michaela. — Um lançador de *granada*?

— É, mas não para explosivos. Eles usam com gás lacrimogênio.

— Não se esqueça dos coletes à prova de balas. — Rand parecia desanimado. — Se não for muito de perto, esses coletes seguram uma bala de Mossberg. E os Mossies são o armamento mais pesado que temos.

— Parece uma situação de aposta contra a banca — comentou Tig.

Billy Wettermore disse:

— Eu não quero matar ninguém se não precisar. Eles são nossos amigos, pelo amor de Deus.

— Bom, boa sorte — disse Evie. Ela foi até a cama e ligou o celular do diretor-assistente Hicks. — Vou jogar um pouco de *Boom Town* e tirar um cochilo. — Ela sorriu para Michaela. — Não vou responder mais nenhuma pergunta da imprensa. Você beija muito bem, Mickey Coates, mas me deixou exausta.

— Cuidado para ela não decidir mandar os ratos dela pra cima de vocês — disse Angel para o grupo todo. — Eles fazem o que ela manda. Foi assim que ela conseguiu o celular do Hicks.

— Ratos — disse Garth. — Isso tudo só melhora.

— Preciso que vocês venham comigo — pediu Clint. — Nós precisamos conversar, mas tem que ser rápido. Vão cercar este lugar logo.

Billy Wettermore apontou para Jeanette, agora sentada de pernas cruzadas na cabine do chuveiro da estação de remoção de piolhos, conversando com sinceridade com uma pessoa que só ela conseguia ver.

— E Sorley?

— Ela vai ficar bem — disse Clint. — Venham. Durma, Jeanette. Se permita descansar.

Sem olhar para ele, Jeanette disse uma única palavra:

— Não.

9

Para Clint, a sala da diretora tinha uma aparência arqueológica, como se tivesse ficado abandonada durante anos em vez de menos de uma semana. Janice Coates estava deitada no sofá, envolta na mortalha branca. Michaela foi até ela e se ajoelhou, como se estivesse rezando. Ela acariciou o casulo com uma das mãos, e o material fez sons estalados que fizeram Clint pensar no material de embalagem em que objetos frágeis eram enrolados para serem enviados pelos correios. Garth começou a se aproximar, mas Clint segurou o braço dele.

— Dê um minuto a ela, dr. Flickinger.

Uns três se passaram até Michaela se levantar.

— O que podemos fazer? — perguntou ela.

— Você sabe ser persistente e persuasiva? — perguntou Clint.

Ela o fitou com olhos que não estavam mais vermelhos.

— Eu fui para o NewsAmerica como estagiária sem salário aos vinte e três anos. Aos vinte e seis, era correspondente em tempo integral, e estavam falando em me dar meu próprio programa noturno. — Ela viu Billy lançar um olhar para Tig e Rand e sorriu para eles. — Vocês sabem o que dizem aqui, não sabem? Não é contar vantagem se for verdade. — Ela voltou a atenção para Clint. — Essas são minhas referências. São boas o suficiente?

— Espero que sim — disse Clint. — Escutem.

Ele falou por cinco minutos. Houve perguntas, mas não muitas. A situação deles era ruim e todos sabiam.

6

1

Alexander Peter Bayer, o primeiro bebê a nascer do outro lado da Árvore, respirou pela primeira vez uma semana depois que Lila e Tiffany voltaram dos destroços embaixo da Lion's Head. Mais alguns dias se passaram até que Lila o conhecesse em uma pequena reunião na casa consertada de Elaine Nutting Geary. Ele não era um bebê tradicionalmente bonito; as várias papadas geravam associação não com um bebê de propaganda, mas com um anotador de apostas que Lila tinha prendido uma vez e era conhecido como "Larry Gordo". No entanto, o bebê Alexander tinha um jeito irresistivelmente cômico de revirar os olhos, como se estivesse tentando ansiosamente entender onde estava em meio ao amontoado de rostos femininos que pairavam acima dele.

O estado delas nos Apalaches, em um gesto progressista raro, tinha proibido que detentas em trabalho de parto fossem algemadas, mas, durante a festinha, Linda Bayer, proveniente do Instituto Penal de Dooling, comentou sobre uma conhecida de outro estado que tinha sido obrigada a dar à luz acorrentada.

— Tenho que dizer que eu não ia querer fazer isso.

Houve vários suspiros, gestos com a cabeça e algumas pessoas inspirando fundo ao ouvirem aquele comentário. Ninguém no aposento, nem a antiga xerife e nem mesmo a antiga presidente da Associação de Mulheres Republicanas da área, aprovava que prisioneiras grávidas fossem algemadas. Independentemente do que elas estavam construindo naquele novo mundo, Lila tinha dificuldade de conceber aquela instituição específica sendo restabelecida nele.

Um prato de bolinhos um pouco duros (mas ainda bem gostosos) foi passado de mão em mão. Entre surtos da vertigem estranha que a afligia, Nadine Coombs os tinha preparado em um forno a céu aberto. O forno tinha sido tirado das ruínas do Lowe's, em Maylock, usando trenós e os cavalos de Tiffany. Lila ficava perplexa às vezes com a velocidade do progresso que elas faziam, com a velocidade e eficiência com que problemas eram resolvidos e avanços eram feitos.

Em determinado momento, o bebê foi parar na mão de Lila.

— Você é o último homem na face da Terra ou o primeiro? — perguntou ela.

Alexander Peter Bayer bocejou.

— Desculpa, Lila. Ele não fala com a polícia. — Tiffany tinha parado ao lado dela no canto da sala.

— É mesmo?

— Por aqui, a gente ensina desde pequenos — disse Tiffany.

Desde a aventura juntas, elas tinham virado amigas improváveis. Lila gostava de como Tiffany andava pela cidade com os cavalos, usando o chapéu branco de caubói, insistindo para que as crianças se aproximassem e fizessem carinho nos animais e vissem como eram macios e quentes.

2

Um dia, sem nada melhor para fazer, Lila e Tiffany revistaram a ACM de Dooling, sem saber exatamente o que estavam procurando, só sabendo que era um dos poucos lugares que não tinham sido investigados. Elas encontraram muita coisa, algumas interessantes, mas nada de que realmente precisassem. Havia papel higiênico, mas o suprimento disso no Shopwell era farto. Também havia caixas de sabonete líquido, mas, ao longo dos anos, tinham endurecido e virado uns tijolos cor de rosa. A piscina tinha secado; não restava nada lá além de um leve odor adstringente de cloro.

O vestiário masculino estava úmido e frio; as paredes cobertas por áreas amplas de mofo de vários tipos; verde, preto, amarelo. Um cadáver mumificado de gambá estava caído no canto, as pernas rígidas no ar, o rosto congelado em um olhar selvagem de morte, os lábios esticados por cima de fileiras de dentes afiados. Lila e Tiffany ficaram por um momento em contemplação silenciosa do primeiro mictório em uma fileira de seis.

— Perfeitamente preservado — disse Lila.

Tiffany olhou para ela sem entender.

— Aquilo? — Apontando para o gambá.

— Não. Isto. — Lila bateu no mictório, a aliança de casamento estalando na porcelana. — Vamos querer para o nosso museu. Podemos chamar de Museu dos Homens Perdidos.

— Ha! — disse Tiffany. — Quer saber? Esse lugar é assustador pra caralho. E, pode acreditar, isso é uma coisa e tanto, porque eu já andei por muitos buracos. Eu poderia escrever um guia sobre os buracos de metanfetamina suados, sujos e fodidos dos Apalaches, mas isto aqui é desagradável de verdade. Eu sabia que vestiários masculinos eram lugares sinistros, mas isso é pior do que eu poderia ter imaginado.

— Devia ser melhor antes de ficar velho — disse Lila... mas em dúvida.

Elas usaram martelos e cinzéis para quebrar os cadeados dos armários. Lila encontrou relógios parados, carteiras cheias de papel verde inútil e retângulos de plástico inúteis, smartphones mortos e, portanto, emburrecidos, chaveiros, calças comidas por traças, e uma bola de basquete murcha. As descobertas de Tiffany não foram muito melhores: uma caixa quase cheia de Tic Tac e uma fotografia apagada de um homem careca com peito peludo em uma praia com a filhinha rindo nos ombros dele.

— Flórida, aposto — disse Tiffany. — É pra lá que eles vão quando têm dinheiro.

— Provavelmente. — A foto fez Lila pensar no filho, o que ela achava cada vez mais contraproducente, mas não podia evitar. Mary contou tudo sobre Clint, enrolando para manter os guardas na prisão, e sobre Jared, que escondeu os corpos delas (*nossos outros corpos*, pensou ela) no sótão da casa de exibição na rua. Ela ficaria sabendo mais alguma coisa sobre os dois? Apareceram mais duas mulheres depois de Mary, mas nenhuma delas sabia nada sobre os dois homens da vida dela. E por que saberiam? Jared e Clint estavam em uma nave espacial, e a nave estava ficando cada vez mais distante, tantos anos-luz, e eles acabariam sumindo totalmente da galáxia e esse seria o fim. *Finito*. Quando ela deveria começar a ficar de luto por eles? Já tinha começado?

— Ah — disse Tiffany. — Não faça isso.

— O quê?

Porém, Tiffany conseguiu ler seu rosto, viu através da desesperança e da confusão.

— Não se deixe afetar. — Ela guardou a foto no armário e fechou a porta.

No ginásio do andar de cima, ela desafiou Lila em um jogo de H-O-R-S-E. O prêmio era a caixa quase cheia de Tic Tac. Elas bateram a bola de basquete no chão. Foi uma guerra difícil: as duas eram ruins e a bola estava meio murcha. A filha de Clint, que no fim das contas não era filha dele, teria vencido as duas com facilidade. Tiffany fazia arremessos em um estilo vovozinha, com a mão por baixo, o que Lila achava irritantemente feminino, mas também fofo. Quando tirava o casaco, dava para ver a barriguinha de grávida, uma bolota na cintura de Tiffany.

— Por que Dooling? Por que nós? Essas são as perguntas, você não acha? — Lila correu atrás da bola. Tiffany tinha jogado na arquibancada poeirenta à direita da quadra. — Eu tenho uma teoria.

— Tem? Pode falar.

Lila jogou a bola das arquibancadas. Passou longe da rede à distância de um carro e quicou na segunda fileira da arquibancada em frente.

— Isso foi patético — disse Tiffany.

— Olha quem fala.

— É verdade.

— Temos duas médicas e algumas enfermeiras. Temos uma veterinária. Temos algumas professoras. Kayleigh sabia mexer em eletricidade, e apesar de ela não estar mais aqui, Magda não é ruim. Temos uma carpinteira. Temos duas musicistas. Temos uma socióloga que já está escrevendo um livro sobre a nova sociedade.

— É, e quando acabar, Molly pode imprimir com a tinta de sumo de frutas silvestres — disse Tiffany, rindo.

— Temos aquela professora de engenharia aposentada da universidade. Temos costureiras e jardineiras e cozinheiras aos montes. As moças do clube do livro estão organizando um grupo para que as mulheres possam conversar sobre as coisas de que sentem falta e afastar um pouco da tristeza e da dor. Nós temos até uma encantadora de cavalos. Está vendo?

Tiffany pegou a bola.

— Vendo o quê?

— Nós somos tudo de que precisamos — disse Lila. Ela tinha descido da arquibancada e estava parada com os braços cruzados na lateral da quadra. — Foi por isso que fomos escolhidas. Todas as habilidades básicas de que precisamos estão aqui.

— Certo. Talvez. Pode ser. Acho que você pode estar certa. — Tiffany tirou o chapéu de caubói e se abanou com ele. Estava achando graça. — Você é tão policial. Solucionando os mistérios.

Porém, Lila não tinha acabado.

— E como fazemos as coisas evoluírem? Nós já temos nosso primeiro bebê. E quantas mulheres grávidas temos aqui? Doze? Oito?

— Umas dez, talvez. É o suficiente para recomeçar um novo mundo, na sua opinião, se metade delas for menina?

— Não sei. — Lila estava especulando agora, o rosto ficando quente conforme as ideias apareciam. — Mas é um começo, e aposto que tem instituições de congelamento com geradores programados para continuar funcionando. Seria preciso ir até uma cidade grande para procurar uma, eu acho, mas aposto que seria possível. E haveria esperma congelado lá. E *seria* suficiente para botar um mundo, um novo mundo, em crescimento.

Tiffany colocou o chapéu na cabeça, inclinado para trás, e quicou a bola de basquete no chão algumas vezes.

— Novo mundo, é?

— Ela pode ter planejado assim. A mulher. Eva. Para podermos recomeçar sem homens, ao menos no começo — disse Lila.

— O Jardim do Éden sem o Adão, é? Certo, xerife, quero fazer uma pergunta.

— Claro.

— É um *bom* plano? O que aquela mulher elaborou para nós?

É uma pergunta justa, pensou Lila. As habitantes de Nosso Lugar discutiam sobre Eva Black sem parar; os boatos que tinham se iniciado no velho mundo foram levados para o novo; era rara a Reunião em que o nome dela (isso se era mesmo o nome dela) não surgia. Ela era uma extensão e uma possível resposta às perguntas originais, o grande Como e Por que da situação delas. Discutiram a probabilidade de ela ser mais do que uma mulher, mais do que humana, e havia uma crença cada vez maior de que ela era a fonte de tudo o que tinha acontecido.

Por um lado, Lila lamentava as vidas que tinham sido perdidas (Millie, Nell, Kayleigh, Jessica Elway antes delas, e quantas outras), assim como as histórias e existências daqueles de quem as que ainda estavam vivas haviam sido separadas. Os homens e garotos delas estavam longe. Porém, a maioria (Lila definitivamente estava entre elas) não podia negar a renovação que se apresentava à frente: Tiffany Jones com bochechas redondas e cabelo lindo e um segundo coração batendo. No velho mundo, havia homens que tinham feito mal a Tiff, e muito. No velho mundo, havia homens que queimavam mulheres, incinerando-as nas duas realidades. Brigadas do Maçarico, Mary disse que era o nome. Havia mulheres ruins e homens ruins; se alguém podia alegar o direito de fazer essa declaração, Lila, que havia prendido muitos dos dois, sentia que era ela. Porém, os homens brigavam mais; eles matavam mais. Essa era uma das coisas em que os sexos nunca tinham sido iguais: eles não eram igualmente perigosos.

Então, sim, Lila achava que provavelmente era um bom plano. Implacável, mas muito bom. Um mundo reiniciado por mulheres que tinham uma oportunidade de serem mais seguras e mais justas. Ainda assim...

— Não sei. — Lila não podia dizer que uma existência sem o filho era melhor. Podia conceber a ideia, mas não conseguia articular sem se sentir uma traidora com Jared e sua antiga vida.

Tiffany assentiu.

— Que tal isto então: você consegue arremessar para trás? — Ela se virou de costas para a cesta, dobrou os joelhos e jogou a bola por cima da cabeça. Subiu, bateu no canto da tabela, quicou no aro... e caiu, quicou, quicou, quicou, tão perto.

3

Um jorro ocre saiu pela torneira. Um cano estalou alto ao bater em outro. O fluxo marrom engasgou, parou, e, aleluia, água limpa começou a cair na pia.

— Bom — disse Magda Dubcek para a pequena reunião em torno da pia na parede da usina de tratamento de água. — Aí está.

— Incrível — disse Janice Coates.

— Que nada. Pressão, gravidade. Não é tão complexo. Vamos tomar cuidado, acionar um bairro de cada vez. Indo devagar e sempre a gente vence a corrida.

Lila, pensando no bilhete antigo do filho de Magda, Anton, sem dúvida um cara meio burro e talentoso no sexo, mas conhecedor de águas por mérito próprio, abraçou abruptamente a velha senhora.

A água ecoou no aposento comprido da usina do Distrito de Águas do Condado de Dooling, fazendo-as se calarem. Em silêncio, as mulheres se revezaram para passar as mãos no jorro de água fresca.

4

Uma das coisas de que todas sentiam falta era a possibilidade de entrar em um carro e dirigir para algum lugar em vez de andar e ter bolhas nos pés. Os carros ainda estavam lá, alguns em bom estado por terem ficado parados em garagens, e pelo menos algumas das baterias que elas encontraram em depósitos ainda tinham energia. O verdadeiro problema era a gasolina. Cada gota tinha se oxidado.

— Vamos ter que refinar — explicou a professora de engenharia aposentada em uma reunião do comitê.

A no máximo duzentos e quarenta quilômetros, no Kentucky, havia poços de armazenamento e refinarias que poderiam ser recolocadas em funcionamento com trabalho e sorte. Elas logo começaram a planejar outra viagem; designaram tarefas e selecionaram voluntárias. Lila observou as mulheres no aposento em busca de sinais de apreensão. Não havia nenhum. Dentre os rostos, ela prestou atenção em Celia Frode, a única sobrevivente do grupo de exploração. Celia estava assentindo junto com as outras.

— Me coloquem nessa lista — disse Celia. — Eu vou. Sinto que estou precisando andar por aí.

Seria arriscado, mas elas tomariam mais cuidado dessa vez. Não hesitariam.

5

Quando chegaram ao segundo andar da casa de exibição, Tiffany anunciou que não ia subir a escada para o sótão.

— Vou esperar aqui.

— Se você não vai subir, por que veio? — perguntou Lila. — Você não está tão grávida assim.

— Eu estava torcendo para você me dar uns Tic Tacs, trapaceira. E estou bem grávida, pode acreditar. — Lila tinha ganhado o jogo e as balinhas.

— Aqui. — Ela jogou a caixinha para Tiffany e subiu a escada.

A casa de exibição de Pine Hills acabou se mostrando ironicamente mais bem construída do que quase todas as outras estruturas na Tremaine, inclusive a casa de Lila. Apesar de escuro, com pequenas janelas sujas pela passagem do tempo, o sótão estava seco. Lila andou pelo espaço, os passos levantando nuvens de poeira do chão. Mary tinha dito que era onde ela, Lila e a sra. Ransom estavam, lá naquele outro mundo. Ela queria sentir a si mesma, sentir o filho.

Não sentiu nada.

Em uma ponta do sótão, uma mariposa estava batendo em uma das janelas sujas. Lila andou até lá para libertá-la. A janela estava emperrada. Lila ouviu um estalo quando Tiffany subiu a escada. Ela empurrou Lila para o lado, pegou uma faca portátil, passou a ponta pelas beiradas, e a janela se abriu. A mariposa fugiu e saiu voando.

Abaixo, havia neve nos gramados altos, na rua malcuidada, na viatura velha na entrada da casa da sra. Ransom. Os cavalos de Tiffany estavam enfiando os focinhos onde podiam, relinchando sobre qualquer coisa que os fizesse relinchar, balançando os rabos. Lila via além da casa dela, além da piscina que nunca quis e da qual Anton cuidava, e além do olmo sobre o qual ele havia deixado o bilhete. Um animal laranja saiu da beirada da floresta de pinheiros que havia atrás do bairro. Era uma raposa. Mesmo de longe, o brilho da pelagem de inverno era evidente. Como o inverno tinha chegado tão rápido?

Tiffany estava no meio do sótão. Estava seco, mas também frio, principalmente com a janela aberta. Ela entregou a caixa de Tic Tac para Lila.

— Eu queria comer todos, mas seria errado. Eu abdiquei da minha vida de crimes.

Lila sorriu e guardou a caixa no bolso.

— Eu te declaro reabilitada.

As mulheres estavam a trinta centímetros uma da outra, se olhando, soltando vapor na respiração. Tiffany tirou o chapéu e largou no chão.

— Se você acha que é piada, não é. Não quero tirar nada de você, Lila. Não quero tirar nada de ninguém.

— O que você quer? — perguntou Lila.

— Minha própria vida. Com bebê e uma casa e tudo. E gente que me ama.

Lila fechou os olhos. Ela tinha todas essas coisas. Não conseguia sentir Jared, não conseguia sentir Clint, mas se lembrava deles, se lembrava da própria vida. Essas lembranças doíam. Faziam formas na neve, como os anjos que eles faziam quando crianças, mas essas formas estavam ficando mais indefinidas a cada dia. Deus, ela estava tão solitária.

— Não é muita coisa — disse Lila, e reabriu os olhos.

— Para mim, parece muita coisa. — Tiffany esticou as mãos e puxou o rosto de Lila para perto do dela.

6

A raposa trotou para longe do condomínio de Pine Hills, atravessou a Tremaine Street e entrou na vegetação densa de trigo de inverno que tinha crescido do outro lado. Ela estava caçando o odor de esquilos hibernando. A raposa amava esquilos (*Crocantes! Suculentos!*), e, naquele lado da Árvore, depois de tanto tempo sem serem incomodados pela presença humana, eles tinham ficado descuidados.

Depois de uma busca de meia hora, ela encontrou uma pequena família em um buraco cavado. Eles nem despertaram, nem enquanto a raposa os mastigava.

— Tão gostoso — disse para si mesma.

A raposa foi em frente, entrou no bosque para chegar à Árvore. Fez uma pausa breve para explorar uma casa abandonada. Mijou em uma pilha de livros espalhados no chão e xeretou um armário cheio de lençóis podres. Na cozinha da casa, havia comida na geladeira com cheiro deliciosamente estragado, mas suas tentativas de abrir a porta não deram em nada.

— Me deixe entrar — a raposa ordenou à geladeira, para o caso de ela só estar fingindo ser um objeto inanimado.

A geladeira ficou parada, sem responder.

Uma cobra saiu de debaixo do fogão à lenha do outro lado da cozinha.

— Por que você está brilhando? — perguntou à raposa.

Outros animais tinham comentado sobre esse fenômeno e tinham cautela com ela. A raposa via quando olhava para seu reflexo na água parada. Uma luz dourada se agarrava a ela. Era a marca Dela.

— Eu tive sorte — disse a raposa.

A cobra balançou a língua para ela.

— Venha aqui. Me deixe morder você.

A raposa saiu correndo do chalé. Vários pássaros a atormentaram enquanto ela pulava sob a copa dos galhos retorcidos e emaranhados, sem folhas, mas a barulheira não significou nada para a raposa, cuja barriga estava cheia e cuja pelagem era densa como a de um urso.

Quando chegou à clareira, a Árvore estava lá, a peça central de um oásis cheio de folhas e quente nos campos de neve. Suas patas foram do chão frio para o solo quente e viçoso de verão que era o canteiro eterno da Árvore. Os galhos da Árvore tinham camadas que misturavam incontáveis verdes, e além da passagem no fuste, o tigre branco, balançando a cauda, observou sua aproximação com olhos sonolentos.

— Não preste atenção em mim — disse a raposa —, eu só estou de passagem. — Ela passou correndo, entrou no buraco preto e saiu do outro lado.

7

1

Don Peters e Eric Blass ainda não tinham sido substituídos no bloqueio da West Lavin quando um Mercedes SL 600 todo amassado veio na direção deles saindo da prisão. Don estava de pé no mato, se sacudindo depois de mijar. Ele fechou o zíper correndo e voltou para a pick-up que estavam usando como viatura. Eric estava de pé na estrada com a arma na mão.

— Guarda o canhão, Júnior — disse Don, e Eric colocou a Glock no coldre.

O motorista do Mercedes, um homem de cabelo cacheado com rosto corado, parou de forma obediente quando Don levantou a mão. Ao lado dele estava uma mulher bonita. Melhor dizendo, *incrivelmente* bonita, principalmente depois de todas as Mulheres Zumbis que ele e Eric haviam visto nos dias anteriores. Além do mais, ela era familiar.

— Habilitação e documentos — disse Don.

Ele não tinha ordens para olhar as carteiras de habilitação dos motoristas, mas era isso que policiais diziam quando paravam carros. *Fica olhando, Júnior*, pensou ele. *Vê só como um homem age.*

O motorista entregou a carteira de habilitação; a mulher remexeu no porta-luvas e encontrou o documento do carro. O homem era o dr. Garth Flickinger. De Dooling, com residência no bairro mais chique da cidade, na Briar.

— Podem me dizer o que vocês foram fazer na prisão?

— Foi ideia minha, policial — disse a mulher. Deus, ela era bonita. Não tinha bolsas embaixo dos olhos *daquela* vagabunda. Don se perguntou o que ela estava tomando para ficar tão vivaz. — Sou Michaela Morgan. Do NewsAmerica?

Eric exclamou:

— Eu *sabia* que conhecia você!

Aquilo não quis dizer nada para Don, que não assistia ao noticiário da rede, e menos ainda o blá-blá-blá que passava o tempo todo na TV a cabo, mas ele se lembrou de onde a tinha visto.

— É mesmo! No Squeaky Wheel. Você estava bebendo lá!

Ela lançou para ele um sorriso de alta voltagem, todo dentes com coroas e maçãs do rosto proeminentes.

— Isso mesmo! Um homem fez um discurso dizendo que Deus estava punindo as mulheres por usarem calça. Foi muito interessante.

Eric disse:

— Posso pedir seu autógrafo? Seria legal ter um depois que você... — Ele parou, confuso.

— Depois que eu adormecer? — disse ela. — Acho que o valor deve ter despencado no mercado de autógrafos, ao menos temporariamente, mas se Garth, o dr. Flickinger, tiver uma caneta no porta-luvas, não vejo por que n...

— Esqueça isso — disse Don com aspereza. Ele estava constrangido pela falta de profissionalismo do parceiro mais jovem. — Eu quero saber por que vocês estavam na prisão, e não vão a lugar nenhum enquanto não me contarem.

— Claro, policial. — Ela voltou o sorriso para ele de novo. — Embora meu nome profissional seja Morgan, meu verdadeiro nome é Coates, e eu sou aqui da cidade. Na verdade, a diretora é...

— Coates é sua *mãe*? — Don estava chocado, mas quando se olhava além do nariz, que era pontudo como uma flecha enquanto o de Janice era torto, dava para ver a semelhança. — Bom, odeio dizer isso, mas sua mãe não está mais entre nós.

— Eu sei. — Não houve sorriso agora. — O dr. Norcross me disse. Nós falamos com ele pelo interfone.

— Aquele cara é um babaca — disse o tal Flickinger.

Don sorriu, não deu para evitar.

— Tenho que concordar. — Ele devolveu os papéis.

— Não quis deixar ela entrar — disse Flickinger, atordoado. — Não quis nem deixar ela se despedir da mãe.

— Bem — disse Michaela —, a verdade é que esse não foi o *único* motivo para eu ter pedido a Garth para me levar lá. Eu também queria entrevistar uma mulher chamada Eva Black. Você deve ter ouvido o papo de que ela dorme e acorda. Seria uma história e tanto, sabe. O mundo lá fora não liga pra muita coisa atualmente, mas ligaria pra isso. Só que Norcross disse que ela estava em um casulo, como o resto das detentas.

Don sentiu vontade de esclarecer as coisas. Mulheres, até as repórteres, ao que parecia, eram sofrivelmente otárias.

— Pura baboseira, e todo mundo sabe. Ela é diferente, especial, e ele está mantendo ela lá dentro por algum motivo maluco. Mas isso vai mudar. — Ele deu uma piscadela exagerada o suficiente para incluir Garth, que piscou para ele. — Seja legal comigo e eu talvez consiga a entrevista quando tirarmos ela de lá.

Michaela riu.

— Acho melhor eu olhar o porta-malas — disse Don. — Só para poder dizer que olhei.

Garth saiu do carro e abriu o porta-malas, que subiu com um ruído cansado; Geary tinha dado algumas porradas naquela parte também. Ele esperava que o palhaço não olhasse embaixo do estepe; foi lá que ele guardou o saco de Relâmpago Roxo. O palhaço não se deu a esse trabalho, só deu uma olhada rápida e assentiu. Garth fechou o porta-malas. Isso produziu um ruído ainda mais alto, o som de um gato com a pata presa em uma porta.

— O que aconteceu com seu carro? — perguntou Eric quando Garth se sentou atrás do volante.

Garth abriu a boca para contar ao rapaz que o agente maluco do Controle de Animais tinha destruído o carro, mas se lembrou de que o agente maluco do Controle de Animais agora era, de acordo com Norcross, o xerife em exercício.

— Moleques — disse ele. — Vândalos. Se veem uma coisa bonita, logo querem destruir, não é?

O palhaço se inclinou para olhar a moça bonita.

— Vou para o Squeaky quando meu turno terminar. Se você ainda estiver acordada, eu adoraria pagar uma bebida pra você.

— Eu adoraria — respondeu Michaela como se estivesse sendo sincera.

— Dirijam com cuidado e tenham uma boa noite — disse o palhaço.

Garth mexeu no câmbio, mas antes que pudesse entrar na estrada, o garoto gritou:

— Esperem!

Garth parou. O garoto estava inclinado para a frente, com as mãos nos joelhos, olhando para Michaela.

— E aquele autógrafo?

Havia uma caneta no porta-luvas, e era uma bem bonita, com GARTH FLICKINGER, M.D. em dourado no corpo. Michaela escreveu *Para Eric com carinho* na parte de trás de um cartão de visitas de um representante farmacêutico e entregou para ele. Garth saiu dirigindo quando o garoto ainda estava agradecendo. A menos de oitocentos metros pela Route 31 na direção da cidade, eles viram uma viatura indo na direção deles, se deslocando rápido.

— Vá mais devagar — disse Michaela. Assim que a viatura desapareceu na colina de trás, ela mandou que ele enfiasse o pé no acelerador.

Garth obedeceu.

2

Durante dois anos, Lila tinha atormentado Clint para adicionar seus vários contatos aos dele, para o caso de problemas na prisão. Seis meses antes, ele finalmente havia feito o que ela vinha pedindo, mais para que ela parasse de encher o saco, e agora agradecia a Deus pela persistência dela. Primeiro, ele ligou para Jared e falou para ele aguentar firme; se tudo corresse bem, ele disse para o filho, alguém apareceria para buscá-lo logo depois de escurecer. Possivelmente em um trailer. Depois, ele fechou os olhos, fez uma breve oração para ter eloquência, e ligou para o advogado que havia facilitado a transferência de Eva Black para a prisão.

Depois de cinco toques, Clint estava se resignando a falar com a caixa postal quando Barry Holden atendeu.

— Holden falando. — Ele pareceu desinteressado e exausto.

— Aqui é Clint Norcross, Barry. Da prisão.

— Clint. — Não mais do que isso.

— Preciso que você me escute. Com muita atenção.

Nada de Barry Holden.

— Ainda está aí?

Depois de uma pausa, Barry respondeu com a mesma voz desinteressada.

— Estou.

— Onde estão Clara e as suas filhas? — Quatro meninas, entre três e doze anos. Uma coisa terrível para um pai que as amava, mas talvez uma coisa boa para Clint, por mais horrível que fosse pensar nisso; ele não precisaria falar sobre o destino do mundo, só sobre o destino das reféns de Barry.

— No andar de cima, dormindo. — Barry riu. Mas não uma gargalhada de verdade, só um ha-ha-ha, como um balão de diálogo em um gibi. — Ah, você sabe. Embrulhadas naquelas... coisas. Estou na sala com uma espingarda. Se alguém aparecer aqui com um fósforo aceso, estouro a cara dele.

— Eu acho que pode ter uma forma de salvar sua família. Acho que elas podem acordar. Essa ideia te interessa?

— É a mulher? — Uma coisa nova surgiu na voz de Barry. Uma coisa viva. — É verdade o que estão dizendo? Que ela pode dormir e acordar? Se for só boato, seja sincero comigo. Não quero ter esperança se não houver motivo.

— É verdade. Agora, escute. Tem duas pessoas indo ver você. Um é médico, a outra é a filha da diretora Coates.

— Michaela ainda está acordada? Mesmo depois de tanto tempo? — Barry tinha começado a falar com a voz de antes. — Não é impossível, acho. Gerda, minha mais velha, aguentou até ontem à noite. Mas ainda é impressionante.

— Ela não está só acordada, está *totalmente* desperta. Diferentemente de todas as outras mulheres nos Três Condados que ainda estão de olhos abertos. A mulher que está aqui foi quem fez isso. Soprou na garganta dela e a acordou.

— Se isso for piada, Norcross, é de extremo mau gos...

— Você vai ver. Eles vão contar tudo e vão pedir pra você fazer umas coisas perigosas. Não quero dizer que você é nossa única esperança, mas... — Clint fechou os olhos, massageou a têmpora com a mão livre. — Mas pode ser exatamente isso o que você é. E o tempo está curto.

— Eu faria qualquer coisa pela minha esposa e pelas minhas filhas — disse Barry. — *Qualquer coisa*.

Clint se permitiu uma longa expiração de alívio.

— Amigo, eu estava torcendo pra você dizer isso.

3

Barry Holden tinha mesmo uma espingarda. Não era nova, tinha sido passada por três gerações de Holden, mas ele a limpava e lubrificava, e parecia bem letal. Ele ouviu Garth e Michaela com ela sobre as coxas. Ao lado, em uma mesinha decorada com um paninho bordado de Clara Holden, havia uma caixa aberta de balas vermelhas e gordas.

Falando um e depois o outro, Michaela e Garth contaram ao advogado o que Clint tinha contado a eles: que a chegada de Eva Black coincidia com as primeiras vítimas relatadas da Aurora; que ela havia matado dois homens com as mãos; que ela tinha se permitido ser presa sem lutar, dizendo que era o que queria; que ela havia batido com a cara sem parar na grade da viatura de Lila; que os machucados haviam cicatrizado com velocidade mágica.

— Além de me despertar, ela sabia coisas sobre mim que não tinha como saber — disse Michaela —, e dizem que ela consegue controlar os ratos. Sei que é difícil de acreditar, mas…

Garth a interrompeu.

— Outra prisioneira, Fitzroy, nos disse que ela usou os ratos para conseguir o celular do vice-diretor. E ela está mesmo com um celular. Eu vi.

— Tem mais — disse Michaela. — Ela alega ter matado o juiz Silver. Ela disse que…

Ela parou, relutando em dizer, mas Clint falou para eles contarem a verdade, somente a verdade e nada mais do que a verdade. *Lembrem-se de que ele pode estar sofrendo*, disse Clint, *mas ainda é advogado, e dos bons. Consegue farejar uma mentira a cinquenta metros de distância, mesmo contra o vento.*

— Ela disse que fez isso usando mariposas. Porque Silver estava tentando trazer uma pessoa de fora da cidade, e isso não é permitido.

Michaela sabia que, uma semana antes, seria nesse momento que Barry Holden teria decidido que eles estavam compartilhando uma ilusão nociva ou tentando fazer a pior e mais drogada pegadinha do mundo, e os convidaria a sair de sua casa. Porém, aquele momento não era uma semana antes. Em vez de mandar que eles saíssem, Barry entregou a espingarda do avô para Michaela.

— Segure isto.

Havia um laptop sobre a mesa da cozinha. Barry se sentou no sofá (também fartamente decorado com o trabalho da esposa) e começou a digitar. Depois de um momento, ele ergueu o rosto.

— A polícia do condado de Bridger está relatando um acidente na Old Coughlin Road. Uma fatalidade. Não tem nome, mas o veículo era uma Land Rover. O juiz Silver dirige uma Land Rover.

Ele olhou para Michaela Coates. O que eles estavam dizendo, essencialmente, era que o destino de todas as mulheres do planeta Terra dependia do que acontecesse ali em Dooling nos dias a seguir. Era loucura, mas a filha da diretora Coates, sentada ali na cadeira de balanço favorita de Clara e olhando para ele com seriedade, era o melhor argumento de que era verdade. Possivelmente, um argumento irrefutável. Uma notícia da CNN naquela manhã havia dito que era estimado que menos de dez por cento das mulheres do mundo ainda estavam acordadas no quinto dia da Aurora. Barry não sabia se era verdade, mas estava disposto a apostar a espingarda do avô que nenhuma delas estava como Michaela.

— Ela... fez o quê? Beijou você? Como quando o príncipe beijou a princesa Aurora no desenho?

— Foi — disse Michaela. — Foi assim. E ela respirou na minha garganta. Acho que foi isso que fez acontecer: a respiração dela.

Barry voltou a atenção para Garth.

— Você viu isso?

— Vi. Foi incrível. Mickey parecia um vampiro depois de uma transfusão. — E quando viu o rosto franzido de Michaela: — Desculpa, querida, talvez não seja a melhor metáfora.

— Na verdade, é uma boa comparação — disse ela friamente.

Barry ainda estava tentando entender.

— E ela diz que vão atrás dela? A polícia? Os cidadãos? E que Frank Geary está no comando?

— É.

Michaela tinha deixado de fora tudo que Evie tinha dito sobre as mulheres adormecidas terem que tomar as próprias decisões; ainda que fosse verdade, aquela parte estava fora do alcance deles.

— Eu conheço Geary — disse Barry. — Nunca defendi ele, mas esteve no tribunal distrital algumas vezes. Eu me lembro de um caso em que uma mulher reclamou que ele ameaçou ela por não botar guia no rottweiler. Ele tem o que podemos chamar de problemas de raiva.

— Nem me diga — murmurou Garth.

Barry olhou para ele com as sobrancelhas erguidas.

— Deixa pra lá — disse Garth. — Não é importante.

Barry pegou a espingarda de volta.

— Tudo bem, contem comigo. Primeiro de tudo porque não tenho nada pra fazer com Clara e as meninas dormindo. Além disso... eu quero ver essa mulher misteriosa com meus próprios olhos. O que Clint quer de mim?

— Ele disse que você tem um trailer Winnebago — disse Michaela. — Para acampar com sua esposa e suas filhas.

Barry sorriu.

— Não um Winnebago, um Fiesta. Bebe uma tonelada de gasolina, mas cabem seis pra dormir dentro. As meninas brigam quase sem parar, mas tivemos bons momentos naquela coisa velha. — Seus olhos se encheram de lágrimas de repente. — Momentos muito bons.

4

O Fleetwood Fiesta de Barry Holden estava parado em um estacionamento pequeno atrás do prédio de granito antiquado onde ficava o escritório dele. O trailer era uma coisa monstruosa listrada como uma zebra. Barry se sentou no banco do motorista enquanto Michaela subiu no banco do passageiro. Eles esperavam Garth examinar a delegacia de polícia. A espingarda de herança da família Holden estava no chão entre eles.

— Isso tem alguma chance, na sua opinião? — perguntou Barry.

— Não sei — respondeu Michaela. — Espero que sim, mas não sei.

— Bom, é loucura, disso não há dúvida — disse Barry —, mas é melhor do que ficar sentado em casa pensando coisas ruins.

— Você precisa ver Evie Black para entender de verdade. Falar com ela. Você tem que... — Ela procurou a palavra certa. — Você tem que ter a *experiência* de estar com ela. Ela...

O celular de Michaela tocou. Era Garth.

— Tem um coroa esquisito de barba sentado embaixo de um guarda--chuva em um dos bancos da frente, mas, fora isso, o caminho está limpo. Não tem nenhuma viatura no estacionamento lateral, só alguns veículos particulares. Se nós vamos fazer isso, acho melhor irmos logo. Esse trailer não é o que eu chamaria de discreto.

— Estamos indo — disse Michaela. Ela encerrou a ligação.

A viela entre o prédio de Barry e o do lado era estreita, não podia haver mais do que doze centímetros de cada lado do Fleetwood, mas Barry percorreu o caminho com a tranquilidade que vem da experiência. Ele parou na boca da viela, mas a Main Street estava deserta. *É quase como se os homens também tivessem sumido*, pensou Michaela quando Barry fez uma curva aberta à direita e dirigiu os dois quarteirões até o prédio municipal.

Ele parou o Fleetwood na frente, ocupando três espaços marcados com APENAS VEÍCULOS OFICIAIS, OS OUTROS SERÃO REBOCADOS. Saíram, e Garth se juntou a eles. O homem de barba se levantou e se aproximou, segurando o guarda-chuva acima da cabeça. O cabo de um cachimbo aparecia no bolso do macacão Oshkosh. Ele esticou a mão para Barry e disse:

— Oi, advogado.

Barry apertou a mão dele.

— Oi, Willy. Bom ver você aqui, mas não posso parar pra jogar conversa fora. Estamos com pressa. Coisa urgente.

Willy assentiu.

— Estou esperando Lila. Sei que as chances de ela estar dormindo são grandes, mas espero que não. Quero falar com ela. Fui até o trailer onde os traficantes foram mortos. Tem uma coisa estranha lá. Não só lencinhos de fada. As árvores estão cheias de mariposas. Eu queria falar com ela sobre isso, talvez levar lá para ver. Se não ela, a pessoa que está no comando.

— Este é Willy Burke — disse Barry para Garth e Michaela. — É voluntário do corpo de bombeiros, do Adopt-A-Highway, treina o time de futebol americano infantil, é um bom sujeito. Mas estamos mesmo com pressa, Willy, então...

— Se é com Linny Mars que vocês querem falar, é melhor irem logo. — Os olhos de Willy foram de Barry para Garth e para Michaela. Eram fundos e rodeados de rugas, mas argutos. — Ela ainda estava acordada na última vez que entrei, mas estava se cansando rápido.

— Não tem nenhum policial aí? — perguntou Garth.

— Não, estão todos em patrulha. Menos Terry Coombs, talvez. Eu soube que ele anda meio mal. Caindo de bêbado, sabe.

Os três começaram a subir os degraus até a porta.

— Vocês não viram Lila, então? — perguntou Willy atrás deles.

— Não — disse Barry.

— Bom... talvez eu espere um pouco mais. — E Willy voltou para o banco. — Tem uma coisa estranha lá, sem dúvida. Tantas mariposas. E o lugar tem uma vibração.

5

Linny Mars, parte dos dez por cento da população feminina ainda acordada naquela segunda-feira, continuava a andar com o laptop, mas agora estava se movendo devagar, tropeçando ocasionalmente e esbarrando na mobília. Para Michaela, ela parecia um brinquedo de corda com a corda quase no final. *Duas horas atrás, eu estava assim*, pensou ela.

Linny passou por eles, olhando para o laptop com olhos vermelhos, sem parecer perceber que estavam ali até Barry bater no ombro dela. Ela deu um pulo e as mãos voaram para cima. Garth pegou o laptop antes que caísse no chão. Na tela, havia um vídeo da London Eye. Em câmera lenta, a roda-gigante oscilava e girava pelo Tâmisa sem parar. Era difícil entender por que alguém ia querer destruir a London Eye, mas, ao que parecia, tiveram necessidade de fazer isso.

— Barry! Você me deu um *baita* susto!

— Me desculpe — disse ele. — Terry me mandou buscar algumas armas do arsenal. Acho que ele quer na prisão. Você pode me dar as chaves, por favor?

— Terry? — Ela franziu a testa. — Por que *ele*... Lila é a xerife, não Terry. *Você* sabe disso.

— Lila, certo — disse Barry. — Foi ordem de Lila *através* de Terry.

Garth foi até a porta e olhou para fora, convencido de que uma viatura do departamento do xerife apareceria a qualquer momento. Talvez duas ou três. Eles seriam jogados na cadeia, e aquela aventura lunática acabaria antes mesmo de começar. Até o momento, não havia ninguém lá fora além do sujeito barbado sentado embaixo do guarda-chuva, como Paciência em seu monumento, mas isso não podia durar muito.

— Você pode me ajudar, Linny? Por Lila?

— Claro. Vou ficar feliz de ver ela de volta — disse Linny. Ela foi até a mesa e botou o laptop em cima. Na tela, a London Eye caía e caía. — Aquele Dave está cuidando das coisas até ela voltar. Ou talvez o nome dele seja Pete. É confuso ter dois Petes aqui. De qualquer modo, não sei muito sobre ele. Ele é muito sério.

Ela remexeu na gaveta de cima e pegou um chaveiro pesado. Olhou para as chaves. Os olhos se fecharam. Fios brancos subiram na mesma hora das pálpebras, oscilando no ar

— Linny! — disse Barry com voz alta. — Acorda!

Os olhos dela se abriram, e os fios desapareceram.

— Eu *estou* acordada. Pare de gritar. — Ela passou o dedo pelas chaves e as fez tilintar. — Sei que é uma dessas…

Barry pegou o chaveiro.

— Eu encontro. Srta. Morgan, talvez você queira voltar para o trailer e esperar lá.

— Não, obrigada. Vou ajudar. Vai ser mais rápido assim.

Nos fundos da sala principal havia uma porta de metal sem marcações, pintada de um tom particularmente desagradável de verde. Havia duas trancas. Barry encontrou a chave que cabia na de cima com facilidade. Porém, a segunda estava levando mais tempo. Michaela achava que Lila talvez tivesse ficado com aquela. Talvez estivesse no bolso dela, enterrada embaixo de um daqueles casulos brancos.

— Tem alguém vindo? — gritou ela para Garth.

— Ainda não, mas andem logo. Isso está me deixando com vontade de fazer xixi.

Só havia três chaves no chaveiro quando Barry encontrou a que fazia a segunda tranca girar. Ele abriu a porta, e Michaela viu uma salinha do tamanho de um armário com rifles em suportes e pistolas aninhadas em nichos de isopor que lembravam a ela o lugar onde sua turma de primeiro ano guardava o almoço. Havia prateleiras cheias de caixas de munição. Em uma parede havia um pôster com um ranger texano com um chapéu de caubói apontando um revólver com um cano preto enorme. NÃO SE META COM O JOÃO DA LEI estava escrito embaixo.

— Pegue o máximo de munição que puder — disse Barry. — Vou pegar as M4 e algumas Glocks.

Michaela foi na direção da prateleira de munição, mudou de ideia e voltou para a área de atendimento. Pegou o cesto de lixo de Linny e virou no chão, derrubando um monte de papéis e copos descartáveis de café. Linny não prestou atenção. Michaela colocou o máximo de caixas de munição que achava que conseguia carregar dentro do cesto de lixo e saiu da salinha com o cesto nos braços. Garth passou por ela para pegar o que conseguisse de armas. Barry tinha deixado uma das três portas aberta. Michaela desceu os degraus amplos de pedra sob o chuvisco cada vez mais pesado a tempo de ver Barry chegar no Fleetwood. O homem barbado se levantou do banco, ainda segurando o guarda-chuva acima da cabeça. Ele disse alguma coisa para Barry, que respondeu. O homem barbado, Willy, abriu a porta de trás do trailer para que Barry pudesse colocar as armas dentro.

Michaela se juntou a ele, ofegante. Barry pegou o cesto de lixo das mãos dela e virou as caixas de munição em cima da pilha de armas. Eles voltaram juntos para dentro da delegacia enquanto Willy ficava olhando, ainda embaixo do guarda-chuva. Garth saiu com uma segunda braçada de armas, a calça sendo puxada para baixo pelo peso das caixas de munição que ele tinha enfiado nos bolsos.

— O que o coroa disse pra você? — perguntou Michaela.

— Ele queria saber se estávamos fazendo uma coisa que a xerife Norcross aprovaria — respondeu Barry. — Eu disse que sim.

Eles voltaram para dentro e correram até a salinha. Tinham pegado metade das armas. Michaela viu uma coisa que parecia uma submetralhadora sofrendo de caxumba.

— A gente devia levar aquilo. Acho que é aquele lançador de gás lacrimogênio. Não sei se precisamos, mas não quero que mais ninguém fique com aquilo.

Garth voltou.

— Venho com más notícias, defensor Holden. Uma viatura parou atrás do seu trailer.

Eles correram até a porta e espiaram pelo vidro escuro. Tinham dois homens saindo da viatura, e Michaela reconheceu os dois: o palhaço e o parceiro caçador de autógrafos.

— Ah, Cristo — disse Barry —, é Don Peters, da prisão. O que ele está fazendo em uma viatura da polícia? O sujeito tem o cérebro de um inseto.

— Aquele inseto em particular foi visto recentemente cuidando de um bloqueio de estrada perto da prisão — disse Garth.

O barbudo se aproximou dos recém-chegados, disse alguma coisa e apontou para o outro lado da Main Street. Peters e seu jovem parceiro correram até a viatura e pularam dentro. As luzes foram acesas, e eles foram embora com a sirene tocando.

— O que está acontecendo? — perguntou Linny com voz distraída. — Que porra está acontecendo?

— Está tudo bem — disse Garth, e abriu um sorriso. — Não precisa se preocupar. — E, para Barry e Michaela: — Posso sugerir que a gente pare enquanto está ganhando?

— O que está acontecendo? — choramingou Linny. — Ah, isso é tudo um pesadelo!

— Aguenta firme aí, moça — disse Garth. — Pode ser que melhore.

Os três saíram e correram assim que chegaram no caminho de concreto. Michaela estava com o lançador de granada em uma das mãos e cartuchos de gás lacrimogênio na outra. Sentia-se a própria Bonnie Parker. Willy estava ao lado do Fleetwood.

— Como você tirou aqueles caras daqui? — perguntou Barry.

— Falei que tinha gente atirando na loja de materiais de construção. Eles não vão demorar, então acho melhor vocês irem logo. — Willy fechou o guarda-chuva. — E acho melhor eu ir com vocês. Aqueles dois não vão estar muito felizes quando voltarem.

— Por que você nos ajudou? — perguntou Garth.

— Ah, estamos em dias estranhos agora, e um homem precisa confiar nos instintos. Os meus sempre foram bons. O Barry aqui sempre foi amigo de Lila, apesar de jogar no outro time no tribunal, e reconheço essa moça aqui do noticiário da televisão. — Ele olhou para Garth. — Não gosto muito da sua cara, mas você está com eles, então tudo bem. Além do mais, a sorte está lançada, como dizem. Para onde vamos?

— Primeiro, pegar o filho de Lila — disse Barry —, depois, para a prisão. Que tal participar de um cerco, Willy? Porque pode ser isso que esteja a caminho.

Willy sorriu, mostrando dentes manchados de tabaco.

— Ah, eu tinha um chapéu de pele de guaxinim quando era criança e sempre gostei de filmes sobre o Álamo, então por que não? Me ajudem a subir a escada dessa coisa, por favor. A chuva é cruel com meu reumatismo.

6

Jared, esperando na porta da casa de exibição, estava se preparando para ligar de novo para o pai quando um trailer enorme parou na frente. Ele reconheceu o motorista; assim como os policiais e muitos outros figurões da cidade, Barry Holden tinha sido convidado para jantar na casa dos Norcross algumas vezes. Jared o encontrou nos degraus.

— Venha — disse Barry. — Nós temos que ir.

Jared hesitou.

— Minha mãe e mais quatro estão no sótão. Estava muito quente lá antes da chuva começar, e vai ficar quente amanhã. Vocês deviam me ajudar a trazer elas para baixo.

— Vai esfriar rápido esta noite, Jared, e nós não temos tempo.

Barry não sabia se as mulheres encasuladas sentiam calor ou frio, mas sabia que a janela de oportunidade estava se fechando rapidamente. Ele também achava que Lila e as outras ficariam melhor escondidas naquela rua tranquila. Ele tinha insistido em levar a esposa e filhas junto por causa do trailer. Era conhecido em Dooling, e ele tinha medo de represálias.

— Podemos pelo menos dizer para alguém…

— Essa decisão seu pai vai ter que tomar. Por favor, Jared.

Jared se permitiu ser guiado pela calçada até o Fleetwood ligado. A porta de trás se abriu, e seu antigo treinador do Pop Warner saiu com dificuldade. Jared sorriu apesar de tudo.

— Treinador Burke!

— Ah, olha só! — exclamou Willy. — O único quarterback pequenininho que tive que não deixava a bola cair. Entre aqui, filho.

Porém, a primeira coisa que Jared viu foi o amontoado de armas e munição no chão.

— Puta merda, pra que isso?

Uma mulher estava sentada no sofá quadriculado junto à porta. Ela era jovem, muito bonita e vagamente familiar, mas a coisa mais impressionante nela era o quanto parecia desperta. Ela disse:

— Com sorte, só garantia.

Um homem de pé na frente dela riu.

— Eu não apostaria nisso, Mickey. — Ele esticou a mão. — Garth Flickinger.

Atrás de Garth Flickinger, em um sofá combinando, havia cinco corpos encasulados arrumados, cada um menor do que o anterior, como um conjunto de bonecas russas.

— São a esposa e as filhas do sr. Holden, pelo que me disseram — disse o treinador Burke.

O trailer começou a se deslocar. Jared cambaleou. Willy Burke o segurou, e quando Jared estava apertando a mão do sr. Flickinger, achou que talvez tudo fosse um sonho. Até o nome do cara parecia saído de um sonho. Quem no mundo real se chamava Garth Flickinger?

— Prazer te conhecer — disse ele. Na sua visão periférica, as mulheres Holden rolaram umas por cima das outras quando o trailer dobrou uma esquina. Jared se obrigou a não olhar para elas, mas não havia como não vê-las, reduzidas a bonecas mumificadas. — Eu sou, ah, Jared Norcross. — E, sonho ou não, ele teve certo ressentimento: houve tempo para o sr. Holden pegar a família *dele*, não houve? E por quê? Porque o trailer era dele?

O celular de Jared tocou na hora em que Barry fez a volta no final da Tremaine Street. Eles estavam deixando sua mãe, Platinum, Molly, Mary e a sra. Ransom para trás. Parecia errado, mas tudo parecia errado. Então, qual era a novidade?

Quem estava ligando era seu pai. Eles falaram brevemente, e Clint pediu para falar com Michaela. Quando ela pegou o celular, Clint disse:

— O que você precisa fazer é o seguinte.

Ela ouviu.

7

O policial Reed Barrows tinha estacionado a Unidade Três diretamente em frente à estrada de duas pistas que levava à prisão. O terreno ali era mais alto: ele e Vern tinham visão clara de pelo menos dez quilômetros da Route 31. Reed esperava uma falação de Peters por ter sido retirado da posição tão pouco tempo depois de terem assumido o posto, mas Peters foi surpreendentemente tranquilo. Devia estar ansioso para começar a bebedeira do dia mais cedo. Talvez o moleque também. Reed duvidava que estivessem verificando identidades no Squeaky Wheel naquela semana, e no momento, a polícia tinha coisa melhor a fazer do que fiscalizar as leis relacionadas ao consumo de bebida alcoólica.

Peters relatou que eles tinham parado um único carro, com uma repórter que tinha ido até a prisão querendo uma entrevista e sido mandada embora. Reed e Vern não pararam ninguém. Até o tráfico na Main Road estava tão fraco que era quase inexistente. *A cidade está em luto pelas mulheres*, pensou Reed. *Porra, o* mundo *está em luto.*

Reed se virou para o parceiro, que estava lendo alguma coisa no Kindle enquanto tirava meleca do nariz.

— Você não está limpando as melecas embaixo do banco, está?

— Jesus, não. Não seja nojento. — Vern levantou o traseiro, puxou um lenço do bolso de trás, limpou um tesouro verde nele e o guardou. — Me diz uma coisa, o que a gente está fazendo aqui? Estão mesmo achando que Norcross é burro o bastante para botar aquela mulher no mundo agora que tem ela atrás das grades?

— Não sei.

— Se um caminhão de comida ou alguma outra coisa aparecer, o que a gente tem que fazer?

— Mandar parar e pedir instruções pelo rádio.

— Para quem? Terry ou Frank?

Quanto a isso, Reed tinha menos certeza.

— Acho que eu tentaria o celular de Terry primeiro. Deixaria uma mensagem só para garantir, se ele não atendesse. Por que a gente não se preocupa com isso só se acontecer?

— E provavelmente não vai acontecer, considerando a situação atual.

— É. A infraestrutura caiu no limbo.

— O que é infraestrutura?

— Pesquisa no seu Kindle, que tal?

Vern fez isso mesmo.

— "As estruturas físicas e organizacionais básicas necessárias para a operação de uma sociedade ou empresa." Ah.

— Ah. O que *ah* quer dizer?

— Que você está certo. Caiu no limbo. Eu fui ao Shopwell hoje de manhã, antes de ir trabalhar. Parece que caiu uma bomba lá.

No pé da colina, na luz da tarde cinzenta, eles viram um veículo se aproximando.

— Reed?

— O quê?

— Sem mulheres, não vai ter mais bebês.

— Você tem mesmo uma mente científica — disse Reed.

— Se isso não acabar, onde a raça humana vai estar em sessenta ou cem anos?

Era uma coisa sobre a qual Reed Barrows não queria pensar, principalmente com a esposa em um casulo e o bebê pequeno sendo cuidado (provavelmente de forma inadequada) pelo velho sr. Freeman, da casa ao lado. E ele nem precisava. O veículo estava agora perto o suficiente para ele ver que era um trailer enorme listrado como uma zebra, e estava indo mais devagar, como se pretendesse entrar na estrada da prisão. Não que pudesse, com a Unidade Três atravessada no caminho.

— Aquele trailer é de Holden — disse Vern. — O advogado. Meu irmão cuida dele em Maylock.

O Fleetwood parou. A porta do motorista foi aberta, e Barry Holden saiu. Ao mesmo tempo, os policiais saíram da Unidade Três.

Holden os cumprimentou com um sorriso.

— Cavalheiros, venho trazendo ótimas notícias.

Nem Reed e nem Vern retribuíram o sorriso.

— Ninguém vai para a prisão, sr. Holden — disse Reed. — Ordens do xerife.

— Acho que isso não é exatamente a verdade — disse Barry, ainda sorrindo. — Acredito que um cavalheiro chamado Frank Geary deu essa ordem, e ele meio que foi autonomeado. Não foi?

Reed não sabia como responder, então ficou em silêncio.

— De qualquer modo — disse Barry —, recebi uma ligação de Clint Norcross. Ele decidiu que entregar a mulher para a polícia local é a coisa certa a fazer.

— Bom, graças a Deus por isso! — exclamou Vern. — O homem ficou sensato!

— Ele me quer na prisão para facilitar a negociação e deixar claro para registro público por que ele fugiu do protocolo. Só uma formalidade, na verdade.

Reed estava prestes a dizer *Não deu para escolher um veículo menor para vir aqui? O carro não pegou, foi?*, mas nessa hora o rádio do painel da Unidade Três soou. Era Terry Coombs, e ele parecia aborrecido.

— Unidade Três, Unidade Três, responda! Agora mesmo! *Agora mesmo!*

8

Na hora em que Reed e Vern estavam vendo a aproximação do trailer de Barry Holden, Terry Coombs entrou no Olympia Diner e foi até o compartimento onde Frank e o policial Pete Ordway estavam sentados. Frank não ficou muito feliz de ver Coombs de pé e andando por aí, mas escondeu o sentimento da melhor maneira possível.

— E aí, Terry?!

Terry assentiu para os dois homens. Tinha se barbeado e trocado de camisa. Parecia atordoado, mas sóbrio.

— Jack Albertson me disse que vocês estavam aqui. — Albertson era um dos policiais aposentados que tinha sido chamado de volta a serviço dois dias antes. — Recebi notícias bem ruins do condado de Bridger quinze minutos atrás. — Não havia cheiro de álcool em Terry. Frank esperava mudar isso. Não gostava de encorajar um homem que provavelmente estava no princípio do alcoolismo, mas Coombs era mais fácil de lidar quando tinha tomado uns goles.

— O que está acontecendo em Bridger? — perguntou Pete.

— Acidente na estrada. O juiz Silver caiu do riacho Dorr's Hollow. Está morto.

— *O quê?* — O grito de Frank foi alto o bastante para fazer Gus Vereen sair da cozinha.

— É uma pena — disse Terry. — Ele era um bom homem. — Ele puxou uma cadeira. — Alguma ideia do que ele estava indo fazer lá?

— Ele foi em Coughlin falar com um cara que ele conhecia, que era do FBI, para pedir ajuda em fazer Norcross ser mais sensato — disse Frank. Só podia ter sido ataque cardíaco. O juiz estava com uma aparência terrível, pálido e trêmulo. — Se ele está morto... essa ideia já era.

Com esforço, ele se recompôs. Gostava do juiz Silver e estava disposto a seguir a ideia dele, ao menos até certo ponto. Esse ponto não existia mais.

— E aquela mulher ainda está na prisão. — Frank se inclinou para a frente. — Acordada. Norcross estava mentindo sobre ela estar em um casulo. Hicks me contou.

— Hicks tem péssima reputação — disse Terry.

Frank não queria saber.

— E tem outras coisas estranhas sobre ela. Ela é a chave.

— Se aquela vagabunda começou tudo isso, ela vai saber parar — disse Pete.

A boca de Terry tremeu.

— Não há prova disso, Pete. E como a Aurora começou do outro lado do mundo, parece meio improvável. Acho que nós todos precisamos respirar fundo e...

O walkie-talkie de Frank ganhou vida. Era Don Peters.

— Frank! Frank, responde! Preciso falar com você! É melhor você responder essa coisa, porque os filhos da puta...

Frank levou o walkie-talkie à boca.

— Aqui é Frank. Responda. E olhe essa boca, você está no ar...

— *Os filhos da puta roubaram as armas!* — gritou Don. — *Um velho decrépito de merda nos mandou ir atrás de uma coisa que era mentira, e eles roubaram as porras das armas aqui da porra da delegacia!*

Antes que Frank pudesse responder, Terry tirou o walkie-talkie da mão dele.

— Coombs aqui. Quem foi?

— Barry Holden em um trailer enorme! Sua atendente aqui disse que tinha mais gente com ele, mas ela está péssima, e não sei quem era!

— Todas as armas? — perguntou Terry, atônito. — Pegaram *todas* as armas?

— Não, não, não todas, acho que não deu tempo, mas muitas! Jesus Cristo, o trailer era *enorme*!

Terry ficou olhando para o walkie-talkie na mão, paralisado. Frank disse para si mesmo que era melhor ficar de boca calada e deixar Terry pensar sozinho... mas não conseguiu. Parecia que nunca conseguia quando estava com raiva.

— Você ainda acha que devíamos respirar fundo e esperar Norcross decidir? Porque você sabe para onde estão indo com as armas, não sabe?

Terry olhou para ele, os lábios tão apertados que a boca quase sumiu.

— Acho que você talvez tenha se esquecido de quem está no comando aqui, Frank.

— Desculpa, xerife. — Por baixo da mesa, suas mãos estavam tão apertadas que estavam tremendo, as unhas deixando marcas nas palmas.

Terry ainda estava olhando para ele.

— Me diz que você botou alguém lá, na estrada que leva até a prisão.

Seria culpa sua se eu não tivesse botado, do jeito que estava bêbado. Ah, mas quem estava dando bebida para ele?

— Botei. Rangle e Barrows.

— Que bom. Isso é bom. Em que unidade eles estão?

Frank não sabia, mas Pete Ordway sabia.

— Na Três.

Don estava falando sem parar, mas Terry o interrompeu e apertou o botão.

— Unidade Três, Unidade Três, responda! Agora mesmo! *Agora mesmo!*

8

1

Ao ouvir o rádio, Reed Barrows mandou Barry ficar onde estava.

— Tudo bem — disse Barry. Ele deu três batidas na lateral do Fleetwood, uma mensagem para Willy Burke (agachado atrás da cortina que separava a frente do trailer da parte de trás) de que eles deviam partir para o plano B. O plano B era bem simples: pular fora enquanto Barry ficava oferecendo o máximo possível de distração. Era fundamental que as armas chegassem à prisão e que as meninas ficassem fora de perigo. Barry não precisava nem pensar duas vezes. Seria preso, claro, mas ele conhecia um ótimo advogado.

Ele colocou a mão no ombro de Vern Rangle, tirando-o delicadamente da frente do trailer.

— Parece que alguém na delegacia está cheio de coisa para fazer — observou Rangle com alegria, andando sem pensar junto com o advogado. — Para onde nós vamos?

Eles estavam indo para longe do trailer para que, primeiro, Rangle não visse Willy Burke se sentando no banco do motorista, e, segundo, para dar ao Fleetwood espaço para ir em frente sem atropelar ninguém. Porém, Barry não podia dizer isso para o policial. Um conceito que ele sempre fez questão de passar para as filhas era o de que a lei era impessoal: não tinha a ver com seus sentimentos, só com seu argumento. Se conseguisse se distanciar totalmente da preferência pessoal, sempre seria melhor. O ideal era sair da própria pele e vestir a do cliente enquanto ao mesmo tempo mantinha seu cérebro.

(Gerda, que foi convidada para um encontro por um garoto do ensino médio — só do primeiro ano, mas velho demais para ela —, havia tentado recentemente convencer o pai a advogar por ela *pro bono* para convencer a mãe de que ela tinha idade suficiente para ir ao cinema com ele. Foi um ato incrivelmente inteligente de Gerda, mas Barry recusou alegando o relacionamento familiar. Além disso, ele, como pai, não tinha intenção de deixá-la ir a lugar algum com um garoto que tinha quase quinze anos e que provavelmente ficava duro cada vez que o vento batia. Se Cary Benson quisesse tanto assim passar um tempo com ela, ele podia comprar um sundae para ela no Dairy Treet da cidade mesmo. Em plena luz do dia.)

O que Barry preferiu não dizer para Gerda foi sobre a condição complicada da culpa inquestionável. Às vezes, se entrava na pele do cliente e se descobria que ele (*você*) era absurdamente, inquestionavelmente, sem a menor possibilidade de fingir que não era, culpado como o pecado. Quando a situação acontecia, a única tática sensata era distrair e desestruturar, se prender a detalhes, segurar as engrenagens e enrolar. Com sorte, seria possível cansar o outro lado até oferecerem um acordo vantajoso só para se livrar de você, ou, melhor ainda, irritar ou confundir os adversários até estragarem totalmente o caso.

Com isso em mente, ele improvisou com a pergunta mais absurda que conseguiu elaborar tão de improviso.

— Escuta, Vern. Eu queria chamar você de lado para perguntar uma coisa.

— Tudo bem...

Barry se inclinou para a frente com ares confidenciais.

— Você é circuncidado?

Gotas de chuva pontilhavam a superfície dos óculos de Vern Rangle, obscurecendo os olhos. Barry ouviu o motor do trailer acelerar, o ruído quando ele mudou a marcha, mas o policial não prestou atenção. A pergunta sobre circuncisão o tirou do ar.

— Nossa, sr. Holden... — Vern sacudiu um lenço distraidamente e recomeçou a dobrá-lo. — Isso é meio pessoal, sabe.

Atrás dele, houve um baque e o ruído de metal em metal.

Enquanto isso, Reed Barrows tinha se sentado no banco do motorista da viatura para atender ao chamado de Terry, mas o microfone escorregou da mão úmida. Os segundos que passaram enquanto ele se inclinava para pegá-lo no chão e desenrolar o fio foram importantes porque permitiram que Willy Burke se preparasse.

— Câmbio, aqui é a Unidade Três. Barrows falando, câmbio — disse Reed quando estava com o microfone na mão.

Pela janela, ele viu o trailer passando na frente da viatura para o acostamento de cascalho e a lateral gramada na metade sul da estrada. Essa visão não alarmou Reed; ele ficou perplexo. Por que Barry Holden estava movendo o trailer? Ou era Vern que o estava movendo para alguém passar? Aquilo não fazia sentido. Eles precisavam resolver a questão com o advogado e o trailer antes de falar com qualquer outra pessoa que quisesse passar.

A voz de Terry Coombs soou no rádio.

— Prenda Barry Holden e confisque o veículo! Ele está com um monte de armas roubadas e está indo para a prisão! Está ouvindo...

A frente do trailer bateu na frente da viatura, o microfone caiu da mão de Reed uma segunda vez, e a vista pelo para-brisa se desviou, como se presa por dobradiças.

— Ei!

2

Na parte de trás do trailer, Jared perdeu o equilíbrio. Caiu do sofá em cima das armas.

— Está tudo bem? — perguntou Garth. O médico conseguiu ficar de pé apertando as costas na bancada da cozinha e se segurando na pia.

— Estou.

— Obrigada por perguntar sobre mim! — Michaela tinha conseguido ficar no sofá, mas tinha caído de lado.

Garth percebeu que adorava Mickey. Ela tinha fibra, como o pessoal mais antigo gostava de dizer. Não mudaria nada nela. O nariz e todo o resto eram o mais próximo da perfeição que dava para chegar.

— Eu não precisava, Mickey — respondeu ele. — Eu sei que você está bem porque você sempre fica bem.

3

O trailer seguiu lentamente, rente à encosta lateral e inclinado, indo a vinte e cinco quilômetros por hora, empurrando a viatura para o lado. Metal chiava contra metal. Vern ficou de boca aberta e se virou para Barry. O advogado se meteu na frente dele e Vern deu um soco no olho de Barry e o fez cair de bunda.

— Pare o trailer! — gritou Reed da porta aberta da viatura em movimento. — Atire nos pneus!

Vern pegou a arma.

O trailer conseguiu passar pela viatura e começou a ganhar velocidade. Estava em um ângulo de sessenta graus quando saiu do acostamento, agora voltando para o meio da rua. Vern, mirando no pneu direito traseiro, apertou o gatilho rápido demais. O tiro foi muito alto e perfurou a parede do trailer. O veículo estava a uns cinquenta metros. Quando chegasse na estrada, não teria mais jeito. Vern parou um momento para ser recompor e mirou de novo, da forma correta, apontando novamente para o pneu direito traseiro... e disparou no ar quando Barry Holden o derrubou no chão.

4

Jared, no chão, com as costas sendo cutucadas em vários lugares por miras e cabos de armas, ficou surdo com o disparo. Sentia a gritaria ao redor (a mulher, Michaela? Flickinger?), mas não conseguia ouvir. Os olhos encontraram um buraco na parede: a bala tinha feito uma abertura como o topo de uma bombinha depois da explosão. Suas mãos, apoiadas no piso do trailer, sentiram as rodas girando abaixo, ganhando velocidade, tremendo no asfalto.

Flickinger ainda estava de pé. Estava apoiado na bancada da cozinha. Não, não era Flickinger quem estava gritando.

Jared olhou para onde o médico estava olhando.

As figuras encasuladas estavam caídas no sofá. Um buraco ensanguentado tinha se aberto no esterno da terceira da fileira, a mais velha das três meninas, Gerda. Ela se levantou do sofá e cambaleou para a frente. Era ela que estava gritando. Jared viu que ela estava indo na direção de Michaela, encolhida no canto do sofá paralelo. Os braços da garota estavam erguidos, soltos das teias que anteriormente os prendiam com força no tronco, e a impressão da boca aberta gritando embaixo do casulo era vívida. Mariposas saíam do buraco no esterno.

Flickinger segurou Gerda. Ela se virou, e suas mãos se voltaram para o pescoço dele enquanto giravam em círculo até caírem em cima das armas no chão. Os dois corpos bateram na porta de trás. O trinco se soltou, a porta se abriu, e eles caíram, seguidos por um fluxo de mariposas e um monte de armas e balas.

5

Evie gemeu.

— O quê? — perguntou Angie. — O que houve?

— Ah — respondeu Evie. — Nada.

— Mentirosa — disse Jeanette. Ela ainda estava sentada na cabine do chuveiro. Angel tinha que bater palmas para Jeanette: era quase tão teimosa quanto ela mesma.

— Esse é o som que você faz quando alguém morre. — Jeanette inspirou. Inclinou a cabeça e falou com uma pessoa invisível. — Esse é o som que ela faz quando alguém morre, Damian.

— Acho que é verdade, Jeanette — disse Evie. — Acho que eu faço mesmo isso.

— Foi o que eu falei. Não falei, Damian?

— Você está alucinando, Jeanette — disse Angel.

O olhar de Jeanette permaneceu voltado para o nada.

— Saíram mariposas pela boca, Angel. Tem mariposas nela. Agora, me deixe em paz, estou tentando ter uma conversa com meu marido.

Evie pediu licença.

— Preciso fazer uma ligação.

6

Reed ouviu o tiro de Vern quando estava passando para o outro banco e abrindo a porta do passageiro. Ele viu a traseira do trailer descendo o declive, a porta de trás balançando.

Havia dois corpos na estrada. Reed pegou a arma e correu na direção deles. Depois dos corpos, havia uma trilha de três ou quatro rifles de assalto e um pouco de munição espalhada.

Quando chegou nos corpos, ele parou. Sangue e matéria cinzenta sujavam o asfalto em volta do crânio do homem caído mais próximo. Reed já tinha visto sua cota de cadáveres, mas a destruição ali era notável, talvez digna de um prêmio. Durante a queda, os óculos do homem tinham subido para o cabelo cacheado. A posição dos óculos dava a ele um visual perversamente caloroso e casual, um aspecto professoral, com ele deitado morto na estrada e o cérebro espalhado pelo asfalto.

Mais alguns passos à frente, havia uma mulher caída de lado na posição que o próprio Reed costumava fazer quando estava no sofá vendo televisão. A máscara de teia tinha sido raspada pelo contato com o asfalto, e a pele que restava estava toda ralada. Pelo que sobrara do rosto e do corpo, Reed percebeu que ela era jovem, mas não muito mais do que isso. Uma bala tinha aberto um ferimento grande no peito dela. O sangue da garota escorria para o asfalto úmido.

Tênis bateram no asfalto atrás de Reed.

— Gerda! — gritou alguém. — Gerda!

Reed se virou, e Barry Holden passou correndo e caiu de joelhos ao lado do corpo da filha.

Vern Rangle, com o nariz sangrando, cambaleou pela estrada atrás de Holden, gritando que ia *circuncidar* o filho da puta.

Que montanha de merda: um homem com o cérebro esmigalhado, uma garota morta, um advogado chorando, Vern Rangle puto da vida, armas e munição na rua. Reed ficou aliviado por Lila Norcross não estar trabalhando no momento como xerife, porque ele não ia querer nem começar a tentar explicar para ela como aquilo tinha acontecido.

Reed segurou Vern um segundo tarde demais e pegou só um pedaço de tecido no ombro. Vern se soltou dele e bateu com a coronha da pistola na nuca de Barry Holden. Houve um estalo feio, como um galho quebrando, e um jorro de sangue. Barry Holden caiu de cara no chão ao lado da filha. Vern se agachou ao lado do advogado inconsciente e começou a bater nele sem parar com a coronha.

— Vai se foder, vai se foder, vai se foder! Você quebrou meu nariz, seu f...

A jovem, que deveria estar morta e não estava, segurou o maxilar de Vern, fechou os dedos por cima dos dentes inferiores dele e o puxou até o nível dela. Ela ergueu a cabeça, abriu a boca e enfiou os dentes no pescoço de Vern. O parceiro de Reed começou a bater nela com a coronha da arma. Não fez a menor diferença. O sangue arterial jorrou em volta dos lábios dela.

Reed se lembrou da própria arma. Levantou-a e atirou. A bala entrou pelo olho da jovem e o sangue correu frouxo, mas a boca permaneceu grudada no pescoço de Vern. Ela parecia estar bebendo o sangue dele.

De joelhos, Reed enfiou os dedos na gosma quente e escorregadia onde os dentes da jovem estavam agarrados no pescoço do parceiro. Ele forçou e puxou, sentindo língua e esmalte. Vern bateu nela mais uma vez, sem resultado, a arma voando da mão relaxada e quicando para longe. Em seguida, ele caiu.

7

O último em uma caravana de três carros, Frank seguia sozinho. Todos estavam com as sirenes ligadas. Ordway e Terry estavam na frente, seguidos de Peters e do parceiro dele, Blass. A solidão não era uma coisa que Frank procurava, mas sempre parecia encontrá-lo. Por que era assim? Elaine tinha pegado Nana e o deixado sozinho. Oscar Silver tinha caído da estrada e o deixou sozinho. Era cruel. Isso fez com que ele ficasse cruel. No entanto, talvez tivesse que ser assim, talvez ele tivesse que ser assim, para fazer o que tinha que fazer.

Porém, ele podia fazer o que tinha que fazer? As coisas estavam dando errado. Reed Barrows havia mandado uma mensagem de rádio dizendo que tiros tinham sido disparados e que havia um policial morto. Frank acreditava que estava pronto para matar pela filha; tinha certeza de que estava pronto para morrer por ela, mas o que estava ocorrendo a ele agora era que não era o único disposto a correr riscos mortais. O pessoal de Norcross tinha roubado armamento da polícia e rompido uma barricada. Fossem quais fossem os motivos, eles estavam determinados. Frank ficava preocupado de eles estarem tão determinados, de os motivos deles serem um enigma tão grande. O que os estava motivando? O que havia entre Eva Black e Norcross?

O celular dele tocou. A caravana estava disparada pela Ball's Hill. Frank tirou o aparelho do bolso.

— Geary.

— Frank, aqui é Eva Black. — Ela falou um tom acima de um sussurro, e a voz tinha um tom rouco e paquerador.

— É mesmo? É um prazer conhecer você.

— Estou ligando do meu novo celular. Eu não tinha um, então Lore Hicks me deu o dele. Não foi cavalheiresco da parte dele? Aliás, é melhor você ir mais devagar. Não precisa correr risco de acidente. O trailer fugiu. Só tem quatro pessoas mortas e Reed Barrows.

— Como você sabe disso?

— Acredite em mim, eu sei. Clint ficou surpreso de ser tão fácil executar o roubo. Eu também, para ser sincera. Nós rimos muito. Eu achava que você estava um pouco mais no controle das coisas. Me enganei.

— Você deveria se entregar, sra. Black. — Frank se concentrou em medir as palavras. Em manter distante a vermelhidão que queria tomar sua mente. — Ou deveria desistir dessa... coisa. Seja lá o que for. Você deveria fazer isso antes que alguém se machuque.

— Ah, nós já passamos do estágio de se machucar. O juiz Silver, por exemplo, ficou bem mais do que machucado. O dr. Flickinger também, que na verdade não era um sujeito ruim quando estava de cabeça limpa. Nós estamos no estágio da extinção em massa.

Frank apertou o volante da viatura.

— Que *porra* é você?

— Eu poderia fazer a mesma pergunta, mas sei o que você diria: "Eu sou o Bom Pai". Porque com você é só Nana-Nana-Nana, não é? O papai protetor. Você já pensou ao menos uma vez em todas as outras mulheres e o que você poderia estar fazendo com elas? O que poderia estar botando em risco?

— Como você sabe sobre a minha filha?

— É minha obrigação saber. Tem um blues antigo que diz: "Antes de você me acusar, olhe para si mesmo". Você precisa ampliar suas perspectivas, Frank.

O que eu preciso, pensou Frank, *é botar as mãos no seu pescoço.*

— O que você quer?

— Quero que você seja homem! Quero que você seja uma porra de homem e torne isso mais interessante! Quero que sua preciosa Nana possa ir à escola e dizer: "Meu pai não é só um funcionário público que pega gatos selvagens, e não é só um cara que dá socos em paredes ou puxa minha blusa favorita e grita com a minha mãe quando as coisas não são do jeito que ele quer. Ele também foi o homem que deteve aquela fada velha do mal que botou todas as mulheres para dormir".

— Deixe minha filha fora disso, sua puta.

O tom de provocação sumiu da voz dela.

— Quando você protegeu ela no hospital, aquilo foi um ato de coragem. Eu admirei o que você fez. Admirei *você*. De verdade. Eu sei que você a ama, e isso não é pouca coisa. Eu sei que, da sua forma, você só quer o melhor para ela. E isso me faz amar você um pouquinho, apesar de você ser parte do problema.

À frente, os dois veículos estavam parando ao lado da viatura amassada de Reed Barrows. Frank viu Barrows se aproximando para se encontrar com eles. Mais à frente, viu os corpos na estrada.

— Pare com isso — disse Frank. — Deixe elas em paz. Deixe as mulheres acordarem. Não só minha esposa e minha filha, todas elas.

Evie disse:

— Você vai ter que me matar primeiro.

8

Angel perguntou quem era esse Frank com quem Evie tinha falado.

— Ele é o matador de dragão — disse Evie. — Eu só precisava garantir que ele não fosse ficar distraído com unicórnios.

— Você é maluca pra caralho. — Angel assoviou.

Evie não era, mas esse não era um assunto a ser discutido com Angel, que, de qualquer forma, tinha direito a uma opinião.

9

1

A raposa aparece para Lila em um sonho. Ela sabe que é sonho porque a raposa sabe falar.

— Oi, meu bem — diz ela enquanto entra no quarto da casa na St. George Street que Lila agora divide com Tiffany, Janice Coates e duas médicas do Centro das Mulheres, Erin Eisenberg e Jolie Suratt. (Erin e Jolie são solteiras. A terceira médica do Centro das Mulheres, Georgia Peekins, mora do outro lado da cidade com duas filhas que sentem muita falta do irmão mais velho.) Outro motivo para saber que é sonho é por ela estar sozinha no quarto. A outra cama, onde Tiffany dorme, está vazia e arrumada.

A raposa coloca as patinhas da frente (brancas, em vez de vermelhas, como se tivesse andado por tinta fresca para chegar lá) na colcha que a cobre.

— O que você quer? — pergunta Lila.

— Mostrar o caminho de volta — diz a raposa. — Mas só se você quiser ir.

2

Quando Lila abriu os olhos, era de manhã. Tiffany estava na outra cama, onde era o lugar dela, o cobertor empurrado até os joelhos, a barriga uma meia lua acima do short que usava para dormir. Ela estava com mais de sete meses agora.

Em vez de ir para a cozinha para preparar o horror de chicória que servia de café para elas naquela versão de Dooling, Lila foi direto pelo corredor e abriu a porta da frente em uma agradável manhã de primavera (o tempo passava com uma flexibilidade tão escorregadia ali; os relógios marcavam o tempo normal, mas não havia nada de normal no local). A raposa estava lá, como ela sabia que estaria, sentada no caminho de pedras cobertas de mato com a cauda enrolada em volta das patas. Olhou para Lila com grande interesse.

— Oi, meu bem — disse Lila.

A raposa inclinou a cabeça e pareceu sorrir. Em seguida, saltitou pelo pátio até a rua e se sentou de novo. Olhando para ela. Esperando.

Lila foi acordar Tiffany.

3

No fim das contas, dezessete residentes de Nosso Lugar seguiram a raposa em seis dos carrinhos de golfe movidos a energia solar, uma caravana seguindo lentamente para fora da cidade e pelo que tinha sido a Route 31 na direção de Ball's Hill. Tiffany foi no carrinho com Janice e Lila, reclamando o tempo todo de não poder ir a cavalo. Isso foi vetado por Erin e Jolie, que estavam preocupadas com a força das contrações de Tiff ainda restando de seis a oito semanas de gravidez. Isso elas disseram para a futura mãe. O que não transmitiram a ela (apesar de Lila e Janice saberem) foi a preocupação que tinham com o bebê, que foi concebido quando Tiffany ainda usava drogas diariamente, às vezes até de hora em hora.

Mary Pak, Magda Dubcek, as quatro integrantes do Clube do Livro da Primeira Quinta-feira e cinco antigas detentas do Instituto Penal de Dooling também foram. Também estava junto Elaine Nutting, antiga Geary. Ela foi com as duas médicas. Sua filha também quis ir, mas Elaine bateu o pé e foi firme mesmo quando as lágrimas começaram a cair. Nana ficou com a velha sra. Ransom e a neta. As duas meninas logo ficaram amigas, mas nem a perspectiva de passar um dia com Molly alegrou Nana. Ela queria seguir a raposa, ela disse, porque era uma coisa que parecia de conto de fadas. Ela queria desenhar tudo.

— Fique com sua filha, se quiser — Lila disse para Elaine. — Nós temos bastante gente.

— O que eu *quero* é ver o que aquela coisa quer — respondeu Elaine. Se bem que, na verdade, ela não sabia se queria ou não. A raposa, agora sentada na frente dos destroços da barbearia Pearson esperando com paciência as mulheres se reunirem e partirem, provocava nela uma sensação de presságio, aleatória, mas forte.

— Vamos logo! — disse Tiffany, com mau humor. — Antes que eu fique com vontade de mijar de novo!

Assim, elas seguiram a raposa, que saiu saltitando da cidade sobre a linha apagada no centro da estrada, olhando de vez em quando para trás para ter certeza de que a tropa ainda estava lá. Parecendo sorrir. Parecendo quase dizer: *Tem umas mulheres bem bonitas na plateia hoje.*

Era um passeio (estranho, era verdade, mas ainda um dia de folga das várias tarefas e trabalhos), e devia haver conversa e risadas, mas as mulheres na fila de carrinhos de golfe estavam quase silenciosas. Os faróis dos carrinhos se acederam com o movimento, e quando elas passaram pela selva que já tinha sido o Depósito de Madeira Adams, Lila teve o pensamento de que elas pareciam mais um cortejo fúnebre do que garotas em um passeio.

Quando a raposa saiu da estrada e pegou um caminho coberto de mato quatrocentos metros depois do depósito de madeira, Tiffany enrijeceu e colocou as mãos de forma protetora sobre a barriga.

— Não, não, não, pode parar aqui e me deixar saltar. Eu não vou voltar ao trailer de Tru Mayweather, nem mesmo se não passar de uma pilha de metal retorcido.

— Não é para lá que a gente vai — disse Lila.

— Como você sabe?

— Espere e veja.

No fim das contas, os restos do trailer quase não estavam mais visíveis; uma tempestade o tinha derrubado de cima dos blocos de cimento, e ele estava caído de lado no meio do mato como um dinossauro enferrujado. Trinta ou quarenta metros depois, a raposa virou para a esquerda e entrou na floresta. As mulheres dos dois carrinhos da frente viram um brilho de pelo alaranjado, que depois sumiu.

Lila desceu do carrinho e foi até o ponto onde o animal havia entrado na floresta. As ruínas do abrigo próximo tinham sido tomadas por mato, mas, mesmo depois de tanto tempo, um odor químico pairava no ar. *A metanfetamina pode ter ido*, Lila pensou, *mas as lembranças ficaram*. Mesmo ali, onde o tempo parecia galopar, parar para tomar fôlego e galopar de novo.

Janice, Magda e Blanche McIntyre se juntaram a ela. Tiffany ficou no carrinho de golfe, segurando a barriga. Parecia enjoada.

— Tem uma trilha feita por animais — disse Lila, apontando. — Podemos seguir sem muita dificuldade.

— Eu não vou entrar nessa floresta de jeito nenhum — disse Tiffany. — Não quero nem saber se a raposa dança sapateado. Estou tendo contrações de novo.

— Você não ia mesmo se não estivesse tendo contrações — respondeu Erin. — Vou ficar com você. Jolie, pode ir se quiser.

Jolie foi. As quinze mulheres seguiram a trilha em fila indiana, Lila na frente e a antiga sra. Frank Geary no final. Elas tinham andado por quase dez minutos quando Lila parou e levantou os braços, os indicadores apontando para a esquerda e para a direita como um guarda de trânsito indeciso.

— Puta merda — disse Celia Frode. — Eu nunca vi nada assim. *Nunca.*

Os galhos dos choupos, bétulas e amieiros dos dois lados estavam cobertos de mariposas. Parecia haver milhões delas.

— E se elas atacarem? — murmurou Elaine, mantendo a voz baixa e agradecendo a Deus por não ter cedido aos pedidos de Nana de ir junto.

— Elas não vão atacar — disse Lila.

— Como você pode saber disso? — perguntou Elaine.

— Eu só sei — respondeu Lila. — Elas são como a raposa. — Ela hesitou, procurando a palavra certa. — São emissárias.

— De quem? — perguntou Blanche. — Ou de quê?

Essa foi outra pergunta que Lila preferiu não responder, apesar de poder.

— Venham — disse ela. — Não falta muito agora.

4

Quinze mulheres pararam no mato alto, olhando para o que Lila tinha passado a chamar de Árvore Impressionante. Ninguém disse nada por talvez trinta segundos. Em seguida, uma voz aguda e ofegante, a de Jolie Suratt, disse:

— Meu Deus do céu.

A Árvore subia como um obelisco vivo no sol, os vários troncos cheios de nós se curvando uns nos outros, às vezes concentrando raios de luz cheios de pólen, às vezes criando cavernas escuras. Aves tropicais se espalhavam pelos galhos e fofocavam nas folhas verdes. Na frente, o pavão que Lila tinha visto antes andava de um lado para outro como o porteiro mais elegante do mundo. A cobra vermelha também estava lá, pendurada em um galho, um trapezista reptiliano balançando para um lado e para outro. Embaixo da cobra havia uma fenda escura onde os vários fustes pareciam se afastar. Lila não se lembrava disso, mas não se surpreendeu. Nem quando a raposa saiu de dentro como um palhaço de uma caixa surpresa e deu uma mordida brincalhona no pavão, que não deu atenção.

Janice Coates segurou o braço de Lila.

— Nós estamos vendo isso?

— Estamos — disse Lila.

Celia, Magda e Jolie deram um grito agudo, em uma harmonia tripla perfurante. O tigre branco estava saindo da abertura no tronco. Observou as mulheres na beirada da clareira com os olhos verdes, depois se espreguiçou, parecendo quase se curvar a elas.

— Fiquem paradas! — gritou Lila. — Fiquem paradas, todas! Ele não vai fazer mal a ninguém! — Torcendo com todas as forças para que fosse verdade.

O tigre encostou o focinho no da raposa. Virou-se para as mulheres de novo, parecendo olhar para Lila com interesse particular. Em seguida, andou até atrás da árvore e sumiu.

— Meu Deus — disse Kitty McDavid. Ela estava chorando. — Que coisa mais linda! Que porra de coisa mais linda de Deus!

Magda Dubcek disse:

— Aqui é *swiety miejsce*. Um lugar sagrado. — E ela fez o sinal da cruz.

Janice estava olhando para Lila.

— Me conte.

— Eu acho que é uma saída — disse Lila. — Um caminho de volta. Se a gente quiser.

Foi nessa hora que o walkie-talkie no cinto dela ganhou vida. Houve uma explosão de estática, sem dar para identificar as palavras, mas parecia Erin aos ouvidos de Lila, e parecia que ela estava gritando.

5

Tiffany estava deitada no banco da frente do carrinho de golfe. Uma camiseta velha do St. Louis Rams que ela tinha arrumado em algum lugar estava caída no chão. Os seios, antes pequenas protuberâncias, se projetavam de um sutiã simples de bojo grande (os de lycra agora eram totalmente inúteis). Erin estava inclinada entre as pernas dela com as mãos abertas sobre aquele morro incrível que era a barriga. Quando as mulheres chegaram correndo, algumas pisando em galhos e com uma mariposa ou outra no cabelo, Erin se abaixou. Tiffany gritou, com as pernas abertas em v:

— *Acabe com isso, ah, pelo amor de Deus, acabe logo!*

— O que você está fazendo? — perguntou Lila ao chegar nela, mas quando olhou para baixo, o que Erin estava fazendo e por que ficaram óbvios. A calça jeans de Tiff estava aberta. Havia uma mancha no tecido azul, e o algodão da calcinha estava úmido e rosado.

— O bebê está nascendo, e a bunda está onde devia estar a cabeça — disse Erin.

— Ah, meu Deus, parto pélvico? — perguntou Kitty.

— Eu tenho que virar ele — disse Erin. — Nos leve para a cidade, Lila.

— A gente vai ter que levantar ela — falou Lila. — Não posso dirigir enquanto a gente não fizer isso.

Com a ajuda de Jolie e Blanche McIntyre, Lila botou Tiffany em uma posição parcialmente sentada com Erin espremida ao lado. Tiffany gritou de novo:

— *Ah, isso dói!*

Lila entrou atrás do volante do carrinho, o ombro direito pressionando o esquerdo de Tiffany. Erin tinha quase se virado de lado para caber.

— A que velocidade essa coisa vai? — perguntou ela.

— Não sei, mas vamos descobrir. — Lila pisou no acelerador, fazendo uma careta pelo uivo de dor de Tiff quando o carrinho deu um pulo. Tiffany gritou a cada sacolejar, e foram muitos. Naquele momento, a Árvore Impressionante e seu carregamento de aves exóticas era a coisa mais distante da mente de Lila.

Porém, não era assim para a antiga Elaine Geary.

6

Elas pararam no Olympia Diner. Tiffany estava sentindo dor demais para ir mais longe. Erin mandou Janice e Magda buscarem a bolsa dela na cidade enquanto Lila e três outras mulheres carregavam Tiffany para dentro.

— Juntem algumas mesas — disse Erin — e sejam rápidas. Preciso endireitar esse bebê agora, e preciso que a mãe esteja deitada para poder fazer isso.

Lila e Mary empurraram as mesas. Margaret e Gail colocaram Tiffany em cima, fazendo careta e virando a cara, como se Tiff estivesse jogando lama nelas, em vez de dando gritos de protesto.

Erin voltou a trabalhar na barriga de Tiffany, sovando como se fosse massa.

— Acho que está começando a se mexer, graças a Deus. Vamos lá, Júnior, que tal uma pirueta pra dra. Erin?

Erin apertou a barriga de Tiff com uma das mãos enquanto Jolie Suratt empurrava de lado.

— *Parem!* — gritou Tiffany. — *Parem, filhas da puta!*

— Está virando — disse Erin, ignorando o xingamento. — Virando mesmo, graças a Deus. Tire a calça dela, Lila. A calça e a calcinha. Jolie, continue apertando. Não deixe que vire de volta.

Lila segurou uma perna da calça jeans de Tiffany, Celia Frode, a outra. Elas puxaram, e a calça velha saiu. A calcinha de Tiffany saiu junto até metade das pernas, deixando manchas de sangue e líquido amniótico nas coxas. Lila terminou de tirá-la. Estava pesada de líquido, quente e encharcada. Ela sentiu uma coisa subir pela garganta, mas logo voltar.

Os gritos eram constantes agora, a cabeça de Tiffany se debatia de um lado para o outro.

— Não posso esperar a bolsa — disse Erin. — O bebê está saindo agora. Só que... — Ela olhou para a antiga colega de profissão, que assentiu. — Arrumem uma faca para Jolie. Uma afiada. Vamos ter que cortar ela um pouco.

— Eu tenho que fazer força — ofegou Tiffany.

— Porra nenhuma — disse Jolie. — Ainda não. A porta está aberta, mas precisamos soltar as dobradiças. Abrir mais espaço.

Lila achou uma faca de carne e, no banheiro, um frasco antigo de peróxido de hidrogênio. Ela encharcou a lâmina, parou para considerar o álcool gel junto à porta e apertou o botão do dispensador. Nada. A substância lá dentro tinha evaporado muito tempo antes. Ela voltou correndo. As mulheres estavam em volta de Tiffany, Erin e Jolie em um semicírculo. Todas estavam de mãos dadas, menos Elaine Geary, que estava com os braços apertados em volta da barriga. Ela estava direcionando o olhar primeiro para a bancada, depois para os compartimentos vazios, depois para a porta. Para qualquer lugar, menos para a mulher ofegante e gritando na mesa de cirurgia improvisada, agora nua em pelo exceto por um sutiã velho de algodão.

Jolie pegou a faca.

— Você desinfetou com alguma coisa?

— Peróxido de hid...

— Está bom — disse Erin. — Mary, procure um cooler de isopor por aí. Uma de vocês, arrume toalhas. Deve ter na cozinha. Coloquem em cima de...

Ouviu-se um uivo infeliz de Tiffany quando Jolie Suratt executou a episiotomia com faca de carne, sem anestesia.

— Coloquem as toalhas em cima dos carrinhos de golfe — terminou Erin.

— Ah, é, os painéis solares! — Quem falou foi Kitty. — Para aquecer o bebê. Nossa, isso foi inteli...

— Queremos que fiquem mornas, não quentes — disse Erin. — Não tenho intenção de assar nosso novo cidadão. Andem logo.

Elaine ficou onde estava e deixou as outras mulheres passarem como água em volta de uma pedra, continuando a dirigir o olhar para qualquer coisa que não fosse Tiffany Jones. Seus olhos estavam brilhantes e rasos.

— Está muito perto? — perguntou Lila.

— Sete centímetros — disse Jolie. — Ela vai chegar a dez antes de você conseguir dizer Jack Robinson. O apagamento do colo do útero está completo, ao menos uma coisa que aconteceu direito. Faz força, Tiffany, mas guarde um pouco de energia para a próxima.

Tiffany fez força. Tiffany gritou. A vagina de Tiffany se abriu, se fechou e se abriu de novo. O sangue fluía por entre as pernas.

— Não estou gostando do sangue. — Lila ouviu Erin murmurar isso para Jolie com o canto da boca, como um informante dando dicas em uma corrida de cavalos. — Tem muito saindo. Cristo, eu queria pelo menos ter meu fetoscópio.

Mary voltou com o tipo de cooler de plástico duro que Lila tinha levado para o lago Maylock muitas vezes, quando ela, Clint e Jared faziam piqueniques lá. Na lateral, havia as palavras BUDWEISER! RAINHA DAS CERVEJAS!

— Serve, dra. Erin?

— Serve — disse Erin, sem olhar. — Tudo bem, Tiff, faz força pra valer.

— Minhas costas estão me matando... — disse Tiffany, mas o *matando* virou um *mataaaaNNN* enquanto seu rosto se contorcia e os punhos batiam na superfície lascada de fórmica da mesa.

— Estou vendo a cabeça! — gritou Lila. — Estou vendo o ro... ah, Cristo, Erin, o que...?

Erin empurrou Jolie de lado e segurou um dos ombros do bebê antes que pudesse voltar, os dedos apertando de uma forma que deixou Lila enjoada. A cabeça do bebê deslizou para a frente, inclinada com força para um dos lados, como se estivesse tentando olhar para o caminho de onde tinha vindo. Os olhos estavam fechados, o rosto cinzento. Em volta do pescoço e subindo por uma bochecha até a orelha, como uma forca, estava o cordão umbilical sujo de sangue que fez Lila pensar na cobra vermelha pendurada na Árvore Impressionante. Do peito para baixo, o bebê ainda estava dentro da mãe, mas um braço tinha se soltado e estava pendurado, inerte. Lila conseguia ver cada dedo perfeito, cada unha perfeita.

— Pare de fazer força — disse Erin. — Sei que você quer terminar, mas não ainda.

— Eu preciso — ofegou Tiffany.

— Você vai estrangular seu bebê se empurrar — disse Jolie. Ela estava de novo ao lado de Erin, ombro a ombro. — Espere. Só... me dê um segundo...

Tarde demais, pensou Lila. *Já está estrangulado. Basta olhar para a carinha cinzenta.*

Jolie enfiou um dedo embaixo do cordão umbilical, depois dois. Flexionou os dedos em um gesto de "vem cá", primeiro afastando o cordão do pescoço do bebê e depois soltando. Tiffany gritou, cada tendão do pescoço se contraindo de alívio.

— Faz força! — disse Erin. — O máximo de força que conseguir! No três! Jolie, não deixe ele cair de cara nesse chão imundo quando sair! Tiff! Um, dois, *três*!

Tiffany fez força. O bebê pareceu pular nas mãos de Jolie Suratt. Estava grudento, era lindo e estava morto.

— Canudo! — gritou Jolie. — Arrumem um canudo! Agora!

Elaine se adiantou. Lila não a tinha visto se mexer. Ela estava com um na mão, já fora da embalagem de papel.

— Aqui.

Erin pegou o canudo.

— Lila — disse Erin. — Abra a boca dele.

Dele. Até o momento, Lila não tinha reparado na vírgula cinzenta embaixo da barriga do bebê.

— Abra a boca dele! — repetiu Erin.

Com cuidado, Lila obedeceu usando dois dedos. Erin colocou uma ponta do canudo na própria boca e a outra na pequena abertura que os dedos de Lila tinham criado.

— Agora, levante o queixo dele — instruiu Jolie. — Temos que criar sucção.

Para quê? Morto era morto. Porém, mais uma vez, Lila obedeceu às ordens e viu manchas aparecerem nas bochechas de Erin Eisenberg quando ela sugou em uma ponta. Houve um som perceptível: *flup*. Erin virou a cabeça de lado para cuspir o que parecia catarro. Em seguida, assentiu para Jolie, que levantou o bebê até o próprio rosto e soprou delicadamente na boca.

O bebê só ficou parado, a cabeça para trás, com gotas de sangue e gosma na cabeça careca. Jolie soprou de novo, e um milagre aconteceu. O peitinho subiu e desceu; os olhos azuis se abriram de leve. Ele começou a chorar. Celia Frode começou a aplaudir, e as outras se juntaram a ela... menos Elaine, que tinha voltado para onde estava antes, os braços novamente abraçando a barriga. O choro do bebê era constante agora. As mãozinhas estavam fechadas.

— É o meu bebê — disse Tiffany, e levantou os braços. — O meu bebê está chorando. Me deem ele aqui.

Jolie amarrou o cordão umbilical com um elástico e embrulhou o bebê com a primeira coisa à mão, um avental de garçonete que alguém havia pegado em um gancho de parede. Ela passou o embrulho chorão para Tiffany, que olhou na carinha dele, riu e beijou uma bochecha grudenta.

— Onde estão as toalhas? — perguntou Erin. — Tragam agora.

— Ainda não devem estar muito quentes — disse Kitty.

— Pode trazer mesmo assim.

As toalhas foram levadas, e Mary forrou o cooler da Budweiser com elas. Enquanto isso, Lila viu mais sangue jorrando por entre as pernas de Tiffany. Muito sangue. Litros, talvez.

— Isso é normal? — alguém perguntou.

— Perfeitamente. — A voz de Erin estava firme e segura, a personificação da confiança: não havia problema nenhum ali. Foi nessa hora que Lila começou a desconfiar de que Tiffany provavelmente morreria. — Mas tragam mais toalhas.

Jolie Suratt foi pegar o bebê nos braços da mãe e colocar no bercinho improvisado. Erin balançou a cabeça.

— Deixe que ela segure ele mais um pouco.

Nessa hora, Lila teve certeza.

7

Era crepúsculo no que já tinha sido a cidade de Dooling e agora era Nosso Lugar.

Lila estava sentada no degrau da frente da casa na St. George Street com uma pilha de papéis grampeados nas mãos enquanto Janice Coates subia a calçada. Quando Janice se sentou ao seu lado, Lila captou um aroma de zimbro. De um bolso dentro do colete quadriculado, a ex-diretora tirou a fonte disso: uma garrafa de gim Schenley. Ela entregou para Lila, que fez que não.

— Placenta retida — disse Janice. — Foi o que Erin me disse. Não tem como raspar, ao menos não a tempo de parar o sangramento, e sem as drogas que usam.

— Oxitocina — disse Lila. — Eu tomei quando Jared nasceu.

Elas ficaram em silêncio por um tempo, vendo a luz do que tinha sido um dia muito longo sumir. Finalmente, Janice disse:

— Eu achei que você talvez quisesse ajuda para tirar as coisas dela.

— Já tirei. Ela não tinha muita coisa.

— Nenhuma de nós tem. E é um certo alívio, você não acha? Nós aprendemos um poema na escola, alguma coisa sobre comprar e gastar e consumir todas as nossas forças. Keats, talvez.

Lila, que tinha aprendido o mesmo poema, sabia que era de Wordsworth, mas não disse nada. Janice recolocou a garrafa no bolso de onde tinha saído e tirou um lenço relativamente limpo. Usou para limpar primeiro uma das bochechas de Lila e depois a outra, uma ação que gerou lembranças dolorosamente doces da mãe de Lila, que tinha feito a mesma coisa nas muitas ocasiões em que a filha, uma moleca confessa, havia caído de bicicleta ou do skate do irmão.

— Encontrei isto na cômoda onde ela estava guardando as coisas do bebê — disse Lila, entregando para Janice as folhas de papel. — Estava embaixo de uns macacões e sapatinhos.

Na frente, Tiffany tinha colado uma foto de uma mãe rindo, com penteado perfeito, segurando um bebê que gargalhava em um raio de luz do sol. Janice tinha quase certeza de que tinha sido cortada de uma propaganda de papinha de bebê de uma revista para senhoras, talvez a *Good Housekeeping*. Embaixo, Tiffany tinha escrito: LIVRO DE ANDREW JONES PARA UMA BOA VIDA.

— Ela sabia que era menino — disse Lila. — Não sei como sabia, mas sabia.

— Magda disse para ela. Tinha a ver com alguma superstição antiga de barriga alta.

— Ela deve ter passado um tempo trabalhando nisso, mas eu nunca vi ela fazendo. — Lila se perguntou se Tiffany sentia vergonha. — Veja a primeira página. Foi o que fez a minha torneirinha abrir.

Janice abriu o livrinho feito em casa. Lila se inclinou para perto, e elas leram juntas.

10 REGRAS PARA VIVER BEM

1. Seja gentil com os outros e eles vão ser gentis com você.
2. Não use drogas como diversão NUNCA.
3. Se estiver errado, peça desculpas.
4. Deus vê o que você faz de errado, mas ELE é gentil e vai perdoar.
5. Não conte mentiras, porque isso vira hábito.
6. Nunca bata em um cavalo com um chicote.

7. Seu corpo é seu templo, então NÃO FUME.
8. Não trapaceie, seja JUSTO com todo mundo.
9. Tome cuidado com os amigos que escolher. Eu não tomei.
10. Lembre que sua mãe sempre vai amar você e você vai ficar BEM!

— Acho que foi o último que me pegou de jeito — disse Lila. — Ainda me afeta. Me dá a garrafa. Acho que preciso de um gole, no fim das contas.

Janice passou a garrafa para ela. Lila engoliu, fez uma careta e devolveu.

— Como está o bebê? Bem?

— Considerando que nasceu seis semanas antes da hora, com o cordão umbilical como colar, ele está indo muito bem — disse Janice. — Graças a Deus tínhamos Erin e Jolie, senão teríamos perdido os dois. Ele está com Linda Bayer e o bebê dela. Linda parou de amamentar Alex um tempo atrás, mas assim que ouviu Andy chorando, o leite voltou na mesma hora. É o que ela diz. Enquanto isso, temos outra tragédia para encarar.

Como se Tiffany não fosse suficiente para um dia, Lila pensou, e tentou fazer uma expressão neutra.

— Pode contar.

— Sabe Gerda Holden? A mais velha das quatro garotas Holden? Ela desapareceu.

Era quase certo que isso queria dizer que uma coisa mortal tinha acontecido com ela naquele outro mundo. Todas aceitavam isso como fato agora.

— Como Clara está reagindo?

— Como era de se esperar — respondeu Janice. — Está meio fora de si. Ela e as meninas vinham sentindo aquela vertigem estranha nessa última semana, mais ou menos...

— Então tem alguém deslocando elas.

Janice deu de ombros.

— Talvez. Provavelmente. Seja lá o que for, Clara está com medo de outra filha sumir a qualquer momento. Talvez as três. Eu também teria medo. — Ela começou a folhear o *Livro de Andrew Jones para uma boa vida*. Cada página continha uma expansão das dez regras.

— Devíamos falar sobre a Árvore? — perguntou Lila.

Janice pensou, mas balançou a cabeça.

— Talvez amanhã. Esta noite, só quero dormir.

Lila, que não sabia se conseguiria dormir, segurou a mão de Janice e apertou.

8

Nana tinha pedido à mãe para dormir com Molly na casa da sra. Ransom, e Elaine deu permissão depois de verificar com a velha senhora se não haveria problema.

— Claro — disse a sra. Ransom. — Molly e eu adoramos Nana.

Isso bastava para a mulher que já tinha usado o nome Elaine Geary, que estava pela primeira vez feliz de a filha estar fora de casa. Nana era sua querida, sua joia, um raro ponto de concordância com o ex-marido, o que segurou o casamento por mais tempo do que teria durado sem ela, mas naquela noite, Elaine tinha uma coisa importante a fazer. Que era mais por Nana do que por ela. Por todas as mulheres de Dooling, na verdade. Algumas delas (Lila Norcross, por exemplo) talvez não entendessem agora, mas entenderiam depois.

Isso se ela decidisse ir até o fim.

Os carrinhos de golfe que tinham levado no passeio até aquela árvore estranha no bosque estavam estacionados atrás do que tinha sobrado do Prédio Municipal. *Uma coisa boa que pode se dizer de mulheres*, ela pensou, *uma de* muitas, é *que elas costumam guardar as coisas quando terminam de usar.* Os homens eram diferentes. Eles deixavam as coisas deles espalhadas para todo lado. Quantas vezes tinha mandado Frank colocar a roupa suja no cesto? Não bastava que ela lavasse e passasse, tinha que recolher também? E quantas vezes ela ainda as tinha encontrado no banheiro, em frente ao chuveiro ou caídas no chão do quarto? E ele podia se dar ao trabalho de passar uma água no copo ou lavar o prato depois de um lanchinho noturno? Não! Parecia que os pratos e copos ficavam invisíveis depois que a utilidade deles acabava. (O fato de que o marido deixava o escritório imaculado e as gaiolas de animais limpíssimas tornavam o comportamento distraído ainda mais irritante.)

Coisas pequenas, diriam, e quem poderia discordar? Eram mesmo! Porém, ao longo de quinze anos, essas coisas tinham virado uma versão doméstica de uma tortura chinesa antiga sobre a qual ela tinha lido em um livro da Time-Life que havia pegado em uma caixa de donativos no Goodwill. *Morte por mil cortes*, esse era o nome. O temperamento ruim de Frank foi só o pior e mais profundo desses cortes. Ah, às vezes havia um presente, um beijo suave no pescoço, um jantar fora (à luz de velas!), mas essas coisas eram só a cobertura de um bolo duro e difícil de mastigar. O Bolo do Casamento! Ela não estava preparada para dizer que todos os homens eram iguais, mas a maioria era, porque os instintos vinham de fábrica. Com o pênis. A casa de um homem era seu castelo, era o que diziam, e inserido nos cromossomos XY havia uma crença profunda de que todos os homens eram reis e todas as mulheres eram suas empregadas.

As chaves ainda estavam nos carrinhos. Claro que estavam; podia haver casos ocasionais de furtos mesquinhos em Nosso Lugar, mas nunca tinha havido um roubo de verdade. Essa era uma das coisas boas. Havia muitas coisas boas, mas nem todo mundo podia se contentar com elas. Os choramingos e reclamações nas Reuniões eram um exemplo. Nana tinha ido a algumas. Ela achava que Elaine não sabia, mas ela sabia. Uma boa mãe monitorava a filha e sabia quando ela estava sendo contaminada por más companhias com ideias ruins.

Dois dias antes, Molly tinha ido para a casa delas, e elas passaram momentos maravilhosos, primeiro brincando do lado de fora (de amarelinha e de pular corda) e depois dentro de casa (redecorando a grande casa de bonecas que Elaine achou justo retirar da Dooling Mercantile), depois lá fora de novo até o sol se pôr. Elas jantaram uma refeição farta, depois da qual Molly voltou andando por duas quadras até a casa dela enquanto escurecia. Sozinha. E por que ela podia fazer isso? Porque naquele mundo não havia predadores. Não havia pedófilos.

Um dia feliz. E foi por isso que Elaine ficou tão surpresa (e um pouco temerosa, por que não admitir?) quando parou na porta do quarto da filha quando estava indo dormir e ouviu Nana chorando.

Elaine escolheu um carrinho, girou a chave e pisou no pequeno pedal redondo do acelerador. Saiu do estacionamento em silêncio e desceu a Main Street, passando pelos sinais de trânsito apagados e pelas lojas escuras. Três quilômetros fora da cidade, ela chegou a um prédio branco com duas bombas de gasolina inúteis na frente. A placa no teto proclamava que era o Mercado Geral de Dooling. O dono, Kabir Patel, não estava lá, claro, assim como os três filhos bem-comportados (ao menos em público). A esposa estava visitando familiares na Índia quando a Aurora chegou, e devia estar encasulada em Mumbai, Lucknow ou alguma outra cidade indiana.

O sr. Patel vendia um pouco de tudo, era a única forma de competir com o supermercado, mas boa parte das coisas já tinha sumido. As bebidas alcoólicas desapareceram primeiro, claro; mulheres gostavam de beber, e quem as ensinava a apreciar o álcool? Outras mulheres? Raramente.

Sem parar e olhar a loja escura, Elaine dirigiu com o carrinho até os fundos. Ali havia um longo anexo de metal com uma placa na frente que dizia "Loja de Peças Automotivas do Mercado Geral. Venha aqui primeiro e economize!". O sr. Patel mantinha a loja arrumada, e ela o aplaudia por isso. O pai de Elaine fazia consertos de motores pequenos para complementar a renda de encanador (isso em Clarksburg), e os dois barracões nos fundos onde ele trabalhava eram cheios de peças descartadas, pneus carecas e vários cortadores de grama e motocultivadores. "Um horror", reclamava a mãe de Elaine. "Paga as suas sextas-feiras no salão de beleza", respondia o rei do castelo, e a bagunça continuava no mesmo lugar.

Elaine precisou empurrar com todo o seu peso uma das portas para que se abrisse sobre o trilho sujo, mas acabou conseguindo empurrar um metro e meio, e era mais do que suficiente.

— Qual é o problema, querida? — perguntara ela para a filha que chorava, isso antes de saber que a maldita árvore existia, quando ela achava que as lágrimas da filha eram o único problema que tinha e que passariam com a rapidez de uma pancada de chuva de primavera. — Está com a barriguinha doendo do jantar?

— Não — disse Nana —, e não precisa chamar de barriguinha, mãe. Eu não tenho *cinco anos*.

Aquele tom exasperado era novidade, e deixou Elaine um pouco irritada, mas ela continuou a acariciar o cabelo de Nana.

— O que foi então?

Nana apertou os lábios, tremeu e explodiu:

— Estou com saudade do papai! Estou com saudade de Billy, ele às vezes segurava minha mão quando a gente ia pra escola andando e era legal, *ele* era legal, mas o que mais sinto é saudade do papai! Quero que essas férias acabem! Eu quero voltar para *casa*!

Em vez de parar, como acontecia com as pancadas de chuva de primavera, o choro virou uma tempestade. Quando Elaine tentou acariciar a bochecha dela, Nana afastou sua mão e se sentou na cama com o cabelo desgrenhado em volta do rosto. Naquele momento, Elaine viu Frank nela. Ela o viu com tanta clareza que foi inquietante.

— Você não lembra como ele gritava com a gente? — perguntou Elaine.
— E da vez que ele deu um soco na parede! Foi assustador, não foi?

— Ele gritava com *você*! — gritou Nana. — Com *você*, porque você sempre queria que ele fizesse alguma coisa... ou pegasse alguma coisa... ou fosse uma coisa diferente... sei lá, mas ele nunca gritava *comigo*!

— Mas puxou sua blusa — disse Elaine. Sua inquietação aumentou e virou uma coisa parecida com horror. Ela achava que Nana tinha se esquecido de Frank? Que o tinha relegado à pilha de lixo junto com a amiga invisível, a sra. Humpty-Dump? — E era a sua favorita.

— Porque ele estava com medo do homem do carro! O que atropelou o gato! Ele estava cuidando de mim!

— Lembra quando ele gritou com a sua professora, lembra como você ficou com vergonha?

— Eu não ligo! Eu *quero* ele!

— Nana, já chega. Você já deixou cl...

— *EU QUERO MEU PAI!*

— Você precisa fechar os olhos e ir dormir e ter bons sonh...

— *eu quero meu pai!*

Elaine saiu do quarto e fechou a porta delicadamente ao passar. Que esforço foi preciso para não descer ao nível da criança e bater nela! Mesmo agora, no barracão com cheiro de óleo do sr. Patel, ela não admitia o quanto tinha chegado perto de gritar com a filha. Ou até (por favor, Deus, não) de bater nela. Não foi o tom estridente de Nana, tão diferente da voz suave e hesitante de sempre; não foi nem a semelhança física com Frank, que ela conseguia ignorar quase sempre. Foi o quanto ela falou como ele enquanto fazia as exigências irracionais e impossíveis. Era quase como se Frank Geary tivesse atravessado o golfo que separava aquele mundo antigo e violento desse novo e tivesse possuído a filha.

Nana estava normal no dia seguinte, mas Elaine não conseguiu parar de pensar nas lágrimas ouvidas pela porta e na forma como a filha tinha empurrado a mão que só ia consolar, e naquela voz feia e estridente que tinha saído de sua boca de criança: *Eu quero meu pai.* E isso nem era tudo. Ela tinha dado a mão para o pequeno e feio Billy Beeson do final da rua. Ela sentia falta do namoradinho, que provavelmente adoraria levá-la para trás de um arbusto para brincar de médico. Foi até fácil imaginar Nana e o escabroso Billy aos dezesseis anos, se pegando no banco de trás do Club Cab do pai dele. Fazendo guerra de língua com ela e a avaliando para a posição de Primeira Cozinheira e Lavadora de Mamadeiras no castelinho de merda dele. *Esqueça os desenhos, Nana, vá para a cozinha esfregar panelas e frigideiras. Dobre minhas roupas. Me faça gozar, depois eu arroto, rolo para o lado e durmo.*

Elaine tinha levado uma lanterna à manivela, que agora apontou para o interior do anexo automotivo, que ficou intacto. Sem combustível para usar nos carros de Dooling, não havia necessidade de correias de ventoinha e velas de ignição. Assim, o que ela estava procurando podia estar lá. Tinha muito daquele tipo de coisa na oficina do pai dela, e o odor oleoso naquela era o mesmo, trazendo de volta com vividez surpreendente lembranças da garota de marias-chiquinhas que ela tinha sido (mas não com nostalgia, ah, não). Entregando ao pai as peças e ferramentas quando ele as pedia, estupidamente feliz quando ele agradecia, se encolhendo se ele a repreendia por ser lenta ou por pegar a coisa errada. Porque ela queria agradá-lo. Ele era o pai dela, grande e forte, e ela queria agradá-lo em todas as coisas.

Aquele mundo era muito melhor do que o antigo, comandado por homens. Ninguém gritava com ela ali e ninguém gritava com Nana. Ninguém as tratava como cidadãs de segunda classe. Aquele era um mundo em que uma garotinha podia voltar andando para casa sozinha, mesmo depois de escurecer, e se sentir segura. Um mundo em que o talento de uma garotinha podia crescer junto com os quadris e os seios. Ninguém o podaria na muda ainda. Nana não entendia isso e não estava sozinha; se alguém discordasse, era só ouvir o que se dizia naquelas Reuniões estúpidas.

Eu acho que é uma saída, dissera Lila com as mulheres em volta na grama alta, olhando para a árvore esquisita. E, ah, Deus, se ela estivesse certa...

Elaine entrou mais no barracão de peças de automóveis, apontando o raio da lanterna para o chão porque o piso era de concreto, e o concreto mantinha as coisas frias. E ali, no canto, estava o que ela esperava encontrar: três latas de cinco galões com as tampas bem fechadas. Eram de metal simples, sem marcas, mas havia um elástico vermelho grosso em volta de uma e elásticos azuis em volta das outras duas. Seu pai marcava suas latas de querosene da mesma forma.

Eu acho que é uma saída. Um caminho de volta. Se a gente quiser.

Algumas sem dúvida iam querer. As mulheres da Reunião que não conseguiam entender a coisa boa que tinham ali. A coisa especial. A coisa segura. Eram as que estavam tão acostumadas com gerações de servidão que voltariam correndo para as correntes. As da prisão, de forma contraintuitiva, provavelmente seriam as primeiras a querer voltar, voltar para o antigo mundo, direto para o buraco de onde foram libertadas. Muitas daquelas criaturas infantis eram incapazes ou não estavam dispostas a perceber que quase sempre havia um coconspirador homem não indiciado por trás da prisão delas. Um homem por quem elas se degradaram. Nos anos que trabalhou como voluntária no abrigo de mulheres, Elaine viu e ouviu um milhão de vezes: "Ele tem bom coração". "Ele não fez por mal." "Ele prometeu que vai mudar." Até ela era vulnerável. No meio daquele dia e noite intermináveis, antes de elas adormecerem e serem transportadas, ela quase se permitiu acreditar, apesar de tudo o que tinha vivenciado com Frank no passado, que ele faria o que ela pedisse, que controlaria a raiva. Claro que ele não fez isso.

Elaine não acreditava que Frank *pudesse* mudar. Era a natureza masculina dele. Porém, ele a tinha mudado. Às vezes, ela achava que Frank a tinha enlouquecido. Para ele, ela era a ranzinza, a capataz, o alarme irritante que encerrava o descanso diário. Ela ficava impressionada com a falta de percepção de Frank do peso das responsabilidades dela. Ele realmente acreditava que dava prazer a ela ter que lembrá-lo de pagar as contas, de pegar coisas, de manter o temperamento sob controle? Ela tinha certeza de que sim. Elaine não era cega: ela via que o marido não era um homem satisfeito, mas ele simplesmente não a enxergava.

Ela tinha que agir, pelo bem de Nana e das outras. Foi o que ficou claro naquela tarde, na hora que Tiffany Jones estava morrendo naquela lanchonete, abandonando o que restava da pobre vida destruída para que uma criança pudesse viver.

Haveria mulheres que iam querer voltar. Não a maioria, Elaine tinha que acreditar que a maioria das outras mulheres ali não era tão louca, tão masoquista, mas ela podia correr esse risco? Podia, quando sua doce Nana, que se encolhia cada vez que o pai levantava a voz…?

Pare de pensar nisso, ela disse para si mesma. *Concentre-se no que veio fazer.*

O elástico vermelho queria dizer querosene barato e provavelmente não teria utilidade nenhuma, assim como a gasolina armazenada embaixo dos vários postos de gasolina da cidade. Era possível mergulhar um fósforo aceso em querosene de elástico vermelho, quando estava velho. Porém, aqueles elásticos azuis queriam dizer que um estabilizante havia sido adicionado, e que por isso poderia manter a volatilidade por dez anos ou mais.

A árvore que elas tinham encontrado naquele dia podia ser incrível, mas ainda era uma árvore, e árvores pegavam fogo. Havia o tigre a levar em conta, claro, mas ela levaria uma arma. Usaria para afastá-lo, atiraria nele se necessário. (Ela sabia atirar; o pai havia lhe ensinado.) Parte dela pensava que essa podia acabar sendo uma precaução desnecessária. Lila chamou o tigre e a raposa de emissários, e Elaine achou que ela estava certa. Ela tinha a ideia de que o tigre não tentaria impedi-la, que a Árvore estava essencialmente desprotegida.

Se era uma porta, precisava ser fechada de vez.

Um dia, Nana entenderia e agradeceria por ela ter feito a coisa certa.

9

Lila acabou dormindo, mas acordou logo depois das cinco, com o novo dia apenas uma linha de luz no horizonte leste. Ela se levantou e fez xixi no penico. (Água corrente tinha chegado a Dooling, mas ainda não na casa da St. George. "Mais uma ou duas semanas, talvez", garantiu Magda.) Lila pensou em voltar para a cama, mas sabia que ficaria rolando de um lado para o outro pensando em quando Tiffany, de uma cor cinzenta no final, perdeu a consciência pela última vez com o bebê recém-nascido ainda nos braços. Andrew Jones, cujo legado seria um livreto grampeado de folhas manuscritas.

Ela se vestiu e saiu da casa. Não tinha destino em particular, mas não ficou totalmente surpresa quando viu a carcaça em ruínas do Prédio Municipal à frente; ela tinha passado a maior parte da vida adulta trabalhando lá. Era como um norte magnético, apesar de não haver nada lá agora para se ver. Algum tipo de incêndio tinha feito o estrago, iniciado por um raio, talvez, ou por fiação defeituosa. A lateral do prédio que abrigava a sala de Lila era composta de destroços pretos; enquanto os anos de intempéries que penetraram pelas paredes quebradas e pelas janelas trabalharam na outra metade, deixando a parede úmida para o mofo e espalhando os detritos que se reuniram em camadas no chão.

Por isso, Lila ficou surpresa de ver uma pessoa sentada nos degraus de granito. Os degraus eram a única coisa no prédio que ainda estava inteira.

Quando ela chegou mais perto, a pessoa se levantou e se aproximou dela.

— Lila? — Embora cheia de incerteza e carregada de lágrimas recentes, a voz era familiar. — Lila, é você?

Novas mulheres eram uma aparição rara agora, e se aquela seria a última, não podia haver outra melhor. Lila correu até ela, a abraçou, beijou as duas bochechas.

— Linny! Ah, Deus, é tão bom ver você!

Linny Mars a abraçou com força e pânico, depois se afastou para poder olhar para o rosto de Lila. Para ter certeza. Lila entendeu perfeitamente e ficou parada. Porém, Linny estava sorrindo, e as lágrimas nas bochechas eram boas. Parecia para Lila que uma balança divina tinha sido equilibrada: a partida de Tiffany de um lado, a chegada de Linny do outro.

— Há quanto tempo você está sentada aqui? — Lila finalmente perguntou.

— Não sei — disse Linny. — Uma hora, talvez duas. Eu vi a lua descer. Eu... Eu não sabia para onde ir. Eu estava no escritório, olhando meu laptop, e de repente... como eu vim parar aqui? Onde *é* aqui?

— É complicado — respondeu Lila, e enquanto levava Linny até os degraus, ocorreu a ela que era uma coisa que mulheres diziam com frequência, mas homens quase nunca. — De certa forma, você ainda está no escritório, só que em um dos casulos. Ou pelo menos é o que nós achamos.

— Nós estamos mortas? Somos fantasmas? É isso que você está dizendo?

— Não. Este lugar é real. — Lila não tinha certeza disso no começo, mas agora tinha. A familiaridade podia ou não gerar desprezo, mas certamente gerava crença.

— Há quanto tempo você está aqui?

— Pelo menos oito meses. Talvez mais. O tempo passa mais rápido deste lado do... bom, o que quer que seja isso onde estamos. Eu acho que lá, de onde você veio, não passou nem uma semana desde que a Aurora começou, não é?

— Cinco dias. Eu acho. — Linny se sentou.

Lila se sentiu como uma mulher que estava havia muito tempo no exterior e estava ansiosa por notícias de casa.

— Me conte o que está acontecendo em Dooling.

Linny apertou os olhos para Lila e indicou a rua.

— Mas aqui *é* Dooling, não é? Só que parece meio detonada.

— Nós estamos resolvendo isso — disse Lila. — Me conte o que estava acontecendo quando você saiu de lá. Você teve notícias de Clint? Sabe alguma coisa sobre Jared? — Era improvável, mas ela tinha que perguntar.

— Não tenho como contar muita coisa — disse Linny — porque nos dois últimos dias só consegui pensar em ficar acordada. Fiquei usando as drogas da sala de provas, as da batida dos irmãos Griner, mas no final não estavam mais funcionando direito. E tinha umas coisas estranhas. Gente indo e vindo. Gritos. Uma pessoa nova no comando. Acho que o nome dele era Dave.

— Dave de quê? — Lila precisou se controlar para não sacudir a atendente.

Linny franziu a testa para as mãos e se concentrou, tentando lembrar.

— Não Dave — disse ela, por fim. — Frank. Um sujeito grande. Ele estava de uniforme, não da polícia, mas depois trocou por uniforme da polícia. Frank Geahart, talvez?

— Você quer dizer Frank Geary? O agente de controle animal?

— É — disse Linny. — Geary, isso mesmo. Nossa, ele é nervoso. Um homem em uma missão.

Lila não sabia como interpretar essa notícia sobre Geary. Ela se lembrava de tê-lo entrevistado para o emprego que ficou com Dan Treater. Geary era impressionante pessoalmente, rápido, confiante, mas o registro dele como agente de controle animal a incomodou. Ele gostava muito de intimações e recebia muitas reclamações: era um subtexto de agressão que era errado para o tipo de força policial que Lila queria em Dooling.

— E Terry? Ele é o policial sênior, devia ter assumido meu lugar.

— Bêbado — disse Linny. — Alguns outros policiais ficaram rindo disso.

— O que você...?

Linny levantou a mão para fazê-la parar.

— Mas logo antes de eu dormir, uns homens apareceram e disseram que Terry queria armas do arsenal por causa de uma mulher na prisão. O que falou comigo era o defensor público, o que você diz que lembra o Will Gardner de *The Good Wife*.

— Barry Holden? — Lila não estava entendendo.

A mulher na prisão sem dúvida era Evie Black, e Barry tinha ajudado Lila a botar Evie em uma cela no Instituto Penal, mas por que ele...

— Sim, ele. E tinha umas pessoas com ele. Uma era mulher. A filha da diretora Coates, eu acho.

— Não pode ser — disse Lila. — Ela trabalha em Washington.

— Bom, talvez fosse outra pessoa. Naquela hora eu já estava perdida na névoa. Mas me lembro de Don Peters porque ele tentou passar a mão em mim na véspera do Ano-Novo, ano passado, no Squeaky Wheel.

— Peters da prisão? Ele estava com Barry?

— Não, Peters veio depois. Ficou furioso quando soube que algumas armas tinham sumido. "Pegaram todas as boas", disse ele, eu me lembro disso, e tinha um garoto com ele, e o garoto disse... ele disse... — Linny olhou para Lila com olhos enormes. — Ele disse: "E se estiverem levando para Norcross na prisão? Como vamos tirar a puta de lá?".

Em pensamento, Lila visualizou uma corda de cabo de guerra, com Evie Black como o nó no meio que significaria a vitória para um lado ou outro.

— De que mais você se lembra? Pense, Linny, é importante! — Se bem que o que ela, Lila, podia fazer se fosse isso mesmo?

— De nada — disse Linny. — Depois que Peters e o moleque saíram correndo, eu adormeci. E acordei aqui. — Ela olhou em volta cheia de dúvida, ainda sem saber se existia um "aqui". — Lila?

— Hm?

— Tem alguma coisa pra comer? Acho que não devo mesmo estar morta, porque estou *morrendo* de fome.

— Claro — disse Lila, ajudando a amiga a ficar de pé. — Ovos mexidos e torrada, que tal?

— Parece o paraíso. Tenho a sensação de que poderia comer meia dúzia de ovos e ainda ter espaço para panquecas.

Porém, no fim das contas, Linnette Mars nem chegou a tomar café da manhã; na verdade, ela tinha comido sua última refeição no dia anterior (dois Pop-Tarts de cereja esquentados no micro-ondas da copa da delegacia). Quando as duas mulheres entraram na St. George Street, Lila sentiu a mão de Linny derreter na dela. Só teve um vislumbre de Linny com o canto do olho, com expressão assustada. Não sobrou nada além de uma nuvem de mariposas, subindo para o céu da manhã.

10

1

Lowell Griner pai dizia que não dava para saber onde uma fonte funda de carvão podia começar. "Às vezes uma batida de cinzel é a diferença que existe entre a merda e o paraíso", era como ele falava. Essa pérola saiu dos lábios do velho por volta da época em que a maioria dos melhores mineradores dos Três Condados marchava pelo interior destruído do sudeste da Ásia, pegando pereba na pele e fumando baseados com heroína misturada. Esse foi um conflito que o Griner pai perdeu por causa da falta de dois dedos no pé direito e um na mão esquerda.

Poucos homens que andaram pelo planeta falaram mais besteira do que o falecido Lowell Griner pai. Ele também acreditava em OVNIS, espíritos vingativos da floresta, e acreditou cegamente nas promessas vazias das empresas de carvão. Big Lowell Griner, ele era chamado, talvez em homenagem à velha música de Jimmy Dean sobre Big John. Big Low descansava no caixão havia vinte anos, junto com uma garrafa cheia de Rebel Yell e um par de pulmões tão pretos quanto o betume que ele minerava.

Seu filho Lowell Jr. (naturalmente conhecido como Little Low) relembrou as palavras do pai achando uma graça deplorável depois que a xerife Lila Norcross o pegou junto com o irmão mais velho, Maynard, com dez quilos de cocaína, speed digno de uma farmácia e todas as armas deles. Parecia que a sorte tinha acabado abruptamente, a magia do paraíso transformada em merda assim que a equipe da xerife usou o aríete na porta da cozinha da antiga casa da família, uma fazenda à beira do riacho para a qual "ruínas" era uma palavra grandiosa demais.

Embora Little Low (que na verdade tinha um metro e oitenta e cinco e pesava mais de cem quilos) não estivesse arrependido de nada que eles tinham feito, lamentava muito que não tivesse durado mais. Nas semanas em que ele e Maynard ficaram trancados na prisão do condado em Coughlin esperando a transferência, ele passou boa parte do tempo livre sonhando com a diversão que tiveram: os carros esportivos com os quais participaram de rachas, as lindas casas nas quais dormiram, as garotas com quem treparam e os numerosos vagabundos em quem deram porrada, estranhos que tentaram se meter nas coisas dos Griner e acabaram enterrados nas colinas. Durante quase cinco anos, eles foram jogadores sérios por todo o Blue Ridge. Foi uma aventura incrível, mas agora parecia ter chegado ao fim.

Na verdade, eles estavam fodidos por todos os orifícios. A polícia tinha as drogas, as armas, tinha Kitty McDavid para dizer que tinha testemunhado Lowell trocando pacotes de dinheiro por sacos de cocaína com o contato deles do cartel em várias ocasiões e que o tinha visto atirar naquele idiota do Alabama que tentou passar notas falsas para eles. A polícia tinha até os explosivos que eles haviam guardado para o Quatro de Julho. (O plano era colocar embaixo de um silo e ver se conseguiam fazer a porra voar como um daqueles foguetes de Cabo Canaveral.) Por melhor que a aventura tivesse sido, Lowell não tinha certeza de por quanto tempo reviver as lembranças o sustentaria. Pensar nessas lembranças enfraquecendo e desmoronando era desanimador.

Quando acabassem, Little Low achava que provavelmente teria que se matar. Ele não tinha medo disso. O que tinha medo era de sufocar de tédio em uma cela da mesma forma que Big Low — confinado em uma cadeira de rodas, tomando Yell de canudinho e respirando oxigênio de um tanque nos últimos anos da vida — sufocou até morrer no próprio catarro. Maynard, com a inteligência limitada que tinha, provavelmente ficaria bem durante algumas décadas na prisão. Porém, não Little Lowell Griner Júnior. Ele não estava interessado em jogar com cartas ruins só para ficar no jogo.

Então, quando estavam esperando a reunião pré-julgamento, a merda voltou a ser o paraíso. Que Deus abençoasse a Aurora, seu veículo de libertação.

Tal libertação chegou no final da tarde de quinta-feira, o dia em que a doença do sono chegou aos Apalaches. Lowell e Maynard estavam algemados em um banco em frente a uma sala de reunião no tribunal de Coughlin. O promotor e o advogado deles deveriam ter chegado uma hora antes.

— Que merda — anunciou o babaca da Delegacia de Coughlin que estava cuidando deles. — Isso é idiotice. Não recebo o suficiente para ficar o dia todo de babá de dois branquelos pés-rapados e assassinos. Vou ver o que o juiz quer fazer.

Pelo vidro reforçado em frente ao banco, Lowell viu que a juíza Wainer, só uma dos três funcionários públicos que se dignou a aparecer na audiência, tinha baixado a cabeça entre os braços e tirado um cochilo. Os irmãos não tinham ideia sobre a Aurora naquele momento. Nem o policial escroto.

— Espero que ela arranque a cabeça dele por acordar ela — comentou Maynard.

Não foi exatamente isso que aconteceu quando o policial horrorizado arrancou a máscara de teia que tinha crescido em volta do rosto da Honorável Juíza Regina Alberta Wainer, mas foi bem próximo.

Lowell e Maynard, acorrentados ao banco, viram tudo pelo vidro reforçado. Foi incrível. A juíza, com no máximo um metro e cinquenta e cinco, de saltos, se levantou com a coluna ereta e perfurou o policial, aleluia, com uma caneta-tinteiro de ponta dourada, bem no peito. Isso fez o filho da mãe cair no tapete, e ela usou a vantagem, pegando o martelo próximo e batendo no rosto dele antes que tivesse a chance de peidar ou de gritar "Excelência, eu protesto". Em seguida, a juíza Wainer jogou o martelo sujo de lado, se sentou de novo, baixou a cabeça nos braços cruzados e voltou a dormir.

— Irmão, você viu aquilo? — perguntou Maynard.

— Vi.

Maynard balançou a cabeça, fazendo as mechas sujas de cabelo comprido voarem.

— Foi incrível. Cacete.

— O tribunal está suspenso, porra — concordou Lowell.

Maynard, o primogênito, mas batizado em homenagem a um tio quando os pais tiveram certeza de que o bebê morreria antes do pôr do sol do dia do nascimento, tinha uma barba de homem das cavernas e olhos grandes e sem vida. Mesmo quando estava dando porrada em algum pobre filho da puta, ele costumava ter cara de abobalhado.

— O que a gente faz agora?

O que eles fizeram foi bater até quebrarem os braços do banco no qual estavam algemados e entrar na sala de reunião, deixando uma trilha de madeira despedaçada. Com cuidado para não incomodar a juíza Wainer adormecida (a teia estava envolvendo a cabeça dela, ficando grossa novamente), eles pegaram as chaves do policial e se destrancaram. Os irmãos também confiscaram a arma do babaca morto, o taser e a chave da picape GMC.

— Olha essa merda de aranha — sussurrou Maynard, indicando a nova cobertura da juíza.

— Não temos tempo — disse Little Low.

Uma porta no final do corredor, aberta com o cartão magnético do babaca, levou a um segundo corredor. Quando eles passaram pela porta aberta de uma sala de funcionários, nenhum dos mais de dez homens e mulheres lá dentro (policiais, secretárias, advogados) prestou atenção. Estavam todos concentrados no NewsAmerica, onde imagens bizarras e horrendas mostravam uma mulher amish a uma mesa avançando e arrancando o nariz de um homem que estava cuidando dela.

No final do segundo corredor havia uma saída para o estacionamento. Lowell e Maynard saíram no sol forte e no ar fresco, felizes da vida, como cachorros em uma competição de latidos. A GMC do policial morto estava estacionado perto, e no console central havia um bom fornecimento de música country. Os irmãos Griner concordaram em ouvir Brooks and Dunn, seguidos de Alan Jackson, que era um bom rapaz, com certeza.

Eles seguiram ao som da música country até um acampamento próximo e estacionaram o Jimmy-Mac atrás de um posto da guarda florestal fechado por causa de uma série de cortes de orçamento, anos antes. A tranca da porta se abriu com um empurrão. Havia um uniforme de mulher pendurado no armário. Por sorte, era uma mulher grande, e sob ordem de Lowell, Maynard o colocou. Vestido assim, foi fácil convencer o motorista de uma Chevy Silverado do acampamento a acompanhá-lo um pouco para uma conversinha.

— Tem alguma coisa errada com minha licença para acampar? — perguntou o homem da Silverado para Maynard. — Essas notícias da doença me deixaram perdido, sabe. Quem já ouviu falar de uma coisa assim? — E, com um olhar para a identificação no peito de Maynard: — Me diz uma coisa, como você ganhou o nome de Susan?

Little Low deu a resposta que essa pergunta merecia ao sair de trás de uma árvore usando um pedaço de lenha para bater no crânio do homem da Silverado. Eles deviam ter a mesma altura e peso. Depois que Lowell colocou as roupas do homem da Silverado, os irmãos enrolaram o corpo em uma lona e colocaram na traseira do novo veículo. Transferiram as músicas do policial morto e dirigiram até um chalé de caça que tinham reservado havia tempos para um momento de necessidade. No caminho, eles ouviram o resto dos CDs, concordando que o tal James McMurtry devia ser comunista, mas Hank III era foda.

Quando chegaram ao chalé, eles revezaram entre o rádio e o rádio de escuta da polícia que tinham lá, torcendo para descobrir alguma coisa sobre a reação da polícia à fuga deles.

Inicialmente, Lowell achou a completa desatenção à tal fuga irritante. Porém, no segundo dia, os eventos crescentes do fenômeno Aurora (que explicava o tratamento da juíza ao policial de Coughlin e a porra na cara dela) eram tão abrangentes e cataclísmicos que a apreensão de Lowell desapareceu. Quem tinha tempo para dois caipiras foras da lei em meio a rebeliões em massa, acidentes de avião, derretimentos nucleares e gente botando fogo em mulheres dormindo?

2

Na segunda-feira, quando Frank Geary estava planejando o ataque à prisão feminina, Lowell estava reclinado no sofá mofado do chalé de caça, mastigando carne seca de cervo e visualizando suas próximas ações. Embora as autoridades estivessem agora desordenadas, alguma forma de organização seria restabelecida de uma maneira ou de outra em pouco tempo. Mais ainda, se as coisas fossem como pareciam que seriam, essas autoridades seriam todos galos, o que queria dizer que seria o Velho Oeste: enforcar primeiro e perguntar depois. Os irmãos Griner não ficariam esquecidos para sempre, e quando fossem lembrados, as botas de cano longo estariam engraxadas e prontas para dar uns chutes.

A notícia no rádio primeiro fez Maynard ficar para baixo.

— Esse é o fim das trepadas no mundo, Lowell? — perguntou ele.

Um pouco triste com o pensamento, Lowell respondeu que eles pensariam em alguma coisa... como se pudesse haver alternativa. Ele estava pensando em uma música antiga que dizia que os pássaros faziam, as abelhas faziam, até pulgas amestradas faziam.

Porém, o humor do irmão melhorou com a descoberta de um quebra-cabeça em um armário. Agora, Maynard, de cueca camuflada, de joelhos junto à mesinha de centro, bebia uma Schlitz e trabalhava nele. O quebra-cabeça mostrava o Gato Maluco com o dedo na tomada, sendo eletrocutado. (Esse era outro motivo para Lowell ver o possível futuro do irmão na prisão com otimismo. Tinha um monte de quebra-cabeças na prisão.) A imagem do Gato Maluco no centro estava praticamente pronta, mas a parede verde-clara em volta do personagem estava deixando May histérico. Ele reclamava que tudo era igual e isso era trapaça.

— Nós precisamos dar um jeito em tudo — anunciou Lowell.

— Eu já falei — disse Maynard. — Eu coloquei a cabeça do cara dentro de um tronco vazio e joguei o resto em um buraco.

(O irmão mais velho de Low partia corpos da mesma forma como outras pessoas partiam perus. Era excêntrico, mas parecia dar satisfação a May.)

— É um começo, May, mas não é o bastante. Nós precisamos dar um jeito ainda melhor enquanto tudo ainda está uma confusão. Fazer uma limpeza geral, por assim dizer.

Maynard terminou a cerveja e jogou a lata longe.

— Como a gente faz isso?

— Nós botamos fogo na delegacia de Dooling, para começar. Isso vai cuidar das provas — explicou Lowell. — É a primeira coisa.

A expressão flácida de confusão no rosto dele sugeria que era necessário explicar melhor.

— Nossas drogas, May. Eles pegaram tudo na batida. Se a gente botar fogo nisso, eles não vão ter nada de concreto. — Lowell conseguia imaginar: maravilhoso. Ele nunca soube o quanto queria destruir uma delegacia. — Depois, só para garantir que a gente cobriu tudo, vamos fazer uma visita à prisão de lá e dar um jeito em Kitty McDavid. — Low passou um dedo pelo pescoço não barbeado para mostrar ao irmão exatamente como seria esse jeito.

— Ah, ela deve estar dormindo.

Low tinha pensado nisso.

— E se os cientistas descobrirem como acordar todas as mulheres?

— Talvez a memória dela seja apagada se isso acontecer. Você sabe, com amnésia, como em *Days of Our Lives*.

— E se não estiver, May? Quando é que as coisas acontecem de forma conveniente assim? A vagabunda da McDavid vai poder fazer a gente ser preso pelo resto da vida. E isso nem é o que importa. Ela *dedurou*, isso é o que importa. Ela precisa morrer por isso, acordada ou dormindo.

— Você acha mesmo que a gente consegue chegar nela? — perguntou Maynard.

Na verdade, Lowell não sabia, mas achava que tinham chance. A sorte favorecia os corajosos; ele tinha visto isso em um filme, ou talvez em um programa de TV. E que chance melhor eles teriam? Com praticamente metade do mundo dormindo, o resto estava correndo de um lado para outro como galinhas sem cabeça.

— Vamos. O tempo está passando, May. Não tem hora melhor do que agora. Além do mais, vai escurecer logo. É sempre a melhor hora para andar por aí.

— Aonde a gente vai primeiro? — perguntou Maynard.

Lowell nem hesitou.

— Falar com Fritz.

Fritz Meshaum havia feito alguns trabalhos no motor e de restauração no carro de Lowell Griner, e também tinha transportado pó. Em troca, Lowell fez contato entre o alemão e alguns vendedores de armas. Fritz, além de ser um mecânico brilhante e um excelente restaurador, tinha uma pulga atrás da orelha com o governo federal, e por isso estava sempre ansioso por oportunidades de incrementar seu arsenal pessoal de armas pesadas. Quando chegasse o dia inevitável em que o FBI decidisse capturar todos os mecânicos babacas que moravam em barracos e os enviasse para Guantanamo, Fritz teria que se defender, e até a morte se necessário. Cada vez que Lowell o via, Fritz tinha que exibir um ou outro canhão e se gabar de como podia vaporizar uma pessoa. (A parte hilária: corria um boato de que Fritz havia levado uma surra que quase o matou de um apanhador de cachorros. Ele era durão, o pequeno Fritz.) Na última vez que Lowell o viu, o gnomo barbado exibiu com alegria seu mais novo brinquedo: uma bazuca de verdade. Excedente russo.

Low precisava entrar na prisão feminina para assassinar uma dedo-duro. Esse era o tipo de missão em que uma bazuca poderia ser útil.

3

Jared e Gerda Holden não se conheciam muito bem (Gerda estava no sexto ano e Jared estava no ensino médio), mas ele a recordava dos jantares em que as duas famílias se reuniram. Às vezes, eles jogavam videogames no porão, e Jared sempre deixava que ela vencesse algumas vezes. Muita coisa ruim tinha acontecido desde o início da Aurora, mas era a primeira vez que Jared via uma pessoa levar um tiro.

— Ela deve estar morta, né, pai? — Ele e Clint estavam no banheiro da ala administrativa. Um pouco do sangue de Gerda tinha respingado no rosto e na camisa de Jared. — Da queda depois do tiro?

— Não sei — disse Clint. Ele estava encostado na parede de azulejos.

O filho dele, secando água do rosto com uma toalha de papel, encontrou os olhos de Clint pelo espelho acima da pia.

— Provavelmente — disse Clint. — Sim. Com base no que você me contou que aconteceu, é quase certo que ela esteja morta.

— E o homem também? O médico? Flickinger?

— É. Ele também, provavelmente.

— Tudo por causa dessa mulher? Essa tal de Evie?

— É — disse Clint. — Por causa dela. Nós temos que proteger ela. Da polícia e de todo mundo. Sei que parece loucura. Ela pode ser a chave para entendermos o que aconteceu, a chave para reverter tudo, e... só confie em mim, tá, Jared?

— Tudo bem, pai. Mas um dos guardas, aquele Rand, disse que ela é, tipo... mágica?

— Não tenho como explicar *o que* ela é, Jared.

Apesar de estar tentando parecer calmo, Clint estava furioso; consigo mesmo, com Geary, com Evie. Aquela bala podia ter acertado Jared. Podia tê-lo deixado cego. Em coma. Morto. Clint não tinha dado uma surra no seu antigo amigo Jason, no quintal dos Burtell, para que seu filho morresse na sua frente; não havia dormido ao lado de garotos que faziam xixi na cama para isso; não tinha deixado Marcus e Shannon e todos os outros para trás por isso; não tinha se esforçado para fazer a faculdade e se formar em medicina para isso.

Shannon havia dito para ele, tantos anos antes, que se aguentasse firme e não matasse ninguém, sairia daquela situação. Porém, para sair da situação em que estavam, eles talvez tivessem que matar gente. *Ele* talvez tivesse que matar gente. A ideia não incomodava Clint tanto quanto esperava. A situação tinha mudado, e os prêmios também, mas talvez, no fundo, fosse a mesma coisa: se queria o milk-shake, era melhor que estivesse pronto para lutar.

— O que foi? — perguntou Jared. Clint inclinou a cabeça. — Está com uma cara meio tensa.

— Só estou cansado. — Ele tocou no ombro do filho e pediu licença. Precisava ter certeza de que todo mundo estava em posição.

4

Não havia necessidade de dizer eu avisei.

Terry olhou para Frank quando eles se afastaram do grupo de corpos.

— Você estava certo — disse Terry. Ele pegou a garrafinha. Frank pensou em interferir, mas não fez nada. O xerife em exercício deu um gole grande. — Você estava certo o tempo todo. A gente tem que pegar ela.

— Tem certeza? — Frank falou como se ele mesmo não tivesse certeza.

— Você está de brincadeira? Olha essa confusão! Vern está morto, e foi aquela garota ali, que está cheia de buracos e morta também. O crânio do advogado está afundado. Acho que ele deve ter ficado um tempo vivo, mas está morto agora, com certeza. O outro cara, a habilitação diz que é médico e se chama Flickinger...

— Ele também? É mesmo? — Se era, que pena. Flickinger estava em más condições, mas teve alma suficiente para tentar ajudar Nana.

— E essa não é a pior parte. Norcross e a tal Black e o resto têm armamentos pesados agora, quase tudo que poderíamos usar para fazer com que eles se rendessem.

— Nós sabemos quem estava com eles? — perguntou Frank. — Quem estava atrás do volante daquele trailer quando eles saíram daqui?

Terry inclinou a garrafinha na boca de novo, mas não havia nada dentro. Ele falou um palavrão e chutou um pedaço de asfalto quebrado.

Frank esperou.

— Um velho maluco chamado Willy Burke. — Terry Coombs expirou por entre os dentes. — Está andando na linha há quinze ou vinte anos, faz vários trabalhos comunitários, mas ainda caça ilegalmente. Também vendia bebida ilegal quando era mais novo. Talvez ainda venda. É veterano de guerra. Sabe se virar. Lila sempre fez vista grossa pra ele, achava que não valia a pena arrumar confusão e tentar pegar ele por alguma coisa. E acho que ela gostava dele. — Ele inspirou fundo. — Eu concordava.

— Certo. — Frank tinha decidido guardar segredo sobre a ligação de Black. Aquilo o tinha enfurecido tanto que ele teria dificuldades de recontar os detalhes da conversa. Porém, uma parte ficou em sua cabeça e continuava incomodando: como a mulher o havia elogiado por proteger a filha no hospital. Como ela podia saber aquilo? Eva Black estava na cadeia naquela manhã. Isso ficava voltando à mente, e Frank afastava a lembrança. Assim como as mariposas que haviam saído do fragmento em chamas do casulo de Nana, Frank não conseguia imaginar uma explicação. Só conseguia ver que Eva Black queria irritá-lo... e conseguiu. Porém, ele não acreditava que ela entendesse o que significava irritá-lo.

De qualquer modo, Terry estava de volta e não precisava de nenhuma motivação a mais.

— Quer que eu comece a montar um grupo? Estou disposto, se for do seu agrado.

Apesar de agrado não ter nada a ver com a situação, Terry autorizou a atitude.

5

Os defensores da prisão tiraram correndo os pneus dos vários carros e picapes no estacionamento. Havia uns quarenta veículos no total, contando as vans da prisão. Billy Wettermore e Rand Quigley rolaram os pneus e os arrumaram em pirâmides de três no espaço morto entre as cercas interna e externa, depois encharcaram de gasolina. O fedor de petróleo superou rapidamente o odor de madeira queimada e molhada do incêndio que ainda fumegava na floresta. Eles deixaram os pneus da picape de Scott Hughes, mas a estacionaram atravessada depois do portão interno, como uma barreira adicional.

— Scott ama aquela picape — disse Rand para Tig.

— Quer botar a sua no lugar da dele? — perguntou Tig.

— Porra nenhuma — disse Rand. — Está maluco?

O único veículo que ficou intocado foi o trailer de Barry Holden, posicionado na vaga de deficientes ao lado do caminho de cimento da entrada.

6

Fora Vern Rangle, Roger Elway e as policiais da delegacia, todas confirmadas como adormecidas durante a operação de Frank para catalogar as mulheres, sete policiais restavam do grupo original da xerife Lila Norcross: Terry Coombs, Pete Ordway, Elmore Pearl, Dan "Treater" Treat, Rupe Wittstock, Will Wittstock e Reed Barrows. Era um grupo sólido, na opinião de Terry. Todos eram veteranos de polícia com pelo menos um ano de serviço, e Pearl e Treater haviam servido no Afeganistão.

Com os três policiais aposentados, Jack Albertson, Mick Napolitano e Nate McGee, formavam dez.

Don Peters, Eric Blass e Frank Geary chegavam ao treze da sorte.

Frank rapidamente convocou seis outros voluntários, inclusive o treinador JT Wittstock, pai dos policiais que tinham o mesmo sobrenome e treinador de defesa do time de futebol americano da Dooling High School; Pudge Marone, barman do Squeaky Wheel, que levou a espingarda Remington que guardava atrás do balcão do bar; Drew T. Barry, da Drew T. Barry Indenizações, vendedor de seguros e caçador de cervos vencedor de prêmios; Carson "Country Strong" Struthers, cunhado de Pudge, que lutou até ter um recorde de 10-1 na liga amadora de boxe e o médico mandá-lo parar enquanto ainda tinha massa cinzenta; e dois integrantes do comitê da cidade, Bert Miller e Steve Pickering, os dois, assim como Drew T. Barry, conhecedores dos procedimentos na hora de caçar um cervo. Com isso, eles eram dezenove, e quando souberam que a mulher dentro da prisão podia ter informações relacionadas à doença do sono, talvez até conhecimento da cura, todos ficaram dispostos a ajudar.

7

Terry estava satisfeito, mas queria um número redondo. A visão do rosto pálido de Vern Rangle e do pescoço estraçalhado era uma coisa que ele jamais conseguiria esquecer. Ele notava a lembrança como notava a presença de Geary, silencioso como uma sombra, acompanhando tudo que ele fazia, julgando cada escolha.

Porém, não importava. O único caminho para sair dali era em frente: passando por Norcross até Eva Black, e passando por Black até o final do pesadelo. Terry não sabia o que aconteceria quando chegassem a ela, mas sabia que seria o final. Quando o final chegasse, ele poderia trabalhar para apagar da memória o rosto exangue de Vern Rangle. Sem mencionar o rosto da esposa e da filha, que não existiam mais. Em outras palavras, fazer o cérebro se submeter à vontade dele através da bebida. Estava ciente de que Frank o estava encorajando a ingerir álcool, mas e daí? E daí, porra?

Don Peters tinha recebido a tarefa de ligar para os guardas do Instituto Penal de Dooling, e não demorou para descobrir que Norcross tinha quatro guardas trabalhando, no máximo. Um deles, Wettermore, era bicha, e outro, Murphy, tinha sido professor de história. Somando a mulher Black e o velho Burke, além de mais dois ou três sobre quem eles não sabiam, só para garantir, isso queria dizer que eles estavam contra menos de doze, sendo que provavelmente nenhum com expectativa de permanecer no posto se as coisas esquentassem, por mais armamentos que tivessem obtido.

Terry e Frank pararam na loja de bebidas da Main Street. Estava aberta e cheia de gente.

— Ela não me amava mesmo! — anunciou um tolo para a loja toda, balançando uma garrafa de gim. Ele fedia como um furão. Terry ficou tentado a dizer para o homem que não podia culpá-la, mas não teve energia.

As prateleiras estavam praticamente vazias, mas Terry encontrou duas garrafas de gim e pagou com dinheiro que logo não valeria mais nada, ele achava, se aquela merda continuasse. Ele encheu a garrafinha com o líquido de uma garrafa, carregou a outra em um saco de papel e andou com Frank até um beco próximo. Dava em um pátio cheio de sacos de lixo e caixas de papelão moles de tanto pegar chuva. A porta do apartamento de Johnny Lee Kronsky ficava lá, no térreo, entre duas janelas com placas de plástico no lugar de vidro.

Kronsky, uma figura mítica naquela parte da West Virginia, atendeu e olhou para a garrafa no saco.

— Os que vêm com presentes podem entrar — disse ele, e pegou a garrafa.

Só havia uma cadeira na sala. Kronsky a ocupou. Bebeu metade da garrafa em dois goles enormes, o pomo de adão subindo e descendo como a boia perto da ponta de uma linha de pesca, sem prestar atenção em Terry e Frank. Havia uma televisão no mudo em uma mesa, mostrando imagens de várias mulheres encasuladas flutuando na superfície do oceano Atlântico. Elas pareciam botes salva-vidas estranhos.

E se um tubarão decidisse morder uma?, Terry se perguntou. Ele achava que, se isso acontecesse, o tubarão teria uma surpresa.

O que aquilo significava? Qual era o sentido?

Terry decidiu que o sentido podia ser gim. Ele pegou a garrafinha de Frank e tomou um gole.

— Essas mulheres são do avião grande que caiu — disse Johnny Lee. — Interessante elas flutuarem assim, não é? Essa coisa deve ser muito leve. Como capoque, sei lá.

— Olha todas elas — disse Terry, impressionado.

— É, é, que visão. — Johnny Lee estalou os lábios.

Ele era investigador particular licenciado, mas não do tipo que ia atrás de esposas traidoras ou que solucionava mistérios. Até 2014, tinha trabalhado para a Ulysses Energy Solutions, a companhia de carvão, variando entre diversas operações, se passando por mineiro e ouvindo os boatos de organização sindical, trabalhando para minar líderes que pareciam particularmente eficientes. Mascote das empresas, em outras palavras.

Porém, aconteceu um problema. Um problema bem grande, poderia-se dizer. Houve um desmoronamento. Kronsky estava cuidando dos explosivos. Os três mineiros que ficaram enterrados embaixo da pedra estavam falando alto sobre fazerem uma votação. Quase tão revelador quanto: um deles estava usando uma camiseta com o rosto de Woody Guthrie. Os advogados contratados pela Ulysses impediram que acusações fossem feitas; um acidente trágico, eles alegaram com sucesso perante o grande júri. No entanto, Kronsky foi obrigado a se aposentar.

Foi por isso que Johnny Lee voltou para Dooling, onde nasceu. Agora, no apartamento localizado em posição estratégica, dobrando a esquina da loja de bebidas, ele estava em processo de encher a cara até morrer. A cada mês, um cheque da UES chegava pelo Federal Express. Uma mulher que Terry conhecia no banco contou que a anotação no canhoto era sempre a mesma: TARIFAS. O total das TARIFAS dele não era uma fortuna, como o apartamento malcuidado provava, mas Kronsky sobrevivia com isso. A história toda era familiar para Terry porque raramente um mês se passava sem que a polícia fosse chamada até o apartamento do sujeito por um vizinho que tinha ouvido barulho de vidro quebrando; uma pedra ou tijolo jogados em uma das janelas de Kronsky, sem dúvida por sindicalistas. Johnny Lee nunca chamava a polícia. Deixava que todos soubessem que ele não estava preocupado; JL Kronsky estava cagando para o sindicato.

Uma tarde, não muito antes do início do surto da Aurora, quando Terry estava fazendo parceria com Lila na Unidade Um, a conversa se voltou para Kronsky. Ela disse: "Alguma hora, algum mineiro descontente, provavelmente parente de um dos caras que Kronsky matou, vai estourar a cabeça dele, e o filho da puta provavelmente vai ficar feliz de morrer".

8

— Temos um problema na prisão — disse Terry.

— Tem um problema em toda parte, chefia. — Kronsky tinha um rosto maltratado, inchado e acabado, e olhos escuros.

— Esqueça as outras partes — disse Frank. — Nós estamos aqui.

— Estou cagando para onde vocês estão — disse Johnny Lee, e acabou com a garrafa.

— Pode ser que a gente precise explodir uma coisa — disse Terry.

Barry Holden e seus amigos ladrões de delegacia tinham levado muitos armamentos, mas não haviam visto os explosivos dos irmãos Griner.

— Você sabe usar explosivo plástico, não sabe?

— Pode ser que saiba — disse Kronsky. — O que eu ganho com isso, chefia?

Terry fez uns cálculos.

— Estou pensando uma coisa. Pudge Marone do Squeaky está com a gente, e acho que ele vai deixar você pendurar sua conta para o resto da vida. — E Terry achava que isso não duraria muito tempo.

— Hum — disse Johnny Lee.

— E claro que também é uma chance de você fazer um grande serviço à sua cidade.

— Dooling pode ir se foder — respondeu Johnny Lee Kronsky —, mas, mesmo assim... por que não? Por que não, porra?

Isso fez com que eles chegassem a vinte.

9

O Instituto Penal de Dooling não tinha torres de guarda. Tinha um telhado plano impermeabilizado, com ventilação, dutos e canos de exaustão. Não havia muita cobertura além de uns quinze centímetros de beirada de tijolos. Depois de avaliar esse telhado, Willy Burke disse para Clint que gostava da perspectiva de trezentos e sessenta graus da área toda, mas gostava ainda mais das próprias bolas.

— Não tem nada aqui que poderia parar uma bala. Que tal aquele abrigo ali? — O velho apontou para baixo.

Apesar de levar o nome de BARRACÃO DE EQUIPAMENTOS nas plantas da prisão, era um balcão básico de guardar coisas, como o cortador de grama que as detentas (as de confiança) usavam para cuidar do campo de softball, além de ferramentas de jardinagem, equipamento esportivo e pilhas de jornais e revistas mofados presos com barbante. Porém, o mais importante era que a construção era de blocos de cimento.

Eles deram uma olhada. Clint arrastou uma cadeira para trás do barracão, e Willy se sentou lá, embaixo da proteção do telhado.

Daquela posição, um homem ficaria protegido da visão de qualquer um da cerca, mas ainda estaria visível da linha de fogo que ficava entre o barracão e a prisão.

— Se eles vierem só de um lado, eu devo ficar bem — disse Willy. — Vou ver eles com o canto do olho e me proteger.

— E dos dois lados ao mesmo tempo? — perguntou Clint.

— Se eles fizerem isso, estarei de olho.

— Você precisa de ajuda. De suporte.

— Quando você diz isso, doutor, me faz desejar que eu tivesse ido mais à igreja na juventude.

O sujeito idoso olhou para ele com simpatia. Desde que tinha chegado à prisão, a única explicação que ele pediu a Clint foi a garantia de que a resistência que eles estavam preparando era o que Lila iria querer. Clint respondeu que sim na mesma hora, embora, naquele estágio, não tivesse mais certeza se Lila realmente iria querer. Parecia que Lila tinha ido embora havia anos.

Clint tentou oferecer a mesma simpatia, um pouco de *savoir faire* despreocupado na hora de encarar o inimigo, mas o que restava do senso de humor dele pareceu ter caído pela traseira do trailer de Barry Holden junto com Gerda Holden e Garth Flickinger.

— Você foi ao Vietnã, não foi, Willy?

Willy levantou a mão esquerda. A pele da palma estava toda marcada por tecido cicatricial.

— Na verdade, ainda tem algumas partes de mim lá.

— Como foi? — perguntou Clint. — Quando você estava lá? Deve ter perdido muitos amigos.

— Ah, perdi — disse Willy. — Eu perdi amigos. Quanto a como foi, eu praticamente só sentia medo. Confusão. O tempo todo. É assim que você está se sentindo agora?

— É — admitiu Clint. — Eu não fui treinado para isso.

Eles ficaram ali, na luz leitosa da tarde. Clint se perguntou se Willy percebia o que o psiquiatra estava realmente sentindo: um pouco de medo e confusão, era verdade, mas também empolgação. Certa euforia contagiava os preparativos, a perspectiva de despejar a frustração, consternação, perda e impossibilidade de tudo na ação. O próprio Clint notava o que estava acontecendo, uma injeção de adrenalina agressiva tão antiga quanto os símios.

Ele disse para si mesmo que não devia estar pensando assim, e talvez não devesse mesmo, mas a sensação era boa. Era como se um cara igualzinho a ele, dirigindo um conversível com a capota fechada, tivesse parado ao lado do velho Clint em um sinal, assentido uma vez em reconhecimento tranquilo e, ao surgir o sinal verde, seu sósia tivesse enfiado o pé no acelerador, e o velho Clint tivesse ficado olhando enquanto ele partia em disparada. O novo Clint tinha que correr porque estava participando de uma missão, e participar de uma missão era bom.

Enquanto estavam seguindo para os fundos da prisão, Willy contou para ele sobre as mariposas e as pegadas brancas que tinha visto perto do trailer de Truman Mayweather. Milhões de mariposas, ao que parecia, cobrindo os galhos das árvores, voando em bandos sobre a copa da floresta.

— Eram dela? — Como todo mundo, Willy tinha ouvido os boatos. — Daquela mulher que está aqui?

— Eram — disse Clint. — E não é nem a metade da história.

Willy disse que não duvidava.

Eles arrastaram uma segunda cadeira e deram uma automática para Billy Wettermore. Tinha sido convertida (se de forma legal ou não, Clint não sabia e nem se importava) a totalmente automática. Isso deixou um homem em cada ponta do barracão. Não era perfeito, mas era o melhor que eles podiam fazer.

10

Atrás da mesa principal da delegacia, o corpo de Linny Mars estava encasulado no chão com o laptop ao lado ainda exibindo o vídeo do Vine com a queda da London Eye. A Terry, parecia que ela tinha deslizado da cadeira quando finalmente adormeceu. Ela estava caída de qualquer jeito, bloqueando parcialmente o corredor que levava às áreas oficiais do local.

Kronsky passou por cima dela e andou pelo corredor, procurando o armário das provas. Terry não gostou disso.

— Ei, você reparou que tem uma pessoa aqui? No chão?

— Tudo bem, Terry — disse Frank. — Vamos cuidar dela.

Eles carregaram Linny até uma cela e a colocaram com delicadeza em um colchão. Ela não tinha adormecido havia muito tempo. As teias nos olhos e na boca estavam finas. Os lábios estavam retorcidos em uma expressão de felicidade delirante. Quem ia saber o motivo? Talvez só porque a luta para ficar acordada tinha acabado.

Terry tomou outro gole. Baixou a garrafinha, e a parede da cela partiu para cima dele. Ele esticou a mão para segurá-la. Depois de um momento, conseguiu ficar ereto de novo.

— Estou preocupado com você — disse Frank. — Você está... exagerando na medicação.

— Estou ótimo. — Terry balançou a mão para afastar uma mariposa que voava perto do seu ouvido. — Você está feliz de estarmos nos armando, Frank? Era isso que você queria, não era?

Frank lançou a Terry um olhar demorado. Não foi nem um pouco ameaçador, totalmente vazio. Ele olhou para Terry da forma como crianças olhavam para telas de televisão, como se tivessem saído do corpo.

— Não — disse Frank. — Eu não diria que estou feliz. É o trabalho, só isso. O que temos para encarar.

— Você sempre diz isso para si mesmo antes de dar porrada em alguém? — perguntou Terry, genuinamente interessado, e ficou surpreso quando Frank se encolheu, como se tivesse levado um tapa.

Kronsky estava na sala de espera quando eles saíram. Tinha encontrado o explosivo plástico e um amontoado de dinamite que alguém havia achado em uma cascalheira perto da propriedade Griner e entregado para a polícia. Johnny Lee não pareceu aprovar.

— Essa dinamite não tinha que estar aqui, pessoal. Está sujeita a humores. Mas o C4... — Ele balançou o explosivo e fez Frank contrair o rosto. — Dava para passar um caminhão por cima e nada aconteceria.

— Então você quer deixar a dinamite? — perguntou Terry.

— Jesus, não. — Kronsky pareceu ofendido. — Eu amo dinamite. Sempre amei. Dinamite é coisa clássica. A gente só precisa embrulhar em um cobertor. Ou talvez a Bela Adormecida ali tenha um suéter grosso no armário dela. Ah, e vou precisar buscar algumas coisas na loja de material de construção. A delegacia de polícia tem conta lá, imagino.

Antes de Terry e Frank saírem, eles arrumaram uma bolsa esportiva cheia de armas e munição que não tinham sido levadas, e carregaram todos os coletes e capacetes que conseguiram reunir. Não havia muita coisa, mas a força civil (não fazia sentido chamar de outra coisa) levaria armamento em quantidade de casa.

Linny não tinha deixado suéter nenhum no armário, então Johnny Lee enrolou a dinamite em duas toalhas do banheiro. Ele segurou contra o peito como se estivesse carregando um bebê.

— Está ficando tarde para qualquer tipo de ataque — observou Frank. — Se é que vamos chegar a isso.

Terry disse:

— Eu sei. Vamos reunir os rapazes esta noite, cuidar para que todos saibam o que é o que e quem está no comando. — Ele olhou diretamente para Frank quando disse isso. — Vamos requisitar dois ônibus escolares da cidade e vamos estacionar eles no cruzamento da Route 31 com a West Lavin, onde estava o bloqueio, para que ninguém precise dormir ao relento. Vamos deixar seis ou oito de guarda, no... você sabe... — Ele fez um círculo no ar.

Frank o ajudou.

— No perímetro.

— É, isso. Se tivermos que invadir, vamos amanhã de manhã, pelo leste. Vamos precisar de buldôzeres para derrubar o muro. Envie Pearl e Treater para pegarem dois no pátio dos serviços públicos. As chaves ficam no trailer de lá.

— Ótimo — disse Frank, porque era mesmo. Ele não teria pensado nos buldôzeres.

— Amanhã logo cedo nós derrubamos as cercas e entramos no prédio principal pelo estacionamento. Assim, o sol vai estar nos olhos deles. O primeiro passo vai ser forçar eles para dentro, para longe das portas e janelas. O segundo passo vai ser Johnny Lee explodindo as portas de entrada, e estaremos dentro. Vamos pressionar para que entreguem as armas. Nesse ponto, acho que vão entregar. Vamos mandar alguns para a parte de trás, para garantir que não fujam.

— Faz sentido — disse Frank.

— Mas, primeiro...

— Primeiro?

— Nós vamos falar com Norcross. Esta noite. Cara a cara, se ele for homem o bastante. Vamos oferecer a ele uma chance de entregar a mulher antes que aconteça alguma coisa irreversível.

Os olhos de Frank expressavam o que ele sentia.

— Eu sei o que você está pensando, Frank, mas, se ele for um homem razoável, vai ver que é a coisa certa. Ele é responsável por mais vidas do que a dela, afinal.

— E se mesmo assim ele disser não?

Terry deu de ombros.

— Nós entramos e pegamos ela.

— Aconteça o que acontecer?

— Isso mesmo, aconteça o que acontecer. — Eles saíram, e Terry trancou as portas duplas da delegacia.

11

Rand Quigley pegou a caixa de ferramentas e passou duas horas remexendo e martelando a pequena janela reforçada por arame embutida na parede de concreto da sala de visitas.

Tig Murphy estava sentado ali perto, tomando uma coca e fumando um cigarro. A proibição de fumar tinha sido anulada.

— Se você fosse um detento — disse ele —, isso daria mais cinco anos à sua sentença.

— Ainda bem que eu não sou detento, né?

Tig jogou as cinzas no chão e decidiu não dizer o que estava pensando: se estar trancafiado significava que a pessoa era detenta, eles eram detentos agora.

— Cara, esse lugar foi feito no capricho, hein?

— Aham. Como se fosse uma prisão — disse Rand.

— Ha-ha-ha.

Quando o vidro finalmente caiu, Tig bateu palmas.

— Obrigado, senhoras e senhores — disse Rand, imitando Elvis. — Muito obrigado.

Com a janela removida, Rand podia ficar em cima da mesa que eles haviam colocado embaixo como plataforma de tiro e enfiar a arma pelo buraco. Aquele era o ponto dele, com ângulos limpos para o estacionamento e o portão de entrada.

— Eles acham que nós somos uns fracos — disse Rand. — Mas nós não somos.

— Isso mesmo, Rand.

Clint colocou a cabeça pela porta da sala.

— Tig. Comigo.

Os dois subiram a escada até o andar de cima da Ala B. Era o ponto mais alto da prisão, o único segundo andar da estrutura. Havia janelas nas celas viradas para a West Lavin. Eram ainda mais fortes do que a janela da sala de visitas: grossas, reforçadas, presas entre camadas de concreto. Era difícil imaginar Rand derrubando uma da parede só com as ferramentas manuais.

— Nós não temos como defender este lado — disse Tig.

— Não — respondeu Clint —, mas é um posto de observação excelente, e nós não precisamos defender, certo? Não tem entrada por aqui.

Isso pareceu indiscutível para Clint e para Scott Hughes também, que estava relaxando algumas celas depois e ouvindo tudo.

— Tenho certeza de que vocês vão acabar morrendo de uma forma ou de outra, e não vou chorar quando acontecer — gritou ele —, mas o médico de cabeça está certo. Seria preciso usar uma bazuca para abrir um buraco nessa parede.

12

No dia em que dois grupos adversários de homens de Dooling se armaram, se preparando para fazer guerra, menos de cem mulheres ainda estavam acordadas nos Três Condados. Uma delas era Eva Black; uma era Angel Fitzroy; uma era Jeanette Sorley.

Vanessa Lampley era uma quarta. Mais cedo, seu marido finalmente havia adormecido na poltrona, permitindo que Van fizesse o que ela tinha decidido fazer. Desde que tinha voltado da prisão depois de atirar em Ree Dempster, Tommy Lampley tentou ficar acordado com ela pelo máximo de tempo que conseguisse. Van ficou feliz de ter companhia. Porém, um programa de competição culinária o derrubou, levando-o à terra dos sonhos com um tutorial sobre gastronomia molecular. Van esperou para ter certeza de que ele estava dormindo profundamente para sair. Ela não ia permitir que o marido, dez anos mais velho do que ela, com quadris de titânio e sofrendo de angina, ficasse com a tarefa inclemente de cuidar do corpo dela pelos anos que restassem a ele. E Van também não tinha interesse nenhum em se tornar a peça de mobília mais deprimente do mundo.

Mesmo cansada como estava, seus pés ainda estavam leves, e ela saiu sorrateiramente da sala sem perturbar o sono dele. Na garagem, pegou um rifle de caça e o carregou. Abriu a porta, ligou o quadriciclo e saiu.

Seu plano era simples: atravessar a floresta até o cume acima da estrada, respirar ar puro, apreciar a vista, escrever um bilhete para o marido e apontar o cano para debaixo do queixo. Pelo menos ela não tinha filhos com quem se preocupar.

Ela foi devagar porque estava com medo de bater em razão do cansaço que sentia. Os pneus pesados do quadriciclo faziam todas as raízes e pedras pelas quais passava gerarem uma dor pelos braços grossos e até os ossos. Van não se importou. A chuva fina também não era problema. Apesar da exaustão, os pensamentos se arrastando, ela estava intensamente ciente de todas as sensações físicas. *Teria sido melhor morrer sem saber que ia morrer, Ree?* Van podia fazer a pergunta, mas seu cérebro não conseguia processá-la de maneira a gerar uma resposta satisfatória. Qualquer resposta se dissolvia antes de conseguir se formar. Por que a sensação era tão ruim se ela havia atirado em uma detenta que teria matado outra, caso contrário? Por que a sensação era tão ruim se ela só tinha feito o trabalho dela? Essas respostas também não se formavam, não conseguiam nem começar a se formar.

Van chegou ao topo do cume. Desligou o quadriciclo e desceu dele. Ao longe, na direção da prisão, uma névoa preta pairava acima do dia que acabava, resíduo úmido do incêndio da floresta que tinha se extinguido sozinho. Logo abaixo, a terra descia em uma inclinação longa e suave. Na base dela havia um riacho lamacento, que crescia com a chuva. Acima do riacho, a algumas dezenas de metros, havia uma cabana de caça com telhado coberto de musgo. Uma fumacinha saía pelo cano da chaminé.

Ela tateou os bolsos e percebeu que tinha se esquecido completamente de papel e alguma coisa com que escrever. Van teve vontade de rir (suicídio não era uma coisa tão complexa, era?), mas um suspiro foi o melhor que conseguiu.

Não havia nada a fazer, e seu raciocínio não devia ser tão difícil de entender. Se ela fosse encontrada, claro. E se alguém se importasse. Van tirou o rifle das costas.

A porta da cabana se abriu de repente quando ela estava posicionando o cano da arma na base do queixo.

— É melhor que ele ainda tenha aquele tubo de explosivo — disse um homem, a voz se espalhando alta e clara —, ou vai desejar que aquele apanhador de cachorros tivesse acabado com ele. Ah, e traz o rádio. Quero acompanhar o que a polícia está fazendo.

Van baixou o rifle e viu os dois homens entrarem em uma picape Silverado brilhante e se afastarem. Ela tinha certeza de que os conhecia, e com a aparência deles (de ratos de floresta experientes e sorrateiros), não era de nenhuma cerimônia de premiação da Câmara de Comércio. Os nomes teriam lhe ocorrido imediatamente se ela não estivesse tão privada de sono. Sua mente parecia cheia de lama. Ela ainda conseguia sentir o sacolejo do quadriciclo, apesar de não estar mais em movimento. Pontinhos fantasma de luz disparavam pela visão dela.

Quando a picape sumiu, ela decidiu visitar a cabana. Haveria alguma coisa em que escrever lá dentro, mesmo que fosse o verso de um calendário de algum ano que já tinha passado.

— E vou precisar de alguma coisa com que prender o papel na minha blusa — disse ela.

Sua voz soou rouca e estrangeira. A voz de outra pessoa. E *havia* outra pessoa de pé bem ao lado dela. Só que, quando ela virou a cabeça, a pessoa tinha sumido. Isso estava acontecendo cada vez mais: observadores se esgueirando nas extremidades de sua visão. Alucinações. Quanto tempo dava para ficar acordada antes que todos os pensamentos racionais sumissem e você ficasse completamente louca?

Van montou no quadriciclo e o dirigiu pela crista até o terreno descer e ela conseguir percorrer o caminho irregular que levava até a cabana.

O local tinha cheiro de feijão, cerveja, carne de cervo frita e peidos de homem. Pratos lotavam a mesa, a pia estava ocupada por mais, e havia panelas sujas no fogão à lenha. Na prateleira acima da lareira, havia a foto de um homem sorridente com uma picareta no ombro e um chapéu surrado de caipira tão enfiado na cabeça que a aba encostava nas orelhas. Ao olhar para a foto em tom de sépia, Vanessa se deu conta de quem tinha visto, porque seu pai tinha mostrado para ela o homem naquela foto quando ela tinha no máximo doze anos. Ele estava indo para o Squeaky Wheel.

— Aquele ali é Big Lowell Griner — disse seu pai —, e quero que você fique longe dele, querida. Se ele disser oi pra você, responda com outro oi, o dia não está lindo?, e siga em frente.

Então aqueles dois eram os filhos imprestáveis de Big Lowell. Maynard e Little Low Griner, bem pomposos e dirigindo uma picape nova quando deviam estar na cadeia em Coughlin, esperando julgamento, entre outras coisas, por um assassinato que Kitty McDavid tinha presenciado e no qual aceitou testemunhar.

Em uma parede forrada de pinho do corredor curto que devia levar aos quartos da cabana, Van viu um caderno velho pendurado em um barbante. Uma folha de papel daquele caderno serviria perfeitamente para um bilhete de suicídio, mas ela de repente decidiu que queria ficar acordada e viva ao menos mais um pouco.

Ela saiu, feliz de escapar do fedor, e dirigiu o quadriciclo para longe da cabana o mais rápido que ousou. Depois de um quilômetro e meio mais ou menos, o caminho acabava em uma das muitas estradas de terra de Dooling. Havia poeira pairando à esquerda; não muito, por causa da chuva leve, mas suficiente para ela saber para que lado os fugitivos tinham virado. Eles estavam com uma boa vantagem quando ela chegou à Route 7, mas o terreno ali era inclinado para baixo e aberto, o que facilitava que ela visse a picape, diminuída ao longe, mas claramente a caminho da cidade.

Van deu um tapa forte em cada bochecha e foi atrás. Estava toda molhada agora, mas o frio ajudaria a mantê-la acordada por mais um tempo. Se *ela* estivesse fugindo de uma acusação de assassinato, já estaria a caminho da Georgia agora. Mas não aqueles dois; eles estavam voltando para a cidade, sem dúvida para fazer alguma coisa ruim, como era da natureza deles. Ela queria saber o que era e talvez impedir que acontecesse.

Compensar pelo que tinha feito a Ree não estava fora de questão.

11

1

Fritz Meshaum não queria entregar a bazuca, ao menos não sem pagamento. Porém quando May o pegou com firmeza pelos ombros e Low torceu seu braço direito quase até as omoplatas, ele mudou de ideia e levantou um alçapão no chão da cabana em ruínas, revelando o tesouro atrás do qual os irmãos Griner tinham ido.

Little Low esperava que fosse verde, como as dos filmes da Segunda Guerra Mundial, mas a bazuca de Fritz estava pintada de preto fosco, com um número de série comprido na lateral e aquelas letras russas engraçadas embaixo. Um aro de ferrugem envolvia a boca. Ao lado dela havia uma bolsa com doze rojões com mais palavras em russo escritas em estêncil. Também havia oito ou dez rifles e umas vinte armas menores, a maioria semiautomática. Os irmãos prenderam algumas no cinto. Não havia nada como pistolas no cinto de um homem para fazê-lo sentir que tinha o domínio da situação.

— Que coisa é aquela? — perguntou May, apontando para um quadrado preto e brilhante de plástico acima do gatilho da bazuca.

— Sei lá — disse Fritz, olhando. — Algum tipo de tela de inventário para quem quer controlar o uso, provavelmente.

— Tem palavras em inglês ali — disse May.

Fritz deu de ombros.

— E daí? Eu tenho um boné John Deere com umas merdas chinesas na etiqueta. Todo mundo vende coisas pra todo mundo. Graças aos judeus, é assim que o mundo funciona. Os judeus, eles...

— Deixa os malditos judeus pra lá — disse Little Low. Se ele deixasse Fritz começar a falar sobre os judeus, ele logo partiria para falar sobre o governo federal, e eles ficariam agachados em volta daquela porra de buraco no chão pelo resto da primavera. — Só quero saber se funciona. Se não funcionar, diga logo, para não voltarmos aqui e arrancarmos seu saco.

— Acho que a gente devia arrancar o saco dele de qualquer jeito, Low — disse May. — É o que eu acho. Aposto que é pequeno.

— Funciona, funciona — disse Fritz, presumivelmente falando sobre a bazuca, e não sobre o saco. — Agora me solta, seu merda.

— Que boca ele tem, não é, irmão? — observou Maynard.

— É — disse Little Low. — Tem mesmo. Mas vamos perdoar desta vez. Pega umas arminhas dessas aí.

— Não são arminhas — disse Fritz, com indignação. — São automáticas do exército…

— Seria bom se você calasse a boca — disse Low —, e o que é bom pra mim é bom pra você. Nós já vamos, mas se essa sua bazuca não funcionar, nós vamos voltar e fazer com que desapareça pelo seu cu frouxo até o gatilho.

— Sim, senhor, isso aí! — exclamou May. — Quero ver você tentar cagar depois dessa!

— O que você vai fazer com meu canhão?

Little Low Griner deu um sorriso gentil.

— Já chega, e não se preocupe com o que não é da sua conta.

2

Do alto de uma colina, a quatrocentos metros, Van Lampley observou a Silverado parar no pátio escabroso de Fritz Meshaum. Observou os Griner saírem e voltarem até a picape roubada alguns minutos depois carregando coisas, sem dúvida mais coisas roubadas, que colocaram na caçamba. Em seguida, eles partiram, mais uma vez na direção de Dooling. Ela pensou em entrar na casa de Meshaum depois que eles saíram, mas, em seu estado atual, ela se sentia incapacitada para fazer perguntas coerentes. E ela precisava mesmo? Todo mundo em Dooling sabia que Fritz Meshaum era apaixonado por qualquer coisa que tivesse gatilho e atirasse. Os irmãos Griner tinham feito uma parada para se armarem. Era tão claro quanto o nariz no meio da cara dela.

Bom, ela tinha uma arma, o .30-.06 de sempre. Não devia ser muita coisa em comparação ao que havia na caçamba daquela picape roubada, mas e daí? Ela tinha mesmo alguma coisa a perder que não estivesse planejando uma hora antes entregar para o universo?

— Querem se meter comigo, rapazes? — disse Van, ligando o quadriciclo e acelerando (um erro, pois ela não se deu ao trabalho de verificar a quantidade de gasolina que ainda havia no tanque do Suzuki antes de sair de casa). — Por que a gente não vê quem se mete com quem?

3

Os Griner ficaram ouvindo o rádio da polícia em intervalos durante os dias que tinham passado na cabana, mas ouviram direto no caminho até a cidade, porque a banda da polícia estava enlouquecida. As transmissões e conversas não significavam muito para Maynard, cujo cérebro raramente saía da primeira marcha, mas Lowell pegou o assunto geral.

Alguém, um grupo de pessoas, na verdade, havia pegado um monte de armas no arsenal da delegacia, e a polícia ficara furiosa como vespas depois que alguém mexe no vespeiro. Pelo menos dois dos ladrões tinham sido mortos, um policial também havia morrido, e o resto da gangue tinha escapado em um trailer enorme. Eles levaram as armas roubadas para a prisão feminina. A polícia também ficou falando de uma mulher que queria tirar do local, e parecia que os ladrões de armas queriam ficar com ela. Low não conseguiu acompanhar essa parte. E também não ligava. Só ligava de a polícia ter reunido uma força civil armada e estar se preparando para um grande confronto, talvez na manhã seguinte, e que planejava o ponto de encontro para a interseção da Route 31 com a West Lavin Road. Isso queria dizer que a delegacia ficaria sem defesa. Também deu a Lowell uma brilhante ideia de como eles poderiam pegar Kitty McDavid.

— Low?

— O que, irmão?

— Não consigo entender quem está no comando no meio dessa falação. Alguns dizem que o policial Coombs assumiu o lugar da puta da Norcross, e alguns dizem que foi um cara chamado Frank. Quem é Frank?

— Não sei e não ligo — disse Little Low. — Mas quando chegarmos na cidade, fique de olhos abertos procurando um garoto sozinho.

— Que garoto, irmão?

— Um com idade suficiente para andar de bicicleta e espalhar uma história — disse Low na hora que a Silverado roubada passou pela placa que dizia BEM-VINDOS A DOOLING, UM ÓTIMO LUGAR PARA A SUA FAMÍLIA.

4

O quadriciclo Suzuki conseguia fazer noventa e cinco quilômetros por hora em estrada aberta, mas com a noite caindo e os reflexos prejudicados, Van não ousava passar de sessenta e cinco. Quando passou pela placa de BEM-VINDOS A DOOLING, a Silverado transportando os irmãos Griner já tinha desaparecido. Talvez ela os tivesse perdido, mas talvez não. A Main Street estava quase deserta, e ela esperava ver o veículo lá, estacionado ou rodando lentamente enquanto os meninos maus procuravam alguma coisa que valesse a pena pegar. Se ela não os visse, achava que o melhor que podia fazer era ir até a delegacia e denunciá-los para quem estivesse de serviço. Seria uma espécie de anticlímax para uma mulher torcendo para fazer uma coisa boa que compensasse um tiro pelo qual ainda se sentia mal, mas era como seu pai sempre dizia: às vezes, temos o que queremos, mas na maior parte das vezes, temos só o que dá para ter.

O começo do centro da cidade propriamente dito era marcado pelo Barb's Beauty Salon and Hot Nails de um lado e pela Ace Hardware (visitada recentemente por Johnny Lee Kronsky em busca de ferramentas, fios e pilhas) do outro. Foi entre esses dois estabelecimentos comerciais que o quadriciclo de Vanessa engasgou duas vezes, soltou um estouro pelo escapamento e morreu. Ela verificou o mostrador de combustível e viu o ponteiro apontando para o E. Não era o final perfeito para uma porra de dia perfeito?

Havia um Zoney's a um quarteirão onde ela poderia comprar alguns galões de gasolina, supondo que houvesse alguém atendendo no local. Porém, estava escurecendo, os malditos Griner podiam estar em qualquer lugar, e andar um quarteirão parecia um esforço enorme no estado em que ela se encontrava. Talvez fosse melhor acabar logo com tudo, como tinha planejado fazer mais cedo... Só que ela não tinha se tornado campeã estadual de queda de braço por desistir quando as coisas ficavam difíceis, certo? E não era nisso que ela estava pensando? Em desistir?

— Só quando minha mão tiver tocado na porra da mesa — disse Van para o quadriciclo parado, e saiu andando pela calçada deserta até a delegacia de polícia.

5

O estabelecimento em frente à delegacia era a Drew T. Barry Indenizações, e o proprietário, naquele momento, estava na West Lavin Road com o resto da força civil. Low estacionou a Silverado atrás da loja, em uma vaga marcada com RESERVADO PARA FUNCIONÁRIO DA BARRY, TODOS OS OUTROS SERÃO REBOCADOS. A porta dos fundos estava trancada, mas duas batidas com o ombro forte de May resolveram isso. Low o seguiu para dentro, arrastando o garoto que eles tinham encontrado andando de bicicleta perto do boliche. O garoto em questão era Kent Daley, integrante do time de tênis da escola e amigo íntimo de Eric Blass. A bicicleta de Kent estava agora na caçamba da Silverado. Ele estava choramingando, apesar de ser velho demais para esse tipo de comportamento; Low acreditava que choramingar não era problema para garotas adolescentes, mas garotos deviam começar a se segurar aos dez anos e acabar com esse hábito até os doze. Porém, estava disposto a dar um desconto para aquele. Afinal, ele devia achar que seria estuprado e assassinado.

— Você precisa calar a boca, meu jovem — disse ele. — Você vai ficar bem se se comportar.

Ele empurrou Kent até o aposento da frente, cheio de mesas e pôsteres dizendo que a apólice de seguro certa podia salvar sua família de uma vida de pobreza. Na vitrine, virada para o bairro comercial vazio, o nome de Drew T. Barry estava impresso ao contrário em letras douradas altas. Quando Low olhou para fora, viu uma mulher andando lentamente pela calçada do outro lado. Não era muito bonita, era corpulenta, com corte de cabelo de lésbica, mas ver qualquer mulher no momento era uma raridade. Ela olhou para o estabelecimento de Barry, mas, sem luzes acesas, não conseguiu ver nada além do reflexo dos postes da rua, que tinham acabado de se acender. Ela subiu os degraus da delegacia e tentou usar a porta. Trancada. *E isso não é a cara da polícia de uma cidade pequena?*, pensou Low. *Trancar a porta da frente depois que armas são roubadas.* Agora, ela estava tentando o interfone.

— Moço? — choramingou Kent. — Eu quero ir pra casa. Pode ficar com minha bicicleta.

— A gente pode ficar com o que a gente quiser, seu babaquinha espinhento — disse May.

Low torceu o pulso do garoto, fazendo-o gritar.

— Qual é a dificuldade de entender uma ordem de calar a boca? Mano, vá buscar o sr. Bazuca. E a munição.

May saiu. Low se virou para o garoto.

— A identidade na sua carteira diz que seu nome é Kent Daley e que você mora na Juniper Street número 15. É isso mesmo?

— Sim, senhor — disse o garoto, limpando o catarro do nariz na parte de trás da mão. — Kent Daley, e não quero confusão. Só quero ir pra casa.

— Você está com um problemão, Kent. Meu irmão é um sujeito maluco. Não tem nada que ele ame mais do que destruir um ser humano. O que você fez, o que provocou esse azar todo pra você, na sua opinião?

Kent lambeu os lábios e piscou rápido. Abriu a boca e fechou.

— Você fez mesmo alguma coisa. — Low riu; a culpa era hilária. — Quem está em casa?

— Minha mãe e meu pai. Só que minha mãe está, você sabe…

— Tirando uma sonequinha, é? Ou uma soneca enorme?

— Sim, senhor.

— Mas seu pai está bem?

— Sim, senhor.

— Você quer que eu vá até o número 15 da Juniper Street e dê um tiro na cabeça do seu pai?

— Não, senhor — sussurrou Kent. Lágrimas escorriam pelas bochechas pálidas.

— Não, claro que não quer, mas vou fazer isso se você não fizer o que eu mandar. Você vai fazer o que eu mandar?

— Sim, senhor. — Nem um sussurro agora, só uma brisa pelos lábios do garoto.

— Quantos anos você tem, Kent?

— De-de-dezessete.

— Jesus, quase idade suficiente para votar e chorando como um bebê. Pare com isso.

Kent se esforçou.

— Você consegue andar bem rápido naquela bicicleta, né?

— Acho que sim. Eu ganhei os 40K dos Três Condados ano passado.

Little Low não sabia o que eram os 40K e não ligava.

— Você sabe onde a Route 31 cruza com a West Lavin Road? A estrada que leva à prisão?

Maynard tinha voltado com a bazuca e a munição. Do outro lado da rua, a mulher forte tinha desistido do interfone e estava voltando pelo caminho que tinha feito com a cabeça baixa. O chuvisco finalmente tinha parado.

Low sacudiu Kent, que estava olhando para a bazuca com fascinação temerosa.

— Conhece a estrada?

— Sim, senhor.

— Que bom. Tem uns homens lá, e vou dizer uma mensagem. Você vai dar o recado para o homem chamado Terry ou para o homem chamado Frank, ou para os dois. Agora, escute.

6

Terry e Frank estavam, naquele momento, saindo da Unidade Um e se aproximando do portão duplo do Instituto Penal de Dooling, onde Clint e outro homem os esperavam. Dez pessoas da força civil estavam reunidas no cruzamento; o resto tinha assumido posições em volta da prisão, no que Terry chamava de rosa dos ventos: norte, nordeste, leste, sudeste, sul, sudoeste, oeste e noroeste. Havia mato, e estava úmido, mas nenhum dos homens pareceu se importar. Eles eram movidos pela adrenalina.

E vão ficar assim até o primeiro levar uma bala e começar a gritar, pensou Terry.

A picape alterada de alguém estava bloqueando o portão interno. O espaço morto tinha sido preenchido com pneus, que estavam encharcados de gasolina, pelo cheiro. Não foi uma estratégia ruim. Terry quase admirou o que tinham feito. Ele apontou a lanterna para Norcross e para o homem barbado de pé ao lado dele.

— Willy Burke — disse Terry. — Lamento ver você aqui.

— E eu lamento ver você aqui — respondeu Willy. — Fazendo o que não devia estar fazendo. Ultrapassando sua autoridade. Bancando o justiceiro. — Ele tirou o cachimbo do bolso do macacão e começou a enchê-lo.

Terry nunca teve certeza se Norcross era doutor ou só senhor, então decidiu usar o primeiro nome.

— Clint, isso já quase passou do ponto da conversa. Um dos meus policiais foi morto. Vern Rangle. Acho que você conhecia ele.

Clint suspirou e balançou a cabeça.

— Conhecia e lamento. Ele era um bom homem. Espero que você lamente da mesma forma a morte de Garth Flickinger e Gerda Holden.

— A morte da garota Holden foi um ato de legítima defesa — disse Frank. — Ela estava arrancando a garganta do policial Rangle.

— Eu quero falar com Barry Holden — disse Clint.

— Ele está morto — disse Frank. — E a culpa é sua.

Terry se virou para Frank.

— Você tem que me deixar cuidar disso.

Frank levantou as mãos e recuou. Ele sabia que Coombs estava certo, ali estava seu temperamento fazendo com que perdesse o controle, mas o odiava por isso mesmo assim. O que sentia vontade era de pular a cerca, que se danasse o arame farpado no alto, e bater a cabeça daqueles filhos da puta uma na outra. A voz provocadora de Evie Black ainda estava na cabeça dele.

— Clint, me escute — disse Terry. — Estou disposto a aceitar que os dois lados têm culpa e estou disposto a garantir que nenhuma acusação será feita a nenhum de vocês aqui se você me deixar levar a mulher agora.

— Barry está mesmo morto? — perguntou Clint.

— Está — respondeu o xerife em exercício. — Ele também atacou Vern.

Willy Burke esticou a mão e segurou o ombro de Clint.

— Vamos falar sobre Evie — disse Clint. — O que exatamente vocês planejam fazer com ela? O que *podem* fazer?

Terry pareceu perdido, mas Frank estava pronto e falou com segurança.

— Nós vamos levar ela para a delegacia. Enquanto Terry estiver interrogando ela, vou reunir rapidamente uma equipe de médicos do hospital estadual. Juntando a polícia e os médicos, nós vamos descobrir o que ela é, o que fez com as mulheres e se pode ou não resolver.

— Ela diz que não fez nada — disse Clint, olhando ao longe. — Diz que é só a emissária.

Frank se virou para Terry.

— Quer saber? Esse homem só fala merda.

Terry lançou a ele um olhar de reprovação (ainda que com os olhos um pouco vermelhos), e Frank mais uma vez levantou as mãos e recuou.

— Você não tem um único médico aí dentro — disse Terry —, e não tem médicos assistentes para chamar porque eu lembro que as duas são mulheres e já devem estar em casulos. Então, no fim das contas, você não está fazendo exame nenhum nela, só está *prendendo*...

— Segurando ela — rosnou Frank.

— ... e ouvindo o que ela diz...

— *Acreditando* em tudo, você quer dizer! — gritou Frank.

— Fica quieto, Frank. — Terry falou com controle, mas quando se virou para Clint e Willy, suas bochechas estavam vermelhas. — Mas ele está certo. Vocês estão acreditando. Engolindo tudo, por assim dizer.

— Você não entende — disse Clint. Ele parecia cansado. — Ela não é uma mulher, ao menos não no sentido que entendemos. Acho que ela não é totalmente humana. Tem certas habilidades. Consegue convocar ratos, disso tenho certeza. Eles fazem o que ela quer. Foi assim que ela pegou o celular de Hicks. Todas aquelas mariposas que as pessoas estão vendo na cidade também têm a ver com ela, e ela sabe das coisas. Coisas que não tem como saber.

— Você está dizendo que ela é uma bruxa? — perguntou Terry. Ele pegou a garrafinha e tomou um gole. Provavelmente não era a melhor forma de negociar, mas precisava de alguma coisa, e naquele momento. — Pare com isso, Clint. Só falta você me dizer que ela consegue andar sobre a água.

Frank pensou no fogo girando no ar na sala da casa dele e explodindo em mariposas; e no telefonema, Evie Black dizendo que o tinha visto proteger Nana. Ele apertou os braços sobre o peito e sufocou a raiva. Que importância tinha o que Evie Black era? O que importava era o que tinha acontecido, o que *estava* acontecendo, e como resolver.

— Abra os olhos, filho — disse Willy. — Veja o que aconteceu no mundo nessa última semana. Todas as mulheres dormindo em casulos, e vocês recusam a ideia de que a tal Black possa ser uma coisa sobrenatural? Vocês precisam melhorar. Precisam parar de enfiar o nariz onde não são chamados e deixar que essa coisa se desenrole do jeito que o doutor diz que ela quer.

Como Terry não conseguiu pensar em resposta adequada, tomou outro gole. Viu como Clint estava olhando para ele e tomou um terceiro, só para irritar o filho da mãe. Quem era ele para julgar, escondido atrás dos muros da prisão enquanto Terry tentava segurar o resto do mundo no lugar?

— Ela só pediu mais alguns dias — disse Clint —, e é isso que quero que vocês deem a ela. — Ele grudou o olhar no de Terry. — Ela está esperando derramamento de sangue e deixou isso bem claro. Porque acredita que é a única forma pela qual os homens sabem resolver seus problemas. Não vamos cumprir as expectativas dela. Esperem. Nos deem setenta e duas horas. E, depois, podemos reavaliar a situação.

— É mesmo? E o que você acha que vai mudar? — O álcool ainda não tinha tomado conta da mente de Terry, até o momento só estava de visita, e ele pensou, quase rezou: *Me dê uma resposta em que eu consiga acreditar.*

Porém, Clint só balançou a cabeça.

— Não sei. Ela diz que não está totalmente nas mãos dela, mas setenta e duas horas sem atirar seria o primeiro passo certo, disso eu tenho certeza. Ah, e ela diz que as mulheres precisam fazer uma votação.

Terry quase riu.

— Como é que as mulheres adormecidas vão fazer isso, porra?

— Não sei — respondeu Clint.

Ele está tentando ganhar tempo, pensou Frank. *Dizendo qualquer coisa inventada que aparece no seu cérebro de psiquiatra. Você ainda está sóbrio o bastante para ver isso, não está, Terry?*

— Eu preciso pensar — disse Terry.

— Tudo bem, mas precisa pensar com clareza, então faça um favor a si mesmo e derrame o resto dessa bebida no chão. — Seu olhar se desviou para Frank, os olhos frios do garoto órfão que lutou para ganhar milk-shakes. — O Frank aqui acha que ele é a solução, mas eu acho que ele é o problema. Acho que ela sabia que haveria um cara como ele. Acho que sabe que sempre tem.

Frank deu um pulo para a frente, enfiou a mão pela cerca, segurou Norcross pelo pescoço e o enforcou até os globos oculares se arregalarem, depois pularem e ficarem pendurados sobre as bochechas... mas só em pensamento. Ele esperou.

Terry refletiu e depois cuspiu na terra.

— Foda-se, Clint. Você não é médico de verdade.

E quando ele levantou a garrafinha e tomou outro gole longo e desafiador, Frank deu um grito comemorativo em pensamento. No dia seguinte, o xerife em exercício Coombs estaria fora de combate. E ele, Frank, assumiria o comando. Não haveria setenta e duas horas, e ele não ligava se Evie Black era bruxa, princesa, fada ou a Rainha Vermelha do País das Maravilhas. Tudo que ele precisava saber sobre Eva Black estava naquele telefonema curto.

Pare com isso, ele disse para ela, quase implorou, quando ela ligou do celular roubado. *Deixe as mulheres acordarem.*

Você vai ter que me matar primeiro, respondeu a mulher.

E era o que Frank pretendia fazer. Se isso trouxesse as mulheres de volta? Final feliz. Se não? Vingança por ela ter tirado a única pessoa da vida dele que importava. De qualquer forma, o problema estaria resolvido.

7

Na hora em que Van Lampley chegou ao quadriciclo parado, sem ideia do que fazer em seguida, um garoto passou em disparada em uma daquelas bicicletas com guidão seca suvaco. Ele estava indo rápido o suficiente para o cabelo voar da testa, e estava com uma expressão de puro terror. Podia ter sido causada por várias coisas, do jeito que o mundo estava, mas Van não tinha dúvida do que tinha despertado o sentimento no garoto. Não era intuição; era certeza absoluta.

— Garoto! — gritou ela. — Garoto, onde eles estão?

Kent Daley não deu atenção a ela, só pedalou mais rápido. Ele estava pensando na coroa sem-teto com quem eles tinham brincado. Não deviam ter feito aquilo. Deus estava fazendo com que pagassem. Fazendo com que *ele* pagasse. Ele pedalou ainda mais rápido.

8

Apesar de Maynard Griner ter abandonado os corredores escolares ainda no oitavo ano (e os corredores ficaram felizes de nunca mais terem que vê-lo), ele era bom com máquinas; quando seu irmão mais novo passou a bazuca e um rojão, May manuseou a arma como se tivesse feito isso a vida toda. Ele examinou a ponta altamente explosiva do rojão, o fio que corria pela lateral da coisa, as aletas na base. Grunhiu, assentiu e alinhou as aletas com os sulcos dentro do tubo. Entrou com facilidade. Ele apontou para uma alavanca acima do gatilho e abaixou da telinha de inventário.

— Puxe isso. Deve engatilhar a bazuca.

Low obedeceu e ouviu um clique.

— É assim, May?

— Deve ser, desde que Fritz tenha colocado bateria nova. Acho que é uma carga elétrica que dispara o foguete.

— Se ele não colocou, vou até lá enfiar no rabo dele — disse Low. Seus olhos cintilavam quando ele olhou para a vitrine de vidro laminado de Drew T. Barry e apoiou a bazuca no ombro no melhor estilo de filme de guerra. — Se afaste, irmão!

A bateria no dispositivo do gatilho estava ótima. Houve um ruído seco. Saiu fumaça do tubo. Antes que qualquer um dos dois tivesse tempo de respirar, a parte da frente da delegacia explodiu. Pedaços de tijolos da cor de areia e estilhaços de vidro voaram para a rua.

— *U-huuuul!* — May bateu nas costas do irmão. — *Você viu isso, irmão?*

— Vi — respondeu Low. Um alarme estava soando em algum lugar no interior da delegacia atacada. Homens estavam correndo para olhar. A frente do prédio agora era uma boca arreganhada cheia de dentes quebrados. Eles viram as chamas dentro e papéis voando pelo ar como pássaros queimados. — Recarregue.

May alinhou as aletas de um segundo rojão e puxou a alavanca.

— Pronto! — May estava pulando de empolgação. Isso era mais divertido do que a vez em que eles tinham jogado uma carga de dinamite no tanque de trutas de Tupelo Crossing.

— Fogo no buraco! — gritou Low, e puxou o gatilho da bazuca.

O rojão voou até o outro lado da rua, deixando uma trilha de fumaça. Os homens que tinham saído para olhar viram, saíram correndo e se jogaram no chão. A segunda explosão destruiu a parte central do prédio. O casulo de Linny sobreviveu ao primeiro disparo, mas não ao segundo. Mariposas voaram de onde ela estava e pegaram fogo.

— Me deixa atirar uma vez! — May esticou as mãos para a bazuca.

— Não, a gente precisa sair daqui — disse Low. — Mas você vai ter sua oportunidade. Prometo.

— Quando? Onde?

— Na prisão.

9

Van Lampley estava ao lado do quadriciclo, estupefata. Ela viu a primeira trilha de fumaça atravessar a Main Street e soube o que significava antes mesmo da explosão. Aqueles filhos da puta dos irmãos Griner arrumaram um lançador de foguetes ou alguma arma do tipo com Fritz Meshaum. Quando a fumaça da segunda explosão começou a sumir, ela viu chamas saindo dos buracos que tinham sido as janelas. Uma das três portas estava caída na rua, contorcida em uma espiral de aço cromado. As outras não estavam à vista.

Ai para qualquer um que estivesse lá dentro, pensou ela.

Red Platt, um dos vendedores da Kia de Dooling, andou na direção dela, oscilando e cambaleando. Havia sangue escorrendo pela lateral direita do rosto dele, e o lábio inferior não parecia mais totalmente preso à boca, apesar de ser difícil identificar com todo o sangue.

— O que foi aquilo? — gritou Red com voz rouca. Estilhaços de vidro brilhavam no cabelo fino. — Que *porra* foi aquilo?

— Trabalho de dois babacas que precisam ser impedidos antes que façam mal a mais gente — disse Van. — É melhor você ir se cuidar, Red.

Ela andou na direção do posto Shell, se sentindo ela mesma pela primeira vez em dias. Sabia que essa sensação não duraria, mas, enquanto estivesse lá, ela pretendia aproveitar a adrenalina. O posto estava aberto, mas sem atendimento. Van encontrou uma lata de dez galões na parte da oficina, encheu em uma das bombas e deixou uma nota de vinte no balcão ao lado da registradora. O mundo podia estar acabando, mas ela tinha sido criada para pagar o que devia.

Ela levou a lata até o quadriciclo, encheu o tanque e saiu da cidade na direção que os irmãos Griner tinham tomado.

10

Kent Daley estava tendo uma noite muito ruim e não eram nem oito horas. Ele mal tinha saído da Route 31 e acelerado na direção dos ônibus bloqueando a West Lavin Road quando foi derrubado da bicicleta por um fio atravessando a estrada e caiu no chão. A cabeça bateu no asfalto e luzes fortes brilharam nos olhos dele. Quando passaram, ele viu o cano de um rifle a oito centímetros do rosto.

— Puta que *pariu*! — exclamou Reed Barrows, o policial que derrubou Kent. Reed tinha sido colocado na posição sudoeste na rosa dos ventos de Terry. Ele baixou a arma e puxou Kent pela frente da camisa. — Eu conheço você. É o garoto que botou bombinhas em caixas de correio ano passado.

Havia homens correndo na direção deles vindos do novo e melhorado bloqueio na estrada, com Frank Geary na frente. Terry Coombs vinha por último, cambaleando um pouco. Eles sabiam o que tinha acontecido na cidade; mais de dez ligações já tinham sido feitas para mais de dez celulares, e conseguiam ver o fogo ardendo no meio de Dooling daquele ponto mais alto. A maioria queria voltar com tudo, mas Terry, temendo ser uma distração para eles não tirarem a mulher da prisão, mandou que mantivessem suas posições.

— O que você está fazendo aqui, Daley? — perguntou Reed. — Você poderia ter levado um tiro.

— Eu tenho um recado — disse Kent, massageando a nuca. Não estava sangrando, mas um galo grande estava se formando. — É para Terry ou Frank, ou para os dois.

— Que porra está acontecendo? — perguntou Don Peters. Em algum momento, ele tinha colocado um capacete de futebol americano; seus olhos próximos um do outro, nas sombras do escudo sobre a testa, pareciam os de uma ave pequena e faminta. — Quem é esse?

Frank empurrou Don de lado e se apoiou em um joelho ao lado do garoto.

— Eu sou Frank — disse ele. — Qual é o recado?

Terry também se apoiou em um joelho. Seu hálito era de álcool.

— Vamos lá, filho... respire fundo... respire fundo... e se controle.

Kent avaliou os pensamentos confusos.

— Aquela mulher na prisão, a especial, ela tem amigos na cidade. Muitos. Dois deles me pegaram. Disseram para vocês pararem o que estão fazendo e irem embora, senão a delegacia vai ser só a primeira coisa a explodir.

Os lábios de Frank se esticaram em um sorriso que não chegou nem perto dos olhos. Ele se virou para Terry.

— O que você acha, xerife? Nós vamos ser bons meninos e vamos embora?

Little Low não era nenhum gênio de QI alto, mas tinha um grau de astúcia que manteve a operação Griner funcionando por quase seis anos até ele e o irmão finalmente serem pegos. (Low culpava sua natureza generosa; eles tinham deixado a vagabunda da McDavid, que estava longe de ser deslumbrante, ficar com eles, e ela havia retribuído se tornando uma dedo-duro.) Ele tinha uma compreensão instintiva da psicologia humana em geral e da psicologia masculina em particular. Quando se dizia para homens que eles não deviam fazer uma coisa, era exatamente isso que eles faziam.

Terry nem hesitou.

— Nós não vamos sair daqui. Vamos entrar ao amanhecer. Eles que explodam a cidade toda.

Os homens que tinham se reunido em volta deram um grito tão rouco e tão selvagem que Kent Daley se encolheu. O que ele queria mais do que tudo era ir para casa cuidar da cabeça dolorida, trancar todas as portas e dormir.

11

Até o momento, a adrenalina a estava segurando; Van bateu na porta de Fritz Meshaum com força suficiente para sacudi-la na moldura. Uma mão de dedos longos que parecia ter juntas demais puxou uma cortina imunda para o lado. Um rosto com barba por fazer espiou. Um momento depois, a porta foi aberta. Fritz abriu a boca, mas Van o segurou e começou a sacudi-lo como um terrier com um rato na boca antes que ele pudesse dizer uma palavra.

— O que você vendeu pra eles, seu merdinha? Foi um lançador de foguetes? Foi, não foi? Quanto aqueles filhos da puta pagaram para poderem abrir um buraco no meio da cidade?

Eles já estavam dentro de casa, Van empurrando Fritz pela sala abarrotada. Ele bateu sem forças em um dos ombros dela com a mão esquerda; o outro braço estava preso em uma tipoia improvisada que parecia ter sido feita de lençol.

— Para com isso! — gritou Fritz. — Para com isso, mulher, meu braço já foi deslocado pelos dois cretinos!

Van o empurrou para uma poltrona imunda com uma pilha de revistas eróticas velhas ao lado.

— Fale.

— Não foi um lançador de foguetes, foi uma bazuca russa vintage, eu podia ter vendido por seis, sete mil dólares em uma daquelas vendas de armas de estacionamento em Wheeling, e aqueles dois caipiras filhos da puta *roubaram*!

— Ah, claro que você diria isso, não é? — Van estava ofegante.

— É a verdade. — Fritz olhou para ela com atenção, os olhos descendo do rosto redondo para os seios grandes e os quadris largos, depois para cima novamente. — Você é a primeira mulher que eu vejo em dois dias. Há quanto tempo está acordada?

— Desde quinta de manhã.

— Caramba, você deve ter batido um recorde.

— Não cheguei nem perto. — Van tinha procurado no Google. — Esquece isso. Aqueles caras explodiram a delegacia.

— Eu ouvi um estrondo — admitiu Fritz. — Acho que a bazuca está funcionando bem.

— Ah, funcionou direitinho. Por acaso você sabe para onde eles vão agora?

— Não faço ideia. — Fritz começou a sorrir, expondo dentes que não viam dentista havia muito tempo, isso se já tinham visto alguma vez. — Mas posso descobrir.

— Como?

— Os idiotas olharam para a tela, e quando falei que era uma tela de inventário, eles *acreditaram*! — A gargalhada dele soou como uma lixa em uma dobradiça enferrujada.

— De que você está falando?

— Do rastreador GPS. Eu coloquei em todos os meus itens de primeira linha para o caso de serem roubados. E a bazuca era um deles. Posso rastrear pelo celular.

— Que você vai dar pra mim — disse Van, e esticou a mão.

Fritz olhou para ela, a expressão astuta e azul-aguada embaixo de pálpebras enrugadas.

— Se você pegar minha bazuca, vai devolver antes de adormecer?

— Não — disse Van —, mas não vou quebrar seu outro braço para acompanhar o deslocado. Que tal?

O homenzinho riu e disse:

— Tudo bem, mas só porque eu tenho uma quedinha por mulheres grandes.

Se estivesse se sentindo mais normal, Van talvez desse uma surra nele por um comentário assim (não seria difícil e seria um serviço de utilidade pública), mas, no estado de exaustão em que estava, ela nem considerou a possibilidade.

— Então vem.

Fritz se levantou do sofá.

— O celular está na mesa da cozinha.

Ela recuou, mantendo o rifle apontado para ele.

Ele a guiou por um corredor curto e escuro até a cozinha. Havia um fedor de cinzas que deixou Van com vontade de vomitar.

— O que você estava cozinhando?

— Candy — disse Fritz. Ele bateu na mesa coberta de linóleo.

— Candy? — Não parecia nada que ela conhecesse. Coisas cinzentas, como pedaços de jornal queimado, estavam espalhadas pelo chão.

— Candy é a minha esposa — disse ele. — Agora falecida. Taquei fogo na velha tagarela com um fósforo de cozinha. Nunca percebi que ela tinha tanto fogo. — Os dentes pretos e marrons foram revelados em um sorriso feroz. — Entendeu? Fogo?

Não tinha como evitar agora. Cansada ou não, ela ia ter que machucar o filho da mãe cruel. Esse foi o primeiro pensamento de Van. O segundo foi que não havia celular na mesa coberta de linóleo.

Uma arma soou, e o ar sumiu dos pulmões dela. Ela esbarrou na geladeira e caiu no chão. Sangue escorreu de um ferimento a bala no quadril. O rifle que ela estava segurando voou de suas mãos. Fumaça saía da beirada da mesa diretamente à frente. Nesse momento, ela viu o cano; era da pistola que Meshaum tinha prendido embaixo do tampo da mesa.

Fritz soltou a arma da fita adesiva que a segurava, se levantou e contornou a mesa.

— Cuidado nunca é demais. Deixe sempre uma arma carregada em todos os aposentos. — Ele se agachou ao lado de Van e encostou o cano da pistola na testa dela. O bafo tinha cheiro de tabaco e carne. — Essa foi do meu avô. O que você acha disso, porca gorda?

Ela não achava nada e nem precisava. O braço direito de Van Lampley, o que tinha derrubado Hallie "Destruidora" O'Meara na partida do campeonato da Divisão de 35-45 anos do Ohio Valley para mulheres de 2010 e que tinha rompido um dos ligamentos de Erin Makepeace em 2011, voou como uma armadilha acionada. A mão direita se ergueu, pegou o pulso de Fritz Meshaum e espremeu com dedos feitos de aço, puxando de forma tão violenta que ele caiu em cima dela. A pistola antiga disparou, enfiando uma bala no chão entre o braço e as costelas de Van. A bile subiu pela garganta dela quando o peso do corpo dele apertou o ferimento, mas ela continuou torcendo o pulso dele, e naquele ângulo, Fritz só podia disparar no chão de novo até que a arma escorregasse da mão dele. Ossos estalaram. Ligamentos foram repuxados. Fritz gritou. Ele mordeu a mão dela, mas Van só dobrou o pulso com mais força e começou a socar metodicamente a parte de trás da cabeça dele com o punho esquerdo, acertando com o anel de noivado de diamante.

— Tudo bem, tudo bem! Penico! Penico, porra! Eu me rendo! — gritou Fritz Meshaum. — Já chega!

Porém, Van não achava que chegava. O bíceps dela se flexionou e a tatuagem da lápide, SEU ORGULHO, inchou.

Ela continuou torcendo com uma das mãos e socando com a outra.

12

1

Na última noite da prisão, o tempo ficou limpo e as nuvens de chuva do dia foram sopradas para o sul por um vento regular, deixando o céu para as estrelas e convidando os animais a levantarem a cabeça, farejarem e conversarem. Nada de setenta e duas horas. Nada de pensar melhor. Uma mudança ia acontecer no dia seguinte. Os animais sentiram da mesma maneira que sentiam tempestades se aproximando.

2

Espremido ao lado do parceiro no último banco de um dos ônibus escolares que tinham sido requisitados para bloquear a Route 31, Eric Blass ouvia os roncos de Don Peters. Qualquer remorso vago que Eric pudesse ter sentido por botar fogo na Velha Essie foi atenuado pelo fim do dia. Se ninguém reparasse que ela tinha sumido, que importância ela tinha, afinal?

Rand Quigley, um homem bem mais atencioso do que a maioria achava, também estava a postos. Seu local era uma cadeira de plástico na sala de visitas. No colo, ele segurava um carrinho de brinquedo para crianças pequenas andarem virado de cabeça para baixo, que pertencia à área familiar. Era fonte de decepção desde que Rand conseguia lembrar; os filhos das detentas subiam nele e empurravam, mas ficavam frustrados porque não conseguiam fazer curva. O problema era um eixo quebrado. Rand pegou um tubo de resina na caixa de ferramentas e colou o freio, e agora estava segurando as peças juntas para prender com um pedaço de barbante. O fato de que ele podia estar em suas últimas horas não escapou ao guarda Quigley. Era reconfortante para ele fazer uma coisa útil com o tempo que ainda podia ter.

Na floresta acima da prisão, Maynard Griner olhou para as estrelas e fantasiou em atirar nelas com a bazuca de Fritz. Se desse para fazer isso, elas estourariam como lâmpadas? Alguém, talvez cientistas, já tinha feito um buraco no espaço? Alienígenas de outros planetas já tinham pensado em atirar em estrelas com bazucas ou raios da morte?

Lowell, encostado no tronco de um cedro, mandou o irmão, que estava deitado de costas, limpar a boca; a luz das estrelas, emitidas milhões de anos antes, cintilava na baba de Maynard. O humor de Low estava péssimo. Ele não gostava de esperar, mas não era bom para eles usar a artilharia antes de os policiais agirem. Os mosquitos estavam picando e uma coruja arrombada estava piando desde que o sol tinha se posto. Valium melhoraria sua disposição imensamente. Até Nyquil ajudaria. Se o túmulo de Big Lowell fosse perto, Little Lowell nem hesitaria em cavar um buraco até o cadáver podre para livrá-lo daquela garrafa de Rebel Yell.

Lá embaixo, a estrutura em T da prisão aparecia no brilho seco emitido pelas torres de luz. De três lados, o vale onde ficava a construção era cercado de florestas. Havia um campo aberto a leste, indo até o terreno alto onde Low e May estavam acampados. Low achava que aquele campo era uma excelente linha de fogo. Não havia nada que impedisse o voo de um rojão explosivo de bazuca. Quando a hora chegasse, seria incrível.

3

Dois homens se agacharam no espaço entre a frente do Fleetwood de Barry Holden e a porta de entrada da prisão.

— Quer fazer as honras? — Tig perguntou a Clint.

Clint não tinha certeza se era uma honra, mas disse que sim e acendeu o fósforo e colocou na trilha de gasolina que Tig e Rand tinham preparado mais cedo.

A trilha pegou fogo, que serpenteou da entrada até a área de manobra do estacionamento e por baixo da cerca interior. Na área gramada que separava essa cerca da segunda, externa, as pilhas de pneus encharcados primeiro soltaram fumaça e logo pegaram fogo. Em pouco tempo, a luz do fogo acabou com boa parte da escuridão na área da prisão. Colunas de fumaça imunda começaram a subir.

Clint e Tig voltaram para dentro.

4

Na sala de descanso dos guardas, escura, Michaela usou uma lanterna para olhar as gavetas. Encontrou uma caixa de baralho e perguntou a Jared se queria jogar Tapão com ela. Todas as outras pessoas, exceto as três prisioneiras acordadas que restavam, estavam a postos, vigiando. Michaela precisava de alguma coisa com que se ocupar. Eram dez da noite de segunda. Na manhã da quinta anterior, ela tinha acordado às seis em ponto e ido correr. Estava se sentindo disposta, bem.

— Não posso — disse Jared.

— O quê? — perguntou Michaela.

— Estou superocupado — disse ele, e deu um sorriso torto. — Estou pensando nas coisas que devia ter feito e não fiz. E que meu pai e minha mãe deviam ter esperado para ficarem com raiva um do outro. E que minha namorada, bom, ela não era exatamente minha namorada, mais ou menos, pegou no sono enquanto estava me abraçando. — Ele repetiu: — Superocupado.

Se Jared Norcross precisava de cuidados maternais, Michaela era a pessoa errada. O mundo estava fora de prumo desde quinta, mas enquanto estava com Garth Flickinger, ela tinha conseguido lidar com a situação quase como se fosse uma piada, um contratempo. Não esperava sentir tanta falta dele. A alegria chapada dele era a única coisa que fazia sentido em um mundo que tinha enlouquecido.

Ela disse:

— Eu também estou com medo. Você seria louco se não estivesse.

— Eu só... — Ele parou de falar.

Ele não entendia o que os outros na prisão tinham dito sobre a mulher, que ela tinha *poderes*, que aquela Michaela, a filha repórter da diretora, supostamente havia ganhado um beijo mágico da prisioneira especial que deu nova energia a ela. Ele não entendia o que tinha acontecido ao pai. Só entendia que gente tinha começado a morrer.

Como Michaela tinha suposto, Jared sentia falta da mãe, mas não estava procurando uma substituta. Não dava para substituir Lila.

— Nós somos os mocinhos, né? — perguntou Jared.

— Não sei — admitiu Michaela. — Mas tenho certeza de que não somos os vilões.

— Já é alguma coisa.

— Venha, vamos jogar cartas.

Jared passou a mão pelos olhos.

— Ah, caramba, tudo bem. Eu sou campeão de Tapão. — Ele se aproximou da mesa de centro no meio da sala.

— Quer uma coca ou alguma outra coisa?

Ele fez que sim, mas nenhum dos dois tinha moedas para a máquina. Eles foram até a sala da diretora, esvaziaram a enorme bolsa de tricô de Janice Coates e se agacharam no chão, procurando moedas em meio a notas fiscais, bilhetes, protetores labiais e cigarros. Jared perguntou a Michaela por que ela estava sorrindo.

— Por causa da bolsa da minha mãe — disse Michaela. — Ela é diretora de prisão, mas tem essa monstruosidade hippie como bolsa.

— Ah. — Jared riu. — Mas como deve ser a bolsa de uma diretora, na sua opinião?

— Uma coisa que se fecha com correntes ou uma algema.

— Que pervertido!

— Não seja infantil, Jared.

Havia mais do que moedas suficientes para duas cocas. Antes de eles voltarem para a sala de descanso, Michaela deu um beijo no casulo que envolvia sua mãe.

Tapão era um jogo que demorava uma eternidade, mas Michaela venceu Jared na primeira rodada em menos de dez minutos.

— Droga. Esse jogo é um inferno — disse ele.

Eles jogaram de novo e de novo e de novo, sem falar muito, só virando cartas no escuro. Michaela continuou ganhando.

5

Terry cochilou em uma cadeira de camping atrás do bloqueio na estrada. Estava sonhando com a esposa. Ela tinha aberto uma lanchonete. Estavam servindo pratos vazios. "Mas Rita, aqui não tem nada", disse ele, e devolveu o prato para ela. Rita entregou de volta para ele. Isso continuou pelo que pareceram anos. O prato vazio para lá e para cá. Terry foi ficando cada vez mais frustrado. Rita, sem falar nada, sorria para ele como se tivesse um segredo. Do lado de fora das janelas da lanchonete, as estações passavam voando como fotografias em um projetor de slides antigo — inverno, primavera, verão, outono, inverno, primavera...

Ele abriu os olhos, e Bert Miller estava de pé em sua frente.

O primeiro pensamento de Terry ao despertar não foi sobre o sonho, mas sobre um momento mais cedo naquela noite, na cerca, Clint Norcross chamando a atenção dele por causa da bebida, humilhando-o na frente dos outros dois. A irritação do sonho se misturou com vergonha, e Terry compreendeu perfeitamente que ele não era o homem certo para o trabalho de xerife. Que Frank Geary ficasse com a função, se queria tanto. E que Clint Norcross encarasse Frank Geary, se queria negociar com um homem sóbrio.

Havia lampiões para todo lado. Homens estavam reunidos em grupos, com rifles pendurados nos ombros, rindo e fumando, comendo ração humana em embalagens recicláveis. Só Deus sabia de onde tinham vindo. Alguns estavam ajoelhados no asfalto, jogando dados. Jack Albertson estava usando uma furadeira em um dos buldôzeres, prendendo uma placa de ferro na janela.

O conselheiro municipal Bert Miller queria saber se havia um extintor de incêndio.

— O treinador Wittstock tem asma, e a fumaça do fogo nos pneus daqueles babacas está vindo pra cá.

— Claro — disse Terry, e apontou para uma viatura próxima. — No porta-malas.

— Obrigado, xerife.

O conselheiro municipal foi buscar o extintor de incêndio. Houve um grito de comemoração dos homens jogando dados quando alguém fez uma pontuação alta.

Terry se levantou da cadeira e se dirigiu para as viaturas estacionadas. Enquanto andava, ele tirou a arma do cinto e deixou cair na grama. *Que se foda essa merda*, pensou ele. *Que se foda.*

No bolso estavam as chaves da Unidade Um.

6

Do assento do motorista da picape de controle de animais, Frank observou a renúncia silenciosa do xerife em exercício.

Você fez isso, Frank, disse Elaine ao lado dele. *Não está orgulhoso?*

— Ele fez isso com ele mesmo — disse Frank. — Eu não amarrei e coloquei um funil na boca dele. Tenho pena, porque ele não foi homem suficiente para o serviço, mas também tenho inveja, porque ele pode sair fora.

Mas você não, disse Elaine.

— Não — concordou ele. — Eu vou até o final. Por causa de Nana.

Você está obcecado por ela, Frank. Nana-Nana-Nana. Você se recusou a ouvir o que Norcross disse porque só consegue pensar nela. Você não pode esperar ao menos um pouco?

— Não. — Porque os homens estavam lá, prontos para agir.

E se aquela mulher estiver manipulando você?

Uma mariposa gorda pousou no limpador de para-brisa da picape. Ele acionou a alavanca para mover o limpador e fazê-la voar. Em seguida, ligou o motor e saiu dirigindo, mas, diferentemente de Terry, pretendia voltar.

Primeiro, ele parou na casa da Smith para olhar Elaine e Nana no porão. Elas estavam como ele as havia deixado, escondidas atrás de uma estante, embaixo de lençóis. Ele disse para o corpo de Nana que a amava. Falou para o corpo de Elaine que lamentava eles nunca conseguirem concordar. E falou com sinceridade, embora o fato de que ela continuava a repreendê-lo, mesmo mergulhada no sono não natural, fosse extremamente irritante.

Ele trancou novamente a porta do porão. Na entrada da garagem, perto dos faróis da picape, reparou que havia uma poça no buraco que ele pretendia consertar em breve. Sedimentos verdes, marrons, brancos e azuis flutuavam na água. Eram os restos do desenho de Nana da árvore, feito em giz, levado pela chuva.

Quando Frank chegou ao centro de Dooling, o relógio do banco dizia 00:04. A terça-feira tinha chegado.

Ao passar pela loja de conveniência Zoney's, Frank reparou que alguém tinha quebrado a vitrine.

O Prédio Municipal ainda estava soltando fumaça. Ele ficou surpreso de Norcross permitir que seus aliados explodissem o local de trabalho da esposa. Porém, os homens estavam diferentes agora, ao que parecia. Até médicos como Norcross. Mais como eram antes, talvez.

No parque do outro lado da rua, havia um homem, sem motivo aparente, usando um cortador para trabalhar na calça manchada de azinhavre da estátua usando cartola do primeiro prefeito. Fagulhas voavam e eram duplicadas no visor de vidro escurecido do capacete de soldagem do homem. Mais à frente, outro homem, no estilo Gene Kelly em *Cantando na chuva*, estava pendurado em um poste, mas estava com o pau na mão, mijando no chão e gritando uma música estranha:

— *O capitão está na cabine, rapazes, tomando conhaque e cerveja! Marinheiros no puteiro, onde tem mulher vindo na bandeja! Vamos cantar, vamos cantar, Joe!*

A ordem que existira e que Frank e Terry tentaram manter nos últimos dias caóticos estava desmoronando. Ele achava que era uma espécie de luto selvagem. Podia terminar ou podia levar a um cataclismo mundial. Quem sabia?

Era aqui que você devia estar, Frank, disse Elaine.

— Não — respondeu ele.

Ele estacionou atrás do escritório. Todos os dias, tirava meia hora para parar lá. Ele alimentava os cães de rua e deixava uma tigela de Alpo para o que era seu bichinho de estimação especial, seu cachorro do escritório. Havia agitação no local quando ele entrava, e eles ficavam inquietos, tremendo, choramingando e uivando, porque normalmente ele só conseguia passear com eles uma vez por dia, no máximo, e, dos oito animais, provavelmente só dois tinham sido treinados.

Ele pensou se devia sacrificá-los. Se alguma coisa acontecesse com ele, era quase certo que morreriam de fome; não era provável que um bom samaritano aparecesse para cuidar deles. A possibilidade de simplesmente soltá-los não ocorreu a Frank. Não se deixava cachorros soltos na rua.

Uma fantasia se delineou na mente de Frank: chegar no dia seguinte com Nana, deixar que ela desse comida e passeasse com eles. Ela sempre gostava de fazer isso. Ele sabia que ela amaria o cachorro de estimação do escritório, um misto de beagle e Cocker com olhos caídos e jeito estoico. Ela adoraria o jeito como ele apoiava a cabeça em cima das patas, como um garoto apoiado em uma mesa, obrigado a ouvir uma aula infinita na escola. Elaine não gostava de cachorros, mas, independentemente do que acontecesse, isso não importava mais. De uma forma ou de outra, ele e Elaine tinham chegado ao fim, e se Nana quisesse um cachorro, o animal podia morar com Frank.

Frank passeou com eles em coleiras triplas. Ao terminar, escreveu um bilhete — POR FAVOR, DEEM UMA OLHADA NOS ANIMAIS. CUIDEM PARA QUE TENHAM COMIDA E ÁGUA. O PITBULL MISTO CINZA E BRANCO NA Nº 7 É ARISCO, APROXIMEM-SE COM CUIDADO. POR FAVOR, NÃO ROUBEM NADA, ISTO É UM ÓRGÃO DO GOVERNO. — e prendeu do lado de fora da porta com fita adesiva. Ele acariciou as orelhas do cachorro de estimação por um tempinho.

— Olhe só você — disse ele. — Olhe só.

Quando voltou para a picape e seguiu para o bloqueio na estrada, o relógio do banco dizia 1:11. Ele tinha começado a preparar todo mundo para o ataque às quatro e meia. O amanhecer aconteceria duas horas depois.

7

No lado mais distante do campo de exercícios da prisão, do outro lado da cerca, dois homens com bandanas sobre a boca estavam usando extintores de incêndio para apagar os pneus em chamas. O spray do extintor brilhava fosforescente pela mira de visão noturna, e os homens tinham um contorno amarelo. Billy Wettermore não reconheceu o homem maior, mas conhecia o menor muito bem.

— O merdinha de chapéu de palha é o conselheiro Miller. Bert Miller — disse Billy para Willy Burke.

Havia uma história pessoal irônica ali. Enquanto estudava na Dooling High, Billy Wettermore tinha sido estagiário no escritório do conselheiro por ser aluno da National Honor Society. Lá, ele foi obrigado a ouvir em silêncio as ideias frequentes de Bert Miller sobre homossexualidade.

— É uma mutação — explicou o conselheiro Miller, dizendo que sonhava em acabar com isso. — Se desse para exterminar todos os gays em um instante, Billy, talvez desse para impedir que a mutação se espalhasse, mas, por outro lado, por mais que a gente possa não gostar de admitir, eles também são humanos, não são?

Muita coisa havia acontecido nos mais de dez anos que se passaram depois disso. Billy era um garoto do interior e era teimoso, e quando largou a faculdade, voltou para a cidade natal nos Apalaches apesar da política. Ali, a preferência dele por homens parecia ser a primeira coisa na mente das pessoas. Apesar de quase duas décadas do século XXI terem transcorrido, isso era muito irritante para Billy, não que ele fosse demonstrar, porque isso seria dar às pessoas algo que elas não mereciam ter.

No entanto, a ideia de disparar uma bala no chão bem na frente de Bert Miller e fazer com que ele cagasse amplamente na calça era extremamente atraente.

— Vou fazer ele dar um pulo, se afastar dos nossos pneus, Willy.

— Não. — Isso veio não de Willy Burke, mas de trás dele.

Norcross tinha se materializado da porta aberta e presa por um calço na parte de trás da prisão. Na escuridão, não havia quase nada visível no rosto além do brilho do aro dos óculos.

— Não? — disse Billy.

— Não. — Clint estava esfregando o polegar da mão esquerda nos nós dos dedos da direita. — Acerta na perna. Derruba ele.

— É sério? — Billy já tinha atirado em animais, mas nunca em um homem.

Willy Burke emitiu um tipo de zumbido pelo nariz.

— Uma bala na perna pode matar um homem, doutor.

Clint assentiu para mostrar que entendia.

— Nós temos que proteger este lugar. Anda logo, Billy. Atira na perna dele. Assim vai ser um a menos, e vai mostrar pra eles que estamos levando isso a sério. Vai ser um aviso de que eles não vão conseguir nos dominar sem pagar um preço.

— Tudo bem.

Ele baixou o olhar para a mira noturna. O conselheiro Miller, grande como um outdoor, contornado por duas camadas de cerca de arame, estava se abanando com o chapéu de palha, o extintor apoiado na grama ao lado dele. As linhas cruzadas ficaram sobre o joelho esquerdo de Miller. Billy estava feliz de seu alvo ser um babaca, mas odiou fazer aquilo mesmo assim.

Ele apertou o gatilho.

8

As regras de Evie eram:

1) Permanecer escondida e nada de matar enquanto o dia não chegasse!

2) Abrir os casulos que encobriam Kayleigh e Maura!

3) Apreciar a vida!

— Tá, tudo bem — disse Angel. — Mas você tem certeza? Maura e Kay não vão me matar enquanto eu estiver apreciando a vida?

— Tenho — disse Evie.

— Está bom — disse Angel.

— Abram a cela dela — disse Evie, e surgiu uma fileira de ratos do buraco na alcova do chuveiro. O primeiro parou na base da porta da cela de Angel. O segundo subiu em cima do primeiro, o terceiro em cima do segundo. Uma torre se formou, um corpo cinzento de ratos empilhados uns em cima dos outros como bolas de sorvete hediondas. Evie ofegou quando sentiu o rato de baixo sufocar. — Ah, Mãe — disse ela. — Lamento tanto.

— Olha esse circo maravilhoso aqui. — Angel estava hipnotizada. — Você podia ganhar dinheiro com isso, mana. Sabia?

O rato do topo era o menor, ainda filhote. Ele se espremeu no buraco da fechadura, e Evie controlou as patas dele, procurando nos mecanismos, investindo nele uma força que nenhum rato tivera. A porta da cela se abriu.

Angel pegou duas toalhas no chuveiro, afofou e colocou na cama, depois botou o cobertor por cima. Fechou a porta da cela ao sair. Se alguém olhasse dentro, pareceria que ela finalmente tinha perdido a luta e adormecido.

Ela saiu andando pelo corredor na direção da Ala C, onde a maioria das adormecidas encasuladas residiam agora.

— Adeus, Angel — disse Evie.

— É — respondeu Angel. — Até mais. — Ela hesitou com a mão na porta. — Você está ouvindo gritos ao longe?

Evie estava. Ela sabia que era o conselheiro Bert Miller, gritando por causa da bala na perna. Os gritos dele entravam na prisão pelos dutos de ventilação. Angel não precisava se preocupar com aquilo.

— Não se preocupe — disse Evie. — É só um homem.

— Ah — respondeu Angel, e saiu.

9

Jeanette estava sentada encostada na parede em frente às celas durante a conversa de Angel e Evie, ouvindo e observando. Agora, se virou para Damian, morto havia anos e enterrado a mais de cento e cinquenta quilômetros, mas também sentado ao lado dela. Ele estava com uma chave de fenda enfiada na coxa e estava sangrando no chão, apesar de o sangue não parecer nada para Jeanette, não parecer nem molhado. E isso era estranho, porque ela estava sentada em uma poça.

— Você viu aquilo? — perguntou ela. — Os ratos?

— Vi — disse Damian. O tom dele estava agudo e estridente, a imitação que ele fazia da voz dela. — *Eu vi aqueles ratos, Jeanie baby.*

Ugh, pensou Jeanette. Ele estava legal quando reapareceu na vida dela, mas agora estava ficando irritante.

— Tem ratos assim comendo meu cadáver por causa do jeito como você me matou, Jeanie baby.

— Me desculpe. — Ela tocou o próprio rosto. Parecia que estava chorando, mas seu rosto estava seco. Jeanette coçou a testa e enfiou as unhas na pele, tentando sentir um pouco de dor. Ela odiava ser maluca.

— Vem. Dá uma olhada. — Damian chegou mais perto e aproximou o rosto. — Eles enfiaram as unhas até meu tutano. — Os olhos dele eram buracos negros; os ratos tinham comido os globos oculares. Jeanette não queria olhar, queria fechar os olhos, mas, se fizesse isso, sabia que o sono estaria esperando.

— Que tipo de mãe deixa o pai do próprio filho terminar assim? Mata ele e deixa os ratos comerem os restos como se ele fosse uma porra de biscoito?

— Jeanette — chamou Evie. — Ei. Aqui.

— Deixa essa vagabunda pra lá, Jeanie — disse Damian. Um camundongo caiu da boca quando ele falou. Foi parar no colo de Jeanette. Ela gritou e bateu nele, mas não estava lá. — Eu preciso da sua atenção. Olhos em mim, idiota.

Evie disse:

— Estou feliz de você ter ficado acordada, Jeanette. Estou feliz de você não ter me ouvido. Tem uma coisa acontecendo do outro lado e... bom, eu achei que ficaria feliz, mas talvez eu esteja ficando mole por causa da idade. Para o caso improvável de essa coisa durar, eu gostaria que houvesse uma audiência justa.

— Do que você está falando? — A garganta de Jeanette estava doendo. Tudo nela estava doendo.

— Você quer ver Bobby de novo?

— É claro que quero — respondeu Jeanette, ignorando Damian. Estava ficando mais fácil fazer isso. — É claro que eu quero ver o meu menino.

— Tudo bem, então. Escute com atenção. Há caminhos secretos entre os dois mundos, túneis. Cada mulher que adormece passa por um, mas tem outro, um muito especial, que começa em uma árvore muito especial. É o único que funciona nas duas direções. Você está entendendo?

— Não.

— Mas vai entender — disse Evie. — Tem uma mulher do outro lado desse túnel que vai fechar ele, se ninguém impedir. Eu respeito a posição dela, acho perfeitamente válida, a espécie masculina agiu de forma abismal deste lado da Árvore, nenhum tipo de avaliação progressiva pode alterar essa conclusão, mas todo mundo merece ser ouvido. Uma mulher, um voto. Elaine Nutting não pode ter a permissão de tomar a decisão por todo mundo.

O rosto de Evie estava nas grades da cela. Filetes verdes tinham crescido em volta das têmporas dela. Os olhos estavam da cor castanha de olhos de tigre. Havia mariposas no cabelo dela, formando uma tiara em movimento. *Ela é um monstro*, pensou Jeanette, *e é linda*.

— O que isso tem a ver com Bobby?

— Se a Árvore pegar fogo, o túnel se fecha. Ninguém vai poder voltar. Nem você e nem nenhuma outra mulher, Jeanette. O fim vai ser inevitável.

— Não, não, não. Já é inevitável — disse Damian. — Durma, Jeanie.

— Cala essa boca! Você está morto! — gritou Jeanette para ele. — Me desculpe por ter matado você, e eu faria qualquer coisa para voltar atrás, mas você era um filho da puta cruel e está feito, então pode calar essa boca!

Essa declaração ecoou pelo interior estreito da Ala A. Damian não estava lá.

— Muito bem colocado — disse Evie. — Corajoso! Agora, me escute, Jeanette: eu quero que você feche os olhos. Você vai passar pelo túnel, pelo *seu* túnel, mas não vai lembrar.

Essa parte Jeanette achou que tivesse entendido.

— Porque eu vou estar dormindo?

— Exatamente! Quando estiver do outro lado, você vai se sentir melhor do que se sente há muito tempo. Eu quero que você siga a raposa. Ele vai levar você aonde você precisa ir. Lembre-se: Bobby e a Árvore. Um depende do outro.

Jeanette deixou que seus olhos se fechassem. *Bobby*, ela lembrou a si mesma. *Bobby e a Árvore e o túnel que seguia em mão dupla. O túnel que uma mulher chamada Elaine queria fechar com um incêndio. Seguir a raposa.* Ela contou um-dois-três-quatro-cinco e tudo estava igual. Menos Evie, claro, que tinha virado uma Dama Verde. Como se ela mesma fosse uma árvore.

Então ela sentiu cócegas na bochecha e um toque da renda mais suave.

10

Depois do tiro, eles ouviram Bert Miller berrar, gritar e ficar gritando enquanto o companheiro o arrastava para longe. Clint pegou a mira do rifle de Willy Burke para olhar. A figura de amarelo no chão estava segurando a coxa e o outro homem o estava segurando por baixo dos braços.

— Que bom. Obrigado. — Clint devolveu o rifle para Wettermore.

Willy Burke estava olhando para os dois com consideração cuidadosa: em parte com admiração e em parte com cautela.

Clint voltou para dentro. A porta dos fundos que levava ao pequeno ginásio estava presa por um tijolo.

Para diminuir a visibilidade de quem estava do lado de fora, eles tinham cortado a luz e só deixado as lâmpadas vermelhas de emergência.

Elas criavam pontos escarlates nas beiradas do piso de madeira onde as detentas jogavam basquete em meia quadra. Clint parou na cesta e se apoiou na parede. Seu coração estava disparado. Ele não estava com medo, ele não estava feliz, mas estava *ali*.

Clint avisou para si mesmo sobre a euforia que estava sentindo, mas isso não equilibrou a vibração agradável nos membros. Ele estava se distanciando de si mesmo ou voltando a si mesmo. Não sabia qual das duas coisas. O que ele sabia era que tinha o milk-shake e que Geary não ia tirá-lo dele. O fato de Geary estar errado quase não importava.

Aurora não era um vírus, era um feitiço, e Evie Black não era como nenhuma outra mulher — nenhum outro humano — que já tivesse existido. Não dava para consertar uma coisa que estava além da compreensão humana com um martelo, e era isso que Frank Geary, Terry Coombs e os outros homens do lado de fora da prisão presumiam que pudessem fazer. Aquilo exigia uma abordagem diferente. Estava óbvio para Clint e devia ter ficado para eles, porque não eram todos homens burros, mas por algum motivo não tinha ficado, e isso significava que ele ia ter que usar o próprio martelo para bloquear o deles.

Eles que começaram! Que infantil! E tão verdadeiro!

O ciclo dessa lógica girava em rodas enferrujadas e barulhentas. Clint deu socos na parede acolchoada várias vezes e desejou que houvesse um homem à frente. Ele pensou em piretoterapia: a cura pela febre. Por um tempo, tinha sido tratamento de ponta, só que fazer os pacientes contraírem malária era um remédio muito pesado. Às vezes os salvava e às vezes acabava com eles. Evie era uma piretoterapeuta ou a piretoterapia? Seria possível que fosse médica e tratamento ao mesmo tempo?

Ou, ao mandar que Billy Wettermore desse aquele tiro na perna do conselheiro Bert Miller, ele tinha sido quem administrou a primeira dose?

11

Passos estalaram no chão, vindos da direção do ginásio. Angel estava saindo da Guarita abandonada com um molho de chaves de cela. Ela as segurou na mão direita, a chave maior se projetando entre os dedos indicador e do meio. Uma vez, ela tinha enfiado uma chave afiada na orelha de um caubói velho e sujo em um estacionamento de Ohio. Não matou o caubói, mas ele não gostou muito. Angel, sentindo-se gentil, só tirou a carteira do homem, a aliança vagabunda, as raspadinhas e a fivela de prata do cinto; permitiu que ele ficasse com a vida.

O dr. Norcross passou pela parede de vidro da Guarita sem parar. Angel pensou se valia se aproximar por trás e enfiar a chave na jugular do charlatão traidor. Adorou a ideia. Infelizmente, tinha prometido a Evie não matar ninguém até o amanhecer, e Angel tinha um medo profundo de contrariar a bruxa.

Ela deixou o doutor passar.

Angel seguiu para a Ala C e para a cela que era lar de Maura e Kayleigh. A forma que era claramente Maura, baixa e atarracada, estava deitada perto da beirada da cama de baixo, onde alguém a tinha colocado depois que ela pegou no sono na Ala A. Kayleigh estava perto da parede. Angel não tinha ideia do que Evie quis dizer quando falou que "as almas delas estavam mortas", mas isso encorajou certo cuidado.

Ela usou a ponta de uma chave para cortar a teia que cobria o rosto de Maura. O material se abriu com um ronronar, e as feições gorduchas de bochechas vermelhas de Maura surgiram. Ela podia ter sido garota-propaganda de algum produto "caseiro" vendido em lojas pequenas — "Pão de milho da Mãe Maura" ou "Xarope Calmante Dunbarton". Angel pulou para o corredor, pronta para sair correndo se Maura fosse para cima dela.

A mulher na cama se sentou devagar.

— Maura?

Maura Dunbarton piscou. Olhou para Angel. Os olhos eram só pupila. Ela soltou o braço direito do casulo, depois o esquerdo, e colocou as mãos juntas no colo.

Depois que Maura ficou sentada assim por alguns minutos, Angel entrou na cela de novo.

— Eu não vou só te machucar se você vier para cima de mim, Mo-Mo. Vou matar você.

A mulher ficou sentada em silêncio, os olhos pretos fixos na parede.

Angel usou a chave para cortar a teia que cobria o rosto de Kayleigh. Tão rapidamente quanto antes, ela saiu correndo da cela para o corredor.

O mesmo processo se repetiu: Kayleigh saiu da parte de cima do casulo como se estivesse tirando um vestido, observando com olhos que estavam todos pretos. Ombro a ombro, as duas mulheres ficaram sentadas, com teias cortadas pendendo do cabelo, do queixo, do pescoço. Elas pareciam fantasmas em uma casa de terror de um parque de diversões vagabundo.

— Vocês estão bem? — perguntou Angel.

Elas não responderam. Não pareciam estar respirando.

— Vocês sabem o que precisam fazer? — perguntou Angel, menos nervosa agora, mas curiosa.

Elas não disseram nada. Nenhum tipo de reflexão surgiu nos olhos pretos. Um aroma suave de terra úmida e revirada emanava das duas mulheres. Angel pensou (mas queria não ter pensado): *É assim que os mortos suam.*

— Tá. Tudo bem. — Ou elas fariam alguma coisa, ou não fariam. — Vou deixar com vocês, então. — Ela pensou em acrescentar alguma coisa de natureza encorajadora, como *arrasem com eles*, mas decidiu não falar nada.

Angel foi até a carpintaria e usou as chaves para destrancar as ferramentas. Enfiou uma furadeira de mão pequena na cintura, um cinzel em uma meia e uma chave de fenda na outra.

Em seguida, se deitou de costas embaixo de uma mesa e ficou observando uma janela preta em busca do primeiro sinal de vida. Não se sentia nada sonolenta.

12

Filamentos giraram e cresceram em volta do rosto de Jeanette, se partindo, caindo e subindo, encobrindo suas feições. Clint se ajoelhou ao lado dela, querendo segurar sua mão, mas sem ousar.

— Você era uma boa pessoa — disse ele para ela. — Seu filho amava você.

— Ela *é* uma boa pessoa. O filho *ama* ela. Ela não está morta, só dormindo.

Clint foi até a grade da cela de Evie.

— É o que você diz, Evie.

Ela estava sentada na cama.

— Você parece estar recuperando o ânimo, Clint.

A postura dela, a inclinação da cabeça para baixo, o cabelo preto brilhante caindo pela lateral do rosto, era de melancolia.

— Você ainda pode me entregar. Mas não por muito tempo.

— Não — disse ele.

— Que voz tinha aquele homem em quem você mandou Wettermore atirar! Eu consegui ouvir daqui.

O tom dela não era bajulador. Era reflexivo.

— As pessoas não gostam de levar tiros. Dói. Talvez você não saiba disso.

— O Prédio Municipal foi destruído esta noite. As pessoas que fizeram isso botaram a culpa em você. O xerife Coombs pulou fora. Frank Geary vai trazer os homens dele de manhã. Alguma dessas coisas surpreende você, Clint?

Não surpreendia.

— Você é muito boa em conseguir o que quer, Evie. Mas não vou dar os parabéns.

— Agora pense em Lila e nas outras no mundo além da Árvore. Acredite em mim: elas estão indo bem lá. Estão construindo uma coisa nova, uma coisa boa. E vai haver homens. Homens melhores, criados desde o nascimento por mulheres em uma comunidade de mulheres, homens que vão aprender a se conhecer e conhecer o mundo deles.

Clint disse:

— A natureza essencial deles vai prevalecer com o tempo. A masculinidade. Um vai levantar o punho para o outro. Acredite em mim, Evie. Você está olhando para um homem que sabe.

— Realmente — concordou Evie. — Mas esse tipo de agressão não é de natureza *sexual*, é da natureza *humana*. Se você duvida da capacidade agressiva das mulheres, pergunte à sua guarda Lampley.

— Ela deve estar dormindo em algum lugar agora — disse Clint.

Evie sorriu como se tivesse mais informações.

— Não sou tola a ponto de prometer a você que as mulheres do outro lado da Árvore têm uma utopia. O que elas vão ter é um começo melhor e uma boa chance de um final melhor. Você está no caminho dessa chance. Você e só você, de todos os homens na Terra. Eu preciso que saiba disso. Se me deixar morrer, aquelas mulheres vão ser libertadas para viverem vidas da escolha delas.

— Vidas da *sua* escolha, Evie. — A voz dele pareceu seca aos próprios ouvidos.

O ser do outro lado da porta da cela batucou um ritmo na moldura da cama com a ponta dos dedos.

— Linny Mars estava na delegacia quando foi destruída. Ela se foi para sempre. Ela não teve escolha.

— Você tirou dela — disse Clint.

— Nós poderíamos continuar com isso para sempre. Culpa sua, culpa minha. A história mais antiga do universo. Vá lutar sua guerra, Clint. Essa é uma coisa que os homens sabem fazer. Me faça ver outro pôr do sol.

13

1

Quando a primeira faixa de sol apareceu acima da floresta atrás do Instituto Penal de Dooling, uma fileira de buldôzeres surgiu na West Lavin, de uma ponta a outra. Os três eram Caterpillars; dois D-9 e um D-11 grande. A equipe de ataque era formada por dezoito homens no total. Quinze estavam com os buldôzeres, indo na direção do portão de entrada; três estavam avançando pela parte de trás da cerca da prisão. (Eles tinham deixado o conselheiro Miller no bloqueio com um frasco de Vicodin e a perna com o curativo apoiada em uma cadeira dobrável.)

Frank havia organizado doze no grupo ofensivo, em três quartetos. Cada quarteto, com coletes e máscaras, se escondia atrás de um buldôzer, usando-o como proteção. As janelas e grades dos buldôzeres foram cobertas com pedaços de aço. O policial aposentado Jack Albertson dirigia o primeiro da fila, o treinador JT Wittstock dirigia o segundo e o antigo boxeador amador, Carson Struthers, dirigia o terceiro. Frank estava ao lado de Albertson no buldôzer dele.

Os homens no bosque eram o policial Elmore Pearl, o caçador Drew T. Barry (o escritório dele agora estava destruído) e Don Peters.

2

Clint viu os buldôzeres da janela alta da Ala B e correu para a escada, vestindo o colete à prova de balas no caminho.

— Divirta-se se ferrando, doutor — gritou Scott Hughes com alegria quando ele passou correndo.

— Até parece que eles vão deixar você sair numa boa se entrarem — disse Clint. Isso arrancou o sorriso do rosto de Scott.

Clint correu pela Broadway e parou para botar a cabeça na sala de visitas.

— Rand, eles estão chegando. Prepare o gás lacrimogênio.

— Certo — disse Rand da sala familiar na extremidade da sala, e colocou calmamente a máscara que já estava preparada.

Clint continuou até a estação de segurança junto à porta.

A estação era uma salinha básica à prova de balas, por onde os visitantes tinham que passar e se registrar. A salinha tinha uma janela comprida e uma gaveta para a entrega de identidades e objetos de valor para o guarda de serviço. Havia um painel de comunicação como os da Guarita e do portão, com monitores que podiam exibir a vista de várias áreas internas e externas da prisão. Tig estava em frente a esse painel.

Clint bateu na porta e Tig a abriu.

— O que você vê nos monitores?

— O nascer do sol está ofuscando as lentes. Se tem homens atrás dos buldôzeres, eu ainda não consigo ver.

Eles tinham oito ou nove granadas de gás para serem disparadas pelo lançador. No monitor central, embaixo das espirais de brilho, Clint viu várias caírem no estacionamento e espalharem fumaça branca misturada com a fumaça escura que ainda saía dos pneus. Ele mandou Tig ficar de olho e saiu correndo.

Seu próximo destino era a sala de descanso. Jared e Michaela estavam à mesa com um maço de cartas e copos de café.

— Vão se esconder agora. Está começando.

Michaela levantou o copo para ele em um brinde.

— Desculpa, doutor. Tenho idade suficiente para votar e tudo. Acho que vou ficar por aqui mesmo. Quem sabe, pode até ter um prêmio Pulitzer no meu futuro.

Jared estava pálido como giz. Ele olhou de Michaela para o pai.

— Tudo bem — disse Clint. — Longe de mim querer limitar a liberdade de imprensa. Jared, se esconda, e não me diga onde.

Ele saiu correndo antes que o filho pudesse responder. A respiração estava ofegante quando chegou à porta dos fundos que dava perto do barracão e do campo. O motivo de ele nunca ter sugerido a Lila que eles corressem juntos, até a manhã da Aurora, era que ele não queria que ela precisasse limitar seu ritmo por causa dele; teria sido constrangedor. Qual era a raiz disso, vaidade ou preguiça? Clint prometeu a si mesmo refletir de verdade sobre a pergunta quando tivesse um tempinho livre e, se ele tivesse sorte de sobreviver àquela manhã e voltar a falar com a esposa, possivelmente repetir a proposta de eles começarem a correr juntos.

— Três buldôzeres na estrada — anunciou Clint ao sair.

— Nós sabemos — disse Willy Burke. Ele andou até Clint de onde estava, atrás do barracão. Havia um contraste estranho entre o colete à prova de balas e o suspensório vermelho festivo, agora caído em arcos sobre os quadris. — Tig mandou mensagem de rádio. Billy vai ficar aqui, vigiando a cerca norte. Eu vou até a esquina ali para ver se tenho linha de fogo livre. Você pode se juntar a mim, mas vai precisar de uma destas. — Ele entregou uma máscara de gás para Clint e colocou a dele.

3

Na virada de noventa graus da estrada para o portão, Frank bateu na placa de metal acima da porta, sinal para Albertson ficar para a direita. Jack fez exatamente isso, de forma lenta e cuidadosa. Os homens recuaram um pouco, mantendo o volume de metal à frente o tempo todo enquanto manobravam. Frank estava de colete e segurava uma Glock na mão direita. Via filetes de fumaça descendo pela estrada. Isso era esperado: ele ouviu o estalo das granadas de gás sendo disparadas. Eles não podiam ter muitas. Havia muito mais máscaras do que granadas no arsenal da delegacia.

O primeiro buldôzer completou seu ajuste, e os quatro homens subiram atrás, encostados ombro a ombro.

No cockpit do buldôzer, Jack Albertson estava protegido atrás da chapa de aço, erguida em posição mais alta, bloqueando o vidro da frente. Ele acelerou bem enquanto seguia para o portão.

Frank usou o walkie-talkie, embora nem todos na força de ataque tivessem um; tudo havia sido feito às pressas.

— Se preparem, pessoal. Está para acontecer. — *E por favor*, pensou ele, *com o menor derramamento de sangue possível.* Ele já tinha perdido dois homens, e o ataque nem tinha começado.

4

— O que você acha? — Clint perguntou a Willy.

Do outro lado da cerca dupla, o primeiro buldôzer, com a lâmina frontal erguida, estava se aproximando. Por meio segundo, houve um vislumbre de movimento na parte de trás da máquina.

Willy não respondeu. O sujeito estava revivendo um metro quadrado de inferno sem nome no sudeste da Ásia, em 1968. Tudo estava imóvel, com água de pântano até o pomo de adão, uma camada de fumaça bloqueando o céu, ele ensanduichado no meio, e tudo estava tão imóvel, e um pássaro vermelho, azul, amarelo e enorme, do tamanho de uma águia, passou flutuando ao lado dele, morto, com o olho enevoado. A criatura estava tão vívida e incongruente na luz estranha. As penas gloriosas roçaram no ombro de Willy, e a corrente suave a levou, e ela desapareceu na fumaça.

(Uma vez, ele contou isso para a irmã. "Eu nunca tinha visto um pássaro daquele jeito. Nem durante o tempo que fiquei lá. E também não vi nenhum depois, claro. Eu me pergunto às vezes se era o último da espécie." O Alzheimer já tinha consumido boa parte da personalidade dela, naquela época, mas ainda havia sobrado um pouquinho, e ela disse: "Talvez só estivesse... machucado, Willy". E Willy disse para ela: "Eu te amo mesmo, sabe". Sua irmã ficou vermelha.)

A lâmina do buldôzer acertou o meio da cerca com um estrondo alto. Os elos se curvaram para dentro antes de a seção inteira ser arrancada do chão e jogada em cima da segunda camada de cerca, depois da área central. Fantasmas de gás lacrimogênio se abriram na frente do buldôzer conforme foi se adiantando, batendo na segunda cerca com o fragmento emaranhado da primeira. A cerca interna se curvou e desabou, e o buldôzer passou por cima dos detritos. Continuou pelo estacionamento tomado de fumaça, com um pedaço de cerca preso e chiando embaixo.

O segundo e o terceiro buldôzer foram atrás pela abertura.

Um sapato marrom, visível atrás do canto esquerdo traseiro do primeiro buldôzer, apareceu na visão de Willy. Ele disparou. Um homem gritou e caiu da parte de trás do veículo, girando um braço e jogando longe uma arma. Era um sujeitinho de pernas arqueadas usando uma máscara de gás e um colete. (Willy não saberia que era Pudge Marone, do Squeaky Wheel, nem que o rosto de Pudge estivesse visível. Willy não bebia em bares havia anos.) Apesar de o tronco do homem estar protegido, as pernas e braços não estavam, e isso era ótimo porque Willy não queria matar ninguém, se pudesse evitar. Ele disparou de novo, não exatamente onde queria, mas perto, e a bala calibre .223, disparada por um rifle de assalto M4 que era propriedade do Departamento de Polícia de Dooling até o dia anterior, explodiu o polegar de Pudge Marone.

Um braço surgiu atrás do buldôzer para ajudar o homem caído, uma tentativa compreensível e talvez até louvável, embora nem um pouco sábia. O braço em questão pertencia ao policial aposentado Nate McGee, que, tendo perdido mais de cem dólares jogando dados no asfalto da Route 31 na noite anterior, acabou acalmando a si mesmo com dois pensamentos falsos: um, que se tivesse certeza de que a sra. McGee talvez acordasse um dia, não teria feito aposta nenhuma; e o outro, que pelo menos ele já tinha esgotado o azar da semana. Não era verdade. Willy atirou uma terceira vez, acertando o cotovelo do braço esticado. Houve outro grito, e McGee caiu de trás do buldôzer. Willy disparou mais quatro tiros rápidos, testando a placa de aço que tinha sido presa na grade do veículo, e ouviu as balas ricochetearem inutilmente.

Frank se inclinou de trás da cobertura do primeiro buldôzer com uma pistola e disparou uma série de tiros rápidos na direção de Willy. Em 1968, Willy talvez conseguisse julgar, pelo ângulo do braço de Geary, que a mira estava ruim e ficasse em posição para derrubá-lo, mas 1968 tinha sido cinquenta anos antes, e levar um tiro era algo que ninguém desejava. Willy e Clint chegaram para o lado para se esconderem.

Quando o buldôzer de Jack Albertson rolou pelos filetes de gás lacrimogênio e fumaça preta direto para cima do trailer e da porta da frente, os detritos embaixo da parte fronteira fazendo um ruído alto, o segundo buldôzer, dirigido pelo treinador Wittstock, passou pelo buraco na cerca.

Com Albertson na frente e Carson Struthers atrás, a lâmina do treinador Wittstock estava erguida como proteção. Ele ouvia os tiros, ouvia os gritos, mas não viu Nate McGee segurando o cotovelo no chão à frente, e quando o buldôzer passou por cima do homem caído, o treinador Wittstock concluiu que as esteiras da máquina estavam passando apenas sobre um dos pneus queimados.

Ele deu um grito de comemoração. Estava ultrapassando as barreiras, como ensinava os jogadores de futebol americano a fazer, destemidos e implacáveis!

Da posição estratégica na janela da sala de visitas, Rand esperou para disparar no primeiro buldôzer só quando o veículo estava na metade do caminho entre o portão e a porta de entrada. Seus tiros atingiram a placa de aço aqui e ali, ricocheteando sem efeito.

Pete Ordway, os garotos Wittstock e Dan "Treater" Treat, protegidos pelo segundo buldôzer, se viram de cara com o corpo esmagado de Nate McGee. A máscara de gás do morto estava cheia de sangue, e o tronco tinha explodido em volta das tiras do colete. Havia massa cinzenta jorrando da esteira do veículo; pedaços de pele balançavam como bandeirolas. Rupe Wittstock gritou e pulou para longe da sujeira, se afastando das vísceras, mas entrando na linha de fogo de Rand.

O primeiro disparo de Rand passou a dois centímetros da cabeça do alvo, o segundo, a um. Rand soltou um palavrão e botou o terceiro tiro bem no meio das costas do homem. A bala se alojou no colete à prova de balas que o alvo estava usando e o fez se curvar. Ele jogou os braços para o alto como um torcedor em um estádio fazendo a ola. Rand atirou uma quarta vez, mais baixo. Acertou o alvo nas nádegas e o derrubou no chão.

O policial Treat não se deixou afetar. Saído havia apenas um ano da divisão de paraquedistas 82nd Airborne, ainda tinha certa tranquilidade em relação a levar um tiro, aquela que Willy Burke tinha perdido muito tempo antes. Ele pulou do segundo buldôzer sem pensar duas vezes. (Na verdade, ficou aliviado de entrar no modo militar. A ação era um distanciamento da realidade inescapável de que sua filha Alice estava naquele segundo apoiada na mesa de brincadeiras no apartamento em que eles moravam, envolta em fibras brancas, quando devia estar se levantando para outro dia de aulas do segundo ano. E era um distanciamento do pensamento de que seu filho de um ano estava no momento em uma creche nada confiável cuidada por homens.) Sem cobertura, Treat devolveu os tiros com um M4 que tinha recuperado na Route 31.

Na janela, Rand caiu de joelhos na mesa sobre a qual estava de pé. Fragmentos de concreto choveram em seu pescoço e suas costas.

Treater levantou Rupe Wittstock e o puxou para a proteção de uma pilha de pneus fumegantes.

O buldôzer se chocou na traseira do trailer Fleetwood, batendo com o capô dele na porta da frente da prisão em uma explosão de vidro.

5

Jared estava sentado no chão da lavanderia enquanto Michaela empilhava lençóis em volta dele, construindo um montinho para escondê-lo.

— Me sinto idiota — disse Jared.

— Você não parece idiota — respondeu Michaela, o que não era verdade. Ela esticou um lençol acima da cabeça dele.

— Me sinto uma mulherzinha.

Michaela odiava aquela palavra. Mesmo enquanto ouvia mais tiros soando lá fora, a palavra a irritou. Naquele contexto, ser mulherzinha significava ser covarde, e apesar de ser mulher, não havia nada de covarde nela. Janice Coates não a tinha criado para ser covarde. Ela levantou o lençol e deu um tapa forte (mas não muito) na bochecha de Jared.

— Ei! — Ele levou a mão ao rosto.

— Não diga isso.

— O quê?

— Não diga mulherzinha querendo dizer uma fraqueza. Se sua mãe não ensinou isso, deveria. — Michaela largou o lençol sobre o rosto dele.

6

— É um crime ninguém estar filmando isso para passar na porra da TV — disse Low.

Com o olho na mira da bazuca, ele viu o segundo buldôzer esmagar o pobre otário que tinha caído na frente da esteira, viu o pseudo-Rambo pular de trás do segundo buldôzer, começar a atirar e salvar o outro cara.

Ele testemunhou em seguida, não sem uma mistura de surpresa e euforia, o primeiro buldôzer esmagar o trailer como se fosse uma sanfona em cima da porta da prisão. Era um conflito estelar, e só ia ficar melhor quando eles apimentassem tudo com três ou quatro rojões da bazuca.

— Quando é que a gente vai entrar em ação? — perguntou May.

— Assim que os policiais estiverem um pouco mais cansados.

— Como a gente vai ter certeza de que matou Kitty, Low? Aquele lugar deve estar cheio de vagabundas em casulos.

— A gente provavelmente não vai ter certeza, May, mas nós vamos disparar todos esses rojões e explodir a porra do lugar, então acho que temos boas chances. Até certo ponto, acho que vamos ter que torcer para dar sorte. — Low não gostava dos resmungos de última hora do irmão. — E nós vamos aproveitar isso ou não? Ou você prefere que eu dê todos os tiros?

— Para com isso, Low, eu não disse isso — protestou May. — Seja justo.

7

No nível 32 do *Boom Town*, pequenas aranhas cor-de-rosa começaram a invadir o campo de estrelas, triângulos e esferas em chamas de Evie. As aranhas encharcavam as esferas e as transformavam em estrelas cintilantes irritantes que travavam o funcionamento de tudo, droga. Na Ala A, o som de tiros ecoava de forma estridente. Evie não se deixou afetar; ela já tinha visto e ouvido homens matando em numerosas ocasiões. Porém, as aranhas cor-de-rosa a incomodavam.

— Tão más — disse ela para ninguém, deslizando as formas coloridas de um lado para outro, procurando ligações.

Evie estava extremamente relaxada; enquanto jogava no celular, estava flutuando de costas alguns centímetros acima do colchão.

8

Arbustos tremeram do outro lado da cerca norte, diretamente à frente da posição de Billy Wettermore na viela atrás do barracão. Ele soltou mais de dez tiros no amontoado verde de onde veio a movimentação. Os arbustos tremeram e sacudiram.

Drew T. Barry, um corretor de seguros ardiloso que sempre seguia o caminho mais distante de qualquer risco, não estava perto da linha de fogo de Billy. Na verdade, com a prudência que não só o tornava a primeira parada de Dooling para todas as necessidades de indenização, mas também um excelente caçador, disposto a esperar para conseguir o tiro ideal, ele parou os dois outros homens (Pearl e Peters) no bosque atrás do ginásio da prisão. Peters tinha dito que a porta dos fundos da prisão ficava na parede oeste do ginásio. A reação produzida pela pedra que Drew jogou na vegetação perto daquele lugar revelou muito a eles: sim, devia haver uma porta, e sim, estava protegida.

— Policial? — disse Drew T. Barry.

Eles estavam agachados atrás de um carvalho. Uns cinco metros à frente, ainda havia pedaços de folha no ar do estrago provocado pelos tiros. A julgar pelo som, o atirador devia estar trinta ou quarenta metros depois da cerca interna, perto do muro da prisão.

— O quê? — respondeu Don Peters. O rosto vermelho estava molhado de suor. Ele estava carregando a bolsa com as máscaras e os alicates de cortar cadeado.

— Não você, o verdadeiro policial — disse Drew T. Barry.

— Sim? — Pearl assentiu para ele.

— Se eu matar o cara que está atirando na nossa direção, não tem chance de eu ser acusado de nada? Você tem certeza de que Geary e Coombs vão jurar que agimos no cumprimento legal do nosso dever?

— Tenho. Palavra de escoteiro. — Elmore Pearl levantou a mão na saudação de sua infância, os três primeiros dedos erguidos, o mindinho preso pelo polegar.

Peters limpou o catarro da garganta.

— Precisa que eu volte e traga um tabelião, Drew?

Drew T. Barry ignorou a cutucada engraçadinha, mandou os dois ficarem no lugar e começou a voltar para a floresta, seguindo pela inclinação norte em passos rápidos e silenciosos, com o rifle Weatherby pendurado nas costas.

9

Com a parada dos buldôzeres, Frank continuou mirando no canto sudoeste da prisão, pronto para acertar o atirador que estava lá, se ele mostrasse a cara. Os tiros o abalaram; tornaram tudo real. Ele se sentia nauseado pelo sangue e pelos corpos no chão, obscurecidos e revelados conforme as nuvens de gás lacrimogênio se deslocavam no vento, mas sua determinação continuava forte. Ele sentia horror, mas não remorso. Sua vida era a vida de Nana, o que tornava o risco aceitável. Foi o que ele disse para si mesmo.

Kronsky se juntou a ele.

— Anda logo — disse Frank. — Quanto mais cedo isso acabar, melhor.

— Você tem razão nisso, chefia — disse Kronsky, apoiado em um joelho e com a mochila no chão. Ele abriu a mochila, tirou o pacote de dinamite e cortou três quartos do pavio.

A porta protegida do buldôzer se abriu. Jack Albertson desceu, carregando a antiga arma de serviço, uma .38.

— Nos proteja de toda a merda que vem de lá — disse Kronsky para Albertson, apontando na direção onde Willy Burke estava. Em seguida, se virou para Frank. — Vamos nessa, e é melhor você dar passadas largas.

Os dois homens seguiram pela parede noroeste da prisão, agachados. Embaixo da janela derrubada que era um dos pontos de fogo dos defensores, Kronsky parou. Estava com a dinamite na mão e um isqueiro azul de plástico na outra. O cano do rifle defensor que tinha aparecido ali voltou a aparecer.

— Pegue essa coisa — disse ele para Frank.

Frank não questionou a ordem, só esticou o braço e fechou a mão esquerda no tubo de metal. Ele puxou a arma da mão do homem que estava dentro. Ouviu um palavrão abafado. Kronsky acendeu o isqueiro, acendeu o pavio curto e jogou lá dentro casualmente, direto pelo buraco. Frank largou o rifle e se deitou no chão.

Três segundos depois, houve um estrondo. Fumaça e pedaços de carne sangrenta voaram pela janela.

10

A terra tremeu e soltou um rugido ultrajado.

Clint, lado a lado com Willy Burke na parede oeste, viu uma onda de gás lacrimogênio do estacionamento, gerada pelo que tinha acabado de explodir. Sinos soaram no crânio dele, e suas juntas vibraram. Por baixo de todo aquele barulho, ele só conseguia pensar que as coisas não estavam indo tão bem quanto esperava. Aquele pessoal ia matar Evie e todo o resto. Culpa dele, fracasso dele. A pistola que estava carregando ridiculamente (nunca nos quinze anos de casamento ele tinha aceitado o convite de Lila para ir ao campo de tiro com ela) surgiu na mão dele mesmo assim, implorando para ser disparada.

Ele se inclinou em volta de Willy Burke, observou o amontoado na porta da frente e apontou para a figura de pé na traseira do primeiro buldôzer. O homem estava olhando para a nuvem de poeira saindo da janela de Rand Quigley, que, assim como tudo naquela manhã, tinha explodido e abandonado a forma original.

(Jack Albertson não esperava a explosão. Deu um susto nele, e ele baixou a guarda para olhar. Apesar de o caos não o incomodar — como mineiro na juventude, um mineiro que tinha sobrevivido a muitos tremores de terra, seus nervos eram bons —, o deixava perplexo. Qual era o problema dessa gente, que preferia um tiroteio a entregar uma mulher má para a lei? Na visão dele, o mundo ia ficando cada vez mais maluco a cada ano que passava. Seu Waterloo pessoal foi a eleição de Lila Norcross como Chefe do Departamento de Polícia de Dooling. Um rabo de saia como xerife! Não podia ficar mais ridículo do que isso. Jack Albertson apresentou seu pedido de aposentadoria naquela época e voltou para casa para apreciar sua solteirice em paz.)

O braço de Clint ergueu a pistola, a mira encontrou o homem atrás do buldôzer, e seu dedo puxou o gatilho. O tiro foi seguido de um estalo suculento, o som de uma bala atravessando a placa frontal da máscara de gás do homem. Clint viu a cabeça ser jogada para trás e o corpo desmoronar.

Ah, Jesus, pensou ele. Devia ser alguém que conhecia.

— Venha! — gritou Willy, puxando-o para a porta dos fundos. Clint foi, as pernas fazendo o que precisavam fazer. Matar alguém tinha sido mais fácil do que ele achava que seria. O que só tornava tudo pior.

14

1

Quando Jeanette abriu os olhos, a raposa estava deitada em frente à porta da cela de Evie. O focinho estava apoiado no piso de cimento rachado, dos quais brotava musgo verde.

— Túnel — disse Jeanette para si mesma. Tinha alguma coisa sobre um túnel. Ela disse para a raposa: — Eu passei por um? Não lembro se passei. Você foi mandada por Evie?

A raposa não respondeu, como ela quase esperava (nos sonhos, animais sabiam falar, e aquilo parecia um sonho... mas ao mesmo tempo não). A raposa só bocejou, olhou para ela com esperteza e se levantou.

A Ala A estava vazia, e havia um buraco na parede. Raios de luz do sol matinal entravam por ele. Havia geada nos pedaços de cimento quebrado, derretendo e pingando com o aumento da temperatura.

Jeanette pensou: *Me sinto desperta de novo. Acho que* estou *acordada.*

A raposa fez um ruído e andou até o buraco. Olhou para Jeanette, fez outro ruído e passou, então foi engolida pela luz.

2

Ela passou pelo buraco com cuidado, se abaixando por causa das pontas afiadas de cimento quebrado, e se viu em um campo de mato até o joelho e girassóis mortos. A luz da manhã fez Jeanette estreitar os olhos. Seus pés esmagaram a vegetação rasteira congelada, e o ar frio gerou um arrepio por baixo do tecido fino do uniforme.

As sensações fortes de ar fresco e brilho do sol a despertaram completamente. O corpo antigo, exausto pelo trauma, pelo estresse e pela falta de sono, era uma pele que tinha sido deixada para trás. Jeanette se sentia nova.

A raposa correu bruscamente pela grama, guiando-a pelo lado leste da prisão na direção da Route 31. Jeanette teve que andar rápido para acompanhar enquanto seu olhar se ajustava à luz intensa do dia. Ela lançou um olhar para a prisão: arbustos desfolhados sufocavam as paredes; as carcaças enferrujadas de um buldôzer e de um trailer bloqueavam a entrada da construção, também cobertas de vegetação; pedaços chamativos de grama amarelada surgiam de rachaduras e buracos no estacionamento; outros veículos enferrujados estavam espalhados no asfalto. Jeanette olhou na direção oposta. As cercas estavam derrubadas; ela via o arame cintilando no meio do mato. Apesar de Jeanette não entender o como e nem o porquê, ela absorveu imediatamente a situação. Aquilo era o Instituto Penal de Dooling, mas o mundo tinha girado, talvez durante anos.

Sua guia continuou pela vala que acompanhava a Route 31, atravessou a estrada rachada e em desintegração e entrou na escuridão azul-esverdeada da floresta do outro lado. Conforme a raposa subia o aclive, o pelo laranja surgia e sumia na penumbra.

Jeanette correu para atravessar a estrada, mantendo o olhar no rabo em movimento. Um dos tênis escorregou em um trecho úmido, e ela precisou se segurar em um galho para não se desequilibrar. O frescor do ar, carregado de seiva de árvore, folhas em compostagem e terra molhada, ardia pela garganta dela até o peito. Estava fora da prisão, e uma lembrança de jogar Banco Imobiliário quando criança surgiu: *Saída livre da prisão!* Essa nova realidade maravilhosa extirpava o quadrado da floresta do próprio tempo e o transformava em uma ilha além do alcance: de limpadores industriais, de ordens, de chaves tilintando, de roncos e peidos de colegas de cela, de choro de colegas de cela, de portas de cela sendo fechadas. Agora, ela era a única governante; rainha Jeanette, daquele momento em diante. Ser livre era doce, mais doce do que ela tinha fantasiado.

Porém, então:

— Bobby. — Ela sussurrou para si mesma. Esse era o nome que tinha que lembrar, que tinha que carregar consigo, para não sentir a tentação de ficar.

3

Avaliar distâncias era difícil para Jeanette; ela estava acostumada com a pista plana de borracha que contornava o campo do Instituto, cada volta cerca de oitocentos metros. A subida regular para sudoeste era mais rigorosa, e ela precisou aumentar as passadas, o que fez os músculos das coxas cantarolarem de uma forma que doía e era maravilhosa ao mesmo tempo. A raposa parava de vez em quando para permitir que ela diminuísse um pouco a distância antes de seguir em frente. Estava suando muito, apesar do frio. O ar dava a sensação daquele momento marcante em que o inverno estava chegando na primavera. Alguns brotos de pontas verdes surgiam no marrom-cinzento da floresta, e onde a terra estava a céu aberto, estava enlameada de neve derretida.

Talvez tivessem percorrido três quilômetros, talvez quatro, quando a raposa guiou Jeanette por trás de um trailer caído em um mar de mato. Uma fita amarela da polícia já muito velha tremia ao vento, caída no chão. Ela achava que estava chegando perto agora. Ouviu um zumbido leve no ar. O sol estava mais alto, e o meio-dia se aproximava. Ela estava começando a sentir sede e fome, e talvez houvesse algo para comer e beber em seu destino; como um refrigerante gelado cairia bem agora! Mas não importava, Bobby era o que precisava estar em sua mente. Ver Bobby de novo. À frente, a raposa desapareceu embaixo de um arco de árvores quebradas.

Jeanette correu atrás, passando por uma pilha de detritos cobertos de mato. Talvez já tivesse sido uma cabana ou um barracão. Ali, mariposas cobriam os galhos das árvores, os corpos marrons incontáveis tão próximos uns dos outros que elas pareciam cracas estranhas. E isso levou a um pensamento: Jeanette compreendeu que o mundo em que se encontrava ficava fora de tudo que ela já tinha conhecido, como um local no fundo do mar. As mariposas pareciam imóveis, mas ela as ouvia estalando baixinho, como se falando.

Bobby, elas pareciam dizer. *Não é tarde demais para começar de novo*, elas pareciam dizer.

A subida finalmente chegou ao fim. Através do que restava da floresta, Jeanette viu a raposa na grama desbotada de um campo de inverno. Ela inspirou fundo. Um aroma de querosene, totalmente inesperado e parecendo desconectado de tudo, atingiu seu nariz e sua boca.

Jeanette saiu em terreno aberto e viu uma coisa que não podia existir. Uma coisa que a fez ter certeza de que não estava mais na área dos Apalaches que conhecia.

4

Era um tigre branco, a pelagem com marcas pretas e finas. O animal revirou a cabeça e rugiu, parecendo o leão da MGM. Atrás dele havia uma árvore, uma Árvore, surgindo da terra em um emaranhado de cem troncos que se retorciam em uma fonte ampla de galhos, pingando com folhas e musgo, viva com os corpos agitados de aves tropicais. Uma cobra vermelha enorme, brilhante e cintilante, subia pelo centro.

A raposa correu até uma abertura no fuste, lançou um olhar um tanto selvagem para Jeanette e sumiu no interior. Era ele, era o túnel que seguia nas duas direções. O túnel que a levaria de volta para o mundo de onde ela tinha vindo, o mundo onde Bobby esperava. Ela começou a andar na direção dele.

— Pare onde está. E levante as mãos.

Uma mulher com uma camisa xadrez amarela e calça jeans estava parada na grama que ia até os joelhos, apontando uma pistola para Jeanette. Ela tinha aparecido pela lateral da árvore, que era, na base, mais ou menos do tamanho de um prédio. Na mão que não estava segurando a pistola, ela carregava uma lata com um elástico azul no meio.

— Não chegue mais perto. Você é nova, não é? E suas roupas dizem que você é da prisão. Deve estar confusa. — Um sorriso peculiar tocou os lábios da moça de camisa amarela, uma tentativa inútil de aliviar a estranheza da situação: a Árvore, o tigre, a arma. — Eu quero te ajudar. Vou ajudar. Nós somos amigas aqui. Eu sou Elaine, tá? Elaine Nutting. Só me deixe fazer uma coisinha e podemos conversar melhor.

— Que coisinha? — perguntou Jeanette, apesar de ter certeza de que sabia. Por que outro motivo haveria o fedor de querosene? A mulher estava se preparando para botar fogo na Árvore Impossível. Se incendiasse, o caminho de volta para Bobby seria queimado. Evie tinha dito isso. Não podia acontecer, mas como a mulher poderia ser impedida? Ela estava a pelo menos seis metros de distância, longe demais para que Jeanette partisse para cima.

Elaine se apoiou em um joelho e ficou observando Jeanette com atenção enquanto colocava a pistola na terra (mas ao alcance da mão) e abria rapidamente a tampa da lata de querosene.

— Eu já espalhei as duas primeiras. Só preciso terminar de fazer um círculo. Para garantir que vá queimar.

Jeanette deu dois passos para a frente. Elaine pegou a arma e se levantou.

— Fique onde está!

— Você não pode fazer isso — disse Jeanette. — Não tem o direito.

O tigre branco estava sentado perto da abertura que tinha engolido a raposa. Bateu o rabo de um lado para outro e observou com olhos âmbar brilhantes entreabertos.

Elaine jogou querosene na árvore, manchando a madeira de um marrom mais escuro.

— Eu *tenho* que fazer isso. É melhor assim. Resolve todos os problemas. Quantos homens te fizeram mal? Muitos, imagino. Eu trabalhei com mulheres como você durante toda a minha vida adulta. Sei que não entrou na prisão sozinha. Um homem empurrou você para lá.

— Moça — disse Jeanette, ofendida pela ideia de que uma olhada nela pudesse revelar a alguém qualquer coisa de importância. — Você não me conhece.

— Talvez não pessoalmente, mas estou certa, não estou? — Elaine virou o resto de querosene em umas raízes e jogou a lata de lado.

Jeanette pensou: *Você não é Elaine Nutting, é Elaine Neurótica.*

— Teve um homem que me fez mal, sim. Mas eu fiz mais mal a ele. — Jeanette deu um passo na direção de Elaine. Ela estava a uns quatro metros e meio agora. — Eu matei ele.

— Que bom, mas não chegue mais perto. — Elaine balançou a pistola de um lado para outro, como se pudesse afastar Jeanette. Ou apagá-la.

Jeanette deu outro passo.

— Algumas pessoas dizem que ele mereceu, até algumas que já foram amigas dele. Tudo bem, elas podem acreditar nisso. Mas o promotor não acreditou. E o mais importante, *eu* não acredito, apesar de ser verdade que eu não estava lúcida quando aconteceu. E é verdade que ninguém me ajudou quando eu precisava de ajuda. Então eu matei ele, e queria não ter matado. O peso está nas minhas costas, não nas dele. Eu tenho que viver com isso. E vivo.

Outro passo, um pequeno.

— Sou forte o bastante para carregar minha parcela de culpa, certo? Mas tenho um filho que precisa de mim. Ele precisa saber como crescer da forma certa, e isso é uma coisa que eu posso ensinar. Não quero mais ser pressionada por ninguém, homem ou mulher. Na próxima vez que Don Peters tentar me obrigar a bater uma punheta, eu não vou matar ele, mas... vou arrancar os olhos dele na unha, e se ele me bater, vou continuar dando unhadas. Não vou mais ser saco de pancadas. Então, pode pegar o que você acha que sabe sobre mim e enfiar onde o sol não brilha.

— Acho que você está fora de si — disse Elaine.

— Não tem mulheres aqui que querem voltar?

— Não sei. — Elaine deslocou o olhar. — Provavelmente. Mas elas estão perdidas.

— E você tem o direito de tomar essa decisão por elas?

— Se mais ninguém tem coragem — disse Elaine (sem percepção nenhuma de como estava falando como o marido) —, então sim. Nesse caso, depende de mim. — Do bolso da calça jeans ela tirou um acendedor de gatilho com cano comprido, do tipo que as pessoas usavam para botar fogo no carvão de uma churrasqueira. O tigre branco estava olhando e ronronando, um som ribombante e grave que parecia um motor parado. Não parecia para Jeanette que fosse haver qualquer ajuda vinda daquele lado.

— Imagino que você não tenha filhos, né? — perguntou Jeanette.

A mulher pareceu magoada.

— Eu tenho uma filha. Ela é a luz da minha vida.

— E ela está aqui?

— Claro que está. Está protegida aqui. E pretendo fazer com que continue assim.

— O que ela acha disso?

— O que ela acha não importa. Ela é só uma criança.

— Certo, e todas as mulheres que tiveram que deixar filhos homens para trás? Elas não têm o direito de criar os filhos e proteger eles? Mesmo que gostem daqui, elas não têm essa *responsabilidade*?

— Sabe — disse Elaine com um sorrisinho —, essa declaração por si só basta para me dizer que você é boba. *Garotos* crescem e viram *homens*. E são os homens que fazem todas as besteiras. São eles que derramam sangue e envenenam a Terra. Nós estamos melhor aqui. Tem bebês meninos aqui, sim, mas eles vão ser diferentes. Nós vamos ensinar que eles sejam diferentes. — Ela respirou fundo. O sorrisinho se alargou, como se estivesse inflando-o com gás da loucura. — Este mundo vai ser gentil.

— Quero perguntar de novo: você pretende fechar a porta da vida de todas as outras mulheres que ficaram para trás sem nem perguntar a elas?

O sorriso de Elaine hesitou.

— Elas podem não entender, então eu... eu estou...

— O que você está fazendo, moça? Além de besteira? — Jeanette enfiou a mão no bolso.

A raposa reapareceu e se sentou ao lado do tigre. A cobra vermelha deslizou por um dos tênis de Jeanette, pesada, mas ela nem olhou para baixo. Aqueles animais não atacavam, ela entendia; eram provenientes do que um pastor, nos dias enevoados da infância otimista em que frequentava a igreja, chamava de Reino Pacífico.

Elaine acionou o acendedor. Uma chama tremeu na ponta.

— Eu estou tomando uma *decisão executiva*!

Jeanette tirou a mão do bolso e jogou um punhado de ervilhas na outra mulher. Elaine se encolheu, levantou a mão com a arma em um gesto instintivo de defesa e recuou. Jeanette percorreu a distância entre as duas e a segurou pela cintura. A arma caiu da mão de Elaine direto na terra, mas ela continuou segurando o acendedor. Elaine se esticou, a chama na ponta se curvando na direção do nó de raízes molhadas de querosene. Jeanette bateu com o pulso de Elaine no chão. O acendedor escorregou da mão dela e se apagou, mas tarde demais; chamas azuis dançaram sobre uma das raízes, se deslocando para o tronco.

A cobra vermelha deslizou árvore acima, querendo ir para longe do fogo. O tigre se levantou preguiçosamente, foi até a raiz em chamas e colocou a pata em cima. Um filete de fumaça subiu em volta da pata, e Jeanette sentiu o cheiro de pelo queimado, mas o tigre permaneceu no lugar. Quando se afastou, as chamas azuis tinham sumido.

A mulher estava chorando quando Jeanette saiu de cima dela.

— Eu só quero que Nana fique em segurança… eu só quero que ela cresça protegida…

— Eu sei. — Jeanette não conhecia a filha daquela mulher e provavelmente nunca conheceria, mas reconhecia o som de dor verdadeira, dor espiritual. Já tinha sentido muito disso. Ela pegou o acendedor de churrasqueira. Examinou-o. Era uma ferramenta muito pequena para fechar a porta entre dois mundos. Talvez tivesse funcionado se não fosse o tigre. *Ele devia ter feito aquilo*, perguntou-se Jeanette, *ou ultrapassou seu limite? E se tiver ultrapassado, será punido?*

Tantas perguntas. Tão poucas respostas. Ela levantou o braço em círculo e viu o acendedor de churrasqueira voar girando. Elaine deu um grito de desespero quando o objeto desapareceu na grama, a quarenta ou cinquenta metros. Jeanette se inclinou e pegou a pistola, com a intenção de prender no cinto, mas estava usando o uniforme de detenta e não tinha cinto. Cintos eram proibidos. Havia detentas que às vezes se enforcavam com cintos quando tinham um. Havia um bolso na calça de amarrar, mas era raso e ainda com ervilhas até a metade; a arma cairia. O que fazer com ela? Jogar fora parecia o caminho mais sábio.

Antes que pudesse fazer isso, houve ruído de movimento nas folhas atrás dela. Jeanette se virou com a pistola na mão.

— Ei! Largue isso! Largue a arma!

Havia outra mulher armada no limite da floresta, apontando a pistola para Jeanette. Diferentemente de Elaine, ela segurava a arma com as duas mãos e as pernas abertas, como se soubesse o que estava fazendo. Jeanette, familiarizada com ordens, começou a baixar a arma, pretendendo colocar na grama ao lado da árvore… mas a uma distância prudente de Elaine Neurótica, que podia tentar pegar. Ao se inclinar, a cobra passou pelo galho acima. Jeanette se encolheu e levantou a mão segurando a arma para proteger a cabeça de um objeto em queda visto de relance. Houve um estalo e um tilintar leve, o som de duas canecas de café batendo uma na outra em um armário, e ela pareceu ouvir Evie na mente, um grito inarticulado misturando dor e surpresa. Depois disso, o tempo pulou. Jeanette estava no chão, o céu era composto de folhas, e havia sangue em sua boca.

A mulher com a pistola se aproximou. O cano da arma soltava fumaça, e Jeanette entendeu que não tinha sido o tempo que havia pulado, afinal. Ela tinha levado um tiro.

— Abaixe a arma! — ordenou a mulher. Jeanette abriu a mão, sem saber que ainda estava segurando a pistola até que caísse no chão.

— Eu conheço você — sussurrou Jeanette. Parecia que havia um peso grande e quente no peito dela. Era difícil respirar, mas não estava doendo. — Foi você que levou Evie para a prisão. A policial. Eu vi você pela janela.

— Está com cheiro de querosene — disse Lila. Ela pegou a lata virada, cheirou e a largou.

Antes da reunião daquela manhã no Shopwell, alguém tinha mencionado que um dos carrinhos de golfe havia sumido, e ninguém tinha assinado a retirada; uma garota chamada Maisie Wettermore disse que tinha visto Elaine Nutting alguns minutos antes, dirigindo um na direção do Depósito de Madeira Adams. Lila, que foi até lá com Janice Coates, trocou um olhar com a ex-diretora. Só havia duas coisas na direção do Depósito de Madeira: as ruínas do laboratório de metanfetamina e a Árvore. As duas ficaram preocupadas com a ideia de Elaine Nutting ir lá sozinha. Lila se lembrou das dúvidas de Elaine sobre os animais do local, principalmente o tigre, e pensou que ela podia tentar matá-lo. Lila tinha certeza de que não seria uma coisa boa. Por isso, as duas pegaram um carrinho de golfe e foram atrás.

E agora Lila tinha atirado em outro ser humano, uma mulher que ela nunca tinha visto, que estava sangrando no chão, gravemente ferida.

— O que você ia fazer? — perguntou ela.

— Não eu — disse Jeanette, olhando para a mulher que chorava. — Ela. Foi ela. O querosene era dela. A arma era dela. Eu impedi.

Jeanette sabia que estava morrendo, mas não estava exatamente sentindo dor. Um frio como de água de poço subia por ela, levando seus dedos dos pés, depois o resto dos pés, os joelhos, indo na direção do coração. Bobby tinha medo de água quando era pequeno.

E Bobby tinha medo de que alguém fosse pegar sua coca e seu chapéu do Mickey Mouse. Esse era o momento capturado na foto na cela que era dela. *Não, querido, não*, ela dissera para ele. *Não se preocupe. As duas coisas são suas. Sua mãe não vai deixar ninguém tirar de você.*

E se Bobby estivesse ali agora, perguntando sobre aquela água? Aquela água na qual a mãe estava afundando? Ah, ela diria que não havia nada com que se preocupar. Era um choque no começo, mas dava para se acostumar.

Porém, Jeanette não era campeã no *Suas mentiras valem prêmios*. Não tinha calibre de competidora. Ela conseguia contar uma mentirinha para Bobby, mas não para Ree. Se Ree estivesse ali, teria que admitir que, apesar de a água do poço não doer, também não parecia normal.

Ela conseguia ouvir a voz incorpórea do apresentador: *Acabou para Jeanette Sorley, infelizmente, mas vamos mandá-la para casa com presentes lindos de despedida. Fale sobre os presentes, Ken!* O apresentador falava como Warner Wolf, o sujeito do "Vamos ao videoteipe". Ei, se era para ir para casa, não dava para ter anunciante melhor.

A diretora Coates, o cabelo agora branco como giz, bloqueou o céu de Jeanette. Ficava bem nela aquele cabelo, mas a mulher estava magra demais, com manchas grandes embaixo dos olhos, as bochechas fundas. Ela pegou o acendedor de churrasqueira.

— Sorley? — Coates se apoiou em um joelho e segurou a mão dela. — Jeanette?

— Ah, merda — disse a policial. — Acho que cometi um erro horrível. — Ela ficou de joelhos e apoiou as palmas das mãos no ferimento de Jeanette, aplicando pressão, sabendo que não adiantava de nada. — Eu só queria te derrubar, mas a distância... e fiquei com medo por causa da Árvore... me desculpe.

Jeanette sentiu o sangue escorrer dos dois cantos da boca. Começou a ofegar.

— Eu tenho um filho, o nome dele é Bobby... eu tenho um filho.

As últimas palavras de Jeanette foram dirigidas a Elaine, e a última coisa que ela viu foi o rosto da mulher, os olhos arregalados e assustados.

— Por favor... eu tenho um filho...

15

Mais tarde, quando a fumaça e o gás lacrimogênio sumirem, vai haver dezenas de histórias sobre o Instituto Penal para Mulheres de Dooling, todas diferentes, a maioria conflitante, verdadeiras em alguns detalhes e falsas em outros. Quando um conflito sério começa, uma luta até a morte, a realidade objetiva se perde rapidamente na fumaça e no barulho.

Além do mais, muitos dos que poderiam acrescentar seus próprios relatos estavam mortos.

1

Quando Van Lampley, com um tiro no quadril, sangrando, cansada até a alma, dirigiu o quadriciclo lentamente por uma estrada de terra que podia ser a Allen Lane (era difícil ter certeza; havia tantas estradas de terra naquelas colinas), ela ouviu uma explosão distante vinda da direção da prisão. Olhou para o celular com rastreio que tinha tirado de Fritz Meshaum. Na tela, o celular na mão dela era representado por um ponto vermelho. O dispositivo GPS da bazuca era um verde. Os dois pontos agora estavam bem próximos, e ela achou que já tinha levado o quadriciclo até onde seria possível sem alertar os Griner que estava atrás deles.

Talvez a explosão seja eles atirando outro rojão da bazuca, pensou ela. Era possível, mas como garota de região de mineração que tinha crescido com a música desagradável de dinamite, ela achava que não. A explosão da prisão tinha sido mais abrupta e mais forte. Foi dinamite, sim. Aparentemente, os irmãos Griner não eram os únicos filhos da mãe com explosivos por aí.

Ela estacionou, desceu do quadriciclo e cambaleou. A perna esquerda da calça estava encharcada de sangue do quadril até o joelho, e a adrenalina que a tinha levado até ali estava passando. Cada parte do seu corpo doía, mas o quadril, onde Meshaum havia atirado, era pura agonia. Alguma coisa estava estilhaçada lá dentro, ela sentia os ossos roçando a cada passo, e agora estava tonta pela perda de sangue, além dos dias e noites sem dormir. Cada parte dela gritava para desistir, para abandonar aquela loucura e ir dormir.

E eu vou fazer isso, pensou ela, pegando o rifle e a pistola antiga que Meshaum tinha usado para atirar nela, *mas ainda não. Eu posso não conseguir fazer nada sobre o que está acontecendo na prisão, mas posso dar trabalho para aqueles dois filhos da mãe antes que eles piorem as coisas. Depois disso, posso apagar.*

Saindo da pista e subindo pela vegetação de árvores baixas, havia dois sulcos que talvez já tivessem sido uma estrada. Vinte metros depois, ela encontrou a picape que os Griner haviam roubado. Ela olhou dentro, não viu nada que quisesse e continuou em frente, a perna um peso que ela arrastava junto com o resto do corpo. Não precisava mais do aplicativo de rastreamento porque sabia onde estava, apesar de não ir lá desde os dias de ensino médio, quando era um local de namoro não dos melhores. Uns quatrocentos metros depois, talvez um pouco mais, a pista coberta de mato terminava em um monte onde havia algumas lápides tortas: o lote familiar de uma família que já tinha partido havia muito tempo, provavelmente a família Allen, se aquela era mesmo a Allen Lane. Era a terceira ou quarta escolha de adolescentes cheios de tesão porque a vista do alto era do Instituto Penal. Não exatamente o melhor clima para romance.

Eu consigo fazer isso, ela disse para si mesma. *Mais cinquenta metros.*

Ela percorreu os cinquenta metros, disse para si mesma que conseguia percorrer mais cinquenta, e continuou assim até ouvir vozes à frente. Em seguida, houve um *whoosh* explosivo, seguido de Little Lowell Griner e seu irmão Maynard comemorando e batendo nas costas um do outro.

— Eu não sabia se teria alcance, mano, mas olha só! — gritou um deles. A resposta foi um grito rebelde.

Van engatilhou a pistola de Meshaum e seguiu na direção dos sons da comemoração caipira.

2

Clint acreditava que a expressão "seu coração gelou" não era nada além de expressão poética até que o dele realmente gelou. Sem perceber que tinha deixado a proteção oferecida pelo canto sudoeste do prédio principal, ele olhou de queixo caído a chuva de concreto que descia da Ala C. Quantas das mulheres adormecidas naquela ala tinham morrido na explosão, incineradas ou despedaçadas dentro dos casulos? Ele mal ouviu uma coisa passar zumbindo pela orelha esquerda, e também não sentiu o puxão quando outra bala, essa disparada por Mick Napolitano de detrás do segundo buldôzer, abriu um dos bolsos da calça dele e espalhou moedas perna abaixo.

Willy Burke o segurou pelos ombros e o puxou com tanta força que Clint quase caiu.

— Está maluco, doutor? Quer morrer?

— As mulheres — disse Clint. — Tinha mulheres lá. — Ele secou os olhos, que estavam se enchendo de lágrimas por causa do gás acre. — Aquele filho da puta do Geary colocou um lançador de foguetes ou alguma coisa assim naquela colina onde fica o cemitério!

— Não tem nada que a gente possa fazer agora. — Willy se inclinou e se apoiou nos joelhos. — Você pegou um dos filhos da mãe, pelo menos, e isso é um começo. Nós precisamos entrar. Vamos para a porta dos fundos e levar Billy conosco.

Ele estava certo. A frente do prédio estava uma zona de fogo.

— Willy, você está bem?

Willy Burke se empertigou e ofereceu um sorriso esforçado. O rosto estava pálido e a testa, coberta de suor.

— Bom, droga. Acho que posso estar tendo alguma coisa no coração. O médico me mandou parar com o cachimbo depois do último check-up. Eu devia ter ouvido.

Ah, não, pensou Clint. *Ah... não... porra.*

Willy leu o pensamento no rosto de Clint, pois não havia nada de errado com seus olhos, e deu um tapa no ombro dele.

— Ainda não chegou meu fim, doutor. Vamos nessa.

3

Da posição do lado de fora da sala de visita, agora quase certamente estripada pela explosão de dinamite (junto com qualquer pessoa que estivesse dentro), Frank viu Jack Albertson cair com a máscara de gás torta. Não havia nada além de sangue onde antes ficava o rosto. *A própria mãe não teria reconhecido ele*, pensou Frank.

Ele levantou o walkie-talkie.

— Notícias! Pessoal, deem notícias!

Só oito ou nove responderam, a maioria sendo os que estavam usando os buldôzeres como proteção. Claro que nem todos os homens tinham o aparelho, mas devia haver pelo menos mais algumas respostas. O palpite mais otimista de Frank era que ele tinha perdido quatro homens, incluindo Jack, que deveria estar mortinho da silva. Na verdade, ele supunha que podiam ser cinco ou seis, e os feridos precisariam ser hospitalizados. Talvez o garoto, Blass, que eles tinham deixado no bloqueio da estrada com Miller, pudesse levá-los ao St. Theresa em um dos ônibus, se bem que só Deus sabia quem ainda estaria trabalhando lá. Se houvesse alguém. Como chegou àquele ponto? Eles tinham os buldôzeres, caramba. Era para terem acabado com aquilo rápido!

Johnny Lee Kronsky segurou o ombro dele.

— Nós precisamos entrar lá, amigo. Acabar com eles. Com isto.

A mochila dele ainda estava aberta. Ele empurrou a toalha em que tinha enrolado a dinamite e mostrou a Frank o C4 dos irmãos Griner. Kronsky tinha feito um formato que parecia uma bola de futebol americano de brinquedo. Havia um Android enfiado dentro.

— É meu celular — disse Kronsky. — Estou doando à causa. Era uma merda mesmo.

Frank perguntou:

— Por onde a gente entra? — O gás lacrimogênio estava se dissipando, mas ele sentia como se o cérebro estivesse cheio dele, obscurecendo todo pensamento. A luz do dia estava ficando mais forte, o sol nascendo vermelho.

— Bem no meio seria o melhor — disse Kronsky, e apontou para o trailer meio destruído. Estava inclinado para cima do prédio, mas havia espaço para passar espremido e chegar à entrada principal, que tinha sido destruída e arrancada das dobradiças. — Struthers e aqueles caras dos buldôzeres vão nos dar cobertura. A gente entra e segue em frente até pegar a vagabunda que provocou isso tudo.

Frank não tinha mais certeza de quem tinha provocado aquilo tudo e quem estava no comando, mas assentiu. Parecia não haver mais nada a fazer.

— Tenho que configurar o timer — disse Kronsky, e ligou o celular enfiado no C4. Havia um fio na entrada de fone de ouvido do telefone. A outra ponta estava ligada a um dispositivo de bateria enfiado no explosivo. Olhar para aquilo tudo fez Frank se lembrar de Elaine preparando jantares de domingo, tirando o assado do forno e enfiando um termômetro de carne.

Kronsky deu um tapa no ombro dele, um tapa nada gentil.

— Quanto tempo, você acha? E pense com cuidado, porque quando o contador chegar a números de um dígito, eu vou jogar, onde quer que a gente esteja.

— Eu acho... — Frank balançou a cabeça, tentando clarear o pensamento. Ele nunca tinha entrado na prisão, e esperara que Don Peters desse a explicação necessária da disposição interna. Só não tinha se dado conta do quanto Peters era inútil. Agora que era tarde demais, parecia um deslize absurdo. Quantas outras coisas ele tinha deixado passar? — Quatro minutos?

Falando como um professor mal-humorado de ensino médio com um aluno burro, Kronsky perguntou:

— Você está me perguntando ou me dizendo?

Eles ouviram disparos, mas o ataque parecia ter parado. A próxima coisa poderia ser seus homens decidindo recuar. Isso não podia acontecer.

Nana, pensou Frank, e disse:

— Quatro minutos. Eu tenho certeza.

Frank pensou: *Em quatro minutos, eu vou estar morto ou isso vai estar terminando.*

Claro que era possível que a mulher fosse morta no ataque final, mas era um risco que ele teria que correr. Isso o fez pensar nos cachorros nas jaulas, tendo as vidas reféns de forças que não entendiam.

Kronsky abriu um aplicativo, digitou na tela e 4:00 apareceu. Ele digitou de novo, e os números começaram a fazer contagem regressiva. Frank ficou olhando fascinado enquanto um 3:59 virava um 3:58, que virava um 3:57.

— Está pronto, Geary? — perguntou Kronsky. No sorriso lunático, um dente de ouro cintilou.

("O que você está fazendo?", o agitador filho da puta tinha gritado para Kronsky naquele dia, na mina Graystone nº 7 da Ulysses Energy. "Pare de enrolar." O agitador filho da puta estava pelo menos vinte metros à frente. Nas profundezas escuras subterrâneas, Kronsky não conseguia ver o rosto do imbecil, e menos ainda a camiseta de Woody Guthrie, só a lanterna na cabeça. *Há poder no sindicato*, o agitador filho da puta gostava de dizer. Havia mais poder em um dólar, e o homem da Ulysses Energy deu a Johnny Lee Kronsky algumas notas novas para cuidar do problema. "Foda-se você, seu sindicato e o cavalo no qual você veio montado", disse Kronsky para o agitador filho da puta antes de jogar a dinamite e correr feito louco.)

— Acho que a gente devia... — começou Frank, e foi nessa hora que Lowell Griner disparou a bazuca pela primeira vez. Houve um som de movimento quase diretamente acima. Frank teve um vislumbre borrado de alguma coisa voando. Algum projétil.

— Para o chão! — gritou Kronsky, mas não deu a Frank a chance de fazer isso; só o segurou pelo pescoço e puxou para baixo.

O rojão acertou a Ala C e explodiu. No mundo além da Árvore, catorze antigas detentas do Instituto Penal de Dooling desapareceram, piscando uma vez antes de nuvens de mariposas se espalharem no ar onde elas estavam.

4

Apesar de ter um walkie-talkie, Drew T. Barry foi um dos que não responderam à ordem de Frank de dar notícias. Ele nem ouviu porque tinha desligado o aparelho. Tinha ido o mais alto que podia ainda mantendo certa proteção e pegou o Weatherby. O ângulo não era tão bom quanto ele esperava. Pela mira do Weatherby, viu um barracão de metal corrugado. A porta dos fundos da prisão estava aberta, havia luz saindo em um ângulo, mas aquele cara estava atrás do barracão, defendendo o caminho. Barry viu um cotovelo... um ombro... parte de uma cabeça, mas que foram rapidamente recolhidos depois de uma espiada para onde Elmore Pearl e Don Peters ainda estavam posicionados. Drew T. Barry tinha que eliminar o sujeito, e estava se coçando para dar o tiro (sim, o dedo do gatilho estava literalmente coçando), mas sabia que tiro nenhum era melhor do que um tiro ruim. Ele tinha que esperar. Se Pearl ou Peters jogassem outra pedra, isso podia fazer o cara botar a cabeça toda para fora para ver o que estava acontecendo, mas Drew T. Barry não contava que isso fosse acontecer. Elmore Pearl era cauteloso demais, e aquele merda gordo do Peters era mais perdido do que cego em tiroteio.

Anda, babaca, pensou Drew T. Barry. Dois passos bastariam. Talvez só um.

Porém, apesar de ter se encolhido no chão quando a dinamite explodiu, Billy Wettermore mantinha a posição atrás do barracão. Foi preciso a explosão da bazuca para fazer com que ele se levantasse. Ele saiu de detrás da proteção do barracão e olhou na direção do som, e isso deu a Drew T. Barry a linha de fogo direta que ele estava esperando.

A fumaça subia acima da prisão. Pessoas estavam gritando. Armas estavam sendo disparadas, aleatoriamente, sem dúvida. Drew T. Barry não tinha paciência com tiros a esmo. Ele prendeu a respiração e apertou o gatilho do rifle. O resultado foi totalmente satisfatório. Na mira, ele viu o sujeito voar para a frente, a camisa esvoaçando em farrapos.

— Peguei ele, por Deus — disse Drew T. Barry, olhando para o que restava de Billy Wettermore com uma espécie de satisfação sombria. — Foi um bom tiro, se posso dizer...

Das árvores abaixo, veio outro tiro, seguido da voz inconfundível do policial Elmore Pearl.

— Ah, seu idiota do caralho, o que você fez? O QUE VOCÊ FEZ?

Drew T. Barry correu na direção dos colegas, mantendo a cabeça abaixada, se perguntando o que tinha dado errado agora.

5

Clint e Willy viram Billy Wettermore ser jogado no ar. Quando Billy caiu, estava inerte. Um dos sapatos voou do pé, girou e bateu na beirada do telhado do barracão. Clint começou a ir na direção dele. A mão de Willy Burke que o segurou estava surpreendentemente forte.

— Não, não — disse Willy. — Pode parar, doutor. Não dá pra ir lá agora.

Clint tentou pensar.

— A gente pode tentar entrar no meu escritório pela janela. O vidro é reforçado, mas não tem grade.

— Eu posso cuidar de uma janela — disse Willy. — Vamos. — Mas, em vez de andar, ele se inclinou e segurou os joelhos de novo.

6

Don Peters nem ouviu direito Elmore Pearl gritando com ele. Atordoado pelo choque, de joelhos, ele estava olhando para o antigo parceiro de Patrulha Zumbi caído no chão de pernas abertas com sangue jorrando de um buraco no pescoço. Eric Blass olhou para ele, sufocando com mais sangue.

— Parceiro! — gritou Don. Seu capacete de futebol americano escorregou para a frente, cobrindo os olhos, e ele o empurrou com a base da mão. — Parceiro, foi sem querer!

Pearl o puxou para ficar de pé.

— Seu babaca burro, ninguém nunca ensinou que você tem que ver em que está atirando antes de puxar o gatilho?

Eric fez um som grave de gorgolejo, tossiu um spray fino de sangue e bateu no que sobrava do pescoço.

Don queria explicar. Primeiro, o rugido da dinamite, depois uma segunda explosão, depois os arbustos em movimento atrás. Ele tinha certeza de que eram mais homens daquela porra de psiquiatra. Como ele podia saber que era Blass? Ele atirou sem pensar, muito menos mirar. Que providência cruel tinha feito o tiro acertar Blass quando ele atravessava o bosque para se juntar a eles?

— Eu... eu...

Drew T. Barry apareceu, o Weatherby pendurado no ombro.

— O que foi...

— O Wild Bill Hickok aqui atirou em um dos nossos — disse Pearl. Ele deu um soco na barriga de Don, derrubando-o ao lado de Eric. — Acho que o garoto estava vindo ajudar.

— Eu achei que ele estava nos ônibus! — ofegou Don. — Frank mandou que ele ficasse lá para o caso de haver feridos, eu ouvi! — Isso era verdade.

Drew T. Barry botou Don de pé. Quando Pearl fechou a mão para acertar o sujeito choroso de rosto pálido, Barry o segurou.

— Pode bater nele o quanto quiser depois. Por mim, pode bater nele como se fosse um filho bastardo. Agora, a gente pode precisar dele. Ele conhece a disposição lá dentro, nós não.

— Você acertou ele? — perguntou Pearl. — O cara do barracão?

— Acertei — disse Drew T. Barry —, e se isso for parar em um tribunal, lembre que você me deu sinal verde. Agora, vamos acabar com isso.

De uma colina acima da prisão, eles viram um brilho de luz forte e um rastro de fumaça branca. Isso foi seguido de outra explosão do outro lado da prisão.

— Quem está disparando foguetes daquela colina? — perguntou Pearl.

— Não sei e não quero saber — disse Barry. — Aqui onde estamos, atrás da prisão, tem umas mil toneladas de concreto entre eles e nós. — Ele apontou colina abaixo, para a pista. — O que tem depois daquela porta, Peters?

— O ginásio — disse Don, ansioso para reparar o que já estava começando a acreditar que tinha sido um erro justificável, o tipo de coisa que qualquer um poderia ter feito. *Eu estava tentando proteger Pearl e a mim mesmo*, pensou ele, *e quando essa loucura acabar, Elmore vai ver isso. Elmore vai me agradecer e pagar uma bebida no Squeaky. E, ei, foi só Blass, o maior delinquente lunático que já conheci, que botou fogo naquela pobre velha sem-teto antes que eu pudesse impedir.*

— É onde as putas jogam basquete e vôlei. O corredor principal começa do outro lado, o que chamamos de Broadway. A mulher está em uma cela na Ala A, à esquerda. Não muito longe.

— Então vamos — disse Pearl. — Você vai na frente, Gatilho Veloz. Tenho um alicate para cortar a cerca.

Don não queria ir na frente.

— Acho que eu devia ficar com Eric. Ele era meu parceiro, afinal.

— Não precisa — disse Drew T. Barry. — Ele se foi.

7

Um ano antes da Aurora, quando Michaela ainda estava relegada a filmar notícias menores para o NewsAmerica — coisas como cachorros que sabiam contar e irmãos gêmeos que se encontram sem querer depois de cinquenta anos de separação —, ela tinha feito uma matéria dizendo que pessoas com grandes coleções de livros tinham contas menores de aquecimento do que os não leitores porque os livros eram um bom isolante térmico. Com isso em mente, ela se dirigiu à biblioteca da prisão quando os tiros começaram, correndo de cabeça baixa. O que ela descobriu foi basicamente estantes cheias de brochuras velhas, não exatamente o isolante que ela tinha em mente, e quando a dinamite explodiu na sala ao lado e a parede tremeu, ela foi coberta de romances de Nora Roberts e James Patterson.

Ela correu para a Broadway, dessa vez sem se dar ao trabalho de baixar a cabeça, mas fazendo uma pausa, horrorizada, para olhar a sala de visita, onde o que restava de Rand Quigley estava amontoado no chão e pingando do teto.

Michaela estava totalmente desorientada, à beira do pânico, e quando o tiro de bazuca acertou a Ala C e uma nuvem de poeira voou na direção dela (lembrando-a de imagens que tinha visto depois do desmoronamento das Torres Gêmeas), ela se virou para voltar por onde tinha vindo. Antes de dar três passos, um braço forte envolveu seu pescoço, e ela sentiu uma lâmina fria de aço na têmpora.

— Ei, lindinha — disse Angel Fitzroy. Como Michaela não respondeu imediatamente ao cumprimento, Angel empurrou com mais força o cinzel que tinha pegado na carpintaria. — Que porra está acontecendo lá fora?

— O Armagedom — respondeu Michaela com uma voz ofegante que não se parecia nem um pouco com o tom alegre que ela usava na televisão. — Por favor, pare de me sufocar.

Angel soltou Michaela e a virou de frente para si. A fumaça que vinha pelo corredor carregava o odor acre de gás lacrimogênio, fazendo as duas tossirem, mas elas conseguiam ver bem uma à outra. A mulher com o cinzel era pequena, nervosa, com um jeito predador.

— Você está diferente — disse Michaela. Devia ser um comentário extremamente estúpido com a prisão sendo atacada e uma condenada segurando um cinzel na frente dos olhos dela, mas foi só em que conseguiu pensar. — Desperta. De verdade.

— *Ela* me acordou — disse Angel, com orgulho. — Evie. Como fez com você. Porque eu tinha uma missão.

— E que missão seria essa?

— *Elas* — disse Angel, e apontou para duas mulheres que vinham pelo corredor, parecendo não estarem incomodadas com a fumaça e os tiros. Para Michaela, os restos de casulo pendurados em Maura Dunbarton e Kayleigh Rawlings pareciam pedaços de mortalha podre em um filme de terror. Elas passaram sem olhar para as outras duas.

— Como elas podem...? — começou Michaela, mas um segundo disparo de bazuca atingiu a parte da frente antes que ela pudesse terminar a pergunta. O chão tremeu, e mais fumaça surgiu, preta e fedendo a diesel.

— Não sei como elas podem fazer essas coisas e não ligo — disse Angel. — Elas têm o trabalho delas e eu tenho o meu. Você pode ajudar ou eu posso enfiar esse cinzel na sua barriga. O que você prefere?

— Eu vou ajudar — disse Michaela. (Deixando a ética jornalística de lado, seria difícil contar a história depois, se ela estivesse morta.) Ela seguiu Angel, que pelo menos parecia saber para onde estava indo. — Qual é o trabalho?

— A gente vai proteger a bruxa — disse Angel. — Ou morrer tentando.

Antes que Michaela pudesse responder, Jared Norcross saiu da cozinha, que era adjacente à lavanderia da prisão, onde Michaela o tinha deixado. Angel levantou o cinzel. Michaela segurou o pulso dela.

— Não! Ele está com a gente!

Angel estava lançando a Jared seu melhor olhar mortal.

— Está? Está com a gente? Vai nos ajudar a proteger a bruxa?

— Bom — disse Jared. — Eu estava planejando sair para dançar e tomar umas bolinhas, mas acho que posso mudar meus planos.

— Eu falei para Clint que ia proteger você — disse Michaela, com reprovação na voz.

Angel balançou o cinzel e mostrou os dentes.

— Ninguém tem proteção hoje além da bruxa. Ninguém tem proteção além de Evie!

— Tudo bem — disse Jared. — Se isso for ajudar meu pai e trouxer minha mãe e Mary de volta, eu estou dentro.

— Mary é sua namorada? — perguntou Angel. Ela tinha baixado o cinzel.

— Não sei. Não exatamente.

— Não exatamente. — Angel pareceu refletir sobre isso por um momento. — Você trata ela bem? Não empurra, não bate, não grita?

— A gente precisa sair daqui antes que morra sufocado — disse Michaela.

— Eu trato ela bem, sim.

— É melhor mesmo — disse Angel. — Vamos lá. Evie está na cela acolchoada na Ala A. A cela é acolchoada, mas a grade é dura. Vocês têm que ficar na frente dela. Assim, qualquer um que queira chegar a ela vai ter que passar por vocês.

Michaela achou que era um plano horrível, o que poderia explicar por que Angel estava dizendo "vocês", e não "nós".

— Onde você vai estar?

— Em uma missão de comando — disse Angel. — Talvez eu possa derrubar alguns antes de eles chegarem aqui. — Ela balançou o cinzel. — Vou estar logo com vocês, não tenham medo.

— Umas armas podiam ajudar se você... — Jared foi sufocado pela explosão mais alta de todas. Dessa vez, estilhaços, principalmente pedaços de parede e teto, choveram neles. Quando Michaela e Jared se empertigaram novamente, Angel não estava mais com eles.

8

— Que porra foi *isso*? — perguntou Frank nos segundos depois que o primeiro rojão de bazuca acertou a Ala C.

Ele se levantou, tirando poeira, sujeira e alguns pedaços de cimento do cabelo. Os ouvidos não estavam exatamente ecoando; o que ele ouvia era o chiado alto e metálico que às vezes sentia na cabeça depois de tomar aspirina demais.

— Alguém está disparando com artilharia pesada daquela colina lá — disse Kronsky. — Devem ser as mesmas pessoas que destruíram a delegacia.

Venha, sr. Xerife em Exercício. O tempo está passando. — Ele mais uma vez mostrou os dentes em um sorriso com brilho dourado tão alegre que pareceu surreal. Apontou para a tela do celular enfiado no explosivo plástico. 3:07 mudou para 3:06, que mudou para 3:05.

— Certo — disse Frank.

— Lembre-se, não hesite. Quem hesita se fode.

Eles seguiram para as portas destruídas. Com a visão periférica, Frank viu os homens que chegaram atrás dos buldôzeres olhando para eles. Nenhum parecia ansioso para se juntar àquele ataque em particular, e Frank não os culpava. Provavelmente, alguns estavam desejando terem ido embora com Terry Coombs.

9

Enquanto a batalha pelo Instituto Penal de Dooling se aproximava do clímax, Terry estava estacionado na garagem. Era pequena; a porta estava fechada; as janelas da Unidade Um estavam abertas e o grande motor V8 estava ligado. Terry inspirou escapamento em respirações longas de encher o pulmão. No começo, o gosto era ruim, mas dava para se acostumar bem rápido.

Não é tarde demais para mudar de ideia, disse Rita, segurando a mão dele. A esposa estava ao seu lado no banco do passageiro. *Você ainda pode tomar o controle lá. Impor um pouco de sanidade.*

— Tarde demais para isso, querida — disse Terry. A garagem agora estava azul de fumaça tóxica. Terry respirou fundo de novo, sufocou a tosse e inspirou de novo. — Não sei como isso vai terminar, mas não vejo um bom final. Assim é melhor.

Rita apertou a mão dele com solidariedade.

— Eu fico pensando em toda a sujeira na estrada que já limpei — disse Terry. — E na cabeça daquele cara, enfiada pela parede do trailer daquele traficante.

Baixo, através dos quilômetros, da direção da prisão, veio o som de explosões.

Terry repetiu:

— Assim é melhor. — Ele fechou os olhos. Apesar de saber que estava sozinho na Unidade Um, ele ainda sentia a esposa apertando sua mão conforme resvalava para longe de Dooling e de todo o resto.

10

Frank e Johnny Lee Kronsky estavam passando entre os destroços do trailer de Barry Holden e a parede da prisão. Estavam quase nas portas destruídas quando ouviram o som do segundo disparo de bazuca.

— *Chegando!* — gritou Kronsky.

Frank olhou para trás e viu uma coisa incrível: o rojão acertou o estacionamento perto da grade derrubada, quicou alto sem explodir e caiu de bico no buldôzer que tinha sido pilotado pelo falecido Jack Albertson. O rugido da detonação foi ensurdecedor. O banco do motorista foi projetado pela camada fina do teto do buldôzer. Pedaços desintegrados subiram no ar como teclas de um piano de aço. Um dos escudos de ferro que tinham sido posicionados para proteger as portas do cockpit foi jogado para a frente, perfurando o trailer adiante como a pena de um martelo gigante.

Frank tropeçou na base retorcida de uma das portas internas, e assim sua vida foi salva. Johnny Lee Kronsky, ainda de pé, não foi só decapitado por uma beirada do Fleetwood que saiu voando; ele foi partido em dois nos ombros. Mesmo assim, cambaleou mais dois ou três passos, o coração batendo por tempo suficiente para fazer jorrar dois jatos de sangue no ar. Em seguida, desabou. A bola de futebol americano de C4 caiu de suas mãos e rolou na direção da estação de segurança. Parou com o celular Android embutido visível, e Frank viu 1:49 virar 1:48, que virou 1:47.

Ele se arrastou na direção do explosivo, piscando para tirar poeira de concreto dos olhos, e rolou para o lado e para o abrigo da recepção parcialmente desabada quando Tig Murphy pulou de trás do vidro à prova de balas da estação de segurança e disparou com a arma pela abertura por onde os visitantes entregavam a identidade e o celular. O ângulo era ruim, e o disparo de Tig foi alto demais. Frank ficaria bem se ficasse abaixado, mas se tentasse ir em frente, na direção da porta que levava à prisão em si, seria alvo fácil. Se voltasse, a mesma coisa.

O saguão estava se enchendo de fumaça de diesel do buldôzer em chamas. Junto a isso havia o fedor intenso e nauseante do sangue derramado de Kronsky, litros e litros, ao que parecia. Embaixo de Frank estava uma das pernas da mesa da recepção, a ponta quebrada afundando nas costas dele entre as omoplatas. O C4 estava fora do alcance de Frank. 1:29 virou 1:28, que virou 1:27.

— Tem homens em volta da prisão toda! — gritou Frank. — Desistam e não vão ficar feridos!

— Vai cagar! Essa prisão é nossa! Você está invadindo e não tem autoridade! — Tig disparou novamente.

— Tem explosivo! C4! Vai fazer você em pedacinhos!

— Isso aí, e eu sou a porra do Luke Skywalker!

— Olhe aqui fora! Para baixo! Você vai ver!

— Pra você tentar meter uma bala na minha barriga pela abertura? Eu passo.

Desesperado, Frank olhou na direção da porta por onde tinha entrado, parcialmente bloqueada pelos restos do trailer.

— *Pessoal de fora!* — gritou ele. — *Preciso de cobertura!*

Não houve nenhum disparo de cobertura. Nem reforços. Dois dos homens, Steve Pickering e Will Wittstock, estavam batendo em retirada, carregando o ferido Rupe Wittstock com eles.

No chão coberto de detritos do saguão, quase na base da estação de segurança controlada por Tig Murphy, o celular continuou a contagem regressiva a caminho do zero.

11

Ver Billy Wettermore inegavelmente morto fez Don Peters se sentir um pouco melhor. Don tinha ido jogar boliche com ele uma vez. A princesinha fez duzentos e cinquenta e dois pontos e ganhou vinte dólares de Don. Ficou bem óbvio que ele tinha usado algum tipo de bola adulterada, mas Don deixou passar, assim como deixava passar tanta coisa, porque era o tipo de cara tranquilo. Bom, às vezes o mundo voltava para o lado certo, e isso era um fato. *Um veado a menos no mundo*, pensou ele, *vamos todos dizer viva.*

Ele correu na direção do ginásio. *Talvez seja eu quem vai pegar ela*, pensou ele. *Meter uma bala na boca veloz de Evie Black e acabar com isso de vez. Eles esqueceriam o erro com Júnior, e eu não teria que pagar bebida no Squeaky pelo resto da vida.*

Ele andou na direção da porta, já imaginando Evie Black à frente, mas Elmore Pearl o empurrou para longe.

— Pra trás, Gatilho Veloz.

— Ei! — gritou Don. — Você não sabe para onde ir!

Ele começou a andar de novo, mas Drew T. Barry o segurou e balançou a cabeça. O próprio Barry não tinha intenção de ser o primeiro a entrar, não sem saber o que estava esperando. Provavelmente o cara em quem eles tinham atirado era a única retaguarda, mas se *houvesse* alguém, Pearl tinha melhor chance de acertar a pessoa do que Peters, cuja única morte pela qual tinha sido responsável naquela manhã havia sido a de um deles.

Pearl estava olhando por cima do ombro para Don e sorrindo ao entrar no ginásio.

— Relaxe e deixe um homem ir na fr...

Ele só chegou até aí quando as mãos frias de Maura Dunbarton o seguraram, uma pelo pescoço e a outra pela parte de trás da cabeça. Elmore Pearl olhou naqueles olhos sem alma e começou a gritar. Não gritou por muito tempo; a coisa reanimada que já tinha sido Maura enfiou a mão na boca dele, ignorou os dentes mordendo e puxou para baixo. O som do maxilar superior e do inferior se separando foi como o som de uma coxa sendo arrancada de um peru de Ação de Graças.

12

— Nós somos dois filhos da puta! — exclamou Maynard Griner, exultante. — Se fosse um pouco mais longe, os rojões iam explodir no estacionamento. Você viu aquele último quicar, Low?

— Vi — concordou Low. — Pulou como uma pedra em um laguinho e acertou o buldôzer. Não foi ruim, mas posso fazer melhor. Recarrega pra mim.

Abaixo, a prisão estava soltando fumaça de um buraco na parede oeste. Era uma visão gloriosa, lembrando o jorro que saía de uma mina quando a explosão acontecia, só que muito melhor, obviamente, porque eles não estavam quebrando pedras. Eles estavam quebrando uma porra de instituição estadual. Valeria a pena fazer isso mesmo que não precisassem fechar a boca delatora de Kitty McDavid.

May estava enfiando a mão na bolsa de munição quando ouviu um galho quebrar. Virou-se enquanto pegava a arma no cinto, na lombar.

Van disparou com a pistola que Fritz Meshaum tinha usado para tentar matá-la. A distância era pequena, mas ela estava exausta, e em vez de acertar Maynard no peito, a bala só roçou o ombro e o jogou em cima da bolsa de rojões de bazuca. A arma dele, não disparada, caiu em alguns arbustos e ficou presa pelo guarda-mato.

— Irmão! — gritou ele. — Tiro! Ela atirou em mim!

Low largou a bazuca e pegou o rifle que estava ao seu lado. Com um deles fora de serviço, Van podia se dar ao luxo de se concentrar. Ela apoiou a arma no centro dos consideráveis seios e puxou o gatilho. A boca de Little Low explodiu, o cérebro saiu pela parte de trás do crânio, e ele aspirou os próprios dentes com o suspiro final.

— Low! — gritou Maynard. — Irmão!

Ele pegou a arma pendurada no arbusto, mas antes que pudesse mirar, seu pulso foi segurado por uma coisa que era mais uma algema de ferro do que uma mão humana.

— Você devia saber que não é para apontar uma arma para uma campeã de queda de braço, mesmo depois de ela ter passado uma semana sem dormir — disse Van com uma voz estranhamente gentil, torcendo a mão. De dentro do pulso de May veio o som de galhos se quebrando. Ele gritou. A arma caiu de sua mão, e Van a chutou para longe.

— Você atirou no Low — balbuciou Maynard. — Matou ele!

— Matei mesmo.

A cabeça de Van estava apitando; seu quadril latejava; parecia que ela estava de pé em um convés em águas tormentosas. Estava perto do fim de sua resistência considerável e sabia disso, mas aquilo foi uma visão mais útil do que se matar, sem dúvida nenhuma. Só que, e agora?

May tinha a mesma pergunta, ao que parecia.

— O que você vai fazer comigo?

Eu não posso amarrar ele, pensou Van. *Não tenho nada com que fazer isso. Vou simplesmente dormir e deixar que ele fuja? Provavelmente depois de atirar em mim algumas vezes enquanto meu casulo cresce?*

Ela olhou para a prisão, onde um trailer esmagado e um buldôzer em chamas bloqueavam a porta de entrada. Meditou sobre o buraco que o primeiro disparo de bazuca tinha feito na Ala C, onde dezenas de mulheres estavam dormindo, indefesas em seus casulos. Quantas haviam sido mortas por aqueles babacas caipiras?

— Qual dos dois você é? Lowell ou Maynard?

— Maynard, moça. — Ele tentou dar um sorriso.

— Você é o burro ou o inteligente, Maynard?

O sorriso dele aumentou.

— Eu sou o burro, sem dúvida. Repeti a escola e abandonei no sétimo ano. Eu faço o que Lowell manda.

Van retribuiu o sorriso.

— Bom, acho que vou deixar você ir embora, Maynard. Sem maiores problemas. Você tem uma picape lá embaixo. Dei uma olhada, e as chaves estão na ignição. Acho que você consegue chegar no centro turístico South of the Border ao meio-dia, se pisar fundo. Então, por que você não vai logo, antes que eu mude de ideia?

— Obrigado, moça.

May começou a correr entre as lápides do pequeno cemitério. Van pensou brevemente em cumprir a promessa, mas havia boas chances de ele voltar e a encontrar dormindo ao lado do irmão morto. Mesmo que não voltasse, eles tinham rido da emboscada imunda que tinham feito como garotos jogando bolas de beisebol em garrafas de madeira durante uma feira de interior. Ela também não ousava deixá-lo ir longe, porque não confiava mais na própria mira.

Pelo menos, ele não saberia o que o atingiu, pensou ela.

Van levantou a pistola de Meshaum e, não sem lamentar, meteu uma bala nas costas de May. "Uf" foi a palavra final dele na mãe terra, na hora que caiu para a frente em uma pilha de folhas secas.

Van se sentou com as costas em uma lápide torta, tão velha que o nome entalhado estava quase totalmente apagado, e fechou os olhos. Sentia-se mal por ter atirado em um homem pelas costas, mas essa sensação foi rapidamente sufocada por uma onda crescente de sono.

Ah, era tão bom se entregar.

Fios começaram a surgir da pele. Voaram lindamente de um lado para outro na brisa matinal. Seria mais um lindo dia no interior montanhoso.

13

O vidro deveria ser à prova de balas, mas dois tiros de curta distância do M4 que Willy carregava arrancaram a janela de Clint da moldura. Clint pulou para dentro e caiu em cima da mesa (parecia que ele tinha se sentado atrás dela escrevendo relatórios e avaliações em outra vida). Ouviu gritos e berros vindo da direção do ginásio, mas não era nada que pudesse resolver naquele momento.

Ele se virou para ajudar Willy e viu o homem encostado no prédio com a cabeça abaixada. A respiração estava difícil e rápida.

Willy levantou os braços.

— Espero que você seja forte o bastante para me puxar para dentro, doutor, porque eu não vou conseguir ajudar muito.

— Me dá sua arma primeiro.

Willy entregou a M4. Clint a colocou na mesa junto com a sua arma, em cima de uma pilha de formulários de bom comportamento. Em seguida, segurou as mãos de Willy e puxou. O homem conseguiu ajudar, sim, batendo com os sapatos na parede abaixo da janela, e praticamente voou para dentro. Clint caiu para trás. Willy, em cima dele.

— É isso que eu chamo de intimidade — disse Willy. A voz estava tensa, e ele parecia pior do que nunca, mas estava sorrindo.

— Nesse caso, é melhor você me chamar de Clint. — Ele botou Willy de pé, entregou a M4 para ele e pegou a própria arma. — Vamos para a cela de Evie.

— O que a gente vai fazer quando chegar lá?

— Não faço ideia — disse Clint.

14

Drew T. Barry não conseguia acreditar no que estava vendo: duas mulheres que pareciam cadáveres e Elmore Pearl com a boca aberta em uma caverna bocejante. O maxilar inferior parecia estar caído sobre o peito.

Pearl cambaleou para longe da criatura que o segurava. Deu quase doze passos quando Maura o pegou pela gola encharcada de suor. Ela o puxou para perto e enfiou o polegar no olho direito. Houve um estalo, como uma rolha saindo de uma garrafa. Líquido viscoso escorreu pela bochecha de Pearl, e ele caiu inerte.

Kayleigh se virou desajeitadamente para Don Peters, como um brinquedo de corda com mola gasta. Ele sabia que devia correr, mas uma fraqueza absurda pareceu tomar conta dele. *Eu adormeci*, pensou ele, *e este é o pior pesadelo do mundo. Tem que ser, porque essa é Kayleigh Rawlings. Eu botei a puta na lista de mau comportamento mês passado. Vou deixar ela me pegar, e é nessa hora que vou acordar.*

Drew T. Barry, cujo trabalho envolvia imaginar as piores coisas que podiam acontecer com as pessoas, nunca considerou a ideia de estar dormindo. Aquilo estava acontecendo, apesar de parecer algo saído direto daquele programa em que gente morta e podre voltava à vida, e ele tinha todas as intenções de sobreviver.

— *Se abaixa!* — gritou ele.

Don talvez não tivesse se abaixado se o explosivo plástico não tivesse sido detonado naquele momento do outro lado da prisão. Ele mais caiu do que se abaixou, mas funcionou; em vez de segurar a carne macia do rosto dele, os dedos pálidos de Kayleigh bateram no plástico duro do capacete de futebol americano. Houve um tiro, amplificado em níveis monstruosos pelo ginásio vazio, e um disparo à queima-roupa do Weatherby, uma arma capaz de parar um elefante, literalmente, fez o serviço em Kayleigh. O pescoço dela explodiu e a cabeça pendeu para trás completamente. Seu corpo desmoronou.

Maura jogou Elmore de lado e pulou em cima de Don, um bicho-papão cujas mãos se abriam e fechavam, se abriam e fechavam.

— Atira nela! — gritou Don. A bexiga afrouxou, e o mijo quente escorreu pelas pernas, encharcando as meias.

Drew T. Barry considerou não fazer isso. Peters era um idiota, um canhão desgovernado, e talvez ficassem melhor sem ele. *Ah, droga*, pensou ele, *tudo bem. Porém, depois disso, sr. Guarda da Prisão, você está por conta própria.*

Ele atirou no peito de Maura Dunbarton. Ela voou até o centro da quadra e caiu ao lado do falecido Elmore Pearl. Ficou ali por um momento, depois se levantou com dificuldade e partiu para cima de Don de novo, apesar de as metades de cima e de baixo parecerem não estar mais funcionando tão bem juntas.

— *Atira na cabeça dela!* — gritou Don (ele parecia ter esquecido que tinha uma arma). — *Atira na cabeça dela como você fez com a outra!*

— Você pode fazer o favor de calar a boca? — disse Drew T. Barry. Ele mirou e abriu um buraco que vaporizou o quadrante superior esquerdo do crânio de Maura Dunbarton.

— Ah, Deus — ofegou Don. — Ah, Deus, ah, Deus, ah, Deus. Vamos sair daqui. Vamos voltar para a cidade.

Por menos que Drew T. Barry gostasse do ex-guarda gorducho, ele entendia o impulso de Peters de fugir; até se solidarizava, em certo grau. Porém, não tinha se tornado o segurador mais bem-sucedido dos Três Condados desistindo de um trabalho antes do fim. Ele pegou Don pelo braço.

— Drew, elas estavam *mortas*! E se tiver mais?

— Não estou vendo mais nenhuma, você está?

— Mas...

— Vai na frente. Nós vamos encontrar a mulher que viemos buscar. — E, do nada, um pouco do francês do ensino médio de Drew T. Barry voltou à mente. — *Cherchez la femme*.

— Xexe o *quê*?

— Deixa pra lá. — Drew T. Barry apontou com o rifle de ponta. Não exatamente para Don, mas para perto. — Vai na frente. Uns dez metros à frente está bom.

— Por quê?

— Porque — disse Drew T. Barry — eu acredito em precaução.

15

Enquanto Vanessa Lampley estava acabando com Maynard Griner e Elmore Pearl estava passando por uma cirurgia oral improvisada feita pelo cadáver reanimado de Maura Dunbarton, Frank Geary estava embaixo da mesa da recepção parcialmente desabada, vendo 0:46 virar 0:45 e 0:44. Não haveria ajuda vinda de fora, ele sabia disso agora. O restante dos homens lá fora estava esperando ou tinha ido embora. Se ele queria passar pela maldita estação de segurança e entrar na prisão em si, teria que fazer isso sozinho. A única alternativa era voltar correndo para fora, de quatro, e torcer para o cara atrás do vidro à prova de balas não atirar na bunda dele.

Desejou que nada daquilo tivesse acontecido. Desejou estar passeando por uma das estradas agradáveis do condado de Dooling na sua picape, procurando o quati de estimação de alguém. Se um quati domesticado sentia fome, dava para atraí-lo para perto e usar a rede com um pedaço de queijo ou carne moída na ponta da vara comprida que Frank chamava de vara de petisco. Isso o fez pensar na perna quebrada da mesa cutucando suas costas. Ele rolou de lado, pegou a perna e puxou pelo chão. Era longa o suficiente para chegar à bola de futebol letal. Era bom finalmente ter um pouco de sorte.

— O que você está fazendo? — perguntou Tig por trás do vidro.

Frank não se deu ao trabalho de responder. Se não desse certo, ele era um homem morto. Ele enfiou a ponta quebrada da perna na bola de futebol. Johnny Lee tinha garantido que nem passar de carro por cima do troço faria com que explodisse, e a vareta não disparou o explosivo. Ele ergueu a perna da mesa e se inclinou embaixo da janela com a abertura para identificação. 0:17 virou 0:16, que virou 0:15. Tig disparou uma vez, e Frank sentiu a bala passar acima dos dedos.

— Quem quer esteja aí dentro, é melhor correr — disse ele. — Corra enquanto ainda tem chance.

Seguindo o próprio conselho, Frank mergulhou na direção da porta da frente, esperando levar bala, mas Tig não disparou mais.

Tig estava espiando pelo vidro a bola de futebol branca presa na ponta da perna da mesa como um pedaço de chiclete enorme. Deu uma boa olhada no celular, onde 0:04 virou 0:03. Entendeu nessa hora o que ia acontecer.

Correu para a porta que levava ao corredor da prisão. A mão estava na maçaneta quando o mundo ficou branco.

16

Do lado de fora da entrada principal, protegido do sol forte pelos restos do trailer (que nunca mais levaria Barry Holden e sua família em viagens), Frank sentiu o prédio danificado tremer com a mais recente explosão. O vidro que tinha sobrevivido às explosões anteriores graças ao arame reforçado explodiu em estilhaços cintilantes.

— Venham! — gritou Frank. — Qualquer um que tenha sobrado, venha! *Nós vamos pegar ela agora!*

Por um momento, não houve nada. Porém, quatro homens, Carson Struthers, o policial Treat, o policial Ordway e o policial Barrows, saíram de seus esconderijos e correram até as portas explodidas da prisão.

Eles se juntaram a Frank e desapareceram na fumaça.

17

— Puta… que… pariu — sussurrou Jared Norcross.

No momento, Michaela estava incapaz de falar, mas se viu desejando com todo o coração ter uma equipe de filmagem. Só que uma equipe não ajudaria, não é? Se o que ela estava vendo fosse transmitido, a plateia acharia que era truque de câmera. Era preciso estar presente para acreditar. Era preciso ver a mulher nua flutuando trinta centímetros acima do colchão com um celular na mão; era preciso ver os filetes verdes se retorcendo no cabelo preto.

— Oi! — disse Evie com alegria, mas sem olhar. A maior parte da atenção dela estava voltada para o celular que tinha nas mãos. — Falo com vocês em um minuto, mas agora tenho uma coisinha importante para terminar.

Os dedos dela no celular eram um borrão.

— Jared? — Era Clint. Ele parecia impressionado e com medo. — O que *você* está fazendo aqui?

18

Indo na frente agora (por menos que gostasse), Don Peters chegou na metade do corredor que levava à Broadway quando Norcross e um sujeito velho e barbudo com suspensórios pretos apareceram na fumaça. Norcross estava apoiando o companheiro. O homem de suspensórios andava devagar, inclinado. Don achava que ele tinha levado um tiro, apesar de não ver sangue. *Vocês dois vão levar um tiro em um minuto*, pensou Don, e ergueu o rifle.

Dez metros atrás, Drew T. Barry ergueu o rifle dele, embora não tivesse ideia do que Peters tinha visto; a fumaça estava densa demais, e Peters estava na frente. Nesse momento, quando Clint e Willy passaram pela Guarita e entraram no corredor curto da Ala A que levava à cela acolchoada, um par de braços brancos e compridos saiu de dentro da enfermaria e pegou Don pelo pescoço. Drew T. Barry olhou impressionado quando, como em um truque de mágica, Don sumiu. A porta da enfermaria foi fechada. Quando Barry correu até onde Peters estava e tentou mexer na maçaneta, viu que a porta estava trancada. Olhou pelo vidro reforçado e viu uma mulher que parecia estar doidona de drogas segurando um cinzel no pescoço de Peters. Ela tinha tirado o capacete ridículo de futebol americano dele; estava caído no chão, virado ao lado da arma. O cabelo fino de Peters estava grudado no crânio em mechas suadas.

A mulher, uma detenta com uniforme marrom, viu Barry olhando. Ela levantou o cinzel e sinalizou com ele. O gesto foi bem claro: *Sai daqui.*

Drew T. Barry pensou em atirar pelo vidro, mas isso só atrairia os resistentes que tivessem restado. Ele também se lembrou da promessa que tinha feito a si mesmo antes de atirar na segunda bicho-papão no ginásio: *Depois disso, sr. Guarda da Prisão, você está por conta própria.*

Ele fez uma pequena saudação para a detenta com cara de maluca e um sinal de positivo por garantia. Em seguida, percorreu o corredor, mas com cautela. Antes de ser pego, Peters tinha visto *alguma coisa.*

19

— Ah, olha o que eu achei — disse Angel. — É o cara que gosta de pegar nos peitos das garotas, girar os mamilos e se esfregar nas bundas delas até gozar na cueca.

Quando ela levantou a mão para mandar o cara do seguro embora, Don tinha se afastado e aberto certa distância entre os dois.

— Larga esse cinzel, detenta. Larga agora e não vou precisar dar uma advertência.

— Você não tem autoridade pra isso agora — comentou Angel. — É demais até para um escroto como você. Você se molhou, não foi? Mamãe não ia gostar disso.

Ao ouvir menção à sua santa mãe, Don jogou a cautela para o espaço e partiu para cima. Angel golpeou, e poderia ter encerrado as coisas naquela hora se ele não tivesse tropeçado no capacete de futebol. Em vez de cortar a garganta dele, o cinzel abriu um corte fundo na testa. O rosto de Don foi coberto de sangue quando ele caiu de joelhos.

— *Ai! Ai! Para, isso dói!*

— É? E isso? — disse Angel, e deu um chute na barriga dele.

Tentando piscar para tirar o sangue dos olhos, Don segurou uma das pernas de Angel e a puxou para baixo. O cotovelo dela bateu no chão e fez o cinzel sair voando. Don se contorceu acima do corpo dela e esticou a mão para o pescoço da mulher.

— Eu não vou trepar com você depois que estiver morta — disse ele para ela —, isso é nojento. Só vou te sufocar até você ficar inconsciente. Só vou matar você quando term…

Angel pegou o capacete e bateu com um movimento amplo do braço, acertando direto na testa sangrando de Don. Ele rolou de cima dela, com as mãos no rosto.

— *Ai, não, para com isso, detenta!*

Bater o capacete assim também é penalidade para a NFL, pensou Angel, *mas como ninguém vai mostrar isso na TV, acho que não vou perder nada.*

Ela bateu em Don com o capacete mais duas vezes, talvez quebrando o nariz dele no segundo golpe. Estava bem torto, sem dúvida. Ele conseguiu se virar e ficar de joelhos com a bunda para cima. Estava gritando alguma coisa que parecia "Para com isso, detenta", mas era difícil saber, porque o porco estava ofegando demais. Além disso, os lábios estavam cortados e a boca estava cheia de sangue. Jorrava a cada palavra, e Angel se lembrou do que diziam quando ela era criança: seus banhos vêm com toalhas?

— Chega — disse Don. — Por favor, chega. Você quebrou a minha *cara*.

Ela jogou o capacete para o lado e pegou o cinzel.

— Aqui está sua esfregada de peito, guarda Peters!

Ela enfiou o cinzel entre as omoplatas dele, até o cabo de madeira.

— Mãe! — gritou ele.

— Tudo bem, guarda Peters. Esse é pela sua mãe! — Ela arrancou o cinzel dele e enfiou no pescoço, e ele desabou.

Angel deu alguns chutes, montou nele e começou a perfurar de novo. Continuou até não conseguir mais levantar o braço.

16

1

Drew T. Barry chegou à Guarita e viu o que tinha feito Peters parar antes de a mulher o pegar: dois homens, um deles possivelmente Norcross, o filho da mãe arrogante que tinha instigado aquela confusão. Ele estava com o braço em volta do outro. Aquilo era bom. Os dois não faziam ideia de que ele estava ali, e deviam estar indo para onde estava a mulher. Para protegê-la. Era insano, considerando o tamanho da força que Geary tinha reunido, mas olha o dano que eles já tinham conseguido provocar. Gente boa da cidade morta e ferida! Eles mereciam morrer só por isso.

E então, mais dois saíram da fumaça: uma mulher e um homem mais jovem. Todos de costas para Drew T. Barry.

Cada vez melhor.

2

— Jesus Cristo — disse Clint para o filho. — Você devia estar escondido. — Ele olhou com repreensão para Michaela. — Você devia ter cuidado disso.

Jared respondeu antes que Michaela pudesse dizer qualquer coisa.

— Ela fez o que você mandou, mas eu não podia me esconder. Não podia. Não se houver chance de recuperarmos a mamãe. E Mary. Molly também. — Ele apontou para a mulher na cela no final do corredor. — Pai, olha pra ela! Ela está *flutuando*! O que ela é? É ao menos humana?

Antes que Clint pudesse responder, uma explosão musical soou no celular de Hicks, seguida de uma voz eletrônica baixinha:

— Parabéns, jogadora Evie! Você sobreviveu! *Boom Town* é sua!

Evie caiu na cama, virou as pernas para o chão e se aproximou das grades. Clint achava que não estava mais em posição de ser surpreendido, mas ficou chocado de ver que os pelos pubianos dela eram quase todos verdes. Não eram pelos, na verdade. Era algum tipo de vegetação.

— Eu ganhei! — gritou ela com alegria — E bem na hora! Eu só tinha dois por cento de bateria. Agora, posso morrer feliz!

— Você não vai morrer — disse Clint. Mas não acreditava mais nisso. Ela *ia* morrer, e quando o que restava da força de Geary chegasse, o que seria a qualquer momento, era provável que eles também morressem com ela. Tinham matado muitos. Os homens de Frank não parariam.

3

Drew T. Barry deslizou pela lateral da Guarita, gostando cada vez mais do que estava vendo. A não ser que houvesse um defensor escondido nas celas, tudo que restava do grupinho de Norcross estava no final do corredor, reunido como pinos em uma pista de boliche. Eles não tinham onde se esconder e não tinham para onde correr. Excelente.

Ele levantou o Weatherby... e um cinzel foi encostado em seu pescoço, logo abaixo do ângulo do maxilar.

— Não, não, não — disse Angel com a voz de uma alegre professora primária. O rosto, a camisa e a calça larga estavam sujos de sangue. — Se você se mexer, corto sua jugular. Estou com a lâmina bem em cima. O único motivo para você não estar morto foi que deixou que eu terminasse de resolver minha situação com o guarda Peters. Coloque essa arma no chão. Não se incline, só largue.

— Essa arma é muito valiosa, moça — disse Drew T. Barry.

— Pergunta se eu estou me importando.

— Pode disparar.

— Vou correr esse risco.

Drew T. Barry largou a arma.

— Agora me entrega a que está pendurada no seu ombro. E não tente nada engraçadinho.

Atrás deles:

— Moça, o que quer que você esteja segurando no pescoço dele, pode abaixar.

Angel lançou um olhar rápido por cima do ombro e viu quatro ou cinco homens com rifles apontados. Ela sorriu para eles.

— Vocês podem atirar em mim, mas esse aqui vai morrer comigo. É uma promessa de coração.

Frank ficou olhando, indeciso. Drew T. Barry, torcendo para viver um pouco mais, entregou o M4 de Don.

— Obrigada — disse Angel, e pendurou a arma no ombro. Ela recuou, largou o cinzel e levantou as duas mãos ao lado do rosto, mostrando a Frank e aos outros que estavam vazias. Em seguida, recuou lentamente pelo corredor curto até onde Clint estava com o braço ainda em volta de Willy, sustentando-o. Ela manteve as mãos levantadas o tempo todo.

Drew T. Barry, surpreso por estar vivo (mas agradecido), pegou o Weatherby. Sentia-se meio tonto. Ele achava que qualquer um se sentiria meio tonto depois de uma detenta maluca colocar um cinzel no seu pescoço. Ela mandou que ele largasse a arma... mas deixou que ele pegasse de novo. Por quê? Para ela poder estar no matadouro com os amigos? Parecia a única resposta. Uma resposta maluca, mas *ela* era maluca. Todos eram.

Drew T. Barry decidiu que Frank Geary teria que dar o próximo passo. Ele tinha inaugurado aquele festival colossal de merda, que desse um jeito de limpar tudo. Assim era melhor, porque, para o mundo lá fora, o que eles tinham feito naquela última meia hora pareceria ação de justiceiro. E havia algumas partes, como os cadáveres ambulantes no ginásio, por exemplo, ou a mulher verde nua que ele tinha visto junto às grades alguns passos atrás de Norcross, em que o mundo lá fora simplesmente não acreditaria, com ou sem Aurora. Drew T. Barry se sentia sortudo por estar vivo, e ficaria feliz de desaparecer ao fundo. Com sorte, o mundo talvez nem soubesse que ele tinha estado ali.

— Que porra é essa? — disse Carson Struthers, que tinha visto a mulher verde no final do corredor. — Isso aí não é certo nem normal. O que você quer fazer com ela, Geary?

— Pegar ela, e com vida — disse Frank. Ele nunca tinha se sentido tão cansado, mas iria até o final. — Se ela é mesmo a chave para a Aurora, os médicos que descubram. Nós vamos levar ela até Atlanta e entregar ela.

Willy começou a levantar o rifle, mas lentamente, como se pesasse quinhentos quilos. Não estava quente na Ala A, mas o rosto redondo estava molhado de suor. Tinha deixado a barba dele escura. Clint tirou o rifle dele. No final do corredor, Carson Struthers, Treater, Ordway e Barrows levantaram as armas.

— É agora! — gritou Evie. — Lá vamos nós! Tiroteio no OK Corral! Bonnie e Clyde! *Duro de matar na prisão feminina!*

Porém, antes que o curto corredor da Ala A pudesse se tornar uma zona de guerra, Clint largou o rifle de Willy e tirou o M4 do ombro de Angel. Ele levantou a arma acima da cabeça para o grupo de Frank ver. Lentamente, e com certa relutância, os homens que tinham levantado as armas as baixaram.

— Não, não — disse Evie. — As pessoas não vão pagar para ver esse clímax porcaria. Nós precisamos reescrever.

Clint não prestou atenção; ele estava concentrado em Frank.

— Eu não posso deixar que você leve ela, Frank.

Em uma imitação sinistramente boa de John Wayne, Evie disse:

— Se você fizer mal à mocinha, vai ter que responder a mim, seu verme.

Frank também a ignorou.

— Aprecio sua dedicação, Norcross, mas juro que não consigo entender.

— Talvez você não queira — disse Clint.

— Ah, eu acho que não é essa a questão — respondeu Frank. — É você que não está enxergando direito.

— Tem merda psiquiátrica demais na cabeça dele — falou Struthers, e isso gerou algumas gargalhadas tensas.

Frank falou com paciência, como se ensinando a um aluno lento.

— Até onde sabemos, ela é a única mulher no planeta que consegue dormir e acordar novamente. Seja razoável. Eu quero levar ela para médicos que vão poder estudar e talvez entender como reverter o que aconteceu. Esses homens querem as mulheres e filhas de volta.

Houve um som de concordância dos invasores.

— Então, chega para o lado, mocinha — disse Evie, ainda imitando o Duke. — Eu acho...

— Ah, cala a boca — disse Michaela. Evie arregalou bem os olhos, como se tivesse levado um tapa inesperado. Michaela se adiantou, fixando em Frank um olhar que queimava. — Estou com cara de quem está com sono, sr. Geary?

— Não estou interessado no que você está sentindo — disse Frank. — Nós não viemos pegar você. — Isso gerou outro murmúrio de concordância.

— Mas devia. Eu estou bem acordada. Angel também. *Ela* nos acordou. Respirou em nós e nos acordou.

— É isso que queremos para todas as mulheres — disse Frank, e isso gerou um som ainda mais alto de concordância. A impaciência que Michaela viu no rosto do homem à frente dela era próxima do ódio. — Se você está mesmo acordada, devia entender isso. Não é ciência espacial.

— *Você* não entende, sr. Geary. Ela pôde fazer isso porque Angel e eu não estávamos em casulos. Suas esposas e filhas *estão*. Isso também não é ciência espacial.

Silêncio. Ela finalmente tinha a atenção deles, e Clint se permitiu ter esperança. Carson Struthers falou uma palavra simples:

— Baboseira.

Michaela balançou a cabeça.

— Seu homem burro e cabeça dura. Todos vocês são burros e cabeça dura. Evie Black não é uma mulher, é um ser sobrenatural. Vocês ainda não entenderam isso? Depois de tudo que aconteceu? Vocês acham que médicos podem tirar DNA de um ser sobrenatural? E colocar ela em um tubo de ressonância magnética para descobrir como *funciona*? Todos os homens que morreram aqui morreram por nada!

Pete Ordway levantou um rifle Garand.

— Posso meter uma bala em você, moça, e fazer você calar a boca. Estou bem tentado.

— Abaixa a arma, Pete — disse Frank.

Ele sentia aquela coisa quase fugindo de controle. Ali estavam homens armados de cara para um problema aparentemente sem solução. Para eles, o jeito mais fácil de lidar com a situação seria aos tiros. Ele sabia disso porque sentia o mesmo.

— Norcross? Mande seu pessoal chegar para o lado. Quero dar uma boa olhada nela.

Clint recuou, um braço em volta de Willy Burke para sustentá-lo e a outra mão entrelaçada nos dedos de Jared. Michaela estava do outro lado do filho. Angel ficou parada com postura desafiadora na porta da cela por um momento, protegendo Evie com o próprio corpo, mas quando Michaela segurou sua mão e a puxou com delicadeza, ela cedeu e foi para o seu lado.

— É melhor vocês não machucarem ela — disse Angel. Sua voz estava tremendo; havia lágrimas em seus olhos. — É melhor que não, seus filhos da mãe. Ela é uma deusa, porra.

Frank deu três passos para a frente, sem saber e sem ligar se os homens que restavam iriam atrás. Olhou para Evie por tanto tempo e tão intensamente que Clint também se virou para olhar.

O verde que se misturava com o cabelo dela tinha sumido. O corpo nu era bonito, mas nada extraordinário. Os pelos pubianos eram um triângulo escuro acima da junção das coxas.

— Mas que porra — disse Carson Struthers. — Ela não era… verde?

— É… um prazer finalmente conhecer você em pessoa, senhora — disse Frank.

— Obrigada — disse Evie. Apesar da nudez ousada, ela falou com a timidez de uma estudante. Os olhos estavam virados para baixo. — Você gosta, Frank, de botar animais em jaulas?

— Eu só boto em jaulas os que precisam ser enjaulados — disse Frank, e pela primeira vez em dias, sorriu de verdade. Se tinha uma coisa que ele sabia, era que a selvageria era uma via de mão dupla: o perigo que um animal selvagem apresentava aos outros e o perigo que os outros apresentavam ao animal selvagem. Em geral, ele se preocupava mais em manter os animais protegidos das pessoas. — E eu vim tirar você da sua. Quero levar você para médicos que possam te examinar. Você me permitiria fazer isso?

— Acho que não — disse Evie. — Eles não encontrariam nada e não mudariam nada. Lembra a história da galinha dos ovos de ouro? Quando os homens abriram a barriga dela, não havia nada dentro além de entranhas.

Frank suspirou e balançou a cabeça.

Ele não acredita nela porque não quer acreditar, pensou Clint. *Porque não pode* se dar ao luxo *de acreditar. Não depois de tudo que fez.*

— Senhora…

— Por que você não me chama de Evie? — disse ela. — Não gosto dessa formalidade. Achei que nos demos bem quando falamos ao telefone, Frank. — Mas os olhos dela ainda estavam voltados para baixo. Clint se perguntou o que havia neles que ela precisava esconder. Dúvida sobre a missão dela ali? Devia ser só o desejo dele falando, mas era possível... Jesus Cristo não tinha orado para que tirassem o cálice de seus lábios? Assim como Frank desejava que os cientistas do CDC fossem tirar o cálice dos dele, supunha o psiquiatra. Que eles fossem examinar os exames de imagem e de sangue e de DNA de Evie e dizer *ahá*.

— Evie, então — disse Frank. — Essa detenta... — Ele inclinou a cabeça na direção de Angel, que estava olhando para ele com fúria. — Ela diz que você é uma deusa. É verdade?

— Não — disse Evie.

Ao lado de Clint, Willy começou a tossir e esfregar o lado esquerdo do peito.

— Essa outra mulher... — Dessa vez, o rosto se virou para indicar Michaela. — *Ela* diz que você é um ser sobrenatural. E... — Frank não gostava de dizer em voz alta, chegar perto da fúria a que podia levar, mas tinha que fazer isso. — ... você sabia coisas sobre mim que não tinha como saber.

— E ela sabe flutuar! — disse Jared, de repente. — Será que você reparou nisso? Ela levitou! Eu vi! Nós vimos!

Evie olhou para Michaela.

— Você está enganada sobre mim, sabe. Eu sou uma mulher, e de muitas formas como qualquer outra. Como as que esses homens amam. Se bem que amor é uma palavra perigosa quando vem de homens. Na maioria das vezes eles não querem dizer a mesma coisa que as mulheres, quando a dizem. Às vezes, eles querem dizer que matariam por amor. Às vezes, quando eles falam, não estão querendo dizer muita coisa. O que, claro, a maioria das mulheres acaba descobrindo. Algumas com resignação, muitas com sofrimento.

— Quando um homem diz que ama você, isso só quer dizer que ele quer enfiar o pinto dentro da sua calcinha — disse Angel, querendo ajudar.

Evie voltou a atenção para Frank e para os homens de pé atrás dele.

— As mulheres que vocês querem salvar estão neste momento vivendo a vida em outro lugar. Vidas felizes, de modo geral, embora a maioria sinta falta dos filhinhos e às vezes dos maridos e pais. Não vou dizer que elas nunca se comportam mal, elas estão longe de serem santas, mas quase sempre vivem em harmonia. Nesse mundo, Frank, ninguém puxa a camiseta favorita da filha, grita na cara dela, faz ela passar vergonha e nem apavora ela dando soco na parede.

— Elas estão vivas? — perguntou Carson Struthers. — Você jura, mulher? Jura por Deus?

— Juro — disse Evie. — Juro pelo seu deus e por todos os deuses.

— Como conseguimos elas de volta?

— Não me cutucando, me furando e tirando meu sangue. Essas coisas não adiantariam nada mesmo que eu permitisse.

— O que adianta?

Evie abriu bem os braços. Os olhos brilharam, as pupilas se expandindo até diamantes negros, as íris passando de verde-claro a âmbar brilhante, virando olhos de gato.

— Me matem — disse ela. — Me matem e elas vão acordar. Todas as mulheres do planeta. Eu juro que é verdade.

Como um autômato, Frank ergueu o rifle.

4

Clint entrou na frente de Evie.

— Não, pai, não! — gritou Jared.

Clint não deu atenção.

— Ela está mentindo, Geary. Ela quer que você mate ela. Não inteiramente, acho que uma parte dela mudou de ideia, mas foi o que ela veio fazer aqui. O que foi enviada para fazer aqui.

— Só falta você dizer que ela quer ser pendurada em uma cruz — disse Pete Ordway. — Sai da frente, doutor.

Clint não saiu.

— É um teste. Se nós passarmos, temos chance. Se não passarmos, se vocês fizerem o que ela espera que façam, a porta se fecha. Este vai ser um mundo de homens até todos os homens terem morrido.

Ele pensou nas brigas das quais tivera que participar quando era criança, lutando não por milk-shakes, mas só por um pouco de sol e espaço, um pouco de espaço só para respirar. Para crescer. Pensou em Shannon, sua antiga amiga, que precisou dele para tirá-la do purgatório tanto quanto ele precisou dela. Ele fez isso da melhor forma que pôde, e ela lembrou. Por que outro motivo teria dado à filha o sobrenome dele? Porém, ainda tinha uma dívida. Com Shannon, por ser sua amiga. Com Lila, por ser sua amiga e esposa e mãe do seu filho. E os que estavam com ele, ali, na frente da cela de Evie? Eles também tinham mulheres com quem tinham dívidas. Sim, até Angel. Era hora de pagar.

A luta que ele queria tinha acabado. Clint via que tinha sido nocauteado e não tinha ganhado nada.

Ainda não.

Ele esticou as mãos para os dois lados, com as palmas para cima, e fez sinal. Os últimos defensores de Evie se aproximaram e fizeram fila na frente da cela dela, até Willy, que parecia estar quase desmaiando. Jared estava ao lado de Clint, que colocou a mão no pescoço do filho. E então, lentamente, ele pegou o M4 e entregou para Michaela, cuja mãe estava dormindo em um casulo não muito longe de onde eles estavam.

— Me escute, Frank. Evie nos contou que, se você não matar ela, se deixar que vá embora, há uma chance de as mulheres poderem voltar.

— Ele está mentindo — disse Evie, mas agora que não conseguia vê-la, Frank ouviu alguma coisa na voz dela que o fez hesitar. Parecia sofrimento.

— Já chega dessa merda — disse Pete Ordway, e cuspiu no chão. — Nós perdemos muitos homens para chegar até aqui. Vamos pegar ela. Podemos decidir o que vem depois mais tarde.

Clint levantou o rifle de Willy. Fez isso com relutância, mas fez.

Michaela se virou para Evie.

— Quem mandou você aqui acha que é assim que os homens resolvem todos os problemas. Não é verdade?

Evie não respondeu. Michaela achava que a criatura incrível na cela acolchoada estava sendo dilacerada de formas que nunca tinha esperado quando apareceu no bosque perto daquele trailer enferrujado. Porque foi lá que aquilo tudo começou. Michaela tinha estado lá e tinha certeza.

Ela se voltou para os homens armados, agora na metade do corredor. As armas estavam apontadas. Àquela distância, as balas estraçalhariam o pequeno grupo na frente da mulher estranha.

Michaela levantou sua arma.

— Não precisa ser assim. Mostrem para ela que não precisa.

— E isso quer dizer fazer o quê? — perguntou Frank.

— Quer dizer deixar que ela volte para o lugar de onde veio — disse Clint.

— Não nesta vida — respondeu Drew T. Barry, e foi nessa hora que os joelhos de Willy Burke se dobraram e ele caiu, sem respirar mais.

5

Frank entregou o rifle para Ordway.

— Ele precisa de ressuscitação. Eu fiz o curso no verão…

Clint apontou o rifle para o peito de Frank.

— Não.

Frank o encarou.

— Homem, você está louco?

— Para trás — disse Michaela, apontando a arma para Frank. Ela não sabia o que Clint estava fazendo, mas achava que ele estava dando a última cartada que tinha. *Que* nós *temos*, pensou ela.

— Vamos atirar em todo mundo — disse Carson Struthers. Ele parecia quase histérico. — Naquela mulher do demônio também.

— *Nada disso* — disse Frank. E, para Clint: — Você vai deixar que ele morra? O que isso provaria?

— Evie pode salvar ele — disse Clint. — Não pode, Evie?

A mulher na cela não disse nada. A cabeça estava baixa, o cabelo cobrindo o rosto.

— Geary… se ela salvar ele, você deixa que ela vá embora?

— Aquele velho filho da puta está fingindo! — gritou Carson Struthers. — É uma armação que eles planejaram!

Frank começou:

— Posso só verificar se…?

— Tudo bem, pode — disse Clint. — Mas seja rápido. Os danos cerebrais começam depois de três minutos, e não sei se um ser sobrenatural seria capaz de reverter isso.

Frank correu até Willy, se apoiou em um joelho e colocou os dedos no pescoço do homem. Ele olhou para Clint.

— O relógio dele parou. Eu devia começar a ressuscitação.

— Um minuto atrás, você estava pronto para matar ele — resmungou Reed Barrows.

O guarda Treat, que achava que tinha testemunhado coisas loucas no Afeganistão, gemeu.

— Não estou entendendo nada disso. Só me diga o que é necessário para trazer minhas filhas de volta e eu faço. — Para quem exatamente a declaração dele foi dirigida não ficou muito claro.

— Nada de ressuscitação.

Clint se virou para Evie, que estava com a cabeça baixa. Ele achou isso bom, porque ela não podia deixar de ver o homem no chão.

— Este é Willy Burke — disse Clint. — O país mandou ele servir e ele serviu. Atualmente, participa dos Bombeiros Voluntários para apagar incêndios florestais na primavera. Eles fazem esse trabalho sem receber. Ele ajuda em todos os jantares que o Ladies Aid organiza para famílias indigentes e o estado é sovina demais para custear. É treinador de futebol americano infantil no outono.

— E ele era um bom treinador — disse Jared. Sua voz estava carregada de lágrimas.

Clint continuou.

— Ele cuidou da irmã durante dez anos quando ela foi diagnosticada com Alzheimer precoce. Dava comida para ela, levava ela de volta quando a mulher botava na cabeça que tinha que sair andando por aí, trocava as fraldas cagadas dela. Ele veio aqui defender você porque queria fazer a coisa certa para você e para a consciência dele. Nunca fez mal a mulher nenhuma na vida. Agora, está morrendo. Talvez você deixe que ele morra. Afinal, ele é só mais um homem, não é?

Alguém estava tossindo por causa da fumaça que vinha da Broadway. Por um momento, não houve nenhum outro som, e de repente Evie Black gritou. Luzes explodiram dentro das grades nos tetos. Portas de cela que estavam trancadas se abriram e se fecharam com um som que era como o de mãos de ferro aplaudindo. Vários dos homens no grupo de Frank gritaram, um deles em um tom tão agudo que parecia uma garotinha de seis ou sete anos.

Ordway se virou e saiu correndo. Os passos dele ecoaram pelos corredores de concreto.

— Levantem ele — disse Evie. A porta da cela dela tinha se aberto com as outras. Isso se realmente tivesse estado trancada. Clint não tinha dúvida de que ela poderia ter saído quando quisesse durante a última semana. Os ratos tinham sido parte do teatro dela.

Clint e Jared Norcross levantaram o corpo inerte de Willy. Ele era pesado, mas Evie o pegou como se ele não passasse de um saco de penas.

— Você brincou com meu coração — disse ela para Clint. — Foi uma coisa cruel de se fazer, dr. Norcross. — O rosto de Evie estava solene, mas ele achou que viu um brilho de diversão nos olhos dela. Talvez até alegria. Ela envolveu a cintura considerável de Willy com o braço esquerdo e colocou a mão direita no cabelo sujo e suado na parte de trás da cabeça. Em seguida, encostou a boca na dele.

Willy tremeu todo. Os braços se ergueram e envolveram as costas de Evie. Por um momento, o homem idoso e a mulher jovem permaneceram em um abraço profundo. Em seguida, ela o soltou e recuou.

— Como está se sentindo, Willy?

— Bem pra caramba — respondeu Willy Burke. Ele se sentou.

— Meu Deus — disse Reed Barrows. — Ele parece vinte anos mais jovem.

— Não sou beijado assim desde o ensino médio — disse Willy. — Isso se já fui. Moça, acho que você salvou minha vida. Agradeço por isso, mas acho que o beijo foi melhor ainda.

Evie começou a sorrir.

— Fico feliz de você ter gostado. Eu também gostei, apesar de não ter sido tão bom quanto zerar o *Boom Town*.

Clint não estava com o sangue fervendo; a exaustão e o milagre mais recente de Evie o tinham esfriado. Ele via a raiva que tinha sentido recentemente como um homem olhando para um estranho que tinha invadido sua casa e bagunçado a cozinha enquanto preparava um café da manhã extravagante e exagerado. Sentia-se triste, arrependido e terrivelmente cansado. Gostaria de poder ir para casa, se sentar ao lado da esposa, compartilhar o espaço com ela e não ter que dizer uma palavra.

— Geary — disse Clint.

Frank demorou para olhar para ele, como um homem saindo de um estado de torpor.

— Deixa ela ir embora. É o único jeito.

— Pode ser, mas nem isso é garantido, é?

— Não — concordou Clint. — O que é garantido nessa vida toda fodida?

Angel falou nessa hora.

— Maus momentos e bons momentos — disse ela. — Maus e bons momentos. Todo o resto é bosta de cavalo no celeiro.

— Achei que ia demorar até quinta-feira, mas... — Evie riu, um som como sinos repicando. — Esqueci como os homens podem agir rápido quando botam uma coisa na cabeça.

— Claro — disse Michaela. — Pensa só no Projeto Manhattan.

6

Aos dez minutos depois das oito daquela bela manhã, uma fileira de seis veículos seguiu pela West Lavin Road, e a prisão atrás deles fumegava como uma guimba de charuto abandonada em um cinzeiro. Os carros entraram na Ball's Hill Road. A Unidade Dois ia na frente com as luzes girando lentamente. Frank estava atrás do volante. Clint estava ao lado dele. Atrás dos dois estava Evie Black, exatamente onde tinha se sentado depois que Lila a prendeu. Na ocasião, ela estava seminua. Nessa viagem de volta, ela estava usando um uniforme vermelho do Instituto Penal de Dooling.

— Não tenho ideia de como vamos explicar isso para a Polícia Estadual — disse Frank. — Um monte de homens mortos, um monte de homens feridos.

— Neste momento, todos estão muito ocupados com a Aurora — disse Clint —, e provavelmente metade não está nem indo trabalhar. Quando todas as mulheres voltarem, *se* elas voltarem, ninguém vai se importar.

Atrás dele, Evie falou baixinho.

— As mães vão se importar. As esposas. As filhas. Quem você acha que limpa os campos de batalha depois que os tiroteios acabam?

7

A Unidade Dois parou na pista que levava ao trailer de Truman Mayweather, onde a fita amarela de CENA DE CRIME ainda estava pendurada, voando. Os outros veículos, mais duas viaturas da polícia, dois carros civis e a picape de Carson Struthers, pararam atrás.

— E agora? — perguntou Clint.

— Agora nós vamos ver — disse Evie. — Se um desses homens não mudar de ideia e atirar em mim, claro.

— Isso não vai acontecer — respondeu Clint, não tão confiante quanto pareceu.

Portas foram fechadas. Naquele momento, o trio na Unidade Dois ficou onde estava.

— Me conta uma coisa, Evie — disse Frank. — Se você é só a emissária, quem está no comando desse circo? Alguma... sei lá... *força vital*? A Grande Mãe Terra, talvez, apertando o botão de reiniciar?

— Você está falando da Grande Lésbica no céu? — perguntou Evie. — Uma deidade baixa e corpulenta usando um terninho malva e sapatos práticos? Não é essa a imagem que a maioria dos homens tem quando acha que uma mulher está tentando guiar a vida deles?

— Não sei. — Frank se sentia desanimado, exaurido. Sentia falta da filha. Sentia falta até de Elaine. Não sabia o que tinha acontecido com sua raiva. Era como se o bolso tivesse rasgado e o sentimento tivesse caído em algum ponto do caminho. — O que vem à mente quando você pensa em homens, espertinha?

— Armas — disse ela. — Arrogância. Visão limitada. Vergonha e falta de vergonha. E mais armas. Clint, parece que não tem maçaneta aqui atrás.

— Não deixe que isso te atrapalhe — disse ele.

Ela não deixou. Uma das portas de trás se abriu, e Evie Black saiu. Clint e Frank se juntaram a ela, um de cada lado, e Clint se lembrou das aulas sobre a Bíblia que foi obrigado a assistir em um orfanato ou outro. Jesus na cruz, com o cara malvado e descrente de um lado e o bom ladrão do outro, o que, de acordo com o messias moribundo, se juntaria a ele em pouco tempo no paraíso. Clint se lembrava de pensar que o pobre sujeito provavelmente teria preferido liberdade condicional e uma refeição de frango.

— Não sei que força me enviou aqui — disse ela. — Só sei que fui chamada e...

— Você veio — terminou Clint.

— É. E agora, vou voltar.

— O que *nós* fazemos? — perguntou Frank.

Evie se virou para ele, e não estava mais sorrindo.

— Vocês fazem o trabalho que costuma ser reservado às mulheres. Vocês esperam. — Ela respirou fundo. — Ah, o ar está com cheiro tão fresco depois daquela prisão.

Ela passou pelos homens amontoados como se eles não estivessem lá e segurou Angel pelos ombros. Angel olhou para ela com olhos brilhantes.

— Você agiu bem — disse Evie —, e agradeço do fundo do coração.

Angel disse:

— Eu te amo, Evie!

— Eu também te amo — disse Evie, e beijou os lábios dela.

Evie andou na direção do laboratório destruído. Atrás dele estava a raposa, a cauda envolvendo as patas, ofegando e olhando para ela com olhos brilhantes. Ela foi atrás do animal, e os homens a seguiram.

8

— Pai — disse Jared com uma voz que mal passava de um sussurro. — Você está vendo? Me diga que sim.

— Ah, meu Deus — disse o policial Treat. — O que é *aquilo*?

Eles olharam para a árvore com os muitos troncos retorcidos e os bandos de aves exóticas. Subia tanto que o topo não podia ser visto. Clint sentia uma força irradiando dela como uma corrente elétrica forte. O pavão abriu a cauda para a admiração deles, e quando o tigre branco apareceu do outro lado, com a barriga roçando na grama alta, várias armas foram erguidas.

— *Baixem essas armas!* — gritou Frank.

O tigre se deitou, os olhos impressionantes os observando pela grama alta. As armas foram baixadas. Menos uma.

— Espere aqui — disse Evie.

— Se as mulheres de Dooling voltarem, todas as mulheres do planeta voltam? — perguntou Clint. — É assim que funciona?

— É. As mulheres desta cidade representam todas as mulheres, e tem que ser suas mulheres a voltar. Por aqui. — Ela apontou para uma abertura na Árvore. — Se uma se recusar… — Ela não precisou terminar. Mariposas voaram e bateram asas em volta da cabeça dela como um diadema.

— Por que elas iam querer ficar? — perguntou Reed Barrows, parecendo sinceramente perplexo.

A gargalhada de Angel foi áspera como um grasnido de corvo.

— Eu tenho uma pergunta melhor: se elas construíram uma coisa boa, como Evie disse, por que iam querer ir embora?

Evie começou a andar na direção da Árvore, a grama alta batendo na calça vermelha, mas parou quando ouviu o estalo de alguém preparando um rifle. Um Weatherby, na verdade. Drew T. Barry era o único homem que não tinha baixado a arma quando Frank mandou, mas ele não o estava apontando para Evie. Estava apontando para Michaela.

— Você vai com ela — disse ele.

— Abaixe essa arma, Drew — pediu Frank.

— Não.

Michaela olhou para Evie.

— Eu *posso* ir com você para esse lugar aonde você está indo? Sem estar em um casulo?

— Claro — respondeu Evie.

Michaela voltou a atenção para Barry. Não parecia mais com medo; sua testa estava franzida em confusão.

— Mas por quê?

— Pode chamar de precaução — disse Drew T. Barry. — Se ela estiver falando a verdade, talvez você consiga persuadir sua mãe, e sua mãe talvez consiga persuadir o resto. Eu acredito firmemente em precaução.

Clint viu Frank erguer uma pistola. A atenção de Barry estava fixada nas mulheres, e o tiro seria fácil, mas Clint balançou a cabeça. Em voz baixa, ele disse:

— Já houve mortes demais.

Além do mais, pensou Clint, *talvez o sr. Dupla Indenização esteja certo.*

Evie e Michaela passaram pelo tigre branco e foram até a abertura na árvore, onde a raposa as esperava sentada. Evie entrou sem hesitar e sumiu de vista. Michaela hesitou e foi atrás.

Os homens restantes dos que tinham atacado a prisão e dos que a haviam defendido começaram a espera. No começo, ficaram andando de um lado para outro, mas, com o passar do tempo, como nada aconteceu, a maioria se sentou no chão.

Não Angel, porém. Ela andou de um lado para outro, como se quisesse aproveitar ao máximo o fato de não estar no confinamento da cela, da carpintaria, da Guarita e da Broadway. O tigre estava cochilando. Uma vez, Angel se aproximou dele, e Clint prendeu a respiração. Ela era realmente louca.

O animal ergueu a cabeça quando Angel ousou acariciar suas costas, mas a grande cabeça voltou a se apoiar nas patas e os olhos incríveis se fecharam.

— Está *ronronando*! — gritou ela para eles com o que parecia ser exultação.

O sol subiu até o teto do céu e pareceu parar lá.

— Acho que não vai acontecer — disse Frank. — E, se não acontecer, eu vou passar o resto da vida desejando ter matado ela.

Clint disse:

— Acho que ainda não foi decidido.

— É? Como você sabe?

Foi Jared que respondeu. Ele apontou para a Árvore.

— Porque *aquilo* ainda está ali. Se desaparecer ou virar um carvalho ou um salgueiro chorão, *aí* vocês podem desistir.

Eles esperaram.

17

1

No supermercado Shopwell, onde as Reuniões tradicionalmente aconteciam, Evie falou com um grupo grande das que agora chamavam a Nosso Lugar de lar. Não demorou para ela falar o que queria, que se resumia a uma coisa: a decisão era delas.

— Se vocês ficarem aqui, todas as mulheres, de Dooling a Marrakesh, vão aparecer neste mundo, no lugar onde adormeceram. Livres para recomeçar. Livres para criar os filhos como quiserem. Livres para viver em paz. É um bom negócio, ao menos aos meus olhos. Mas vocês podem ir. E, se forem, todas as mulheres vão acordar onde adormeceram no mundo dos homens. Mas todas vocês têm que ir.

— O que você é? — Janice Coates, abraçando Michaela, falou com Evie por cima do ombro da filha. — Quem te deu esse poder?

Evie sorriu. Uma luz verde pairava em volta dela.

— Eu sou só uma velha mulher que parece nova por enquanto. E não tenho poder nenhum. Como a raposa, sou só uma emissária. São vocês, todas vocês, que detêm o poder.

— Bem — disse Blanche McIntyre —, vamos discutir. Como um júri. Acho que é isso que nós somos.

— Sim — disse Lila. — Mas não aqui.

2

Elas levaram até a tarde para reunirem as habitantes do novo mundo. Mensageiras foram enviadas para todos os cantos da cidade para chamar as mulheres que não estavam no supermercado.

Elas andaram da Main Street em uma fila silenciosa e subiram a Ball's Hill. Os pés de Blanche McIntyre estavam doendo, e Mary Pak a levou em um dos carrinhos de golfe. Blanche estava segurando Andy Jones no colo, o bebê órfão, embrulhado em uma manta azul, e contou para ele uma história muito curta:

— Era uma vez um rapazinho que ia para lá e para cá, e todas as moças do local o amavam.

Tufos verdes surgiam. Estava frio, mas a primavera estava chegando. Elas estavam quase na mesma época do ano que fazia no mundo antigo, quando partiram. A percepção surpreendeu Blanche. Parecia a ela que um período bem mais longo tinha passado.

Quando saíram da estrada e subiram pela trilha ladeada de mariposas pela floresta, a raposa apareceu para conduzi-las pelo resto do caminho.

3

Quando os termos de Evie foram reexplicados para as que precisavam ser atualizadas, Michaela Coates subiu em uma caixa de leite, assumiu seu lado repórter (talvez pela última vez, talvez não) e contou para elas tudo o que tinha acontecido do lado de fora.

— O dr. Norcross convenceu os justiceiros a recuarem — disse ela. — Uma boa quantidade de homens deu a vida antes de a razão prevalecer.

— Quem morreu? — gritou uma mulher. — Por favor, me diga que meu Micah não foi um deles!

— E Lawrence Hicks? — perguntou outra.

Houve uma balbúrdia de vozes questionadoras.

Lila levantou as mãos.

— Moças, moças!

— Eu não sou moça — resmungou uma ex-detenta chamada Freida Elkins. — Fale por você, xerife.

— Eu não posso dizer quem está morto — disse Michaela —, porque durante a maior parte da luta eu estava dentro da prisão. Sei que Garth Flickinger está morto, e... — Ela ia mencionar Barry Holden, mas viu a esposa

dele e as filhas que restavam olhando com expectativa e perdeu a coragem.
— ... e isso é tudo que sei. Mas posso dizer que todos os meninos e bebês de Dooling estão bem. — Rezando de coração para que fosse verdade.

A plateia explodiu em gritos, assobios e aplauso.

Quando Michaela terminou, Janice Coates assumiu o lugar dela e explicou que todo mundo teria oportunidade de manifestar sua escolha.

— Falando por mim — disse ela —, eu voto, com certo lamento, por voltar. Este lugar é bem melhor do que o que deixamos, e acredito que o céu é o limite. Sem os homens, nós tomamos decisões de forma justa e sem confusão. Compartilhamos recursos sem briga. Houve bem poucos tipos de violência entre membros da nossa comunidade. As mulheres me irritaram a vida toda, mas elas não chegam nem perto dos homens. — A ironia de seu próprio marido, Archie, que tinha partido com aquele ataque cardíaco prematuro, ter sido um homem calmo e sensato, ela não mencionou. Exceções não eram a questão. A questão era o caso geral. A questão era a história.

Enquanto as feições de Janice antes eram suaves, agora estavam fundas até os ossos. O cabelo branco descia pelas costas. Saltados nas órbitas, os olhos tinham um brilho distante. Ocorreu a Michaela que sua mãe, por mais ereta que se posicionasse e por mais que falasse com clareza, estava doente. *Você precisa de um médico, mãe.*

— No entanto — prosseguiu Janice —, eu também acredito que devo ao dr. Norcross voltar. Ele arriscou a vida, e outros arriscaram as deles, pelas mulheres da prisão quando duvido que muitos outros fariam o mesmo. Em relação a isso, quero que vocês saibam, mulheres que eram detentas da prisão, que vou fazer o que for possível para cancelar a sentença de vocês, ou ao menos reduzi-las. E se vocês quiserem um tempo para fugir, vou informar às autoridades de Charleston e Wheeling que acho que vocês morreram no ataque.

Essas antigas detentas se adiantaram em um grupo. Eram doze a menos do que naquela manhã. Kitty McDavid, entre outras, tinha desaparecido sem deixar rastros (exceto por uma revoada breve de mariposas). Não restava dúvida do que isso queria dizer: aquelas mulheres tinham morrido nos dois mundos. Homens as haviam matado.

E todas as detentas votaram pela volta. Isso poderia surpreender um homem, mas não surpreendeu a diretora Janice Coates, que sabia de um fato estatístico revelador: quando mulheres fugiam da prisão, a maioria era recapturada quase imediatamente, porque elas não costumavam fugir, como os homens tinham a tendência de fazer. O que as mulheres faziam era ir para casa. A primeira coisa na mente das antigas detentas que falaram naquela reunião final eram os filhos meninos no outro mundo.

Por exemplo, Celia Frode: Celia disse que os meninos de Nell precisariam de uma mãe, e mesmo que ela própria tivesse que voltar para a cela, a irmã de Nell era uma pessoa que certamente ficaria com eles.

— Mas a irmã de Nell não vai ajudar eles em nada se estiver dormindo, vai?

Claudia Stephenson falou com o rosto virado para o chão, tão baixo que a multidão pediu que ela repetisse:

— Não quero segurar ninguém — repetiu ela. — Vou com a maioria.

As mulheres da Primeira Quinta-feira também votaram pela volta.

— É melhor aqui — disse Gail, falando em nome de todas. — Janice está certa quanto a isso. Mas não é Nosso Lugar de verdade. É outro lugar. E quem sabe, talvez tudo que aparentemente aconteceu lá vá tornar aquele lugar melhor.

Michaela achava que ela devia ter razão, mas provavelmente só por pouco tempo. Os homens prometiam não levantar mais a mão para esposas e filhos com frequência, e falavam com sinceridade, mas só conseguiam cumprir a promessa por um ou dois meses, no máximo. A raiva voltava, como um surto recorrente de malária. Por que isso seria diferente?

Sopros fortes e frios sacudiram a grama alta. Bandos de gansos voando em v, voltando do sul inabitado, atravessaram o céu azul acima da multidão.

Parece um funeral, pensou Mary Pak. Era tão inegável quanto a morte, intenso o bastante para machucar os olhos, frio o bastante para atravessar o casaco e o suéter e deixar a pele arrepiada.

Quando chegou a vez dela, ela disse:

— Eu quero descobrir como é me apaixonar de verdade por um garoto. — Essa confissão teria partido o coração de Jared se ele estivesse presente para ouvir. — Eu sei que o mundo é mais fácil para os homens, e isso é horrível, é injusto, mas quero uma oportunidade de ter uma vida normal como sempre esperei ter, e talvez seja egoísmo, mas é isso que eu quero, tá? Eu posso até querer ter um bebê. E… é só o que eu tenho a dizer. — Essas últimas palavras viraram soluços e Mary desceu, afastando as mulheres que tentaram consolá-la.

Magda Dubcek disse que claro que precisava voltar.

— Anton precisa de mim. — O sorriso dela era de uma inocência terrível. Evie viu o sorriso e ficou de coração partido.

(De um lugar a alguns metros, coçando as costas em um carvalho, a raposa olhou o embrulho azul que era Andy Jones, aninhado na traseira do carrinho de golfe. O bebê estava dormindo profundamente, desprotegido. Ali estava, o sonho dos sonhos. Nada de galinha, nada de galinheiro inteiro, nada de todos os galinheiros do mundo. O petisco mais doce, um bebê humano. Ela ousaria? Ora, não. Só podia fantasiar... mas, ah, que fantasia! Rosada e cheirosa!)

Uma mulher falou do marido. Ele era um ótimo sujeito, de verdade mesmo, fazia a parte dele, a incentivava, tudo. Outra mulher falou sobre o parceiro de composição musical. Ele não era das melhores pessoas, mas eles tinham uma conexão, um jeito sintonizado. Ele era a letra; ela era a música.

Algumas só sentiam saudade de casa.

Carol Leighton, professora de Educação Cívica na escola de ensino médio, disse que queria comer um KitKat que não estivesse velho e se sentar no sofá para assistir a um filme na Netflix e fazer carinho no gato.

— Minhas experiências com homens foram cem por cento péssimas, mas eu não fui feita para começar de novo em um novo mundo. Talvez eu seja covarde por isso, mas não posso fingir. — Ela não estava sozinha em sua vontade de ter os confortos da vida comum que tinham ficado para trás.

Porém, para a maioria, eram os filhos que as faziam querer voltar. Um novo começo para todas as mulheres do mundo era uma despedida para sempre dos preciosos filhos, e elas não conseguiam suportar a ideia. Isso também partiu o coração de Evie. Filhos matavam filhos. Filhos matavam filhas. Filhos deixavam armas onde outros filhos podiam encontrá-las e dar tiros acidentais nas irmãs. Filhos queimavam florestas e filhos despejavam produtos químicos na terra assim que os inspetores ambientais iam embora. Filhos não ligavam nos aniversários. Filhos não gostavam de compartilhar. Filhos batiam em filhos, enforcavam namoradas. Filhos percebiam que eram maiores e nunca esqueciam. Filhos te machucariam se você não dissesse que acreditava na mentira deles. Filhos não ligavam para o mundo que deixariam para seus filhos e filhas, apesar de dizerem que sim quando chegava a época da eleição.

A cobra deslizou Árvore abaixo e caiu na escuridão, se balançando na frente de Evie.

— Eu vi o que você fez — disse ela para a cobra. — Vi como você distraiu Jeanette. E te odeio por isso.

A cobra não disse nada em resposta. Cobras não precisavam justificar seu comportamento.

Elaine Nutting estava ao lado da filha, mas não prestava atenção, não de verdade. Em sua mente, ainda via os olhos marejados da mulher morta. Eram quase dourados, aqueles olhos, e muito profundos. O olhar neles não era raivoso, apenas persistente. Elaine não podia ignorar aqueles olhos. *Um filho*, a mulher dissera, *eu tenho um filho.*

— Elaine? — perguntou alguém. Era hora de tomar uma decisão.

— Tem uma coisa que eu preciso fazer — declarou Elaine. Ela pôs o braço ao redor de Nana. — E minha filha ama o pai.

Nana a abraçou de volta.

— Lila? — perguntou Janice. — E você?

Todas se viraram para ela, e Lila percebeu que podia convencê-las a fazer diferente, se quisesse. Podia garantir a segurança daquele novo mundo e destruir o antigo. Só precisaria de algumas palavras. Ela poderia dizer: *Eu amo todas vocês e amo o que fizemos aqui. Não vamos perder isso.* Ela poderia dizer: *Eu vou perder meu marido, por mais heroico que ele tenha tentado ser, e não quero perder isto.* Ela poderia dizer: *Vocês, mulheres, nunca vão ser o que foram, e o que eles esperam, porque parte de vocês vai sempre estar aqui, onde são verdadeiramente livres. Vocês vão carregar Nosso Lugar com vocês de agora em diante, e, por causa disso, sempre vão deixar eles confusos.*

Só que, na verdade, quando era que os homens não ficavam confusos com as mulheres? Elas eram a magia com a qual os homens sonhavam, e às vezes os sonhos deles eram pesadelos.

O grandioso céu azul tinha perdido a cor. Os últimos raios de luz eram manchas de magnésio acima das colinas. Evie estava observando Lila, sabendo que tudo se resumia a ela.

— Sim — disse ela para todas. — Sim. Vamos voltar e botar esses caras na linha.

Elas comemoraram.

Evie chorou.

4

Duas a duas, elas partiram, como se saindo da arca encalhada no Ararate. Blanche e o bebê Andy, Claudia e Celia, Elaine e Nana, a sra. Ransom e Platinum Elway. Elas seguiram de mãos dadas, passando com cuidado por uma raiz enorme e retorcida, depois entrando na noite profunda dentro da Árvore. No espaço entre os dois mundos havia um brilho, mas era difuso, como se a fonte de luz viesse de depois de uma esquina... Mas esquina de quê? As sombras apenas se aprofundavam, sem revelar muita coisa. O que cada viajante lembrava era um barulho e uma sensação de calor. Dentro daquela passagem pouco iluminada havia uma reverberação que crepitava, uma sensação de cócegas na pele, como asas de mariposas roçando...

... E então elas despertavam do outro lado da Árvore, no mundo dos homens, com os casulos derretendo... mas sem mariposas. Desta vez.

Magda Dubcek se sentou no quarto de hospital onde a polícia tinha colocado seu corpo depois de a encontrarem dormindo no quarto com o cadáver do filho. Ela limpou as teias dos olhos, atônita de ver uma ala inteira de mulheres se levantando das camas, arrancando os restos de casulos em uma orgia de ressurreição.

5

Lila ficou vendo a Árvore perder as folhas brilhantes, como se estivesse chorando. Elas caíram no chão e formaram montinhos de cor forte. Filetes de musgo escorregaram e caíram dos galhos. Ela viu um papagaio, as asas verdes maravilhosas com marcas prateadas, voar da Árvore e atravessar o céu; viu-o bater as asas para a escuridão e deixar de existir. Amontoados de manchas, nada diferentes do olmo sobre o qual Anton a tinha alertado, se espalharam pelas raízes da Árvore. Havia um cheiro ruim no ar, como de podridão. Ela sabia que a Árvore estava infestada, que alguma coisa a devorava por dentro enquanto ela morria por fora.

— A gente se vê lá, sra. Norcross — disse Mary Pak, acenando com a mão e segurando a de Molly com a outra.

— Pode me chamar de Lila — disse Lila, mas Mary já tinha atravessado.

A raposa foi atrás dela.

No final, havia Janice, Michaela, Lila e o corpo de Jeanette. Janice pegou uma pá em um dos carrinhos de golfe. O túmulo que elas fizeram tinha menos de um metro, mas Lila achava que não importava. Aquele mundo não existiria depois que elas fossem embora; não haveria animais para devorarem o corpo. Elas enrolaram Jeanette em alguns casacos e cobriram o rosto dela com uma manta de bebê.

— Foi um acidente — disse Janice.

Lila se inclinou, pegou um pouco de terra e jogou na figura coberta dentro do buraco.

— Policiais sempre dizem isso depois que atiram em um homem, mulher ou criança pobre e negro.

— Ela estava com uma arma.

— Mas não ia usar. Tinha vindo salvar a Árvore.

— Eu sei — disse Janice. Ela deu um tapinha no ombro de Lila. — Mas você não sabia. Se lembre disso.

Um galho grosso da Árvore rangeu, estalou e caiu no chão com uma explosão de folhas.

— Eu daria qualquer coisa para voltar atrás — disse Lila. Ela não estava chorando. Agora, as lágrimas estavam além de sua capacidade. — Daria minha alma.

— Acho que está na hora de ir — disse Michaela. — Enquanto ainda podemos. — Ela segurou a mão da mãe e a puxou para a Árvore.

6

Por alguns minutos, Lila foi a última mulher em Nosso Lugar. Porém, ela não pensou nisso. Tinha decidido ser prática a partir daquele momento. Seu foco era na terra, na pá, em preencher a cova. Só quando o trabalho foi terminado ela entrou na escuridão da Árvore e atravessou. Ela foi sem olhar para trás. Sentia que, se olhasse, seu coração frágil se partiria.

PARTE TRÊS
DE MANHÃ

A menina não está morta, mas dorme.

Mateus 9:24

1

Para a maioria das pessoas nas semanas depois que as mulheres acordaram, o mundo pareceu um pouco um jogo de tabuleiro de segunda mão: tinha peças faltando, não necessariamente as importantes, mas definitivamente peças que se gostaria de ter. Dava para sentir que, no mínimo, faltavam certas cartas que poderiam ajudar a se chegar à vitória.

Havia dor para todo lado, como uma deformação. Porém, o que se fazia quando se perdia uma esposa, uma filha ou o marido? A não ser que se fosse como Terry Coombs, e alguns eram, se vivia com a perda e continuava no jogo.

Pudge Marone, barman e dono do Squeaky, perdeu um pedaço de si e aprendeu a viver assim. Seu polegar direito agora terminava logo depois da junta. Ele demorou um tempo para perder o hábito de abrir a torneira de chope com aquela mão, mas conseguiu. Mais tarde, recebeu uma proposta de compra do imóvel de um cara que queria abrir uma franquia do TGI Friday's. Pudge disse para si mesmo que o Squeaky Wheel jamais se recuperaria mesmo da Aurora, e o pagamento não era ruim.

Certas pessoas (Don Peters, por exemplo) não fizeram muita falta. Foram tão completamente esquecidas que era como se nunca tivessem existido. A propriedade em ruínas de Peters foi vendida em um leilão.

Os poucos bens de Johnny Lee Kronsky foram ensacados com o lixo, mas o apartamento imundo continua desocupado até hoje.

Van tinha deixado a porta aberta quando saiu da casa de Fritz Meshaum naquele último dia da Aurora, e depois que estava morto havia um ou dois dias, os urubus de cabeça vermelha entraram e se fartaram no bufê. Aves menores entraram para pegar fios da barba ruiva e crespa de Fritz para fazer ninho. Chegou uma hora em que um urso com iniciativa arrastou a carcaça para fora. Com o tempo, os insetos deixaram seu esqueleto limpo, e o sol queimou o macacão até ficar branco. A natureza o usou e, como costumava fazer, conseguiu torná-lo uma coisa bonita: uma escultura de ossos.

Quando Magda Dubcek soube o que tinha acontecido com Anton (o sangue no tapete do quarto contava a maior parte da história), ela lamentou amargamente seu voto para voltar.

— Que erro eu cometi — ela disse para si mesma incontáveis vezes, depois de incontáveis cuba-libres.

Para Magda, seu Anton não era uma peça, nem duas peças, nem três peças; para ela, ele era o jogo completo. Blanche McIntyre tentou envolver Magda em trabalho voluntário, pois havia muitas crianças que tinham perdido pai ou mãe e precisavam de ajuda, e a convidou para entrar para o clube do livro, mas Magda não estava interessada.

— Não tem final feliz para mim aqui — disse ela.

Em noites longas e insones, ela bebia e assistia a *Boardwalk Empire*. Quando terminou essa série, passou para *A família Soprano*. Ela enchia as horas vazias com histórias de homens maus fazendo coisas ruins.

2

Para Blanche, *houve* final feliz.

Ela acordou no apartamento de Dorothy, no chão onde tinha adormecido alguns dias antes, e se livrou dos restos do casulo. As amigas também estavam lá, também despertando ao seu redor e se libertando das fibras. Porém, uma coisa estava diferente: Andy Jones. O bebê não estava nos braços de Blanche, como estava quando ela tinha entrado na Árvore. Estava dormindo em um berço rudimentar feito de galhos entrelaçados, no chão ali perto.

— Puta merda — disse Dorothy. — O menino! Uhul!

Blanche encarou aquilo como um sinal. A Creche Tiffany Jones foi construída no local de uma casa que tinha pegado fogo durante a Aurora. O projeto foi financiado com o fundo de aposentadoria de Blanche e com o do novo namorado dela (que, no caso de Willy Burke, estava crescendo sem juros no forro do colchão amarelado desde 1973), e com muitas doações da comunidade. Logo depois da Aurora, parecia que muito mais gente tinha inclinação caridosa do que antes. A família Norcross foi particularmente generosa, apesar de suas dificuldades. Na placa em frente, embaixo do nome de Tiffany, havia a imagem de um berço de galhos entrelaçados.

Blanche e sua equipe aceitavam qualquer criança entre as idades de um mês e quatro anos, independentemente da possibilidade dos pais (ou de apenas um deles) de pagar. Depois da Aurora, foram pequenas operações na comunidade, como a de Blanche, em boa parte custeadas por homens e com mão de obra masculina, que começaram o movimento que levou ao estabelecimento de um programa universal de cuidados infantis. Muitos homens pareciam entender que um reequilíbrio era necessário.

Afinal, eles foram avisados.

Blanche pensou uma ou duas vezes no livro que tinha sido o assunto do encontro da noite anterior ao momento em que tudo mudou: a história de uma garota que contou uma mentira que mudou muitas vidas. Refletiu muitas vezes sobre a penitência que pesou tanto na vida da menina. Ela, Blanche, não sentia que devia uma penitência assim. Era uma pessoa decente, sempre tinha sido, uma trabalhadora esforçada e boa amiga. Sempre foi boa com as detentas da prisão. A creche não era uma forma de reparação. Era decência. Era natural, óbvia e essencial. Se havia peças faltando no tabuleiro, às vezes, até mesmo com frequência, era possível fazer novas.

Blanche conheceu Willy quando ele apareceu na porta da creche, ainda passando por reformas, com um maço de notas de cinquenta dólares.

— O que é isso? — perguntou ela.

— Minha parte — disse ele.

Só que não era. Dinheiro não era suficiente. Se ele queria oferecer uma parte, teria que *fazer* sua parte.

— As crianças pequenas fazem muito cocô — observou Willy para Blanche uma noite, depois de eles terem flertado por um tempo.

Ela estava de pé ao lado de seu Prius, esperando que ele terminasse de arrastar dois sacos transparentes carregados de fraldas sujas para a caçamba da picape. As fraldas seriam lavadas na Lavanderia Tiny Tot, em Maylock. Blanche não tinha intenção nenhuma de encher um lixão de Pampers usadas. Willy tinha perdido peso e comprado suspensórios novos. Blanche o achava bonito antes, mas agora, com a barba aparada (e aquelas sobrancelhas irritantes), ele estava bonito mesmo.

— Se você morrer agora, Willy — disse Blanche —, nós vamos nos divertir com o obituário. "Willy Burke morreu fazendo o que amava: transportando fraldas cagadas por um estacionamento."

Ela jogou um beijo para ele.

3

Jared Norcross foi voluntário na Creche Tiffany Jones no verão seguinte, e em meio período durante seu terceiro ano do ensino médio. Ele gostava de ajudar. As crianças eram meio loucas, faziam castelos de areia, lambiam paredes e rolavam em poças, e isso quando estavam felizes, mas ele nunca deixava de ficar fascinado, como tantos antes dele, com a facilidade com que meninos e meninas brincavam juntos. O que mudava mais tarde? Por que eles de repente se separavam em grupos quase na mesma hora que começavam na escola? Era algo químico? Genético? Jared não aceitava isso. As pessoas eram mais complexas; as pessoas tinham sistemas radiculares, e seus sistemas radiculares tinham sistemas radiculares. Ele tinha uma noção de que na faculdade talvez gostasse de estudar comportamento infantil e acabar virando psiquiatra, como o pai.

Esses pensamentos consolavam Jared e o distraíam quando precisava ser distraído, que era quase o tempo todo durante aquele período de sua vida. O casamento dos pais estava ruindo, e Mary estava namorando o primo mais velho de Molly Ransom, um astro do lacrosse do condado vizinho. Ele os tinha visto juntos uma vez, Mary e o cara. Eles estavam sentados a uma mesa de piquenique em frente à sorveteria, dando sorvete de casquinha um na boquinha do outro. Só poderia ter sido mais horrível se eles estivessem transando.

Molly foi atrás dele uma vez, quando Jared estava saindo de casa.

— Como você está, cara? Mary e Jeff estão vindo pra cá. Quer ficar com a gente? — A garota estava usando aparelho agora, e parecia que tinha crescido uns dois metros. Em pouco tempo os garotos que não queriam brincar com ela depois da aula estariam atrás dela só por um beijinho, quem sabe.

— Bem que eu queria — disse Jared.

— E por que não pode? — perguntou Molly.

— Coração partido — respondeu ele, e piscou. — Eu sei que você nunca vai me amar, Molly.

— Ah, por favor, vai cuidar da sua vida — disse ela, e revirou os olhos.

Às vezes, os passos de Jared o levavam para a casa vazia onde tinha escondido Mary, Molly e sua mãe. Ele e Mary tinham formado uma ótima equipe, ele achava; mas ela deixou isso para trás com firmeza.

— Estamos em um mundo diferente agora, sabe — dissera Mary, como se fosse consolo ou como se explicasse alguma coisa. Jared disse para si mesmo que ela não tinha ideia do que estava perdendo, mas concluiu (com tristeza) que ela não devia estar perdendo nada.

4

No fim das contas, os casulos flutuavam.

Três mulheres, passageiras do voo que tinha caído no oceano Atlântico, acordaram nas teias em uma praia rochosa da Nova Escócia. Os casulos estavam molhados, mas as mulheres dentro deles estavam secas. Elas andaram até uma estação de resgate vazia e pediram ajuda pelo auxílio à lista.

Essa notícia foi relegada às páginas finais de jornais e sites de notícia, isso quando foram contadas. Na sombra do maior milagre daquele ano, alguns dos menores eram de pouco interesse.

5

Encontrar o marido morto dentro de uma garagem tomada de gás de escapamento era uma forma terrível de voltar à vida.

Rita Coombs teve momentos ruins depois disso: desespero, terror de viver uma vida sozinha e, claro, suas noites insones, quando parecia que o dia seguinte não chegaria nunca. Terry era calmo, inteligente, amável. O fato de ele ter caído em uma depressão tão horrenda e sufocante a ponto de tirar a própria vida era difícil de encaixar com a experiência que ela tinha com o homem que fora seu companheiro e pai de seu filho. Ela chorou até ter certeza de que todas as lágrimas tinham acabado... e depois, mais lágrimas vieram.

Um sujeito chamado Geary a visitou uma tarde para oferecer condolências. Rita sabia, embora houvesse histórias conflitantes e um desejo de proteger todo mundo envolvido tivesse feito as pessoas falarem pouco do evento, que tinha sido Geary quem havia organizado o ataque à prisão. Porém, o jeito dele era calmo e gentil. Ele insistiu para que ela o chamasse de Frank.

— O que aconteceu com meu marido, Frank?

Frank Geary disse que acreditava que Terry não tinha conseguido suportar.

— Tudo estava fora de controle, e ele sabia. Mas não conseguiu impedir. A única coisa que conseguiu impedir foi a si mesmo.

Ela se recompôs e fez uma das perguntas que a atormentavam em noites insones.

— Sr. Geary... o meu marido... ele tinha um problema com bebida. Ele... estava...

— Sóbrio o tempo todo — disse Frank. Ele ergueu a mão esquerda sem aliança. — Você tem minha palavra. Por Deus.

6

Os rompantes em massa de violência e destruição de propriedade da Aurora, junto com o desaparecimento de tantas mulheres, resultaram em uma reestruturação gigantesca na indústria de seguros de todo o país e de todo o mundo. Drew T. Barry e a equipe da Drew T. Barry Indenizações levaram a situação da melhor maneira possível, como as outras empresas dos Estados Unidos, e conseguiram facilitar acordos de seguro de vida tanto para a viúva de Nate McGee quanto para os pais de Eric Blass. Como os dois tinham morrido no meio de um ataque não autorizado a uma instituição penal, isso não foi pouca coisa, mas Drew T. Barry não era um corretor de seguros cruel.

Não foi tão difícil conseguir uma compensação para os parentes, próximos ou distantes, do Meritíssimo Oscar Silver, de Barry e Gerda Holden, de Linny Mars, do policial Vern Rangle, do dr. Garth Flickinger, dos guardas Rand Quigley, Tig Murphy e Billy Wettermore, pois pôde ser alegado com legitimidade que todos morreram sob circunstâncias englobadas em suas apólices. Não que as várias resoluções não tenham sido um processo longo e trabalhoso. Foi trabalho de anos, trabalho que fez o cabelo de Drew T. Barry ficar grisalho e sua pele ficar acinzentada, e, no meio disso tudo, durante e-mails de manhã cedo e noites de arquivamento até tarde, ele perdeu o gosto por caçar. Pareceu frivolidade em comparação à seriedade do seu trabalho em nome dos abandonados e dos prejudicados. Ele se sentava em um local e via, do outro lado da mira, um cervo com chifre de dez pontas andar pela névoa, e pensava: *Seguro contra acidentes naturais. Aquele cervo tem seguro contra acidentes naturais? Porque, para um cervo, levar um tiro deve ser isso, não é? Alguém vai cuidar dos filhos dele? Um cervo morto com bom seguro pode ganhar uma boa grana?* Claro que não, a ideia era mais ridícula do que a piada. Então ele vendeu seu Weatherby e até tentou virar vegetariano, mas isso não funcionou tão bem. Às vezes, depois de um dia de trabalho árduo no ramo de seguros, um homem precisava de uma costelinha de porco.

A perda muda uma pessoa. Às vezes, isso é ruim. Às vezes, é bom. De qualquer modo, você come sua porcaria de costelinha de porco e segue com a vida.

7

Por falta de identificação, Lowell e Maynard Griner foram enterrados como indigentes. Bem mais tarde, quando a loucura da Aurora começou a passar (não que fosse passar completamente), as digitais foram comparadas e correspondiam ao arquivo extenso, e os irmãos foram oficialmente declarados mortos. Porém, muitos duvidaram, principalmente as pessoas que moravam no mato. Havia uma abundância de boatos de que Little Low e Maynard haviam se instalado em uma mina abandonada, que estavam plantando Acapulco Gold mais ao sul usando nomes falsos, que passavam pelas colinas em um Ford F150 preto roubado com uma cabeça de javali cortada presa na grade e Hank Williams Jr. tocando em alto volume. Um autor com muitos prêmios, um homem que tinha morado nos Apalaches quando jovem e ido embora assim que fez dezoito anos, ouviu algumas lendas dos parentes e as usou como base para um livro ilustrado infantil chamado *Irmãos maus e burros*. No livro, eles acabavam como sapos infelizes no Pântano de Caca.

8

O riacho que o culto Bright Ones represou perto da propriedade em Hatch, Novo México, rompeu a barragem, e as águas arrancaram as construções da comunidade da base. Quando as águas sumiram, o deserto se instalou; a areia cobriu as poucas armas descartadas que os agentes federais não encontraram; algumas páginas da constituição da nova nação deles, que declarava seu domínio sobre as terras e águas que tinham tomado e seu direito de portar armas, além da ausência de direito do governo federal americano para exigir que pagassem sua cota de impostos, estavam espetadas em espinhos de cactos. Uma universitária que estudava botânica, em um passeio para coletar amostras de plantas nativas do deserto, descobriu várias dessas páginas.

— Obrigada, Deus! — gritou ela, e as tirou dos cactos.

A universitária estava com dor de barriga. Ela saiu do caminho da montanha, defecou e usou os providenciais papéis para se limpar.

9

Continuando a marcha para a aposentadoria de trinta anos de serviço, Van Lampley aceitou um emprego na prisão feminina de Curly, que foi para onde a maioria das prisioneiras sobreviventes de Dooling foi transferida. Celia Frode foi para lá, mas não por muito tempo (condicional), assim como Claudia Stephenson.

O grupo do Instituto Penal de Curly era, de modo geral, bem complicado, com muitas garotas nervosas, muitas mulheres duronas com crimes anteriores, mas Van estava à altura do serviço. Um dia, uma garota branca com dentes de ouro falsos, trancinhas e uma tatuagem na testa (dizia VAZIO com letras escorrendo) perguntou a Van como ela tinha ficado manca. A expressão de desprezo da detenta era ao mesmo tempo suína e jovial.

— Chutei demais uns vagabundos por aí — disse Van, uma mentira inofensiva. Ela tinha chutado a quantidade certa de vagabundos. A policial dobrou a manga para mostrar a tatuagem no volumoso bíceps esquerdo: SEU ORGULHO entalhado na lápide com o braço flexionado embaixo. Ela se virou do outro lado e dobrou a outra manga. No igualmente impressionante bíceps direito, outra lápide tinha sido tatuada. A PORRA DO SEU ORGULHO TODO era o que essa outra dizia.

— Tudo bem — disse a garota durona, deixando a expressão de desprezo de lado. — Você é legal.

— Pode apostar — respondeu Van. — Agora, anda.

Às vezes, Van orava com Claudia, agora a ordenada reverenda Stephenson. Elas oravam por perdão por seus pecados. Oravam pela alma de Ree. Oravam pela alma de Jeanette. Oravam pelos bebês e suas mães. Oravam por qualquer coisa que precisasse de oração.

— O que ela era, Claudia? — perguntou Van uma vez.

— Não é o que ela era, Vanessa — respondeu a reverenda Stephenson. — É o que nós somos.

— E o que nós somos?

A reverenda ficou séria, muito diferente da antiga Claudia, que era tímida e reservada.

— Decididas a melhorar. Decididas a sermos mais fortes. Prontas para fazer o que precisarmos fazer.

10

O câncer de colo do útero que estava crescendo em Janice Coates a teria matado, mas o relógio do outro lado da Árvore desacelerou seu crescimento. Além disso, a filha a tinha visto do outro lado da Árvore. Ela levou a mãe a um oncologista dois dias depois que as mulheres acordaram, e a diretora começou a quimioterapia dois dias depois disso. Janice cedeu ao pedido de Michaela para abandonar o emprego imediatamente, permitindo que a filha tomasse todas as providências, que cuidasse dela, que a mandasse ir ao médico, ir para cama, que desse seus remédios regularmente. Michaela também cuidou para que a mãe parasse de fumar.

Na humilde opinião de Michaela, o câncer era uma doença de merda. Ela tinha perdido o pai quando bem nova e ainda estava superando a merda emocional que acompanhava isso. Porém, merda era uma coisa que vinha em abundância. Merda era uma coisa que se tinha que tirar do caminho com uma pá sem parar, se fosse mulher, e se fosse uma mulher na televisão, tinha que fazer isso em dobro. Michaela era capaz de fazer o triplo. Não tinha dirigido de Washington, destruído a moto vintage de um motoqueiro sacana, ficado acordada dias fumando os cristais de Garth Flickinger e sobrevivido a um conflito armado horrendo para sucumbir a um tipo qualquer de merda que aparecesse, mesmo essa merda sendo uma doença na mãe dela.

Depois da quimioterapia, quando o resultado do exame as informou que Janice estava em remissão, Michaela disse para a mãe:

— Muito bem. O que você vai fazer agora? Precisa permanecer ativa.

Janice disse que Mickey estava certa. Seu primeiro plano: levar Michaela para Washington de carro. A filha precisava voltar ao trabalho.

— Você vai tentar contar o que aconteceu? — perguntou Janice à filha. — Um relato em primeira pessoa?

— Já pensei nisso, mas…

— Mas?

Havia problemas. Primeiro, as pessoas diriam que as aventuras das mulheres do outro lado da Árvore eram mentira. Segundo, diriam que não havia existido uma criatura sobrenatural como "Evie Black", e que a Aurora tinha sido causada por meios perfeitamente naturais (ainda que não descobertos até o momento). Terceiro, se certas autoridades decidissem que Michaela *não estava* divulgando mentiras, seriam feitas perguntas que as autoridades de Dooling, principalmente a antiga xerife Lila Norcross, não podiam responder.

Por dois dias, Janice ficou com a filha na capital do país. As flores de cerejeira já tinham sumido. Estava quente, mas elas andaram muito mesmo assim. Na Pennsylvania Avenue, elas viram o comboio do presidente, uma fila de limusines pretas brilhantes e de utilitários. Passou direto, sem parar.

— Olha. — Michaela apontou.

— Quem liga? — disse Janice. — É só mais um babaca com pinto.

11

Em Akron, Ohio, no apartamento em que morava com sua tia Nancy, começaram a chegar cheques em nome de Robert Sorley. As quantias nunca eram grandes, vinte e dois dólares aqui, dezesseis ali, mas foram se acumulando. Esses cheques vinham da conta de uma mulher chamada Elaine Nutting. Nos cartões e cartas que acompanhavam os cheques, Elaine escrevia para Bobby sobre sua falecida mãe, Jeanette, sobre a vida de gentileza, generosidade e realizações que ela visualizara para ele.

Apesar de Bobby não ter conhecido a mãe tão bem quanto gostaria, e, por causa do crime dela, nunca ter conseguido confiar nela enquanto estava viva, ele a amava. A impressão que ela pareceu ter provocado em Elaine Nutting o convenceu de que ela tinha sido boa.

A filha de Elaine, Nana, incluía desenhos em algumas cartas da mãe. Ela era muito talentosa. Bobby pediu para ela desenhar por favor uma montanha, para ele poder olhar e pensar no mundo além de Akron, que não era um lugar ruim, mas era, sabe como é, Akron.

Ela desenhou. Ficou lindo: riachos, um mosteiro na curva de um vale, aves voando, nuvens iluminadas por cima, um caminho sinuoso levando ao outro lado, invisível.

Porque você pediu por favor, escreveu Nana.

Claro que eu pedi por favor, escreveu ele para ela. *Quem não pede por favor?*

Na carta seguinte, ela escreveu: *Eu conheço um monte de garotos que não pedem por favor. Não tenho espaço neste papel para escrever o nome de todos os garotos que conheço que não pedem por favor.*

Em resposta, ele escreveu: *Eu não sou um desses garotos.*

Eles se tornaram correspondentes regulares e acabaram planejando de se conhecer.

O que realmente aconteceu.

12

Clint nunca perguntou a Lila se ela tinha tido uma amante durante seu tempo do outro lado da Árvore. Era como se houvesse um universo dentro do marido dela, um arranjo de planetas meticulosamente detalhados e organizados pendurados por fios. Os planetas eram ideias e pessoas. Ele os explorava e estudava e passava a conhecê-los. Só que eles não se moviam, não giravam, não mudavam com o tempo, da forma como corpos de verdade, celestes ou não, mudavam. Lila entendia isso até certo ponto, por saber que ele já tinha vivido uma vida em que não havia nada *além* de movimento e incerteza, mas isso não queria dizer que ela tinha que gostar. Ou aceitar.

E como foi ter matado Jeanette Sorley, ainda que tivesse sido acidental? Isso era uma coisa que ele nunca entenderia, e nas poucas vezes que tentou, ela se afastou a passos rápidos, apertando os punhos, sentindo ódio dele. Ela não sabia exatamente o que queria, mas não era ser entendida.

Ao acordar naquela primeira tarde, Lila dirigiu sua viatura da entrada de carros da sra. Ransom direto para a prisão, ainda soltando fumaça. Pedacinhos de casulo se dissolvendo ainda estavam agarrados à sua pele. Ela organizou a retirada dos corpos dos atacantes e o recolhimento e o descarte de armas e equipamentos da polícia. Os ajudantes que ela convocou para essa ajuda foram, primariamente, as detentas do Instituto Penal de Dooling. Aquelas mulheres, criminosas condenadas que tinham entregado a sua liberdade (praticamente todas sobreviventes de abuso doméstico, sobreviventes de vício, sobreviventes de pobreza, sobreviventes de doença mental ou de alguma combinação dos quatro), estavam acostumadas a fazer trabalho desagradável. Elas faziam o que tinham que fazer. Evie deu uma escolha a elas, e elas escolheram.

Quando as autoridades estaduais finalmente voltaram a atenção para o Instituto Penal de Dooling, a história já tinha sido espalhada e combinada entre as pessoas da cidade e da prisão. Saqueadores, uma Brigada do Maçarico altamente armada, tinha feito um cerco, e o dr. Clinton Norcross e seus guardas defenderam sua posição heroicamente, ajudados pela polícia e por voluntários como Barry Holden, Eric Blass, Jack Albertson e Nate McGee. Considerando o fato abrangente e inexplicável da Aurora, essa história foi um pouco menos interessante do que as mulheres flutuantes que tinham ido parar na praia da Nova Escócia.

Afinal, eram só os Apalaches.

13

— O nome dele é Andy. A mãe dele morreu — disse Lila.

Andy estava chorando quando ela o apresentou para Clint. Ela o pegou com Blanche McIntyre. Seu rosto estava vermelho e faminto.

— Vou dizer que ele é meu, que eu dei à luz. Vai ser mais simples assim. Minha amiga Jolie é médica. Ela já preparou a papelada.

— Querida, as pessoas vão saber que você não estava grávida. Não vão acreditar.

— A maioria vai — disse ela —, porque o tempo era diferente lá. Quanto ao resto... não ligo.

Como viu que ela estava falando sério, ele esticou os braços e aceitou a criança que chorava. Clint ninou Andy de um lado para outro. Os gritos do bebê viraram berros.

— Acho que ele gostou de mim — disse Clint.

Lila não sorriu.

— Ele está com intestino preso.

Clint não queria um bebê. Queria dormir. Queria esquecer tudo, o sangue, as mortes e Evie, principalmente Evie, que tinha dobrado o mundo, que o tinha dobrado. Porém, o videoteipe estava em sua cabeça; sempre que queria bancar o Warner Wolfe e consultá-lo, as imagens se repetiam sem parar.

Ele se lembrou de Lila, naquela noite horrível em que o mundo estava pegando fogo, dizendo para ele que nunca tinha desejado a piscina.

— Minha opinião sobre isso vai contar? — perguntou ele.

— Não — disse Lila. — Sinto muito.

— Você não parece sentir muito. — E era verdade.

14

Às vezes, normalmente à noite, quando ficava acordada, mas às vezes até nas tardes mais iluminadas, nomes passavam pela cabeça de Lila. Eram os nomes dos policiais brancos (como ela) que atiraram em civis negros inocentes (como Jeanette Sorley). Ela pensava em Richard Haste, que atirou em Ramarley Graham, de dezoito anos, no banheiro do apartamento do jovem no Bronx. Pensava em Betty Shelby, que matou Terence Crutcher em Tulsa. Mais do que tudo, ela pensava em Alfred Olongo, que levou um tiro do policial Richard Gonsalves quando apontou de brincadeira um dispositivo vaporizador para ele.

Janice Coates e outras mulheres de Nosso Lugar tentaram convencê-la de que ela teve motivos perfeitamente válidos para o que tinha feito. Essas declarações podiam ou não ser verdade; de qualquer modo, não ajudavam em nada. Uma pergunta ficava voltando como chiclete preso na sola do sapato: ela teria dado mais tempo a uma mulher branca? Tinha um medo terrível de saber a resposta para isso... mas sabia que nunca teria certeza. A pergunta a assombraria pelo resto da vida.

Lila ficou no emprego até a situação na prisão ser resolvida, depois entregou seu pedido de demissão. Ela levou o bebê Andy para a creche Tiffany Jones e ficou para ajudar.

Clint estava indo trabalhar em Curly, uma hora a mais de trajeto. Estava obcecado pelas pacientes, principalmente as detentas transferidas de Dooling que tinham atravessado, porque ele era a única pessoa com quem elas podiam conversar sobre o que tinham visto e vivenciado e que não as rotularia como loucas.

— Você se arrepende da sua escolha? — ele perguntava a cada uma delas.

Todas diziam que não.

O altruísmo delas impressionava Clint, o fazia se sentir diminuído, o mantinha acordado, sentado na poltrona na luz turva da manhã. Ele havia arriscado a vida, sim, mas as detentas tinham entregado suas vidas novas. Fizeram delas um presente. Que grupo de homens teria feito um sacrifício unânime assim? Nenhum, essa era a resposta, e se reconhece isso, Cristo, as mulheres então não cometeram um erro terrível?

Ele se alimentava de comida de drive-thru na ida e na volta, e a flacidez que o havia preocupado na primavera virou uma barriga considerável até o outono seguinte. Jared era um fantasma melancólico, deslizando pelos limites de sua atenção, indo e vindo, às vezes oferecendo um pequeno gesto de cumprimento ou um *oi, pai*. Sonhos eróticos com Evie afastavam qualquer serenidade real que Clint pudesse encontrar. Ela o capturava com trepadeiras e soprava vento por seu corpo nu. E o corpo dela? Era um abrigo onde ele achava que poderia descansar, mas que nunca alcançava antes de acordar.

Quando ele estava no mesmo aposento que o bebê, Andy sorria para ele, como se quisesse fazer amizade. Clint correspondia ao sorriso e se via chorando no carro a caminho do trabalho.

Uma noite, sem conseguir dormir, ele jogou no Google o nome do seu primeiro paciente, Paul Montpelier, o da "ambição sexual". Apareceu um obituário. Paul Montpelier tinha morrido cinco anos antes, depois de uma longa batalha contra um câncer. Não havia menção a nenhuma esposa e nem a filhos. O que a "ambição sexual" tinha dado a ele? Um obituário muito curto e triste, ao que parecia. Clint também chorou por ele. Entendia que esse era um fenômeno psicológico bem conhecido chamado *transferência*, e não ligou.

Uma noite chuvosa não muito depois do obituário de Montpelier, exausto depois de um dia de reuniões em grupo e consultas individuais, Clint parou em um motel na cidadezinha de Eagle, onde o aquecedor fazia barulho e todo mundo na TV era verde. Três noites depois, ele estava no mesmo quarto quando Lila ligou para o celular para perguntar se ele ia voltar para casa. Ela não pareceu muito preocupada com a resposta.

— Acho que estou exausto, Lila — disse ele.

Lila entendeu o que ele queria dizer, a derrota maior e envolvente que aquilo significava.

— Você é um bom homem — disse ela. Isso era generosidade para aquele momento. O bebê não dormia muito. Ela também estava exausta. — Melhor do que a maioria.

Ele teve que rir.

— Acredito que o nome disso é falar da boca pra fora.

— Eu amo você — disse ela. — Mas o peso tem sido enorme. Não tem?

Tinha mesmo. O peso vinha sendo enorme.

15

O diretor de Curly disse que não queria ver a cara dele no feriado de Ação de Graças.

— Vai se curar, doutor — disse o diretor. — Comer alguns legumes, pelo menos. Alguma coisa que não seja Big Mac e doce industrializado.

Ele decidiu de repente ir até Coughlin para ver Shannon, mas acabou parando em frente à casa dela sem conseguir entrar. Pelas cortinas finas da casa, ele viu sombras de mulheres se movendo. O calor das luzes era alegre e convidativo; a neve tinha começado a cair em flocos enormes. Ele pensou em bater na porta dela. Pensou em dizer: *Ei, Shan, você foi o milk-shake que me escapou*. A ideia de um milk-shake escapando com as pernas torneadas de Shannon o fez rir, e ele ainda estava rindo quando foi embora.

Ele foi parar em uma taverna chamada O'Byrne's, com neve derretida no chão, Dubliners na jukebox e um barman de olhos embaçados e cabeça branca que se movia em câmera lenta entre as torneiras e os copos, como se não estivesse servindo cerveja, mas sim distribuindo isótopos radioativos. Esse sujeito se dirigiu a Clint.

— Guinness, filho? É gostosa em uma noite assim.

— Prefiro Bud.

A canção do Dubliners era "The Auld Triangle". Clint a conhecia e até gostava, apesar de tudo. Havia certo romance na música que não tinha nada a ver com a experiência dele na prisão, mas emocionava, aquelas vozes cantando juntas. *Alguém*, pensou ele, *devia acrescentar uma estrofe*. Todos tinham vez, o diretor, o carcereiro e o presidiário. Onde estava o psiquiatra?

Ele estava prestes a levar a cerveja para um canto escuro quando um dedo o cutucou no ombro.

— Clint?

16

O que fez a diferença foi o abraço.

A filha de Frank não só o abraçou quando eles se reencontraram, ela afundou as mãozinhas nos braços dele a ponto de sentir as unhas através da camisa. Tudo que tinha acontecido, tudo que ele tinha feito, deixou claro que precisava tomar uma atitude — qualquer atitude! — em relação a si mesmo, mas aquele abraço derrubou a fileira de dominós. Na última vez que Frank a tinha visto acordada, quase tinha rasgado a blusa favorita dela ainda no corpinho. Sua filha o amava mesmo assim. Ele não merecia, mas queria.

O programa de controle da raiva era de três dias por semana. Na primeira reunião, só estavam Frank e a terapeuta no porão do Dooling VFW.

O nome dela era Viswanathan. Ela usava óculos grandes e redondos e tinha aparência tão jovem que Frank achou que ela não devia se lembrar das fitas cassete. Ela perguntou por que ele estava lá.

— Porque eu assusto minha filha e assusto a mim mesmo. Também destruí meu casamento, mas isso foi efeito colateral.

A terapeuta tomou nota enquanto ele explicava seus sentimentos e compulsões. Foi mais fácil do que Frank achava que seria, meio como espremer pus de um ferimento infeccionado. De várias formas, era como falar sobre outra pessoa, porque aquele apanhador de cachorros puto da vida não parecia ser ele. Aquele apanhador de cachorros puto da vida era uma pessoa que aparecia e assumia o controle quando Frank não gostava do que estava acontecendo, quando não conseguia lidar com a situação. Ele falou sobre botar animais em jaulas. Ficava retornando a isso.

— Meu amigo — disse a dra. Viswanathan, aquela garota de vinte e quatro anos com óculos da cor de Kool-Aid —, você já ouviu falar de um remédio chamado Zoloft?

— Você está sendo condescendente comigo? — Frank queria se recuperar, não ter que ouvir sacanagem.

A terapeuta balançou a cabeça e sorriu.

— Não, eu só estou sendo engraçadinha. E você está sendo corajoso.

Ela o apresentou para um psicofarmacologista, que fez uma receita para Frank. Ele tomou a dose receitada sem sentir nenhuma diferença em particular e continuou com os encontros. O boato se espalhou, e mais homens apareceram, ocupando metade das cadeiras no porão do VFW. Eles diziam que "queriam mudar". Diziam que "queriam botar a cabeça no lugar". Diziam que "queriam parar de sentir tanta raiva o tempo todo".

Nenhuma quantidade de terapia e nem de pílulas da alegria podiam mudar o fato de que o casamento de Frank já era. Ele tinha destruído a confiança de Elaine vezes demais (sem mencionar a parede da cozinha). Porém, talvez essa parte não fosse problema. Ele descobriu que não gostava dela tanto assim. A melhor coisa foi se afastar. Ele deu a guarda completa para ela e falou que se sentia grato pelos dois fins de semana por mês com a filha. Depois, se as coisas andassem bem, esse tempo aumentaria.

Para a filha, ele disse:

— Eu andei pensando em um cachorro.

17

— Como você está? — perguntou Frank a Clint enquanto os Dubliners tocavam e cantavam.

Frank estava indo a um jantar de Ação de Graças na Virginia com os antigos sogros. O Zoloft e as reuniões o tinham ajudado a controlar a raiva, mas sogros ainda eram sogros, e mais ainda quando tinha se divorciado da filha deles. Ele parou no O'Byrne's para adiar sua execução em meia hora.

— Estou bem. — Clint esfregou os olhos. — Preciso perder peso, mas estou bem.

Eles se sentaram a uma mesa em um canto escuro.

Frank disse:

— Você está bebendo em um bar irlandês na noite de Ação de Graças. É essa a sua ideia de estar bem?

— Eu não disse que estava ótimo. Além do mais, você também está aqui.

Frank pensou *mas que porra* e falou:

— Estou feliz de não termos nos matado.

Clint ergueu o copo.

— Um brinde a isso.

Eles fizeram um brinde. Clint não sentia raiva de Frank. Raiva era um sentimento que ele não tinha por ninguém. O que ele sentia era uma grande decepção consigo mesmo. Não esperava salvar a família para perdê-la depois. Não era a ideia dele de final feliz. Era a ideia dele de um show de horrores americano.

Ele e Geary falaram sobre os filhos. A garota de Frank estava apaixonada por um garoto de Ohio. Ele estava com certo medo de ser avô aos quarenta e cinco, mas estava levando na boa. Clint disse que seu filho andava quieto demais, provavelmente devia estar ansioso para sair da cidade, ver como o mundo era longe da terra do carvão.

— E sua esposa?

Clint sinalizou para o barman pedindo outra rodada.

Frank balançou a cabeça.

— Obrigado, mas pra mim, não. Álcool e Zoloft não se misturam tão bem. Eu tenho que ir. Os sogros estão me esperando. — Ele pareceu se animar. — Ei, por que você não vem junto? Posso apresentar você para os pais de Elaine. Tenho que impressionar eles; são os avós da minha filha, afinal. Visitar eles é um inferno, mas com comida é um pouco melhor.

Clint agradeceu, mas recusou.

Frank começou a se levantar, mas voltou a se sentar.

— Escuta, naquele dia na Árvore...

— O que tem?

— Você se lembra de quando os sinos de igreja começaram a tocar?

Clint disse que jamais esqueceria. Os sinos tocaram quando as mulheres começaram a acordar.

— É — disse Frank. — Nessa hora eu olhei para procurar aquela garota maluca, mas ela tinha sumido. Acho que o nome dela era Angel.

Clint sorriu.

— Angel Fitzroy.

— Alguma ideia do que aconteceu com ela?

— Nenhuma. Ela não está em Curly. Disso eu sei.

— Sabe Barry, o cara do seguro? Ele me disse que tinha quase certeza de que ela tinha matado Peters.

Clint assentiu.

— Ele me disse a mesma coisa.

— É? O que você respondeu?

— Aquele lixo já foi tarde. Foi o que eu disse. Porque Don Peters era todos os problemas reduzidos. — Ele fez uma pausa. — *Resumidos*. Foi isso que eu quis dizer. *Resumidos*.

— Meu amigo, eu acho que você devia ir pra casa.

Clint disse:

— Boa ideia. Onde fica?

18

Dois meses depois do que passou a ser conhecido como o Grande Despertar, um fazendeiro de Montana viu uma mulher pedindo carona na Route 2, a leste de Chinook, e parou.

— Pode entrar, moça — disse ele. — Para onde você está indo?

— Não sei bem — disse ela. — Idaho, para começar. Talvez para a Califórnia depois disso.

Ele ofereceu a mão.

— Ross Albright. Tenho um terreno a dois condados daqui. Qual é seu nome?

— Angel Fitzroy.

Houve uma época em que ela se recusaria a apertar a mão e manteria a sua sobre a faca que sempre guardava no bolso do casaco. Agora, não havia faca e nem nome falso. Ela não sentia necessidade de nenhuma das duas coisas.

— Belo nome, Angel — disse ele, mudando para a terceira marcha com um movimento brusco. — Sou cristão. Nascido e renascido.

— Que bom — disse Angel, sem sinal de sarcasmo.

— De onde você é, Angel?

— De uma cidadezinha chamada Dooling.

— Foi lá que você acordou?

Houve uma época em que Angel teria mentido e dito sim, porque era mais fácil. Além do mais, mentir era uma coisa natural para ela. Um verdadeiro talento. Só que aquela era sua nova vida, e ela tinha decidido falar a verdade da melhor forma que conseguisse, apesar das complicações.

— Eu fui uma das poucas que não chegaram a dormir — disse ela.

— Uau! Você deve ter tido sorte! E ser forte!

— Eu fui abençoada — disse Angel. Isso também era verdade, ao menos da forma como ela compreendia.

— Só de ouvir você dizer isso é uma bênção — disse o fazendeiro, e com muito sentimento. — O que vem agora, Angel, se você não se importar com a pergunta? O que você vai fazer quando finalmente decidir prender os sapatos viajantes no chão?

Angel olhou para as gloriosas montanhas e para o céu ocidental infinito. Finalmente, disse:

— A coisa certa. É o que vou fazer, sr. Albright. A coisa certa.

Ele tirou os olhos da estrada por tempo suficiente para sorrir para ela e disse:

— Amém, irmã. Amém para isso.

19

O Instituto Penal para mulheres foi cercado e condenado, marcado com placas de aviso contra invasores e deixado para desmoronar enquanto o governo alocava fundos para trabalhos públicos mais urgentes. A nova cerca era forte, e sua base estava enfiada fundo na grama. A raposa demorou várias semanas indo e vindo, cavando, e precisou de todas as suas reservas de paciência para cavar um túnel por baixo.

Quando conseguiu esse feito de engenharia, entrou no prédio pelo buraco enorme na parede e começou a construir sua nova toca em uma cela próxima. Conseguia sentir o aroma de sua mestra ali, fraco, mas doce e característico.

Uma emissária dos ratos se aproximou.

— Aqui é nosso castelo — disse a ratazana. — Quais são suas intenções, raposa?

A raposa pareceu gostar do quanto a ratazana foi direta. Ela era uma raposa, mas estava ficando velha. Talvez fosse hora de abandonar truques e riscos, encontrar uma companheira e ficar próximo do bando.

— Minhas intenções são humildes, eu garanto.

— E quais são? — insistiu a ratazana.

— Eu hesito em dizer em voz alta — disse a raposa. — É um pouco constrangedor.

— Fale — pediu a ratazana.

— Tudo bem — disse a raposa. Ela inclinou a cabeça com timidez. — Eu vou sussurrar. Chegue perto e vou sussurrar para você.

A ratazana se aproximou. A raposa podia ter arrancado a cabeça dela; era seu talento, cada uma das criaturas de Deus tinha pelo menos um. Porém, não fez isso.

— Eu quero ficar em paz — disse ela.

Na manhã seguinte ao dia de Ação de Graças, Lila dirige até o retorno de cascalho em Ball's Hill e estaciona. Ela coloca Andy, embrulhado na roupa de neve de bebê, em um carregador. E começa a andar.

Talvez eles pudessem consertar o casamento capenga, reflete Lila. Talvez, se ela quisesse, Clint poderia amá-la de novo. Mas ela quer? Tem uma marca na alma de Lila, o nome dessa marca é Jeanette Sorley, e ela não sabe como apagá-la. Nem se quer.

Andy faz ruídos baixos e divertidos enquanto ela anda. Seu coração dói por Tiffany. Uma injustiça e uma aleatoriedade penetra no tecido de tudo e inspira em Lila tanto espanto quanto ressentimento. O bosque gelado crepita e farfalha. Quando ela chega ao trailer de Truman Mayweather, o local está coberto de neve. Ela lança um olhar rápido e segue em frente. Não falta muito.

Ela sai na clareira. A Árvore Impressionante não está lá. O túmulo de Jeanette não está lá. Não tem nada além de grama de inverno e um carvalho sem folhas. A grama oscila, uma forma laranja surge, some, a grama para. A respiração dela solta vapor. O bebê faz barulhos e expressa o que parece uma pergunta.

— Evie? — Lila anda em círculo, procurando: madeira, chão, grama, ar, sol leitoso. Mas não tem ninguém. — Evie, você está aqui?

Ela deseja um sinal, qualquer tipo de sinal.

Uma mariposa voa do galho do carvalho velho e pousa em sua mão.

NOTA DOS AUTORES

Se um livro de fantasia quiser ser crível, os detalhes de fundo precisam ser realistas. Tivemos muita ajuda com esses detalhes enquanto escrevíamos *Belas adormecidas*, e somos imensamente gratos. Então, antes de nos despedirmos, aqui vai uma tirada de chapéu para aqueles que nos ajudaram.

Russ Dorr foi nosso principal pesquisador-assistente. Ele nos ajudou com tudo, desde trailers ao tempo de degradação do querosene. Também nos deu contatos valiosos no mundo carcerário feminino. Porque precisamos visitar uma prisão feminina — pôr a mão na massa, por assim dizer — nosso obrigada a Vossa Excelência Gillian L. Abramson, do Tribunal Superior de New Hampshire, que arranjou uma viagem à Prisão Estadual Feminina de New Hampshire, em Goffstown. Lá conhecemos a diretora Joanne Fortier, a capitã Nicole Plante e o tenente Paul Carroll. Eles nos guiaram por um tour na prisão e responderam pacientemente a todas as nossas perguntas (às vezes mais de uma vez). Esses são oficiais carcerários dedicados, rígidos e humanos. É bem possível que a situação no Instituto Penal de Dooling tivesse se resolvido pacificamente se algum deles trabalhasse lá — sorte nossa que não trabalhavam! Não temos como agradecer o suficiente.

Também queremos expressar nossa gratidão a Mike Muise, um carcereiro na Valley Street Jail, em Manchester, New Hampshire. Mike nos deu ótimas informações sobre os procedimentos internos em delegacias e prisões. O policial Tom Staples (aposentado) nos ajudou a equipar o arsenal no escritório da xerife de Dooling com um bom estoque de armas.

Criamos o solo instável sob a prisão Lion Head baseados em nossa leitura do maravilhoso livro de não ficção de Michael Shnayerson, *Coal River*.

Onde acertamos, foi graças a essas pessoas. Onde erramos, pode nos culpar... mas sem julgamentos precipitados. Lembre-se de que esta é uma obra de ficção, e que de vez em quando é necessário subverter um pouco os fatos para encaixar no curso da história.

Kelly Braffet e Tara Altebrando nos ajudaram enormemente, lendo os primeiros rascunhos, bem mais longos, deste livro. Somos muito gratos a elas.

Devemos agradecimentos a todos na Scribner, e em particular a Nan Graham e a John Glynn, que coeditaram este livro com eficiência e confiança incansáveis. Susan Moldow, por todo o apoio moral. Mia Crowley-Hald, que foi nossa editora interna, e a quem agradecemos pelo trabalho duro. Angelina Krahn fez um trabalho maravilhoso copidescando um longo manuscrito. Katherine "Katie" Monaghan é a publicitária incansável que trabalhou para divulgar notícias desta história. O agente de Stephen, Chuck Verrill, e o agente de Owen, Amy Williams, nos apoiaram ao longo desta obra e trabalharam juntos como se tivessem feito isso a vida toda. Chris Lotts e Jenny Meyer venderam os direitos do livro pelo mundo todo, e agradecemos pelo esforço.

Steve quer agradecer à sua esposa, Tabitha; à sua filha, Naomi; e ao seu outro filho, Joe, conhecido pelos leitores como Joe Hill. Owen quer agradecer à mãe, aos irmãos, à Kelly e a Z. Todos eles compreendem a dificuldade deste trabalho, e arrumaram tempo para que o fizéssemos.

Por último, mas não menos importante, queremos agradecer a você, senhor ou senhora, por ler nosso livro. Apreciamos seu apoio mais do que palavras poderiam expressar, e esperamos que tenha se divertido.

Stephen King
Owen King
12 de abril de 2017

ESTA OBRA FOI COMPOSTA PELA ABREU'S SYSTEM EM WHITMAN
E IMPRESSA EM OFSETE PELA LIS GRÁFICA SOBRE PAPEL PÓLEN SOFT DA SUZANO
PAPEL E CELULOSE PARA A EDITORA SCHWARCZ EM OUTUBRO DE 2017

A marca FSC® é a garantia de que a madeira utilizada na fabricação do papel deste livro provém de florestas que foram gerenciadas de maneira ambientalmente correta, socialmente justa e economicamente viável, além de outras fontes de origem controlada.